2017 年

山东大学新闻中心

山大日记

Diary in Shandong University

主　编　李　欣　孙宜山

副主编　万广远　刘梦冬　张丹丹

山东人民出版社·济南

国家一级出版社　全国百佳图书出版单位

山大日记

Diary in Shandong University

编委会

国际文化节（贾宁远 摄）（参见 4 月 27 日日记　悦然）

毕业典礼（刘梦冬 摄）（参见 6 月 23 日日记　廉锐）

教师节表彰大会（张丹丹 摄）（参见9月9日日记 张承慧）

世界儒学大会（刘梦冬 摄）（参见9月19日—22日日记 姜源远、谭奇纹、Lisa Kuitert、李相均）

开学典礼（刘梦冬 摄）（参见 9 月 23 日日记　韩庆泽）

齐鲁青年论坛（刘梦冬 摄）（参见 10 月 17 日日记　霍刘杰）

山东大学各单位组织观看党的十九大开幕会（张丹丹、刘婷婷等 摄）（参见 10月 18 日日记 刘佳）

齐鲁医学百年庆典（李雍珩 摄）（参见12月19日日记 章钟允）

山东大学部署“服务山东”战略（刘梦冬 摄）（参见12月14日、18日日记 万熠、张承瑞）

优秀学生奖学金颁奖典礼（刘梦冬 摄）（参见12月27日日记　胡平舸）

序　言

2017年，我们踔厉奋发，开启伟大新时代。

这是距离梦想最近的时代。党的十九大确立习近平新时代中国特色社会主义思想为党的指导思想，描绘了建设社会主义现代化强国的宏伟蓝图。共建共享、万物互联成为常态，合作才能发展，共赢才是真赢，梦想的动力让世界携手前行。科技的边界进一步拓展，人工智能效率、准确率令人叹为观止，把智能的速度交给科技，把智慧的内涵留给人类，创造的活力让世界日新月异。发展新方向、改革新浪潮、法制新步伐、强军新突破、美丽新图景、外交新格局……中国智慧、中国方案成为解决人类问题的全新选择，中华民族散发出强大魅力，全世界把目光投向中国。

这是最需要奋斗的时代。李克强总理来山大考察时的指示犹在耳畔，殷切嘱托山大人在科技创新、人文社会科学发展、传统文化传承创新、打通创新创业就业全渠道等各方面为国家贡献更大力量。本科教学工作审核评估指导意见仍需践行，教学改革成效显著、人才培养特色明显、历史文化底蕴深厚，内涵发展、服务地方、文化创新有待挖潜。入选国家“双一流”建设名单激励山大人再创辉煌，集中精力建设数学与数据科学、化学与物质科学、材料及加工制造、临床医学与重大疾病、中国古典学术五个学科群。“服务山东”战略召唤山大人的智慧担当，为服务“智造山东”拓展创新平台，为服务“经济强省”加大创新供给，为服务“健康山东”增强学术支撑，为服务“文化山东”提供山大经验，为服务“海洋山东”汇聚山大能量，为服务“教育山东”贡献山大优势……山大人重任在肩，斗志昂扬，以只争朝夕的精神投入学习和工作，奋斗的姿态是对新时代最好的献礼。

这是最值得铭记的时代。《山大日记》力求写实、立足真实、关注现实，在宏大的时代浪潮中忠实记录每一个山大人的微观表达，透过每一个微小的视角还原山大改革发展进程的全貌。翻转课堂，学习贵在主动；创新创业，响应国家号召；对话传统，孔孟文化滋养；科学研究，探索未知领域；服务社会，顺应时代浪潮；学术盛会，思想互相启迪……每天一件小事，如同涓滴细流汇入时代的巨浪；每天一段记录，在社会发展进程中一笔一画镌刻下铿锵有力的山大印记。

《山大日记》导引着开拓者逐梦的方向，记录着拼搏者筑梦的历程；给予时间炽热的温度，赋予历史鲜活的色彩。

翻阅这本《山大日记》，回望我们共同奋斗走过的2017年。

目 录

4月

6月

7月

8月

9月

10月

11月

1月1日　星期日　晴

马拉松爱好者协会跨年跑参与者·张晓宁

五、四、三、二、一，伴着新年的钟声，2017来了，30多公里迎元旦跨年跑正式拉开了帷幕。

第一站，洪家楼广场合影留念整装待发，踏着轻盈的步伐，我们向着中心校区前进。

北校门已封，也许是被我们独特的迎新年方式打动，保安大叔为我们开启了继续前行的大门。中心校园里，执勤的保安再一次阻拦住我们，得知详情后，大家互送新年祝福，我们接着奔跑。南门门口，再一次用相机记录了这一时刻，也是在这一刻，我们进入了正式的跨年跑。

沿着山大路、经十路，我们奔向了千佛山校区，在南北院的天桥上，看桥下车来车往，览泉城夜景风光。

济南的夜，静悄悄的，却因我们一路的欢歌笑语留下了一丝新年的热闹。途中偶遇自行车协会的小伙伴，大家挥手欢呼，为彼此加油；碰上过往的路人，我们热情道一句“新年快乐”；遇见红绿灯，我们向深夜里还在工作的出租车司机送上祝福。

就这样，我们顺利到达第四站——趵突泉校区。校友门前，相机快门按下的那一刹那，为我们留下了青春的印记。穿越一条条幽静的小径，我们奔向最后一站——兴隆山校区。

累了，我们彼此鼓励；困了，我们用歌声让自己清醒。雾霾没能阻挡前进的步伐，严寒没能抵住坚持的勇气。终于，我们到达最后的目的地，在讲学堂108自习室稍作休息。

休整之后愈显疲惫，原以为最后的雷达站很近很近，却被告知还有5.5公里。

纵有苦有累，却依旧咬牙坚持。幸运的是，在日出的前10分钟，我们抵达山顶。2017年的第一缕阳光，照进了每个人的心房，这一刻，所有的努力、所有的艰辛，都是值得的。

本次跨年跑，是一次终生难忘的回忆，是一次对山大的爱越来越深沉的经历。这一路，30多公里，我真真切切地感悟到了洪家楼在古朴中透露着的百年历史气息，中心在一片现代化中彰显着浩然之气，千佛山南北两院实属风水宝地，趵突泉古色古香让人陶醉，兴隆山讲学堂的通宵自习室深刻地诠释着学无止境的含义，山大因这些让人爱得深沉。

一路的严寒，一路的感动。有的出租车本应是在绿灯时通过，却等我们全部安全通行后再穿越十字路口；担心我们感冒，马拉松爱好者协会的小伙伴准备了板蓝根让我们驱寒；雷达站偶遇建筑大学的老师，为我们伸出大拇指；下山之路，惊险困难，大家互相搀扶……

1617，一路一起，马协与我们同行，有你，有我，向着远方不停歇……

作者：法学院2016级硕士研究生　张晓宁

1月2日　星期一　雾

药学院本科生·刘　悦

和朋友一起回了趟高中。

毕业一年多了，第一次产生要回高中看看的想法。然而，一到假期就懒癌发作。说好了早晨去的，一直拖到了晚上。

担心门卫不让我们随便进去，我们特意选择晚饭的时候，计划骑着电动车装成高中生偷偷混进去。脱去了高中的校服，一年前常用的校牌也不知道扔到哪里去了，我们俩跟社会青年似的，盘算着如果门卫拦住我们该如何蒙混过去。但事情非常顺利，没有什么人拦我们，也没有什么人对我们凶巴巴地盘问。

基本上满校园都是00后啊！我们两个“老人”行走在他们中间，感慨时光飞逝。还是那熟悉的上课铃，还是到正式晚自习前必有的英语听力训练。在这些还未离家的小孩儿面前，光明正大地玩手机，小小的优越感还是有一点儿的。

想找高二37班，我们原来的班主任带的那个班级。然而那么多栋楼，我们只能瞎碰。从楼层间穿过去的时候，总有一种做坏事的感觉，心里还有点儿紧张。不记得到了哪个地方，在天桥上，被一个老师呵住：“哎，你们干什么的！”那种感觉，真是……我们说是大学生返校，老师态度立马变了，前后的反差很是可爱。喜欢高中那种感觉。

等了大概一节课，老师从操场的方向走过来了，黑暗中没认出我们俩。我们在他办公室时也没有以前那么拘束了。长大了啊，第一次报到的时候因为紧张，写家庭地址时手都是颤抖的。

令我们惊讶的是老师竟然可以坚持每天跑十圈。他还是那么健谈，问东问西，也会对我们说段子了：

“以前我带你们的时候，才三十多岁。”

“啊？”

“现在也还是三十多……”

“哈哈哈哈……”

他和我们在一起会聊八卦了：和化学老师依然是一个团队；英语老师要二胎了；语文老师老公也是教物理的，俩人关系还比较好；生物老师也当班主任了，私下里也会喝个小酒……

如果不是朋友坚持，我都不想来的。然而一聊起来，真的想他们了……

我是个健忘的人。

可是，高中啊，有我太多的回忆。

作者：药学院2015级本科生　刘　悦

1月3日　星期二　雾

公卫学院本科生·乌　仁

作为一枚学霸里的学渣，我身陷考试月的苦海，苦不堪言。

终于又到了学期末，在迎来从小就让我很激动的除夕夜之前，是一场接一场的考试。由于大一自控能力差，自主复习效率低，大二这学期也算是长了记性。我从开学第一天就做好了打持久战严谨对待学业的准备，但是狗熊掰棒子式的学法仍然后患无穷。虽然越来越觉得自己不适合学医，但也只是个借口罢了。哪有什么适合不适合，调整心态，让自己去适应环境才是万全之策。

这道理也是在前些天绝望之中自己琢磨出来的，那时我正要回寝室打水。在图书馆仅允许“临时离开”60分钟的时间内，我这个慢吞吞的家伙终于也能跟上节奏，从食堂里冲出来再跑上回寝室的大道。路上有两个男生在讨论我听不懂的医学知识，我走得风风火火，但那一瞬间感觉空气和时间凝固了，只有我的思维在快速运转，耳朵里充斥着又杂乱又让人头大的讨论声。我在想：两年前，我知道自己会变成这副模样吗？如此沧桑，如此惨烈悲怆……难道真的要像网上调侃的那样，循着鲁迅先生的步伐弃医？但我又有什么资本学习其他专业？或者，我可以换一个角度来理解自己现在的悲怆：向着更好的自己努力地挣扎。

学一门爱一门吧，我如此激励自己。但是焦虑的心情还是瞒不过爹娘。在微信上，老妈也很无奈，她说：“爸妈也爱莫能助，只有努力赚钱，给你做好后勤。你别怕花钱，想吃啥喝啥别嫌贵，养得起你。妈知道你很辛苦、很累，要不买一些营养品给你补补……”后面说什么我记不清了，我只记得我妈说我很累。但是，我真的很累吗？上大学后，除了玩手机可能会熬到一两点睡，我真的没有很努力。初三、高三时那个勤奋刻苦的尖子生，哪里去了？我还对得起父母对我的骄傲吗？元旦过后，生理年龄长了一岁，我也该成熟些了。至少，别因为自己太懒而焦虑就让父母担心。

痛苦的时候想家是很正常的事情。也许我说考试复习很痛苦有些夸大其词，但对于一个懒散惯了的家伙来说，的确是这样。可能大多数好孩子体会不到这样的心情：想家想爸妈。但是自己惨不忍睹的复习进度又给自己浇了一盆冷水——爸妈那么努力，那么爱你，你为什么不能争口气？

所以，加把劲吧，少年！有能力进入山大，就要有能力做好山大人！再坚持一下，成功近在咫尺。也希望和我一样在队伍末尾挣扎的战友们振作起来，争取跟上步伐。

作者：公卫学院2015级本科生　乌　仁

1月4日　星期三　雾

图书馆工作人员·马建春

喜闻山东大学两项发明专利——“深部软岩巷道三维预应力钢绞线壁后充填支架支护体系”和“光伏高频隔离升压软开关DC/DC变换器及其控制方法”于2016年12月获得第十八届中国专利奖优秀奖，我校专利质量获得认可和表彰，我感到非常高兴。

作为山大图书馆信息咨询和学科服务人员，我也一直在思考：师生教学和科研工作需要我们提供什么样的信息服务？我们能提供什么样的服务？

2016年岁末和2017新年伊始，借由教育部对我校图书馆开通“万象云专利信息分析平台”的试用机会，图书馆信息咨询中心完成《山东大学专利信息分析报告》。由于专利分析平台开通试用时间短，我校专利数量多，数据检索、验证和分析等工作量较大，所以大家团结协作，不辞辛劳，共同完成了山大专利信息分析报告。报告的主要内容包括：1.数据库及检索说明；2.山东大学专利情况及专利分析，包括发明、实用新型和外观设计，山大专利学科分布，专利的法律状况，山大专利国外申请情况等；3.山大学科带头人专利分析；4.山大专利转让、许可等运营情况。

检索和分析山东大学中外专利信息，有助于我校管理部门、科研人员和师生全面了解我校专利基本情况，了解我校专利的申请、授权及法律状态，提高我校师生专利保护意识，加强专利信息及专利技术的利用和管理，促进专利技术科研成果转化，增强科研创新，促进我校专利工作蓬勃发展。希望山东大学专利分析报告能为学校有关部门和老师们提供参考，也希望有专利信息需求的老师和同学们与我们联系，图书馆愿意为学校提供更多更好的学科服务。

作者：图书馆工作人员　马建春

1月5日　星期四　阴

历史文化学院本科生·昃晨晨

打开keep，看着首页上显示的数字，7923分钟，消耗72941千卡，这是我在过去半年里的运动记录。我不禁暗自感叹，都已经坚持这么久了。

其实在不久前，我曾一度陷入运动厌烦症之中，甚至出现了轻微暴饮暴食的现象。像很多急切想瘦身的人一样，我之前一直把瘦身作为运动的唯一目的。十分急切地，十分拼命地，甚至是几近疯狂地去做运动，同时还拼命地节食。这样的努力确实让我的体重达到了前所未有的最低值，之后的我却走上了减肥瘦身的歧途。对自己这么苛刻要求的结果就是终于来了一次彻底的大爆发、大清算：我开始讨厌运动，讨厌健身，甚至狂吃高油高脂的东西，将什么健康饮食、规律生活统统都抛到了脑后。那时的我特别迷茫，讨厌这么堕落消沉的自己，不知道运动到底是为了什么。难道就仅仅为了瘦身吗？那么瘦下来之后呢？我又该何去何从？

一个人想了很久，迷失的人也总会有新的开始，无论曾经多么堕落，也终会有觉醒的一天。我渐渐地认识到原来健身并不是每天必须要去完成的任务，因为你再怎么热爱健身，如果把它当成一项严苛的任务的话，那么最初的那份热情也会慢慢地被磨灭、散尽。所以，健身应该成为一种习惯，成为生活的一部分。

转变思想之后的我，渐渐地减少了运动的强度和频率，开始正常地进食三餐。也许，会有很多很多像我之前那样拼命运动减肥的人，我想告诉他们：请不要对自己那么苛刻，更不要急于一时，心态平和才是坚持下来的良策。如果不幸的你正在被暴食症所困扰，请不要放弃自己，战胜它，重新出发。

写到这里，我合上了电脑，点开了一组keep运动，以愉悦、燃动的心，任自己的汗水肆意挥洒。

作者：历史文化学院2015级本科生　炅晨晨

1月6日　星期五　晴

趵突泉校区图书馆工作人员·王雪莹

第一次来山东大学趵突泉校区是十二年前的事了，那时我和山东师范大学美术学院的几位同学一起来参加学习培训。沐浴着冬日的朝阳，我们从山师沿文化西路步行过来，一路上兴致勃勃地谈学业、谈艺术、谈人生理想，现在想起来，那是多么美好的一段时光啊！进入趵突泉校区北门，我们就看到了许多古典建筑，造型庄重大方，风格古朴典雅，颇具欧洲建筑的严谨之风。沿着布满金黄色落叶的银杏路向南走，到达长柏路时，我们同时被眼前的几座别墅楼吸引住了，这十二座西式楼房自东向西一字排开，形态各异，仿佛一个规模宏大的别墅建筑展览。屋顶歇山交叉，翼角上下错落，极富中国传统韵味。见识广博的舍友介绍说，这是西方建筑师将欧洲近代建筑与中国传统建筑相结合的一种创作。我们赞叹着这些建筑新颖奇特的造型风格，欣赏着它们被风雨岁月侵蚀后的古朴色彩，它们的风貌深深地印刻在了我的脑海中……

弹指一挥间，十二年光阴转瞬即逝。今天，当我作为山东大学图书馆的一名馆员再次进入趵突泉校区，重新面对这些古朴的建筑时，当年美好的记忆又被唤醒。带着对这些近现代建筑群的钟爱，我查阅了史料，看到了血雨腥风的历史：1908年，传教士卜道成以“永租”为名强购土地，筹建山东新教大学（1917年后称齐鲁大学）；1941年太平洋战争爆发后，齐鲁大学被强占为日军军医院；1948年济南战役前夕，为避战火，齐鲁大学文理学院迁往浙江杭州，医学院迁往福建福州；1951年，华东军政委员会教育部接管齐鲁大学并迁回济南。十几年的时间里，它们经历了太平洋战争中日军的强占和济南战役中战火的洗礼。由此，我更加欣赏它们在战争磨砺中展现出的顽强不屈的精神，对它们的情感由喜爱转变为尊崇。2006年，原齐鲁大学建筑群被公布为山东省第三批省级文物保护单位；2013年，原齐鲁大学近现代建筑群入选第七批全国重点文物保护单位。这些承载着峥嵘岁月和历史文化的建筑物在共和国的怀抱中越来越焕发出勃勃的生机。漫步校园，我看到药学院楼旁一树鹅黄色的蜡梅在冬日的阳光里竞相开放，幽幽的香气迎风袭来，沁人心脾，灰喜鹊在树上叽叽喳喳地叫着，岁月静好，生命不息。

如果说当年趵突泉校区留给我印象最深的是这些建筑群外表的造型之美，那么今天当我进一步了解它们的历史之后，我最欣赏她的是历经风雨磨难后仍巍然屹立的气度。

我静静地站在图书馆的书库里临窗眺望，几朵洁白的雪花从天空飘然而下，落在屋顶黛黑色的瓦片上，落在屋子浅灰色的窗棂上，建筑物静默而平和地守护着眼前的景色。我的脑海中不由地浮现出了老舍先生在《济南的冬天》里写的几句话：“最妙的是下点小雪呀……古老的济南，城里那么狭窄，城外又那么宽敞，山坡上卧着些小村庄，小村庄的房顶上卧着点雪，对，这是张小水墨画，也许是唐代的名手画的吧。”该文是老舍先生1931年春天在齐鲁大学任教时写成的，那时的齐鲁大学正是现在的山东大学趵突泉校区。我现在所欣赏的美景正是先生笔下所描绘的景色。

我爱济南的冬天，我更爱冬日里美丽的趵突泉校区！

作者：趵突泉校区图书馆工作人员　王雪莹

1月7日　星期六　雨

机关党代会党代表·宋　敏

下午3时许，伴随着雄壮的国际歌，中共山东大学机关第一次代表大会闭幕，机关改革发展从此迈上了新的征程。党代会代表和会议工作人员的双重身份，让我对大会有了一种特殊的情愫。

这是机关党委第一次召开代表大会，是一次意义深远的大会。大会选举产生了新一届机关党委委员，夯实了未来四年机关党建的政治和组织基础。校党委书记李守信出席了大会开幕式，在充分肯定机关党委工作的同时，站在学校事业发展的高度，对机关党委提出了坚定不移落实主体责任、持之以恒加强作风建设和坚持不懈抓好能力建设的要求，为机关党建工作指明了方向。机关党委书记张桂珍所作的报告，坚持了目标导向和问题导向相统一，对机关党建作出了系统的总结和科学的谋划，提出了建设一流机关的奋斗目标。讲话和报告使广大代表倍感振奋、深受鼓舞，对提振机关上下干事创业的精气神、汇聚推动发展的正能量必将产生巨大的推动作用。108名代表带着机关广大党员干部和教职员工的希冀和嘱托，本着对学校、对机关改革发展高度负责的态度，认真履职尽责，积极建言献策。专心地聆听报告，仔细地阅读材料，郑重地举手表决，认真地填投选票，用良好的表现充分展现出机关人积极向上的精神面貌。

这是我第一次作为党代表参加党代会。戴上代表证，坐在肃穆的会场中，主席台上党徽与红旗辉映，党员的自豪感和使命感油然而生。为了压缩时间，大会简化了议程，但是依旧严格按照党章要求，严谨程序，紧凑衔接。而越是这种严格的按部就班的程序和模式，越让我们体会到政治生活的严肃性和庄重性，越是能够激发深化我们对党的认识和对党内政治生活的理解，越是能够从内心深处受到党性的洗礼。

除了作为代表参加大会，我还参与了大会的筹备工作，主要负责了报告和讲话等大会材料的起草工作。大会的高规格决定了筹备的高要求，一步步谋划推进，一层层深入思考，一遍遍细致打磨，一次次反复修改，让我受益匪浅。另外，工作过程中，一直得到几位领导的指导和帮助，同兄弟部门的几位兄弟姐妹一起奋战，一起加班，增进了了解，加深了友谊，我想这也是弥足珍贵的收获。

当前，全校上下正在为创建世界一流大学而奋发图强，前进的道路上必然充满荆棘和坎坷，需要我们每一个山大人和衷共济、撸起袖子加油干。一流的大学需要一流的机关。大会的召开让我们对未来更加信心满怀。相信在此次大会的感召下，机关党委的建设和改革发展必将迈上新的台阶，实现新的更大发展。在这样的大形势下，我作为机关一员，也一定要积极地投身其中，做推动者，做践行者，立足岗位，尽好本职，贡献力量！

阴沉的雾霾始终遮不住奋进的光辉！

雄起，向世界一流大学进发！

作者：党委、校长办公室工作人员　宋　敏

1月8日　星期日　阴

国际教育学院硕士研究生·杨金燕

告别2016，您的记忆已经锁定。迎来2017，您的未来正在更新。

元旦的鲜花开过最美的时光，风干了枝叶但没能留下残香。打开礼盒时的怦然心动还可以想象，花瓣跌碎时的怅然若失却让人迷惘。日历上的年份换了数字，叫起来拗口，写起来也不太顺手。改掉保持一年的习惯着实不易，何况换掉叫了四年的校名、标记了四年的身份。从夏天的尾巴辗转到冬天的怀抱，好容易才念对校名，好容易才念清学院的名字，好容易才念顺自己的专业，好容易才不念及曾经。

还是会想念旧时留恋的美食，还有朝夕相处的那群人。五谷豆浆换成小米粥，麦香馅饼换成鸡蛋饼，牛肉罐面换成雪菜面，校门口都有鸡公煲，同样的名字不同的味道。相互催促起床的人换了面孔，却是一样的善良。这大约是生活最美的模样，有记忆可回味，有旧友可牵挂，有未来要拼搏，有新朋共前进。

没有最初的慌张，忙碌填补所有的空虚。入学教育周的逍遥早成往事，学习专业知识，阅读拓展文献，参与学生工作，管理学生组织，参加校园活动，进行专业实践。在室友熟睡的清晨默默起床，夜深人静时扑倒在床上，忙碌到跑着去吃饭，事情多到需要写备忘录。虽然新增的任务常常多于完成的项目，但是周末划掉所有条目时的畅快，给我深深的满足和踏实的幸福。最熟悉的感觉，就是这种忙到脚不沾地的充实。我能够感受到新鲜的血液在流淌，饱满的热情在激荡。终于，我变成了一个完完全全的山大人。汉语课堂上，山东大学是给留学生举例的高频词；办公室里，国际教育学院是应答电话的问候语；学习中，对外汉语是钻研探究的新方向。久处情真而深爱，感恩生活，所有的遇见。

不知道你还记不记得学期初捧回的植物，在所有被遗忘的日子里，它们都在窗台的角落里向着阳光寂静生长。所以，哪有理由倦怠呢？日历已经掀开新的一页，人生就要进入新的篇章，你还等吗？谁还在等呢！

期末考试、读不完的文献、码不完的论文，当然，也别忘记预订返程的车票，还有等你回家的人。

作者：国际教育学院2016级硕士研究生　杨金燕

1月9日　星期一　晴

基础医学院本科生 · 张美玲

不知不觉中，时间就从手缝溜走了。2016年第一次被人叫学姐，2016年的第一片落叶，第一次落雪，第一次考试……这个学期在各个第一次中，就这样不知不觉地过去了。

回想这一个学期发生的事情，仿佛昨天刚开始大二的生活，一切都猝不及防地发生，又猝不及防地结束。这个学期，有太多的惊喜和感动。第一次成为学姐，感觉学弟学妹们是真的把我当成了自己的姐姐，有什么问题都来找我，这种感觉是满足，是被需要，也在不知不觉中拉近了我们之间的距离。大学期间，也得到过不少学长学姐的帮助，感谢他们为我前进的道路点亮灯塔。除了第一次成为学姐之外，我也是第一次当部长，作为一名部长不仅意味着我的成绩得到了肯定，也意味着，我要付出更多的时间和心血来把这个组织建设好。在这个大家庭里，我找到了我的位置。因为喜欢志愿服务来到这里，有了一次又一次志愿服务的经历，也有了一次又一次的感动，谢谢我的大家庭——基础医学院青志协！第一次成为面试官，为我的部门招纳人才，在我眼里，现在和我们在一起工作的都是精英。这半年里，我们办了不少活动，大家共同献计献策，所有活动都得到了同学们的肯定和好评。不管怎样，下个学期我们还在一起，共同参加志愿服务，无志愿，不青春！

值得一提的还有我可爱的室友们，在宿舍文化节中，有了大一时候的经验，我们推陈出新，将节目改编得更加吸人眼球，取得了二等奖的好成绩。为了这个二等奖，我们一群不会跳舞的妹子一起苦练，我们自己改编队形，改编动作，一点一点完成，展示给大家一个不一样的我们。

大二上学期组织工作很多，所以分给学习的时间很少，这让我内心有点愧疚。下学期一定要多留点学习时间，毕竟在大学里，学习才是最主要的事情！有句话说：“专业选得好，年年期末赛高考！”真的是这样，医学生的专业课多、专业书厚，所以，每学期的期末考试，都是一场苦战，在趵突泉校区的图东图西图书馆，每天都要去抢座，稍稍懒一点，那可能就意味着要在宿舍里上自习了。秋天的趵突泉校区美不胜收，所以好多同学会到中心花园背书，在有美景的同时与书本为伴，以医学为伴，也是别有一番滋味！

大二上学期的生活在考完生理科目的那一刻画上了句号。不管怎样，这一个学期很充实，为了自己想要的东西一直在奋斗！希望自己在大二下学期更加努力，也希望我可爱的室友们更加开心快乐，自己想实现的愿望都可以实现！2017，加油！

作者：基础医学院2015级本科生　张美玲

1月10日　星期二　晴

哲社学院硕士研究生·袁　蓓

今天，提交了本学期的最后一篇课程论文，也就意味着本学期又结束了，更意味着我的研究生生涯过半了。回想一年半前入学时的情境，我又开始感伤：时间过得真快！

大四考研那会儿，我是那么纠结：考研？找工作？甚至一直到入学的那一刻我还在怀疑我的决定是否正确，但一年半的研究生生活让我庆幸当时的选择。我好幸福还在校园里做一名学生，好幸福周围依然是一帮“臭味相投”的同龄人，好幸福还有无私包容的老师为我指点人生。剩下的一年半我会用力去珍惜这些“幸福”。

研究生经历延续了我的大学校园生活，更准确地说，是升华。学无止境，老师的博学才识、同学的风华正茂、学术的热烈氛围，使自己的学识也在潜移默化中丰富。对于原本被调剂到的专业，现在的我对其充满了认同感与自豪感；良师益友，在这里我遇到了比我更加努力、比我更有温度、比我更懂情趣的人，我愿意成为像他们一样努力的、有温度的、有情趣的、更加优秀的人；张弛有度，感谢研究生时期还能有一段特殊的担任学生干部的经历，还能参加那么多缤纷的校园活动，使我逐渐成为一个有责任、有韧性、内心丰富的人。

我的老师说，研究生是“青春的尾巴”，似乎确实是这样。但我总是极力地否认自己已经是个“大人”，因为现在我还可以被别人称为“学生”，因为校园总是能包容我的稚嫩与任性。剩余的研究生生活，我会努力过得更加精彩，不负青春，不负未来。

作者：哲社学院2015级硕士研究生　袁　蓓

1月11日　星期三　晴

国际教育学院留学生·蟹江彩之

期末考试在即，我的学习压力很大，有时候甚至会受不了，在我的高级一班同学的帮助下，我才恢复了精神。回顾我的山大留学生活，跟中国同学以及世界各国朋友的交流，不仅提高了我的中文水平，也使我大开眼界。总之，我对这次交换留学十分满意。

2016年9月刚刚来到中国时，我没想到自己的中文发音那么差。随着交流机会的增加，我的听说能力迅速提高。我发现，自己之所以不善于作文与对话，是因为缺乏耐心锻炼发音、词汇，复习所学过的内容。跟中国同学交流时我才意识到，自己内心有千言万语，大多却表达不出来。我在这里的经历像爬山，有高峰，有低谷，幸运的是我在“爬山”的路上遇到了很多同学，在我几乎想放弃时，他们继续奋斗努力的样子不止一次使我内心震动。我既向他们学习中文，又学习他们认真的学习态度。我真的很佩服他们。

在这里的一段时间，虽然忙碌，却是我人生中最美好的时光。有时候忙得团团转，筋疲力尽地一回宿舍就睡觉。虽然我是语言生，但我本来想在新闻专业学习，在办公室老师的好心帮助下，我这个学期上了4门与新闻和政治经济相关的课：政治经济、广播新闻精品赏析、广告摄影、广告造型基础。前两天有政治经济课的提前考试，通过这次考试我意识到在中国读书并不是容易的事，政治经济课的课程要求比我们语言课的要求高很多。虽然我有时犹豫不决，也不够坚强，压力过大就想要逃避，但下个学期，我决心挑战自己的极限。我想，经历过在山大的奋斗拼搏，回日本后即使再碰到困难的事情，我也不会像以前那样轻言放弃了。

昨天对我来说意义重大。这一天不仅是我的生日，也是我最开心的一天。乾哥来济南为我过生日，还亲自给我买了一个很大的生日蛋糕，我特别感动。他并不是我的男朋友，却是唯一的存在。我在准备中国交换留学的选拔考试时，他花了很多时间帮助我，例如拜托他的中国朋友帮我的忙等。他离开济南时，跟我这样说："你用中文跟中国同学交流几乎没什么障碍了，我为你骄傲。"听到这些，我觉得自己学习奋斗过程中经历的所有痛苦都是值得的。

作者：国际教育学院留学生　蟹江彩之（日本）

1月12日　星期四　晴

环境学院本科生·李芸妃

一个学期紧张而又充实的学习生活，伴随着最后一门考试结束时的铃声而告一段落。我知道，这是我在山东大学的第三个寒假了。

回顾这个秋季学期，有付出，有收获，有辛勤的汗水，也有灿烂的微笑。与其他同学不同的是，由于我在同济大学交流了一年，所以当我再次回到母校的时候，我需要补修去年所未完成的课程。就这样，我这学期总共选修了34.5个学分的课程。有时候我还会拿自己打趣，要不是学校限制选修的学分最多仅能修35个，我这学期的课程没准会突破"天际"了呢！

其实，"万事开头难"这句话说得一点都没错。开学伊始，我便尝到了其中的滋味。虽说之前也了解过大三专业课难度大，任务重，并做了一定的心理准备，可没想到刚开学的时候，还是被结结实实地来了一个下马威。纯英文课本，双语教学的环境工程原理课程；知识点多如星辰与大海的环境化学课程；公式复杂烦琐到永远都背不完的大气污染控制工程课程；包含了无数种将小白鼠毒死方法的环境毒理学课程……各种专业课如雨点般噼里啪啦地砸了过来。现在回想起刚开学的那几个星期，都快不记得自己是怎么度过那些时光的。

不过庆幸的是，一切都刚刚好。在大一大二学完了全校基础课程之后，大三所接触的专业课知识还是比较有趣的。比如，最有意思的一门环境生物技术课程，老师完全将主动权交到了学生的手中。不仅让同学们自己做小组讨论、课堂展示，还将国际上最先进的科学技术知识介绍到课堂中来，让同学们自主设计并进行实验、撰写论文，为期三周的技术实验给我们小组内的每一位成员都留下了深刻的印象，让同学们酣畅淋漓地体验了一把科学家的感觉。接下来的几周时间，各个科目课程设计书的撰写都让我真真实实地体会到了设计工作的艰辛与一丝不苟。对专业知识的学习，让我对自己的环境专业有了更深刻的了解。

面对着济南冬天每日因为雾霾而显得灰蒙蒙的天空，回头又看了看自己手中刚刚复习完的大气环境污染物及其控制政策课程，我更加坚定了自己的信心与信念。作为环境学院的一名学生，积极地投身到祖国的环保事业当中，为环境污染的治理与美好环境的维护作出应有的贡献，是我，更是我们这一代人义不容辞的责任。不论前面的未知数有多少，我们总会扛起科学的大旗，以客观、实事求是、严谨高效的态度与方法来治理污染，保护环境，将自己所学的专业知识应用到祖国的环境保护事业中去。我相信，只要坚持下去，不抛弃，不放弃，我们赖以生存的环境总会越来越好！

作者：环境学院2014级本科生　李芸妃

1月13日　星期五　晴

政管学院本科生·程康康

洪楼五一八，名舍也。斯是陋室，内居六人，王姜孙赵梁程，皆名士，乃良善德馨、不拘小节之辈。

今试毕，年假至，本入极乐之境，然诸生俱有怅意，何也？盖孙兄虽已大二，日前静极思动，欲修法理，转投法学书院。虽有降级之虞，亦有断腕之志。此君之优秀，过笔试面试二关如反掌尔。然一入法院，将远赴青岛，兄弟分离，即在今日，岂不痛哉！

六人偕行，为孙饯行于风波庄。佳宴之间，言笑晏晏，觥筹交错。虽内有离别之忧，不现于外。初饮米酒，两坛之后，不甚满意。呼小二来，再呈白酒两壶，酒冽意浓，甚好。

东桌有六女，听其言语，亦为一舍之友，且应为余之校友。气氛已至，吾等六人有游戏之兴，欲玩大冒险，定约输者当至旁桌女生处索其微信号。四轮过后，胜负已分，恰负者为孙兄。孙有犹豫之色，诸友皆为之祝酒壮胆。良久，孙面露坚毅，有赴死之状，起身欲行。然东桌六女适食毕，皆出门而去。孙释然，曰有缘无分，非不愿也。众人皆嘘，后大笑，兴致已尽，亦结账出门。所谓乘兴而来，尽兴而归，何不乐也！

归来，微有醉意。思苏轼之言："相逢一醉是前缘，风雨散，飘然何处？"与孙同室一年有半，今一朝分别，怅然若失，万语难言，唯祝君扬鞭催马，鹏程万里。

青山不改，绿水长流，来日赴青岛，道一句："学弟可安好？"

作者：政管学院2015级本科生　程康康

1月14日　星期六　晴

政管学院本科生·滕传浩

今天，1月14日，考试周结束的第一天，同学们陆续踏上返家的旅程。上午送同学去南门停车场，一下子就看见了一辆辆蓝白色的大巴车，每辆车上都有一块牌子，上写"爱心返乡车"，发往机场或火车站。青岛校区虽然是新建校区，但各方面条件较完备，只是周边交通还不便利，这些车是学校与青岛团市委、青岛公交集团团委协商专为学生提供的，方便学生舒适便捷回家。看着老师们满脸微笑、司机师傅精神饱满，听着同学们的欢声笑语，我也不禁有些想家了……可我回家的行囊呢?

回望这一学期，作为青岛校区的第一批学生，第一次离开家乡来到这里，一切都是陌生的，来前自己和亲朋都还担心良多，但从校领导到书院管理人员，从任课教师到自己的导师，从学院院长、书记到导员，从校医院医生到食堂师傅……方方面面的安排、井井有条的工作，使我从从容容、简简单单地快速适应上了大学生活，并真切感受到了大学的魅力、大学对我的意义。

回望这一学期，丰富而别有情趣的讲座上老师们的教诲，造诣高深又和蔼可亲的导师崔桂田教授的指点，篮球赛上同学们的加油呐喊，校医院耐心德厚的华平大夫的热心周到……

回望这一学期，红瓦绿树、碧海蓝天的校园，“鼎”字形博物馆上的《孙子兵法》竹简幕墙……都是伴我现代书院人成长的决定性力量，是我生命中割不掉的一部分。这里的一师一友，都是我生命中最重要的人；这里的一草一木，都是我成长的伴侣与见证。

明天，我也要回家了，我想也会像离开家乡那样恋恋不舍，因为我爱这里，我爱我的大学，我爱我的大学生活。我也坚信，下学期我与我的大学会变得更好，因为这是一片洒满爱的热土!

作者：政管学院2016级本科生　滕传浩

1月15日　星期日　晴

口腔医学院本科生·张纯溪

入院培训是我们从本科生迈向社会实习医生过程中的重要一步。

今天，我走在日渐空旷的校园里，看着学弟学妹们纷纷拉起行李箱奔向火车站，奔向一个叫作家的美好又温馨的地方，心中难免艳羡。但想到今天的努力是为了明天的游刃有余，即使是入院培训，我也是鼓足了干劲。

负责我们入院培训的老师也是口腔医院的大夫。培训过程中，每一位老师都准备了大量的内容，对每一位同学的问题都进行了详细的解答。尤其令我们感动的是戚老师，在自己身体不太舒服的情况下，还给我们讲了一天口腔内科临床实习的注意事项和病例分析，课间还要去楼下安置病号。戚老师的课程讲得一如既往地高潮迭起。培训期间，同学们也都异常认真和仔细。毕竟，这是我们在以后的时光里需要一直从事着、热爱着的职业呀！

我印象最深的是医患关系的课程。医政办的祁老师精心准备了课件，为我们详细讲解。当今社会，医患矛盾是比较受人关注的焦点问题。在从业的过程中，如何做到更好地为病人服务，更好地协调与患者之间的关系，更好地保护自己不受伤害，是至关重要的。我深深体会到要真正做到使病号满意，首先需要不断提高自己的专业技术水平和操作技巧，这是一个口腔科大夫最为基本的要求。其次，良好的沟通能力是一个社会人必不可少的技能。作为一名医生，我们要能够从患者的主诉中判断问题的所在，尽量同时满足病情的需要和患者的要求。再者，医者仁心，要更多地站在患者层面看待问题，要有爱伤观念，才能更好地解决患者的病痛。最后，任何时候，都要保护好自己，一方面我们需要保护自己免受艾滋病、肝炎等传染病的感染；另一方面，我们要做好病例、知情同意书等重要医疗法律文书的填写与保管。这样，在一旦出现医疗纠纷且自己没有过错的情况下，我们能够拿起手中的法律武器，维护自己的合法权益，打击个别医闹以及无故寻衅碰瓷的非法人员，防止受到伤害。

从书本上的知识，到临床中的应用，看似一小步，却有许多路要走。如何把课本中的内容融会贯通，最终应用到临床上，应用到患者身上，这是我们从学生到大夫必须经历的阶段。在学习过程中，虽然我还有很多欠缺，还需要大量的经验积累和练习，但这是一个痛并快乐着的过程。

也许在今后的某一天，我再回想起现在的日子，嘴角会漾起微笑。愿有岁月可回首，对我来说，也许就是这个意思。

作者：口腔医学院2012级本科生　张纯溪

1月16日　星期一　晴

政管学院本科生·刘　鹏

刚刚放假，我就来了一场说走就走的旅行，这次的目的地是香港。

初来香港，就被这里便捷、舒适的城市公交系统给震撼到了。公交车和地铁几乎可以把人们送到香港的任何一个角落，而且公交车从来不堵车，即使没有私家车也丝毫不用担心交通的问题。香港的公交车上反复地播放着一个宣传片，内容大致是鼓励市民积极监督香港公交的服务质量。路边仍然插着一些之前立法会议员竞选的小旗。听姐姐说，之前每天都可以看到立法会议员竞选团队态度诚恳地向过往的市民发放宣传单，宣传自己团队的竞选理念，即使大部分人没有接过宣传单，也丝毫不影响他们的热情，始终面带微笑地向过往市民发放。我想这就是香港这座城市公共部门一切为民理念的体现吧。

香港人给我的另一个印象便是“走路快”。人们仿佛有很多事急着要去做，乘电梯的时候往往站在电梯右侧，把左侧给赶时间的人让出来，因而总能看到电梯左侧有人迈着大步快速地往上走，我想也许是快节奏的城市生活才让人们脚下生风吧。

来到香港的第一天，我就去了一直心心念念的海洋公园。一进园，我就乘观光缆车去山上看“海洋剧场”，观看海豚、海狮们的表演。乘缆车的时候还发生了一个小插曲，工作人员误把我和身后的一个姑娘当作了情侣，于是便“成人之美”，让我们两个人单独乘坐了原本应该六个人乘坐的缆车，气氛顿时变得有点尴尬。

由于是一个人出游，所以很多适合集体游玩的机动项目对我没有那么大的吸引力，因此我把更多的时间用在了游玩各种海洋馆上。近距离地接触海豚、企鹅、大熊猫等平时不能经常看到的动物，更觉得它们可爱且很有灵性。它们简单的生活，总能让自己把生活中的烦心事抛到脑后，那一刻、那一瞬只专注于与它们简单的互动交流。给我印象最深的是给海豚喂食的时候，它们发出的孩子般的叫声，仿佛是得到食物之后的满足，又好像是在与自己交流，像交到一个新朋友似的喜悦，原来人与动物之间真的是可以做好朋友的，那么纯粹，那么简单。

来到新城市的新鲜感让自己感到很激动、很特别，也让我更加期待着未来几天的经历！

作者：政管学院2014级本科生　刘　鹏

1月17日　星期二　多云

回访高中母校社会实践者·关　心

弹指一挥间，离开高中母校已是两载时光。曾经多少次梦回母校，独自漫步在恬静得像一幅山水画的校园，感受她的呼吸，回味我和她的故事，静静将这份美好留在心底。终于，今天我以山东大学优秀学子的身份回访母校，带着光荣使命，去体味那四年的余温。

高考之后，第一次有机会回到阔别已久的母校，一切，似乎都没有改变，还是昔日的模样。只是烟雨蒙蒙，给一草一木掩上了一层神秘的面纱。

站在那间依旧明亮的办公室门前，又看到那一个个似曾相识的背影，心情无以言表。只是，有一种很微妙很特别的感觉。路上遇到相熟的老师，一声“老师”换来一个转身，是不愿打破寂静的重逢。静默之后，她微笑，这情景真好。

母校的空气都是令人兴奋的。很快，我走到了重点班的门口，却迟迟不敢进去。当台下一百多双渴望真知的眼睛注视着我时，我对母校、对高中的感情如山洪暴发般不可抑制。从初中到大学，饱含激情，侃侃道来。当我说到自己还完好保存着的一摞高三数学卷子的时候，一阵鼻酸。当我讲到齐鲁医学的优良学风、优秀课程时，台下更是一阵悸动。情到深处，我抽泣了一下，才发现整个教室都是寂静的，只有风中还回荡着一个关于关心的故事。历时九十分钟，整场宣讲下来硬是把自己感动得眼泪哗哗地往下掉。最后，翠翠老师给我和青涩的学弟学妹们合了照。

从母校回来的路上，看着以前每天上学放学走过的再熟悉不过的街道，一样的路，一样的人，不一样的是一路上的心情。总希望这条路长一些，再长一些，让我和他们再多走一会儿，哪怕是一分钟，这样，就很满足。因为，在这里，和他们在一起的时光，我成长了。

一次回访母校的社会实践活动带来一次重逢的契机，再回来，不知又是何时。

日出日落，花开花谢，不知不觉中，灰尘早已尘封了高中时日夜为伴的书籍。紧张繁忙，终日劳碌，蓦然回首间，记忆早已将昔日鏖战高考时的身影忘却。然而，一丝火花，又将这将熄的思忆之火再度燃起；一点思念，又将这浅淡的记忆洗新；一次活动，就将这份思忆的鲜花化作实践的果实。

作者：口腔医学院2015级本科生　关　心

1月18日　星期三　晴

口腔医学院本科生·毛　懿

转眼间已经到了大学第四年，医学生的考试周一年一年地不断挑战着我们拼搏的精神和意志的极限。走出考场，心情燃到了极点，就像囚笼中的困兽，终于看见了广袤的蓝天。

既然如此，不如就这么出发吧，趁着激昂的热血，就去奔跑去见见天涯吧。于是我们来了一场说走就走的旅行，经过长途的颠簸，今天终于来到目的地——漠河，这个中国僻远的北陲，这个远离尘嚣不谙世事的边疆。隔着黑龙江的界碑，对岸是辽阔而安详的俄罗斯村庄，嘶吼一声，冬日的天空传回长长的回音，世界变得更加空旷坦荡，胸中的一腔热情也在这天地之间挥洒着。不远处的大兴安岭静静地怀抱着一切，就像满足地怀抱着一个甜蜜的秘密。

人站在大自然面前总会感觉到世界的神奇和美好，就像眼前的世界怎么可以如此辽阔无边而气势磅礴，令人叹服。皑皑的雪，巍巍的山，温暖的冬阳，从冰雪上折断，映射到女朋友的笑容里，那么耀眼。世界如此迷人，而今天幸福与我同在。

愿此刻长存，一切都好。

作者：口腔医学院2013级本科生　毛　懿

1月19日　星期四　多云

浪潮实习生·周　杰

济南的冬天，寒风阵阵。空气中虽有飘不散的雾霾，笔下却有写不尽的离思。回望在浪潮实习的三个月，每天早上总是“不情愿”地拖着慵懒的身体，揉揉惺忪的睡眼，洗漱完毕，然后匆匆奔往校车候车点，和一起实习的小伙伴们寒暄几句，又元气满满地开启了新的一天。不得不说，这是我平生第一次作为“准白领”与现实企业最真实、最直接的接触。当然，以前的一些兼职活动是不算在内的。兼职是以赚钱为目的，而实习是以学习和体验为第一要义。

刚开始的新奇与稚嫩渐渐散去，身上平添了几分职场人士的熟练与老成。自去年9月成功保研南开商学院之后，我就一直在寻找这样一个在企业小试身手的机会。最终，我定的这个小目标在浪潮生根发芽。

实践证明，现实企业经验和企业研究理论一样充满魅力。做事不如做人，人脉决定成败。在办公室，人际交往能力也至关重要。实习的三个月，我很感谢同事们对我的帮助和包容。从开始的陌生到后来的熟识，我就像一滴水珠落在浪潮人力这个大湖中，逐渐散开，逐渐融合，逐渐感受到浪潮人家一般的温暖。在这里，我还结识了许多校友兼同事的实习小伙伴，我们有说有笑，有玩有闹，共同学习，携手进步。广阔天地，大有可为；斗志昂扬，大有作为。实习期间，我逐渐完成角色转换，不断学习，不断反思，不断进步。尽管有时候会迷茫，会疲惫，但是在领导和同事们的帮助下，我很快再次融入集体，与这样一批优秀、友爱、奋进、有斗志的人一起工作，让我越来越自信，越来越幸福。

实习以来，我最深刻的感受是：决定一个人在企业中不断成长的不竭动力是时刻保持的新鲜感和开拓创新的进取心，是终身学习的态度，是踏实靠谱的作风和知行合一的品质。

志于道，据于德，依于仁，游于艺。作为一名本科即将毕业并继续研究生深造的大学生，我深知这样的实习机会来之不易。未来在南开的研究生学习岁月里，我一定会怀念这段幸福的实习时光。

走进浪潮，靠近优秀。Always do your best. What you plant now，you will harvest later.

作者：管理学院2013级本科生　周　杰

1月20日　星期五　晴

回访母校活动参与者·史一林

都说《北京东路的日子》道出了高中时代的留恋，之前的我不曾体会到，只在今天踏上了五一东路，看到夕阳映衬下的油田一中，才真切感受到我对母校的感情。

经过长达半个月的准备，在这次回访母校活动的过程中，我感触颇深。慈爱温馨的母校，融洽合作的团队，学习热忱的高三学子以及流利真诚的宣讲话语……无不融化着我的心。

听说今年高三的年级主任怕耽误学生学习不允许大学生进班宣讲学校，因此在去母校前，我做了充分的准备。我们给高三学子分享经验的初衷，终于打动了他，我们成功地在两个重点班进行了经验交流。申请成功的自豪感、喜悦感为我接下来的宣讲平添了不少勇气。

终于快要开始了，重点班的学弟学妹们早已安静地等待。在推开门涌来热烈掌声的一刹那，我被高三学子的热情感动到了；在分享经验时，被他们凝聚的眼神感染到了；在互动环节中，被他们对学习的热忱震撼到了。我想，年年都有这样一拨人能够满怀理想，努力奋斗。高三的学弟学妹们也被我们团队精心准备的PPT所吸引，因我们详细的讲解而受到启发，可能因为这是长达半个月的精心准备，这是我们团队间无私合作的成果。想到我们亲密的队友为了修改PPT熬夜到凌晨3点，真想点个大写的赞。

不知不觉两节课过去了，我们的交流会也接近尾声，当问到要不要继续讲解时，他们热情不减，要求再传输些经验，特别是在晚上，竟有学弟学妹主动联系我们咨询问题，这种感觉很奇妙。

回去时，望着教学楼明亮的教室，看着学弟学妹们紧张学习的背影，突然感觉一切都很快，一切都很美好。

回味一天经历，难免心怀感激——对山大、对母校、对老师。高三必是一段难路，回想自己那段时光已是匆匆。“千军万马踏蹄，江月何曾皱眉”，来时不在，去路尚远，对学弟学妹如此，对自己亦如此。

作者：口腔医学院2016级本科生　史一林

1月21日　星期六　晴

无人机协会成员・魏忠凯

转眼间，乘坐K52路公交的日子已过去一半，2016年对于我来说是不平凡的一年。回首2016，我收获的不仅有知识、友谊，还有成功和事业，这些经历都将成为我大学生活中最宝贵的回忆。

时光荏苒，岁月匆匆。这一年我开始接触无人机，认识了一群志同道合的朋友，第一次感受到了航拍作品被很多人认可点赞的喜悦；这一年我加入了无人机协会，通过我们的不断努力，协会在许多省级、校级场合崭露锋芒；这一年我和小伙伴们参加了全国工程训练大赛，并以山东大学H组第一名的成绩顺利进入省赛；这一年我有幸作为一名无人机飞手参与了山东大学青岛校区的启动仪式，并见证了青岛校区日新月异的变化……

2016，有过欢笑，有过感动，有过泪水。令我印象最为深刻的就是和无人机协会小伙伴们待在青岛校区的那段日子，我们顶着烈日调试飞机，尝试用无人机做许多从来都没有做过的事，夜里一起加班到深夜只为能早点建设好一个发展新生们兴趣爱好的平台。虽说那段日子很苦，很累，但是现在回想起来，一切都是值得的。

新年新梦想，展望2017，在学业方面，我希望自己能学会CAD制图软件，学到更多的专业知识并争取拿到奖学金；在科创比赛方面，我希望能够和我的小伙伴们在全国工程训练大赛（省赛）中取得好成绩，争取进入国赛并拿到名次；在兴趣爱好方面，我希望自己能学会更多的专业摄影软件，掌握更多的无人机知识以及航拍技巧，并且用无人机拍摄制作《2017山东大学航拍宣传片》。

跟着内心的声音，走到哪里，飞到哪里。能走多远，就走多远。能飞多久，就飞多久。

2017，我们一起加油吧！

作者：机械学院2015级本科生　魏忠凯

1月22日　星期日　晴

赴华东师大交流生·陈婉婷

假期已过去一半，大二已过去一半，我在华东师大交流的时间也只剩下一半了。半个学期似乎很短，如白驹过隙，考试周的忙乱恍若昨天，但当我回头看去，越过回忆，那个拎着行李箱敲开新宿舍门的下午，又仿佛在很远的从前。

我去交流的初衷，是因为我喜欢上海，而且随着了解的深入，这份喜欢有增无减。上海被称为“魔都”，是因为它真的是一个很有魔力的地方，爱它的人和不爱它的人都深深承认这一点。开放与多元的城市文化，是上海最吸引我的地方，在这个包容和公平的规则社会中，只要行动，凡事都有无限可能。

去年11月初开始，每逢周末的早上，我都会赶最早的一班公交车去徐汇区中心地带上英语课。6点半的清晨天色微沉，但公交车站已聚集了等待的人群，下车后人们一路上步履匆匆却信心十足。抬头望去，反射在高耸建筑物上的晨光并不刺眼，和路上的人们一起传达着这座城市向上的力量。

那些年代久远的狭窄弄堂里，曾有无数的文人大师居住于此；许多保存完好的西式建筑，更是出自各国设计师之手。所以，只要一有时间，我就背着相机去武康路附近几条安静的小马路逛逛。这些古老的弄堂与别墅和谐地居于闹市之中，保留着自己的那片天地。同时，在这里最大的好处就是让人有机会欣赏来自世界各地的艺术表演。在华东师大交流的半个学期里，我第一次去看了芭蕾舞剧，听了交响音乐会和钢琴演奏会。我想这些令人激动的美妙表演，一定会成为我一生中不可磨灭的回忆。

除了丰富的课余生活，华东师大中文系的老师们也非常有魅力。每位学生都可以自主选择喜欢的老师和课程，几乎每一门专业课的老师我都非常喜欢，并且他们大都幽默而富有激情，新潮且接地气，鼓励我们进行专业研究以及尝试写作，对待我们这些交流生更是像朋友一样给予尽可能多的帮助。同时，因为学校的大部分专业都在闵行校区，所有课程都会在公共数据库公布，这些都为蹭课提供了方便。这学期我旁听了摄影课和刑法课，还参加了就业创业中心开设的短期商业课程。尽管学到的知识有限，大多只是对相关领域最粗浅的了解，但我也因此认识了许多来自各个专业各个年级的同学。

不得不说，交流的经历确实使我的很多想法发生了新变化，让我心中的方向逐渐清晰。下个学期我在山大的室友们也会前往其他学校进行交流，我为我们的默契感到开心，也期待再次相见时不同的彼此。

作者：文学院2015级本科生　陈婉婷

1月23日　星期一　晴

济南老商埠区游览者·詹逸珂

今天借着看亲戚的机会，我游览了济南的老商埠区，感受到了它独特的文化气息和浓厚的古典氛围。

来之前我了解到，老商埠区是济南非常有特色的历史文化街区。时至今日，老商埠区早已不再具备商业与金融的功能，但却承载着众多市民对历史的回忆。一出火车站向南走，就可以看到许多风格独特的西式建筑。它们和济南明媚的阳光相映照，虽略显破旧但不失古朴，似乎诉说着一段段引人深思的故事。济南自20世纪初成为通商口岸，是全国第一座自开商埠的大城市。德国殖民者占据胶澳后，伴随着胶济铁路的兴建，势力延伸到省府济南，使资本的触角深入山东腹地。济南站的南面便是胶济铁路陈列馆，这里曾是胶济铁路通车后清政府兴建的铁路站房，是一座古朴的欧式楼房，恢宏而庄重，富有历史与时代感。这座站房与当时北面德国人修建的津浦铁路站房遥相呼应，形成了一个车站两个站房的奇特现象。后来到了20世纪末，北面的老站因客流承载量不足而被拆除改建，南面的站房则改建为历史陈列馆，留存至今。

陈列馆的西面，是旧的铁路电报房，整个建筑以褐色为主色调，窗沿造型别致，熠熠闪光，具有浓郁的新古典主义风格。或许修建它们的建筑师有很高的审美品位吧！再往里走，火车站的熙熙攘攘与车水马龙不见了，街道多了一分静谧与祥和。在经二纬三路口附近，我看到了许多邮政金融部门的历史建筑，诸如德华银行旧址、交通银行旧址以及原山东邮政总局旧址等。在纬二路上，还有清末和民国时期德国铁路专员的二层别墅，现在已成为民居，老式的窗户和烟囱清晰可见。往西走，还有著名的蔡公时纪念馆和经四路老礼拜堂。尤令我印象深刻的是经二路原山东邮政总局的旧楼房，外墙红白相间，阳光透过树丫，在墙壁上留下斑驳的光点。狭窄的街道上，悠闲的行人和车辆缓缓穿过，颇与上海老城的狭窄弄堂相似，的确很有韵味。

虽然现在老商埠区还有一些为数不多的老字号，如瑞蚨祥绸布店等，但多数建筑或成为民居，或成为办公处所，或因年久失修成为废弃的“老古董”。毫无疑问，老商埠区的建筑对记录济南近代的发展演变有很重要的作用，承载着一个时代的集体记忆，是历史的“活化石”，需要悉心保护。然而，现在我们对老商埠街区的保护力度还远远不够。走在小路上，我发现身旁的老建筑虽然古朴厚重，但大多灰暗无光，窗户玻璃破碎，门闩、门帘等也多有破坏。如果年久失修一直这样持续下去的话，对老城的文化遗产无疑会造成不小的损失。

对老街区的规划与管理者来说，是保护，还是置之不管？抑或是有限度地开发？这是一个值得思考的问题。我觉得，以保护为大前提，适度开发，在开发中加强保护或许是可行的办法。把老商埠保护好，就是保存老济南的近代记忆；只有保护工作做得更好，老商埠的独特魅力才能更好地展现在世人面前，提高知名度，让老商埠的规划和保护赢得更广泛的公众理解与支持。

作者：历史文化学院2014级本科生　詹逸珂

1月24日　星期二　晴

管理学院本科生・李子慧

一年又一年，倏然到了二字打头的年纪，猝不及防。

刚刚从济南出发准备回家，我第一次裹挟着春运的气息踏上归乡的路途。在凌晨火车站几十米长的检票队伍和人们着急回家的表情与谈吐中，我突然嗅到了一股陌生而熟悉、遥远却近乎可触摸的气味，大概就是人们常言的“年味儿”吧。岁岁都有年末，可从未意识到这滋味的耐人品寻，让我不禁追溯其源，企图找到这味道中熟悉的那部分的来源。

车厢里熙熙攘攘、吵吵闹闹的人群，应该都是奔着“过年”二字而来而往。他们或急切地想看到儿女成长的脸庞，或幸福地渴盼着父母欣慰的笑颜，而所有复杂独特的情感，最终都会归到两种事物上来——水饺和春晚。有人说，正是这两个东西绑架了信息时代的中国式春节，突然发觉，也许我也难辞其咎。当然，现在还加了一个支付宝。

那这猛地窜入脑海中的熟悉年味到底为何物呢?

还是小时候，妈妈经常说，新的一年就要让处处都有新的面貌，我要有新衣服穿，家也一样——需要里里外外来一次大扫除。这个时候我总会拖着放了一块抹布的水桶跟在妈妈后面，把家里每一个角落都擦得锃亮，那大概是一年里唯一一次真正实现了“热爱劳动”。

从得知一点点过年的苗头开始，我最期待的事情就是购置年货了。自那时起，每一次有进超市的机会，我都要东瞅西看地仔细记下自己想要的东西，生怕错过了唯一一次妈妈特批“要什么给什么”的“恩赐”机会。

贴春联是一项技术活，也是一项体力活。门钱子、单扇门、双扇门的对联张贴都有着它们内在的说法，而这项民间习俗延续至今，倒是令我感到庆幸的为数不多的事情之一。那时我还小，自然不懂其中的道理，不过仅是凑在爸爸身后对他的杰作加以修饰，偶尔做几个手工窗花进行点缀，已经足够使我感到开心和满足了。

年三十的电视机无论如何都会放映春晚，但小时候的我对这些节目并不那么感兴趣。除了钻进厨房惊叹一番妈妈的荷包蛋夜宵熟练的制作过程以外，我一直紧张等待的是十二点钟声的敲响——我一定要在那个时候准时拉着爸爸到楼下点燃鞭炮。我害怕鞭炮爆炸所以不敢亲自点，却期待听到它噼里啪啦的响声，看到身边爸爸妈妈火光映照下幸福的笑容。

那时候的移动通话还没有广泛普及，大年初一都是要挨家挨户拜年送祝福的。我拜年的目的当然是想得到拱手作揖后用来给我压岁的红包。

俗话说，初一十五都是年。在这长达半月的时间里，我总是在选购元宵灯和同小伙伴玩小烟花爆竹的嬉闹中度过。而每年的正月十五，手挽着爸妈的胳膊走上桥头，惊叹和尖叫着准时开始的烟花表演总是我对“过年”最后的执念。我总觉得，那种场景就像课本中描述的国外小朋友安迪家的圣诞节，让人看着心生幸福。

到站的提示音在车厢中回荡，我的思绪也不得不回到眼前的世界。草草准备的年货和年夜饭，华丽精致的春晚，手机中不断响起的套路祝福的提示铃声甚至鞭炮声都成了打扰。科技日益进步，难道年味儿在时代发展的洪流中被挤掉了？

我的年味儿在哪儿呢？不在春晚里和公益广告中、他人那感人肺腑的团聚故事里啊。我的年味儿不是混合在一起的抹布味儿、零食果儿味儿、年夜饭味儿、唠嗑味儿、油墨味儿、鞭炮味儿和烟花味儿吗？它们的调和比例刚刚好。

作者：管理学院2015级本科生　李子慧

1月25日　星期三　晴

寒假留校学生·兰兴霞

今年是我有生以来第一次不在家中过年。

为不能按时回家过年的学生准备年夜饭，是山大多年来的传统。而今晚的山大食堂，我幸运地与张荣校长共处一桌。除了校长，还有宣传部部长李平生老师，还有来自不同的校区、不同的专业，家乡在天南海北的同学们。

寒假的冷清、冬季的严寒，加深了同学们思乡的情绪，于是年夜饭饭桌上显得有些拘谨。大家默不作声，直到李老师出现。这位身材高大、言行潇洒的长辈和蔼地做了自我介绍，幽默风趣的言谈瞬间化解了之前的尴尬气氛。大家各自做了自我介绍。当我讲到自己从银川只身一人来到山东大学的时候，李老师也回忆了自己的大学时代："从老家来山大，路上要耗费三天三夜的时间，先要从水路辗转到南京，再坐火车北上，来到济南……"

这时候，张荣校长来到了我们桌前，与我们简单地聊了几句，新春联欢会便正式开始了。张校长来到台前讲话，言辞中充满对留校学生的关切，他还向我们介绍了山大的发展进步及存在的不足之处，还有新的一年的规划。联想到近几年来，我们亲身感受到的学校发展变化，以及张校长讲到的以学生为主体，我不禁有一丝动容，更多的是鼓舞。学校作为一个师生的共同体，建设世界一流大学，需要我们共同努力，一步步去实现。我们作为在校学生，不仅仅是学校发展的见证者，更是建设者，学校的发展和学生的发展是一个互补的过程。

在与校长的交流过程中，我发现，他并不仅仅是一位大学校长，更是一位师长，时刻与同学们心贴心、面对面，真诚地与我们沟通生活学习情况。校长希望我们不要拘谨，他说："我们都是一家人，希望将来你们踏上社会之后，也不要沾染上太多复杂的社会风气，要常回来看看我们山大这个大家庭。"他耐心地询问我们平时上网都关注什么，我们七嘴八舌地回答：看公众号、刷微博。得知我们上网时间比较长，他语重心长地说，大学生要克己，把握大好时光。觥筹交错之间，我的敬佩之心溢于言表。

时光飞逝如流水。遥想三年之前，我还是一个初出茅庐的中学生，今天已成为一位即将毕业的大学生。回首望去，终有无限的感慨和遗憾。然而人生终须向前看，我们充满信心，是因为我们相信未来；我们不畏艰难，是因为我们心怀希望。2017年已经到来，相信每一个山大人的心都连在一起，纵使前方困难重重，我们终将不忘初心。让我们携手共进，共同开拓我们山大人共同的未来！

新的一年，我们一起加油！

作者：哲社学院2014级本科生　兰兴霞

1月26日　星期四　晴

寒假留校学生·井永泽

年年总是过年，每年也总添新篇。

回想起昨天的活动，我的心里感触很大，这次说是特殊，倒也平常。特殊在于我是头一次参与学校组织的这种年夜饭活动。第一次参与这样的活动，紧张不安是难免的，说最后一句祝福的话语时竟然还有些结巴。倒不是如婉迪姐说的我唱一支《理想三旬》是去怀念我的理想，只是我听到这首歌的时候，总是想起家人，总是对我的并不多么优秀的家乡城市产生莫名的欢喜。我想让今天同我一起吃这顿年夜饭的人儿，思念起远隔千里的故土与亲友。亲友不一定大富大贵，家乡也不一定繁华昌盛，可人在异乡，惦记起来总是美好的那一面。

在本地上学纵有千般不好，可这逢年过节总是离亲人不远，抬脚就到，是最为幸运的。从未离家度过新春佳节，没有那种离乡的凄凉感受。看今夜宴席上的同窗与师长，虽不能同我一样幸运，家住泉城，可也幸而有山大，陪伴共享这顿年夜饭。

席间听张荣校长总结2016展望2017以至将来数年，心里也不免比较了一下自己的这一年。考入山大，慌慌张张匆匆忙忙地去做各种学生工作，学习上也很紧张，幸而最终的答卷不至于失望。想想未来，同桌的学长学姐看起来是那么璀璨，看他们的成绩，不知我能否有追赶得上的那一天。

身处泉城近二十年了，今夜头一次看见护城河畔那一排柳树上挂着的两串灯笼，估计是年年挂的，可是我只有今年在这个时间段遇到此情此景。1路公交夜里开得不算慢，河水逆着车东行，映着灯笼的红光，煞是好看。不知怎的，今夜的家乡格外美。

作者：机械学院2016级本科生　井永泽

1月27日　星期五　多云

青岛校区值班人员·李海岩

晨起，拉开窗帘，远处的山峦清晰可见，室内温暖如春，打开窗户，一股寒气涌入，令人倍感清爽。走在校园里，周围空荡荡、静悄悄的，放假了，大多数人都回家过年了。忽然有了孤独寂寞的感觉，或许是人逢佳节倍思亲吧。

走在熟悉的小路上，总是能看到不同的风景。天气晴朗，蓝天白云映衬下的四合院、博物馆、学生公寓显得那么优雅、古朴、安静。前几天的一场雪还残留在大地上，捧一把做个雪球投向前方，自娱自乐，过一把儿时戏雪打闹的瘾。

青岛校区的公路南北走向称之为路，如求新路等，东西走向称之为大道，如敬贤大道等，共有七条路九条大道。走在敦品大道上看见校园巡逻车开了过来，出于职业的习惯让我没有忘记提醒："注意观察，有事及时联系。""放心吧，活儿会干好的。"巡逻同事的回答清脆有力。

2016年，青岛校区保安队员日常巡逻里程达21000公里，巡逻过程中，队员们还做过很多拾金不昧之类的好事，获得了大家赠送的锦旗；并协助公安机关查处各类案件、参与调解民事纠纷案等工作。

我们这个职业说起来也蛮有意思，人家睡觉我们站岗，人家放假我们站岗，人家过节我们还在站岗，为的就是守望那一份平安、那一份祥和。为此，我们感到骄傲和自豪。

2017年对安保工作来讲是机遇也是挑战，随着六个学院搬迁而来，学生大量增加，安保任务会越来越重。努力学习，踏实工作，为青岛校区营造安全稳定的良好环境，是我们的工作目标。

今天就是年三十了，默默祝福同甘共苦的同事们吉祥如意！工作顺利！家庭幸福安康！

作者：青岛校区保卫处工作人员　李海岩

1月28日　星期六　小雨

临床医学院本科生·徐溢明

今天是鸡年的第一天，同学们大多在家中享受着寒假的愉快时光，往日熙熙攘攘的校园在蒙蒙细雨中显得格外寂静。因为承担了春节期间照看实验动物的任务，我按时回到位于趵突泉校区的实验室，进行例行的检查和维护。

这已经是我在实验室工作的第三年，也是第二次承担春节期间照看动物的任务。作为一项基本实验技能，照看动物看起来十分简单，却是极需要细心和耐心的工作。在打开笼具完成各项维护工作的同时，要密切关注笼中动物的状态，严防它们逃跑，还要注意自身防护，防止咬伤；对处于怀孕、生产、育幼等特殊状态的动物，还要给予特别照料，以防惊动它们。除此之外，房间的温湿度、通风系统的气压、水电管路是否完好等细节也需要时刻观察。

在其他人看来，照看动物这样的工作也许略显枯燥和单调。然而，科学的所有进步都是从最基本的工作开始的。作为研究者，应当有一点“坐冷板凳”的精神，认真对待这些基本工作，坚持不懈地进行探索，培养自己平心静气对待一切的细心和耐心，从纷繁复杂的表象中发现有价值的问题，为进一步研究打下坚实的基础。

作为一名大四的五年制本科生，明年的寒假将要在实习的岗位上度过，今年也许就是在实验室工作的最后一年了。回首本科阶段的科研生涯，最大的收获就是有幸进入实验室工作，成为科研团队的一员，在最基础的工作中体会科学的严谨，稳稳迈出向未知探索的第一步。在未来的深造之路上，我一定会怀念这段美好的时光。

作者：临床医学院2013级本科生　徐溢明

1月29日　星期日　小雨

青岛校区值班人员·张玉峰

年初二的清晨，除了是喜庆的日期，与往常并没有什么不同。我快步走出公寓楼，丝丝海风迎面扑来，凉凉的。前几天下的雪，还浅浅地挂在花坛的植被上。蓝天白云，红瓦绿树，具有时代特色的校园和教学大楼。漫步校区，习惯性地观看校园内的一草一木一景，仿佛看着自己的孩子一天天长大。而今天的不同是师生员工们都回家过节了，偌大的校园分外宁静，没有了往日那一群群朝气蓬勃的学生，也没有了大家忙碌的身影，只有我的脚步声匆匆。

走进办公室，看到大家熟悉、忙碌的背影，每个人都在为迎接新年的到来准备着，为每天的工作准备着，精心地擦洗着巡逻车和摩托车。过年了，也让每天陪着我们巡逻执勤的装备精神精神。大家对这些装备器材非常爱护，就像对待自己的兄弟。大家都充满了干劲，朗朗的话语中透着对工作的热爱，为节日的工作增添了几分活力。

已记不清多少个春节是在工作岗位上度过的，今年的值班却有着特殊的意义。青岛校区是新的校园，面积大，点位多，人手紧。特别是校区启用的第一年，运行不放心的点位多，安全保卫工作尤为重要，我们全体人员都在思想上高度重视，实行“一人多岗，多人一岗”的工作运行机制，形成了组织健全、责任明确、运行协调的工作机制，日常巡逻时间达8370小时，巡逻里程达21000公里，组织消防安全检查23次，并为1000余名新生组织了消防逃生演习。

大年初一，在岗位上依然忙碌着，远方的鞭炮声连连，一簇簇烟花在高空中竞相绽放。其实我想说，我不寂寞，我不难过，虽然除夕夜缺少了与家人团聚的温馨，我们却用自己的劳动换来了校园的平安。而我，安乐于这份工作，安乐于这个岗位。

平凡的工作，平凡的坚守。来到山大工作近二十年了，山大情缘溶进了生命的血液。这份情会越来越浓。我的山大，我的家。

作者：青岛校区保卫处工作人员　张玉峰

1月30日　星期一　晴

国际教育学院本科生 · 李晨煜

夜很深，我心里沉甸甸的，回想起大年初二“回娘家”的一顿团圆饭，我的心情久久难以平静。我们生存的大家与小家，有围墙的家与无围墙的家，有国界与无国界的家，“和”的身影无处不在——“家和万事兴”。

以前，经常听到人们说“回家”，我曾对之不屑一顾。这一刻，我才深深领会到，正是因为有家人的存在，才让我们有家可回，如果没有老人，我们也无家可归。

外婆把我从小带到大，如今的她却再也不能站起来照顾我了。看着她在康复治疗中一点点失去信心，看着她像个孩子一样耍赖，看着曾经的那个铁姑娘、老党员的精气神儿不再如以前，也看到她即使渐渐忘记了很多事情，但依旧清清楚楚地牵挂着这个家。一位80岁的老人，拥有5个子女，本应该愉悦地度过晚年。一位80岁的老人，还能有多少日子能够享受生活，还有多少愿望期待实现。外婆最大的愿望便是家和万事兴。

大家在团圆饭饭桌上你一言我一语，无不围绕这个话题，一起举杯道：“我们不会散。”可能有人会觉得很矫情。如果在以前，我也会觉得很矫情，可当真正面对生离死别，就会明白人的感情是那么脆弱。这个由5个小家庭组成的大家庭一起经历的风风雨雨，像长电影一般在我的脑海中浮现。家人齐心，相互爱护，互相支持，共同担当，什么困难都不是问题。

通过这次团圆饭饭桌上的聊天我才知道，大姨嫁给大姨夫前首先提到赡养父母的问题，同时告诉了他家里弟弟妹妹多、负担重，如果在一起，都需要一起来照顾。大姨一家人在这个大家庭中是最操劳的，他们竭尽所能默默地维护着这个大家庭。如今有了小孙女，他们更辛苦了，可两人任劳任怨，从不抱怨。家里每个成员都很感谢大姨一家人，正因为有了他们做榜样，这个家庭才能和和美美。如果我的外婆所面临的是子女们的你推我让、不被理会，忘记了母亲的含辛茹苦，忘记了血浓于水的亲情，而且当着老人的面争论房产、钱财，还谈什么家庭和睦？

百善孝为先，孝敬父母是千百年来的美德。大姨夫在饭桌上提到了“当今社会，现在越来越多的孩子都在学习欧美的先进知识、文化，却忽略了中国传统文化的传承”。没进入国际教育学院之前，我听到这句话也许心中不会有什么大波澜，但现在每当提及中国传统文化时，它都会时时刻刻警醒着我：如果连我们都不把中国传统文化的传承视为己任，那当代又有多少年轻人能重视咱们优秀的传统文化呢？又有多少人能继承发扬呢？

文化传承不能仅仅依赖专业学习与文化传播相关知识的人，更需要每一个人的坚守。作为国际教育专业的学生，传承中国传统文化是我们义不容辞的责任。我想如果我们每个人都能担负起传承中国传统文化的责任，我们中国必将以崭新的姿态屹立于世界民族之林。

作者：国际教育学院2015级本科生　李晨煜

1月31日　星期二　晴

赴日访学活动参与者·陈彦博

今年寒假，我有幸参加了由三菱商事支持的赴日访学活动，“幸运”“感激”是我对这次访学之旅的最大感受。九天的行程，我看见的不仅是鳞次栉比的高楼大厦，也不仅是净如明镜的碧空万里；我听见的不仅是无处不在的“你好”和“谢谢”，也不仅是温泉乡里的潺潺水声……最重要的，是内心的深深触动和满满感怀。

我的专业是物流工程，我也想就此次访学中参观过的松户物流中心谈谈我的一些感受。物流可以说是工业，也可以说是服务业。在追求高效率的同时，亦要有极高的服务水准。效率方面，不论是24小时不间断运作，同一仓库不同时段存储不同物品，还是满目琳琅的自动化仓库、物流设备，都对物流效率的最大化起到了巨大的作用。然而，在服务方面，我也看到了许许多多令人佩服之至的细节。小到每一个工作区一遍又一遍的提醒——“STOP配错”（禁止错误分类），大到每一个工作阶段都会有明确的责任分工，无不体现了一个成熟的物流企业的强大竞争力。当然，我所参观的这家物流中心某些技术并非十分先进，比如：在许多大型物流企业里，二维码已经逐渐取代了条形码，并且加入了RFID（射频标签）的使用，但这家还未采用；物流中心内的人工数量较多，除去一些堆垛机外，没能找到当前世界流行的包括AGV小车、机械臂等自动化装备；根据订单的需求制定作业计划无法达到JIT生产，对未来的扩大和发展可能很难有进步的空间。但尽管如此，我仍然十分钦佩三菱集团在拥有如此多的公司的情况下，依然能够通力合作。其旗下产业，基本涉及每一个产业，并且都拥有一条成熟的供应链。从电器的生产到物流到商店再到回收，甚至回收后的材料再生产，这样的方式能够很好地解决供应链上的竞争问题。

“千里之行，始于足下。”愿此行能有当下的收获，亦能指导未来的道路，同愿来自济南、青岛、烟台同行的小伙伴们彼此珍重。

作者：控制学院2014级本科生　陈彦博

2月1日　星期三　晴

临床医学院本科生·杜俊娴

我还没从过年的气氛中缓过神来，依旧依赖家的暖，想继续享受与好友的欢聚。但美好的时光总是很短暂，小小欢愉之后，聚在一起的人儿相继散去，新一年的梦等待实现，来年的谈资等待编织。我踏上了西去的火车，回到了山大。

这是大四医学生的最后一个假期，没有寒暑假，便感觉自己不再是一个单纯的学生了。自己天资不太好，所以想要利用假期时间，去齐鲁医院妇科肿瘤实验室学习，所以我在开学前15天回来了。自去年暑假开始，我就在这里做帮手。师兄师姐教了我很多。我从几乎零基础，渐渐学会了入门的东西。大多是细胞分子生物学的知识。我学会了养癌细胞，分切接转筛。因为转染有病毒，师兄没有让我做。我还学会了提蛋白，RNA，做western，rt-pcr，还了解了做实验的基本思路。做实验很考验耐性，因为很多时候，得不到自己想要的结果。

在科研的探索道路上，我觉得自己有时候有点惰性，虽说花了一些时间在实验上，但没有主动读文献、做研究的习惯，这个缺点需要改正。

想着想着，我已回到中心医院。宿舍一如年前走时一样寂静，只是多了些尘土。规整了行李，简单打扫了房间，和老师打了招呼，准备明天去实验室。

新的一年，希望自己不要太心急，按时作息，多些活力与快乐！小伙伴们，快点回来啊，我们一起努力，一起玩耍。

作者：临床医学院2013级本科生　杜俊娴

2月2日　星期四　晴

外语学院本科生·李皖宁

今年过年，我们全家来到辽宁锦州的姥姥家探亲。我见到了时隔三年未见的亲人们，看到了非常多的幸福和欣慰的瞬间，这些瞬间其实很平常，但内心会常常因其而泛起涟漪。

身处不熟悉的环境中，就像覆盖在不贴合的底板上，容易发现自己身上有许多突兀的边角，那是较以往发生了变化的地方。这次回家，我已经成了一名大学生、一个成年人，明白了有许多事情要去做和不能做。

全家一起吃团圆饭的时候，发生了意外。我们爱吃姥姥炖的酸菜汤，所以她提前炖了一大锅。吃饭了，姥姥正把锅中的汤倒进碗里，一瞬间没有端稳，那锅滚烫的热汤扣在地上，洒在了姥姥左脚上。屋子里原本欢乐的气氛瞬间变得紧张着急起来，妈妈和舅妈立刻冲上去扶着姥姥，用冷水冲洗已经红成一片的左脚，我和表姐急忙擦干姥姥单脚站立的那片地面，以免姥姥因为地滑再摔倒。一时间的慌乱过后，我和姐姐帮姥姥处理烫伤，涂抹上烫伤药，用绷带和纱布包裹住伤处。姥姥整个过程都大声念叨着“没事没事”“我不疼不疼”，明明被刚开锅的热汤烫伤，却丝毫不表现自己的疼痛，反而极力地安抚子女，甚至还担心我们吃不上酸菜汤了，作为后辈的我们感到特别心酸和内疚。还好有棉拖、厚袜的遮挡，加上处理得当，姥姥的脚背只是被烫红，没有严重的伤口。

这个家里有老人的爱和子女的孝心，庆幸自己生活在充满浓浓亲情的家庭中，真的很感恩很幸运。还庆幸自己真正长大了，成为十八岁的成年人，真正有责任也有了能力去照顾和帮助自己爱的人。

下午去看望了90岁的太姥，太姥早已满头银发皱纹密布，但依然精神矍铄，目光慈爱。我小时候总喜欢听太姥描述她在我这个年纪时经历过的抗日战争。每每讲起这段历史，和蔼可爱的老人就会顿时紧皱眉头，语气凝重，对待历史和历史中的人们，我们理应长存敬畏之心。

而在房子的另一头，有三两个叽叽喳喳的弟弟妹妹在床上嬉戏打闹，我和姐姐站在房间门口，看管着这些五六岁的淘气的孩子。恍惚中，眼前这一幕与我童年的画面倏然重合，十年前蹦跳在那张床上的小孩正是我啊，是已经成人的我和姐姐啊；而倚靠在门口微笑观看的，是如今已为人母的姐姐！思绪到此，我好像听见了淅淅沥沥的时光流淌的声音，生命的成长与延续是多么的神奇。

今年过年我的感触颇深，想对自己说几句话：长大成人的你，要尽自己所能，去关爱、关心身边的人，自觉承担起属于你的那份家庭、社会责任，毕竟你已经是个大人了，再也不能像小孩子一样不懂事地耍赖、发脾气。要理智地去权衡每一个选择和决定正确与否，对他人的利益负责，对自己的行为负责。

作者：外语学院2016级本科生　李皖宁

2月3日　星期五　晴

青岛校区值班人员·薛美玲

“丁零零，丁零零……”

6点的闹铃响了，今天是我在青岛校区校医院值班的日子。我赶紧起床，洗漱，用餐，然后从青岛市区驱车56分钟，到达43公里外的山东大学青岛校区校医院，开始一天的工作。

春节期间，往日充满活力的校园，一下子变得安静起来。而我跟往常一样，在熟悉的工作环境，例行医护交接班：清点交班物品，查看收费系统、药品、器械，检查仪器，检查保养抢救设备、设施，等等。当我的视线落在门诊日志上，一串名字映于眼帘。张某某，诊断：化脓性扁桃体炎；李某，诊断：急性阑尾炎。他们肯定又经历了一个不眠之夜，我的同事们，辛苦了！

对于医生和护士这个群体而言，没有周末，没有节假日。因为我们手里总有病人，总有写不完的病历和处理不完的医嘱。每次上班的时候都好像是披上铠甲的战士，精神抖擞走进校医院大门。从交接班开始，力争做到万无一失。

一年365天，天天在医院上班，你成了一名优秀的医生、护士，却也成了一位不称职的爱人、不孝顺的子女、缺少爱心的父母……医生和护士也有年老的父母需要照顾，有年幼的孩子需要呵护教养，对于亲人和家乡的怀念也不可谓不深厚，过年时却很难回家。当大街上张灯结彩、鞭炮齐鸣时，我们又怎能不想家，怎会不思亲？但职责所系，心中使命使然，我们才会舍小家顾大家。放弃团圆，给我们所服务的人们一份安心踏实和健康保证——“有我在，您放心！”这不是豪言壮语，却是我们作为医生的一份承诺！

虽然目前青岛校区校医院的医疗条件相对有限，但我们全体医护人员每日都全心全力做好本职工作，不负所托，迎接新的挑战。日复一日，每天都在忙忙碌碌的工作中度过。夜班更是一场硬仗，我们随时准备应对突发状况，多种预案在脑海里不曾有分秒的杂乱。充实的一天过去了，身体是疲惫的，但我的心里是满足的，想想自己的工作价值，溢出满满的幸福感。

虽然过年不能陪伴在家人左右，但我们的留守使留校师生得到了医疗保障，为学校在节日期间的正常运转贡献了一份力量。2017，我会不忘初心，不负重托，继续为守护师生健康，竭尽全力！

作者：青岛校区校医院工作人员　薛美玲

2月4日　星期六　晴

青岛校区值班人员·张胜林

春节期间，我一直在青岛校区学生食堂值班。这是我出生以来第一次没在家过年，心里还是有些想家，有些记挂家中的亲人们。

回忆起大年三十那一天，本来是跟家人团聚的日子，师生们和职工们都回家过年了。为不能回家的老师们和职工们准备年夜饭，是山大一直以来的传统。为了保证每一位前来就餐的人能吃到热气腾腾的饭菜，我们食堂的值班员工从清晨5点半就起床了，赶去制作各种小年糕、小饼等带有年味特色的点心，可口的粥和小咸菜。

青岛校区刚刚启动，今年春节校园中的人很少，独自走在静悄悄的道路上，回想起了往年在家中的景象，心里酸溜溜的。但想到还有和我一样不能回家、还在坚守岗位的老师们和职工们时，我的心里就释然了。虽然不能回家团圆，但我会让他们感受到我们这个大家庭的温暖。

中午，我们根据每个老师的口味做了标准的团圆饭，使每位就餐的老师虽身在学校，也能感受到温馨的家的感觉。下午上班以后，我们就开始准备晚上吃的水饺和饭菜。为了使饺子吃起来更有家里熟悉的味道，我们从剁肉馅、和面到包成水饺，全部是手工制作，没有使用任何机器。一刀一刀把大肉剁成肉馅，兑上精心调制的汤汁，加上我们心里对来年满满的美好祝愿，做出来的水饺一定是带着浓浓的家的味道，吃在嘴里也是满口留香。看着热气腾腾的饺子出锅，听着食堂中的欢声笑语，我们第一次同在异乡过年的人也感受到了温暖。看着老师们吃得香甜满足的样子，我们心里也感到很满足，付出再多也是值得的。

晚上6：30收拾完卫生，我仔细检查了水、电、气、门窗，确认安全后，心里长舒了一口气，终于可以下班了。看了一会儿春晚，外面鞭炮声不断，一簇簇烟花在空中争奇斗艳。可是再美的烟花、再好看的节目也掩盖不了我心中的失落，想起远在老家的老人和孩子，我抑制不住激动拿起手机，一一给家里的老人们打电话问声过年好、报一下平安。

在新的一年里，我们大家一起撸起袖子加油干，把工作做得更好！

作者：青岛校区食堂工作人员　张胜林

2月5日　星期日　晴

文学院本科生·刘煜东

昨天，跟着父母走亲访友的各种安排终于画上了句号，从年前就一直忙里忙外的妈妈终于可以踏实下来在家休息了，而我也终于能恢复自己正常的作息了，除了过几天还要看几场电影、组织同学聚会外，应该就没什么外出安排了。

能像往年一般在自己的家中陪家人过春节，干家务活，我的心情自然是十分舒畅的。不过对于总体来说偏内向、计划性很强的我来说，这个已经过去了一半的寒假给我留下最深感受的不是这届保守还颇具争议的春晚，也不是已经约定俗成每到春节就要拜访的亲朋好友和丰盛饭菜，而是我被过节打乱的安排，是我严重减慢的读书速度。腊月二十八到正月初七这十天里，我仅读了一百三十多页书，这个速度对于原本每天读七八十页书的我是根本无法接受的，照这个速度，原来读六本书的目标是不可能达成了。这有过节因素的影响，我也承认有自己的懒惰在作祟，但是过节的安排都完成后，我就一定要调整好自己去执行读书计划了，昨天我就读了六十多页，今天还要再多一些。

作为一个中文系的学生，我在上大学前读的书很少，文笔也很一般，来到山东大学后，进入了心爱的中文专业，想搞创作的我就开始为自己制定读书和写作的计划。读过最近名声大噪的《三体》后，我锁定了自己对科幻的兴趣，大一一年我读完了刘慈欣的所有作品，大二计划读完艾萨克·阿西莫夫、何夕和王晋康，并在其中穿插读丹·布朗的悬疑小说和一些文学名著，从悬疑中学习将故事讲得一波三折的技巧方法，从文学名著中学习文笔技巧。

我已在大一下学期和大二上学期分别写了一部短篇科幻小说和一部两小时科幻电影的剧本，近期一直在构思早已想写的一部长篇小说，已列出大纲并开始动笔，这也是我的寒假写作计划，下学期可能会穿插进行一些短篇科幻创作来投稿或参赛。

以上就是我总结的自己过去、现在和将来的计划安排，虽然现在速度有所减缓，但是根据自己大二上学期读十二本书的成果来看，我一定能完成寒假和下学期的计划。我认为，作为中文系的学生就要锻炼自己的写作功底，成为一个有理想有实力的山大中文人！

好了，今天就写到这儿吧，我要开始读书了，正在读艾萨克·阿西莫夫"机器人"系列的第四部书《曙光中的机器人》(江苏凤凰文艺出版社2015年版)，第321页：以利亚·贝莱被机器人抬了起来……

作者：文学院2015级本科生　刘煜东

2月6日　星期一　晴

社区工作参与者・柳　馨

作为一名公共管理专业的学生，我们了解、学习过很多关于社区治理的内容，也曾在济南进行过相关的调研，但是对于自己家乡社区的情况，我仿佛并不了解。最近我偶然看到了社区的活动宣传栏，萌生了对自己所在社区活动进行深入了解的想法。

恰逢春节，我也感受了一把社区在春节期间经常开展的活动——为社区的老人包饺子。在我所在的社区，很多退休职工、贫困家庭、残疾居民都参加了这次活动。可以看出，社区的工作人员在努力提供平台，为有需要的居民营造过节的气氛，丰富他们的生活。不仅仅有包饺子，他们还准备了文艺表演、小游戏等多种活动。对于参与进来的老人们来说，与其因为家中儿女都在上班，自己冷冷清清地过节，不如与邻里共享这份热闹。虽然原因有几分苦涩，但是这类社区活动的开展确实为他们带去了不少温暖。

这也让我有了新的感触，平日只在书本中学习“社区治理”的自己，其实未曾真正关注过家乡社区的状况，我曾认为在西北小城，“社区”其实没有形成，活动还难以开展。但是通过近几天一些浅显的了解和接触，我发现我所在地区的社区虽然活动形式还十分简单，活动创新度也远远不足，但是“社区共建”“社区治理”等概念已经传播得相当广泛。不同的社区也在根据自己的实际情况开展各种各样的活动。例如，附近的一个社区开展有文艺演出、唱红歌，甚至是英语角之类的活动。

在今天活动结束的时候，我所在社区的一位社工对我说了这样一句话：“社会即课堂，生活即教育。”她希望越来越多的大学生也能够参与到社区工作、社区活动中来。对我而言，这样的活动形式虽然简单，但是预示着很多新的可能。我切身地体会到，身处基层的我们确实可以从社区建设当中得到温暖、得到保障，以重建城市社区所追求的“公民之间的联系”，这是书本中所不能完全给予的体验和教益。

作者：政管学院2014级本科生　柳　馨

2月7日　星期二　晴

柬埔寨支教活动参与者 · 王怡心

我来到柬埔寨已经两天了，今天刚刚见到Sok Schoo先生和孤儿院的孩子们，感触颇多。

在国内便听说过Sok先生，他一个人收养了40多名柬埔寨孤儿。领队告诉我，Sok先生本身是个孤儿。2000年，他为了生活来到暹粒市内，在饭店做过服务员，在街上做过Tuk-Tuk司机，在吴哥窟做过导游……为了生计，苦活累活全做过，但最高收入也只是一天六美元而已。

暹粒周边乡村极其不发达，道路旁常看到奄奄一息的遗孤。最开始时，他仅是在工作途中捡回这些孩子。慢慢地，一旦有重男轻女的家庭养不起刚生下的女孩，她们便会被悄悄遗弃在Sok先生的家门口。从小无父无母的他，也许是动了恻隐之心，想给孩子们更好的生活。2006年，Sok先生用自己每个月微薄的救济金开办了一家孤儿院，将他们当作自己的孩子来养。11年来，Sok先生不断收养孤儿，并呼吁村子里交不起学费的家庭送孩子到孤儿院学习，让更多的人受到教育。

今天我见到了Sok先生，只有35岁的他已经拥有了50多岁的沧桑。他说："在柬埔寨的乡村，人们不会攀比谁比谁过得好，他们只关注一点——能否在这里生活下去。"听到他的话，我感到Sok先生真的很不容易。

让我深有感触的，还有孤儿院的孩子们。他们并没有我们想象的那么封闭、那么内向。Sok先生将稍大的孩子送入学校接受正规系统的文化课学习，稍小的孩子在孤儿院接受志愿者的照顾。也许是见到来自不同国家的志愿者非常兴奋，孩子们很热情，一见到我们便拉着我们做游戏，给队里的女同学编辫子，天真烂漫。他们的睫毛很长，眼睛很大，上课时时而认真，时而有些调皮。每当你生气的时候，他们便会装作很可怜的样子望向你，让你难以板起脸来。他们喜欢YouTube，喜欢新鲜事，喜欢旋律优美的英文或中文歌，喜欢一切没有见过的小玩具。他们大多想要成为医生、护士或者老师，用他们的原话来说："Because that could help more orphans like us."

今天听到“学习上课是他们为数不多的娱乐活动了”这句话时，我顿时感觉特别心酸。脑子里突然想起《童年》中的一句歌词——“当无忧的童年变成一张张相片，我开始体会从前的艰难。”希望在接下来的日子里我能够全身心投入，给孩子们带去更多的快乐！

作者：基础医学院2014级本科生　王怡心

2月8日　星期三　晴

数学学院本科生·陈安琪

我们去泰国的时候，正值其九世皇丧期。

在前往大皇宫的路上，导游向我们介绍九世皇普密蓬·阿杜德，夸赞他的勤政爱民、多才多艺。据他所言，泰国人很尊重国王，九世皇尤其受民众喜爱，人们自发在各地悼念他。我对泰国不是很了解，对导游所说半信半疑，回国后再看一些报道，发现事实并非如此，在此按下不提。

由于处于丧期，道路封闭，我们不得不在远处下车，顶着大太阳步行前往大皇宫入口。路上看到成群来悼念的当地人，多着一袭黑衣，步履缓慢，时不时低声交谈。有些像是学生，穿着校服，在路边或站或坐，围在一起说笑。导游所说悼念民众很多，所言不虚。大路上有四五官兵巡逻，骑高头大马，牵威猛军犬，在烈烈日光下巡视着来访者。空旷的道路更衬出皇宫的威严，一路喧哗仿佛都被宫墙隔绝开去。还未接近皇宫时，我看它是庄严肃穆。

等待是漫长的，汗流浃背的感觉已经很久没有了，我有些怀念家乡的寒冷。终于进去后，才发现外面的燥热不过是小巫见大巫，喧哗、哄闹，仅仅在门口就已经是人挤人了。如提线木偶一般摆好位置照了相，这是每个团队必“坑”之路。随着人流跟着导游到了内部。大皇宫很大，但向游客开放的不过一角。金碧辉煌自不必说，只是想象中的神圣感少了一大截。

“皇家导游”操着一口泰国特色的汉语，妙语连珠，一个个小段子逗得大家哈哈大笑，然而细细品味，却发现没多少有营养的东西。再加上环境嘈杂、内心烦躁，竟什么也没记住。之后，导游给了四十分钟自由活动时间，带着大家进玉佛寺。进去之后周围安静了些，但空气闷热，依然躁动不安。看那高高在上的佛悲悯世人，看那金光灿灿的锦衣照着金碧辉煌，看那四周不耐烦的人们走个过场，看那佛下的信徒虔诚地膜拜。顺着人流走，还未来得及仔细看看四周，就已经被拥出了门。吸一口气，清爽万分。在人群中挤个来回，就不剩多少时间了。同行者在抱怨时间太短，无奈，我们只好简单绕着大平台走了一圈，看看菩提树、藏经楼，走马观花，照照相，就返回集合地点，在导游带领下往出口走去。

“上车睡觉，下车尿尿，到了景点乱拍照，回家一问啥也不知道。”这句话被传说了这么些年，对于跟团游来说依然是真理。旅游，究竟有怎样的意义？

看过各种“说走就走的旅行”，便以为旅行能带给人超脱。可是，太多的人，加个旅行社，走马观花去各种景点，发个朋友圈炫耀，又有什么用？去卢浮宫看达·芬奇、梵高的画作，又对欧洲艺术有多深了解？如果说自然景观还能带给人视觉的震撼，那人文景观带来的，不过是相册中一张又一张的照片罢了。各种热门景点人满为患，满心欢喜地看着人头攒动，在人山人海中寻一处偏僻角落喘口气，心疼自己花钱买罪受，却对这种旅行乐此不疲，只因为多了炫耀的资本。这样看来，旅行似乎毫无意义。

但，美景不仅仅是目的地，还应该是在路上；旅行也不仅仅是目的地，还在感受沿途的那些人那些事，那些曾经发生在这片土地上的点点滴滴。不给一次旅行套上过多的目的，仅仅是去一个地方，赏一处风景，看一种生活，享一方安宁；逃离既有的生活，读万卷书，行万里路，不去思考究竟有什么意义，才是旅行真正的价值。

作者：数学学院2016级本科生　陈安琪

2月9日　星期四　阴

基础医学院本科生·蒋　昱

在完成了倒时差这项艰难的工作后，我总算从长达十二个小时的飞行中缓过劲儿来。为期一个月的赴美调研兼旅行就这样在旧金山万籁俱寂的清晨中悄悄结束了，没想到一个月的时间如此匆匆，仿佛双脚刚刚踏上那片土地还是昨日的光景。转眼就要和相处了一个月的好朋友分别，明明才开始渐渐地去了解对方，还有很多的事情要做，却只能留下一句“要保持联系”。

在美国的寄宿家庭生活是我最为珍贵的体验，或许以后很难会有这样的经历，所以我特别珍惜跟寄宿家庭的成员们在一起的时光。我们最开始是住在加州一个群山连绵的小镇，刚到没多久就是周末了，周末的安排是跟寄宿家庭一起活动。对于初来乍到的我和跟我住在同一个家庭的室友来说干什么都是新鲜的，所以当女主人问我们有没有什么特别想干的事情的时候，我们就像小鸡啄米似的狂点头。至少对我来说，无论做什么，能跟这样热情友好的一家人待在一起就是很开心的事。

于是，周六早晨我们跟他们家的一群孩子去了游乐园，被他们二儿子劝说着一起坐上了一个转起来超爽的离心机器。晚上去看了我人生中的第一场冰球赛，在此之前我只知道有冰球这么一个运动，其他一窍不通，规则也是一边看一边查的，但是现场热烈的氛围可以神奇地带动一个人的情绪，即使是完全的局外人也能被这种热烈的场面吸引而沉浸其中。

一个月的时光，除了第一次看冰球赛，我还经历了很多的第一次。第一次在大洋彼岸与同行的朋友们一起过春节，第一次实现了初中时许下的去环球影城的心愿，第一次在遥远的国度有了自己可以牵挂的人。我们都不知道未来将会如何，只是坚信总有一天我们还会再见面，望着家门口山坡上向我们告别的一人一狗的时候，我就是这么坚信着。

一个月的旅行就像逃离现实的一场梦，梦醒了，一切还要继续下去，只是自己的梦想清单上又会多出一个项目。

作者：基础医学院2014级本科生　蒋　昱

2月10日　星期五　晴

政管学院本科生 · 王芝媛

姥姥前年过世以后，这个老院子变得孤寂起来。舅舅、舅妈每日忙于工作，早出晚归，一日三餐都来不及在家中解决；弟弟在外地求学，就连寒暑假也不在家中休息几日，大部分时间也就只有姥爷独自在老院子中待着。

姥爷年事已高，身体还算硬朗，独有耳朵听不大清楚。每次家里团聚，大家都想多陪陪他，多与他说说话，无奈由于姥爷无法听清，每每对话总是驴唇不对马嘴。家人也渐渐失去耐心，各自聊起生活的近况，不再与姥爷交谈。这时姥爷会静静地坐在大家中间，安静地“听”大家谈话，然而最终还是缓缓起身，扶着栏杆慢慢下楼，在楼下的房间里静静坐着，点燃一支烟，望向窗外。随着时光流逝，以前与姥爷一起下棋、玩牌的人也都渐渐不在人世。怕姥爷孤单，他的子女们也为他买来了电视机、收音机、电脑等高科技玩意儿，想给老人家解闷，无奈姥爷嫌它们太过嘈杂也不愿去触碰。每日，姥爷都会静静坐在老院中，望着外面，任时光流逝。

今日，我来到老院中想陪陪姥爷。刚一进大门就看到姥爷一人在屋内坐着。看到我来了，姥爷十分高兴，忙招呼我进屋里坐，拿出了许多零食要我吃。我坐下“吼”着和姥爷说了几句话，姥爷勉强听到，缓缓答复，言语间流露出了对我浓浓的关爱与质朴的思念——在外上学，一定要吃好，照顾好自己。这些朴实的话语却不禁让我鼻头发酸。我起身帮姥爷打扫了屋子，发现屋中尘土已积攒很厚。姥爷缓缓说道：“人老了，每天都打扫屋子也扫不干净了。”屋中许多摆设勾起了我的回忆。曾经的那个大箱子，我和姐姐幼时常常躲在里面和姥爷玩捉迷藏；积满灰尘的象棋，在夏日的夜晚，姥爷坐在石凳上，口中念着“将军不离九宫内，士止相随不出官。象飞四方营四角，马行一步一尖冲”。那时的姥爷那么年轻，家中的家庭会议每次都要他来做最终的决定，我终于深刻理解了歌词中所说的“希望时光慢些吧，不要再让你变老了”。时光真的是一个奇怪的东西，在它面前，我们渺小而又平等。黄昏，我和姥爷道了别，他缓缓起身，将我送到胡同口，看着我坐上公交。我扭过头，看到姥爷还伫立在胡同口，望着我这个方向。远方残阳如血，晚霞似火。

在回家的路上，我想，随着时代日新月异的变化，新的产品层出不穷，但由于老人们接受的时间要比我们长，信息接收速度也比我们慢，这就造成了他们与时代脱节，我们口中的东西他们开始听不明白，也很难学会。对他们而言，最重要的不是子女为其置办一些新奇的玩意儿，而是子女的陪伴，哪怕是已经老眼昏花看不清人，耳朵听不清声音，只要让他们感到你在他们身边，他们就会开心，孤独永远是可怕的，对于老人来说亦如是。陪伴是最大的孝心。

作者：政管学院2015级本科生　王芝媛

2月11日　星期六　晴

材料学院本科生·郭思含

同一个地球，同一份责任。在环境问题越来越突出的今天，全国各地的环保状况成了我们寒假社会调研的项目。作为全组唯一一名生活在东北地区的长春人，我认为，要将长春市的环境状况和治理方法完整清晰地呈现出来，需要极其复杂的采访过程和整理工作。我首先拜访了长春市环保局副局长邹德涛同志。

在对话中，邹副局长言语恳切，一方面向我介绍了长春市主要的污染种类，另一方面表示，大学生能够如此注重环境保护工作，是一件值得欣慰的事。在大气污染方面，他告诉我，今天的科研水平尚不能将雾霾污染源的具体比例清晰地展现给公众，但在长春地区，燃煤、汽车尾气、工业粉尘三种污染源占据了PM2.5来源的80%。与此同时，长春市环保局已颁布并实施多项措施，使2016年优良天气的天数比去年同期增长了33天，全年污染严重天气仅有2天，相比去年同期减少了5天，这的确是十分显著的进步。

另外，在水体污染方面，邹副局长表示，其实水体污染的严重程度是要大于大气污染的，却得不到与大气污染同等的重视。说到水体污染治理，他向我介绍了兴隆镇九三集团长春大豆科技责任有限公司的动力车间排污系统，并将我推荐给了部门主任。

我跨越城区来到了兴隆镇九三集团进行实地调研。在室外气温低至零下二十度的室外排水系统区，第一道隔油池上方雾气腾腾，三个隔油池将大豆产生的无用油渣排除，留下非油状液体。再向前走，便来到气浮池和好氧池，可以看到气浮池中上浮的黄豆渣子，定期会有工人清理渣子，留下清澈的含可溶物液体。左手边两个池子分别为cassA池和cassB池，部门主任告诉我，因为池子底部是水泥灰色，所以池水看起来并没有那么清澈；但当流过这两池的水被重复利用时，的确是清澈无污染的。这里处理过的水一部分排到城市网地表，另一部分则用于工厂消防、洗衣、灌溉等非食用用水。

九三集团的污水处理系统不仅达标，更是所有工厂的学习典范。不仅如此，部门主任还告诉我，兴隆镇几家原来并不达标的企业，在2016年7月前都已完成了净化系统的更新，完全达到了城市排放标准。与此同时，政府环保小队的下派检查，已经变得越来越频繁，标准也变得越来越严格。

此次社会实践刷新了我对城市环保的认识，如今，环境保护法堪称是史上最为严苛的法律。在群众环保意识逐渐加强的同时，政府的监督力量也得到了史无前例的强化。照此趋势，我相信，在不久的将来，蓝天一定会越来越多，人们的生活质量和健康指数也会不断得到提高。

作者：材料学院2016级本科生　郭思含

2月12日　星期日　晴

政管学院本科生·张婷婷

过完正月十五，中国的新年算是过完了。

早晨6点，爸爸妈妈便开始整理保存过年祭拜时用的物品；6点半爸爸上班走了；7点妈妈也走了；7点半的时候，妹妹也去上学了。热闹了半个月的家突然安静了下来，只有窗外小鸟叽叽喳喳的声音。

很多人抱怨没有年味了，我也不例外。现代人越来越倾向于简单、快捷的生活方式，过年的程序被一省再省。古语说，过了腊八就是年。记得我小时候，过年是一件很郑重的事情。过完腊八节，我就放假了，和妈妈一起忙年。那个时候，忙年最重要的几件事就是备年货、大扫除、做馒头。小时候家庭条件也不是很好，物质上也没有像现在这么充裕，所以特别喜欢过年，因为可以吃好多好吃的。大扫除那天必定也是很郑重的，要全家大干一整天，扫屋顶爬窗台，小孩子就算帮不了什么大忙，也会里里外外地跑着递抹布，兴冲冲参与迎接这一年里最重要的节日。最累的应属做馒头了，每家每户各种花式的馒头要做上三四天，一天做两大锅。忙完这些，就是迎接大年三十了：贴春联、放鞭炮、看春晚、守岁、拜年、走亲戚。

而如今，又过完一个年了。年前，爸妈放假时离过年也就四五天时间了。年货也买得差不多了，几乎一次就能买齐，现在物质丰富，吃得多了便感觉吃什么都一样。纪录片《舌尖上的新年》有这么一段话："年味越来越淡，只因随着生活水平的提高，年夜饭失去了吸引力。"妈妈每到过年就抱怨：吃什么呢？你们想吃什么呢？我们都说随便，您随便做。于是年夜饭只好年年依旧。由于没有时间，大扫除被安排在了晚上或者中午；做馒头太累，大家又吃不完，只做了一天半，年前时间竟然还很充裕；以前，爷爷总是指挥我们祭拜时应该先做什么后做什么，而今年，由于我家正处孝期，根据习俗，家里没有贴春联、放鞭炮，因此这个年三十过得有些空空落落；春节晚会还是年年都播，但已沦落成刷手机时的背景音；人们年初一拜年的时间是越来越晚，走亲访友也越来越形式化，只是中午去吃一顿饭，或者干脆不去，因为要上班。

年味就这样淡下来了。我突然觉得“繁文缛节”也不一定都是错的，过年程序的简化让我们没了“仪式感”，就像《小王子》里说的：“仪式感，就是使某一天与其他日子不同，使某一时刻与其他时刻不同。”

还是想过一过儿时的年。

作者：政管学院2014级本科生　张婷婷

2月13日　星期一　晴

校园宣讲者·苗　荣

新年结束，我的“相约山大，励志启航”之旅正式开始。这次总的感觉可以用准备前很紧张、过程很轻松来形容。

在年前，我就联系了高中的班主任，确定开学的第一天去宣讲，内心还是充满激动和期待的。一早出发，大巴车上几个小时的时间竟然不觉得是煎熬，也许是有期待才会觉得幸福。联系好三五个高中好友，参观了如今变得更美好的市一高，坐了我曾经坐过的座位，去看了朋友曾经写下的爱情箴言，最后怀着忐忑的心情走向宣讲的教室。路上偶遇武大学子的宣传，我们互相交换了明信片，并交流了各自的准备以积累经验；之后又遇到空军工程大学的一批穿着制服的学生，他们走路端正，也许是这身衣服使他们更加意识到责任的重大。

和老师沟通意见之后，我从四个方面进行了我的宣讲：先是从我的故事中介绍我的性格和经历，之后向他们说了我的经验和教训，之后便是山大的介绍和答疑环节了。我记得我是这样开场的：你们现在的心情是怎样的呢？有人说害怕、紧张、焦虑，我完全可以理解，为什么呢？因为由于重症拖拉，我的PPT一直修改到半夜1点，所以学姐完全能体会到你们的心情。然后宣讲就在一片欢声笑语中进行，全程无障碍方言交流使得效果更进一层楼。

对山大的介绍，我除了用山东大学最萌宣传片视频作总体介绍，还给他们介绍了我的大学生活，以及告诉他们学习才是学生生活的主题。介绍山东大学时，我谈到山大的师资力量和校区之大以及历史之久，介绍完各具特色的八大校区和悠久的历史后，一种责任感也随之而来。

在所有环节结束之后，老师向我们表达了谢意，希望我们能常回家看看。希望这次的励志宣讲可以给他们筑梦启航，更希望山大将来会成为我们共同的家。

作者：外语学院2015级本科生　苗　荣

2月14日　星期二　晴

公卫学院本科生·师　方

不知从何时起，西方的情人节在中国越来越流行，每每到这一天，小区门前的广场上总是能看到怀抱玫瑰、手牵手闲逛的情侣。不过在现在这个年代，无论什么节日都能过成情人节，这样的景象倒也不稀奇。莫说情侣，在这一天，单身狗们也都结伴出来凑热闹，闺蜜几个，基友一群，反正也是闲，在家被虐不如出来主动被虐。我跟闺蜜俩人也应时代趋势号召，出来遛弯。

其实是我拉她出来的，昨晚心血来潮想买花，倒不是送其他什么人，是想送我妈，2月14日对于我而言就是个普通的日子，但我想让老妈过得不普通些。虽说我是现实主义者，觉得花这种东西远不如几个烧饼实惠，但老妈的优雅魅力让我觉得花实在很配她，加之从小到大未如书中所写送母亲康乃馨的愧疚，让我下定决心一定要送老妈一捧火红的玫瑰，浪漫一把。而我爸又是个不识风雅为何物的人，买花浪漫这种事，指望不上他，还是得我来做。

本来是想送一束红玫瑰的，火红的颜色，配上暗黑的包装，外蒙一层银灰的细纱，妖娆又典雅，平时老妈行事作风简洁大方，我内心里很想让她忘掉年龄，肆意而为。打定这样的主意进了花店，却被那一捧香槟色的玫瑰夺去了目光，一片花花绿绿五彩斑斓中，那捧玫瑰实在太与众不同，典雅、圣洁，棕色的牛皮纸包装显出温婉，些许干花点缀更添了清新。瞬间，那些火红粉嫩、蓝色妖姬被我抛诸脑后，心中只剩了那香槟色的芬芳。

与闺蜜一起蹲在花筒边仔细地挑拣着，千挑万选选出了十朵，配着翠绿的枝叶一起捆扎，修剪根枝，用牛皮纸一层层仔细地包裹，罩上白纱，缎带系紧，最后干花点缀，盈盈一捧，真是令人心醉。抱在怀里的那一瞬，我突然明白了人们对花的执着。为何送花这一习惯老套陈旧，却自古至今，从无停休？只因，真的很美。

晚上吃饭，我爸请客，我特意让订在了安静的韩国料理店。看着我妈怀抱那束花低头微微笑着，灯光柔和，典雅清新，低调高贵，花美，人更美，这种感觉，真好！

作者：公卫学院2015级本科生　师　方

2月15日　星期三　晴

政管学院本科生 · 宋远航

开学进入倒计时阶段，我提前踏上了返校的列车。

列车如脱缰野马一般往前奔跑，车窗外的景色向后退去，我的心却还留在爸妈目送我出门的老街口。

每次离开家，心里总有百般滋味。一如往常，父母还是站在家里的店面门口，父亲一只手背着，另一只手夹着烟；母亲双手微微合抱在胸前，笑眯眯地看着我，说了不送，一双脚却欲止又行。我知道，每次父亲在送我哥和我姐去上学的时候，他总会一言不发，默默地大口大口抽烟；母亲也会不知不觉地迈着细碎步子从店门口挪到隔壁家店前的绿荫树下，然后终于停下步子，望着哥姐的背影渐行渐远消失在街角，久久没有收回送行的目光。和以前回学校前的做法一样，我总把收拾整理行李这件事儿留在出发前的最后两个钟头里来完成，这样就能假装自己还不离家，让自己的心情不要如此低落，更是想着为了让父母哥姐脸上的笑容多逗留一刻。

现在躺在深夜的列车上，伴着列车碰撞轨道时所发出的沉闷的哐当声，我敲击着键盘，想起了朱自清先生的《背影》，那个起初因为事儿忙抽不出身而本已再三嘱咐茶房要照顾好儿子上车的父亲，最后还是放下手中的事务亲自在车站为儿子送行，理由却只有一句简单的“不要紧，他们送不好”；那个为了给儿子在车站对面买三五个橘子留在车上吃而拖着微胖的身子吃力地跨过轨道爬上月台的父亲，回来却仍旧面带着故作轻松的祥和笑容；家信里那句“举箸提笔，诸多不便”，在信里的字句落笔“我身体平安”的背后，老父亲又是强忍着多少言语和疼痛。

我在想，我们是父母最大的牵挂，我们是他们一辈子不停地工作和拼搏的动力。可是仔细想想，我们做子女的，正在学着独自去承担责任，去奋力打拼，去尝试着独当一面。在这个过程中，是否忘记了回头看看：家——那个我们梦与希望的出发点，父母——那教会了我们牙牙学语蹒跚学步的启蒙老师，他们还好吗?

我想起了龙应台先生的《目送》：我慢慢地、慢慢地了解到，所谓父母子女一场，只不过意味着，你和他的缘分就是今生今世不断地在目送他的背影渐行渐远，你站在小路的这一端，看着他消失在小路转弯的地方，而且，他用背影默默地告诉你：不必追。其实，我觉得很多时候，我们作为子女，用背影默默地告诉父母不必追不一定都对，有时候，我们可以选择回头看看，向他们挥挥手，告诉他们我们前行的方向。

回头想想，进入大学快两年，我一直坚持着每周都给父母通电话，至今从未落下过任何一次。现在新学期的目标中，第一行仍旧是：少一点游戏，和老爸老妈多一点电话；少一点旅游，大小假多一点回家。

作者：政管学院2015级本科生　宋远航

2月16日　星期四　阴

基础医学院本科生·刘尧戈

按照实验室的工作安排，我于两天前便早早地回到了学校。今天我的任务是带着刚进实验室的大一新生们熟悉最基础的实验流程。虽说已经有两年多的实验经历，可是让我带领新人进行实验也是第一次。为了扮演好靠谱学长这一角色，昨天晚上我便开始用心搜集关于本次实验各方面的问题，以期让他们在今天的学习中能够收获更多的知识与经验。

正所谓计划赶不上变化，虽说我昨晚已对今天大致的流程有了初步的预计，然而还是发生了种种意外。比如，以前总会耗费很长时间才凝固的胶体，今天则一下子凝固了，这让我们的实验不得不重新开始。再如，实验中配好的试剂等快要加进去时才发现没有充分混匀，甚至有位新同学因操作不慎而割伤了手掌。

面对着种种“飞来横祸”，以往习惯于依赖学长帮忙的我，今天不得不独自处理这些问题。作为新同学的引导者，我必须尽可能规范自己的操作。此外，由于他们的种种问题我都要给予解答，还要翻阅大量之前的实验记录，这就使得我在教导他们的同时，对以往的实验经历有了更深入的认识。

此外，今天的经历还使我明白了怎样才能有效地教导他人。面对性格不同的“学生”，当你发现你的知识不能被对方及时地消化吸收时，那么，你就需要注意及时调整自己的方法。而在这一过程中，耐心则是最为重要的。回想起带自己做实验的学长，以及当年学生会里的部长们，我开始反思自己与他们的差距：在帮助他人成长这一方面，我要学习的地方确实还有许多。

责任能够带来成长。当一个人需要独立面对一些问题时，当一个人成为别人的依靠时，他往往能够在困难中不断进步与成长。而一个人唯有不断地成长，才能承担更多的责任。

面对困难，我不会选择后退。在越走越远的科研道路上，我愿始终坚守本心，砥砺前行!

作者：基础医学院2014级本科生　刘尧戈

2月17日　星期五　晴

中海地产实习生·路守望

今天是在中海地产济南营销公司实习的第30天，这是我大学的第一份实习。能作为实习管培生在中海这样的大公司和很多优秀的同学一起实习，向公司中诸多很牛的员工和领导学习，我感到非常幸运。一个月的时间里，我经历了渠道、数据分析、策划、客户服务等岗位，组织举办了3000多人参加的大活动，整理了上万组客户数据，做了若干个PPT，汲取了很多人的经验和方法，感受了很多，收获了很多，成长了很多。

作为一名考研学生，由于自己的考研复习准备时间只有两个多月，加上考场上做数学卷子时的沮丧和失望，在考试结束后的第一时间，我就感觉自己肯定没戏，然后脑中蹦出的第一想法就是要找工作、要实习。快船迟开后进港，笨鸟先飞早入林。既然已经知道准备不足的痛苦和艰难，那么自己必须痛下决心早早行动。于是，我在网上看实习招聘，并向跟自己所学专业有一些相关性的中海地产投了简历。

鲁迅说："一碗酸辣汤，耳闻口讲的，总不如亲自呷一口的明白。"在中海的实习让我对此体会深切。中海的招聘跟其他公司的招聘略有不同，它的进入门槛很低，基本达到招聘通知要求即可，但是在实习过程中需要迅速学习相关的知识技能，经历一轮又一轮的面试和考核。我在中海这一个月的时间里，经历了四轮面试，有的显得严肃拘谨，有的则像是聊天，形式各异，面试官往往可以从你的言谈举止中判断你的基本素质和发展潜力。一开始我也像诸多小白一样，觉得没有西装革履的面试就是走走形式，但是往往越富有活力、紧张激烈的公司越不关注形式，而是注重内容和结果。

刚进入公司，自己就像一张白纸，因此态度非常谦恭，感觉身边的每一个人都很优秀，他们会知道公司非常多的知识和信息，每个人都做着很多自己还不会做的工作，于是感觉要学的要做的太多，有一种谦虚好学的心态是很有必要的，但是不该妄自菲薄，因为他们知道得多，是因为来得早、肯学习，如果自己也愿意付出时间和努力，他们的高度并非遥不可及。待的时间长一些，我觉得自己好像又产生另一种极端的心态，觉得公司里的老员工也并不是那么优秀，很多事情交给自己做可以做得更好，然后就会不自觉多了许多的吐槽和不屑，但是这种心态其实也是应该警惕的，因为“觉得很容易”和“做着很容易”真的是两码事，这些事我们不亲自去做，是不会发现其中的烦琐和艰难的，而且每个员工既然都可以留在公司，那必定是有他的价值和优势，所以对他们妄加鄙夷，确实有点夜郎自大了。不管是面试还是实习，总应该摆平心态，不卑不亢，诚恳好学，少说多做，才会更快进步。

面壁十年图破壁，难酬蹈海亦英雄。在这个奋斗的年纪，我很感激来到中海这个残酷的练兵场，因为我是一名战士，一名渴望不断成长的战士。

作者：管理学院2013级本科生　路守望

2月18日　星期六　晴

山东大学自强社社长·王肖宇

六天，就这样悄然而逝。这是一场盛大的公益之旅，这是一次成长的青春路标。

我有幸收到中国扶贫基金会的邀请，于2月13日至18日代表山东大学自强社参加了由中国扶贫基金会组织的大学生公益社团领袖集训营暨新长城自强社社长培训，和来自全国100多所高校的公益社团负责人齐聚北京，共同交流。

还记得初看到集训营的议程时，心里暗暗吃惊。议程安排得很满，但每一个项目看上去都那么吸引人，当时就下定决心要谦虚学习，不能浪费这么好的一个机会。培训从入营的第二天开始，首先是由基金会的秘书长刘文奎作关于中国公益的未来的阐述，接着是由来自北京大学的金锦萍副教授作关于《慈善法》的解读。下午是由来自国际美慈、益微青年以及国际义工等公益组织带来的关于公益的介绍和实践的分享。通过一天的学习，我第一次从真正意义上理解了“公益”的概念。第三天的培训，从创新思维培训和数字化思想说起，接着由来自企业和各高校优秀社团的负责人分享了一些由企业冠名的中国扶贫基金会的品牌公益活动。通过这一天的学习，我学习到了多种公益活动的组织和创新方式。第四天和第五天可以说是干货最多的两天，很荣幸地听到了来自ABB人力资源部负责人关于如何通过有效的沟通影响他人的培训、2016年十大感动中国人物之一秦玥飞关于自己公益创业故事的分享和北京区域希尔顿酒店总经理马东尼的关于管理和领导力技能的培训。同时，我们还系统地学习了关于如何利用新媒体传播和关于会议组织技巧的培训。

最令我难忘的是今天，也就是集训营的最后一天。在基金会负责人的带领下，我们参观了基金会和今日头条公司。接着，我们来到了鸟巢，为小组发起的公益众筹项目进行实地劝募。当然，在劝募过程中，被拒绝是很正常的，但在团队14人的共同努力下，在不到24小时内我们成功募集到了7000多元，成为集训营10个小组里募款最多的小组，完成了目标的91%。我们再一次证明了公益的力量!

经过这六天的培训，我深入学习了关于如何管理好社团的知识和一些实用技能，同时也结识了一群优秀的小伙伴。不仅如此，培训过程中的许多故事和经历也让我对自己的人生有了更加清晰的认识。年轻没有失败，坚持目标持续向前，我的人生定会很精彩!

作者：管理学院2015级本科生　王肖宇

2月19日　星期日　晴

护理学院本科生·吴柳柳

2月19号，很特殊的一个日子——嗯，开学了！好像所有的一切又回到了原点。新的起点，新的开始，开始转换心情，开始调整状态。有的同学措手不及，有的从容不迫。

我本应该是措手不及的，却表现出仍是从容不迫的样子，夹着未完成的寒假社会实践日志，慢悠悠地来到了图书馆三楼，却被馆内的景象微微震惊，虽然还未正式开馆，但是大厅里已坐满了人，他们既不是像我这样来补“寒假作业”的，也不像是无聊中来图书馆小憩的。他们或正对着专业课本紧锁眉头，抑或沉醉于书的海洋，那认真的样子真叫人喜欢！来这里打酱油的我领会到了读书的精神。

“书中自有颜如玉”，不错，多读书，读好书，在这个有些急躁的社会显得格外重要，沉下心来，放下世俗，拿起一本书，从中体会到更佳的精神世界。胡歌，我一直很欣赏的男演员，听说他要去读书深造，在由于暂时看不到他的剧而失落的同时又对他感到敬佩，在如此功成名就之时懂得放下光环，沉下心去提升自己的精神世界，实属难得，期待他的再次回归。在这个春节，除了火起来的董卿的口红，还有由董卿主持的《中国诗词大会》里的武亦姝，年仅16岁，以满腹诗书夺得冠军，她因读书，满身都透着一股才女的气息。

新年新学期，我也要立个flag——读想读的书，看喜欢的世界！

作者：护理学院2015级本科生　吴柳柳

2月20日　星期一　晴

基础医学院本科生·付梦迪

今天是新学期的第一天，告别了寒假里慵懒散漫的生活，重新开始了学校里紧张充实的日子。虽然已是初春，但是寒风依旧萧瑟，校园里也还是一番隆冬的景象。

今天的课程是局部解剖。从大一开始，我就对这门课向往已久。对于大多数医学生而言，局解课是学生生涯和从医生涯中唯一一次可以完整地解剖一整具尸体的机会，这对于我们的理论课学习是大有裨益的。坐在一号教学楼的教室里，我想起上次在这里上课还是大一的时候，时光飞逝，转眼间已经大三了。就在我神游的时候，班里的男生们已经将大体搬进教室，一个班四具大体，分为八个组。在正式上课前，班长带领我们进行了解剖宣誓仪式，并且默哀一分钟。我们组有七个人，在今天的课程里，分为主刀、助手、技术支持、理论支持。大家各司其职，井然有序。第一次解剖的难度远远超过了我们的想象。在老师的指导下，我们的解剖才顺利开展。四个小时的课程一晃就过去了，我期待下次的课程。

我一直觉得，愿意捐献遗体并用于科学研究的人很伟大。感谢你们，我们的无言良师，我们会用最大的敬意，以感恩之心完成每次实验。

作者：基础医学院2014级本科生　付梦迪

2月21日　星期二　雪

药学院本科生·韩清华

“覆阑纤弱绿条长，带雪冲寒折嫩黄。迎得春来非自足，百花千卉共芬芳。”今天偶然读到宋代词人韩琦的这首《迎春》，不禁开始担心前几天在学校东门外看到的那一墙已经吐露芬芳的迎春。虽然诗中描绘的迎春花“带雪冲寒”的胜景令人神往，虽然迎春花不畏寒威，发百花之未发，被誉为“雪中四友”之一，但是面对这场即将到来的大雪，那些刚刚从花苞里探出的娇小身躯实在让人牵念。昨天，济南市气象局发布了寒潮蓝色预警信号，预报今天全市范围内有降雪，“21日午后自南向北逐渐开始，21日后半夜逐渐结束，主要降雪集中在21日傍晚到半夜前后”，“市区有大雪”。

作为一个生于斯长于斯的济南人，我深知济南“春如四季”的玄幻天气，一方面为那满墙迎春担心，一方面又对这场大雪满怀期待。济南已经好几年不下大雪了。记忆中能够没至小腿的大雪还停留在小学，那时候，我们堆雪人，打雪仗，甚至伸出舌头去接雪花，把雪团成球往嘴里送……时光荏苒，我已不再是那个在雪地里疯跑的小孩子，但是对雪的那份情从未消退。此时的我正坐在宿舍里，敲着键盘，不时地把目光瞥向窗外。

自晨起上课，天空就是阴沉沉的，太阳被挡在云层之外，勉强挤进几缕晨光。午憩醒来，天空已完全混沌一色，站在阳台上，冷风来势微微却也不乏凛冽。看样子，这确实是憋着一场大雪啊！我不禁心驰神游，想到雪中撑起的红伞，想到雪中并行的恋人，想到落在那个姑娘鬓边的雪绒，想到深夜路灯灯光中漫天飞舞的精灵……明日雪后初霁，古朴温婉的趵突泉校区，将是怎样的银装素裹？将是怎样的可爱动人？面对那厚厚的雪被，就算我已不是小孩子，但是否“聊发少年狂”，未可知也！

现在是16时20分，窗外已下起小冰粒，我坐在电脑前，白香山的那首小诗爬上心头：“绿蚁新醅酒，红泥小火炉。晚来天欲雪，能饮一杯无？”

作者：药学院2015级本科生　韩清华

2月22日　星期三　晴

马克思主义学院博士研究生·赵李叶

漫长的寒假悄然度过，回到学校，内心却还是充满欣喜的。因为寒假的结束，意味着泉城春天的到来。总喜欢那种暖暖的，却又不太炎热的天气，让内心塞满舒爽与安逸。总想着在这样的天气出去晒晒太阳逛逛街，好让懒散的身子再一次满血复活到紧张学习的状态。

来到学校第二天就下起一场特别大的雪，这场大雪唯一的不同是没有之前大片大片的雪花，而是密密麻麻的小雪精灵，铺天盖地拥抱着古老的济南。这对山大学子来说，是无比欢喜的。2017年的第一场雪，为本来就热闹的山大又涂上了浓重的一笔。

今天的晴天又是同样的给力，地面上的积雪渐渐消失不见。上完课的我们，趁着中午的空档，相约聚在餐馆。以往班级聚餐总是有很多同窗不能到场，今天14个同窗竟然聚齐了，真是热闹。也许这就是博士的生活吧，即使是在用餐时间，大家依然在讨论着发文章的紧迫性，探讨着时下的热点问题，同时又不忘互相调侃希望如期毕业。没有酒桌礼仪的束缚，没有尊卑的排序，这样的聚餐轻松而又愉快。

抬头望去，厚厚的积雪依然压在树枝上，走近一瞧，无数的嫩叶已经勇敢抽出。是啊，选择了做一片叶子，就要无惧风寒，不畏烈日。可以在炎炎夏日毅然长青，也要在凛冽寒风中傲然挺立。只是，向阳而生，奋力生长。

2017年，加油叶子！

2017年，加油16级马院博士们！

作者：马克思主义学院2016级博士研究生　赵李叶

2月23日　星期四　晴

化学院辅导员·张　洁

夜已深，把娃哄睡，心情还是很激动，窗外还未完全消融的白雪似乎也预示着一些欣喜。作为一名辅导员，最高兴的莫过于见证学生的成长进步。下午和2008级老学生张树辰的一通电话令我思索良多，仿佛回到了与他们一起走过的日子。

“张老师，我树辰，好久不见！”

“好久不见，最近怎么样呀？”

“我最近的一篇论文刚被*Nature*接收，跟您汇报一下。”

“牛呀！你之前还有两篇*the Journal of American Chemistry*吧？厉害！这就是咱08级学术的‘领头牛’呀！”

“哪有！我就是现在做学术的同学中普通的一员，彦邦、非凡都做得很好，我只是运气好点儿。”

“你这是一点点的运气加上99%的努力、踏实、钻研、创新！”

……

挂断电话，脑海中又浮现出2008级261名老学生那熟悉的面庞。这级学生是我从事辅导员工作带的第一批学生，借用学院孙国翠副书记的话：这是我工作的初恋。从初识那一张张生涩的面孔到考试充满甜蜜气息的棒棒糖成绩单；从平安夜写满祝福的手写贺卡到一起包水饺玩闹的“告别大一”晚会；扑克牌身份认证、成人礼仪式、感恩大行动、山区支教、双“蛋”狂欢、兔子舞盛宴、跑步聊天看星星……回忆中蕴满了欢声笑语。2008级的每个学生在我这儿如数家珍，去耶鲁的详梦、去牛津的多多、山大歌后张喆、拿下学校辩论赛冠军的“梦之队”、拿下学校合唱冠军的“最美和声”、拿下DOTA冠军的“无敌队”……

打电话的张树辰，是个瘦瘦的、爱笑的河北大男孩。记忆中的他人缘极佳，喜欢网球又有点内秀。聊起他参与大一“我的自画像”、大二“写给十年后自己的一封信”活动中提到要好好搞学术的目标，仿佛就在昨天。“张老师，我现在科研做得还算顺利，咱院的毕业生在北大很受欢迎，这些都特别感谢在大学四年的学术熏陶。刚入学就能听到钱逸泰院士的讲座，冯大成爷爷讲化学人的故事我印象特别深；大学第一门无机实验课，胡清萍老师严谨的态度对我的科研态度影响很大；还有带我开放创新实验和毕业设计的占金华老师给我铺下了科研路上的第一块砖。占老师对我们的要求和研究生一样，每周组会、固定时间和老师聊想法聊实验聊进展，鼓励我们放开思路，是特别特别好的老师……”

听着他的感慨，我也不由回想了一下近年来已毕业学生反馈来的喜讯，除了张树辰的这篇*Nature*，还有2011届毕业生杨烽和2009届毕业生贾传成，都以一作身份在*Science*上发表了文章。他们的成绩可喜可贺，得到国内外名校的认可，这表明学院高度重视的本科生科研素养培养成绩凸显。近年来，学院通过“科创启蒙—基础知识学习—开放创新实验—创青春系列大赛”这一链条，加强对本科生科研能力的培养和训练，全国化学竞赛获一等奖、全国“挑战杯”课外科技作品大赛银奖以及毕业的学生们从世界各地传来的骄人成绩，让我更加坚定我们的人才培养模式，对化学特色学科的建设和即将到来的本科生评估更加充满信心。相信在我们的努力下，我们会培养出更多更好的素质优秀的“化院人”，也为学校双一流建设尽一份力量。

翻看着手边带回家的2016级学生档案，想着树辰说“张老师，我一直记得您毕业时最后一节课给我们说过的一句话，‘成功是你内心的一个目标，在实现的过程中你会无怨无悔，并且无比快乐’，在山大种下的科研的种子就是我的目标”，我不由地思考，作为一个辅导员该做些什么才能更好地为学生的成长服务，如何努力成为学生的人生导师和健康成长的知心朋友。面对新学期新的任务、新的学生，我将继续坚守初心，矢志前行，撸起袖子加油干！

作者：化学院辅导员　张　洁

2月24日　星期五　晴

课堂感悟者・王　良

今天我认识了两位老朋友。

这两位老朋友都是我的老师。说他们是老朋友是因为在前面的学习中已经了解，说认识是因为以前并不了解这两位老师的特点，今天才有机会深入课堂，真正领略他们的风采。

上午两节大课下来，我对这两位老师只有一种感觉，那就是"文质彬彬，然后君子"。

先说王元亮老师。王老师主要是研究统计学的，数学功底扎实，理论严谨，而课堂确实深入浅出，让人神游其中。今天王老师给我们讲了一个有趣的发现，他自称作"房价悖论"。在揭示房价悖论之前，他讲了一个故事，说2007年针对广州房价变动情况，广州市统计局和物价局分别做了一项调查，通过收集相关数据并对数据进行严格分析后，统计局得出了房价上涨的结论，而物价局则得出了房屋平均价格不断下跌的结论。是数据在糊弄人吗？王老师提出一个问题：能否存在这样一种情况，当所有房屋的价格在上涨时，房地产的平均价格却在下降？

按照我们的理解，所有房屋的价格都在上涨，平均价格当然会上涨啊，水涨船高的道理人人皆知。正当我们苦思不解的时候，王老师在黑板上画出一幅房产价格图，并举例说明了不同的消费结构对房地产价格的影响作用，三言两语就把一件头疼的问题解释清楚了。当王老师揭示出房产悖论的原因时，60多个同学不约而同地鼓掌致意，王老师的形象瞬间高大起来。

上午第二节课是俞少宾老师的课，这堂课俞老师主讲中国政府与行政，一看就是一节理论课。上课后，俞老师标准的普通话和英语发音瞬间征服了我们。听俞老师讲课，就是一种优雅的享受，语调舒缓，发音清晰，每一个音调都在拉回你走神的神经。不光是说话，俞老师讲课的动作也给人一种优雅的感觉，像一个古代的书生，不紧不慢，娓娓道来……下课后，我不自觉地对身边的同学说：这不就是"文质彬彬，然后君子"的真实写照吗？

其实，只要细心，就能够发现，每一个老师都有他的优点，有的是知识渊博，有的是待人亲切，还有的是心直口快，各种信息信手拈来……与老师交往，当然要发现老师的闪光点。

作者：政管学院2015级本科生　王　良

2月25日　星期六　晴

历史文化学院教师・付晓青

又是一年玉兰香，兴隆山校区教学楼前的玉兰路花气袭人，又可以带着学生们在校园里徜徉赏花了。自从在兴隆山校区开设“中华民族历史与精神”的人文选修课，120个名额每次都能选满，让我既感动又惭愧。

兴隆山校区远离城市，风景殊异，独有意趣。每年春天的时候，我都会给学生们讲《诗经》里的草木鸟兽：“采采芣苢，薄言采之。采采芣苢，薄言有之。”（《周南・芣苢》）“蒹葭苍苍，白露为霜。所谓伊人，在水一方。”（《秦风・蒹葭》）“自伯之东，首如飞蓬。岂无膏沐，谁适为容？焉得谖草，言树之背。愿言思伯，使我心痗。”（《卫风・伯兮》）梦溪桥边，八角山上，这种常见的杂草便是飞蓬，山路上的车前草就是芣苢，那种野生的黄花就是萱草，同学们无不惊讶、兴奋，几千年前感动古人并在几千年后继续感动我们的植物原来和我们这么接近。这是一种怎样的幸福啊！

《周易・大畜》曰：“君子以多识前言往行，以畜其德。”一个人如果只知道自己出生以后的事情是不成熟的。对历史的温情与敬意能够强大我们的内心，滋养我们的心灵，让我们学会对待人生挫折，学会欣赏审美，学会感动，学会去爱，面对路边野草小花，能有怦然心动的情怀。

两千多年前的孔子就倡导“志于道，据于德，依于仁，游于艺”，这其中就蕴含了最早的通识教育精神。何谓通识教育？就是要使一个人有其国家民族的文化、历史、社会问题的常识，有哲学、文学、艺术的修养，有科学的基本认识，对事物有客观分析和判断能力。这样的一个人，他会敬畏历史，珍视生命，懂得如何与别人相处，也能享受到丰美幸福的人生，对于社会和国家也会有积极的贡献。有时候我会思考，怎样让我们认知历史？一件能够触摸的文化具象、历史风物或许比厚厚的书本文字更有力量，更能感知与体验中华民族的浩瀚历史与厚重精神。

90后的大学生们正值青春年少风华正茂，精力很多读书太少，“乐嬉游而惮拘俭”，所以不能强之为学，应“诱之歌诗，导之习礼，讽之读书”，或文字娱目，或琴瑟悦耳，或鸟兽草木中观自然，或贤哲圣迹中省自身，以期“顺导其志意，调理其性情，潜消其鄙吝，默化其粗顽，日使之渐于礼义而不苦其难，入于中和而不知其故”（王阳明《社学教条》）。

本课程是一门人文选修课，名称纵贯中华历史五千年，但学时只有区区不到20个钟头，因此，哪怕本人使尽洪荒之力也不能达中华历史浩瀚深远之万一。然而，虽教之力有限，但习之功无穷，若能通过讲授的一点一滴激发学生对民族历史的好奇与兴趣，使其趋向鼓舞，心中喜悦，“其精进不能已”。作为教师，最大的幸福也莫过于此了。

作者：历史文化学院教师　付晓青

2月26日　星期日　晴

政管学院本科生 · 高铭君

开学已经一周，这一周过得说快不快说慢不慢。

上个周我们学院开了年级大会，通知我们大三将搬入青岛校区。说来也有趣，从大一的兴隆山校区、大二的洪家楼校区到大三的青岛校区，每一年换一个地方，应该只有我们才有这样奇妙的体验吧。

各个校区都有各自的特点。刚刚搬来洪楼的时候，怀念兴隆山平常基本不用排队的图书馆。然而想到下学期要搬走，却开始不舍洪楼食堂好吃的饭菜了。我想，当我毕业离开青岛校区的时候，或许又会怀念青岛独有的海风与宁静吧。

作为土生土长的济南人，说实话，上大学之前来洪楼这边并不多，路过这里的次数也屈指可数。不过，我早就听说洪家楼校区的文化底蕴了。我的叔叔上大学的时候便在这里，得知我要搬来，他兴奋地给我讲起自己在大学期间的趣事。而我在洪家楼校区已经有一个学期，它将见证我完整的大二时光。没错，学校像一个载体，记录着我们每个山大学子独有的、最青春的一段时光。茫茫人海，两个人有何其小的概率才能碰到，而遇到现在的班级里的同学便是注定的缘分。我们能够在最美好的五年里互相陪伴，想想便觉得自己很幸运。

这个学期，国英的课少到同学们都不适应。公共课变成了专业课，需要课下去查阅资料并阅读相关书籍。所谓“专业”，便是专一地学习或研究一门知识吧。或许是因为专四考试已火烧眉毛，才体贴地留给我们大量自习的时间，这与高中相比确实能体现出一些不同了。自主的时间有一大把，有些同学去兼职，有些去自习，大家都按照自己的方式过着自己的大学生活，所以，这段时光便是独一无二、只留在自己记忆当中的。

作者：政管学院2015级本科生　高铭君

2月27日　星期一　晴

政管学院本科生·刘小娜

都说法语是世界上最优美的语言，巴黎是浪漫之都、时尚之都、世界花都，再加上看了电视剧《亲爱的翻译官》后，对翻译家们的生活心生向往，于是在选择第二外语时，我便毫不犹豫地选择了法语。然而经过一周的二外学习，我才发现法语学习并不像我想象中的那样轻松美好。

首先，法语语法很复杂。法语的名词都有阴阳性之分，而且形容词搭配名词时也要变化为相应的阴性、阳性形式，所以每记一个名词时，都要记住是阴性还是阳性。法语的动词变位也很复杂。每个动词随人称变化时有六种变位，每个动词还需随时态变化，所以法语记忆量相当大。其次，法语发音容易混淆。比如 [ø] [œ] [ə] 都发“鹅”的音，只是口型不同，所以对于我们这些初学者来说变音有些困难。另外，由于好多单词不认识，听听力时完全听不懂，就像在听一群麻雀叽叽喳喳，完全转换不成自己的思维。最后，法语中有好多单词和英语单词长得一样，可读音并不同，读起来时，我老是想按英语读，令人抓狂。

学习法语最大的感受就是，英语原来是最简单的一门外语了，没有阴阳性变化，动词变位也很少。

对于我这个初学者来说，法语学习还有很长的路要走。但正如法语老师所说，汉语也许是世界上最难的一门语言了。因为对于外国人来说，他们分不清阴平、阳平、上声和去声，而且他们对汉字的笔画组成，即为什么横写在这个位置竖一定要写在那个位置，都有疑问。所以我们对自己要有信心：既然我们能熟练地讲世界上最难的语言，怎么可能学不好其他语言呢？学习一门语言，就会给一种文化打开一扇窗，提供另一种看世界的视角。据说刘烨的法国妻子用爱情治愈了刘烨严重的抑郁症，我觉得更应该是法国那种慢节奏、不急不躁、享受生活的从容态度治愈了刘烨的抑郁。所以，我希望有一天能够说一口流利的法语，不仅仅是因为法语听起来很优美，更重要的是，我希望有一天能去法国，感受法国人那种精致、优雅的生活艺术。

作者：政管学院2015级本科生　刘小娜

2月28日　星期二　晴

山大视点记者团团长·于　晴

“同学！视点纳新，欢迎关注！”

上午的课一结束，我便加快脚步奔向食堂的方向。这是我第四次参与视点纳新，但其实也是第一次完全组织、安排一场横跨五个校区的纳新。事情多到难以想象，一个小环节上的传达失误说不定就要坏事儿。小心翼翼地理清思路，一点点地列出to do list……所做的一切努力，其实都是希望未来的视点中，有你！

印制海报时，和郑红笑称：“你说印这么多，最后能有多少有缘人呢？”

回想起当年刚上大二的我，搬到洪家楼校区没多久，很偶然的一天，我瞥见了楼下宣传栏里的一张海报，单纯被上面的宣传语吸引了：诗酒趁年华，视点看山大。于是，就有了之后三年的故事。有人说，陪伴是最长情的告白，其实，是爱在背后往前推。

想想看，最初每个人都是抱着一颗火热的心兴冲冲地来，十有八九会说“我是有新闻理想的人”，可是真正能沉下心来、一路坚持的人好像不是那么多。除了热情，可能更需要一些热爱：爱这个组织，愿意为她贡献自己的青春和才智；爱这里的人，愿意和他们共同度过一段值得回味的时光，并肩作战也好，同甘共苦也罢。

加入视点，或许她需要分享一点你的课余时间，或许她需要你每天更新她当日的微信动态，或许新年第一天的清晨她需要你早早起来给崭新的太阳拍个照，或许当你胆怯羞涩时她需要你鼓起勇气、热情大方地采访一些牛人大神……看上去她的要求有点多，可当你满足了她这些大大小小的请求后，你会发现自己已然成了最希望的样子，没有半点儿虚度的光阴，只有充实和成就感。

“视点给你的一定比你想象的多得多。”这句话似乎在好多届视点人中流传着，那我也把它送给你，未来的视点人，相信有一天你会骄傲地把它继续讲给更多人听……

作者：政管学院2013级本科生　于　晴

3月1日　星期三　小雪

省优秀班集体答辩者 · 刘蒙露

睁开眼睛的时候是早上5：56，闹钟还没来得及响。我翻了个身，却再难以入梦。我知道今早罕见的自然醒是因为心里装着一件事——上午就是山东省优秀班集体答辩了，这是2014级政治学与行政学班第一次在全校35个班面前讲述自己的故事。

一下子从床上坐起，换上昨晚睡前挂在床架上的正装，刷牙、洗脸……一边有条不紊地完成出门前的步骤，一边口中念念有词。刚洗过脸还没来得及擦干，就听到手机有力地震动了一下，屏幕亮起，上面显示一条未读的信息。我把还在滴水的手随便往毛巾上一擦，拿起手机。

这条醒得和我一样早的信息来自我们班同学："放轻松，咱班没问题！"没来得及戴眼镜，眯着眼睛读完这八个字，一把擦干脸上的水珠，我对着镜子整理好白衬衣的衣领。心里头一下子亮了起来，感到踏实了许多。再一次体会到，我从来不是一个人在战斗，还有21个人和我并肩而行。今天虽然只有我和班长站在台上，但我们都清楚，我们身后是整个政治学与行政学班。

上午8点整，我和班长坐在了邵馆报告厅右侧的最后一排。打开电脑，我们俩准备最后再排练一遍马上要开始的答辩。手机此时又震动，弹出一条微信消息，是我们的导员助理："兔子，一会儿答辩加油！因为在上课没法儿去给你们加油，相信自己一定是最棒的！放松心情，轻松上场，无论结果如何，你们都是省优班集体。"我把手机递给身边的班长，两个人相视一笑。

临上台前，我瞥了一眼腕上的手表——9：08。"现在的我是一名导游，想要邀请现场的每一位游客走进我们的'14政行'，体会这里的爱与美。"在开始答辩的前几十秒，我承认，自己有点紧张，生怕自己单薄的语言说不出我们班风采的十分之一；而站在我右边的班长，看得出来，也并不觉得轻松。

直到我的目光一不小心迎上了台下我们班同学期待的眼神，慢慢地，我的声音有了底气。我一直看着他们，熟悉的面孔让我有一种错觉，感觉自己正在院楼的教室里做课堂展示，又感觉是在班里的茶话会上就一个政治学问题发表自己的看法，每当那些时候，班里同学也是这样看我的。这种感觉，温暖、亲切、平和、自如。答辩完毕，我欠身鞠躬，再抬起头来的时候，看到了同学竖起的大拇指。

我们都不太喜欢用“优秀”来定义我们的“14政行”，因为仅仅靠“优秀”绝对不足以诠释出政行班的生活和政行人的温度，就像答辩时最后说的几句话：“来到政行，这里有爱，有梦想，有小幸福；感受政行，这里是家，是乐园，是理想国。”政行的22个人选择有温度的生活，一直在用心经营着我们的红红火火的小日子，这，就是最真实的优秀。

从中心校区回洪家楼校区的路上，我突然明白，有些故事，你是永远都讲不好的，因为只有读者亲自经历了，才能知道其中每个笑与泪的价值。

作者：政管学院2014级本科生　刘蒙露

3月2日　星期四　晴

共享单车体验者·张　玲

一周前初到济南，我就被一道青春亮丽的风景线——共享单车吸引了。共享单车的出现为我们的出行带来了极大便利，相信很多同学都跟我一样，对它充满了期待。因此，今天一大早，我就起床出门，准备一试刚出现在济南的摩拜单车。

出门后，我打开事先下载好的共享单车APP，利用APP的定位功能，找到了附近离我最近的一辆单车。我兴奋地上前扫码，大约等了5秒钟，“哔”的一声，车锁被打开了，啊，方便快捷！我迫不及待地跨腿上车，悠闲地蹬着。果然，比我自己去年入手的二手自行车好骑多了，车篮大小适中，车闸灵敏，车座高度舒适，而且收费合理，一小时收一元钱，如果赶上商家搞活动，还能免费骑车。吹着微风骑着单车转悠了一天，我心里对它充满了喜爱。有了共享单车，以后我就可以骑着它去中心校区上课了。对于济南来说，这也将成为治理雾霾、缓解交通堵塞的一条妙计！

可是下午停好单车回宿舍后，我看到了这样一则新闻，说“成都共享单车被毁，十多辆单车被烧得只剩下了架子”。经过了解，这件事发生在当地一家农家乐附近，周围并没有火源，明显是有人蓄意为之。我不明白，究竟是什么人如此极端呢？接着往下看，我看到有网友猜测，是不是共享单车损害了私人利益而遭报复呢？因为这个农家乐的旁边是一个景区，而之前一些当地的农家乐老板把自己的单车租给游客，30元一小时，可以说利润十分丰厚，如今共享单车突然闯入，这些老板的利益受到了严重影响。当然这只是猜测，因为目前尚不知道究竟是何人所为。共享经济是否造成了私人经济损失？我们又该如何处理这一矛盾？我觉得这是我们由这一事件引发的思考。

其实对这种新闻我有些见怪不怪了，因为自共享单车在2016年年底风靡国内以来，就屡屡被爆出单车被恶意毁坏的新闻。比如说，在上海，共享单车被人扔进黄浦江；在北京，被挂在了树上；在郑州，被大爷大妈强势锁车收费；在很多其他地方，有人将共享单车喷漆后改头换面……可是今天在我亲自体验了共享单车的便利之后，我觉得我更加无法容忍这些做法。今天我虽然没有发现如此恶劣的情况，但也看到很多单车丢失了车篮车铃，车把歪歪扭扭，明显没被好好爱护。不光共享单车这个行业的负责人，就连我，也觉得很痛心。因为这本来是体现社会文明进步、便利你我他的一件新事物，却命途多舛，前景令人担忧。

那么怎样才能为共享单车的发展构建一个良好环境呢？我想了很久。也许，除了需要政府加强监管以外，更重要的是我们每个人都能够提高思想觉悟吧。是的，每个人都应该提高对公共财物的保护意识，自觉文明地去使用共享单车。我号召大家跟我一起文明使用共享单车，维护公共出行权益！

作者：外语学院2015级本科生　张　玲

3月3日　星期五　晴

加纳留学生·爱德华

我是山东大学管理学院2015级国际项目管理硕士班的学生，按照专业培养计划要求，2016年12月5日，我从山东大学来到了中建八局一公司济南分公司，并成为印刷物资有限公司综合楼项目（以下简称“项目”）的一名实习生。时间过得真快，一转眼，我已经在项目上实习三个月了。回想这三个月的实习过程，真的收获颇多。

同事的热情帮助让我很快融入了这个大家庭

实习对于学生来说非常重要，它为学生提供技能、知识，以及未来职业规划的选择。这个机遇，在我的祖国加纳共和国是很难得到的，我很感激我的学校。

当我第一次来到项目现场，大家亲切地与我交谈，新同事们主动和我打招呼，让我很快消除了对新环境的陌生感，迅速融入了这个大家庭。我很喜欢这个干净大方的办公场所，花园式的环境，明亮宽敞的办公楼，在这里工作有着像家一样的温馨。

没想到管理者和工人之间可以那般友好亲密

来到这里，我接触到了不同环境和文化，阅读了项目同事悉心准备的英文版工地安全常识后，项目同事带我来到施工现场，我终于可以到这座办公楼的施工一线学习，并有机会和这些工程师深入交流。让我感动的是，同事们努力练习英语，只是为了和我多点交流，让我不再孤单；更有贴心的同事，在我的办公桌上放了一盆吊兰，这盆吊兰让我每天都保持着轻松的心情。

在这里我了解到VR技术和BIM技术的自然交互，这种虚拟现实技术应用在建筑行业本身就是个大胆的尝试，项目部把这种能够提升建筑施工信息化水平的三维可视化工地管理叫作智慧工地。

记得刚来的时候，午餐后大家一起排队洗刷餐具，我看到项目领导也是自己依次排队洗碗。一旁的同事说，在这个大家庭里，没有领导下属之分，我们就是一起“战斗”的战友，虽然工作中有分工，但是生活中都是兄弟姐妹……我从来没想到管理者和工人之间可以那般友好亲切，而这一支不超过15人的管理团队和百余名辛勤施工的建筑工人让我深切地体会到中国建筑的强大和独特，只有个人分工明确，部门协调作战，才能历练出这样的管理团队。

我们就是一起“战斗”的战友

去年深冬，天气越来越冷了，我的生日也悄然而至。生日那天，就在中午用餐的时候，一盒蛋糕伴随着生日快乐歌就这么被同事端上了餐桌。项目部在工程紧迫的关键时刻还为我安排这次生日宴会，看着桌子上一盘盘西式拼盘，看着蛋糕上的英文字母，那一刻，我爱上了他们，项目上的兄弟姐妹们，我的家人。

我真心希望能够继续留在项目上实习和工作，因为在这里，有知识、有欢乐、有亲情、有家的感觉。

作者：管理学院2015级国际项目管理硕士班　爱德华

3月4日　星期六　晴

临床医学院博士研究生·薛爱兵

2012年我在省立医院实习，轮转到泌尿微创肾移植科的第一天早上，在医师办公室遇到一个穿着非常得体、打着领带的帅气大叔。因为拿不准到底是主任还是找主任的病人，便不好恭敬问好或者下逐客令，于是就有一搭没一搭地唠着嗑。唠了半天，夜班师兄推开休息室的门走了出来，看到大叔点头打了个招呼，看起来好像很熟，大叔继续跟我聊了几句就穿过护士站走了出去。我问师兄：“那个大叔是谁啊？”师兄讶异：“你跟他唠了半天，不知道那是金讯波主任？”

金讯波主任就是泌尿微创科的大主任。当时我傻了一会儿，尴尬得不行。这便是我第一次正式跟金老师打的照面。

金老师非常健谈，跟着他看门诊，遇到典型的病人，他便指给我看片子上的异常。我现在还记得他手绘的肾脏草图，寥寥数笔，可是肾脏的形态、肾盂肾盏输尿管都非常形象生动，连输尿管的走形弯曲都非常到位，只可惜到现在我也没学会。有时金老师的解释特别有意思。病人问什么时候能做手术。金老师说，你去到饭店还没坐下就问人家什么时候给你把饭做好吗？你是不是得先看看有没有位子，没有位子你得等是吧？坐下以后你是不是得看看点什么菜？你什么菜都没点问人家什么时候能做好能行吗？你点了菜以后，人家来得比你早，是不是得先给别人做？一通解释，病人也被逗乐了。

在肾移植科的第一个星期过得很欢快，师兄们和护士们都很和气，跟师兄唠嗑聊起金主任的时候，我语气里很是崇拜，师兄也开玩笑说，不然你就选金老师当导师吧。一来二去我就十分心动，但是心里也十分迟疑。我大学期间的成绩非常普通，又没有什么特长，便非常自卑，性格也有些孤僻，跟同学们处得也很一般。我实习的医院是省内数一数二的三甲医院，听说医院的老师，比如金老师收学生要求很高。可是我真的很想当金老师的学生，跟着金老师一定可以学到很多东西。于是第二周金老师门诊时，一大早我就跑到了他的诊室里，心里很紧张，磕磕绊绊地说明了来意。金老师很慈祥地笑着说："你愿意当我的学生，你就是我的学生，从来只有学生挑老师，没有老师挑学生这回事。"听到这里，我眼泪都快出来了。我至今还记得金老师跟我说过的话，把优秀的学生教得优秀，并不能显示你是个好老师；可是好的老师，一定是来者不拒，把所有的学生都教好，这才是一个老师的成功。

金老师人虽然当时已经50多岁，可是看起来十分年轻帅气，他的头发从来都很整齐，不管哪次见到他，他都穿着衬衣打着领带，真是外科界的一股清流。金老师的微创手术做得非常棒，写过小说剧本，书法也很棒，可以说是多才多艺。

作为迄今为止师兄弟姐妹里面特别不优秀的人之一，金老师对我影响非常大。

知道我喜欢看小说，金老师便鼓励我多看书，同时把他收藏的英文小说给我看。后来金老师鼓励我考博，而且很肯定地告诉我，我非常优秀，一定能考上。老师那么肯定，我也觉得自己好像真的能考上。准备考博那段时间，有时晚上两点多回到宿舍，会看到老师用微信给我发的一些励志故事。后来有次跟师兄弟们一起坐在老师身边，他很骄傲地跟大家说，小薛复习很刻苦，晚上都两点多才睡觉，因为她好几次回我信息都是两三点。可能因为我又是我们这批里唯一的女生，也没那么优秀，所以老师总是多关注我一些，我也知道，因为我比不上别人优秀，所以我要付出比别人更多的努力。

那一年的考博解剖题真的太偏了，基本跟往年都没有重题。虽有师姐和师兄未雨绸缪坚持让我把解剖从头到尾、角角落落都背了许多遍，可是答题也有点吃力，感觉非常糟糕。下午考完出了考场，我想了想，还是给老师发了条信息，大意是说我没考好、对不住老师之类。几分钟后老师就给我打来电话，问我怎么没考好。我哽咽着跟老师说，解剖实在太难了。老师安慰我，说考完了就休息，想了也没用。等成绩的时候好漫长，我不知道能不能考上，便不敢去门诊，怕老师或其他人问起来。期间老师偶尔打电话过来，通常都是说哪儿有什么岗位，让我通知其他同门同学留意，而后再问一句，出成绩了吗？我说没有，老师便说不要着急，慢慢等。其实这种事情哪里需要我去传话，不过是我一直不露面，他有点担心。出成绩那天一查到成绩，我立马给老师打了电话，电话一接通，我的眼泪就掉下来了。我说，老师，我过线了。

许久没见到老师，非常想念。我记得出了成绩以后，老师跟我说，小薛，你现在考上了博士，你的平台就跟以前不一样了，不管到哪里都要继续努力。今时今日再想起来，突然明白了老师更深层的意思。

好的老师，是来者不拒，将自己的学生托举到更高的平台。感谢金老师授我知识，教我做人，鼓励我考博，让我变得这样自信爽朗。

回忆恩师两三事，但拙笔不能描绘出老师德行与风姿之万一。时逢老师六十大寿，学生感激之情难于言表。莫献寿星香烛，莫祝灵龟椿鹤，只愿提笔轻轻去，六十岁，十字上，添一撇。

作者：临床医学院2015级博士研究生　薛爱兵

3月5日　星期日　晴

志愿服务大赛决赛观众·孙　琳

今天是3月5号，一个特殊的日子——雷锋日，也是山东大学第二届志愿服务大赛决赛答辩的日子。虽然自己带的志愿服务队伍最终落选，无缘决赛，但我还是冒着寒风毅然决然地来到兴隆山校区，观看了进入决赛的四十支志愿服务团队的答辩。

下午1点多，我和社团的几位同学便已坐在答辩教室里等候了。这次活动，我所在的社团和学生组织有三支队伍进入了决赛，还是很令人兴奋的。早到的那会儿，身边的同学在一遍遍地熟悉答辩讲稿，我则负责听她讲，帮她把握措辞和控制时间。2点时，评委老师到齐了，各种材料也准备好了，答辩正式开始。我清楚地记得第一个项目是关爱残障儿童的，因为我们学院也一直开展类似项目，但是他们贵在活动次数多、活动范围广，几乎关爱到了所有类型的残障儿童，这点很值得我们学习。当一个志愿服务活动有一个基本方向且活动方式已经日趋健全的时候，那就要考虑活动覆盖面的问题了，需要帮助的群体是残障儿童，可残障儿童不止一家康复中心有，这是我们要思考的。接下来的几个项目都是关爱农民工子女的，虽然服务群体一致，却各有特色，有梦想旅行、五彩课堂、心理疏导、心愿实现等多种志愿服务形式，几乎囊括了能够想到的可以帮助到农民工子女的所有活动。这让我想起上学期自己带的一个社区活动，是一位社区热心公益的老师开办的周末课后辅导活动，目的是关爱环卫工人子女。除了周末的课业辅导，老师也为孩子们争取了非常多的帮扶资源。我认为，环卫工人与农民工类似，其子女可能会因为经济问题或家长知识水平的限制而得不到较好的教育，他们的子女也应该引起我们的关注和帮扶。

整场答辩令我印象最深刻的是口腔铸夕望和阿尔茨海默症卫生服务两个项目。可能是因为项目与自己的专业密切相关，听他们的讲述，有种清楚明快的感觉，服务对象明确，服务方式专业，服务效果显著。评委老师也说项目挺好，好在它的标准化和专业化，现代社会需要的正是这种专业的志愿服务。老师说，做志愿不在于涉及的范围有多广，而在于把一种志愿服务方式做到极致，就是所谓的精致、专业化。的确是这样，除非是一个专业的志愿服务机构，没人会把服务范围扩张得很大还做得很好，何况我们是在校就读的本科生，能一心一意在一个方向上尽心尽力做下去，就已经是一个很不错的志愿项目了。

雷锋日，没有去学雷锋做好事，而是转而观看比赛答辩，不为别的，只是希望能学习借鉴其他优秀志愿服务活动的可取之处和创新想法，在未来的日子里完善改进自己参与的志愿服务项目，做有内容、有效果、有新意的志愿活动，服务更多的社会群体。

作者：药学院2015级本科生　孙　琳

3月6日　星期一　晴

党课培训学生 · 史晓黑

今天是3月6日，是我参加历史文化学院2017春季入党积极分子党课培训的日子。和我一起参加培训的同学，几乎都是学弟学妹，作为一名研二的“老学姐”貌似有一点格格不入。虽然我在本科就提交了入党申请，但由于各种原因，我现在才参加党课培训。当然，我不会对此感到沮丧，相反，我会找出不足，迎头赶上，加倍努力学习和努力工作，始终朝着既定的目标前进，决不动摇自己的信念。因为我知道，生活中发生的任何事情都是对自己人生的一种磨炼，也许在路上会走得很辛苦，但是这些曾经受过的苦痛和挫折绝对不会白白浪费，反而会成为未来人生的一种宝贵的财富。

之前我觉得入党积极分子的党课培训这种理论性的知识教育相对比较枯燥，可是这次课程让我完全改变了看法。这次党课的专题教育是由我们历史文化学院党委书记刘军老师讲授的。我自己在心底里是非常喜欢刘老师的。在这次的课堂上，刘老师也给我们大家上了一堂非常精彩的课。给我印象最深的就是刘老师在进入专题讲解之前，用她自身的经历向我们强调入党动机纯洁的重要性。她对我们说："我是在18岁那年提交了入党申请书，现在成为一名党员将近三十年了。当时入党的契机其实是受我家庭的影响。我很幸运成长在一个和谐的大家庭里，我的父母、我的爷爷奶奶对我人生的影响都非常大。他们当时就对我说上了大学要积极主动地入党，可以说最开始我是在长辈的指引下对党的认识逐渐变得深刻的……你们现在要做的，就是要时刻严肃、端正地对待自己的入党动机，将对党的认同变成思想、行为的自觉，只有入党动机端正，才能够为成为一名合格的党员打下坚实的基础。"当时我听完这一段话，顿时感到非常亲切。刘老师的话，说到了在座的每一位学生的心坎里，让我们更加坚定要好好进行入党积极分子的党课学习，对党的各项要求和规章制度尽力做到内化于心、外化于行。

作为一名文科生，在这次党课中，我对"民主集中制"又有了更深刻的体会。刘老师在论述中国共产党的组织形式时，将其与美国共和党、英国工党等其他资产阶级政党的组织形式作了对比，以课堂提问的形式向我们论述了中国共产党的民主集中制的科学内涵，并对民主集中制两个有争议的问题——"集中正确的意见还是集中大多数人的意见"进行了深刻解读。我当时觉得，这不仅是对我对党的一次认识的洗礼，也是对我人生观、价值观的一种洗礼吧。

回去的路上，我的心情是愉悦的，脚步是轻快的。我想，没有什么比让自己的内心变得丰富而充实更让人产生满足感和幸福感了吧。参加入党积极分子的党课培训只是我入党路上的第一步，未来还有更多的路途需要我去慢慢走。不过我明白，一步一个脚印，平和踏实地去面对，比什么都重要。

作者：历史文化学院2015级硕士研究生　史晓黑

3月7日　星期二　晴

女生节活动亲历者·李圆梦

今天是一年一度的女生节，转眼间，我们这些2013年入学的小女生们已经成为即将毕业的大四学姐。猛然想起，还有种青春流逝的惆怅。

从早晨开始，微信朋友圈、微博等各大社交圈都弥漫着节日的气氛，男生们为女生挂起了横幅，精心准备了小礼物。有的班级众星捧月，女生作为“稀有物种”享受到了贵宾级待遇；有的班级“万花丛中一点绿”，但即使是4比39的男女比例也丝毫不影响男生为女生们过节的热情。

回想我们往年的女生节，也有很多精彩和感动。大一有巧克力的浓情蜜意，大二有夜晚的心形蜡烛和春风里的吉他弹唱，大三有玫瑰花和女神相册。每一年我们都能感受到男生的用心和守护。而今年呢？我们都即将毕业，各奔东西。大家忙着保研考研，还会有男生顾及女生节吗？在这样的疑问里，我们度过了平淡的上午、下午，女生们心里的小小憧憬也渐渐淡了下去。然而，就在我们窝在宿舍，共同回忆前几年女生节的欢乐时光时，班委们突然敲门进来，为我们送上了精美的小蛋糕礼盒，每份礼盒上都贴着班里的男生想对女生说的话，有的俏皮可爱，有的真诚正式。这种突然的惊喜给了我们莫大的感动。听班委们说，蛋糕是骑行了很远定做的，今天一天满课，直到下午下课男生们才有时间去取。看到装在小礼盒里的小小蛋糕，感受着一个班集体里男生对女生的“宠爱”，我们才发现大学的情谊竟是如此纯真美好。

女生节是山大发起的，我一直以为这是一个娱乐的节日，没有什么分量。但是当四年的时光重叠起来，我还是感受到了一份沉淀下来的情感。这种情感可能由娱乐而生，但在付出与收获之中，逐渐升华，成为青春岁月中的纯粹友谊。感恩这样的节日，感恩所有的男生。因为你们的用心，我们女生节很快乐！

作者：临床医学院2013级本科生　李圆梦

3月8日　星期三　晴

机关女职工大明湖健步走活动参与者・张婷婷

今天，我们迎来了女同胞们自己的节日——国际劳动妇女节，美其名曰“女王节”。原本诞生于为平等、民主、解放而战斗的背景下的妇女节，现在在电商的疯狂“轰炸”下，多少有些变了味，好像“女王”只能通过购物来加冕。不过，机关工会懂我们的心意，为我们女职工精心组织了一场与春光和自然的浪漫约会——大明湖健步走活动。

下午1点20分，11位人事部女职工在明德楼A区门口整装待发。为了统一行动，我们选择了低碳环保的方式，乘坐便捷的济南大公交。一路上欢声笑语，交谈不断，从衣服的搭配、健身保养到婆媳的相处、孩子的教育以及放开的“二孩”政策……在明媚阳光的沐浴下，大家脸上绽放出的甜美笑容惊艳了时光。

抵达大明湖，一排婀娜多姿的垂柳随清风拂动，摇曳生姿。为了准时到达集合地点铁公祠，顾不得多看一眼这一树树的小家碧玉。我们步伐生风，好不豪迈。进入园区，映入眼帘的金色波光顿时攫住我的心，脚步不由得慢下来，心底变得轻盈明媚。

人事部小分队2点准时到达铁公祠，与机关的大部队会合，工装脱下，大家一改平日里严肃的模样，亲切谈笑间是另一番风情。登记、领券、合影，机关工会委员们热情张罗着。相机“咔嚓”的那一瞬间，心中所有美好的情绪都被调动起来，眼睛里充满希望的光，美好定格在这一刻。

活动正式开始，大家像一只只快乐的小鹿，与春风健步赛跑，与春天合影留念。阳光穿过玉兰花的花瓣，洒在青青草地上，洒在每一张笑脸上，煦日朗朗，一扫春寒。沐浴春光的大明湖，就像一位平静的长者，以无比的平和与包容，目睹着花开花落。多少次与大明湖擦肩而过，今天终于可以静静驻足，与粼粼湖光对视凝眸，对着镜头绽放心里的幸福。感谢春天，感谢机关工会！

平和的生命，方能自在璀璨。相信，春天丰沛的美好和希望将延展到生活里，不管面临多少困难和挑战，在压力的缝隙里始终会透着光，涌动着无穷力量。

作者：人事部工作人员　张婷婷

3月9日　星期四　晴

夜跑存包策划者 · 李雍珩

昨晚值班回来，兴隆山校区首次夜跑存包活动的现场照片终于发了过来，由于值班而未能去现场的些许遗憾也得到了减轻。走在路上，不禁回想起最初的时候，那些和杰胜、晓伟初次规划和开展夜跑存包活动的日子。

去年春天，我们学生安管会在中心校区公安处董太华老师的大力支持下，在中心校区的操场开展了夜跑存包活动，为的就是让师生、市民们省去回家放包的时间。在我们的活动开始之前，部分同学为了节约时间，跑步的时候随手将书包放置于操场边上，以致经常出现书包或者贵重物品丢失的现象。夜跑存包活动的开展，极大地避免了此类事件的发生，获得了广大师生的一致好评。作为安管会标志性活动之一，夜跑存包志愿活动被《齐鲁晚报》《大众日报》和凤凰网等媒体报道，我们也获得“齐鲁十佳正能量志愿者团队”的称号。

去年下半年，我们想着能否将这一活动推广到其他校区，于是就先拿兴隆山校区做试点。为此我们联系了兴隆山校区管理办，并前往兴隆山校区商量了相关活动事宜。为了和谐平安校园的建设，兴管办的老师对我们开展活动给予了大力支持，从物资采购到场地、仓库的申请等，一路绿灯。我们为了夜跑存包及其他活动的顺利开展，成立了安管会兴隆山校区分会，吸纳了一批有热情、有能力的同学。为确保万无一失，我和杰胜等人上周又一次前往兴隆山校区，就相关活动进行商讨。终于在昨晚，活动开始了。看着照片里放满书包的防潮布，一颗心也跟着落了地。

用质朴的心，做一些长久的事。活动开展至今，我们从未收过一次费用，仅仅为了让师生和市民们能安安心心地锻炼身体，高高兴兴回家。希望以后，夜跑存包能继续扩展到其他校区，即便我们毕业了，这一份质朴的心情也能在校园里一直流传下去。

作者：经济学院2014级本科生　李雍珩

3月10日　星期五　晴

临床医学院本科生·李宜瑶

纪录片《人间世》里面有一集名为“告别”，讲述的是上海一所临终关怀医院里面发生的故事。

什么是临终关怀呢？大二时修过一门课，那是我第一次真正地了解这一概念：临终关怀就是对濒临死亡病人的照顾。生和死，大概是最大的事情了，我们非常重视生，一定也不要忽视死。中国人非常忌讳死，凡是与死亡有关的事情，都觉得是晦气的。但是明明死应该和生是同样重要的，人们应该自己选择有尊严地离开人世。

我不禁假想未来的自己，作为一名医学生，深谙医疗科学的局限性，我们的现代医学并没有发达到起死回生、让人长生不老的境地，死亡永远是不能回避的话题。癌症晚期的患者，他们经受的疼痛也是常人所想象不到的，在这种煎熬与无望的情况下，由临终关怀便延伸到了安乐死的话题。

晚上，我们医学伦理学小组对安乐死的问题进行了激烈的讨论。我们都有选择死的权利和选择死亡方式的权利。我想，用人的权利来证明安乐死的意义是最有力的根据。当死亡不可避免要到来和当你正在经历忍无可忍的痛苦时，作为一个有完整自主意识的人，有选择自己死亡方式的权利。这不是一般意义上的“死的权利”，而是出于对生命的尊重。

另一方面，作为一名医学生，尊重人的生命是人道主义的最基本态度。生命是一个不断发展的过程，死亡是人类生命过程中的一个组成部分。现代的尊重生命的态度理应包含尊重死亡，而临终关怀就是对死亡的尊重。

所以，安乐死一定是在临终关怀的理念指导下的产物。一个敏感而有尊严的人，如果他感到自己已经被放弃了，肉体痛苦再加上精神痛苦将是完全无法忍受的。如果这时候他提出安乐死，那意味着，他要求的不是安乐死，而是：他不希望再跟这个世界有任何联系了。在这种情况下，开展临终关怀就显得尤为重要。

传统的医德注重义务，而现代医德更加注重生命的价值，注重人的尊严和权利。社会在进步，作为未来医务工作者的一员，我们应该积极推动这一切。

愿每一个生命过得漂亮，愿每一个生命走得有尊严。

作者：临床医学院2013级本科生　李宜瑶

3月11日　星期六　晴

化学院本科生·张家豪

微风和煦，阳光明媚，初春的阳光伴着碧波的涟漪，闪耀着太阳的光影，照在心里。不由得记起刘阳老师的一句话：“我也不知道我的每一步、每一个决定对不对，但是我知道应该在每个阶段干自己该干的事情就是对的。”

下午，我早早地来到了明德楼会议室布置场地，期待着刘阳老师和徐政虎老师的到来。

“嗨，都在这儿呢！”明亮的嗓音吸引了我的注意，我打量着这个年轻阳光、穿着简单大方的大男孩，这哪里像个教授，分明是长自己几岁的哥哥！不一会儿，徐政虎老师也到了。刘阳老师简单风趣的自我介绍打破了尴尬的局面，一时间，会议室里充满欢快的笑语。接下来，大家依次简单介绍自己，表达了大一学生专业方向的迷茫和大二学生科研方向的不解。老师们结合自己的人生经历给我们解惑。

对于人生，老师说自己当初也迷茫过，也不知道为什么要学习化学这门学科，但是这些都不影响你今后要做什么事情，有太多的例子是那些成绩不突出的人在经过自己对人生方向的艰难寻找和不懈的奋斗之后依然过着幸福的生活。其中令我印象最深的就是刘阳老师一句话“做好自己现在该做的事情”，以及徐政虎老师的“I have tried. I have failed. Try again. Fail again. Fail better”。

对于科研，老师把自己对科研的认识简要地总结成“发现问题，提出问题，解决问题”。而就本科生而言，现在的科研需要的就是实验时间的积累，如果不能保证自己有足够的时间和坚持下去的决心，这样的科研做下去是没有意义的，如果只是为了某些奖项或者发表论文而做科研，那么科研就失去了价值。重要的是参与科研的过程和从中学习到的技能。

在和老师交换了联系方式之后，刘阳老师带领大家参观了晶体材料国家重点实验室，让我们领略了材料人的辛苦努力结晶和为国防科技所作出的巨大贡献。我更加坚定了在科研道路上前进的目标。

今天是足以改变我大学轨迹的一天！

作者：化学院2015级本科生　张家豪

3月12日　星期日　晴

山东大学第一期教学技能工作坊参加者·韩佶颖

阳春三月，春回大地。在这播种希望的季节，由学校本科生院教学促进与教师发展中心组织的为期三天的山东大学第一期教学技能工作坊（教学技能工作坊英文名称为“Instructional Skills Workshop”，简称“ISW”）今天顺利结业了。

ISW于20世纪70年代起源于加拿大哥伦比亚省，是一个为期三天、共计二十四小时的教学能力提升研修班，其整体目标在于通过密集研习帮助学员增强教学能力与自信，同时提供资源，协助学员成为更具反思能力的教学实践者。ISW的设计核心由三次迷你课程教学演练组成，学员以小组为单位，在引导员的带领下，通过给予和接纳同侪反馈，共同聚焦教学过程，启发反思从而共同发展。其反馈形式包括口头反馈、书面反馈和视频反馈。目前，该项目在美国、加拿大及其他国家和地区主要用于对大学助教和新入职教师的培训。

我个人通过参加此次学校举办的ISW，最大的收获是，通过作为“教师”和“学生”双重身份角色的体验，围绕微格教学（BOPPPS）六大步骤（导入—目标—前测—参与式教学—后测—总结）实践如何明确传达教学目标、照顾不同风格学习者需求、开展参与式教学、运用有效提问推进课程进程、合理使用教学辅助媒体、科学测试学习效果、提供有效反馈等具体策略。对于引导员来说，如何营造积极的学习环境，带领由不同学科骨干教师组成的团队，通过密切合作共同提升彼此的教学能力，是很大的挑战。尤其是引导学员对“学生中心”“参与式教学”“学习风格”“有效教学”“教育目标体系”等教学理念进行探讨时，如何引导学员主动参与分享、如何使讨论深入有效、如何使这些教学理念真正体现在学员的教学设计和教学实践中，都极具挑战。

我所在的小组有五位来自不同学院的老师，他们当中不乏经验丰富的学科专家和教学能手。其中有一位老师已经做了祖母，目前承担泰山学堂的教学任务，教学经验相当丰富，教学成果非常出色。作为资深教师能够始终保持对待教学的热情，参加高强度的密集学习，为不断提升自己的教学孜孜不倦，特别值得年轻教师佩服和学习！我特别喜欢并且享受此次工作坊营造的积极的学习环境。组织者工作细致准备充分，引导员倾注心血精心设计，学员积极投入共同进步，服务人员细致周到无微不至。学员之间、学员与引导员之间由陌生到熟悉，真诚互助，互相启发反思，敢于挑战自我、突破自我。所以在培训结束时，我们都能看到整个团队的成长，看到每一位成员的进步！

我自己从一名朴素的教书匠，经过十多年的一线教学，从一名“实践者”成长为一名专注教学与教师发展的“研究者”，体验了大学教师被赋予的“教学、科研和服务社会”的三大角色。回顾自己专业发展的历程，能够做到“教学相长”，我是多么幸运！借用此次工作坊学员们达成的一个共识，我希望自己将来真正做到“助人”和“自助”，与更多具有共同教育理想的“行动者”们一起成长！

作者：外语学院教师　韩佶颖

3月13日　星期一　晴

马拉松协会拉练参与者·王孟巧

昨天是一年一度的植树节，我和同学选择了跟随马拉松协会徒步前往藏龙涧拉练。一大早我就爬起来，为的是赶上7点出发的校车。清晨路况不错，我们很快便到达了集合地点——兴隆山校区。

清晨的太阳藏在稀薄的云里，一丝笑意便点染了一大片彩云。在日渐匆忙的日子里，有多久没有这样认真地看看天的那边，一天中光明开始的地方。

8点15分，一行逾100人集合，向目的地进发。踏上这片未经开发过的山，心情竟像个春游的小孩子。开始的路还好，翻过两三个山头以后，路变得陡峭起来。路看起来不是很窄，不想前面的人踩到了旁边的杂草里，险些失去平衡。这时候我们才注意到，路上一半是丛生的杂草，至少半米深才有路面。想想刚才的一幕，心中不禁后怕起来。

翻过了山峰，又进入谷底。这里地貌奇特，因此虽然山路难走，但是前来旅游的人依旧不减。从山谷里走的时候，我看着谷里有大块的山石，便害怕随时有碎石从两边砸下来。同伴告诉我万一有落石，就要把身体贴向旁边的石壁，这样我的心才稍稍安定下来。快中午时，我们到了藏龙涧，这也是山中水最多的地方。我们把带了一路的树苗拿出来，在这里种下。经过了刚才的险象，我格外地珍惜这份生命。树坑是一铲铲挖出来的，土却是一把一把揉碎了填进去的，为的是希望在松软的土里，根也能扎得容易些。

简单的午饭后，11点多，我们又重新上路。这时候我们已经进入了无信号区许久，几乎所有的路都要依靠队长之前来踩路时的记忆。在这样的环境里，每个人对集体的依赖和归属感也随着时间的推移愈发明晰。想想我们已经在山中徒步了3个小时，若是我和同伴两个人，必是不可能完成的事了。这也真像那句话所说，“一个人可以走得更快，但一群人会走得更远”。

我们在山中继续徒步，到下午1点多，听队长说过了最后这座山，便有公车可以搭乘回校，脚步又轻盈起来。想想刚才的险境，“还活着，还能走路，还能继续‘皮’，真幸福啊”，这句话不知怎么就从心里嘴里冒了出来。感受着那坚实的路面，我甚至觉得每一步都是生命的雀跃。或许，挑战的意义就在于，环生的险象后，在呼吸、走路这样平时再平常不过的事情里，又能体验到第一次去做的那种感觉，像刚来到这个美丽新世界的孩子一样。

乘上了139路公交车，我和同伴疲惫地坐在车里，若不是车上到站声的提醒，或许真的会昏睡过去。下了车，下午3点半，我们走进一家路边的牛肉面馆，正是饭馆清闲的时候。没过一会儿，两碗牛肉面就被端上来了。我们吃着面，体会着这惊险后的宁静，那么平淡，却异乎寻常得令人珍惜。像是久旱逢甘露的春笋，我大口吮吸着这美丽春天里的快乐。“能吃着面，能喝一口热汤，我们真幸福啊！”我傻笑地看着陪我一路走来的同伴，为拥有这样美好的一天而庆幸。

作者：口腔医学院2015级本科生　王孟巧

3月14日　星期二　晴

星愿行动志愿者·王珍珍

今天上午没课，我和几位同学去了“星愿行动之夕阳正红”的志愿基地——

纬一路社区居委会做志愿服务，教社区的老年人使用电脑来进行一些操作。

一到“教室”，我们就受到了几位老人的热烈欢迎。社区的一位负责人向在座的各位老人解释了我们的来意。作为志愿者，我们通过教给这些老人们现代化的知识，使他们跟上时代的潮流，掌握一些上网的基本技能，让他们能利用手机、电脑等设备进行一些简单的操作，如浏览新闻或者与异地子女沟通等。我们的教学是“一对一”式的，即一位学生一上午教会一位老人就可以了。具体的教学任务负责人也给我们安排好了，就是学会使用手机QQ上的截图功能来截取一些网上的新闻或者图片，然后再分享给好友。虽然这个功能我们早已运用得游刃有余，但是这些对于老年人来说，还是新奇未知的。我在之前早已经作好准备。老年人毕竟不如年轻人的记忆力好，反应可能也不够迅速，所以在教学的时候我尽自己所能放慢语速，理清条理。尽管这样，我教的那位老奶奶还是经常忘记步骤，她自己也不好意思地冲我笑笑：“老啦老啦，脑子记不住东西了。”我则安慰她：“没事，慢慢来。”我鼓励她自己去尝试。在试了几遍以后，老奶奶动作熟练了许多。为了更好地记住操作，她还自己重复了几遍，截取了不同的内容发送给好友。最后，她还拿出自己随身携带的笔记本，将操作步骤一笔一画地记录了下来。

看着这一幕，我深有感触，想起了自己的奶奶。小时候我经常在奶奶家住，奶奶教会了我很多良好的生活习惯。而现在，奶奶年纪大了，记东西不像以前那么牢，我的电话号码被她写在家里墙上各个显眼的地方，生怕找不到了。也许我教的这位奶奶，也是想好好记住这些操作，以便于和自己的子女沟通吧。

一上午的志愿活动结束，我们都顺利完成了任务。和社区的老人们告别后，在回去的路上，我想，我们在长大，亲人也在变老。我们应该尽可能地多陪在他们身边，让他们多感受到来自子女的关爱，这样才算尽到了自己的责任和孝道吧。

作者：基础医学院2014级本科生　王珍珍

3月15日　星期三　晴

班级“寻春游”活动参加者·范　蕾

今天市场营销课结束后，我们2015级工商管理实验班在校园里举行了“寻春游”活动。

我们在理综楼下集合，计划绕校园一周。一路上我们边走边聊，经过南门时，发现了南门前开得正灿烂的檀香梅。看到这种梅花，我不禁雀跃起来。也许很少有人能一下叫出这种梅花的名字，但我认得，因为远在烟台的家中楼下，便盛开着同样的花。我还记得冬天时爸爸会在喝醉酒时摘下几支送给妈妈，像个等待家长夸赞的孩子。那时候我看到这样的场景只会捧腹大笑，现在想起，却是浓浓的思念。春天真的已经悄悄来到了，桃花、蜡梅、白玉兰都已经悄然绽放，柳条随着暖暖的春风妖娆地舞动，冬青顶着嫩绿的叶子，一切的一切都在告诉我们：莫负春日好韶光。

不记得是谁提出，下次一起骑车出去玩吧。大家纷纷表示同意，有几个同学露出了委屈的表情，都说“我还不会骑车呢”。我们哈哈大笑，一致决定要帮助这几个同学学会骑车。经过将近一个小时的努力，那几位同学终于能够小心翼翼地独自骑出一段距离了。虽然摩拜单车出现在校园很长时间了，但是我一次也没有尝试，看着其他几位同学在练习，我不禁有点跃跃欲试，便从图书馆门口骑到了食堂，我觉得我有点爱上骑车的感觉了，爱上那种风拂过脸颊的温柔。

今天是第一次放慢脚步，和大家一起，细细去探索校园的美景。以前总是行色匆匆，总以为美景只存在于趵突泉、大明湖这样的景观中，却从来没有发现，美景其实就在身边。就如同我决定记录下今天一样，有一群朋友，陪我一起，在最美的春光里，毫无顾忌地笑。

作者：管理学院2015级本科生　范　蕾

3月16日　星期四　晴

“浪潮”杯简历面试大赛参赛者·杨若云

今晚6点半，第三届“浪潮”杯简历面试大赛在山东大学就业指导中心的报告厅举行，大赛吸引了各年级各学院的许多学生参赛。近期因为各种事儿忙得晕头转向的我，犹豫后还是不想错过这次和企业HR交谈学习的机会，临时决定前去一试。

在宿舍拿出快落灰的化妆包收拾一通，又改了改以往的简历，就这么匆匆忙忙地去了。到达比赛地点已是快8点，走廊和候场室人满为患，满眼都是穿着正装、意气风发的面试者们，彼此讨论着面试题或是独自准备自我介绍，低头看看穿便装的自己，顿时矮了一截。穿过人群找到签到处，我竟已排到一百多号！工作人员好心地提醒我要等一个半小时，我望了望候场室里乌泱泱的身影，内心突然很感触：大学生活看似轻松丰富，但每个人心里都绷着一根弦，不管离毕业还有一年、两年还是三年，毕业都仿佛近在眼前，只有不断地抓住机会锻炼自己，心里才不会恐慌吧，即使自己在别人看来已经足够优秀。

一个半小时后，我在走廊里和朋友坐着闲聊候场。看到同院的几个“大神”学长学姐相继进去面试又出来，自信、老练、从容，想必简历也是非常丰富。突然想起大一我参加求职精英挑战赛时，简历上几乎没有可写的内容，看到同院的学姐简历上的奖学金、创业大赛获奖、各种证书、实习经历，想着等自己大二了也会这样。然而一年过去了，再写简历时发现依然很局促，心里有些失望。

接近10点半，终于到我了，有些忐忑地走进教室，坐下来开始和老师交谈。显然老师面试了一晚上已经很累了，声音有些没力气。我担心她简单地问几个问题就仓促结束面试，可是让我感到惊喜的是，老师针对我的简历和专业问了细致的问题，且最后对我的简历也给出了很好的建议。

虽然等了两个小时，面试只有五分钟，但老师的耐心、真诚和最后的建议让我觉得不枉此行，非常感激。同时也要感谢山大职联的同学，组织这样有价值的活动，看到他们忙了一晚也没顾上吃饭，等10点多才吃点东西，真的很辛苦！

作者：管理学院2015级本科生　杨若云

3月17日　星期五　晴

就业政策宣讲会听众·章　颖

昨天下午，辅导员和负责就业的老师给我们召开了一次就业宣讲会。

宣讲会选择的时间正是下午，阳光明媚，鸟语花香。我本以为不会有多少人愿意来听这场宣讲会，因为这个宣讲会看似没有什么吸引力，没有花哨的噱头，也没有强制要求参加。但是当我到了教室，看到教室里坐了许多人时，着实有些惊讶，也许大家都认为自己的未来充满了不确定性，需要有人来点拨吧。

宣讲会开始之后，老师直截了当地列出了我们未来的四个方向，保研、考研、出国和就业。但不管做出什么样的选择，最后的道路都直指就业。老师说，据各个企业的反馈情况来看，其实我们的就业素质、面试技巧和能力的提升基本都是在本科阶段形成的，如果选择了攻读研究生，更多的是锻炼学术研究的能力，研究生的时间很短，弹指一挥间，有的只攻读两年，第一年跟着导师做课题做研究，第二年就要忙着找工作了。它不像本科有四年时间，可以慢慢思考，一步一步地提升自我。

我们必须考虑清楚，究竟为什么想要读研，我们是真心热爱学术，想要一心一意地做学问吗？还是仅仅是为了缓冲就业的压力，在逃避些什么？或者是为了拥有一个更高的起点，为未来铺路？不论每个人心中的想法如何，本科的四年都是宝贵的，现在的我们才大二，还有时间去不断提升自我，做出最适合自己的抉择。

整个过程中，大家听得都很认真。结束时，从教室走出，看见外面早已聚集了一群等待听下一场次的学长学姐，可以看到每个人对于未来的小小焦灼和背后的大大梦想。祝福每个正在迷茫的学子早日找到前进的方向，并为之奋斗，拥有属于自己的精彩人生！

作者：管理学院2015级本科生　章　颖

3月18日　星期六　晴

口腔医学院本科生・邓钰玮

对于一个有选择困难症的人来说，选择，还真是一件伤脑筋的事情。

选择前，把各个选项思来想去千万遍，直至自己也烦了，下定决心，想着到时直接伸出手去便好，管它是好是坏，全部听天由命，可真正要出手时，又犹豫起来，生怕挑了让自己后悔的那个。

可能是命运格外眷顾，上大学以来我的选择都能让此时此刻的自己感到庆幸。现在的我，在上大二，一个转专业的学生，一个社团负责人。因为需要同时学习大二与大一的课程，对我来说最熟悉的场景便是在图书馆的走廊里学习大一的专业课，心里却羡慕着能专心学习大二课程的同学。从周一到周五，从早上到晚上，课程表几乎没有一点空白，却又要操心社团里的大小事项。整日里像陀螺一样忙个不停，随时会觉得心力已经达到极限，总想逃到哪里去喘口气，歇一歇。

这样说，我好像是后悔了。是啊，当考试周里四天遇上五门考试的时候，当宿舍里的姑娘们已经回家剩我自己通宵复习的时候，当想要认真听课却不得不回复消息处理社团工作的时候，我会想，当初做的选择，是值得的吗？因为课业与社团的压力，开学之初我便在焦虑中度过了，依旧是忙个不停，却没有感到因忙碌带来的充实。就这样按部就班，作为社团负责人，我组织参加了仲英学者座谈会，有了一次与教授们零距离交流的机会。

本以为作为学校优中选优、层层筛选出来的青年人才，各位教授的经历应该大致相似——从本科到博士都是学霸，然后在自己的学科领域潜心研究，最终成为佼佼者。然而，医学院的赵伟教授，他对自己的经历介绍让我开始对自己的心态进行了反思。这位教授从本科到研究生，从海军到陆军，再到最后选定的研究方向，经历了多次跨专业，人生之路也因此有了多次改变。

赵伟教授说："当我们面临选择时，通常会选择认为最优的一条路。但是走到一定程度后也会遇到一些挫折，从而怀疑自己当初的选择。但事物向前发展，或许往下走才会发现，这才是最好的安排。"教授的这些话让我深受启发，不禁联想起自己。或许，选择不转专业会更加学有余力，不去竞职会让我担负更少的责任，但是我现在的选择让我结识了更多志趣相投的同学伙伴，我所学习的专业让我离自己所向往的职业更近了一步，我在社团中的任职让我懂得了什么是责任，并让我有了一群因为公益而结缘相知的朋友。而，我现在对于当初选择的疑虑与懊恼，只是源于转变过程中注定会出现的一些阻碍而已，我所需要做的便是克服，从而证明，现在便是命运的最好安排。

我再次站在图书馆的走廊，捧起大一的课本，倒是心静了许多。

选择从来不是一件难事，难的是给自己证明当初的选择是正确的。

作者：口腔医学院2015级本科生　邓钰玮

3月19日　星期日　晴

“东腔西调”合奏团成员 · 郑凌霄

今天，“东腔西调”又重聚啦。

“东腔西调”是由来自临床医学院、基础医学院、公卫学院的钢琴、小提琴、长笛、竹笛、二胡、古筝和琵琶七种乐器的七位演奏者组成的器乐合奏团。算起来，我已经在这个小团体里整整两年啦。

我乘公交车从中心医院前往趵突泉校区排练，透过车窗可以看到路边栽种的紫叶李开得正烂漫，而我颇有种“轻舟已过万重山”的轻松感，心中默念：一学期未见，大家是否有些许改变呢?

与“东腔西调”结缘，大概始于医学院的元旦晚会。大家背着自己心爱的乐器，弹一段动听的旋律，凑在一起，竟发现合奏可以这样美丽。于是一拍板，我们便相聚在了一起。

步入趵突泉校区的校园，紫色的、白色的玉兰花又在枝头骄傲地绽放了，没有叶子的玉兰更显得楚楚动人。遥想当年，“东腔西调”在医学院“春暖花开音乐会”上的一曲“中国奇异故事”，曲调婉转，余音绕梁，演奏者和听者情绪浸润其中。演奏结束后的我，就这样站在玉兰树旁边，风吹乱了我的刘海儿，我把发梢捋在耳后。转眼已是两年，此时的我用一样的动作，收拢了风中的碎发。

见面后发现，大家都没有变化。不论是忙着准备考研的，还是临床七年制的小伙伴，都从四面八方赶来，别无目的，只为了排练演奏，用音乐沟通。这次的曲子是久石让的《幽灵公主》，我们也将带着此曲走进齐鲁医院大礼堂和中心校区的音乐厅。练习中，我们对乐器一件件进行校音，一遍遍录音之后再修正，再到节奏上的磨合、情感的体验，不知不觉已经练习了大半天。音乐就是有这样的魔力，让人忘却时间、收获喜悦。

短暂的排练结束，我仍意犹未尽。得知后会有期，当如伯牙子期遇知音，以琴会友、以音交心。

作者：临床医学院2013级本科生　郑凌霄

3月20日　星期一　阴

第十届外国文化节筹备者·邢晨阳

新的一周总是带有某种期待。

早上拍下闹钟，半梦半醒间，头隐隐作痛，我决定今天不早起了。绷紧的神经猛地放松，身体的疲惫倒是洪水般涌来，我才想起这阵子着实没睡几个好觉了。上一周我一直都在忙外国文化节宣传品的准备工作，带着部门里的干事讨论方案，整理资料，指导技术问题，再到初稿被打回，修改审核，心情起起伏伏。等到最后定稿通过，个中滋味很是复杂。

每年春暖花开日，都是外语学院学生会最忙的时期。外国文化节，外院的文化盛宴，让人无比熟悉却又猝不及防，像极了外院楼前一夜之间开满枝头的樱花，绚烂至极。今年是第十届外文节，比往年更增添了几分仪式感和传承的使命感。

在忙碌的过程中，总是不知不觉想起去年筹备外文节开幕闭幕的场景。那时技术还不熟练，大家就申请个教室聚在一起，一点点摸索复杂的软件操作，中午或晚上一起点外卖，颇有工作室的感觉。等把初稿交上去审核时，大家都紧张得不敢听结果，让现场的学姐偷偷打开耳机，直播审核过程。待听到审核通过时，内心的喜悦简直要把人淹没，几个人抱在一起，突然有种想哭的感觉。没什么能比辛苦工作后得来的成果更能让人感动和怀念了。

还记得闭幕式上，网络部负责节目灯光音响的控制。这份工作一丁点儿差错都不能出，一个小失误就可能葬送精心准备的整场晚会，大家脸上都有类似慷慨赴死英勇就义的悲壮表情。彩排并不顺利，因为刚接触灯光设备，操作并不熟练，效果很差。而等到正式开始时，零失误。那是我大学以来最骄傲的时刻。那一刻我就觉得，当初选择加入学生会是多么正确的选择，能有幸参与外文节的筹备是多么宝贵的经历。

第十届外文节策划从去年就开始了，几番修改完善，最终分工给各个部门。我所在的网络部一如既往地承担了许多宣传品设计和制作工作。虽然已经做过多次，我心里仍然很不踏实。去年我以干事的身份参与工作筹备，进行的都是详细具体的工作，过程很累，却没有太大压力。而今年，我作为负责人，肩负整个部门的责任，肩负部分宣传品的质量问题。压力之下，平时被掩藏起来的完美主义渐渐浮现。线条、配色、文案，每个环节都反复斟酌。不只是我，不只是网络部，外院学生会所有人都投入紧张的工作中。正如这次外文节的口号——“Halo World”，第十届外文节是所有外院人的荣耀，已经内化成大家心底的默契——努力办好。

这周末，外文节的开幕式就要举办了。昨天刚发过外文节的微信推送，今天去上课，同学跟我打招呼：“又到外文节了啊！”我有点惊讶，随即相视一笑。

今年又会是怎样的邂逅，会有怎样的感动呢？我无比期待。

作者：外语学院2015级本科生　邢晨阳

3月21日　星期二　阴

传统成人礼仪式体验课程参与者·刘　珂

女子“十有五年而笄”，出自《礼记·内则》的这句话，记载了我国古代女子人生中的一个重要仪式——“笄礼”。“加笄”即以簪束发，旨在通过这种仪式使女子正视自己肩上的责任，完成角色的转变，宣告其长大成人。

现在，“笄礼”这种传统仪式大概只能在影视作品中见到了，但很幸运的是，在本学期的核心通识课中，我选修了“中华文化体验与传播”课程。课程非常重视体验教学和仪式教学，其中专门设置了关于传统成人礼的仪式体验课程。在中华传统文化研究与体验基地各位老师的精心筹备下，全班同学有机会参与了成人礼（女生为“笄礼”，男生为“冠礼”）这一庄重的传统仪式，进而对自己社会身份的蜕变有了更为深刻的体会。在分配角色时，我自告奋勇选择了“笄者”角色，一是出于对传统文化尤其是传统服饰的喜爱，再就是能够亲身体验一下古时女子成人礼。在彩排时，由于大家对传统礼节不是特别了解，所以总是会出错，不过指导老师非常有耐心，认真细致地教我们动作和站位。

到了真正要上台表演的这天，我提前一小时到场化妆，发现化妆老师已经到位了。化妆老师是个特别细心的姐姐，一向上眼妆便流眼泪的我这次竟然非常顺利。梳了发髻、换上彩衣之后，看着镜子里的自己，竟有一种“小女初长成”的感觉。身着传统服饰，配上老师辛苦布置的场景和道具，我仿佛真的穿越回到了古代，是一位等待加笄宣告成年的及笄少女。一加为素净的发簪搭配娇俏的素衣襦裙，象征着女子迈入成年，担当起家庭和社会的责任；二加即是由典雅庄重的发钗搭配高贵隆重的曲裾深衣，包含着长辈对女子的期望和祝福；三加则是雍容华贵的钗冠配以华丽雅致的大袖礼服，展示出女子家庭及社会身份的转变。整场仪式下来，原本很紧张的我心中只剩下庄严肃穆，老师们的充分筹划和同学们的默契配合，着实为在场的人们献上了一场视觉及精神方面的饕餮盛宴。作为仪式上的主角，我已经完全融入那种情境了，一言一行、一颦一笑都尽力展现出古时女子应有的端庄仪态，每一次行礼都怀着崇高的敬意。饰演笄者父亲的同学在仪式结束后说，仿佛自己真的有了一个女儿一样，在场的每个人都笑了。我想，这笑声正是对这场传统仪式的最大肯定，因为每个人都把自己融入所扮演的角色，都是在用心地去重现这场在古代与婚礼同样庄重的仪式。

仪式进行过程中，老师特别要求我们思考形式与内容的关系，思考仪式体验的意义。或许当代的我们会觉得传统礼仪及有关的礼节很烦琐，但正是这些繁复的礼节构成了我们传统文化中最重要的部分，它如藤蔓般紧紧地缠绕依附着传统文化，沿着历史的滚滚长河，不断被传承更新，向我们每个人呈现出它最美的姿态！

能如此近距离地接触我们古时传统的加笄仪式，我很幸运，也很感谢为这门课程辛苦筹备的老师们，为我们提供了这么好的机会，让我们可以亲身去体验这种传统仪式带给人心灵和精神的洗礼！

作者：化学院2015级本科生　刘　珂

3月22日　星期三　晴

大学生数学竞赛山东赛区带队教师·张天德

阳春三月，草长莺飞，又到一年春花烂漫时。在这美丽的季节里，山东赛区在刚刚结束的第八届全国大学生数学竞赛决赛中再创佳绩：3人获得一等奖，9人获得二等奖，1人获得三等奖。其中，山东大学2人获得一等奖，2人获得二等奖，1人获得三等奖。我看着上台领奖的学生，喜悦之情溢于言表，分享到朋友圈，瞬间得到四面八方朋友的点赞。

在全国大学生数学竞赛从2009年诞生至今的八年光阴里，我见证了山大学生在本赛事中的逐渐进步和成熟，更见证了山大学子的累累硕果。八年来，山东大学共有6000余名学生参加这个比赛，有38人在决赛中获奖，一等奖获奖人数多次进入全国高校前三名。这些成绩既是对山大参赛学生水平的肯定，更是我们提高数学教学能力和水平的动力。

作为从事高校数学教学工作30余载的老教师，我热爱数学教学，更爱与学生一起分享学习数学的快乐，发现并惊叹数学的美，培养探索数学奥秘的兴趣。数学的求学之路很多时候是十分有趣、激动人心的，但有些时候也是枯燥乏味、让人沮丧的。兴趣是最好的老师，在教学过程中，我一直启发学生对数学洋溢着热情，不但教授学生理解数学知识，而且引导学生在学习中领略数学的魅力，体会数学知识中蕴涵的文化，锤炼“数学方式的理性思维”，提高学生的数学素养。我的付出也得到丰厚回报，担任泰山学堂数学老师，教学效果得到学生高度评价，被学生评为“泰山学堂毕业生最喜欢的老师”，私下被学生亲切地称为“德爷”。

展望未来，我希望在师生的共同努力下，山东大学和山东赛区在下一届的数学竞赛中能取得更好的成绩。

作者：数学学院教授　张天德

3月23日　星期四　小雨

经济学院创业沙龙参与者·韩文豪

昨晚，小雨淅沥，但没能阻挡住大家的热情。6点起，同学们陆续来到教学楼E5306，等待着期待已久的经济学院第一期创业沙龙。本期创业沙龙由山东大学创新创业学院主办、经济学院承办，主讲嘉宾是“得厚资本”创始合伙人、山东省政府引导基金投资评审专家、经济学院校友张伟民先生。他以投资人、评委、导师、创业者的身份与大家围绕“怎样在‘互联网+’比赛中取得好成绩”这一主题进行了分享。沙龙吸引了大量的同学前来参加。

张伟民学长先从创新创业教育与高等教育的关系讲起，让我们深刻感受到创新创业思维的重要性。接着，他从评审专家的视角详细分析了“互联网+”大赛的特点以及怎样的项目才能取得好成绩，讲述了市场的方向应该如何去把握，并举了“芒果餐饮”“越疆dobot机械臂”等优秀创业项目的例子进行深入分析。接下来，他以消费升级作为切入点，告诉我们消费升级意味着新技术遇到新人类而引发的消费价值链条的重塑，然后进一步过渡到产业升级，同时提到商业模式是创业项目梳理自身的一个有效工具。整场交流分享会，使我明白了市场的判断标准才是最重要乃至最根本的评价标准，一个优秀的项目必定是紧贴时代潮流，市场的方向应该从消费升级、产业升级和商业模式三方面进行把握。最后，张伟民学长也给想要创业的大学生提了两点建议：第一，要多看书，尤其是经典的著作，从经典作品中多去体会；第二，有时间可以去城市的各个角落看一看，看看大千世界中各行各业的人们是如何认识新事物的，多去思考，多去发现。两个多小时转瞬即逝，创业沙龙进入尾声，在交流和问答结束后，大家与张伟民学长进行了合影留念。

我也报名参加了本次“互联网+”创新创业大赛，完整经历了从一个创意的萌发、队员的挑选，最后到一份合格的商业计划书展现的创业过程。在这个过程中，我不仅收获了成果，更提升了创新意识、创新思维和创新能力，收获了友情，取得了进步。

在创新创业教育方面，我们经济学院一直走在前面。前不久，学院进行了为期两天的创业课培训，大家从中完成了从起初对创业懵懵懂懂到初步了解的转变，更有一大批同学在培训中萌发出优秀的创意，为接下来的参赛埋下了种子。说心里话，真的很感谢学院老师全力支持我们的项目，感谢学院能带给我们这么优秀的资源和环境，让我们更加有自信迎接接下来的比赛。

在这个大一的春天，创业沙龙为我们播下一颗创新创业的种子，一定会收获一个灿烂的明天，我坚信。

作者：经济学院2016级本科生　韩文豪

3月24日　星期五　雨

心理团体培训参与者·陈玉馨

谈起心理、心理咨询、心理协会、心理健康培训教育，大家的脑海中往往立刻浮现出这样的场景：在一个优雅舒适的屋子里，你和心理师两个人进行面对面的深入交谈。又或者是一个上百人的讲座，心理专家在台上讲一些励志的小故事。这些也是我去参加心理团体培训课堂之前的狭隘印象。活动一开始，一个个游戏便带领我们打开了心理世界的大门。

首先，老师让我们放下限制彼此交流的手机，站起来围成一个圈。我们中的大部分都是第一次见面，来自不同的年级和班级，难免有些拘束。但是，接下来的一个“刮大风”的游戏让气氛立刻活跃起来。站在中间扮演“预报员”的同学需要说出在场同学的一个特征，而具有这个特征的同学必须快速调换位置，在站好位之前如果被“预报员”捉住，则成为下一个“预报员”。在熟悉规则后，大家便开始斗智斗勇，有的“预报员”在说特征之前假装随意走动，直到走到“猎物”面前，再猝不及防地说出其具有的特征，便成功捕获下一位“预报员”。其中，最让我折服的一位“预报员”说出的口令是“2015级女生同2014级女生调换位置”，妙就妙在这位“预报员”认识在场所有的2015级女生，而断定我们寻找2014级女生时会有时间上的困难，所以就成功地使自己摆脱了“预报员”的位置。经过数轮不间断的“进攻”与“防守”，游戏结束，我们蓦然发现，自己现在的位置和原先的站位有了天翻地覆的变化，原来熟人之间扎堆站，经过几轮“大逃亡”，现在已经全然冲散，虽然彼此间仍不知道名字，却能相视一笑，不再尴尬。借此游戏，老师想告诉我们，人与人之间有许多共通之处，有许多相似的特征，即便是如过眼云烟的陌生人，也是如此。

在第二个游戏开始之前，老师将我们随机分为三个小组，让我们画出一种能代表自己、与自己最相像的植物，然后在组内介绍自己。不擅长画画的我便画了半张纸的能让人产生密集恐惧症的浮萍，浮萍无根，无拘无束，它所具有的带有一定侵略性的缺点以及可以入药的优点符合我略带锋芒却又极易相处的特点，我的自我介绍给组员留下了深刻印象。而其他组员有向往郁金香的神圣幸福，也有如桂花树般内敛而芳香四溢，有像蒲公英般散播希望的种子，更有如竹笋般的坚强刚毅。虽说这只是一次简单的绘画，却用另一种“语言”生动形象地表述一些我们平时可能难以言表或描述的东西——我们自己。那么，我们这几个性格迥异的陌生人又能碰撞出怎样的火花呢？接下来的环节便更有意思了，老师让各组将组员所画的植物都融合在一张纸上。而我们组的植物有春天的夏天的秋天的，水里的土里的山上的，名贵如郁金香的，不起眼如水中浮萍的，又该如何组合呢？为了安放我这个浮萍，关于河流走向和宽度我们都争议了好久，最终敲定了一条东西走向宽度适中的河流，而河的一侧专门画山及山上的竹子，另一侧就用来安放蒲公英、郁金香、兰花等植物。在我们当中，有擅长画画的，也有如我一般画画笨拙的人，但大家都没有闲着，为我们这幅画贡献着自己的一份力量。渐渐地，画作成形，这几种迥然不同的植物竟然融合在一起，盛开在这个春意盎然的生活大花园中。其实，我们每一个个体，当我们出生时，我们是每个家庭的一分子，而步入幼儿园、小学、初中、高中，到现在的大学，以及未来步入社会，我们都需要融入不同的圈子，接触性格不同的人，扮演各种不同的角色，我们都需要融入这样的圈子，需要有妥协，有相互协调，有互相促进和成长，这样才能形成如同我们画作般精彩纷呈的春日胜景。

惊喜总是接踵而至，最后一个游戏叫“过电网”，我们全体二十多个人需要快速通过一张只有五个大小不一的洞口的“电网”，而不能触碰“电网”的任何部分，其中五个洞口中有两个较低但较小的洞口。因为老师给的时间有限，初步定为一个同学先将上半身穿过洞口并双手撑地前行，后面的两位同学将其双腿抬起来，把他的下半身送出洞口。第一轮开始，由于一开始没能很好地协商，男生扎堆站并且已经开始“运送”，而女生在另一个洞口有所停留，在运送过程正式起步后，也因为彼此默契不佳运送过猛，使部分同学的膝盖稍有磕碰。在最后一个同学出来后，老师停止计时，一共用时三分多钟。第一轮的不尽如人意，促使我们对行动方案做出改良，考虑到其他三个洞口过人的难度，我们还是执着于下面两个洞口，我们将男生均匀分布以帮助运送女生，这回为了避免磕碰，我们打算在运送过程中让每位同学都绷直腿，以保护他们自己和被运送的同学，就这样，这一轮的默契度大大提升，速度也大大加快，最后，以一分钟的成绩圆满收官。这个游戏非常考验团队协作能力，但是有了团结这强大的力量，又有什么是不可能的呢？

今天的活动结束了，我收获了许多欢笑与快乐，但更多的是真真切切感悟到的生活道理，今天我们做的只是三个小游戏，但我们步入社会以后，游戏成真，我们需要承担我们所做的每一个决定、每一个动作所产生的责任。进公司之前的“群面”可能会以这样的“游戏”考验你，而步入公司后，你和你的同事、所有你需要打交道的人，都会形成一个个团队，在不同的团队中你可能会扮演不同的角色，但是，无论你扮演什么，高贵或者卑微，你都需要踏踏实实地做好自己的工作，不拖别人的后腿，为整个团队建设贡献自己的一份力量！这大概是我对这次课堂最深的感悟吧！

作者：经济学院2015级本科生　陈玉馨

3月25日　星期六　阴

春季就业双选会企业校招负责人·胡飞燕

山大的双选会总会伴着济南的春雨，或许是母校不舍得这么多学子从此各奔东西？昨天，抵达济南，来到体育馆领取了双选会材料，大雨倾盆，然而对第二天双选会的期待没有因为天气受到丝毫影响。期待在山大遇见热爱教育的伙伴，期待遇见敢于拼搏、乐于分享的事业合伙人，期待遇见渴望改变、渴望实现自我价值的“有为青年”。

今天清晨，天气降温，冷冷的，却阻挡不了山大学子们求职的热情。

“让最优秀的人成为教师”，邓小平几十年前提过这句话。如今教育行业作为朝阳行业，8万到10万的年薪、年轻的团队、正能量的氛围、优质的工作环境……教师岗位，成为应届毕业生中非常值得骄傲的offer。

作为行业排名前五的教育公司，晓教育集团旗下星火教育青岛分公司自2014年成立以来，目前已拥有超过150人的团队，985、211高校学生占比逐年递增。在这里，来自山东大学的优秀学子们，在重要的岗位上发挥着各自的影响力，他们是优秀的校区科组长、精英学科教师，出于对教学的热情和强烈的责任感，他们在星火受到家长和学生的信任、感恩，收获成长、蜕变。

越来越多的优秀人才涌入教育行业，是对行业的优化，也是对中国教育生态的优化。直到14：00以后，仍有大三到研三的同学不断咨询星火的岗位设置。看到十几位同学排队等候咨询岗位信息，遇见这么多对教育充满热情的同学，我们的校园大使、HR一直以饱满的热情介绍十人课堂管培生培养机制、晋升渠道、上升空间、授课方式。

我们忘记了时间，忘记了劳累。教育行业的HR是非常有幸福感的岗位，尽管我们平时接触不到学生和家长，但我们可以凭借准确的判断力，选择那些有梦想改变教育环境的人，加入我们的团队，在教育领域实现自己的梦想！

双选会结束了，然而我们对人才的渴望永不止步！

作者：晓教育集团星火教育青岛分公司人事部　胡飞燕

3月26日　星期日　晴

“校园十大歌手”演唱会指导教师 · 朱云龙

又一季玉兰满山大，又一季春意盎然时。在这个春天，2017年山东大学“校园十大歌手”专场演唱会在中心校区音乐厅拉开了帷幕。我作为从学生时代到教师生涯一步步见证山东大学“十大歌手”大赛逐渐成形的“十大人”，每年的“十大季”都会让我感慨万分。昨晚的“音为有你”十大歌手专场演唱会仿佛又让我触碰到了第一次与“十大”邂逅的初心。

晚上6点半，演唱会正式开始。久未回归的演艺圈新星李政军以两段热力四射的唱跳歌曲拉开了整场演唱会的序幕。往年的十大歌手悉数登台，献上了一场令观众叹为观止的演出。舞台上或是情意浓浓，或是激情四射，每一个音符都刺激着我和现场观众的听觉神经，每一种情绪都扣人心弦。精彩绝伦的舞美效果，搭配上每一位歌手的超水准发挥，一场无与伦比的视听盛宴就这样呈现在我们面前。

台上每个演员都伴随着掌声和尖叫声谢幕，而我的掌声一半献给舞台上技艺高超的同学们，还有一半献给台前幕后的文艺部工作人员。写到这里，这群孩子打开了我记忆的闸门。我仍然不能忘记，青岛校区的迎新晚会是这一群人坚守在凌晨3点的彩排现场；我也不能忘记，小树林毕业晚会是这一群人在瓢泼大雨中疏散人群；我更不能忘记的是，他们奉献时那最坚毅的眼神和成功后最灿烂的笑脸。正因有这样一群乐于奉献的同学，才有了大家看到的一场场精彩的演出。

晚上9点一刻，演唱会在一首《光明》中落下帷幕，看着一张张可爱的脸庞，听着一段段熟悉的旋律，心中久久不能平静。我意犹未尽地打开手机微信，发现了一条又一条与“十大歌手”演唱会相关的朋友圈，我想，这就是校园“十大歌手”的魅力吧……

作者：校团委工作人员　朱云龙

3月27日　星期一　晴

国际教育学院辅导员·马艳妮

10点18分，办公电脑右下角一个可爱的QQ头像不停闪动，例行点开。“导员，考研成绩出来了。我们三个都过了！”此时此刻，我体会到了什么叫开心到飞起。我迫不及待地将这个好消息告知学院领导和同事们，一起分享三位姑娘的喜悦。紧接着我的朋友圈也被刷屏，一个同学调侃道：“山大国际教育学院驻北大研究生班正式成立。”一个班出了三个北大硕士研究生，国汉中13班的考研之路在今天画上了一个特别完美的句号。

2013级汉语国际教育专业本科生班（简称“国汉中13班”），是国际教育学院招收的第一届全日制本科生，可以说是我们学院的“宝贝甜蜜饯儿”。国汉中13班最早被人记住的标签，我想应该是“只有一个男生的那个班”。“班草”赵杰民被同学们戏称为“富帅”，刚入学那会儿他苦恼得不行，常跟我抱怨他的寂寞无人能懂。如果说“富帅”的苦恼仅是个例，那么国汉中13班普适性的苦恼应该就来自于这个没有学长学姐、没有前人铺路的“第一届”了。看到其他学院的同学都有亲学长学姐手把手地传授大学生存宝典，带着做社会实践和志愿服务，他们可以从学长学姐的学涯规划和职业规划上找寻自己可以借鉴的模式和思路，我知道国汉中13班的孩子们是羡慕的。入学之初，同学们忍不住关心自己的专业前景：“这个专业好不好？”“毕业以后能做什么？”我一手捧着学院精心论证的专业培养方案，一手拿出《2008年至2013年国际教育学院硕博毕业生就业去向统计分析表》，一本正经地忽悠：“这个专业的好坏、发展前景如何应当在四年之后由你们来告诉我，你们的未来就是这个专业的未来，这是作为第一届本科生的责任与担当。”

从那以后，我们不再纠结自己人数少、学院小，国汉中13班的31位同学都将自己的个人成长同学院和专业发展紧紧联系在了一起，铆着劲儿努力，生怕辜负了学院的这份期待。自2014年起，国汉中13班每年有接近一半的同学获得山东大学各类奖学金，个人获得校级以上荣誉表彰92次。国汉中13班及团支部也连续两年被评为山东大学“先进班集体”和“优秀团支部”。国汉中13班凭一班之力组建国际教育学院学生会，成立国际教育学院本科生党支部，只为更好地为学弟学妹们服务。他们活跃在校学生会、山东大学新媒体中心以及各类学生社团，担任会长、站长、部长者不在少数。除了不愿辜负大好青春，他们也是为学弟学妹们铺路护航，为了让更多的人知道国际教育学院不仅有留学生，还培养了一批优秀的中国学生。

时光如白驹过隙，曾经的懵懂少年如今也成为别人的学长和学姐了。一路陪伴走来，作为辅导员，我觉得自己从他们身上学到的远远多于我作为老师所给予他们的。感谢你们让我感受到一个班集体所蕴含的正能量，感谢你们带我重温多姿多彩的大学生活。最最要感谢的，是你们有20人获得国内外知名高校研究生入学资格，其中3位一同被北大录取的傲人成绩给学弟学妹们走出了一条康庄大道。好多考研的同学私下跟我说“我是怀着不能给学院丢人的决心去复试的”，正在求职的同学每每和我打电话时，也半开玩笑地说要认真准备面试，不给学院丢脸。这群孩子真的是把“国教人”的身份看得十分珍重。国汉中13班的故事还没有结束，大家还在忙碌着准备出国、求职、写毕业论文、刷雅思成绩、学二外、实习……但是，国汉中13班作为国际教育学院第一届本科生的责任与担当“成就达成”。

此刻，站在大学生活的尾巴上，我想和国汉中13班的小伙伴们重温宁继鸣院长在新生见面会上说的那番话：“随着时间的流逝，大家有关学院、专业、自己未来的猜想会成为事实，对学校的认知和理解会更加丰富，生命中必将深深熔刻下母校的痕迹，大家也将成为母校发展的传承者和创造者。”

作者：国际教育学院辅导员　马艳妮

3月28日　星期二　雨

赴山东省委党校交流生·王婷婷

我们六个人的党校之旅就要开始了，决定要去之前确实经历了很大的思想斗争，我们必须放弃很多，比如在校园的安逸，比如时间，等等。但是泰戈尔说过，最好的东西都不是独来的，它伴了所有的东西同来。今天天空下起了淅淅沥沥的小雨，大姐调侃说这是老天不舍得我们离开。我们哈哈一笑。对于去党校交流学习，每个人都有自己的想法，我的目的很简单，想要去感受一下纯粹的党的教育，体会一下机关单位跟学校教育到底有哪些不同。马克思说过，理论来源于实践。我想，经历了总是好的。

山东省委党校是在省委直接领导下培养党员领导干部和理论干部的学校，是省委的重要部门，是培训轮训全省党员领导干部的主渠道，是党的哲学社会科学研究机构。校园依山而建，管理严格。初进党校，“党校姓党”四个大字非常醒目，我作为一名马克思主义中国化研究专业的硕士生，看到这四个字感触很多。中国共产党从当初的几十个人发展到现在，很艰难，正是每一个党员心中都有一面旗帜、一个方向，才能带领人民推翻三座大山，建立起中华人民共和国，才有了我们现在的幸福生活。中国共产党是一个长期执政的党，如今面临着执政考验、改革开放考验、市场经济考验、外部环境考验以及精神懈怠的危险、能力不足的危险、脱离群众的危险、消极腐败的危险，而我们的国家也处在改革的攻坚期和深水区，充斥着各种诱惑，坚持党的领导显得尤为重要。想到这里，我突然对自己的专业更加热爱了！

漫步在校园里，这里很安静，空气中充满着自然的味道，山间云雾缭绕，校园满是粉红色。我试着慢慢闭上双眼，张开双臂，深呼吸，丝丝清爽、淡淡的泥土香扑面而来，心灵仿佛得到了净化。我们一行人来到宿舍，很惊叹党校的管理，接待人员彬彬有礼、井然有序，很好地体现了一个党校的风气。

党校的领导、老师们很热情地接待我们，并召开了一个简短的见面会，看得出，党校很看重我们这次交流活动。我们马克思主义学院的代表成员在王韶兴院长的带领下也带来了满满的诚意。之后，我们跟党校学生也有一个交流，他们的生活丰富多彩，兼顾德智体美，注重全面发展。我的导师马佰莲老师总是说，要想做好学术，一个好的身体很重要，我觉得多开展丰富的体育运动是山大要学习的地方。

今晚，是我们在党校的第一个晚上，我很激动，希望自己可以在这里得到不一样的经历，也很想念我的同学们，希望大家一切安好。

作者：马克思主义学院2016级硕士研究生　王婷婷

3月29日　星期三　晴

党员讲党课活动参加者·倪杨红

今晚诊断课结束之后，基础医学院第二党支部进行了第一次党员讲党课的活动。活动负责人是张迅、陈立新、毕静怡三位同学。

张迅对党支部的基本情况作了介绍，然后详细介绍了“两学一做”学习教育的相关内容。接下来，毕静怡对入党的基本流程作了介绍，这主要是针对刚刚提交入党申请书、还没有上党课的同学。除此之外，她分享了几位优秀共产党员的事迹，分别是：公安边防战士邵明贵、“雷锋城管”王小勇、河南兰考县原县委书记王新军以及厦门航空空姐王菲。最后，陈立新向大家介绍了近年来党的几次重大会议，并就数例国内外重大事件发表了自己的看法。活动结束之后，他向我们推荐了四个公众号，以利于入党积极分子和预备党员等可以通过多种渠道学习。

我是一名入党积极分子，去年12月通过了党课考试。当我听到党员先进事迹的时候，我的心一直在颤抖着。危难时刻，他们挺身而出；平凡之中，他们默默坚守；奋进路上，他们走在前列；星星之火，他们无处不在。他们是优秀的共产党员，他们既平凡，又与众不同。因为，他们身上有一种不寻常的精神力量。这种力量坚韧而温暖，浓烈而清新，执着而博大，凝聚着一股昂扬向上之气，永不停息地为我们的国家、民族与时代注入勃勃生机。

听君一席话，胜读十年书。青年时期难免有迷茫，难免有困惑；但我坚信，一颗红心向党，就会找到自己人生的亮光。

作者：基础医学院2014级本科生　倪杨红

3月30日　星期四　晴

“芝兰三月三”传统文化季启动仪式参加者 · 张开翼

春分悄过，祓除之时，三月三至，上巳节来。古有王羲之携好友分坐曲水之旁，谈文作赋，此兰亭之所集也。“芝兰三月三”，“芝兰”取自芝、兰两种香草之名，意欲比君子德操之美；三月三传统节日，便是魏晋以后由上巳改来，历经沿袭，遂成水边饮宴、郊外游春的传统节日。

今天，阴历三月初三，在青岛校区振声苑北楼N302大教室，我与国学社的同学们一起为青岛校区“芝兰三月三”传统文化季启动仪式献上了《兰亭集序》的集体吟诵，以此拉开了系列活动的序幕。

《兰亭集序》本是高中所要求背诵的文章，但高中的简单记忆并不能使我们完全体会到王羲之蕴含在文字中的感情，更像是为了满足考试要求而去强行背诵。但今日，为了准备这次朗诵，我与朋友逐字揣摩王羲之挥洒笔墨时淋漓尽致之情，感受“后之视今，亦犹今之视昔”的领悟，让我对《兰亭集序》的理解从简单的记忆提升到一个全新的境界。

时值暮春，当我穿上古人歌咏之装，在那一瞬间，仿佛古者的灵思降临到我身上。我们就像去参加古时兰亭集会，随着林海的《琵琶语》的古朴音符，缓步走上舞台。站定之后，我们齐齐向观众行古礼，排练过无数次的我们在那一刻不再像是表演，仿佛置身于“崇山峻岭，茂林修竹”之胜地，吟咏着“晤言一室，放浪形骸”的洒脱。

最后，随着我诵出“后之览者，亦将有感于斯文”，我们的表演结束，思绪却仍飘荡在那文人墨客、白衣胜雪的年代。不禁感叹，王羲之不愧为古之思想家，其哲思将亘古流传。

启动仪式的最后一个环节是传统文化季的汉简图腾传递，我有幸作为学生代表从张永兵副校长手中接过汉简。汉简比想象中要沉许多，它蕴含着学校对学子们光大优秀传统文化的深深期望。

听老师介绍说，学校将努力把“芝兰三月三”活动打造为青岛校区的文化品牌，一年一年举办下去，这件汉简图腾将会不断地传给下一级同学。我相信这传承的不仅是一个图腾，更是为往圣继绝学的精神。可以预见，未来的青岛校区，每年都有一批山大学子来到这里，在浓郁的传统文化氛围里快乐学习、健康成长。

作者：计算机学院2016级本科生　张开翼

3月31日　星期五　晴

管理学院校友・蒋佳琦

这大概是我从2014年到现在长达两年半的时间内，第一次在“闭关状态”中解脱出来做演讲，也是第一次以“非主持人”的身份回到母校山大的舞台，用我在恩师乐嘉那儿学到的一点皮毛，来为在校的学弟学妹们分享性格色彩，以及运用性格色彩可以获得的东西。这对我而言是一种“闭关”出来后检验自己真本事的机会，所以我很重视，同时也感谢母校给我这样的机会。我内心充满了感激，不知道我今晚的演讲能打多少分，但在我看来，每一个人都可以坚持到最后始终没有离开现场，对我而言就是最大的鼓励和认可。

我要感谢我的父母驱车100公里来山大看我演讲，当他们说要来的时候我内心是很慌张的，因为我不希望因为他们的存在而增加我的压力，可是当他们出现在我眼前的时候，我觉得，他们与其说是来看我演讲，不如说是在珍惜一次能跟自己儿子见面的机会。因为自从我去了上海工作后，真的极少回家。而且换位思考一下，如果我当了父亲，我能够看到我的儿子在台上讲话，即便台下没几个人，即便他讲得很糟糕，我都会觉得很棒！

在我们的大学时光里，会交到很多关系特别好的朋友，乃至于我们相信毕业之后他们依然会跟我们继续交流下去，然而一个不幸的事实是，这些人绝大多数会在你毕业之后，彻底消失在你的生命之中。可是仍然有一些人，他们愿意留在你的身边，愿意在你回到这个城市的时候，牺牲自己的时间来到你面前，所以，当我看到这些人出现在今晚的演讲现场时，我想对他们说："有你们真好。"

作为性格色彩的传播者，这是我第一次将之带到我的母校山东大学，我感谢现场有很多同学牺牲宝贵的时间来听我浅薄的分享。因为对我而言，母校山大是一个我们骂得最多但始终不愿割舍的地方，这里永葆我的青春，同时也是给我无数次机会让我得到锻炼的地方，可以说，没有山大，就没有我后来的演讲和主持的发展道路，这里是孕育我能力的温床。

在演讲的最后，我说，有一句话叫作"科技改变世界"，当我们手里拿着iPhone和iPad的时候，其实就足以证明这句话。但我现在更相信一句话叫作"心理学改变世界"，当我们学习一门心理学，不论是性格色彩还是其他门派的心理学，甚至是最大众化的十二星座学，通过学习它们，我们可以清楚地认识自己，正确地理解别人，变成更好的自己，并且和其他人和睦相处，我们内心就会充满阳光。当我们内心充满阳光的时候，我们看这个世界就是充满阳光的，这个就叫作"心理学改变世界"。

所以，我希望母校的学弟学妹们不要像当初的我一样，在大学四年只学习一些课本上的理论，希望每一个人都可以尽早涉及一些简单易学的心理学，让自己可以在习得良好职业技能的时候，也可以拥有一个健康的心理，因为只有这样，我们才可以在未来的职场、家庭教育、夫妻关系中游刃有余，内心充满阳光。

作者：管理学院2009级校友　蒋佳琦

4月1日　星期六　晴

关爱自闭症儿童志愿者·孙　悦

今天，我作为众多志愿者中的一员，有机会与明天儿童康复中心的工作人员一起在环宇城开展蓝色星儿自闭症儿童的宣传活动。

上午8点半，兴隆山校区与中心校区的志愿者便出发前往活动目的地。10点到达集合地点，开始了一上午的志愿活动。明天儿童康复中心的负责人为我们发放了蓝丝带，还为参与义演的志愿者发放了统一的蓝色服装。

志愿活动正式开始，我们首先协助明天儿童康复中心举办了义演，维持现场秩序，为表演者提供服务。其中，山东大学小提琴社的几名成员还演奏了优美的小提琴曲《卡农》，受到热烈的欢迎。自闭症儿童的代表也来到了现场，给大家带来了活泼欢快的舞蹈。看到他们的笑容，我们的心里都很温暖。

义演结束后，还有义卖活动。小朋友们亲手制作手工香皂与手链，志愿者们帮忙在展台处售卖这些小物品，义卖所得全部捐给自闭症儿童，来为他们提供爱心午餐。许多人献出了自己的爱心，让我们很感动。

中午12点，志愿活动结束了。我虽然有点累，但是心里一直感到温暖，能为他们做点事情，能看到他们温暖的笑容，是志愿者们最开心的事情了。

作者：管理学院2015级本科生　孙　悦

4月2日　星期日　晴

马克思主义学院硕士研究生·许　娟

今早，还在睡梦中，被一个电话吵醒，是弟弟打来的：“姐，路上看到好多大学生回家，你不回啊？”放下电话，整个人也清醒了，被家人关心的感觉，让我觉得心里暖暖的。

一出楼门，天气和前两天的大风天截然不同，暖暖的阳光温柔地洒在每一个角落，触摸着每一片肌肤，舒服的感觉。校园里不再热闹，稀稀落落的几个人走在路上，清明节放假，大概都回家或者旅游去了吧。

坐在图书馆熟悉的位置，终于翻完了龙应台的《目送》。朴实无华的言语，字里行间，却透露着触人心弦的情感，让我不禁想到了身边的故事。

上大学是我第一次离家，一家人送我到学校，离别的瞬间母亲哭成了泪人。永远忘不了，第一次寒假回家，看到她的瞬间，心头一阵酸楚。半年的时间，母亲苍老了太多太多。从那以后，我在外读书，不管多忙，每天都给母亲打个电话，哪怕只有三两句简单的问候。我只是想让她放心，让她觉得，我并没有走远。那种“儿行千里母担忧”的感觉，或许只有我们真正为人父为人母时，才能体会得到。

一次和朋友一起吃饭，他接到母亲打来的电话，只是简单地应了句“吃了，挺好的”，就匆匆挂掉了。我好奇地问：“你平时都不给家里打电话吧？”他说：“没事儿打什么电话啊！”很多人都这样，觉得好不容易出来上学自由了，不用听家人唠叨了，连给家人个问候都成了奢侈。你或许会觉得，什么事都没有，扯东扯西的，有啥意义。但那其实是个“相见亦无事，不来常思君”的电话啊，只不过是想确认一下你还好，没有一句思念的话，但句句的潜台词都是，想你了。

闺蜜的签名一直是“树欲静而风不止”，我知道她一直在提示着自己“子欲养而亲不待”。大三暑假的一个晚上，她哭着对我说，父亲得病了。我知道，对于生活经历很坎坷的她来说，这无疑又是一个重大打击。由于课程紧、路途又遥远，她没能把过多精力放在陪伴父亲上。直到去年，饱受折磨的父亲终究还是离开了。在生离死别面前，生命总是显得那样脆弱无力。如今，闺蜜有了一份很好的工作，每到周末，她都会坐几个小时的车回家。虽然路途奔波劳累，但她觉得很幸福。我知道，她在尽自己最大努力去陪伴自己的母亲。因为，你真的无法预测，他们可以等你多久。所以，就像于丹曾说的：“生命来来往往，来日并不放长。一念既起，就拼尽心力当下完成吧。”

《目送》中说，人生有两本存折，两者之间是斩钉截铁的反比关系。你在那一本存折所赚取的每一分“金钱”的积累，都是用这一本存折里的每一寸“时间”去换来的。

很多人说，等我挣大钱了，我就带家人去旅行；等我攒了足够的钱，我就把父母接到城里来住……其实，我们往往都颠倒了主次。“金钱”可以给过路的陌生人，而“时间”却应只给温暖心爱的人。

作者：马克思主义学院2016级硕士研究生　许　娟

4月3日　星期一　晴

基础医学院本科生·侯竹如

梨花风起正清明，清明的哀思裹挟着丝丝的春雨如约而至。特殊的日子里，特殊的哀思，寄给天堂里的大体老师，向我们的无言之师致敬。

中国有句古语叫“入土为安”，安土重迁的思想影响了无数代中国人；也有“身体发肤受之父母”，身体的一丝一点都不可以任意损伤。而这样一个群体，却宁愿抛却所有的传统束缚，将自己身后的一切交给一群涉世未深的医学生。也许他们受到了很多亲友的质疑，也许他们遭遇到许多旁人的冷眼，却依旧义无反顾地选择了捐献遗体，为医学事业的进步作出自己的贡献，这样的勇气着实令人敬佩。

这个学期我们有局部解剖课，有机会再次走进这栋神秘的大楼，有机会再一次与敬爱的大体老师接触。这是第二次与大体老师一同上课。遥想上一次还是在两年之前，刚刚步入医学院的我们，对这一切充满了好奇，充满了胆怯，也充满了无尽的幻想。曾几何时，一直以为这样的环境有点恐怖，慢慢地，我们习惯了这样的实验室，习惯了福尔马林的味道，刺鼻难闻的味道时时警醒着我们好好珍惜这些机会，向老师学习。两年前，我们只是观看老师们解剖好尸体标本，这启蒙了我们的医学之路。如今第二次踏进这栋大楼，有了些许的亲切。我们从原先的观看者变成了操作者，我们从一无所知到储备了所有的基础知识。每每拿着手术器械站在大体老师的面前时，我总会浮想联翩：他们是谁？他们来自哪里？他们从事什么职业？他们为什么会捐献遗体？而这一切问题都会随着浓郁的福尔马林的气味卷入抽风机的涡轮。我无从知晓他们的故事，只知道他们的躯体撑起了我们的故事。

“宁愿医学生在我身上千刀万剐，也尽量让他们少在病人身上错划一刀。”这是一位捐献者留下的生前寄语，如今已经成了经典。因为他们，我们认识了第一根神经，切开了第一条动脉，熟悉了第一个器脏……从此知识不再是课本上干枯的文字，而是一个个鲜活的跳动。因为他们，我们懂得了生命的价值，放弃水晶棺的安稳，选择冰柜的严寒，需要勇气，也需要大爱。因为他们，我们懂得了病人在医院挨的每一刀，是为了保住自己的性命；大体老师在我们手里挨的每一刀，则是为了更多的性命。生命的气息早已消散，而生命的长度早已得到延伸，纵然千刀万剐，亦无怨无悔。

清明时节，寄思大体老师，谢谢你陪伴我们漫漫的医学之路，谢谢你默默无闻的付出。我们不知道他们是谁，却知道他们为了谁。懂得奉献，谦卑学习，医路艰辛，终身受用。

作者：基础医学院2014级本科生　侯竹如

4月4日　星期二　雨

郲国故城遗址考古学生·张小宁

多年以后，在一个阳光明媚的下午，喝着下午茶或是咖啡的你，是否会回想起我们的“考古梦”开始的地方——位于邹城市峄山南麓的郲国故城？

在所有人都在人间四月天享受春天的时候，在朋友圈到处都是晒旅游、晒美景、晒美食的时候，我们仍然像往常一样，没有停止奔波和忙碌，继续践行着考古人的“撸起袖子加油干”。

每个人，每个探方，每天都有故事。

每天早上7点起床，我总是宿舍最后一个，有时候老师会直接进宿舍来督促起床。吃完早餐，大概7点40分，就必须出发了。我们的驻地距离发掘区有好长一段路。陈章龙老师回去了，我们的车也没有了，所以每天都要走二十分钟崎岖不平的田间小路。出发的时候，郎头（郎剑锋老师的别号）总是走在最前面，后面跟着一群睡眼蒙眬的孩子。而回家的时候，郎头总是最后一个离开，因为他要等所有人都收拾好才能走。

到工地上已经8点了，意味着我们正式开工了，而我们每个人探方里的大爷大妈们的电动车大军早已排列在田间小道等着这群年轻的孩子们。张森吆喝一声东北味儿十足的“开工了”之后，所有人都回到自己的探方，开始一天的挖挖挖和刮刮刮。在探方里，有趴着清理墓葬或其他遗迹的，有跪着或蹲着刮面的，有坐在地上绘图的，反正每个人都有自己的pose。探方里的工作主要就是按照土质、土色、包含物的差别和平剖面结合的原则找面、划线、清理遗迹。比如，时宁馨、唐好鑫还有欧阳蕤就在清理墓葬遗迹，而我一直期待能挖一个青铜器窖藏，可是到今天，我已经挖到第四层了，只出了一个遗迹，而且是一大堆陶片，所以有些心灰意冷，工地虽然明令禁止串方，但邻方之间也会交流、互相帮助，也会有老师的即兴讲解、实地教学。怎么画遗迹位置图，怎么画平剖面图，怎么刮面，怎么清理遗迹，甚至怎么拉基线，要用什么工具，都是老师、师兄、师姐手把手教我们。

跟方里的大爷大妈相处真的是一门艺术，处得好了，他就给你好好干活；处不好了会遇到很多阻碍，影响进度和心情。工地里自然会有围观的群众，戴着墨镜，看似很酷，来到发掘区问我们是干啥的，得知我们是考古的之后，往往会说：“美女挺多嘛！”

中午11点半下工，我们把自己的工具收拾好之后就开始回驻地吃午饭。回家的队伍拉得很长，田间小路很窄，虽然累，但是走在羊肠小道上的我们依然像放学回家的小学生一样排列得特别整齐，有说有笑。下午，工作情形与上午一样，按部就班。只是下工的时候，所有工具和陶片必须带走。我们的小推车也被大爷大妈们送到指定位置。陶片由我们雇的一个大爷开车拉到驻地，我来押车，站在三轮车后面有检阅三军的威风感。

晚上大约7点半的时候，大家已经陆陆续续开始到自习室学习了。有时，我们晚上还在这里上课，老师会总结白天工作时出现的问题。大多数时候，郎头陪着大家自习。因为有很多人要么考研要么考六级，都异常努力，即使很累也要坚持上自习，这确实让人感动。所以，在这里你会感受到很浓的学习氛围，也会被各种学霸的气场所折服，比如说郎头，上自习也是最后一个走。

大约11点半或11点，大家已经躺在床上准备睡觉了。忙碌了一天，真心累了，躺下就能睡着，在这里，很少有人会失眠，一切疲劳都沉浸在梦乡里，一切困乏都可以在这一刻终止，那也许是最幸福的时刻。

这就是我们的一天，简简单单地重复着，三个月，九十天，每天都在忙碌中度过，每天都累得腰酸背痛。对于我们这些90后来说，从不曾有过这样的经历。但是，我们还是时不时地苦中作乐，而且乐此不疲，充分发扬考古乐观主义精神！总之，这段日子足够真实，也足够充实！

作者：历史文化学院2014级本科生　张小宁

4月5日　星期三　多云

房改办工作人员·孔晓夏

短暂的假期结束了，一周的工作又开始了。借调到房改办工作的这两年，说不上繁忙，谈不上辛苦，但是每天就好像上满弦的钟表，一刻也停不下来。

早上，一踏进办公室，马上就能感觉到工作的紧迫，常常是走在楼道里就能听到办公室里传来的讨论声。房改办工作细致烦琐，这就要求我们工作人员必须仔细耐心。特别是在教职工房改手续的办理过程中，职工们看到的也许只是去录信息出表等机械性的工作，但是这些信息的录入过程中经常会出现意想不到的困难。让我印象深刻的是刚刚借调到房改办工作的时候，第一次去省直房改办为五宿舍的教职工录入住房信息，录入的住户有120户左右，看似简单的输入基本信息，却是我们核对了一个月的成果，从姓名、身份证到职工的住址、面积、补偿、集资款，每一个数字都是我们在评估报告、缴款资料里核算出来的。而这些基本程序其实只是整个购房工作的开始，后期的审核、结算、办证才是真正考验我们耐心、考验我们能力的时刻。

3月底，房改办发布了省直房改扫尾工作的通知，引起了教职工的广泛关注。“一石激起千层浪”，虽然在通知拟稿初期我们就预想到会遇到很多困难，但当络绎不绝的人群涌向办公室时，我才真的知道什么叫作应接不暇，忙得甚至没有喝水的时间。而大家反映的问题往往都是遗留问题，当这些困难真的摆在面前的时候，其实心里还是有少许的胆怯，担心凭借自己的能力无法真正地解决教职工的问题。4月初，离省里的截止日期越来越近了，看着教职工交回的材料，一份份地核对信息、核查住房地址、核算购房价格、录入信息……工作又繁忙起来。但作为房改办工作人员的我们，一定会竭尽全力地为教职工服务好。

作者：后勤党委、后勤保障部工作人员　孔晓夏

4月6日　星期四　晴

北京理工大学交流生·高　熹

来到山大已经两百余天，来到这儿的我是幸运的，没有辜负学业，没有辜负美景，也没辜负满城春色。

走在泉城济南的路上，朦胧中看济南的街巷、行人……一切都符合之前对济南这座城市的想象。一城山色半城湖，泉城有它特有的缠绵悱恻，“大明湖，明湖大”“趵突泉，泉趵突”，文人学士、才子佳人的故事，杨柳青青遥遥相望的美景，时光斑驳，狭窄的弄堂中似乎还能寻到那段岁月的印记，洪家楼天主教堂

伫立着，浑厚苍劲的钟声一声未歇，一声又起。

“学无止境，气有浩然”，百年山大带给我的既有厚重的文化沉淀，也有锐意求新、追求卓越的精神。惹人心醉的晨曦中，急促的脚步穿行在弘德大道，斑驳发亮的小树林里传来催人奋进的琅琅书声；午间，明媚的阳光洒在一片片樱花雨上，食堂门前丰富多样的社团活动中活跃着忙碌的身影；晚风徐徐，陪伴着夜跑同学的步伐，还有自习室中奋笔疾书和挑灯夜读的背影……

在山大，我逐渐成长着。丰富的图书和数据库为求知的学生提供了向上的台阶，而丰富多彩的校园文化活动也为我的大学生活增色添彩，各学科水乳交融的大环境更为我们铺平了全面发展的道路。山大之大，在于一流的师资队伍和一流的教学、科研条件，半年多的时间里，我聆听了老师专业严谨的授课，感受了大大小小讲座中大师的思想，参观了实验室并得到大师的授业解惑，这些让我更深刻地认识了生命科学，更加热爱生命科学。

今天是4月6日，细数一下，留在山大的日子仅剩不到三个月，不得不说，来山大交流是我人生画布中浓墨重彩的一笔。感谢自己当初来山大交流的选择，我爱上了山大的淳朴和美丽。山大，带不走的，只有你。

作者：北京理工大学交换生、生命学院2015级本科生　高　熹

4月7日　星期五　晴

国际汉语教师志愿者 · 陈青艺

今天课后，一个法国学生突然问我“你是一个好老师”这个句子对不对，我说对。他很认真地看着我重复了好几遍，见我有点奇怪，便解释说，这句话是他想对我说的，他问我只是想用正确的中文说出来。顿时，我觉得心里暖暖的。

我在法国勒芒曼恩大学的Centre de Resources en Langues（语言资源中心）和

Campus Soir des Langues（语言夜校）工作。勒芒，这个曾经对我来说无比陌生的词汇，现在已成为我生活中密不可分的一部分。我在去年五月初参加山大校内培训时第一次听到这个城市，当时充满了好奇，期待知道这个我即将工作和生活的城市究竟是一个怎样的城市。

九月初，我提着沉重的行李来到勒芒，因为法国的交通和国内的不太一样，一出火车站我就有些茫然了。好多好心人热情地教我如何买票、给我指路，有的甚至一路上陪着我，确保我能够安全顺利地到达学校后才离开。在tramway里向窗外看去，阳光洒在路面上，鸽子悠闲地走来走去，天蓝蓝的，给人一种安静、舒适的感觉。

这是一座精致的小城，市中心一带的法式建筑和勒芒老城区让人流连忘返。这里的公共交通都是暖色调，即使在冬日也给人一种温暖的、充满活力的感觉。这座城市的居民非常善良和友好，走在路上，总有人微笑着和我说“Bonjour（你好）”，汽车遇到行人都会主动停车礼让，在超市当我手忙脚乱时会有人热心地帮我拿袋子，做任何事情大家都耐心地排队等待。这里的一切都给人一种秩序井然的感觉。

我住在大学旁边的学生宿舍里面，小小的房间里有独立的卫生间，还有一个小冰箱。平时做饭就在公共厨房里，每次都能遇上住在同一层的不同国家的小伙伴，有时我们会交流厨艺，渐渐地我学到了许多不同的做饭方式，也从刚开始不太会做饭变得自信从容。

在曼恩大学，我教的是比较自由的选修课，针对的是零基础和初级水平的学生。同时作为汉语课试点，开展了对Laval校区学生的远程授课，所以我每周和那边的两个学生还有一小时的讨论课。选课的学生来自不同的专业，有本科生也有研究生；除了法国学生之外，还有来自摩洛哥、越南、科特迪瓦和英国的学生。他们的年龄和我差不多，所以上课的时候很配合，课堂氛围也很轻松愉快。因为是选修课，再加上他们自己专业课的压力很大，所以选择课程并坚持下来的学生除了有兴趣还有很强的汉语学习动力。学生们的接受能力非常强，第一学期期末考试时，我发现他们掌握的比我预期的还要多，不禁有一点小小的成就感。

第一学期结束时，收到了一些学生的邮件，其中一个来自越南的学生写道：

你是我的中文启蒙老师，也是一个好老师，我真希望我可以一直跟你学习汉语，直到有一天我可以流利地说汉语。最后她用我不久前介绍的拼音输入法用汉字写道：谢谢老师！我爱你！

来勒芒后，我了解了勒芒市法中交流协会，协会的创始人多年来一直坚持在法国推广中国文化，让更多的法国人了解中国。在课余时间，我会跟他们去幼儿园和小学开展和中国有关的课外活动。

独自在勒芒的日子并不感觉孤独，因为我认识了许多来自不同国家、有不同文化背景的小伙伴，因为在我身边一直有善良的人相伴，我感恩现在拥有的，也希望用实际行动传递这份温暖和善意。

能在青春正好的年纪，有幸参与山东大学国际汉语教师志愿者项目，从学生到汉语教师的身份的转换，从象牙塔到国际志愿者平台的历练，我相信，在法国做汉语教师志愿者的这段经历将成为我人生中最宝贵的财富和最美好的回忆！

作者：威海校区翻译学院2012级本科生　陈青艺

4月8日　星期六　小雨

公卫学院本科生·张梦萍

“丁零零……”一阵闹钟的声音响起，我顿时从睡梦中惊醒，意识还未回笼，整个人坐在床上发了会儿呆，才忆起今天的重要任务——去英雄山烈士陵园扫墓，缅怀先烈。立马起身穿衣洗漱，和队友汇合后赶赴目的地。

我们8点准时到达英雄山革命烈士陵园，和大队伍汇合后，拿着刚买的鲜花，爬上高高的阶梯，到达革命烈士纪念塔前。高大威武庄严的纪念塔矗立在北部山巅，上面镌刻着毛泽东题的“革命烈士纪念塔”七个大字。这不由得让我感受到一丝悲壮，多少烈士用他们的血肉之躯换来了我们如今的和平，他们长眠于此，无缘见到新中国的成立，无缘见到如今强大的中国。他们将自己的一生都奉献给了革命事业，何其伟大！而我们所能做的就是为革命烈士们默哀，怀着敬仰的心献上我们的鲜花。让我们静静地追思，深深地缅怀，把最深情的思念和崇高的敬意，寄托在这鲜花中……

下山后，我们又走进纪念馆内参观。馆内陈列着山东省22万多位革命烈士名录和80位著名烈士遗像，以图表、照片、实物等资料介绍了王尽美、邓恩铭、刘谦初等烈士的事迹，以及济南战役中荣获中央军委命名的“济南第一团”“济南第二团”的英雄业绩。看着一幅幅珍贵的照片、一件件珍贵的文物，听着讲解员的讲解，我不禁心潮起伏。曾几何时，峥嵘岁月，先烈们浴血奋战，在枪林弹雨中摸爬滚打，不惜抛头颅、洒热血，带着坚定的信念勇往直前，为的是心中那一份光辉的事业——全国人民的解放。他们的一生无疑是光辉的一生。革命先烈的一幕幕事迹在脑海中回放，我深切地感受到他们的伟大以及这一份和平的来之不易。是他们的大无畏精神造就了我辈光明的前途，是他们的坚定信念让我们看到了真正的华夏儿女，是他们的热血和忠诚给我们树立了为国为人民献身的榜样。

参观的最后，我们观看了全景式的解放济南的过程。场景再现了当年革命先烈们为解放济南而英勇作战的动人画面。枪声、呐喊声、轰鸣声、成功夺取济南后的欢呼声，这一声声都敲进了我的心里。硝烟四起，战火纷飞，一处处倒塌的墙垣，一个个倒下的身躯，一处处鲜红的血迹，这一切的一切都深深地震撼了我！一幕幕画面生动地闪现着，让观看者深深动容，感慨万千。这一场战争无疑是艰辛和激烈的，但先烈们毫不畏惧，一个个前赴后继，用血肉铺就了一条光明大道。

“桃花雨红英雄泪，碧海丹霞志士心。今日神州看奋起，陵园千古慰忠魂。”在中国这方热土上，有无数仁人志士，为了民族的解放、国家的独立和人民的幸福，英勇献出自己宝贵的生命，谱写了一篇篇悲壮激越的史诗。我们怎能忘记那一张张曾经鲜活的面容？作为当今的大学生的我们，要以先烈为榜样，深切缅怀先烈，牢记历史，明晰党史，双肩担使命，心头记责任，努力学习，刻苦钻研，把握现在，为祖国建设贡献力量，让我们的祖国变得更加繁荣昌盛。

作者：公卫学院2013级本科生　张梦萍

4月9日　星期日　多云

相声协会十周年巡演观众 · 高锐琪

匆忙入场，在开场快板热闹的打板声中坐下。我看着舞台正中央“相声协会十周年巡演”的红色横幅，心就安定了下来，想着又能好好乐一乐了。

开场一段《武松打虎》的快板让现场的气氛热了起来。在这个没有职业演员的舞台上，却有着同职业演员一样喜爱着传统曲艺的山大同学。一段节奏明快的快板被这位表演的男同学演绎得绘声绘色，不仅大段的台词无一处错漏，而且打虎的动作也模仿得惟妙惟肖，让人惊讶于他的熟练，也因他的表演而捧腹大笑。

快板过后是两位同学的相声表演，其中一位是我去年参加笑林大会时的对手。他们的表演同样精彩，各种动物叫声随口就来，包袱一个接一个，尽管同演的小学妹表演时还略显生涩，但是总体来说两人之间一捧一逗的配合都堪称完美。之后还有听过一遍但是仍然觉得有趣的节目《任我行》，以及相声协会会长表演的相声，等等。

坐在台下，看着台上倾情演绎各种人生百态的同学们，我也不禁想起了去年自己参加笑林大会时的情景。在那之前，我对业余人士说相声、演小品的看法就是随意演演，让大家乐呵乐呵，认为只要稍有模仿能力、表演天赋的人都能做得到。但当我出于兴趣和同学排演小品后才发现，这绝不仅仅是抖抖机灵、耍耍嘴皮子就可以完成的事。每一个“包袱”的设计都要合理，而且要连接紧密。台上同学看似随意的一段模仿、一个逗趣的动作背后都是上百次的揣摩和反复练习。我深刻地记得，去年参加笑林大会时，复赛阶段评委们给我们提出了一个要求：让小品中有山大特色，至少要有济南特色。就这样一个看似简单的要求让我和小伙伴们冥思苦想了好几天。不过现在回想起来，那是大学阶段一段快乐的日子，每天都会看上几段相声、小品，每次都被相声大师的表演之精湛、技艺之纯熟而惊艳。努力终有回报，决赛阶段，当看着台下同学们的大笑时，我们知道自己成功了。

时移景易，如今我的身份从演员变成了观众，但是传统曲艺带给我的快乐仍然不减。就像今天表演时一位演员说的那样：相声就是，您坐下，就算再不开心，我也能让您这会儿哈哈地笑了。

或许如今相声、小品的被关注度无法同电视上各种大热的综艺节目相比，但是我想，始终有人坚守对这些传统曲艺的热爱，乐此不疲地琢磨、研究甚至是走到台前过把瘾，比如今天表演的这些同学。同时，我也感谢山大为我们提供的这些平台，让喜爱曲艺的同学能够相聚在一起，听相声或是说相声。今后能真正成为职业相声和小品表演演员的山大学子或许并不多，但是在山大的舞台上，他们都是真正堪称一流的演员，把自己对相声的热爱留在了这里，留在了每一次台下同学们的“大笑”之中。

作者：政管学院2013级本科生　高锐琪

4月10日　星期一　雨

中南大学交流生・王荣琦

北方的春天总是这样，乍暖还寒。昨天才稍稍明朗了一点的天气，今天傍晚又滴滴答答地下起了小雨。还是那样的味道，清新的空气里夹杂着淡淡的泥土香味。总觉得自己在山大见过许多次下雨，有绵绵细雨，有倾盆大雨；有的温柔细腻，有的裹着凛冽的寒风。这才意识到，我来到山大已经五个月有余。

闲来无事，我总是喜欢把这五个月的日子或仔细或粗略地回味回味。初来济南，几乎每天没课的时间我都把自己浸在大明湖、芙蓉街、泉城广场这些地方，即使每天都去也看不够。我总想着芙蓉街和长沙的太平街有许多相似的地方，都是青砖石瓦的古式建筑，都是鳞次栉比的小吃店铺，都是擦肩摩踵的来往行人。我有时候，真的会分不清楚。但是大明湖可就不一样了，就像在凤凰古城看到的，生活气息浓厚得自在又坦然。

老舍先生笔下的济南现在就在我的周围啊！我虽没有先生那样的深情和感怀，但是这个地方也的确让我流连忘返、沉浸其中。总是看不够啊！无论是大明湖的风光还是趵突泉的水意，无论是精致繁华的商场还是除去聒噪只余淡雅的美景，无论是校门外的车水马龙还是学校里的人来人往、繁花满树、书声入耳……

穿梭在校园里的时候，我总是轻松愉快的。我想要把周围的人、事全部看在眼里。这样我就可以大方地向朋友说起这段在山大的日子，而不至于只言片语里全是陌生和空洞。相比于以前的自己，我更愿意享受此刻，和山大在一起的此刻。熟悉的温度，熟悉的阳光，熟悉的味道，连走在石子小路上的感觉都是熟悉的。

我看到很多人在图书馆前面满树满树的花下拍照、玩闹，但是我从来没有走到它们的近处看过，更加不愿意把这些颜色放进镜头里。因为我不想看镜头里的山大，就好像我已经离开了这里一样。我不愿意以任何方式告别。

是的，我喜欢这里，喜欢这里的人和事，喜欢这里的时光和影子。在山大的这一年，毫无疑问将会成为我大学生涯里闪烁着独特光芒的日子。每次回想，每次玩味，都会格外亲切，分外晴朗。

山大，是你让我成就了我想要的、现在的我的样子。

作者：中南大学交换生、管理学院2015级本科生　王荣琦

4月11日　星期二　晴

文管专业分享会参与者·李金烁

今天，山东大学和山东农业大学文化产业管理学系的师生们在知新楼举办了一场专业经验交流会。

早在2004年，山东大学就在教育部的号召下，首次增设了文化产业管理专业，2005年文化产业管理学系正式成立。山东农业大学在2015年创办了文管系，

由于专业创办时间较晚，目前还没有毕业生，因而今天参会的学生们都是2016级的学弟学妹。对于已经大三的我，也颇为荣幸地作为本专业的代表参与了本次分享会。

会议伊始，我们专业的韩英副教授简略地分析了中国目前文化产业发展的特点——起步晚、发展迅猛。特别是近年来，受惠于国家在宏观层面出台的一系列政策，文化产业的发展势头显著增强。韩老师又从全球视野出发，比较了中外“文化创意产业”“版权产业”“内容产业”的异同点，介绍了山东大学文化产业管理专业的发展情况。最后，韩老师又从师资队伍、培养目标和教学内容上分别作了介绍。随后，山东农业大学文化产业发展与管理专业的高国金、杨瑞两位老师也表示，山农文管专业自创办以来，积极向山东大学、中国海洋大学等文管专业办学经验相对丰富的高校取经，尚处于学科体系化和学生培养方面的探索阶段。

在老师们的启发和鼓励下，山农的学弟学妹依次向我们提出了他们对专业的学习、兴趣的选择以及未来的职业规划等方面的问题，我们也结合自身的理解和经历，逐一细致地作答。文管专业本身涵盖较广、包罗万象，许多同学难免会有些“摸不清方向”。特别是刚刚接触文化产业的同学，对于专业课程学习过程中出现的重复、交叉的现象有些迷惑，对于个人兴趣点的挖掘和理解尚不全面。比如，作为文化产业的分支之一“游戏产业”，不仅仅是一般意义上的“玩游戏”，仅凭对游戏的热爱不可能推动整个游戏产业的发展，“玩家”只是产业中一个微观的消费元素。在谈及学习经验之余，学弟学妹更关注的是未来的就业方向，做导游、做经纪人还是做记者等。对此，我也给出了个人建议：就业应该是在充分地学习好本专业课程、找准自己的兴趣点之后再去考虑的事情，我们目前还处于起步时期，更应该静心积累，全方位地提升自己的综合素质和能力。等达到一定程度时，一切自然会水到渠成了。

此外，大家也在社团管理运营方法以及活动举办的经验、策划、公关等方面进行了交流和沟通。

会后，韩英老师鼓励大家，文化产业管理是一门新兴的专业，从全国高校来看，文管专业的发展还处于不断向前探索的阶段。作为文管的学生，不应局限于课堂和教材，应该在课下“舍弃”课本，积极地去开阔视野，进行更多的课外阅读和学习，大胆创新，锐意进取。

我在文管专业的学习只剩下一年多的时间，更要好好珍惜和把握余下的时光。在优越的学习条件下，不断提高和完善自己，向更优秀的人看齐，为我国文化产业的发展贡献出自己的一份力量。

作者：历史文化学院2014级本科生　李金烁

4月12日　星期三　晴

夜跑存包志愿服务者·国承彩

一直听说山大有个夜跑存包志愿服务队，今天我也有幸成了其中的一员。

傍晚6点半，摆好桌椅，铺好防潮布，摆好登记本、号码牌、小台灯，我们夜跑存包的“小摊位”就已经准备就绪了。在负责人向我们介绍完工作流程和注意事项之后，今晚的志愿服务工作正式开始。

刚开始来存包的人并不是很多，也正好给我们充分的时间来熟悉这项工作。闲暇之余，我和搭档还能聊聊天，欣赏一下“夜跑人”的风采。我也是一个热爱夜跑的人，晚风清凉拂过发梢，温热的汗水擦过额角，风景在眼角缓缓倒退……

但很快我们就发现，今晚的工作并没有那么轻松。登记，领号码牌，存包，换号码牌，取包，签离。看似很简单的工作流程，可是人一多起来，就没有这么简单了。8点多是夜跑的小高峰时段，也是我们最忙的时候。人流量刚一上来的时候，我们还真有点不适应，有些手忙脚乱，还出了几个小错误，不过大家都很有耐心，我们也很快摸索出了一条工作流程，让存包工作顺利进行。为了保证存取包的准确性，我们还特意嘱咐存包者写好牌子的颜色。9点多差不多是人流量的最高峰，我惊慌地发现手里能用的号码牌就只有一两个了！可是来存包的人还是源源不断，于是脑子里开始蹦出各种各样的解决办法：让大家稍等一下？找一下负责人？还有坏掉的号码牌，要不修一修？要不换成手写纸条？幸好，取包还号码牌的人也开始渐渐多起来了，及时把我们从困境里解救了出来。人稍微少一点的时候，我们抓紧修了修坏掉的号码牌，准备应对下一个人流小高峰。

存包取包的人虽然很多，但是并不乱，大家都很有礼貌地相互谦让，秩序井然地自觉排队，这让我们很是欣慰，也让我们的存包工作忙而不乱。

以前从来没发现，风雨操场的夜跑竟然这么火热，来存包的人也是各种各样，从小朋友到晚上来溜达散步的老大爷。每个人存包后，都会真诚地跟我们说一声“谢谢”“你们辛苦了”，有的稚嫩，有的活泼，有的稳重，有的成熟。到了快结束时，晚风有些凉，嗓子有些哑，却丝毫没有觉得累。

志愿服务中最令我感到开心的莫过于这种被别人需要的感觉，这真的是最大的幸福。这些彼此间的真诚会驱散一天的烦闷，让我浮躁的心平静下来，这也是我如此热爱志愿服务的原因。为别人带来便利的同时，也能收获自己的一份宁静和归属。

作者：临床医学院2013级本科生　国承彩

4月13日　星期四　晴

微格课程体验者・王一霖

今天唯一的一节空课，我没有像往常一样扎进图书馆写作业，而是步履匆匆地赶往学院，前去观看“微格课程”，即通过微格设备实时观摩汉语教学课程。如此全方位地接触语言生课程，这还是第一次。因此我也不再像以前旁听时那般看热闹多过看门道，而是更多了份专注，与听有所获的期待。

今天这节微课，是由戴丽华老师讲授、面向中级班留学生的汉语听力课。课程按照精听听力材料、引出生词、围绕生词进行词汇和语法的讲解等几个步骤循序展开，环环相扣。听课刚开始时，我对老师的教学法及留学生的课堂行为观察甚细，时而提笔记下几点自己的感受与思考。然而当教学步骤循环往复时，我开始有些疲沓。“只是这样听材料、讲生词，会不会太单调了？”我禁不住小声嘀咕道。而身边已经提前学习了教学法与案例分析等课程的同学，及时纠正了我这一“偏见”。“难道课堂环节多种多样才算是好的课堂吗？”她笑着说，“很多新手老师讲课看起来穿插了不少活动，可是真正的知识却没有讲透。戴老师不仅通过语境的列举把词语的含义与运用讲得十分清晰，而且你发现了吗？几乎每个词语的讲解，老师都会联系到过往的知识点，衔接得都非常连贯自然。这样张弛有度的节奏，难道还抓不住留学生的思路吗？”听完这番话，我才发觉原来看似稀松平常的教学设计，实则蕴藏着老师这样多的良苦用心。

而令我印象深刻的除了老师课上的精妙讲解，还有课下与学生的互动。学生课间休息时，微课的直播并没有中止，此时有学生与老师聊起了想要购物却不知如何表达的困惑。老师从最常用的表达开始说起，模拟售货员的身份帮助学生练习，然后又进一步延伸，谈到其他日常生活中的场景。我看到起初只是这位发问的学生与老师交流，但慢慢地，其他同学也被老师的妙语连珠所吸引，不自觉地聚在这位同学桌前。若不是有同学从后门进出，我甚至一度以为这就是课堂教学的一部分，那样实用明了又不失生动形象。或许老师的言传身教，本就不止于讲台之上、书本之间，生活才是最权威的教学资源库。

古有成语“见微知著”，而今日我则见“微”知课，透过方寸屏幕，感受汉语教学中的大学问。也许在求知路上，我还只是一个才疏学浅的起步者，为桌上待读的卷帙浩繁而慌张，也为前路漫漫征程而迷茫。但每当仰望这些优秀的前辈，仰望他们在三尺讲台之上的辛勤耕耘，心中便会多了些对未来的期待，便更能心无旁骛，笃定向前。犹记曾铮铮喊出的那句“汉语走向世界，吾辈义不容辞”，愿他日我们都能凭着无悔的努力，如愿以偿。

作者：国际教育学院2015级本科生　王一霖

4月14日　星期五　晴

山大视点新老成员见面会参与者·唐慧娟

今天是视点的新老成员见面的日子。上次的见面会我因为回家而错过了，但还好，这次没有错过。下午，我和晴学姐一起去买了小活动的奖品以及零食。回到宿舍，为晚上的见面会作最后的准备，选定歌曲，完善记录表。

下午5：50，老师们陆陆续续到达了现场。6：10，才到了20多个孩子。但考虑到老师们之后还要回去加班开会，学姐便宣布见面会开始。

简单的开场白后进入第一个环节——听老师的话。在晴学姐的介绍下，老师们依次进行了发言。这些话就像种子一样，缓缓飘进了我们的心里，从此扎下了根，一直影响着我们。

随后，我们进行了两个小游戏。虽略有磕绊，但我们依旧玩得很开心。第一个是“你瞎比画我瞎猜”。到场同学分成四组，两两对抗。一组出题，另外一组对题目进行描述，依次传递四个人后，由第五个人说猜出的成语。第一次由帷宏学长带领的“山大人物”组出题，一个“卧虎藏龙”难倒了比画的三个同学，最后那个同学却成功地猜出了成语，为朵朵率领的《山大日记》组加运营部拿到了第一分。不得不佩服竞一学姐的想象力和超强的理解力。随后的几轮比画中，人物组终于在第二轮比赛中拿到一分，两队打成平手。接着，是人数庞大的摄影组和微信组间的对决。第一轮的比赛中，两队都没有拿到分数。在第二轮的比赛中，摄影组拿下一分，获得了胜利。第二个游戏是“没人比我更懂你”。每队出两个人，一个人戴着耳机听着劲爆的音乐，另一个人负责将题目念出来，由戴耳机的人将这句歌词复述出来。重新抽签，比赛，经过两次小组赛（也就是一对一的比赛），朵朵率领的《山大日记》组加运营部和宁远学姐率领的摄影队成功晋级决赛。两组对抗，两个组都很强。最后，冠军还是由朵朵率领的队伍夺得。

最后，晴学姐和宁远学姐为大家颁发了奖品，其中有我们下午购买的精美笔记本，还有视点周边大礼包。

作者：管理学院2015级本科生　唐慧娟

4月15日　星期六　晴

校园十大歌手比赛选手·王　艳

盼望着，盼望着，青岛的春天来了。处处花开，天真烂漫，晴空万里，温度高到让人有了夏天的感觉。

这样的天气当然更适合歌唱了。一时兴起报名参加了青岛校区十大歌手比赛，我今天起了个大早就去排队抽签候场了，手气不错，抽到了中间上场的机会。不一会儿，初赛就开始如火如荼地进行了。这边的选手忙着比赛的同时，校会君也忙着进行同步的实况直播，空间点击量维持在八百多，居高不下，足以见大家对这次活动的关注度。

在准备比赛的同时，我在候场室认真地听其他选手的演唱。虽不是高山流水，没有过多的专业技巧，但可以听出每个人的用心和感情。有人唱英文，有人唱中文，各有千秋。很快就该我上场了。我选择了张靓颖的《我的梦》，一直觉得这首歌很励志，陪我走过了漫长而孤独的高考岁月，现在唱起，感慨万千，同时也带给我满满的正能量。上场前一直给自己打气，让自己不紧张。谁知上场后唱第一部分时，一直都很紧张，手不知该往哪儿摆。唱着唱着，便觉得自己能慢慢放开了，最后唱完后慌张地走下了舞台。后来的选手有几个唱得非常好，令人难忘。

这样的活动还是参加得太少了，没有太多经验，下次有机会一定还要参加。多多锻炼，才会变得淡定自若。不管结果如何，重在参与。在追寻梦想的旅途中，我一直都在路上。

“路过雨路过风往前冲，总会有一天，站在你身边。”正如这首歌所唱的那样，我们都要勇敢无畏地向前冲，突破自己，挑战自我，一切皆有可能。

作者：政管学院2016级本科生　王　艳

4月16日　星期日　雨

“精英杯”学术技能展示大赛参加者·李　婧

窗外春雨绵绵，清风阵阵，坐在法学院团委举办的“精英杯”学术技能展示大赛现场的我却有些紧张。

下午3：40提前到达现场，签到完成之后就开始候场。我参加的是化学组比赛，在同一间教室参赛的语文组还没有结束。听到其他选手情感充沛地分析着《望岳》《饮酒》《江雪》《夜泊秦淮》《过零丁洋》，我仿佛在他们的赏析中真的看到了那个少年壮志的杜甫、那个洒脱淡泊的陶渊明、那个孤独寂寞的柳宗元、那个忧国忧民的杜牧和那个满腔热血的文天祥。他们的赏析或文艺或感性，都很充分地表达了自己对诗歌的感受。

终于到化学类了，虽然我接到通知是4号，但是由于有几个趵突泉校区的同学要赶回去，所以就把他们的参赛顺序提前了。在他们讲课的时候，我就认真地听着，希望能够取长补短，向他们学习。有的同学十分重视细节，将高锰酸钾加热制取氧气的仪器装置讲得细致又全面，注意事项一点也没有遗漏；有的同学重视交流，还会向台下的评委提问和交流。终于轮到我了。打开PPT，自己反复练习的讲稿自然而然地说了出来。拉瓦锡、红磷燃烧、反应现象、反应结果、注意事项……一条一条，有理有据。因为这是大学生技能展示大赛，所以我还对这个古老的反应进行深一步的思考，为什么选红磷燃烧来测定空气中氧气含量？写五氧化二磷是否合理？我将对这些问题的思考结果和现场同学进行了分享。

当我说完“Chemistry，chem is try”，看了下表，没有超时。参加这样一个比赛，我的心理素质得到了锻炼，临场经验得到了积累，表达能力得到了提高，还是非常开心的。

作者：化学院2015级本科生　李　婧

4月17日　星期一　晴

“山大杯”辩论赛选手·余　虓

周末，“旷日持久”的“山大杯”辩论赛结束了。虽然很遗憾，我们院队倒在了四强的门口，但是这一届“山大杯”辩论赛给我留下了最为深刻的印象。

自大一开始接触辩论以来，我的内心一直有所疑惑，不知道辩论之内核在哪儿，我们究竟是为了什么而去辩论。最开始，我比较浅显地认为就是为了打赢比赛或者锻炼口才，但是对于辩论设置的一定要站边去论证己方主题的规则很是难受：有时候可能倾向于对面，却不得不站在我方立场进行阐述和辩论。直到这次“山大杯”结束，我发现自己不知不觉间对于辩论的理解更深了一层，对于辩论也更加热爱。

这次辩论的主题是“英语四级应不应该与学士学位挂钩”。其实刚看到辩题的那一刹那，我就听到内心“当然不应该挂钩”的独白，因此开始一直不知道该怎么准备。但是慢慢地，随着我们讨论的深入和学长学姐的交流，我慢慢地说服了自己。在这个过程中，我才发现其实辩论对于我最大的意义在于：每当我们预先假设自己会多角度、多方面思考问题的时候，还是会被知识体系、社会环境等约束在一个思想的牢笼之内，而辩论讨论的过程则是打破这个牢笼。正如辩论类综艺节目《奇葩说》一样，为什么总会觉得节目里面的一些嘉宾说的话很触动内心？我想是因为，不在于那些道理自己以前有没有想过，而在于这些道理自己敢不敢说出来，去尝试着说服自己一次，说服别人一次，我们到底有没有勇气去突破一些墨守成规的、约定俗成的道理和常识。我认为辩论就在于给你一个平台、一个机会去思索，去探究跳出种种框架之后的社会现实。

真理总是在思辨中产生，或许说现代社会少了些古代先贤们构建的理想化的思辨环境，但是幸在辩论给我内心留下了这样一块精神净地。

作者：政管学院2015级本科生　余　虓

4月18日　星期二　晴

校运会学院方队成员·曲　艺

春雨过后的济南只留得住浮凉半晌，雨一停，温度便很快又升了上去。春意萌动，万物复苏，校运会也召开在即，于是我们这支平均年龄最大的学院方阵队伍也要迎来又一次的训练。

踏着黄昏前最后一缕耀眼的阳光，我们行走在中心校区的林荫路上。眼前的校园里熙熙攘攘的学生谈笑着穿梭于各条小路上，耳畔校园广播里开始响起主播深沉的嗓音和悠扬的音乐。我们一边走一边调侃着自己说，多么难得再身处如此生机盎然的校园。算来我们已经在中心医院那层日日夜夜只能看到200多人的楼上住了半年之久，这种青春热闹的气息已经很久未曾体会。重回校园的感觉真好，我们一路说说笑笑，像极了“刘姥姥进大观园——头一回”。是啊，走在热闹的校园里，看到的听到的无一不是新鲜有趣的事情。看着一张张陌生的青春的面孔，身为大四大五的“老学长学姐”们禁不住感慨岁月真是相当不饶人。

然而，临床医学院中最年轻的成员便是我们这群大四的学生了，如今加上几个大五的学长学姐，便勉强组起一支代表学院的队伍。夜幕将至，我们集合在体育场一角的灯下，排起整齐的队伍。大家笑着说，我们可谓是“一群老弱病残”，但在我们心里，虽深知自己不如其他学院的队伍那般年轻，但我们更加成熟稳重。当聚在一起代表整个临床医学院时，我们的骄傲自豪也丝毫不逊于学弟学妹。

在操场昏黄的灯光下，我们听着班委喊着响亮的号子迈出整齐的步伐，就如同刚入学军训时那样。全队列齐步走，每横排单独走……我们尽自己最大的努力代表着整个临床医学院，书写一份令人满意的答卷。当我喊出“博施济众，救死扶伤”的那一刻，刚入学时进行医学生宣誓的一幕幕又清晰地浮现于眼前，仿佛这三年半艰苦又甘甜的时光岁月都不过是一梦之间。医学不仅仅是一门学科，更是一种情怀。如今，本科阶段的课程都已结束，想起我们每一个医学生带着自己对医学满满的深情来到这个学院，又带着对未来患者负责的心情小心谨慎一步步行至今日，虽算不上什么济世的高尚情怀，却无一不是一种欲“除人类之病痛，助健康之完美”的热忱。

即使正处于紧张的考试月中，我们依旧选择昂首站在校运会的跑道上，不为掌声和评优，只为代表临床医学院，更代表我们自己，代表这个学校中每一颗愿意终己一生治病救人的心。

我们永远都会记得，我们是临床医学院的医学生。

作者：临床医学院2013级本科生　曲　艺

4月19日　星期三　小雨

中国大学生五人制足球联赛山大队队员·王　哲

历史总是惊人的相似。五年前，同样是大学生五人制足球联赛全国北区的决赛，同样的对阵双方，不同的是比赛地点换为了山东大学。今天我们迎来了大五联赛全国北区的最后一场比赛，这场比赛的结果也决定了山东大学能否在时隔五年之后再次举起全国比赛北区冠军的奖杯。

连续奋战了六天的队员，无论是身体上还是精神上，都承受着巨大的考验。赛前，体育学院党委书记任若强作了动员，重在减轻大家的思想包袱。随后，主教练缪伟舰老师对这场决赛进行了详细的战术安排，同时告诉我们：“现在，我们最大的对手其实并不是北京体育大学，而是我们自己，只要今天我们能把平时训练的70%发挥出来，我们将取得最后的胜利。”这番话无疑为每一位队员都注入了一针强心剂，看似平常，实则是对每一位队员在此之前的辛苦付出与努力的认可和肯定。

裁判一声鸣哨，吹响了本届赛事决赛的号角，所有的队员都全身心地投入这场比赛。由于双方势均力敌，又都非常小心谨慎，开场许久，我们都未能攻破对方球门。直到上半场比赛过半，我们左路发起攻势，队长盖昱菲拉球、射门，动作一气呵成，球直挂球门右上角，这一进球也点燃了现场所有观众的热情，我们依稀能听到观众有组织地为我们一阵又一阵的呐喊和加油。我们将1：0的比分保持到了中场休息。下半场，易边再战，由于我们的防守疏漏，让对手扳回一球，双方再次回到同一起跑线。随后，由于体能的下降，双方都开始频繁换人，比赛也逐渐进入了白热化阶段。在我们完成了一次出色的防守之后，守门员邵越手抛球长传策动进攻，此时，快速插上的周建钦已经埋伏到了对手的门前，抢在对方门将接球之前将球打进球门，主动权再一次到了我们手里。随着比赛的进行，对方又是利用我们的队员盯防不紧，再攻入一球，比分来到了2：2平。最终，平局保持到了终场。接下来的点球大战，不仅是对我们体能的考验，更是对我们心理的考验，我们的门将邵越率先扑出对方队长的点球，为我们赢得了主动权，只要我们打进最后一粒点球便可获得比赛的胜利。我们所有人都屏住了呼吸，时间在那一刻仿佛静止，但当球应声入网的那一刻，一切又都恢复了。我们冲向场边，大家相拥而庆，那一刻，现场所有的观众沸腾了，我们也疯狂了，我们高呼，我们呐喊，我们把之前所有的情感都在这一刻尽情地宣泄了出来。我们不能把时间留住，但那一刻的感受和经历将永远留在我们的心中。

山东大学，时隔五年再度获得全国比赛北区冠军。这也是山东大学第一次作为东道主获得此项比赛的北区冠军，意义非凡。接下来，我们还将迎来全国总决赛，期待我们能在一个更大的赛场上为山东大学再添一冠。

作者：体育学院2015级本科生　王　哲

4月20日　星期四　晴

“山大杯”排球赛男子冠军队成员・崔牛牛

决赛是在雨中进行的，第三局24：14，还有一分我们就将拿下这场比赛的胜利。雨丝毫没有减弱的趋势，耳边传来了学院同学们的呐喊声和加油助威的隆隆鼓声："哲社，冠军！哲社，冠军！"面对此情此景，我的脑海中回想起了球队一路走来的一幕又一幕。

去年"山大杯"我们铩羽而归，重新起航，内心充满了对胜利的渴望。从去年9月开始，新一届的哲社男排开始备战征程，那时候的我们，先是打垫，之后就是练一传，再之后就是和那些爱排球的朋友们打场练球，甚至练到天黑。冬天了，天气冷了，我们的训练还是没有间断，气温只有一两度，球垫到胳膊上生疼，手冻得僵硬，我们还是没停。那时候的我刚刚接触排球，加上不具备良好的运动天赋，我的进步十分缓慢。我一次次问自己要不要继续下去，对排球的热爱和对球队的责任感让我选择继续坚持，不管怎么沮丧与失落，训练愣是一场没落。日子一天天过，能力也在一天天增长。哲社男排变得像兄弟一样亲密无间，我们一起训练，一起吃，一起玩，我们深知每个人的脾气秉性、每个人的能力特点，知道什么样的球该谁接、什么样的情况该谁做什么，知道谁不开心，知道谁急躁。比赛开始前的两周，我们开始了几乎每天都打球的日子，每天下午哲社男排绝对会出现在球场上。说实话，有时候我也很佩服我们自己，佩服我们的坚持，佩服我们一路走来头也不回的坚决，佩服为了一项事业每个人都倾尽全力的精神。

思绪回到了比赛赛场，裁判的发球哨声响起，我们平稳地接起对方的发球，二传冷静地组织进攻，我们的队长梁烈豪从容跃起，一记暴扣——球落地，比赛结束的哨声响起！我们赢了！哲社男排成了新一届的冠军！队员们紧紧相拥在一起，用呐喊释放自己的压力，享受胜利的喜悦。本届"山大杯"，哲社男排8场比赛全部拿下了胜利，这一场场胜利是对我们球队技术水平、默契程度、意志品质的最好证明，也是对我们不断努力，投入时间与汗水的最好回报。

哲社男排拿到了冠军，不仅仅归功于队员的努力，也要感谢许多关心哲社男排的朋友的帮助。学院的解玉喜老师作为我们球队的主教练，每场比赛都在场边指导我们，给予我们技术与心理上的指导；院里的毛永强老师和李永卫老师一直对比赛进程高度关注，给予了我们队伍许多重要的帮助；感谢一路走来为哲社男排摇旗呐喊的同学们，是他们使我们在场上更有力量与勇气。

排球锻炼了我们的意志品质，培养了我们的团队精神，让我们队员成了最好的朋友。今年的“山大杯”虽然结束了，可是哲社男排的故事还没有终止，我们将会把对排球的爱带到生活中来，将对胜利的追求换作对理想的不懈努力，在追求人生赛场胜利的道路上：自强不息，奋斗不止！

作者：哲社学院2015级本科生　崔牛牛

4月21日　星期五　多云

与总理面对面学生·陈时光

我很幸运。此刻，距离和总理握手已经过去五个小时了，我的心情才稍稍有一些平静。拿起笔想快快写下这种幸运，而我的笔却描绘不出这幸运的百万分之一。我幸运，能在山大读书，感受这所百年院校给予我的文化底蕴和无限荣光；我幸运，能在这所百年山大感受到李克强总理的和蔼可亲；我幸运，能以一名光荣的西部计划志愿者的身份，迎接尊贵的客人。

我很激动。在总理到来之前，我把这一刻相遇设想了无数遍：握手，自我介绍，送出精心准备的礼物，要一个签名，拍一张合照，还有拥抱，一定要表达一名西部计划志愿者的荣耀……为了节约总理的时间，前一天我特意买了一身有上衣口袋的衬衫，把签字笔放到胸前口袋，这样就可以很快拿出笔来签名了；我要喊李总理“李老师”，这样我就可以跟他说我们支教的故事，还可以展现孔孟之乡“三人行，必有我师焉”的文化底蕴；我把手机调成飞行模式、把相机打开、让屏幕保持常亮，只等着和总理合影的时候，我能迅速拿出手机，留下珍贵影像；我把腰板挺直，让自己显得高一些，这样总理就可以看到我……“为了这次相聚，我连见面时的呼吸都曾反复练习，言语肯定不能将我的情意表达千万分之一。”

来了，总理的车队来了。我的心情就和这欢呼声一样高涨。我激动得不敢眨一下眼睛，生怕错过这次珍贵的“遇见”。身边的袁鲍蕾学姐，一直提醒我别紧张，可是那一刻，即使再强大的想象力也想象不出梦想即将成真时的兴奋与激动。

来了来了，总理走到我们的位置，马上要到我进行自我介绍了，马上了！可是……可是我只说了一句“李老师好”，总理看了一下我的眼睛，握了一下手，说了一句“好”，我就什么也说不出来了。这一刻，仿佛是一瞬间，又仿佛过了好久。所有的准备一下子都变成了脑海里的空白，好像那一瞬间，总理就看透了我所有的“套路”，而我显然已经成了总理的“迷妹”了。

我很骄傲。我骄傲，研究生支教团的小伙伴们把“到西部去，到基层去，到祖国最需要的地方去”的标语挂满了小树林；我骄傲，作为一名山大机械学院的学生，能看到自己的专业在向总理展示着“智造中国”的强国梦想。

虽然和总理面对面只有短短的几秒钟，但依然让我终生难忘。一方面是作为资深粉丝的切身感受，更重要的是，我们非常强烈地感受到了国家对创新创业的支持和鼓励，对百年山大的鼓舞和信任。

作者：机械学院2016级硕士研究生　陈时光

4月22日　星期六　多云

与总理面对面学生团队 · ING VR团队

4月初，学校通知我们团队的作品——虚拟创客空间互动学习体验项目入选了山东大学大学生就业创业创新成果展，同时，作为唯一一个本科学生的作品，我们要代表学校向李克强总理进行汇报展示。为了达到最好的展示效果，我们在几天前就开始进行紧张的准备，一次又一次地调试，一次又一次地演练，每天早起晚睡，奔波于中心校区和软件园校区之间。虽然身体极度疲惫，但心情既兴奋，又忐忑。

终于，盼望又有些许忐忑的日子到了。上午8点，我们在中心校区蒋震图书馆下的展厅里完成了设备的架设和最后调试，待命迎接总理的到来。由于我们在展厅的最内侧，听到外面学生一波又一波的欢呼声时，我们的心情越来越激动，但又没法到前面去看。渐渐地，欢呼声来到了展厅门口，我们意识到，关键时刻就要来了。10点半左右，总理来到了展厅，我们远远地看到，总理在每个展位都微笑着听讲解，亲切地和讲解者互动。参观完前三个汇报项目后，总理走向了我们。“总理您好！我们是山东大学创客空间的在校学生。”我们以一句问候作为开场，开始向总理讲解，另一名同学在旁边进行操作演示。我们彼此配合，主要介绍了我们设计和制作这个项目的理念——利用虚拟现实技术的优势，实现跨时空的学习资源共享，实现三维互动学习，实现游戏化学习、自主学习，以虚实结合的方式体现“创+学习”理念。展示完后，总理表现出了浓厚的兴趣，认为我们的想法十分具有意义，希望我们进一步完善项目，以普惠更多的学生。

去年，山东大学创客空间虚拟现实联合实验室正式成立并开始招募学生创客团队。项目负责人工程训练中心刘甜甜老师找到我们山东大学ING工作室游戏组，希望我们整体加入团队，并向我们介绍了自己关于虚拟创客空间互动学习项目的想法。我们被刘老师的想法所吸引，欣然加入了团队。于是，我们开始频繁穿梭于兴隆山校区工程训练中心和软件学院之间，对工训大楼进行建模，进行VR的开发，与HTC Vive虚拟现实设备进行适配……一次次的奔波、一次次的调试，几个月的辛苦，终于在今天，在蒋震馆外、知新楼旁，得到了展示与肯定。

回顾我们的大学生活，软件学院三区ING工作室的学习，学校老师们的悉心指导，各类校内外创新项目的练习，再加上今天的汇报项目，正好契合了“激发、探索、实践”这六个字。总理的肯定，让我们备受鼓舞；总理的鼓励，使我们对未来充满信心。

今天，对我们，对山大，都注定是不同寻常的一天。

作者：创客空间虚拟现实联合实验室　ING VR团队

4月23日　星期日　晴

"美丽中国梦想导师"项目参加者 · 吴姿璇

接通电话前，我的内心忐忑不安。我不知道小爱会不会喜欢这种形式。

从今年一月份我正式加入"美丽中国梦想导师"项目，到现在已经快四个月了。这四个月间，我与那个来自甘肃陇南的女孩小爱每周通一次电话，交流生活、学业以及家庭情况。我非常幸运自己可以以一个年长者的身份顺其自然地进入她的生活，安静地聆听她的苦恼，分享彼此的酸甜苦辣。从她用手机传给我的照片中，我看到了春日里的梯田，像涂了抹茶的面包片，线条流畅，薄厚均匀，让人忍不住想咬一口。而从我发给她的照片中，她看到了山大洪家楼校区的人间芳菲，西府海棠、迎春、樱花、紫荆，美不胜收。这是怎样一种奇妙的体验，我们虽很少见到彼此，却可以从对方的声音感知另一个陌生的世界，好像一个人的身体虽然在一个地方，灵魂却分处两地。

然而，有时比较尴尬，当我们两个都无话可说时，沉默的气氛便渐渐凝固下来，结成了冰。我会自责，怪自己准备得不充分，或者没有找到小爱的兴趣点。她真的是一个非常善良的女孩，她能够觉察出我的尴尬，却从不点破，认认真真地叫一句"璇姐姐"，然后耐心等着。这样的称呼背后传达的信任，让我无处躲藏。我不禁盘问自己：我究竟能够为这个十五岁的女孩做些什么？难道，只是像现在这样，拉拉家常，以微不足道的付出满足自己做公益的虚荣心？

一个偶然的机会，我看到了微博上一段关于《朗读者》的节目视频，深受触动。一个大胆的念头浮现在脑海：我何不效仿这个节目，每周为她朗读一段散文？也可以鼓励她把喜欢的文章读给我听，然后交流、谈心。

今天是第一次朗读，我选择的是高中阶段自己最喜欢的散文家——台湾张晓风女士的文章，余光中曾评价她的笔力："笔如太阳之热，霜雪之贞，篇篇有寒梅之香，字字若璎珞敲冰。"我轻声朗读的时候，小爱认真倾听，全程未听见一丝沉重的呼吸，而我知道，她正在步行前往学校的路上。是听得太专注了吗？还是看我太投入而不忍心破坏这份美好？文章很长，朗读至末尾，我的声音已经沙哑，令人欣慰的是，小爱很喜欢这篇散文，也非常享受这个过程，她答应我以后每周轮流为对方朗读一篇文章。

世界上任何两个社会人，他们的情感与热爱必定有一个交合点，所谓激发“共情”。我一直在寻找我与小爱之间的共情点，而通过今天的对话，我觉得答案已经不远了。

作者：政管学院2014级本科生　吴姿璇

4月24日　星期一　晴

“韩汉小课堂·童心大梦想”活动志愿者·徐若芹

这已是我第四次参加“韩汉小课堂”了。入学以来，我们的“韩汉小课堂·童心大梦想”志愿服务活动举办了四次，我也参加了四次。无论是作为院学生会社会实践与志愿服务部门的一员，还是身为汉语国际教育专业的一名学生，我对这个志愿服务项目都有着无法言说的热情与亲切。

从第一次的纯粹参与，到接下来或多或少地参与组织，每一次活动都带给了我不同的感触。我依稀记得第一次接触到这个志愿活动项目时的激动。作为对外汉语专业的一员，不出意外，未来我会选择对外汉语教师作为职业。我们在进行此项志愿活动的同时，也训练了自身的实战教学能力。我们是志愿者，我们的活动对于服务对象是一种帮助，对于我们志愿者又何尝不是一种成长呢？我觉得这便是志愿服务的真谛所在，在服务他人的同时获得自身的成长。

每一次，我都会被孩子们的表现惊艳到。在自我展示环节中，我们预期采用奖励的方式让孩子们主动展现自己。但是，我所负责的班级中有一位孩子却说：“老师，我不要奖品，可不可以让我来唱？”在他的带领之下，其余的孩子也加入其中，整个班级一起合唱了一曲《中国》。这让我意识到，永远不要低估孩子们的创造力，永远不要失去童稚的热情和开放的胸怀。

每一次，我都会被志愿者们的精心准备感动。韩国志愿者的招募是此次活动准备工作中的一大困难。韩国留学生数量的减少，以及时间上的冲突问题，导致我们此次只招募到了五个韩国志愿者。这意味着他们需要在九个班级轮流进行韩语教学，对于精力和时间都是极大的挑战。听到韩语教学内容的最后一个句子“선생님 사랑해요（老师，我爱你）”时，我这个泪腺发达的人眼睛一酸，幼儿园的老师们，辛苦了！我们的志愿者老师们，辛苦了！

对老师的感激岂是一句“您辛苦了”能表达得尽，对于这个职业的兴趣又岂是一个“喜欢”能说得清！“汉语走向世界，吾辈义不容辞”，第二次喊出这句口号，再一次深切地体会到肩上的重任。我只有挖掘自己灵魂深处的真诚，把握瞬间的辉煌，去拥抱那片火热的激情。

作者：国际教育学院2015级本科生　徐若芹

4月25日　星期二　晴

华东地区结构设计邀请赛获奖者·刘　群

从厦门返回学校，外面的天气由骄阳暖日变为阴云寒风，但我的心里依然阳光灿烂，心情无法平静。第十四届华东地区结构设计邀请赛结束了，很高兴，我们队在高手云集的决赛中杀出重围，获得了一等奖。

去年结构赛我们铩羽而归，今年三月，我们带着超越自我的渴望重新起航，开始了备战征程。我们先是讨论模型结构选型，之后进行模型制作，再通过试验不断优化改进模型。在制作模型的日子里，我们一有时间就扎进制作场地，过了门禁时间也浑然不知。天黑了，下雨了，我们的制作也没有停止。大理石的台面冰凉，风一吹过，便是一个喷嚏，紧接着胳膊上浮起一片鸡皮疙瘩，即便如此，我们还是没有停。队员陆续感冒，鼻子堵得脑袋都难受，经常一场制作下来，一袋抽纸用去大半。我们一次次想要停下休息两天，但对赛事的认真态度和队友间的相互鼓励打气让我们战胜了身体的不适，不管时间安排如何紧张，身体如何不适，我们仍然坚持了下来。日子一天天过去，能力也在一天天增长。决赛前几天，我们开始了三天两头往山东建筑大学跑的日子。第一天做好模型，第二天就去测试加载效果。有时候我们自己都佩服自己一路走来的坚持，佩服我们每个人为一件事倾尽全力的精神。

我们取得好成绩，不仅仅归功于队员的团结努力，也要感谢许多老师同学的帮助。学院的侯和涛老师和邱灿星老师作为指导老师，为我们答疑解惑，给予我们技术上的指导。李垚师兄作为领队，为我们打理行程安排，忙前忙后保证我们的安全，还不时开玩笑以缓解我们的心理压力。这次比赛为我们提供了与其他高校的选手进行交流的机会，锻炼了我们的意志品质，提升了团队精神，也是难忘的经历。

比赛结束了，人生征途还在继续，我们会在人生赛场上不断超越自我。“我飞起时，那天也让开路；我入海时，那水也分成两边。再无可拘我之物，再无我到不了之处，再无我做不成之事，再无，我战不胜之物。”

作者：土建学院2014级本科生　刘　群

4月26日　星期三　晴

党课教师专题培训班参与者·路丽丽

相比昨天的阵雨微凉，今日天气晴好，暖风徐徐。在兴隆山校区，材料学院本学期最后一节党课刚结束。课上同学们进行了读书汇报展示，或慷慨激昂，或朴实无华，或简单凝练，或动人心肠，他们在分组讨论的基础上一起学习、进步。聆听完他们的汇报之后，我甚是欣慰，不禁联想到上周刚结业的山东大学党课教师专题培训班。

本次学校党课教师专题培训班自3月29日开始，安排颇为用心。山东省委党校专家作了八场精彩的学术报告，从《共产党宣言》、党的指导思想、坚持科学史观、做合格党员，到加强党性修养、全面从严治党，再到坚定“四个自信”，努力把握政治话语权，内容非常丰富。能够参加此次培训班，我感到非常高兴，也十分幸运，因为在这里收获颇丰。专家将《共产党宣言》作为第一讲，这体现了坚定理想信念的重要性。就像许多老师将端正入党动机作为党课教学的第一讲，引导学生树立共产主义信仰。作为一线辅导员，要做好学生思想政治教育、学生事务管理和学生发展指导，发掘现实的问题，掌握学生的思想动态，了解学生的认知和行为。讲到全面从严治党，我也有一些体会，在高校，我们党课的授课对象是学生，学生干部比例较大，所以要从学生骨干做起，无论是在低年级还是在毕业班，都应努力使学生骨干做到全心全意为普通同学服务。

党校邀请的各位专家不仅理论功底深厚，又能够结合实践，加入生动的事实或案例，使接受培训的学员深受触动。通过分组交流，我也学习到其他单位的成功经验和有效做法，这些宝贵经验对自己以后的工作很有裨益。通过参加党校培训，我意识到自己理论水平的不足，我将结合自身和学生实际情况，不断加强理论学习，探寻更有效的教学方法，更有成效地讲好党课，与学生一起进步，共同成长。假如将来还有培训，我会继续报名，希望进一步提升自我，更好地为广大师生服务。希望学校能够继续加强理论培训，或者邀请省委党校的专家或其他的名师，给广大基层单位的教师和学生开展培训，使更多人学习、受益、成长。

最后，我想说，作为一名辅导员，对于将来的工作、学习、生活，自己会努力做到坦然面对，诚然于心，立足实然，力求应然。喜欢那句“愿你走出半生，归来仍是少年”，在追求梦想的道路上，愿诸位能够不忘初心，砥砺前行。

作者：材料学院辅导员　路丽丽

4月27日　星期四　晴

山大第十六届国际文化节留学生参加者·悦　然

您觉得，世界上有多少人能有机会在一天之内去世界各个地区旅游，途中看到各种颜色的皮肤、各种颜色的头发、各种色彩的衣服、各种有特色的文化呢？我觉得，很少有人会遇到这样的机会。而今天，山大给了我一个这样的机会。我们通过国际文化节认识了很多国家的人，感受了各种国家的文化，尝到了各种国家的特产，看到了各种各样的精彩舞蹈，还听到了各种语言的歌唱。

每个国家都有自己的特色。我们留学生为了让各国的朋友们更好地展示自己国家的文化，在一个多月的时间里一直努力准备着。国际文化节为我们搭建了展示个人的舞台，给各国留学生们提供了互相深入交流的空间。对于从来没有跳过舞的我而言，来到山大后，为了参加文化节，为了更好地展示自己国家的文化，我就学会了跳舞。情况和我一样的同学有很多，这是一次促进个人能力提升的机会。还有，我们在紧张学习舞蹈的过程中，跟同胞们和其他国家的朋友们每天都见面，增加了互相交流的机会。

今年是我在山大学习的第三年，我第一次在观众席位观看了国际文化节文艺晚会。啊呀，真的是说不出来的感觉，留学生们的表演深深地感动了我，来自各个国家的演员们用热情的表演展示着他们国家的历史、文化和生活习惯。当我看到自己国家的舞蹈时，我高兴、感动得血压都升高了，忍不住从椅子上跳了起来。看其他国家的表演是十分有意思的，泰国同学们的舞蹈感动了我，从他们的舞蹈中，我们明白了他们多么尊重、多么崇拜他们的国王，虽然他们的国王已经去世了，但是在每个泰国人的心里，国王一直存在，他们一直崇拜他。看着他们的表演，我对他们的国王也升起了一股崇敬之意。

每年的文化节，我都有种自己去那些国家旅游一番后回来的感觉。我很荣幸我生活当中有这么难忘的一天。

作者：政管学院2014级硕士研究生、留学生　悦　然（蒙古）

4月28日　星期五　晴

认识实习活动参与者·何晓雨

这一周很不一样，因认识实习活动而不一样。今天很不一样，因“春游”而不一样！

清晨，伴着阳光与微风，在胡振老师、李善评老师的陪同下，我们搭上了从中心校区北门开往德州齐河县赵牛河人工湿地的大巴车。有点儿堵车，车程长达两个小时，加之持续四天的舟车劳顿，大家都有点儿疲惫了，刚一上车就迷迷糊糊睡着了。虽然中途有被车窗外刺眼的阳光吵醒，但睡意正浓的我没理它，拉上窗帘继续昏昏沉沉地睡了。

终于到达目的地了，那里天很蓝，阳光正好，微风阵阵，心情也轻快了很多。下车后，我们一百多人聚集在赵牛河人工湿地展板前，听一位工作人员讲解该人工湿地的工艺流程及其效果图、生态工程简介。之后我们分为两支队伍，身在一队的我们先进入展厅进一步了解学习。一位老师结合有关视频，为同学们再一次详细展示了赵牛河人工湿地的发展历史及现已取得的成就。这是一个优秀的工程，是首个利用国外先进技术的人工湿地。展厅里的各种设备让我很震惊，很多技术实现了自动化、智能化，我相信还有更多需要我们继续探索、创新、发展。

展厅的参观学习结束后，我们一行人到达楼上的观景台，在那里，赵牛河人工湿地的全景尽收眼底，大家纷纷用手机拍下这满眼绿色的风景图。此时，二队的小伙伴们就在我们的镜头中，他们在游这春意盎然的生态园。稍作停留后，我们一队的小伙伴们也迫不及待地走进湿地，亲身感受水间石板上的清风凉意……在嬉笑声中、潺潺水声中、风吹树展中，我们怡然自得……微风早已吹尽一身的倦意。

即使很喜欢那里的景色，“春游”结束了，我们还是得踏上归程，摇摇晃晃，走走停停，12点半，安全抵达校园。

环境问题会一直持续，但我相信那些问题会因我们的努力而有所改善，环境会更加美好！

作者：环境学院2015级本科生　何晓雨

4月29日　星期六　晴

英语话剧大赛参与者·聂　瑜

我永远都会记得，在英语话剧大赛那天，我拥有了一个最美妙的夜晚。

虽然已经过去了一天，但我内心仍不能平静，脑海里似乎仍回响着组员们兴奋的喊叫声。在颁奖的时候，我就想着一句话：果真所有的付出都是值得的，都值得。此时此刻，我回忆起关于这个话剧的点点滴滴，想把这个故事的幕后和我的感悟，讲给众人听。

四月份真的是个忙碌的季节，当我们得知这个比赛的时候，离报名结束已经只剩一天了。筠笛用一晚上简单确定了剧本并把它迅速翻译成了英文，接着我们开始根据每个角色的特点仔细斟酌挑选演员。一个好的话剧要有好的剧本，而不得不说，把一个剧本演活的首要条件，就是挑一个适合剧本的演员。朝鲁是我们定下的第一个演员，他本身就带着一种黑色幽默，尤其是他堪比播音员的嗓音最令人称赞。明明是一个山东人说话却带有京腔，这让他流利的英语中夹带着一股特别的味道。筠笛和我斟酌再三，始终没找到演高个子特工的合适人选。后来，筠笛一拍大腿，找明非吧！就他最合适了！果真，明非并没有辜负我们的期望。演的几乎就是我们心目中的傻傻的高个子特工，无论是动作、神态，还是对语气的把握，都惟妙惟肖。说起群演，虽说没有多少台词，但仍要尽心尽责去参与，所以群演的确定也是至关重要的。庆幸的是，所有来到这个剧组的人，都秉着热情与负责的态度去对待这部话剧。

从一开始，导演筠笛就在剧本上写着：我们要拿第一。所以我们剧组所有人，从一开始就有这样的同一目标，在接下来的每一次排练中，我们一起揣摩每个角色的动作、语气，研究剧情怎么样设定才能更精彩。后来筠笛说我们最好做张海报，我说我来做。时间很紧，晚上10点多开始做，第二天早上还有课，庆幸的是最后还是熬夜赶出来一张。在上场前，小霏反反复复地记音频的播放时间，生怕出了差错。道具的准备也是经历了一番曲折，且不说比赛前几天道具的准备就让我们煞费苦心，到最后要上场的时候，我们发现还缺少酒瓶子和大支票。最后大家灵机一动，用了矿泉水瓶，反而起到了搞笑效果。

候场的时候，我祈祷一切顺利。筠笛告诉我："肯定没问题的，我们排练了那么多次。"是呀，在最忙碌的四月，每个人都抽出自己的时间，愿意分出自己的精力，愿意去为这个剧组多贡献一点东西。我该是有多庆幸，第一次演话剧就遇到了你们，就一起拿到了第一名。

我们会怀着热忱继续走下去，无论我们需要克服多少困难，无论我们应该要付出多少精力。我们有信念，有初心，有彼此陪伴。

愿阅尽千帆，归来仍少年。

作者：基础医学院2016级本科生　聂　瑜

4月30日　星期日　晴

环境学院本科生·史　祺

今天是五一假期的第二天。我本来想待在济南，逛一逛济南，趁着三天的小长假放松一下自己。但是妈妈跟我说，回来吧，看看爷爷奶奶。于是，我在假期第一天坐上了回家的火车。

近两年，爷爷的身体每况愈下。还记得我上幼儿园的时候，爷爷每次都会骑着三轮车风雨无阻地接我上下学，那时候我刚学会乘法小九九，每天放学都会坐在三轮车的车斗里，大声地给爷爷背一遍，爷爷就会笑得合不拢嘴，夸他孙女棒。后来我大一点了，不用爷爷接送了，他开始每天早起锻炼，骑着他的三轮车，在天还蒙蒙亮的时候，绕着我们住的地方骑一大圈，看到便宜的菜一定会买很多很多抱回家，虽然最后因为吃不了会烂掉很多，但是下一次依然会看到晨练回来的老头儿抱着一捆菜上楼。但是现在，爷爷老了，真的老了。走路需要人推着，吃饭需要家人喂到嘴边。回到家，我要对着他的耳朵大声地喊几声，他才会缓缓地注意到我，接着含糊不清地叫一声“祺祺”，然后继续发呆。姑姑说爷爷患的是阿尔茨海默病，会偶尔不认识人，偶尔忘记自己在哪儿，各方面的机能也会不断退化……

我们长大了，他们老了。越长大，越恋家，越珍惜和爸爸妈妈爷爷奶奶在一起的时光……明天我就要回去了，下次我再回来看您，您也一定要认出您最可爱的孙女哦！愿爷爷的身体健健康康。

作者：环境学院2015级本科生　史　祺

5月1日　星期一　晴

小长假登山者·牛鹏辉

来到齐鲁大地不觉间已经有两年了。转眼又是五一小长假，虽说同学室友们都说五一去哪里都是人挤人，不如在趵突泉校区转两圈来得畅快，但我还是想着，总算有了几天闲适的时间，倒不如多出去看看外面的风景。忍着31摄氏度的高温，我跟着同学一块来到了这片连绵的、不高的、可爱的山间。还未到目的地，我就忍不住想下车爬上去看看。终于到了九如山，从山下抬头望，总觉得山不低却也说不上高，没有泰山那种抬头望不到顶的气势磅礴，但胜在连绵着、盘曲着，像家人的拥抱一样，有种让人想扑上去的温暖和亲近。

买票，进山，踏上木台阶，弯弯曲曲上上下下地走。澄清的水，伴着台阶不停息地流着，慢慢变绿、变蓝，从高处往低处落下时，声音清脆。清脆的声音流进了心里，仿佛能驱散爬山的劳累和闷热。踏着木台阶走了三分之一，时间也恰好到了正午。我们找了个石阶坐下，旁边相邻着的就是一个小湖，虽然不大，却很精致。湖水呈深绿色，伴着一丝风，划过一圈圈波纹。伴着鸟鸣，我像是置身于画中。

我想着既然来了，就爬到山顶。同行的还有穿着黄色工作服的哥哥姐姐们，他们提示着到达山顶所需要的大概时间。爬得越高，山就越陡。但想着登顶后吹着山风“一览众山小”的那一刻，我便有了前进的动力。

约一个半小时后，我们终于到了最高处的亭子。倚栏远眺，映入眼帘的是盘旋着的山，还有远方的城市。山风吹过脸庞，凉凉的，特别舒服。爬山的燥热和劳累也被我抛到了脑后。我静静地待了一会儿，和大自然的广袤博大比起来，突然觉得自己很渺小。站在高处往下望，风光一览无余，心境也仿佛随着这大自然变得通达了些，生活中的不开心和学业的压力也就释然了。总归是要面对困难，要努力克服，那就多一些勇敢，好好加油！

作者：基础医学院2015级本科生　牛鹏辉

5月2日　星期二　晴

贝淡宁主持讲座聆听者·周婧亭

行至学期中段，五年制双学位走到第四年的我正处在最有条件过得“自由而无用”的阶段，于是忽然想聊聊我们政管学院的院长先生。最近参加的两场由他主持的讲座，不仅让我第一次近距离感受到了这位儒家政治理论研究者的风采，也让我对自己的学院有了更全面的认识。

政管学院“引进”新院长贝淡宁教授已经是去年的事了，大概因为院里不曾大张旗鼓地宣传，我曾一度怀疑这是“谣言”。毕竟，后来被同学称为“学术界‘休·格兰特’”的他，无论是履历还是形象，都很难让人把他与我们向来古朴正统的山东大学政管学院联系起来。

因为这学期课少，许多原本与本科生上课时间极易冲突的讲座我也得以参与，只要是感兴趣的教授或者主题，基本都能早早去占个好位置，不再担心因为挤在众人之后或者上完课急匆匆赶来听得没头没尾。而当我照例提前半小时来到院楼报告厅参加一场以“经典儒家政治中的政治秩序问题”为主题的讲座时，却发现人空前的多，和我一样来得实在不算晚的硕士生、博士生们，也忙前忙后地搬凳子坐在过道里。待我坐定看向第一排的老师们时，“全明星”的阵容更是“闪瞎”我的双眼。政治学各系的老师都有，连已经调去别院的久未谋面的老师也意外地出现在视线中……等主持人和主讲人走上台时，台下兴奋的议论声才解答了我的困惑——原来主持这场讲座的不是别人，正是我们的贝淡宁院长。他身穿深色立领中山装，声音儒（软）雅（萌），说起中文来有板有眼，与其说是一位旅华的“歪果仁”，不如说更像是寻常的中国教授。

这场讲座与之后一场主题为“进步儒学与夫妇之伦”的讲座内容我就不在这日记里赘述了，否则难免有班门弄斧之嫌。学术隔行如隔山，作为国际政治专业、对这个领域的了解不超过中学课本和一门中国政治思想史中篇章所学的我来说，若非要一言以蔽之，大概就是儒学的生命力和魅力远超出我们的想象吧！论生命力，研究进步儒学的安靖如教授可以单就儒学中“夫妇有别”大做文章，甚至与当代女权主义思想进行交叉比较；论魅力，罗娜教授对主流的西方政治哲学之外的儒家政治思想给西方政治学者，乃至那些把儒家思想仅当作人生哲学或某种小众“宗教思想”的人所能带来的启迪深信不疑……当然，像“贝淡宁”“安靖如”这样儒雅而富含意蕴的中文名字背后，也饱含着对中国传统文化求索不倦的热爱。

因此，我想，之所以将这样一位来自国外、研究中国传统政治哲学的教授引进来作为我们的院长，大抵就是因为作为儒家思想发源地的齐鲁大地上的最高学府和学院，期望能加强自己的学生对我们民族的、传统的、优秀的思想文化的认识了解，同时更进一步推广，使之成为世界的吧！

作者：政管学院2013级本科生　周婧亭

5月3日　星期三　晴

赴哈佛大学访学教师·邵春燕

今天，儿子上的小学终于结束了12：40放学的安排，进入正常的教学程序。

去年12月，我和儿子抵达“美国最聪明的城市”——波士顿，在哈佛大学开启了为期一年的学习生活。尽管有过留美经历，但带着儿子访学还是个不小的挑战。

初到波士顿，需要办理各种手续，身边无人相助，我只能带着儿子奔波在地铁和公车间，租公寓、签合同、买保险、开通网电。想想年仅6岁的儿子，在满是积雪的陌生道路上跟着妈妈四处找路，在各种办公室外无聊地等待，很是让人心酸。而且由于租住的公寓不提供家具，所有的日常用品都是儿子和我一件件搬回来，就连床，也是儿子协助组装起来的。所幸当室友一个月后到达时，我们已经配齐家具和设施，室友和她的女儿也不用再体会一遍我们的忙乱。每次想到这一点，再想到儿子所经历的周折，我既心疼又骄傲。

之后就是幼儿园入学。儿子年满6岁，可以进入Kindergarten，但手续烦琐。好容易备齐材料，我以为终于有时间读书学习了，没想到波士顿是个“任性”又人性的城市，“一言不合”就停课。

冬春之交，波士顿经常大雪封门，公立学校时常停课。儿子2月刚入学，就放了二月假，又因大雪停课，整月上课8天。3月份再遇大雪停课，上课14天。刚刚过去的4月份又放春假，上课9天，另有5天因“老师—家长”会议提前到12：40放学。虽然之前就有耳闻——美国学校假期不断，但如此花样繁多的停课和假期，尤其是平时2：30与周五1：30放学以及不定期的12：40提早放学，着实让我措手不及。

更糟的是，小学春假与大学并不同步：哈佛春假时，小学在上课；小学4月份春假，我在上课。无奈，我只好带儿子去教室。周一去哈佛，儿子带着画本和零食在教室里画画吃东西，我们则在热烈地提问和讨论，场面也颇富戏剧化；周五去MIT，迟到了几分钟。儿子在门口看到教室人多便犹豫了起来，任课教师

MIT语言学系主任David Pesetsky教授居然开门迎接我们，儿子也大模大样地与众多博士生和两位白发苍苍的听众坐在一起。课间还参观了MIT造型奇特的大楼，倒是兴致盎然。让人感动的是，无论是在哈佛还是在MIT，没有人对我带着儿子上课表示惊讶；相反，课后大家都纷纷夸奖儿子表现好。午饭时遇到了大师级听众，特意对儿子说“You did a very good job”，我心里十分自豪：儿子小小年纪，也是在哈佛和MIT听语言学领域最顶尖学者讲过课的人了。无论他是否成为语言学家，这都是一段值得珍藏的回忆。这样一想，之前因假期冲突而带来的焦虑竟然无影无踪了。

今天是最后一次“老师一家长”会议，学校由此进入规律作息。我们的生活也有了节奏。独自带着孩子，既要照顾孩子的起居生活，自己又要读书、学习，的确是个挑战。但经历过后才发现，当初所谓的困难只不过是丰富了我们的人生与体验。

作者：外语学院教师　邵春燕

5月4日　星期四　晴

山大“五·四”青年科学奖获奖者·周香香

今天是五四青年节，一个属于青春的日子。于我而言，今天还有更为特殊的意义，源于它带给我的惊喜、幸福和深深的感动。

下午2点，山东大学第八届“五·四”青年科学奖颁奖典礼在中心校区邵逸夫科学馆举行，李守信书记亲自为我们25位获奖学生颁奖。作为获奖学生中的一员，我感到非常激动。颁奖仪式结束后，作为学生代表之一，我与大家分享了自己的科研心得。就在我讲话快要结束的时候，主持人却说：“周香香，请留步。今天，你的导师为你写了一封信。”我还没有从惊讶中反应过来，会堂里就响起了这样的话语：

香香：

时光荏苒，转眼5年的时间就这么悄悄地过去。当初，你选择了山大，山大选择了你，那是一个令人激动的时刻，从那时起，我们就拥有了共同的情怀。在这春暖花开之际，我非常高兴能有这样一个机会给你写一封信，也希望借山东大学第八届“五·四”青年科学奖颁奖典礼，祝愿在座的莘莘学子前程似锦，梦想成真。

香香，首先，老师要感谢你，在2012—2017年兢兢业业地学习和工作后，看到你今天的成就，我很欣慰。在山大的岁月里，欢笑过也心痛过，付出过也挣扎过，希望过也失望过，却从未后悔过！回头望去，这些喜怒哀乐和拼搏奋斗，都是通往未来必不可少的历练。你过去的努力和今天的成就，让我真真切切地看到你的潜力。

在老师眼里，你是一个热情而不张扬、朴素而不刻板、乖巧中露出一点调皮、自信中透出一丝羞涩、处事果敢、意志坚韧的女孩。你用不懈的努力向所有人证明：胸有凌云壮志，没有高不可攀！老师为你自豪，为你骄傲。

希望你在接下来的生活和职业生涯中，继续保持自己优秀的品质和坚忍不拔的精神，积极进取、努力拼搏、志存高远、担承使命，把个人价值的实现融入社会进步的发展进程中，把在山大学到的知识、锻炼的能力、培养的品德，充分发挥到服务人民的工作中，承担起救死扶伤的伟大使命，为造福社会而努力。

榜样是一个时代的印记，是一个时代的先驱。希望你继续努力，成为你师弟师妹们的榜样，放眼国际，胸怀天下，开阔国际视野，成为国家发展、民族复兴中的领军人才。希望你坚持勇于创新的精神，争做创新的典范，逐步成长为国家需要的创新型人才，在实现自我人生的价值中，不断进步和超越自我。但是要铭记，今天的辉煌不是终点，而是起点。希望你能再创辉煌，人生卓越而精彩！

最后，香香，我想对你说：我非常荣幸能够成为你的老师！

你的老师：王欣

我站在台上，注视着屏幕，听着这样一句一句充满爱的话语娓娓道来，惊喜着、幸福着、感动着。泪水在眼眶中一直不停地打转，最后我只说了一句：“谢谢，老师！”我不知道除了这四个字还有什么话语能表述我的心情。这封信播放完毕以后，我回到台下，内心依然久久不能平静。师恩如海，导师的教诲我将永远铭记于心。此时此刻，我想对我的导师说：亲爱的老师，谢谢您！感谢您在我的学习和成长中给予的悉心培养、谆谆教诲，以及慈母般无微不至的关爱！

作者：临床医学院2012级博士研究生　周香香

5月5日　星期五　晴

支教沙龙分享者·李晓芳

不知不觉，离开新疆已经快要一年了。两年前的夏天，我和志同道合的研究生支教团的战友们踏上去往山西和新疆的征程。一年的时光，满满的故事，如今还历历在目。

很久以前，孙庆霞老师听说我去新疆支教的经历之后，就鼓励我举办一期关于支教的沙龙，依托马克思主义学院科技与人文面对面工作室的平台，向更多的人讲述我们的经历和收获，也让更多的人把我们的故事传播出去。我很开心有这样的机会。

很荣幸，我和我的队友们借助支教沙龙，重新回顾了我们支教的青春故事。

我的队友凌昊天经常说一句话：“人生有一定要做的几件事，除了一场说走就走的旅行，一场轰轰烈烈的恋爱，还需要一次想做就去做的支教。”今天，他向大家展示了一个多姿多彩的新疆，支教的生活不只是大家想象的艰苦，更多的是战友们一起坚守的情谊，孩子们真诚的微笑，同事们的理解和信任。我们并不认为支教多么光荣多么高尚，甚至我们更多的可能是想去体验这样的生活，总之，我们认认真真去做了。

山西队的云帆，又给了我们一个不一样的故事。在山区学校里，我们要忍受的不只有条件的艰辛，还有对一个又一个放弃学业的孩子的心疼，还有漫长的孤独寂寞。但所有磕磕碰碰，都阻挡不了战友们日渐一日的默契与珍惜。

可能没有这样经历的人，并不能理解这种深厚的情感，我们能够侃侃而谈，不是因为我们口才有多么好，而是因为我们真的珍惜。想要去诉说，想要大家一同加入我们，体验这样一段想做就去做的冲动的义无反顾的前行。

作者：信息学院2016级硕士研究生　李晓芳

5月6日　星期六　晴

笑林大会冠军组合成员·单洪瑞

非常繁忙和紧张的比赛——笑林大会决赛今晚举行，匆忙和焦虑是今天的主旋律。

伴随着夜幕降临，决赛的钟声即将响起，不管多么紧张，总归要进战场了。我们摩拳擦掌，“视死如归”。我们的对口相声《高人一头的人》是第五个节目，不得不说，等待的焦虑和时间成正比，甚至可以说是指数级增长。我和搭档刘晋旭对了一遍词，不知道间断了多少次，这更让我心情烦躁不安。

很艰难地对完一遍词后，我强迫自己赶紧转移注意力，开始看起节目来。当时的那个节目似乎是叫《拍广告》，记得不是很清楚了，但是台上有个女生让我印象非常深刻。缘由如此：这个节目的主线是为疯牛牌羊驼奶拍广告，她需要喝一杯牛奶，然后说一句“疯牛牌羊驼奶，好好喝耶”，然后三翻四斗，最后结束。这个女生一共喝了四大杯，最后喝得我都有些心惊，嗨，为了相声，摇滚不死，相声万岁！

赛后我有幸见到了这个女生，我问她你到底喝了多少啊，她说“才两斤，不多不多”。哈哈！这真的是一个很不错的节目。

终于快到我们了，紧张又压过理智，我开始忐忑不安起来，突然一首歌曲打破了我的焦虑，是一首改编过的《我要参加笑林大会》。这是一首非常欢快的歌曲，全场气氛炸到爆棚，观众也一起打着节拍，一起哼着，听完这首歌，我感觉我的心情舒畅了许多。

终于到我上场的时候了，我带上耳麦，准备上场。打开耳麦，开耳麦，耳麦，麦……不响！？怎么还不响，来不及了，换立杆。鬼知道现在我有多紧张，开始我们的表演了。还好，开口没有说错什么，慢慢进入了状态，但是现场始终不温不火。关键时刻搭档来了一个临场包袱，掌声终于响了！场上的气氛终于热了，我长舒一口气。

台上发挥得酣畅淋漓，最后很幸运地拿到了第一名。对我来说，结果已经不是最重要的了。我很幸运能在大学刚开始就找到了这么一个好搭档，并且能一直合作到现在，也很感谢协会一直给予的帮助，谢谢大家！

作者：信息学院2015级本科生　单洪瑞

5月7日　星期日　晴

校园寻宝活动参与者·赵　归

今天是充实的一天，因为我参加了校园寻宝大赛。

上午9点，在跟双学位课程的老师请完假后，我跟其他两个小伙伴一起来到了洪家楼校区操场的比赛集合处。在工作人员那里报到后，我们拿到了第一条线索——一张印有某个建筑物的照片。略加思考后，我们认出这是艺术学院楼前的空地，于是立刻快马加鞭地赶了过去，在那里我们接受了第一个任务——“你划我猜猜成语”。这个环节还是有一定难度的，前面的几个小组都在这里吃了亏，耗费了许多时间。所以我们先在一旁商量了一些词语的动作规范，以防止沟通困难。但还好，我们组遇到的题目还算简单，我的小伙伴稍微比画了几下就被我猜了出来。顺利过关之后，我们拿到了第二个线索——一块石头的照片。这下我们可犯了难，一时丈二和尚摸不着头脑，这块石头看起来似曾相识却怎么也想不起在哪里见过。突然我灵光一闪，认出这是物理楼前面绿地上的石头，于是我们立刻飞一般地跑了过去。由于路途遥远，到了那里之后一时气喘吁吁，但我们还是不加休息地接受了挑战任务——两人共同跳绳。这个环节主要考验的是队员之间的身体协调配合能力，在经过开始时的几次失败之后，我们逐渐掌握了规律，终于顺利完成了五次跳绳，成功过关。

第三条线索是法学院楼前的雕像，我们又马不停蹄地赶了过去，一路上气不接下气地疯跑之后，我们接受了第三项任务——抽扑克牌比大小。这个比赛要求小组三人抽出的扑克牌都比工作人员抽出的牌大，这就非常考验运气，好在我们的运气都不错，第三次抽牌就顺利过关。于是我们拿到了最后一个线索——目标直指小树林。在那里我们接受了最后的考验——反方向快速转眼球，即快速地朝与工作人员给出的方向的相反方向看。这个项目对人的反应能力是一个很大的考验，因为人总是习惯性地看向所指的方向。好在我们的反应力还可以，简单地适应了一会儿就成功完成了挑战。继而，我们也拿到了象征胜利的印章。

又是一路狂奔之后，我们回到了最初的集合处——起点亦终点，完成了整个校园寻宝的比赛。虽然不知道最终的成绩排名，但我们三个人都觉得非常开心。这一路的过关斩将、密切配合，既有思考的智慧又有拼搏的汗水。并且，我们对洪家楼校区的环境有了更深的认识，真可谓收获满满！

作者：政管学院2015级本科生　赵　归

5月8日　星期一　雨

悦动青春活动参与者·范　晨

窗外的雨似乎下得更大了。伴随着闪电和隐隐雷声，风裹挟着空气中特有的泥土的芬芳渗入屋内，我一个人在自习室里静静地写下这篇日记。

早晨跑完步时，我才突然想起，悦动青春活动还有两天就要结束了。

还记得在报名时的纠结与担心，害怕自己坚持不下来。毕竟一个月那么长，每天都要跑步，对习惯了“三天打鱼，两天晒网”的我来说着实是个不小的挑战。

不过坚持下来我才发现，坚持跑步并没有想象中的那么痛苦，我反而发现自己有点爱上了跑步。虽然没有一些人口中形容的“跑步就跟吸毒一样会上瘾”那么夸张，但不知不觉中，跑步已经成了我生活中的一部分。如果哪天没跑，心里还会涌起小小的罪恶感。

记得一本书中说过，人生就是一场修行。现在看来，跑步亦是一场修行。一次跑步，开跑时精神十足，脚步轻盈；随着公里数的增加、乳酸期的到来，脚步愈发沉重，速度也慢了下来，仅凭意识向前跑着，全然不知速度早已与走差不多了。这时候就像黎明前的黑暗，过去便是光明，不过去便是无尽的黑暗。我只能告诉自己，坚持下去，跑步的痛楚只是暂时的。在心里默数，一、二、三……沿着笔直的跑道一步一步地向前跑去。挺过了最痛苦的那段时间后，身体便开始变得轻松，心情也变得舒畅起来。

跑步不仅是身体的修行，亦是心灵的修行。还记得在悦动青春活动刚开始的时候，我还戴着耳机听着歌跑步。直到某天，因为把耳机忘在了宿舍，跑步时就没有听歌，只是一个人静静地跑步。跑完后发现，不听歌不但没有感到无聊，还让我思考了很多事情。于是在后来的跑步中，我索性就不听歌了，任由自己的思绪漫无目的地飘飞。

村上春树曾说：“我跑步，只是跑着。原则上是在空白中跑步，也许是为了获得空白而跑步。”跑步的真谛不就是如此吗？

我知道，悦动青春近一个月的跑步只是一个开始，我会将它继续进行下去。

作者：历史文化学院2015级本科生　范　晨

5月9日　星期二　雨

张友明教授学生·孙　涛

窗外的雨淅淅沥沥地下着，像妈妈哼唱的摇篮曲，让人思念梦乡。而我没有再睡下去，因为我有更重要的事情要做。

像往常一样，起床、穿衣、洗漱、吃饭、去实验室，每天的生活就这样开始。我从去年9月份拿到保研名额后，就跟着张友明教授来到了青岛校区，来到了德国学院，来到了微生物技术国家重点实验室，成了这里“最小”的学生。宿舍——食堂——实验室，虽是每天三点一线的重复生活，但我对这样的状态感到满足。我不善交际，甚至达到了讨厌的程度；而在这里，我不需要担心，我和师兄师姐们有着太多太多的共同话题。从启动子到密码子，从基因表达到蛋白折叠，总能找到一个话题，让我们一起讨论，滔滔不绝。

张友明教授对待学生就像对待自己的子女，不仅从实验上进行指导，还十分关心大家的生活，给我们提供很多帮助。他说：“做科研的人不多，不能让这为数不多的人走掉。”张教授出国多年，思乡之情深切，如今终于回到祖国的怀抱。回来建设祖国，他把能带回来的技术都带回来了，带不回来的就积极寻求合作，力求带动中国生物事业的发展。

科研工作总是清苦又充满惊喜。我很庆幸自己选择了生物，选择了科研。在这里，我明白自己的学习工作不仅仅是为了生存，更重要的是，科研已经成为一种需要我们去履行的责任和义务，我热爱我的生物科研事业。

我很喜欢网上疯传的一首生物学情诗，我把它献给我热爱的科研事业，献给始终秉持一种责任和义务而努力奋斗的人，因为有些东西不是靠热爱就能一直坚持下去的。

思念是基因般多彩的书卷，
寂寞犹如病毒一样蔓延。
我把爱写进核酸探针，
深埋在你的复制起点。
就算紫外源在我们身边出现，
世间的一切都发生着基因突变，
我们的心依然像肽键一样紧紧相连。
追忆我们生物反应的日子，
你的笑容就像荧光素一样点亮了我的今天与明天。
而现在的你却为什么不在我身边？
纵然我的心碎成了冈崎片段，
你的心发生了电子跃迁，
也不能改变我对你的爱恋。
我想你就像抗体想着抗原，
你的美丽是使我冲动的乙酰胆碱。
数个春秋尽是数个夜无眠。
每个碱基都代表着我们永恒的誓言。
期待那么一天，
我们能再相见，
交织缠绕成尘世间最美妙的双螺旋。

作者：生命学院2013级本科生　孙　涛

5月10日　星期三　晴

山大学子名企行活动参加者·洪永强

今天我们刚刚结束了中广核名企行，一路上学到很多，收获很多，我带着感动、感谢和感恩回到了济南这座城市。

5月6日至5月7日，“山大学子名企行——走进中广核”活动在深圳中广核集团举行，吴俊老师带领我们15名学生认识、了解和感受了中广核。作为参与活动的一员，我感到非常兴奋与激动，终于距离我的梦想之地中广核又近了一步。

短短的几天时间，我惊喜着、幸福着，也感动着。惊喜于能够探秘中广核，在就业的道路上迈进了一大步；幸福于结识了很多有爱的小伙伴，在就业的道路上我们一起同行；感动于学校能够给予我们如此宝贵的机会，吴老师认真负责地对待每一位同学和每一件事情。

两天的活动，揭开了中国广核集团的神秘面纱，我对其好感飙升，这样发展清洁能源、造福人类社会的大型企业是我非常渴望加入的。

我们参观了中广核大亚湾核电基地、领导力发展中心与中广核大厦。首次近距离探秘核电站，原来核电站竟具有如此独特的魅力，其成熟的研发体系与完善的培训体系极大地吸引着我，我非常敬佩这样的企业，也由衷想要加入进去。作为国家核电“走出去”的首选堆型，“华龙一号”给了我极大的震撼，让我感受到这才是中国创新的力量。我们还参加了中广核集团山大校友交流座谈会，与HR张经理及山大校友胡天齐和星辰师兄进行了深入的交流与沟通，了解了中广核集团的方方面面。他们的“一次把事情做好”的核心价值观与三段式沟通的做事风格，都让我受益匪浅。

善用自然能量，科技改变生活。神秘的中广核之旅结束了，我也更深入地认识到了核电之美，有了更加明确的就业目标，希望未来的自己可以更加优秀。

作者：能动学院2015级硕士研究生　洪永强

5月11日　星期四　晴

青岛校区学生导师·李桂秋

昨天的雨令今天青岛校区的空气格外清爽，吃完早饭，我迈着轻快的步伐来到振声苑信息学院办公室，看着眼前办公桌上一大摞要批改的作业本，不禁思绪万千。

每学年的第二学期，我都要给大一的学生上电磁学课，不同的是，今年的上课地点已不再是那熟悉的济南兴隆山校区，而是崭新的青岛校区。由于学院处于整体搬迁的过渡阶段，从2月21号开始，我每周二来青岛校区上课，周四课后再返回济南，在中心校区还有指导研究生、给研究生上课等工作。但来到青岛校区后，令我印象最深的是，不管是走在公寓里，还是走在办公楼、教学楼的走廊上，每位保洁员、保安都热情地跟我打招呼。妇女节我还收到了公寓为女老师准备的贺卡，那种温暖的家的感觉油然而生。置身在蓝天白云下，看着美丽的校园，春天盛开的各种鲜花让人心旷神怡，学期伊始双城生活旅途奔波带来的疲惫也离我而去，我已经喜欢上了这个日新月异、不断发展的年轻校区。

青岛校区吸引我的不只是它先进的硬件设施和优良的服务，更重要的是它推出的导师制、书院制等崭新的管理理念。作为受聘的第一批导师中的一员，我上学期来青岛校区与学生们面对面交流了4次，为了在学习、生活和个人发展上给予学生们更好的指导，我们还建立了QQ群，有问题随时解决，很快我和学生们就建立起了亦师亦友的关系。这学期利用来青岛校区上课之便，每周二第四大节上完课后，我们都会在学生食堂共进晚餐，在欢笑声中交流思想，在我心里，他们就像我的孩子一样，跟他们在一起时，年过半百的我也变得年轻了。除此之外，我们导师组还组织了几次活动，看到孩子们在学习、责任心、团队协作等方面的成长和进步，我内心无比欣慰。

我之所以能没有任何顾虑地在青岛校区工作，和爱人的支持是密不可分的，他除了要完成繁重的教学和科研任务外，还承担起了照顾家庭和老人的责任。为了让他放心我在即墨的生活，有一次我故意笑着对他说："距离产生美。"

爱让我们的内心充满阳光和温暖，爱让工作和生活都变得那么美好！

作者：信息学院教授　李桂秋

5月12日　星期五　晴

5·12地震亲历者·翟柏棱

今天的朋友圈，有一种很难得的泾渭分明，内容是两种截然不同的类型，差别很清晰。

一类是来自四川以外的朋友们，这是普通的一天，朋友圈里还是穿什么衣服、交什么作业的内容；一类是来自四川的朋友们，无一例外，都是缅怀九年前的那场大地震。

虽然我的家乡不在重灾区，但当时震感很明显。毫无疑问，作为一个四川人，一个当年"汶川5·12特大地震"的亲历者，我也要发一条有纪念意义的朋友圈。

于是，我需要思考我的朋友圈的内容是什么，如果只用一句话的话。

我首先想到的是"九年之期，川蜀之殇。殷忧启圣，多难兴邦"。"殷忧启圣"和"多难兴邦"这两个词分别阐述了劫难对于个人和国家的意义。尽管如此，但殷忧和多难这个过程还是留下了痕迹，这个痕迹对亲历者来说甚至依然鲜活。我曾经读过柴静的《看见》，非常喜欢，里面有一章是关于汶川地震的内容，题目是"真实自有万钧之力"。的确，里面对汶川地震后灾区的情况进行的真实描绘，给人心头一种万钧之力的冲撞。

大地震对外省人来说，也许只是刷屏的各式新闻报道、隔三岔五的募捐和没完没了的哀悼。但是对四川人来说，是看到自己家墙壁被震出裂缝的恐惧；是因为害怕余震，在公园广场之类的平坦的地方住了很长一段时间的帐篷；是睡在中心花园大草坪这样的地方；是全家人因为整晚余震不能好好睡觉而选择看整晚的电视；是学校没有通知开学日期的放假；是想知道又害怕知道的新闻里的震级更正、余震情况和今日新增伤亡人数。

朋友圈里各种黑白图片更加映衬着这种哀婉缅怀的情绪。

但有一张黑白图片，情绪全然不同。

把焦点集中在殇、忧、难上面，只是看到灾后的泪水，显然忽视了泪水洗刷之后，坚强的四川人民抹干泪水、强忍悲痛，在废墟上重建家园的坚强决心和取得的伟大成就。虽然泪水曾经模糊了双眼，但涅槃后的微笑最后还是绽放在四川人民的脸上。马克·吐温曾说："所有的雨都会停的，所有的困难也都会过去的。"

重新用一句话发朋友圈，我会用"断壁残垣归何处，前度天府今又来"这句话。五一假期我回到四川家中，闲来无事，去都江堰曾经的灾区看了一下。除了平静，还是平静，崭新的建筑在阳光下，竟然给人一种朝气勃发的美好感觉。劫难曾经洗刷了这里，但在李冰治水后的2000多年里，天府之国始终滋养着这里的人民，这里的人民用坚毅勤劳的品格守护着这片沃土。天府之国，还是天府之国。我很喜欢《看见》里面对地震后灾区新的变化的真实描述，很平静。"一年之后，我们重回杨柳坪，去年地震的时候，很多坍塌滑坡的山体，现在已经慢慢重新覆盖上了草木，就在这片山峦之间，正在建成新的房屋、村庄和家庭。人的生活也是这样，经历了磨难和艰辛，正在生根发芽，一片叶子一片叶子地长出来。我们离开的时候清明已过、谷雨将至，杨柳坪到了雨生百谷、万物生长的季节。"

想起一个朋友说过，5·12地震教给我们对生命的感恩、对至亲的珍惜，在心脏还有机会跳动时就不要放弃爱的信仰，我们一天也没忘过。

作者：政管学院2015级本科生　翟柏棱

5月13日　星期六　晴

山大二幼教师·王　妍

又是一个阳光灿烂的日子，我打开日记本，打算记录下他们的幸福！他们就是山东大学第二幼儿园中三班的宝贝们。

今天他是“工程师”，明天就可能是“艺术创作者”，后天又可能是“最强大脑”或者是“朗读者”，在区域活动中，他们每天都能扮演不同的角色，体验不一样的角色。而今天，他们的“儿童医院”来了“外聘专家”，而他们是小小“实习医生”。

为了丰富幼儿的角色扮演游戏，体验更多的角色，我班为幼儿创设了一个特色区域——“儿童医院”。当初之所以创设这个特色区域，是源于我们趵突泉校区的医学院区和班级特点。班上好多孩子的家长或在医院上班，或在学校执教医学，大都和医学分不开，孩子们从小耳濡目染，对医生和护士的角色也有些认知。

在开展一段时间后，我发现孩子们每次在活动中总是重复着相同的几件事情：挂号、拿药，看病也只是简单的感冒、咳嗽、肚子疼之类的孩子们经常碰到的疾病。在一次园内区域活动观摩中来了新问题，园长老师入区当病号就诊时说：“大夫，我有点牙疼，你帮我看看吧。”面对新“病症”，“实习医生”有点茫然，显然这是他之前没有碰到过的“疑难病症”，虽然老师适时地进行了介入指导，但是在知识经验和专业提升时，老师的专业知识水平明显也受到了限制。问题该如何解决呢？通过教研，我想既然有“家长进课堂”就可以有“家长进区域”，我决定开展“外聘专家坐诊”的活动。我把想法和家长们沟通后，得到了家长们的大力支持。在不耽误家长工作的前提下，每两周邀请一至两名职业是医生或护士的家长来班上参与区域活动，给孩子们丰富专业医疗知识，和孩子们进行区域互动。

就这样，“外聘专家坐诊”活动开展起来了。我们陆续聘请了口腔科专家、内科专家、骨科专家来“坐诊”。这不，今天就聘来了一名外科专家，这位“外科妈妈”细心地为孩子们讲解、演示外伤处理的方法。孩子们认识了治疗包，了解了处理外伤要杜绝细菌感染，不可直接用手碰触，要对伤口消毒三遍等医疗小知识。“外科妈妈”夸他们是她带过的最认真的“实习医生”了。

今天，我再回忆起“儿童医院”区域的发展过程，我感慨，孩子们的游戏水平提高了、心情快乐了，家长放心了，老师学习了，同时增进了三方的互动与情感交流。现在我们“儿童医院”正朝着培养“全科型”的医护人员努力奋斗着，或许不久的将来，在各大医院里就有我们“儿童医院”走出去的知名医生。

作者：山大第二幼儿园教师　王　妍

5月14日　星期日　晴

勤工助学岗前培训参加者・赵悦鑫

我已经在勤工助学岗位上工作了两年。一开始，我以为只是在办公室里值值班，偶尔给老师帮点小忙。但事实证明，我的想法太天真了！每次值班，我都会被老师安排各种任务，由于缺乏经验，我有时会手忙脚乱，将工作弄得一团糟，心里很是愧疚！正巧，本学期勤工助学岗前培训开课了，我立刻报了名，希望能通过培训学到些东西。

第一次参加网上授课，我对这套“勤工助学岗前培训系统”充满了好奇。登录手机版系统，映入眼帘的是两大板块：办公软件培训和基础知识培训。前者是关于office软件的使用培训，通过视频介绍WORD、EXCEL和PPT的应用技能，图文并茂，对于复杂的操作一般都有详细的步骤解说，非常适合像我这种对office软件使用不太熟练的人学习；而后者则分为基础、礼仪、安全、心态四大部分，专门针对勤工助学过程中经常出现的问题予以解答，视频讲解形象生动，给人印象深刻。

经过一段时间的使用，我渐渐喜欢上了这款学习软件，收获也越来越多。我不仅了解了学校勤工助学的基本概况、政策纪律等，还学到了礼仪、心态、安全等方面的知识。令我印象最深刻的便是礼仪了，其中讲到男女生的仪容仪表、面试礼仪、待客礼仪等，内容详细又实用。这样，不仅能轻松应对勤工助学过程中出现的各种情况，还能为以后进入职场储备必要的礼仪知识。我还学会了用WORD完成更复杂的文本设计，用EXCEL进行函数计算，用PPT设计好看的模板等。学习结束了，我终于清楚了以前为什么会犯一些低级错误，对勤工助学岗位也有了更深的认识。不得不提的是，我还很喜欢玩系统中的各种小游戏。闲暇之余，与舍友相约来一场“草莓射击”，比比谁的分数更高。放松身心的同时，也增进了彼此间的友谊。

热心的学长学姐们在培训过程中给了我很大的帮助。从office的安装到办公软件操作，对于我在慕课学习中出现的各种困惑，学长学姐们都会在勤工助学运营团队的QQ咨询群里耐心解答，使我能更快地掌握office的应用技巧。学长学姐们的无私关怀使我感受到了勤助大家庭的温暖，谢谢你们!

勤工助学岗前培训课程虽然结束了，但学习并没有结束。我要在以后的生活中不断学习，努力提高自身综合素质，争取全面发展。只有这样，才能抓住时代的机遇，实现自身的人生价值!

作者：外语学院2014级本科生　赵悦鑫

5月15日　星期一　晴

历史文化学院院刊编辑·高　栋

每年的四月到七月，对于历史文化学院学生会学习部而言，都是忙碌的时节，因为每年《长风》院刊的征稿编辑工作都会在这三个多月的时间里集中展开。《长风》创刊于1994年，在这二十多年的传承中，它既实现了自身学术功能的更好发挥，也立足自身实现了更加多样化的发展。去年，以《长风》院刊为中心的“长风”学术品牌还荣获了“2016年校园文化建设精品立项”。

作为学习部的一员，我很荣幸参与了两期《长风》的征稿编辑工作。《长风》的征集编辑工作向来不难，但重在细致与反复。从基本的字体、字号到间距、页下注，再到最后的排版以至样刊印刷纸张的选择，每一个细节都不能忽视。在这三个多月的时间里，陪伴学习部各位同学的是一次次的碰头交流，一次次的交叉检查以及到最后定稿时早已占据大半个桌面的编辑文件。当最后拿到样刊时，欣喜之余，我们更要感谢在本期的编辑工作中，各位同学的积极投稿以及各位专业老师对《长风》审稿工作提供的大力支持。

有人说，做校园刊物的，有时候就像那沉浸在自我坚守中的西西弗斯一样。但我们认为远不止于此。我们认为让同学们在研究学问的道路上遇到这样一个平台，获得这样一种认可是有意义的。我们从不奢望《长风》能够成为王阳明悟道的龙场，只祈愿她能成为阮籍以青眼对之的所在，成为沟通教师、研究生、本科生的桥梁。其实我不止一次对老师以及身边的同学说过：“跟专业的那些核心期刊相比，我是更喜欢《长风》的。”细细想来，不仅是因为这里面的一字一图一表格都经历过自己的编辑与调整，更是因为这里面的所有文章都来源于我们身边的同学。尽管文章的观点可能不够前沿，语句的论述可能也不够专业，但是它带给了我们更多的亲和与激励。“既然舍友都能写出这样一篇文章，为什么我不能？”就这样，在熟悉中成长，在反思中进步。在我个人看来，这是《长风》之于学院各位同学最大的勉励与祝福。

今年的征稿仍在继续，今年的《长风》依旧在传承。我们始终相信，《长风》破浪会有时，载各位历史文化学院的学子扬帆远航！

作者：历史文化学院2014级本科生　高　栋

5月16日　星期二　晴

西方管理思想史课堂展示者·安娜尔

今天似乎是一个寻常的周二，又似乎是一个不寻常的周二，寻常与不寻常之间只相差一件事：小组成员共同准备了一周的课堂展示终于要开始了。西方管理思想史课的姜杰老师布置了对我国民营企业成功与失败的案例进行探讨的任务。

我们小组成员选取了苏宁集团作为案例，从苏宁的组织架构开始分析，逐步分析苏宁的营销管理特点，分析苏宁管理模式的三大亮点，最终分析到苏宁云商模式的种种问题。小组成员为了准备我们的课堂展示，先后进行了两次课下讨论，以及很多次的线上讨论，最终才完成了今天的展示。可能是因为小组成员都倾注了很多心血，所以大家对于此次课堂展示都看得很重，早早地来到教室准备，希望能有一个好的结果。

上课铃声响起，其他小组的展示都十分出彩，有的小组分析了秦池酒业的成功之道以及失败的原因，他们认为秦池酒业成功是因为广告，秦池酒业在夺得央视标王之后名声大噪，一度成为中国酒业的领军品牌；但是由于对企业情况以及市场情况认识不清，作出了错误的决定，也就是第二年继续夺标，用企业本身远远没有办法承受的价格夺标之后便一蹶不振，酒业王朝轰然倒塌。也有小组分析了万达的执行力文化，深入浅出地介绍了万达的垂直管理以及万达独创的慧云系统，这都给同学们留下了深刻的印象。还有小组分析了TCL企业，重点分析了TCL的企业培训以及股权激励制度，最重要的是TCL的三次并购，这都让同学们眼前一亮。

展示结束后，姜杰老师进行了点评，他提到我们要走出一些误区，多元化并没有对错，关键还是取决于企业本身，多元化既可以使企业成功也可以让企业失败，家族企业同样是这个道理。家族企业本身没有对错之分，要解决的是企业究竟是为了家族而家族还是为了企业而家族。姜老师的点评让我们豁然开朗，希望以后还有更多这样的机会可以做类似的课堂展示。

作者：政管学院2015级本科生　安娜尔

5月17日　星期三　晴

端午习俗课学生·高　洋

“轻汗微微透碧纨，明朝端午浴芳兰。”转眼间已经到了夏天，端午的脚步也越来越近了。开心的是，在端午节到来之际，我能够在中华文化体验与传播的课堂上学习、体验端午习俗，感受端午文化！

下午，我急急忙忙地赶到知新楼，来到中华传统文化体验基地，首先看到的便是台上的五张桌子与桌上的众多物品，闻到弥漫的阵阵粽香。侯金萍老师讲得很生动，内容也很丰富，衣食住行等方面的端午习俗都涉及了。

衣，古人在端午时节会给小孩子穿上绣有五毒的肚兜、衣帽等服饰，父母也会在孩子们手腕脚腕处系上五色绳，以求消灾免难、平安健康；食，中国人的吃是出了名的，盛大的端午，最重要的便是吃五黄（黄瓜、黄鳝、黄豆、蛋黄、雄黄酒）以及那最典型并被广大人民所喜爱的粽子，单就粽子一样就可以讲上个几节课，足见端午节饮食文化之丰富；住，每逢端午，很多人都会在居处门口放上艾草菖蒲，并称之为“艾旗蒲剑”，它既有装饰门庭的作用，又有祛除蚊虫的药用，也包含除灾免难的愿望；行，古人在端午时节也会外出游玩，或到郊外娱乐，比如十分出名的赛龙舟习俗。

除了端午的衣食住行之外，侯老师还介绍了些其他的相关内容，让我们进一步感受到了古人生活的精致。哪怕是对待一个节日，也是以一种整体文化观的态度来对待，从生活的方方面面来处理人与自然的关系。

除了知识的讲授，侯老师还带领大家进行了文化体验：书写和端午相关的诗句，编织并佩戴五色绳，做刺五毒游戏，喝雄黄酒，剪纸，等等，并以小组形式进行分组展示。大家都很活跃，每个同学都用自己的创意赋予了端午习俗不同的文化意义。如果说什么是寓教于乐，我想可能这就是吧。当然，最惊喜的还是侯老师为每个同学准备的粽子！我得到的是一个五谷豆沙馅的粽子，很香甜。

感谢侯老师，让我在端午来临之际，这么全面、近距离地感受并体验了端午习俗的美，进一步感受到了传统习俗的无穷魅力！

作者：历史文化学院2016级本科生　高　洋

5月18日　星期四　晴

图片讲述者·孙法家

“凡我在处，便是山大！”伴随着这句铿锵有力的话语，我的第二次图片讲述展示缓缓落下帷幕。

每年初夏，在中心校区文理图书馆的一层报告厅，都会有一场群英荟萃的视听盛宴，这便是由党委学工部、校团委、图书馆、校学生会联合主办的“图片讲述大赛”。今天恰逢图片讲述大赛三周岁的生日，也是我第二次参加这个比赛。

这次图片讲述大赛的主题是“我与山大有个约会”，恰到好处地体现了这种情怀。作为一名山大学子，校园中的一砖一瓦、一草一木都早已与我建立了割舍不断的联系，每一位山大人与山大的相遇，都是一场美丽的约会。

中午时分，参赛选手早早地来到了现场，为了在比赛时展现自己最好的风采而一丝不苟地准备着。下午2点，文理图书馆一层已是人头攒动，整个报告厅座无虚席。这时，两位主持人优雅地迈上主席台，宣布2017年图片讲述大赛正式开始。图书馆副馆长杨锦先女士如数家珍般地讲述了图片讲述大赛的历史，并且说到不久前她赴台湾交流时，彼方的老师对此表示十分仰慕。正如她所说，图片讲述大赛并不仅仅是一个比赛，还寄托了山大人发自内心的情怀。

很快，比赛正式开始了，14位选手各展风采。我用心倾听着他们的讲述，时而为有趣的故事忍俊不禁，时而因真挚的话语感慨万千。待到我上场时，我以一名准毕业生的身份回顾了三年来在山大的点点滴滴，并且情不自禁地说：“即便我离开了，我和山大之间的约会也不会终结；无论我走到哪里，山大教给我的一切将会一直伴随我前行下去。正如最后的那句话‘凡我在处，便是山大’。”

最后，在所有选手展示完毕之后，主持人宣布了比赛结果。虽然这次我又和上一年一样得了亚军，但我觉得，重要的不是名次，而是这次比赛为我们提供的抒发自己内心感悟的机会。很多时候，心有千篇而难言一语，图片讲述大赛却让我有机会能够把心中的感触讲出来和大家一起分享。我想，山魂海韵所培育的每一位山大学子，心中都会常有思考感悟。每一位山大学子，都应当把自己心中对山大的这份感情，与山大赋予我们的历史使命有机结合起来，以天下为己任，以国家为担当，真正把“为天下储人才，为国家图富强”这句历经百年风霜的箴言践行下去。唯有如此，才是一个当之无愧的荣耀的山大人！

作者：生命学院2014级本科生　孙法家

5月19日　星期五　晴

坚持自习者·钟科律

黏湿的夏天已悄悄过了几周，小树林愈发苍翠，气浪更加炙热，冷饮与凉菜前开始排起了长长的队伍。虽说夏天人的睡眠会缩短许多，但是这一周的入睡显得格外困难。

连续一周晚上失眠，早上又被早起的室友吵醒；一周中有五天中午都没睡着觉，照了照镜子，发现黑眼圈越发明显。要换在以前，我定会止不住地叹息，拿起手机给好友发消息“我今天中午又没睡着”“昨晚我居然三点钟都还没睡着”，接着开始愁苦一整天。没想到习惯了失眠后，自己竟然渐渐坦然接受了。今天中午合眼许久后发现自己实在睡不着了，终于狠下心不躺着了，离开舒服的被窝，收拾好书包，悄悄关上寝室门后前往公教楼上自习。

这个点儿的校园显得格外安静，树叶在风中簌簌作响，伸长的树影伸臂拖住了流光的双足。我推开公教楼一间教室的门，打开了空调，接着打开了书本。跟闷热的寝室比起来，教室里凉快又舒服，顿时感觉学习真是太棒了。可能专注地做一件事情，真能驱赶掉身体的疲惫吧。

这几天我参加了诚信状打卡活动，给自己立了flag——每天去食堂吃早饭，早二十分钟到教室，每天背100个单词，自习两个小时。每次任务完成后要及时拍照或截图发送给统计的同学，每次任务都算了一定分值。为了出色地完成自己的flag，就算每天再困、晚上睡再晚，我也能坚持早上在固定时间起来。以往总是想什么时候背单词就什么时候背，现在已经能养成每天背单词的习惯，一天不背总感觉缺了点什么，甚至练习背单词也变成了一种享受，因为能看着自己的词汇量一点点变大。

夏天也不该是偷懒的季节，期末也要到啦，抓紧时间继续努力吧！

作者：政管学院2015级本科生　钟科律

5月20日　星期六　晴

素质拓展参与者·王秋童

骄阳似火，热浪灼灼。早已入夏的校园里，同学们撑着太阳伞，三三两两，行色匆匆。而此时，斑驳的树影下却有一行人相互搀扶缓慢前行，显得格外与众不同。

这天下午，我们迎来了期待已久的班级素质拓展活动。活动期间，同学们相互配合，共同完成了一系列团队游戏。大家在欢声笑语中挥洒青春，也在合作中增进了解，关系更加亲近。在这些团队游戏中，令我感触最深的，当数“盲人与拐杖”游戏。

在“盲人与拐杖”游戏中，同学们随机两两分组，一人带上眼罩充当“盲人”，一人充当“拐杖”，“盲人”需在“拐杖”的指引下走完指定路线，完成后两人交换角色再走一遍。游戏全程两人都要保持安静，只能通过肢体动作传达信息。于是，同学们或被同伴搀扶着，或搀扶着同伴缓慢前行，这才有了斑驳的树影下，与众不同的“盲人”和“拐杖”。

在被蒙上眼罩成为“盲人”的那一刹那，我瞬间感受到了深深的不安。我紧紧抓住“拐杖”的手，靠着“拐杖”的身体，生怕一不小心走错了方位或是碰到障碍物。慢慢地，在游戏的过程中，我不再像最初那样慌张，而是渐渐放松，把自己完全交给同伴，跟随他，信任他，最终成功到达目的地。而当我摘下眼罩扮演起“拐杖”的角色时，我也能明显感觉出“盲人”同伴对我的依赖，此时的我虽然脚步上轻快大胆了许多，但心里十分谨慎认真，不停地通过一些肢体动作指导我的同伴避开障碍物，希望能够得到他的信任，让他大胆地前行。

“盲人与拐杖”的游戏，让我们在假定的危险情况下体验信任与被信任，与队友携手渡过难关。由此可见，信任是团队合作的基础。无法互信的团队，必将缺乏凝聚力与战斗力。只有建立互信，团队成员之间才能配合默契，勇攀高峰。

无论何时，倘若你迷失了前行的路，记得握住队友的手。

作者：公卫学院2015级本科生　王秋童

5月21日　星期日

啦啦操比赛观众·田　筝

今日我来到兴隆山校区，有幸得见啦啦操比赛的场面。

我这个文艺项目的门外汉向来不知评价啦啦操的标准，只得凭借自己菲薄的审美技巧，欣赏赛场上少女们的青春颜色。只见赛场上的少女们伴着激扬有力的音符律动，时而跳跃旋转，时而款款扭动，活力四射间掺杂着妩媚，我的目光不由地被吸引过去。领舞一人，动作更是淋漓尽致，夺人眼球。我正暗想她们为这支热烈的舞蹈要花费多少苦功时，同伴忽然指道："你看，那领舞的是个男孩子。"

我定睛一看，那领舞的人腿部肌肉线条确实比周遭的女孩子深刻些，脸部也不似女孩子细腻，才惊觉这位领舞者竟是一位男孩子。一直以来，啦啦操就是女孩子的领地。一提到啦啦队，我们脑海中往往不由自主浮现出"hot girl"的刻板印象。而这位男孩子，敢加入女孩子的专属领域，并跳到领舞的水准，一定是对舞蹈有深切的热爱。这样的人，必定有着坚定的内心力量。我们若能与心仪的事业相遇，便是份可遇不可求的机缘，可惜不知多少人因世俗的眼光而放弃这份缘分。我们带着不平等的天赋、不同的使命降临人世，若能得知自己天赋所在，必是上天垂怜，不忍叫你的天赋褪色、人生寥落。我们有什么理由践踏这份天赋的礼物？

每个人的生活中应该都有一份坚持吧。或是对美好事物生生不息的追求，或是幼年时求而不得的执拗，或是对心仪事业的不辍追寻。不论外表再怎么变化，内里终归有深深的愿望埋藏。我只希望每个人，都能在心底埋下美好与希望，并一点点抛却那些伴随不幸而来的伤悲。我希望无论我们被赋予怎样的天赋，都能珍之重之，用成长路上的小欢喜，将它悉心浇灌。

作者：基础医学院2016级本科生　田　筝

5月22日　星期一　阴

失物招领中心成员·胡　靓

丢东西、捡东西，这是经常会发生的事情。很多同学丢了东西后漫无目的地找寻，QQ空间和朋友圈经常会见到很多找东西、找失主的信息，但由于信息繁杂且不规范，其效果往往一般。

"要是有一个失物招领中心，把大家丢的东西都集中到一起，并且能够快速地让同学们获知信息，那该多好啊！”这个想法在我心中渐渐萌生。确实，学校里有很多在做失物招领的，但大多规模太小，影响力一般，失物认领作用较小，为什么不做一个全校范围的失物招领中心呢？有了初步的想法后，我们安管会的同学先在内部商量了一下，确定了此事的可行性和具体操作计划，然后向公安处的老师们说了我们的想法和计划。这时，我们才知道原来他们也早有这个想法，于是一拍即合。董太华老师在公安处小楼门口给我们划了一块地，杜春兴老师从仓库给我们找来了失物招领的柜子，安保队的大哥们来帮助我们挂上了横幅，安管会的同学们纷纷建言出力，不到两天，预想中的失物招领中心就建起来了！

失物招领有一个很大的特点就是时效性强，所以要做到收集失物的频率高、发布信息的范围广、失物失主的快速匹配等。我们讨论了很多次，观点不断碰撞、冲突，计划书修改再修改。筹划了两周后，“失物招领中心”终于进入了试运营阶段。

在试运营阶段，我们遇到了很多麻烦，但总体来说还是顺利的。我们首先对失物招领柜进行了布置，接着去各个教学楼协调，然后建立了线上的失物招领平台（QQ群、微信公众号）。起初我担心线上平台推广不起来，谁知平台建立不久，就吸引了近500名同学加入！我们把从校园内各个地方搜集的失物通过线上平台发布，还安排同学每天在线下失物招领中心值班，一天内就帮助7名同学找到了身份证、校园卡、钥匙等物品。同时，校内很多公益组织也纷纷帮助我们发布信息，推广失物招领中心的平台。

目前失物招领中心线下运营主要在中心校区，线上平台涵盖各个校区。为了提高运营效率，我们安排工作人员一周（周末是思源社义务负责）四次去各个教学楼和人流集中点收集失物、汇总并及时发布信息，帮助到越来越多的同学，并且有越来越多的同学认可了我们的工作，这也是我们继续在全校范围内推广失物招领中心的动力。

校园公益，说起来微不足道，做起来却让人心潮澎湃。我们有个小小的心愿，就是建设一个“无遗校园”。

作者：经济学院2015级本科生　胡　靓

5月23日　星期二　晴

节能减排国赛参与者·张　晶

今天早上，我将团队参加节能减排国赛的纸质材料交到了千佛山校区的办公室。就这样，两个月的准备就暂时告一段落了。

我记得上次开赛前培训会时，孙奉仲教授跟我们说："你们到最后会发现，和校内初赛时的作品相比，自己的作品会有质的飞跃。"现在看来，孙老师所说的"质的飞跃"，说的不仅是我们的申报材料，还包括我们对于作品本身的设计，也在一步一个台阶地不断进步着。就拿我们参加初赛的作品设计而言，我们一开始只是设计了一种类型的快递袋，在校内决赛时，评委老师就提出了很多建议。回去之后，我们就开始思考如何挖掘第二种类型，实现更好的减排效果。最后我们设计了两种可降解的快递袋，并且完善了它的循环系统。在这之后，孙老师还帮我们一起完善作品名称，与我们讨论如何突出自己的优势。同时，指导老师谭业邦教授对我们作品的内容，如可降解材料的选择以及作品的实用性、环保性等方面给予了指导和帮助。顺着老师的思路，我们也在对作品进行适度修改。

从三月到五月，我和亦涵同学一起，从一个小创意开始讨论，一步步地做出了完整的申报书和说明书，看到最终作品，觉得自己的确是在一步步地成长着。今天交上去的那份和三月份的那一版区别很大，不仅内容更充实，细节处也作了处理。我想，这一切都得益于老师们的指点以及团队的默契配合。

这次参与节能减排比赛的经历让我见识到了很多志同道合的同学的创作能力，也让我体验了不断完善自己作品的快乐。国赛目前还只是资料审核阶段，不管结果如何，这次的经历都让我获益匪浅，我不仅仅对何为创新有了更新更深的认识，也懂得了合作的重要性。今年山大共有十五支队伍参加国赛，我觉得大家的作品都很有创新点，每个人都为自己的作品投入了太多心血。我想，做事认真又努力的山大学子，都会收获令自己满意的结果。

作者：化学院2015级本科生　张　晶

5月24日　星期三　晴

省“挑战杯”特等奖获奖者·张思凡

从烟台回兴隆山校区的第三天，雨后的天气格外晴朗。第十五届“挑战杯”山东省大学生课外学术作品科技竞赛已经落下帷幕，但在烟台短短几天的比赛过程还历历在目。很荣幸，我们透水混凝土小组最终在决赛中脱颖而出，摘得了省赛特等奖的荣誉。

回想这一路走来，我们从去年暑假时对济南海绵城市工程实施现状进行调研，发现了市场上透水混凝土存在的一些问题；到去年十一月，带着疑问找到了刘人太老师，在与老师进行多次交流后，我们决定进行新型透水混凝土的研制，为海绵城市建设贡献一份青春热血。

还记得第一批成型的48个透水混凝土试块，我们三人一组进行了模具擦拭与涂油，对石块和再生骨料进行清洗晾晒，按照设计配比进行搅拌，接着将搅拌好的混凝土分层铺装进行人工振捣。前前后后，我们经过了整整八个小时无休止的工作，得到那一个个沉甸甸的方块时，也真真切切地理解了“如获至宝”的含义。随着实验的深入，试块越做越多，科研压力也与日俱增，但是我们坚持了下来，克服了生活和学习中的种种压力，克服了身体和精神上的种种问题。回想穿着实验服忙忙碌碌的时候，土木工程之于社会大众的重要意义仿佛千斤重担般压在两肩，但既为土建人，在承载荣耀的同时，我们也必须担负责任，必须为土建事业添砖加瓦。

回忆赛前准备的那段日子，是改不完的展板PPT和视频，是一次又一次的模拟答辩和调试仪器……无数个不分昼夜的日子，都只为了将我们最好的一面展现在省赛这个大舞台上。

比赛取得好成绩，不仅仅依靠团队成员的合作奋斗，更要感谢老师同学们的帮助。刘人太老师作为指导老师，为我们的研究方向提供指引，每当我们在研究中遇到困惑，刘老师总能给予恰当的点拨。梁莹老师作为领队，不仅为我们汇报材料的修改尽心尽力，在比赛期间为我们打理行程，还陪着我们同吃同住、工作到深夜，如同姐姐一样细心地照料着我们。校团委的老师和学生会同学们的周到服务，也为我们解决了许多困难。

省赛的结束只是我们科研路上的一个逗点，这条科研之路还很漫长，充满着无限挑战与希望。但无论前路多艰险，我们一定会秉承“5+2、白+黑”的岩土精神，不断挑战自我、突破极限！

作者：土建学院2015级本科生　张思凡

5月25日　星期四　晴

救助摔倒老人的医生·雷丽怡

这两天，同事们的朋友圈都被我刷屏了，我接到了很多电话、短信、微信，大家说的都是那封不知何时被张贴在山大二院宣传栏上的感谢信的事儿。

在“5·20”这个大家忙着秀恩爱的日子里，山大二院麻醉二科也无比忙碌，张曦老师带着我们大家不眠不休地做各种常规及急症手术。5月21号上午8点，与值班大夫交接好手术后，我迷迷糊糊地回家补觉，走到水屯北路附近时，突然看见前面不远处有一位老人因为脚下踏空摔倒在地。我赶紧跑过去，扶老人坐起来，问她有没有不舒服。老人有些发懵，只说自己没事儿，坐下休息一会儿就好。虽然这么说，但是我发现她的右胳膊一直抬不起来，肩关节后部还有些塌陷。于是我初步判断她有肩关节脱位的可能，但是不能断定是否骨折。我便建议老人去医院拍片确诊，随后我们立即赶到了医院急诊科。可挂号时，老人记不得自己的身份证号码了，只说自己81岁，还好挂号处迅速地开了绿色通道，我们才得以顺利地去拍片。拍完片子，影像室大夫告诉我们：“老人右肩关节脱位，没有骨折，你们不用等片子结果出来，去急症处直接在电脑上查询就行。”于是，急诊科工作人员马上联系了该院关节外科值班医生翟连文，翟连文得知情况后第一时间赶到了急诊科，确认没有骨折后，用手法为老人进行了关节复位。复位时，老人忍痛咬着牙关，左手一直紧紧攥着我的手。我这才想起来告诉大夫家属还没到。

10点左右，老人家属赶到了，此时翟连文大夫已将老人肩关节准确复位。跟家属交接后，我便回家了。11点左右，家属打电话告诉我，复位后老人再次拍片检查，发现复位得很好，可以直接回家休息了。此时的我，幸福感爆棚。

回头想想，我能及时跑过去扶起摔倒的老人，实是工作习惯使然。在我们麻醉二科，赵鑫主任经常对我们这样说："问题是我的，成绩是你们的，我作为团队负责人，就应该把责任担起来。"他以身作则为我们解除后顾之忧，让科室成员不把责任当作"拦路虎"，能够全心全意为患者服务，提升了我们整个科室的凝聚力。我想，无论是谁看到老人摔倒在地上都会过去扶起来的，至少我能确认山大二院麻醉二科的任何一个人都会这么做。身为其中一员，我无比荣幸。

作者：山大第二医院麻醉二科医生　雷丽怡

5月26日　星期五　晴

青年志愿者·李英杰

今天是基础医学院青志协一年一度的大聚餐，欢笑中未曾藏有伤感，缘分也不会就此结束。

我在青志协待了三年，经历了三次聚餐，从一个懵懂的干事，到管理一个部门的部长，再到管理一个协会的会长，我相信自己在这个过程中得到的远比我奉献的多。

志愿者的颜色，大概是最青春的颜色。李啸闻老师曾告诉我，世界上有三种人最值得人们尊敬，一个是穿白大褂的医生，一个是穿迷彩服的军人，还有一个就是志愿者。我很荣幸也很幸运成为一名志愿者，在我大学的青春里，写下最浓墨重彩的一笔。

青年志愿者协会，是一群热血的青年组成的集体。自从我们成了志愿者，小小的医学生因为这个称号而变得充满人情味。医者乐志，花开杏林。我们走进社区，走向街头，在校园、医院开展了各式各样的活动。我还记得，ABO血站刚刚建立时的焦虑和忙碌；我还记得，为了一个活动整夜亢奋得不能入睡；我还记得，为了更好地完善协会，我们一群人，不停讨论、修改，积极协作。那时候建立的友谊，就像是霍乱时期的爱情，珍贵而难忘。于是在换届时，我们没有留下泪水却湿润了眼眶，没有皱起眉头却充满了回忆。那是属于我们的不一样的青春，即使为此牺牲了很多的时间，付出了很多的精力，甚至可能没有得到认可，但我们仍旧在努力坚持，像极了高考时那一群为同一个目标奋斗的少年。

又是一年觥筹交错，身边的人是年轻的热血，我却总不经意回忆起曾经的自己。青志协在一年年变得更好，也获得了越来越多人的认可，做的活动也更加富有意义，这是三届，不，是从青志协成立以来一代代青志协人共同奋斗的结果。因为这里像个家，我们有了归属感，因为对这个组织不能说出口的爱，所以我们总是默默付出。这里有过争吵，有过失望，有过挫折，但是我们是志愿者，这个独立在医学生身份之外而又与之紧密相关的身份，让我们心中装了一份沉甸甸的希望。

三年弹指间，青志协也迎来了一代又一代新生力量。我将其当作我的事业，从学长学姐手中接过这个火炬；如今，我将其传递下去，愿志愿之火，燃遍杏园。

作者：基础医学院2014级本科生　李英杰

5月27日　星期六　晴

《山大日记》栏目编辑·孔浩鹏

今天晚上，我和往常一样在查看《山大日记》栏目时，无意中发现了一篇我的同班同学李晨煜的日记。那是去年我们学院迎新晚会过后她写下的一篇日记，作为晚会节目的表演者，她在舞台上表现得很好，但是日记里面记录着舞台背后的故事。也许是这个故事离我比较近的缘故，所以我有切身的感受。我想，有许多没有看过那场晚会的人，也能在她的字里行间了解到那些故事。像这样的故事，在《山大日记》中还有很多很多。

从2013年栏目创办以来，每一年的日记都会被整理并出版。前几天，《山大日记（2016）》出版，我去文史楼帮忙搬运，拿到那本蓝色封面的书，我感到非常欣慰。使我感到收获最大的，是通过《山大日记》，我了解到学校的方方面面：日记里有开学季新生的欢喜和毕业季学长学姐的不舍，也有留学生的异国情思；有在讲台上默默奉献的教师的身影，也有学校餐厅、宿舍、教学楼里面坚守岗位的工作人员的辛劳。我的注意力集中到“山东大学新闻中心”这几个字上面，因为这套书的出版离不开在背后默默付出的老师们，他们对于《山大日记》可能，不，是一定更加关心。在《山大日记》的开篇中这样写道：“再茂盛的树木，最初，也不过是由一颗种子开始。”是呀！如今的《山大日记》刚刚过了四周岁的生日，已经不再是当初的那一颗“种子”，而是每个山大人的“朋友”，相伴相随。翻开每本《山大日记》，勒口上都有这样的两句话：“构建山大人的精神家园”，“记录山大人每一天，见证学校发展每一步”。这两句话就像是贯穿在《山大日记》生命轨迹中的主线，有了它们，便不会偏离前行的路线。

我是这个学期加入《山大日记》栏目的，在此之前对《山大日记》并没有什么特殊的印象，只是偶尔在山大主页上浏览一下“今日”日记，羡慕他们能够拥有自己的“山大日记”。但是加入《山大日记》后，才对它有了真正的了解，才切身体会到了自己身上的“责任”。“你必须认真仔细，不能出半点错误。”每次编辑日记时，脑海中都会浮现出这样的一句话。有时候，作为一名日记的编辑，我觉得这个“称呼”好像有点压得我喘不过气来。开始编辑的时候，我会犯一些低级的错误，但是值班的老师们总会耐心地指出来并提醒“下次要注意”。慢慢地，熟悉了老师同学，熟悉了这里的一切。加入这个大家庭，我学习到了很多。有人说当代大学生不懂得什么是责任以及如何承担责任，我承认自己之前对于“责任”并没有什么深刻理解和切身体会，但是在这里，我渐渐懂得了这个词的深层意义。

有时候我觉得，我与山大的距离，或许只是差了一篇《山大日记》。

作者：国际教育学院2015级本科生　孔浩鹏

5月28日　星期日　晴

政管学院本科生·王　娜

虽说是端午假期，但伴着丝丝刺眼的阳光，我早早地起床了。有些慵懒却掩盖不了稍稍激动的心情，因为今天要召开政治学和公共管理一级学科学位授权点合格评估会议，而我有幸成为其中一名工作人员。我8点准时到达院楼去布置会场，发现很多老师都已经开始忙碌了，他们看起来有些许紧张，但准备工作还是开展得有条不紊，准备资料、演练汇报展示、整摆桌椅……我们终于在专家到来之前完成了所有准备工作。“出席今天会议的会有哪些专业大咖呢？”我的心里不禁有一丝期待。

9点钟，会议正式开始。当老师介绍各位专家的时候，我终于听到了那些陌生但又有些耳熟的名字，那些在书本资料中看到过和从老师口中听到过的专家，他们分别是北大王浦劬教授、人大陈岳教授和蒲国良教授、南大朱锋教授和天津师大马德普教授。会议气氛并不是想象中的那样严肃紧张，而是融洽且活泼。当崔桂田教授介绍山大政管学院的发展历史和科研成就时，我才知道原来我们学院还是很厉害的，而且山大的很多学科都是由学院科社专业孵化而成的。虽说麻雀小，但也五脏俱全，我心中的自豪感油然而生。

大约在10点半时，各位老师带领专家到另一个教室茶歇，这时的老师们没有了开会时的严肃，而是有说有笑，完全没有专家的架子。其实我觉得，当你的地位和成就真正达到一定高度的时候，反而不会摆架子，一方面他们有很高的素质和修养，另一方面如果他们有摆架子的习惯也不会取得今天的成就。这一上午的时间，很丰富很充实，也学到了很多。

作者：政管学院2015级本科生　王　娜

5月29日　星期一　晴

募捐者·宋根深

端午假期第二天，我们连心支教团的两支队伍踏上了募捐的道路。心中持有“一切为了孩子”的理念，希望用筹集到的资金给孩子们带去更多实用的东西，淄博队、甘肃队两支队伍的队员们充满了信心。

准备工作是兴隆山校区的同学们一起进行的。大家准备了纸箱、红色的彩纸、剪刀、胶带等材料，做成了募捐箱。我们准备好了足够的队服。队服上印有“山东大学连心支教团”的字样。同时我们还准备了2017年支教活动介绍的宣传单，方便大家更好地了解我们。

这次募捐的集合地点是泉城广场。兴隆山、趵突泉两个校区的同学都准时到达了目的地。我们首先进行了分组，两人一组。为了更好地协调工作，大家采取男女生搭配分组，这为后面工作的展开提供了极大的动力。接着由甘肃队队长郑玉文、淄博队队长陈敏商讨后得出了募捐地点，先由泉城广场出发，按照同一个方向进行，3点钟的时候在泉广标志物下集合。由于人手充足，其中一组队员被安排到趵突泉附近进行活动。

分组结束后，队员们开始了第一次活动。尽管其中有一些小插曲，我们还是能看到大家对支教事业的支持。一个小女孩跑着路过，却又返回来捐了十元钱。这触动了我们，感动了我们，也为支教团的队员们鼓舞了士气。

即使没有生活在济南，也知道济南的夏天是火炉。我们虽然口干舌燥，却从未想过要放弃。两位贴心的队长还给我们准备了各种药品，防治嗓子嘶哑的药、解暑药等。

时间过得很快，大家或多或少都有募集到资金。大家回到集合地点，相互鼓劲，同时分享自己小队的经验。经大家商讨一致决定，合并小组，人多力量大，众志成城。

第二次活动便有了经验，各个队伍有的延续老方法找固定点；有的采取新策略，抱着募捐箱在街道两旁询问路人……

太阳渐渐地落下了山，广场上的喷泉也开始喷涌，今天的募捐也完成了。在今天的活动中，我们都有所收获，也为能给孩子们带去学习用品而感到开心。

作者：控制学院2015级本科生　宋根深

5月30日　星期二　晴

青岛校区学生·舒　钊

作为青岛校区第一届学生，我简单总结了青岛学子的三种情怀：一是毗邻海边，谓之海滩情怀；二是地处偏远，姑且称之为东里情怀（临近东里村）；三是远离济南，谓之校区情怀。

我还从来没有去过济南，暑假我们学院就要整体搬迁到青岛校区，到那时，去济南各校区的机会就更少了。恰逢端午佳节，我邀上三五好友，开始了济南各校区之行。

28日晚，我们来到中心校区，吃完晚饭，漫步在林荫道上，品味百年山大。路旁的自行车、开水壶上的名字，小树林里的三五成群、体育场上的热闹非凡，这一切对我们而言都是新鲜的体验。抬头望，知新楼高高耸立，直插云天，亦深入我的心灵。走进知新楼，楼内开阔而宁静，也许是放假的原因吧。我们还看到了数学老师办公室，恰似遇到新大陆，心中雀跃难以形容，同行好友纷纷拿出手机拍下老师的名字。

第二天上午，我们初进中心校区图书馆，馆内到处是读书的同学，座位稀缺，在这片沉沉的宁静里我感到震撼，反视自己，我在学校时又在做些什么呢？漫步校园，途径一栋栋楼房，环境学院的教学楼让我感到格外亲切，虽是初到，却有一种回家的感觉。遗憾的是，由于假期的缘故，在这里没遇到学长学姐。

我们又来到洪家楼校区，校园里人不多，但那种独特的校区艺术建筑及风格，令我们印象颇深。我想，如果换一身旧装，漫步校园中，情景恐与20世纪无异。这大概是许多人心目中的大学环境。下午，在趵突泉校区，使我们最开心的是巧遇新同学，她的热情让我们找到了归属感，之前的些许由冷清而产生的失落一扫而空。

比较而言，如果说青岛是一个调皮的小孩，阳光舒适，偶尔也会调皮戏耍（风大），那么济南则恰似一位严厉的家长。在济南，我最突出的感受是这边的学术氛围浓厚，在校园里，尤其是小树林和图书馆，随处可见正在读书的同学。而我们青岛校区可谓“地广人稀”，我经常见到“一人一间自习室”的情况，这在济南的同学们看来，大概是令人羡慕的奢侈吧。

我们依依不舍地告别亲爱的济南，亲爱的在济南的山大，还有热情的同学、奋斗的学长学姐、大明湖畔的杨柳、趵突泉的泉水、街头的烧烤大院……

作者：环境学院2016级本科生　舒　钊

5月31日　星期三　晴

“六一美食周”负责老师·付　佳

盼望着盼望着，六一到了，小朋友们迎来了属于他们自己的节日——国际儿童节。为了让孩子们度过一个难忘、愉快且有意义的节日，山东大学第三幼儿园精心设计了“六一美食周”活动，让小朋友们从视觉到味觉全方位地感受节日的快乐。

5月31日上午，小朋友和家长们早早地来到幼儿园，伴随着音乐响起，“六一美食周”主题活动拉开帷幕。每个班级的宝贝们都佩戴好自己的美食卡，脸上带着期待的神情，摩拳擦掌、跃跃欲试地朝美食摊进发。在每个班级门口都有老师精心制作的美食广告，以及30多种与招牌相对应的食品。光看美食照片，有的宝贝就被吸引得拔不动腿了，再看这些美食摊位，有水果捞、虾仁饭团、炸薯条、土豆饼、迷你蛋糕、木糠杯、火腿寿司和蓝莓蛋挞等。每个摊位后面，站着一个个满脸稚气、围着统一的围裙或扎头巾戴小帽子的小营业员。大家在老师和家长志愿者的带领下分工明确，做得有条不紊。有收银敲章的，有制作美食的，有推销美食的，真像一个美食节，吸引了众多“食客”，各个班级门口都是人头攒动，“生意”火爆。

小朋友们的小脑袋里装满了大智慧，为了让顾客感到舒适，他们竟然还想起来在班级门口放上几把小椅子，当作等位区。除此之外，大班的小朋友们还想出了“外卖”服务，用手机轻轻一点，美食就送到。在班级的每个摊位旁边还有一个大大的休息区，摆放着很多桌椅，买了食物的小朋友，就坐在这个休息区内，美美地享受刚刚购买到的美食。看看他们专注、满足的表情，好像对自己选择的美食很满意呢！在幼儿园操场的大树下，有几个大大的蘑菇伞，在伞的下面还有四个饮品摊位，有鲜榨可口的西瓜汁、美味营养的红豆牛奶、清肺止咳的冰糖梨水以及爽口解暑的鲜橙汁，这对于吃饱了想坐下来喝喝饮料聊聊天的小朋友们来说是个不错的选择。小朋友们在树荫下吹吹风，喝喝饮料，这小日子真是“杠赛来”！

美食活动结束后，一位家长志愿者偷偷地对我说："付老师，我真没想到平时胆子小、从没有干过家务活的孩子这么能干，看她帮小朋友夹东西分发食物还有麻利收拾桌椅的样子，真让我大吃一惊，没想到我家宝贝还有这么能干的一面！幼儿园的美食节，确实是寓教于乐。看着小朋友们在一起这么开心、融洽，作为家长，我希望幼儿园类似的活动多多益善。"听到家长这样说，我突然觉得之前一切的烦琐、辛劳突然间烟消云散了！是呀，只要孩子们乐于参与，有所收获，我们再苦再累也都是值得的！

作者：山大第三幼儿园教师　付　佳

6月1日　星期四　晴

二附小一年级一班班主任·王海玉

今天上午，迎着六一的朝阳，期盼已久的少先队员入队仪式在我们二附小的大礼堂举行。仪式上队旗飘飘，歌声嘹亮，当爸爸妈妈给自己的一年级宝贝戴上鲜艳如火焰的红领巾时，孩子们一张张稚嫩的小脸上洋溢着骄傲和期待，那乌黑晶亮的眸子里流露着热烈的神采，也激荡着我——一个辅导员、他们的大朋友的心。站在台下，感受着孩子们一声更比一声高的热情，我一时说不出话来。是的，一切都如我所愿，我的"海宝"们长大了。此刻，我多么幸福。

记得有人说过：幸福就是有人爱，有事做，有所期待。关于幸福，每个人有不同的感受、不同的解释。作为一名教师的幸福感就是来自于课堂，来自于学生，来自于教师高尚的人格魅力对学生一生的影响。今天，当所有的孩子们在红旗下庄严宣誓时，那真真切切的感动让我的眼睛湿润起来，多么可贵的纯真的童心！像水晶一样透明，不含丝毫杂质！当孩子们脸上洋溢着灿烂的微笑向我敬礼时，我为孩子们感到骄傲。

2014年秋天我升级成为一位新手妈咪，现在再来看我的学生们，真的就像朋友圈说的那样，“你教室里的每一个孩子都是某些人的整个世界”，这话并不为过，看看我的宝贝，这岂止是整个世界啊！老师真的要永远保持一颗充满爱与责任的心。去年9月份，我担任了二附小一年级一班的语文老师、班主任。可以说，班主任是最具中国特色的一个称呼，担任这个“主任”，意味着琐碎的陪伴，意味着45个孩子的责任系在心间，意味着梦的主角永远是这些淘气包们。我把我的45个孩子都称为我的“海宝”，细数这一年当班主任的日子里，我把一个精力充沛、活力四射的自己交给了学生，却把一身疲惫的自己留给了家人。几乎每天都是早上7点出，晚上8点归；可是每当看到我的“海宝”们快乐学习收获着点滴的进步时，一早上就听到他们亲切对我喊“老师好”时，享受着我的学生给予我最温暖的关怀时，我心无悔。

有时想，作为班主任，我们手里有什么绝招，才能让孩子们日益优秀？这个绝招不是责备，也不是虚伪的夸奖，而是来自内心发自肺腑的爱和激励。每个孩子都很重要，我组织的语文课前一分钟演讲活动，每天都会有一个学生上台演讲。演讲之后，我都会字斟句酌地点评每个学生的当日演讲及平日表现，全班45名学生每个人都有属于自己的“诗评语”，学生的名字镶嵌在诗里，45个学生，45首不一样的诗。例如，送给王勃霖：吾生有涯学无涯，学无止境待探知。孜孜以求兴致勃，柳暗花明逢甘霖；送给王骋烨：驰骋天下之至坚，烨烁日月之灵气；脚踏实地步步来，志存高远在少年。

在去年的第一次家长会上，我这样说：“在学校里，我就是孩子们的亲妈，这个亲妈可能一当就是六年。”陪伴是最长情的告白，和孩子们一起度过的这段时光，有酸有甜，有苦有辣，百味杂陈。期盼我们这个有爱的大家庭能相伴相依，携手共进。在今天庆六一的亲子运动会上，我更像是一位妈妈在看自己的孩子们勇敢挑战。孩子们学会了团结协作，有着极强的集体荣誉感，空气中到处都是欢声笑语。孩子们快乐，我很幸福！

李贽有言：“童子者，人之初也；童心者，心之初也。夫童心者，真心也。”

小小的年纪是最活泼的，他们还不懂得拘谨。

小小的心灵是最纯真的，他们还不懂得嫉妒。

小小的年龄是最无私的，他们还不懂得贪婪。

如果人人都能保持这颗真心，我们的生活将是多么幸福美好！

我很幸运，能得到这种非常难得的特殊的幸福。心灵对心灵的工作性质，使我们这些当班主任的可以见到那种心灵与心灵撞击后迸溅出的炫目的火花！

我们班的家长们都一起参加了今天的活动，不知道家长们是否同我有一样的幸福感。在今天的家长群里，我发自内心地写道：群里每一个人，愿你走出半生，归来仍是少年！六一快乐，童心永驻！

忽然想起，我家里还有一个小宝贝要过六一呢，快快收拾东西回家去……

作者：山大二附小教师　王海玉

6月2日　星期五　晴

体育学院毕业生·张为芳

“无论沧桑岁月长，哪怕海角与天涯。魂牵梦萦的眷恋，我的山大我的家。”又是一年毕业季，又是一年离别时，熟悉的旋律又在耳边响起。如果说有一首歌让我在某个瞬间曾泪流满面，那这首歌就是《我的山大我的家》。

最近，我的朋友圈被大家的毕业照刷屏，我也曾无数次想象着自己毕业时的模样。你总说毕业遥遥无期，可转眼就要各奔东西，四年的时光稍纵即逝，也到了和山大说再见的时候。再见，并不是再也不见，最好的我们尚在路上，我殷切地等着，期盼着我们下次的重逢。

时光荏苒，我还记得踏入这个校园后的许多第一次：记得第一次坐校车的喜悦，第一次进图书馆时内心的激动，以及第一次见到新舍友的忐忑。离开时，看着收拾干净的宿舍，有一个瞬间，我以为我们才刚来到这里。我们曾经欢笑，曾经抱怨，曾经感慨，如今却只剩下满脑子的留念。从新生入学到如今毕业离别，才恍然大悟自己竟是如此深爱这所大学，一切不悔梦归处，只怪时间太匆匆。四年前，我看着送我来学校的父亲离开时的背影偷偷地哭泣，而今天我在同学的目送下不敢回头多道声珍重，因为我知道这一转身或是天涯或是一生。再见，许是今年，许是今生。

回首大学四年，随着时间的流逝，刚入学时候的青涩模样已经渐渐褪去，我已经从一个懵懂的少女成长为一个成熟的学姐。那年镜头下的我满脸的害羞，如今已能自信微笑地看着镜头那边。我很庆幸并高兴的是我没有虚度这四年的光阴，没有在一些大流面前逐渐地迷失自我。刚刚入学时，我对各种新鲜的事情充满了无限的热情，兴致勃勃地参加了各种社团、比赛、活动。参加的多了，也就忘记了最初想要的东西是什么，在这种相对自由的环境下，我也曾迷茫、放纵过，每每静下心来也会焦躁和心慌。这或许是一个过程，有的人会在迷途中慢慢地苏醒，然后选择正确的方法去面对和处理。

每个大学生所接触的环境和所选择的生活轨迹都不一样，自然所收获的也不一样。于我而言，大学期间最大的收获可能是一种习惯的养成，运动、旅行、读书是我在大学最喜欢做的三件事。前段时间整理电脑相册，我发现自己在四年时间里去了中国十二三个城市，每当到一个新地方，总对生命有一种新的体验。那句“要么读书要么旅行，身体和灵魂必须有一个在路上”似乎也是有一定道理。运动也许是与专业相关的原因，但我想更多的是为我带来了精神上的提升，让我时刻保持活力，使我更加轻松地去面对生活。当我查阅图书馆主页的借书阅览量时，惊奇发现自己超越90%的借阅者时，内心还是有些小激动的。每一本书就像一树一木都有它存在的意义一样，在无形中牵动着我的思维、我的情绪，让我为之舞动和欢喜。这些习惯可能需要一个人独处很长的时间，但这不同于孤独。孤独更多的是一种内心的宁静，从某种意义上来说，人一直是孤独的，只是从一个新环境跳入另外一个新环境。当每天在学校操场坚持跑5公里时，一圈又一圈，我不断地在思考，内心愈发平静。

无论怎样，大学本身就是人生中最美好的回忆，不必太在意这个过程中的得与失，也许会留下一些遗憾，但我们还年轻，一切还可以继续。

作者：体育学院2013级本科生　张为芳

6月3日　星期六　晴

泰山学堂本科生·刘奉鑫

今天，“生物学科拔尖学生培养计划工作研讨会”在山大中心校区举行，我有幸作为学堂的学生代表参与本次会议。

上午匆匆结束了体测补测，到达会议现场时，会议已经开始了。学堂生物取向毕业班的学长学姐们作为志愿者把一切安排得井井有条，服务十分到位。我很遗憾错过了洪德元院士的一部分讲座，十分痛心。

下午的会场分老师场和学生场，我们与来自全国各个大学的拔尖计划的学生聚在一起交流，看到来自兄弟院校的同学的经历和规划，收获颇多，也对我们自己未来的规划提供了好多帮助。我在报告中介绍了自己的学业历程。

2013年，国家举办第一届科研后备人才培养计划，刚上高二的我有幸入选，按照兴趣选择了生科院方诩教授作为我的导师。方老师是我科学研究的启蒙老师，他带我走进了一个全新的世界，也给我提供了一个非常好的平台让我自由发展。高中的时候，我在方老师的指导下完成了部分幽门螺旋杆菌致病机制的理论研究，后来参加了很多大大小小的学术会议，日本樱花计划、苏州的冷泉港合成生物学会议给我留下了深刻的印象。2015年我有幸考入学堂，依旧在方老师那里做科研训练。跟师姐做了半年多以后，我开始独立做课题，开始建立自己的课题团队。这些必须感谢恩师对我的大力支持，我想做的课题他不遗余力地支持我，不心疼我花钱，想方设法地寻找老师为我提供帮助。为了不辜负老师，也为了实现我的目标，我对实验到了几近狂热的程度，我课余时间都待在实验室，大一暑假甚至在实验室住了两个月，每天睡四个小时，来赶我们实验室与清华大学合作课题中我所负责部分的实验进度。到目前为止，我们组参与过的课题有六七个，大部分已经完成或者转接给师兄师姐了。我们组正在做的“新型蛋白胶检测技术”还在前不久举办的山东省大学生科技节中拿到了生化技能大赛的特等奖，主要研究课题“通过对糖苷酶的理性改造实现万能血高效制备的研究”也拿到了创新创业大赛的一等奖。初步的成果也算是对我们努力的一点肯定吧。

这一天过得很充实，通过与其他同学交流，我了解到我们的优点和不足，相信我们会越走越好。

作者：泰山学堂2015级本科生　刘奉鑫

6月4日　星期日　晴

校研究生会主席·程广沛

一早醒来，没有川端康成先生诗意的“海棠花未眠”，而是依旧凉爽的气温，比起以往毕业生们要在长长的毕业袍下面热得汗流浃背，这几日的清凉算是济南赠予毕业生们最好的毕业季礼物了。

习惯性地打开手机微信，看看学校学院里又发生了哪些新鲜事。开心地在山大研究生会推出的赠别山大毕业生的《告白气球》里抢到了沙发，又看到朋友圈里被校研究生会的伙伴们刷了屏，于是赶紧跟个风，开始一天的生活。

六月，常常是离别的代言，除了校园里四处拍照留念的毕业生们，很多学生组织也要进行换届了。本科在学院里度过了开心的学生会时光，研究生阶段又有幸能够在校研究生会与一帮优秀而有趣的人一起共同进步，让更多的人了解山大、认识山大、喜欢山大，大概就是生活里的小确幸了。这个周末，我在山东大学第十六届一任研究生会的小伙伴们面前完成了校研究生会的总结。虽然正式的换届竞选还没进行，但自己的戏份即将郑重落幕，就要转入幕后了。老师们的信任和往届前辈们的期许鼓励着我们善始善终，研代会期间的坚守、各类活动的付出，回首起来，觉得心里卸下了点什么，又充实了些什么。

人生大概会有20到30次的三年为限，而青春时的三年，带着些成熟和稳重的、开始懂得并愿意和世界好好相处的，可能只有二十几岁前后的这几次。

余秋雨说：我们一生总在赶路，有的时候短短一截便会终生难忘。

这一次，我们以研究生的身份在山大，或许心境各有不同，但处境基本一致。最多也只剩那么1000多天，已经经历过了一次毕业的我们，已经感受过毕业时面对前途做出各种选择的慎重，而这一次，我们共同选择了山东大学研究生会。

我用了两年的时间，以不同的身份为校研会全心地付出和细细地回味，校研会里的人是我的伙伴，更是我并肩的战友。校研会的平台团聚了大家，大家用一份真心成就了校研会。我会在离开的时候向主席团和小伙伴们道歉，抱歉那些拖着他们为了工作熬到深夜的岁月和那些为了追求完善而发的脾气；我会向主席团和小伙伴们致谢，感谢大家选择了校研会，更感谢大家成就了它今天的模样！

在学生组织的历练，是一次对自己的深入了解。你的忍耐力、你的脾性、你的潜力，都会在这里得到一次免费的升级。我不否认在这里有精致的利己主义者，这是人性使然。但我坚信有人在这里学会了勤勉、认真、负责、专注，而且那些全心付出过的同学，他们的自制力、意志力变得更加强大，把控全局的能力更加大气灵活，对未来和理想更有信心、雄心，生活也更加有趣。我们平时羡慕的所谓“开挂”，说的不就是这些人吗？

这个平台还可以让我们结识不同学院优秀的人。感谢那些帮助过我们的人、陪伴过我们的人、激励过我们的人、安慰过我们的人，与他们并肩，今天比昨天进步一点，明天比今天进步一点，人生的意义将会更加深刻。离开校园的象牙塔，可能就难有这样纯粹的工作和友谊了。

凑着吃饭的机会，再来环视一下熟悉的校研会办公室。那些实在塞不进箱子的东西、那些活动剩下的道具，还带着往日的气息与模样，像堆砌起来的纪念碑一样留在那里。就像歌里唱的那样，有些故事还没讲完，只好算了吧，那些心情在岁月中已经难辨真假，好在曾经拥有你们的春秋和冬夏。“开始的开始/我们都是孩子/最后的最后/渴望变成天使/歌谣的歌谣/藏着童话的影子/也许谁都忘记谁的名字/但记得/山大研会的日子。”

习近平总书记说过，青年一代有理想、有担当，国家就有前途，民族就有希望，实现中华民族伟大复兴就有源源不断的强大力量。选择了山大研究生会，就是选择了一种身份，也选择了一份责任。我们的言行举止代表的不再仅仅是自己，而是山东大学研究生会，是山东大学的研究生，是山东大学。

我想到熊培云的诗句，“你是你的沧海一粟/你是你的万千可能之一种”。

你给了山大研究生会一种选择，山大研究生会给了你一份可能。

感谢青春一句曾经拥有，安慰自己一句来日方长。

作者：历史文化学院2015级硕士研究生　程广沛

6月5日　星期一　雨

美丽中国陪读导师·张倩雅

教育是一颗心摇动另一颗心。带着一颗真诚的心，我来到了美丽中国陪读导师项目。我的任务是在一个月内，与来自云南省保山市施甸县水长乡的杨洪志小朋友共读一本书。短短的一个月如白驹过隙，收获良多，感受颇深。与洪志的相遇、相识是一场惊喜；与洪志的对话、与书本的对话、与志愿老师的对话丰富了我的生活，更洗涤了我的心灵。

与洪志相处的一个月是一个相互促进、共同成长的过程。我从洪志身上学习到很多，也收获了很多感动。最欣喜的是，我总是能从洪志的身上发现闪光点。

我与洪志的交流主要是每周40到60分钟的通话，有时在与他的老师们的交流中也能得知他的讯息。在与洪志有限的接触中，我觉得洪志的理解能力很强。洪志是一个十分内敛的孩子，电话那头的他回应时往往只有简短的一个“嗯”字。为了多了解他，多让他表达，我探索出一套通话模式。首先，我们聊读书感受。我会问他本周内，对自己影响最深的一篇和最不理解的一篇文章，进而为他讲解这两篇文章，让他联系自己的生活实际谈谈感受。有时，我讲了大段的话，说了大段的理，洪志只回复一个“嗯”字（洪志有些害羞，每一次通话，他说的最多的几乎都是：是……好……嗯……一时想不起……一时也没有问题……没什么不开心的事……没什么困难），我很难判断他是否听懂。于是，我会让他听懂了我说的话就复述一遍。每一次聆听他的反馈，我都对他的理解能力暗暗惊叹。

从洪志身上，我看到了知行合一的范式。他将阅读与自己的生活结合——阅读中的所思所感与真真实实的生活产生共鸣，阅读中收获的道理会铭记，进而运用到生活中。洪志非常孝顺，在整个阅读过程中，我感觉他对“孝顺”主题的文章感受最深。他对《今夜会不会是最后一眼》写的读书笔记是：“我懂得了我们要尊重老人，不能嫌他们麻烦，我们还要好好照顾他们，因为我们很有可能在一不留神的时候就见不到他们了。”从他的读后感中，我可以感受到他对父母、长辈的敬重与爱。这种敬重与爱和他生活中的实际行动是一脉相承的。第一次破冰通话的时候，我就问了他的梦想。他说，邻居是大老板，可以把父母接到城里居住，他很羡慕。他的梦想也是当老板，把父母从农村接到城里生活。父母苦了一辈子，要让他们享享福。世间凡人，多少人怀揣发财成名的美梦，以期获得物质的享受。洪志的发财却是为了这一个小小的朴素梦想，其对父母爱之深切、体恤之良苦，让我惊叹。

他还会将读书感悟与自己的学习生活结合。在《爸爸不能帮你》一文的读后感中，他写道：“我们做事情要自己去想，自己去做，永远不要羡慕别人，看别人怎么做，就一下子放弃自己原来的点子。我们要想想，就像写作文，本来想好的，可见了别人的，又改变了想法。说不定，自己本来想好的比现在的还好。”他从这篇文章里懂得了独立性、自我思考和判断、自信力的重要，并反思学习中相关的经历，进而提升。在我们共同完成的读书插画中，我也对他说：“洪志，世界上本来就没有正确答案，听从内心就能获得答案。”

洪志无疑是一个喜欢读书的孩子。刚接触时他就对我说，四大名著已经读了三本。他读书的速度也很快，一个月就可以读完一本书。美丽中国的谢梦迪老师还说他特别喜欢读书，下课后别人都出去玩了，他还在教室读书。洪志，我也是一个内向的孩子，在成长的过程中，外部的世界始终给我压力，让我无所适从。一直到进入大学，我才发现阅读可以成为一个忐忑的人寻找自我、与世界和解的方式。在阅读的路上，洪志比我起步要早。时不我待，未来只会越来越忙碌，一定要珍惜现在的闲暇时光多读书。

人生在世，最宝贵的不是物质的享有，而是能获得尽可能多的生命体验。但人的一生何其短暂，也许有时穷尽一生也无法探索出一个生命课题的答案。如何用有限的生命去获得无限的体悟，我猜世界上只有两个职业可以做到这一点——演员和读者。演员是凤毛麟角，只有读者是无门槛、无时空限制的。通过阅读，你可以一一品读人生，体验他人的生命结晶，获得多重人生。洪志，希望你能养成终身学习和终身阅读的习惯。

我们的相约阅读依旧继续……

作者：外语学院2012级本科生　张倩雅

6月6日　星期二　阴

控制学院毕业生·张云飞

这也许是我最后一次作为山大在校生为《山大日记》写文章了。已经习惯性地每天打开学校网页、学院微信群浏览着与毕业相关的消息，恍惚间意识到自己真的要毕业了，要离校了，对于离校的不知所措和对未来的憧憬充斥着自己的大脑。当完成毕业论文，完成那一段谢辞的时候，自己满怀感恩之情；当站在台上完成答辩的时候，又是感慨万分。

四年的山大学习生涯，自己成长良多。有时候虽会抱怨学校的一些制度、通知，但更多的是感谢，感谢四年的教育，感谢四年浩然之气的洗礼，让自己在这一所综合性大学里拥有多方面发展的机会。四年青春，用来熟悉校园里的一花一木，熟悉这个城市，这里的道路，甚至空气。在大四上学期，自己便做好决定，要待在一处学术浓重的实验室，继续自己的学习生涯，因此笃定地选择前往国光实验室，攻读直博，未来几年的青春合同就这样签订。

其实回忆一下，自己的大学生活不像校园达人那样，四处参加活动，站在各大晚会的舞台之上；也不像顶尖学霸在绩点面前游刃有余。我的大学生活没有波澜，也谈不上轰轰烈烈，甚至可以说是带有些许平淡和乏味的——规规矩矩上课、自习、准备考试。

优秀的学生很多，他们都拥有无限光环，我们应该向他们看齐，也应该为了那个可以对自己好好交代的未来而不断努力。大四一整年，可以说是追梦和收获的一年，自己周围的同学们也开始了拼搏。同班有保研去香港中文、西交、上交、中科院等各大名校的，也有奔跑着面试签到就业单位的，有跨考计算机专业天天早上在食堂背书的，也有为了出国天天疯狂学英语的……每个人都孤独又坚定，遇到未知依然按部就班地面对，不过在毕业季，所有的这些将终结，而后又将开创一个崭新的明天。

求不得的是最初的期待与信念，舍不得的是青葱岁月和各自安好的祝福，放不下的还是那个梦想啊。

作者：控制学院2013级本科生　张云飞

6月7日　星期三　晴

李守信书记党课听众·姜逢宇

今天下午在中心校区知新楼报告厅，校党委书记李守信老师为学生党员上了一堂生动的党课。“中国为什么走社会主义道路”，红底黄字的大标题，正是今天李守信老师授课的主题。“中国走社会主义道路是历史、人民的选择……”我回想着课本上的话，直到李守信老师走上讲台。

“不忘初心，继续前进”，李守信老师直入主题。对于中国为什么走社会主义道路，李守信老师提出了四个设问：社会主义是一条什么道路？中国为什么要走社会主义道路？社会主义给中国和中国人民带来了什么？中国模式给世界哪些启示？

社会主义理论从产生到成熟，有一个关键的过程。李守信老师从社会主义理论的产生讲起，讲述了社会主义从空想到科学、从理论变为现实、从一国到多国的演变历程。近代，封建统治下的中国正风雨飘摇。西方列强的坚船利炮轰开中国国门，带给中国的却不是先进的制度和技术，而是更加黑暗的殖民统治。我们是帝国主义眼里的羔羊。中国需要被挽救，不同的力量曾尝试为此奋斗。事实已经告诉我们，在这场奋斗中，留下来的是社会主义的新中国，而且继续走出了一条有中国特色的社会主义道路。

我是一名中共党员，同时也是一名国防生。李守信老师提到的中国特色社会主义中的国防力量的发展更是让我深有体会。“兵者，国之大事，死生之地，存亡之道，不可不察也。”党的十八大以来，就如何提高战斗力、如何打胜仗，习近平总书记多次诠释强军之道。“思想建党、政治建军、党指挥枪”，是我军政治工作的原则，我作为一名党员，对这十二个字感悟更深。现代战争绝不是靠看屏幕、按电钮就能打赢的“电子游戏”，任何条件和形势下的战争，归根结底是军人和军人之间意志和品格的较量。强军，更要强己。

大学三年，除了学习专业知识，我同时接受了部队的思想教育和军事训练，努力向新时代四有军人的目标靠拢。即便如此，面对之后进入部队，如何发挥自己的能量依然有些迷茫。李守信老师在今天授课的最后，动情地对我们说：“未来是青年人的，青少人当不忘初心，继往开来，继续前行。”作为国防生党员，我也要继续坚定理想信念，韬光养晦，淬炼自我，为强军目标贡献自我价值，成为一名有灵魂、有血性、有本事、有品德的军人。

作者：土建学院2014级本科生　姜逢宇

6月8日　星期四　晴

青岛校区无人机团队成员 · 廖　权

今天的青岛，天气还是如往常一样万里无云，我与搭档一起在室外练习无人机的驾驶，看着翱翔在天际的无人机，学习无人机的经历不禁一一在脑海中浮现……

去年11月中旬，学校为初入青岛校区的我们组织了无人机课程。在公共（创新）实验教学中心洪新伟、秦峰、牟琳三位老师的帮助下，刚刚融入大学生活的我得以有机会接触无人机。学校不仅为我们安排了特别优秀的老师教授无人机理论，并且采购了全新的无人机供我们观摩学习。为了能让我们更加熟悉实践操作，学校又特地将优秀的学长安排了过来，在学习过程中遇到什么困难，我们都能直接和学长交流。虽然学习无人机的过程十分困难，但是在克服困难后，我内心的喜悦是无法言表的。老师和学长的帮助以及小组其他成员的互相鼓励，都让我充满了克服困难的勇气，找到了前进的动力。

前不久，我有机会跟随洪老师参加在江苏徐州举办的“2017中国工程机器人大赛”，这使我对无人机又重新有了一些不同的见解。在这场国际性的大赛事中，我不仅领略到了无人机的独特魅力，还见识到了另一些真正宝贵的东西。比赛的过程紧张而激烈，毕竟我们辛苦训练这么久，只是为了在台上展示几分钟。团队的每个人都有自己明确的分工，要想取得不错的成绩，不仅要求我们每个人有特别强的能力，队员之间也要有十足的默契。成功和失败里包含着的是每一个人的付出和刻苦训练的辛酸。但无论成功还是失败，那种团体之间默默支持、默默付出的精神仍然让我感动。结果，我们在六旋翼的比赛上失利了，仅仅拿了一个二等奖，与四旋翼取得的一等奖相比有点不尽人意。但是在洪老师的鼓励和安慰下，我们坚信失败乃成功之母，不断经历风雨就能看见彩虹，在这一领域中我们一定会走得更远。

将无人机拿在手中，看着蔚蓝的天空，我充满了勇往直前的信心。

作者：信息学院2016级本科生　廖　权

6月9日　星期五　晴

添翼工程培训参加者·于紫薇

大一下学期，我参加了添翼工程的英语四级培训，受益匪浅，不吐不快，有很多东西想要分享。世界上没有完美的人，只有相互投契而觉得分外完美的心意，希望此文能引起看官共鸣。

作为大学生英语水平检验工具，英语四级考试具有无可非议的权威性，使得每个人都认真对待，如临大敌。添翼工程的小哥哥小姐姐们总是善解人意，知道我们重视、我们需要助力，立即开了这门四级考试培训课程。正是瞌睡遇上了软枕头，怎能不让人感动得泪流满面呢？久旱逢甘霖，莘莘学子尽情汲取知识的雨露，畅游在字母的海洋，划着英语语法之桨，渡不过孽海情天（红楼了一把，看官莫笑），好歹渡过四级苦海。

培训班人来人往，你方唱罢我登场，咿咿呀呀，好个热情洋溢、生机勃勃的英语培训班！

培训课程请的是新东方的老师，清一色美女，吸睛养眼，魅力四射，带着我们也觉得这四五月的天空明媚了起来，学习的劲头倍儿棒。老师们声音洪亮，时不时提问，简直像高中班主任一样亲切，站起来的同学支支吾吾不知所言，坐着的同学噤若寒蝉，顺便掬一把同情泪，妥妥的高中课堂即视感。一个人讲起理论若能深入浅出，融大智慧于平凡话语中，那他真的是人才。培训课老师真正的魅力就在于以身边形象生动的例子来解释枯燥的英语知识，让人耳目一新。如李君巧言，实义动词你认识，他的三单形式、过去式、过去分词你觉得似曾相识，就是想不起来他是个啥；好比你室友今天穿个衬衫，明天换个马甲你就不认识了，总而言之“马甲”害死人啊。

对于添翼工程诸君，我一直抱以一种敬畏态度。敬畏，敬畏，又敬又畏，他们一丝不苟的工作态度让我佩服。为了点清人数，防止冒名顶替、帮人签到，跟课的小姐姐在教室里来回一遍遍点人数，一张一张对面孔，嘿嘿，畏的是万一被抓住就死翘翘了。

授人以鱼不如授人以渔，帮助贫寒学子掌握必备技能，提升自我竞争力，提高自信，添翼工程功不可没。希望添翼工程越办越好，让山大学子如虎添翼，更上一层楼。

作者：管理学院2016级本科生　于紫薇

6月10日　星期六　多云

第53届国际通信会议参加者·黄　杰

我有幸受山东大学研究生院及导师王承祥教授的联合资助，于2017年5月21日至25日在法国巴黎参加第53届IEEE ICC（国际通信会议）。

IEEE ICC由IEEE ComSoc（IEEE通信协会）主办，是通信学界的旗舰会议，有超过两千人参加。本届大会主题是“Bridging People，Communities，and Cultures”，涵盖了5G无线通信（毫米波、大规模天线）、网络架构、D2D/太赫兹/水下/卫星/绿色通信、蜂窝/认知无线电/光网络、物联网、车联网、无人机、大数据、云计算、无线携能等领域最新的研究进展，举办了高质量的Keynote、Tutorial、Workshop、Industry Panels和Exhibitions，得到了华为、诺基亚、高通、NI、Keysight、LoRa Alliance、Orange等赞助商的支持。大会邀请了贝尔实验室Leader Theodore Sizer、华为技术首席科学家童文博士等工业界和学术界的专家学者作主题演讲。

我在导师王承祥教授的指导下，以第一作者身份提交了论文“Multi-Frequency Millimeter Wave Massive MIMO Channel Measurements and Analysis”并被录用，在5月23日上午宣读论文（15分钟演讲+3分钟提问），与来自全球的学者进行交流，包括美国纽约大学Rappaport教授团队、南加州大学Molisch教授团队、瑞典隆德大学等，探讨毫米波、大规模天线等5G关键技术的研究进展及信道测量与建模面临的挑战。本次会议也有如清华大学、北京大学、东南大学、北京邮电大学、北京交通大学等国内院校的相关研究团队参加。

值得一提的是，我的导师王承祥教授当选2017年度IEEE Fellow，在本次会议上受邀参加了IEEE ComSoc Awards。

本次会议使我与国际上的知名研究团队有了良好的沟通与交流，受益匪浅。会议中新的想法、研究点也为我以后的科研提供了新的思路与启发。会议茶歇时，与外国学者互换名片，交流科研心得，观看各大厂商的系统演示平台，都使我的眼界得以拓展，建立起从理论到应用、从学术到做人的整体观念。

再次感谢母校山东大学的培养与支持，使我有了锻炼与提升自己的机会。

作者：信息学院2015级博士研究生　黄　杰

6月11日　星期日　晴

英语口语培训学生·杜来民

为期八周的英语口语培训结束了，我得到了许多收获。

仍记得第一节口语课是在大学生英语竞赛结束的那天下午，我在中心校区迅速吃完午饭，便脚步不停地直往洪家楼校区而去。在路上同学的热心指引下，我左转右转地找到了教室。

我竟然是第一个来到教室的。明明有些疲惫，内心的激动和期待却让我毫无午睡的欲望。终于，同学们开始陆陆续续地来到。惊喜的是，我不但看到了与我同专业的同学，还遇到了高中时的“老铁”。等待老师的过程中，我与同学闲聊说，咱们的老师应该是个异国美女。同学笑道，你就想吧。我说，梦想还是要有的，万一实现了呢？话音刚落，老师便推门而入。我当时几乎都要喊出来：耶，梦想达成！

没错，推门而入的便是我们的美女外教老师，来自意大利的Marina。老师无论是穿着还是谈吐，都透露着满满的异国风情。“Good afternoon，everyone.”随着一声地道的英文问候，我们的全英文教学便开始了。我原本还在担心沟通有困难，转眼看见老师已经带过来一位研究生学长，一时便放下了悬着的心。

每堂课我们都会讨论不同的话题，从“a legend in my hometown”“one of my favourite movies”，再到“self awareness”，再到“the power of our generation”。表达的方式也有诸多不同，有chatting，有giving a lecture，还有激烈的debating。在一次次的语言训练中，我们的思想也逐渐不再拘束，能够清晰地表达自己的观点。八周的课程告诉我，学好英语，尤其是在口语上，最重要的就是——大声说出来！

我印象最深的一点，就是课堂上师生之间的平等相处。在这节课上，我实现了上学十几年以来的梦想，和老师一起坐在课桌上上课。哈哈，没错，就是这样。Marina的课，最强调的就是我们的自主性。“It’s all up to you”，是Marina最常和我们说的一句话。

最后一节课，颇感遗憾，我因为创业课时间冲突，意外错过了与大家的最后一课。犹记得Marina在一节课中说：“You guys，you are the future of China.”

是啊，we are the future of China，中国的未来终究会落在我们的肩上。尽管课程已经结束，但我们并未真正相离。我们只是回到自己的位置上，继续自己的专业，继续为国家的未来而奋斗。

作者：微电子学院2016级本科生　杜来民

6月12日　星期一　雨

环境学院本科生·陶　梓

还有不到一个月，我们学院就要整体搬迁到青岛了。这就意味着，我要离开这个生活了两年的城市。虽然我对未来未知的生活有着美好的期待与向往，但更多的是对过去这些在济南的时光、对一直陪伴在身边的伙伴的不舍。

如果不是要离开这里，我也许不会轻易回想大学这两年的生活，可是这么一回想起来，才发现虽然只是短短的两年，却有这么多的回忆。这些回忆，有快乐、美好，也有难过、悲伤和遗憾，一切都历历在目。

让我最怀念的，是济南的冬天：被白雪覆盖的小树林，不同于夏日的郁郁葱葱，叶子早已落尽，阳光穿过光秃秃的树枝照射进来，一切都被白雪映衬得明亮通透。还记得初雪的那天，和朋友们到教堂前打雪仗，虽然冻红了脸颊，记忆中却满是欢乐。我喜欢平安夜时热闹的洪家楼教堂，小小的院落里挤满了前来参观的人们，还有装饰着漂亮的彩灯、点缀着积雪的圣诞树，处处洋溢着热闹与欢乐的节日气氛。还有春天到来的时候，与伙伴们一起到大明湖畔踏青，一起夜爬泰山，一起骑着自行车穿过市区到黄河边游玩……这样的时光短暂却美好。

与其说是对济南生活的不舍，不如说是对自己大学两年生活的怀念。在这里，我的确获得了成长。我学会了不依靠父母独自处理生活与学习上的困难，学会了坦然面对失败，学会了享受努力的过程，学会了感谢拥有。也有了更多宝贵的经历，遇到了喜欢的音乐，遇到了很多不同的人。更重要的是，在这里，我结识了志趣相投、让我可以敞开心扉的好朋友，正是有了朋友的陪伴，我的生活才能如此精彩欢乐。

虽然有着很多不舍，但还是应该珍惜当下，并对未来的生活怀着美好的憧憬。毕竟，明天又是新的一天。

作者：环境学院2015级本科生　陶　梓

6月13日　星期二　晴

法学院校友·葛隆文

转眼间，离开山大已经快一年了。我虽然已经毕业，但仍关注着母校的相关公众号，关注着这个我曾经在这里学习和生活了四年的母校。前两天在翻看公众号时，偶然从山东大学图书馆的公众号上发现自己竟被评为2016年度的“文明读者”。虽然之前我也得过同样的称号，但这一次让人十分惊喜。我不禁怀疑，或许这可能是系统的一个小错误；但同时，我也感受到了来自母校的温暖，又回想起在山大的求学时光。

回想在母校的四年，图书馆是我最常去也最喜欢去的地方。我不仅喜欢馆里的书，也喜欢馆里的氛围和感觉。于我而言，看书是一种十分舒适的生活方式。没事做时、闲暇时，那就读书吧。去寻一本感兴趣的书，找一个安静的处所，与作者进行跨时空的对话，享受这安静充实的时光。即使不愿读书，只是去图书馆待着也是好的。

读书是一种不会让自己回头抱怨浪费了时间的生活选择，同时也是与知识和大师交流的绝好机会。我曾戏言称：要是图书馆是我家的该多好！虽为痴心妄想，却也是心中的真实想法。

大一时，我对各类活动不感兴趣，那就读书吧！恰逢兴隆山校区的图书馆刚刚建好，课余的时间也就基本上变成了借书与还书的循环。到了大二大三，课程增多，看“闲书”的时间也变少了，但每每在书架间徜徉时，又忍不住借了一本又一本。大四临毕业离校，还趁最后的机会想要多读几本。虽然并未感觉到读书带给自己什么变化，却真真实实地认为：读书可以算得上自己的一个爱好吧。

当然，大学的时光中不止有图书馆，自己的生活也不只有读书这一样事。但，自认为，大学里除了老师、同学之外，最重要的就是图书馆。多读书理应成为大学生活的一部分，成为一种生活习惯与生活方式。虽然自己已不在山大，但阅读或许会永远持续下去吧。

还未毕业的同学们啊，珍惜学校里的图书馆吧！离开学校，或许你就再也不会踏进这知识的宝库。愿阅读能够在人生的旅途上伴你左右，与你同行。

作者：法学院2012级本科生　葛隆文

6月14日　星期三　晴

控制学院教授·张　伟

早晨上班路上，我突然发现各个路口有不少交警执勤，本以为是在查宿醉的司机，却发现是在查行人和非机动车不按交通信号灯行驶的违章行为。车里的广播也在一遍遍地播着为创建全国文明城市、提升全民素质，济南正在开展城市道路交通违法行为的集中整治，严查闯红灯、不走斑马线等交通不文明行为，宣称“要像查酒驾一样查闯红灯”。济南交警甚至在主要路口启用了“人脸识别”系统，以整治行人闯红灯行为，对交通违法者进行人脸抓拍识别，并曝光违章者的身份信息。

听到这个消息，我一方面感叹这次查闯红灯是动真格的了，另一方面也欣喜于“人脸识别”又有了新的用武之地。“刷脸”支付、“刷脸”进门、“刷脸”考驾照、公厕“刷脸”取厕纸，刷脸时代正在慢慢影响着人们的生活，也说明我们所从事的专业领域不再是高不可攀的理论了，而是越来越接地气了。

来到学校，开始了一天的忙碌。办公桌上一堆表格和毕业论文等着填写和签字，紧接着是学科建设会议。会议气氛很活跃，学院领导和同事们各抒己见。中午的舜园依旧是人头攒动，进门时发现食堂正推出毕业套餐，让人嗅到了强烈的离别气息。回来路上看到广场上搭建的合影架子，校园各处有三三两两的毕业生同学在拍照留念，都在宣告着毕业季的来临。

铁打的营盘流水的兵。很快，我的几个学生也要毕业了，其实每年这时候都很矛盾。像很多当老师的一样，不舍朝夕相处的孩子们离去，又更希望看到大家振翅高飞。想到这儿，我不禁加快了步伐，下午和晚上的组内讨论会要开快点儿，预留一些时间布置一下欢送毕业生的事情。

其实欢送的台词我都想好了：不敢祝大家一路顺风，因为成长的道路布满荆棘；只愿祝大家平安快乐，做最好的自己；尊重别人，做值得别人和自己尊重的人。

作者：控制学院教授　张　伟

6月15日　星期四　晴

泰山学堂辅导员·董　朝

今天，泰山学堂举行了毕业典礼。每年这个时候，伴着绿树青葱、阵阵蝉鸣，又一批毕业班辅导员要欣慰却感伤地与陪伴四年的孩子们说再见了。过去，是徐孝刚老师；今天，是我。

2013年9月至2017年6月，今年，是我与泰山学堂2013级学生一起步入泰山学堂的第四个夏天。

2013年是我加入泰山学堂工作的第一年，那一年6月，泰山学堂送走了她的第一批学生——数学、物理两个取向共计20名毕业生，而我也在当年的9月迎来了泰山学堂2013级新生。转眼四年，他们已经成为学堂的骄傲；四年来，73名学子牢记自学堂创办时起便承载着的国家和山东大学对基础学科拔尖人才培养的厚望，浸润于四年学堂“家”文化中，努力传承前辈之精神，续写学堂之辉煌。借用学堂副院长、“长江学者”吴臻教授今日的汇报主题来总结便是：学堂师生共同“筑创新之路，登泰山之巅”。

成立已七年的泰山学堂，目前已培养出数、理、化、生、计算机五个取向的五届共计292名泰山学子。他们中92.7%的人毕业后到国内外名校继续基础学科的学习深造，其中，2人赴菲尔兹奖的摇篮——巴黎高等师范学院、3人赴牛津大学、1人赴麻省理工学院、10人赴巴黎综合理工学院深造，海外深造率达22.84%。

我于2013年本科毕业保资留校在学堂担任辅导员，2015年保资期满转为全日制攻读研究生。2015—2017年，我在洪家楼校区读研的同时往返于洪家楼校区和中心校区之间，希望能坚持带满2013级学生，直到送他们毕业……如今，四年的愿望达成，我感恩于学校、学堂给我的机会。作为学堂的一名辅导员，除做好日常本职工作外，非常令自己感到光荣与骄傲的就是在这四年中参与和见证了学校、学堂领导，五个取向特聘教授指导小组的全体老师们对基础学科拔尖学生的全员、全过程、全方位的育人培养。在我看来，学堂老师们职位分工虽不同，但职责核心是一致而坚定的——选拔并培养出基础学科领域最优秀的学生。

有一名2013级的学生曾用“冬蕴、春种、夏耕、秋收”来形容在他眼中学堂七年的成长。我想，这于学堂、于每位学堂师生来说都可以作为一则勉励格言。一年有春秋冬夏，而在做研究、做学问的过程中也必然蕴藏着春生、夏长、秋收、冬藏的哲理。正如“堂主”彭实戈院士在今天的毕业典礼上分享的这段话：“有的人经历挫折打击之后就再也不做研究了，但也许他再尝试一次就会成功了。‘不确定性’永远伴随着研究的全过程——做出的成绩越大，要克服的‘不确定性’就越大；同时，结果不被承认的‘不确定性’也越大。但科学故事就是这样产生的，做科学，就会有‘故事’。我们的泰山学堂就是要创造这个‘故事’，要培养学生，但如果只是书写关于培养学生的‘故事’还远远不够，因为真正需要你们做的是对科学的发现与探索。在这个过程中，我们当然要重视实际要做的事情，但是挫折会是‘故事’的主要剧本，可以说，没有挫折就没有‘故事’，没有这样的‘故事’，就没有科学。”

作者：泰山学堂辅导员　董　朝

6月16日　星期五　晴

毛泽东思想概论课学生・孙羽丰

天气依旧炎热，考试月已经降临，燥热和紧张一并落在我们的头上。课程渐渐接近尾声，也就是所谓的“上一节少一节”了。一门课程一旦结束就意味着一段时间的逝去，这点大四的学长学姐们必定深有体会。要是有一节课能够引起我们的一些共鸣，这节课对我们就有意义，能让我们一直牢记，深怀于心。

我觉得本周的毛泽东思想概论课就是非常有意义的一堂课。与以往不同，郑敬斌老师精心组织了一堂课堂展示课，各个小组用唱红歌和PPT等不同的展示方式展示自己小组的成果。我们小组一齐演唱了《大中国》这首歌曲，其实我自己对这首歌曲还是很有感触的，这是我小学时学的一首歌，当时学得特别认真，因为曲子明快有节奏，我还能背出谱子。但到如今读大学了，反而对这首歌感到生疏。这次的课堂合唱我们小组在私下练了许多遍，但是到真正课堂展示的时候还是有些怯场，面对这么多熟悉的人，声音不够洪亮，没有唱出《大中国》应该有的气势，略有遗憾。郑老师也特别有心，给我们录了像，也许可以当作我们的一种回忆吧。另一个小组演唱了《七子之歌》，这首歌是澳门回归时的主题曲，是闻一多先生所作《七子之歌》组诗中的一首，字字都透露着一种渴望回归的感情。他们小组的成员在演唱的时候头是昂扬着的。他们准备得非常充分，歌词牢记于心，充满感情，歌曲结束后，课堂里响起了雷鸣般的掌声。

其实这两首歌曲都属于爱国主义类型的歌曲，爱国主义教育在我们日常的生活中不是很多，而以唱红歌这样的一种形式去了解歌曲以及歌曲背后的故事、了解过去的故事、了解作曲家们的心情是一种非常有意义的手段，加深了我们对它的印象，让我们都能把这些过去的事情深深地记在心里。最后一个小组是以讲解PPT的形式，展示了有关“一带一路”的建设进程。“一带一路”概念的提出是在近几年，最近的峰会上，习主席也特别强调要加大力度建设“一带一路”经济体系，我们每个人在这个过程中都要贡献出自己的一份力量，不能“两耳不闻窗外事，一心只读圣贤书”。

这堂展示课给我紧张略带枯燥的生活带来了新的东西。我们在平常的学习生活中也应该多了解新闻、时事等。这堂课也将深深烙在我的心里。

作者：化学院2013级本科生　孙羽丰

6月17日　星期六　晴

东北大学来山大交流生·刘广达

数了数，还有三节课、三门考试，我在山大的交流生活就结束了。这一年过得很丰富，多姿多彩。与其说是日记，这篇文章更像是回忆这一年来在山大的点点滴滴。

济南人对山大有一种莫名的归属感。仍记得去年6月得知可以来山大交流时的欣喜，去年9月来到山大时的兴奋。当接过一张印着我的名字和照片的“山东大学正式卡”时，我终于可以说，我是山大人了！

这一年加入了校会，学会了微信推送，参加了不少活动，认识了许多新的同学。

这一年报名参加了添翼工程美食课，我看到供几万人吃的米饭的生产过程，看到“民以食为天”的壮观；看到山大食堂里，每位工作人员的精心与诚意。

这一年参加勤工助学，在明德楼这个山大的行政心脏里，看到建筑起山大九层高台的琐碎累土。每位工作人员的日常，浇灌着山大一天天的茁壮成长。

这一年认识了不少新老师，讲课方式独具一格的王佃利老师、年迈而敬业的滕玉成老师、喜欢拉家常的于萍老师、幽默风趣的葛双林老师，还有葛海燕老师、王元亮老师、马春庆老师、吴东民老师、高永贵老师、郎旭成老师……

这一年，最令人激动的一件事就是见到了李克强总理，触手可及的距离。

这一年，报名参加了支教，即将站在三尺讲台上，还有些许紧张。所谓坚持、矢志不渝，在对公益的践行中，与大时代肝胆相照。

这一年，似乎也有些不尽人意。经常熬夜，偶尔早起。经常在繁华喧嚣的都市里转悠，有点忽视学习。

这一年，也有遗憾。还没来得及去软件园校区和青岛校区，还没来得及逛洪家楼的夜市……但来日方长，我相信，总有一天，我能和山大再次相遇。

这一年里，我和山大一起成长，也见证了山大的故事。我喜欢山大，我要给山大的学术氛围、山大的人性化点赞。精彩纷呈的讲座、图书馆的委托借阅、宿舍里的空调、低价的校园网、灵活的供电时间以及那张即将要变成“校友卡”的校园卡，所有的细微之处，都体现出山大和山大人的善意。

在心里，默默祝福，愿山大的明天更加美好。

去年大一，明年大三。现实和理想总有差距，但我绝不后悔一年前做出的决定。不知道该怎么跟山大说再见，也不知道什么时候才会再见。那就唱首歌吧：

“无论沧桑岁月长，哪怕海角与天涯，魂牵梦萦的眷恋，我的山大我的家。”

作者：政管学院2015级本科生　刘广达

6月18日　星期日　晴

经济学院毕业生·曲　仪

早晨醒来，我依然沉浸在昨日经济学院毕业红毯秀和毕业酒会的现场。

“将头发梳成大人模样，穿上一身帅气西装”，昨天，齐园餐厅，一位位西装笔挺的“王子”和精心装扮的“公主”相约走上了经济学院“经彩有你，济忆流年”毕业酒会的红毯，成为校园里一道亮丽的风景，为情谊浓浓的毕业季添上了最华丽的一笔。

在“经世留忆，济海扬帆”毕业晚会上，回味青涩岁月，分享收获时节，我们尽情高歌、尽情流泪，毕业的旋律还萦绕在耳边。经济学院毕业典礼上，我们又收获了院党委书记王秀丽老师的谆谆叮咛、院长李长英老师的亲切祝福，还有沉甸甸的经院毕业大礼包。昨天，华丽隆重的红毯和酒会作为经院毕业季的第三部曲，为我们火辣的6月带来又一次惊喜。经济学院始终坚持做最关心学生的学院，学习、生活在这里的我们如此幸运、如此幸福，到了临别之际，又如此不舍！

第一次作为毕业生代表发言，我感到既兴奋又紧张。早早起床，认真梳妆，穿上早已准备好的小礼服，期待着红毯和与老师、同学们的举杯畅谈。一字一句，写下心中积攒了八年的感恩与感悟。

四年本科、一年支教、三年研究生，从19岁到27岁，八年最美好的青春都定格在了山大经院。忘不了我最敬爱的导师范爱军教授一封封教导邮件中严谨的态度和温柔的话语，感谢您让我见到真正的学者之风、君子之范；忘不了教导过我们的每位老师渊博的学识与和蔼的笑脸，感谢你们教会我知识和成长；同时，更加忘不了主管我们学生工作的学院领导和辅导员老师，你们一天天加班的身影编织出了我们无忧美好的三年，感谢你们让我体会到这份工作的分量和意义，也让我下定决心做一名辅导员，像你们一样发光发热。

幸运的是，我如愿以偿地通过了山东大学辅导员招聘考试，既可以完成梦想，又可以奉献母校。我曾经远赴新疆支教，体会过当老师的酸甜与苦辣；也一直任班委参加学生工作，见识过辅导员的辛勤与操劳。但是看到同学们在自己的影响和帮助下茁壮成长、顺利前行，一切都是那么的值得，被需要的幸福感和成就感就是对我最大的回报。所以，我放弃了金融行业的高薪与高职，拾起了在新疆埋下的做老师的执念，满怀着八年的山大情结，继续留在这里，服务学生，建设母校。

经历了奔波的求职季、辛苦的答辩季，我和我亲爱的兄弟姐妹们在盛宴中相聚，回味我们一起哭、一起笑、一起疯、一起长大的岁月，彼此感恩，彼此嘱托，“青衫不负踏歌行，莫忘曾经是书生”，希望我们在今后无论何时都依然保有现在的正直和情怀。我们也向母校和经院郑重承诺：牢记嘱托，不忘使命，兢兢业业，为校争光；时刻铭记感恩母校，凡我在处，便是山大；感恩家庭和学校为我们提供人生的舞台；承浩然之气傲视群雄，展经院之风成就霸业。祝福山大！祝福经院！祝福老师们，你们像灯塔，永远在我们扬帆的路上温暖地闪亮。祝福同学们，早日成为建设社会主义和谐社会的中坚力量。别忘了我还在这里，等你们回家。

感谢山大，奉献山大！

作者：经济学院2014级硕士研究生　曲　仪

6月19日　星期一　晴

化学院毕业生·李建元

毕业前的第七天，6月19日，迎着朝阳起床，一切看起来如四年来的每个日日夜夜一样，有条不紊地进行着。一如既往，我掏出校园卡刷卡出门，与宿管阿姨微笑示意；只是宿舍楼下的通知栏上，多了一份毕业生离校注意事项的通知和化学院2017届毕业晚会的海报。

在音乐厅前，我们准备了海报、红毯、签名墙。今晚，一个多月的准备都将得到兑现。至此，我才发觉真的要毕业了。这滞后的情绪的背后，大概是不情愿甚至不敢承认要毕业的事实，企图最后做一些无谓的抗争来挽留这段即将逝去的时光。我坐在后台，听着前场这些再熟悉不过的声音，这四年独有的记忆，如潮水般涌来。

四年前，作为化学院的第一批“驻外人员”，我们的大学时光是从洪家楼校区开始的。还记得，那年军训的持续高温，中秋晚会上我们从陌生到熟悉，飞虎队的军体拳也有不输方阵的风采，三连四个排拉歌难分高下……那时，下午1点半的实验课，大家忍耐着困意，汗流浃背地狂奔到中心校区；每逢学院活动、学生会开会，洪家楼到中心的这段路上我们都有说有笑，自信爽朗。而这些点点滴滴，最后定格在洪家楼校区生活的2016级学生身上，成为专属于我们的记忆。这些历历在目的回忆以后不会再有，洪楼一梦，梦醒时分就要带着过往的美好继续前行。

三年前的那个9月，我被时光推着成了学长，去学着如何担当。当迎来一个个稚嫩青春的面孔的时候，我们仿佛看到了当时的自己，熟悉而陌生。于是我们便学着按照学长学姐的方式去帮助引领他们。三年很短，转眼已站在离别的路口，我们成了大学生活里最亲的朋友，何愁未来不会相见？

两年前，大学的时光已过半，我们依旧踏步向前。占座的书从后排挪到了前排，课堂上全程聚焦的眼神变得多了起来，手里捧着一份厚厚的实验报告竟是如此的心满意足。我们，总该是长大了。后面的日子里，我们开始考虑未来的计划，有些迷茫和不知所措，但从没有退缩。大三的时光随着五分制的改革而结束，也见证了我们从纠结到坚定、从稚嫩到成熟。

一年前，我们笑称成了山大的一群老人，嘲讽自己不知道三年都干了什么；调侃了一次又一次的学分制收费，却决不允许外人说它一丝一毫的不好；玩烂了层出不穷的话题梗，无忧无虑却又格外珍惜这段青春年华。

“主持人准备上场了！”总负责的童策划和刘导演提醒我。她们已经连续三晚没合眼了，但还是那么尽心尽力。我阔步走上舞台，工作人员的耳语声、开场视频的祝福声、对讲机的嘈杂声、观众的欢呼声，和我们的歌声、笑声、掌声与心声，一切都那么真实而可爱，真想再多看几眼，认真看看每一个人。

“下面我宣布，山东大学化学与化工学院2017届‘化’说少年毕业晚会，永不散场！”

“化”说少年锦时，无悔青春如“化”。

作者：化学院2013级本科生　李建元

6月20日　星期二　雨

西柏坡、冉庄参观学习者 · 刘洪颜

早上醒来，我依然沉浸在6月17日、18日资产部为纪念党的诞辰而组织的西柏坡、冉庄参观学习的激动心情中。由于我在不久前刚成为一名入党积极分子，

因此此行对我来说更具有特别的意义。

从学校出发，怀着对革命圣地的憧憬，怀着对中国革命史的感慨和骄傲，经过6个小时的行程，迎面出现几个大字——“新中国从这里走来”，终于到了我们的第一站西柏坡。下了车，吃过中餐，顾不得身体的疲劳，迫不及待地来到西柏坡纪念馆。宽敞的大厅里迎面是一幅五大书记及当时中共中央机关将士们的巨幅雕像，栩栩如生，群情激昂。我们在雕像前拍照留念，站在雕像前，仿佛感受到当年战火纷飞中将士们奋不顾身、出生入死的豪情。

接着，我们走进了五大书记的故居。走在这十几处简单甚至简陋的小院，主席补丁摞补丁的睡衣、总理洗得泛白的被褥、手摇的纺织车、朱总破旧的藤椅在我们脑海中留下难忘的印记。最令人震惊的，莫过于指挥了辽沈战役、淮海战役、平津战役的不足十几平方米的军事作战室，正是在这里，五大书记运筹帷幄，消灭了国民党反动统治的主要军事力量。

第二天，我们来到了第二站冉庄。1937年抗日战争全面爆发，当地群众挖掘了长达32华里的地道网，将敌人的后方变成了抗日前线。地道战遗址，至今保留着20世纪三四十年代冀中平原村落的风貌，村前老槐树上仍然挂着被老钟叔敲响的大钟，马槽地道口、水井地道口等都保持着与日本兵作战时的原貌。地道内既可防毒又可攻击敌人的翻眼、迅速阻断毒气的卡口，无不体现着冉庄人的聪明才智，更加显示出中华儿女的智慧和坚强不屈的精神。

下午1点，结束了两天的参观学习，离开革命的圣地，继续奔赴现代改革的征途。这次参观学习，让我切实体会到老一辈共产党人的艰辛和当今幸福生活的来之不易，更加激励着作为教育工作者的我们奋发图强，积极负责地把各项工作做得更好，撸起袖子加油干，为学校的“双一流”建设事业作出贡献。

作者：资产与实验室管理部教职工　刘洪颜

6月21日　星期三　阴

张荣校长思政课听众·张　荻

毕业倒数第二天，有幸听到了校长张荣老师给毕业生党员上的一堂思政课——“践行社会主义核心价值观，做顶天立地山大人”。

张老师详细地为大家解读了社会主义核心价值观中个人层面的四个关键词：爱国、敬业、诚信、友善。张老师分享的关于唐仲英先生在捐赠美国芝加哥菲尔德自然历史博物馆“唐仲英中国馆”时的爱国事迹首先触动了我。唐爷爷是一位美籍华人，尽管商务缠身，但他一直不忘回报养育他的中国。他还在国内诸多高校设立了唐仲英德育奖学金，鼓励大学生投身公益事业。很幸运，我就是唐仲英爱心社的一员，唐爷爷的爱国、实干与公益之心也一直激励着我的成长。得诸社会、还诸社会，在这里，我学会感恩；服务社会、奉献爱心、推己及人、薪火相传，在这里，我学会奉献。

关于敬业，张老师不仅分享了王文兴院士90岁仍认真工作的故事，还提到了一些老师为了追寻《山东大学章程》的坚持努力，这大概就是山大敬业精神的真实写照。热爱工作、勤勉努力、克服惰性，希望我们也能成为一个敬业的人。由于保研到本校，去年10月份我就进入实验室开始学习。实验室的师兄师姐们有着莫名的默契，早早来实验室，晚上近11点才回去，做起实验来万分认真；老师也常常晚饭后还会来实验室看文献。正是在这种氛围的感染下，我也不自觉地努力了起来。

诚信是公民道德的基石，无论是王寿彭与季羡林的诚信之约，还是成仿吾在困境中的正义不屈，都是值得我辈学习的诚信之举。张老师同时提到了风靡全校的“诚信状”活动，同学们通过签署诚信状的形式约束自己，互相监督，经过21天的坚持，实现一个个小目标。每每提到这个活动，我就会想起当初和唐社的小伙伴们本着做一些真正有意义的校内公益活动的初心，一次次商讨修正，终于有了“诚信状”活动的雏形。经过两年的时间不断修正完善，终于在老师们的帮助下推广出去，希望更多的人能够通过这个活动完成与自己的一个小约定，同时把诚信之风不断传递下去。

在关于友善的讲解中，张老师提到江芮、苏永福等多位山大学子捐献造血干细胞的感人事迹。还记得大一时，我作为青志协的小干事负责“髓缘”活动的宣传，苦于未满18周岁不能采集血样入库，大二终于得偿所愿将血样信息登记在中华骨髓库。四年，我看着这个活动在红十字会和学校的帮助下越做越大，越来越多的人加入中华骨髓库，身边也出现了许多捐献者，大爱大抵如此吧。

一堂课两个多小时，张老师用生动的案例讲述了爱国、敬业、诚信、友善的现实意义，并在最后寄语毕业生“追求真理，服务人民，传创文明，引领未来”。不知不觉就下课了，如何将社会主义核心价值观内化于心、外化于行，成为知行合一、内外兼修的山大人，值得我们好好思考。本来以为思政课是“形而上”的存在，却不想大学最后一场思政课让我有了这么多的回想与思考。感谢一路走来身边有这么多优秀人的鼓励与帮助，不知不觉，我已经在山大度过了四年，身上早已有了山大人的烙印。虽然我常吐槽宿舍的水泥地怎么扫也扫不干净，可是它见证了我和可爱舍友们的点点滴滴；虽然我会抱怨为什么很多时候都要挤K55路公交从趵突泉校区赶到中心校区，但末班的公交记录了一次次会议讨论后小伙伴们满脑子的新鲜想法。大概你爱谈天我爱笑的日子就这样散在了山大的每一个角落里，那些成长的山大时光。

些许感伤，不再多言，愿山大越来越好。前程似锦，再见如故，毕业快乐。

作者：药学院2013级本科生　张　荻

6月22日　星期四　雨

政管学院讲座听众·孙先正

大学的一种优势就在于为学生提供前沿思想交流的平台。古时齐国的稷下学宫，汇聚了一大批先秦诸子，他们在临淄讲学、辩论，在交流中创造出灿烂辉煌的思想成果。到了现代，各种形式的讲座、报告会成了教学的重要方法，比如慧能的《坛经》、弗洛伊德的《精神分析引论》等其实都是对讲稿的总结。上大学以后，我先后在齐鲁大讲坛、山东论坛上聆听了许多大师的教诲，通过这些讲座，我既能了解到学科前沿的理论，还能接触到老师独到的视角和研究方法，这些对于学术研究都是极有裨益的。听说学院将要举办新一期的“稷下风”讲座，不由得见猎心喜，慕名而来。

今天的讲座邀请到了担任复旦大学国政系副主任的张建新教授，他的报告为我们带来了一次思想上的盛宴。国际政治经济学一直是复旦大学的一项优势学科，也是我们这学期才上的一门专业必修课。这次张教授来山大讲课，选的题目十分贴近当前的热点，是“中美关系与亚太地缘政治局势”。尤其是从奥巴马“重返亚太”战略出台以后，这个课题已经在国际政治领域内成了热点，因此我对今天的讲座有着小小的期待。张老师口才很好，全程完全脱稿，案例、数据却信手拈来，显示出扎实的学术功底。他围绕着四个方面展开论述：中美关系背景、美国战略、热点问题以及中国的应对。在答疑环节，他还针对同学关于自由贸易的疑问，将李嘉图的“比较优势理论”同德国经济学家李斯特的经济理论相对比，对两种思想的矛盾作出评析，指出理论必须同实际相符合。

听完讲座以后，我的第一感受是平时的积累太少，自己本专业的专著并没有看多少本，交叉学科的知识了解得也太少了。除此之外，这次讲座也在思路上给了我很大的启示。总的来说，今天收获很大，希望以后有机会能参加更多这样高质量的讲座。

作者：政管学院2014级本科生　孙先正

6月23日　星期五　阴雨

优秀毕业生代表·廉　锐

明天你是否会想起，昨天你写的日记？总想着用日记记录下点滴生活的自己，没想到第一次提笔已是毕业之夜。

伴着清晨的鸟鸣和淅沥的小雨，伴着知新楼的钟声与络绎不绝的人流，不知不觉，毕业典礼已悄然临近。

看着一幕幕熟悉的校园场景，听着一首首熟悉的歌曲，献给所有毕业学子的回忆视频把我们带回了自己在山大奋斗而无悔的青春时光。曾经努力过的图书馆、自习室、教学楼，曾经挥洒过汗水的操场、体育馆，一幕幕都在眼前浮现。努力的时光很难熬，但回首看来，一切又是那么的匆匆，那么的难以忘怀。我们总以为未来很遥远，其实也就是几年的事情。

同学们，加油！来自老师、食堂员工和宿管阿姨的声声鼓励唤醒了所有人来到山大最初的回忆。在我们遇到困难时，当我们自习完饥肠辘辘时，当我们一筹莫展时，有这样一群可爱而可敬的人儿始终勤勤恳恳、和蔼慈祥，给予我们无私的帮助。毕业的学子一届又一届，但他们的奉献永远是那么温暖而无私！即将离开这个温暖的集体，我想对那些在我们无助时有意或无意帮助过我们的人儿说声谢谢！

虽然不曾见过风雨，但我见过山大最美丽的霓虹。不管未来如何的坎坷与艰辛，作为优秀毕业生代表，我们依然坚信此刻的付出会写进未来的岁月！接过这一份份沉甸甸的证书，肩负起的将是整个山大的光荣，我们一定会在人生的道路上秉持“学无止境、气有浩然”的格言，今天我以山大为荣，明天山大将以我为荣！

都说老师是最可爱的人。带着些许闷热的体育馆里，师长们穿着博士服或西装，为我们人生的转折献上最诚挚的祝福。他们用手中的粉笔传授我们知识，他们用内心的热诚点燃我们学术的热情，接过那沉甸甸的毕业证书，我们不仅仅是毕业了，更是踏上了新的人生历程。四年的奋斗化为今日的一刻，虽然毕业典礼很短，但人生很长，漫漫人生路上有山大与我们一同前行。成功了，山大以我为荣；失败了，山大永远是我们最温暖的港湾。今日立下誓言，明日定将以汗水与成绩回报母校！

回首往日，懵懂的我们在山大的启蒙下逐渐长大成人；放眼未来，我们定将不负众望，在时代的竞争中乘风破浪！

愿你归来仍是少年！

作者：数学学院2013级本科生　廉　锐

6月24日　星期六　晴

研究生毕业典礼发言代表 · 孙启龙

经历了上午令人振奋、留恋、意气风发的毕业典礼，晚上依旧习惯性地来到实验室坐坐。已经毕业的我，此时心情似乎很平静，没有了本科毕业时那种多愁善感。坐在这张陪伴了我六年的办公桌前，此刻我才发现它是这样凌乱，堆满了数据记录纸和文献，整理分类之后，我又习惯性地将它们扔到桌子左下方的一个大纸箱中。这个纸箱有半米多高，里面装着我研究生期间阅读过的文献。抽出来，我才发现这个纸箱已经基本被填满了。我随手收拾着，发现所有文献都有清晰的批注。翻看的过程中，我又看到了之前自己写的文章的草稿，里面满满的是戴老师的红色批注。“此处数据需要再核实，确定引起带边移动的原因……”，“此处理论分析不够深入，这里应当从……”，“这里需要参考文献Nat. Mater.……”，“这里对于论文创新点总结的英文表述应该修改为……”，我慢慢翻看着，发现一个问题戴老师竟可以来回十数遍与我反复修改。在之前忙忙碌碌的学习、科研的日子里，我竟没有留意到这一道道批注后戴老师的付出。

记得那是2011年的夏天，我来到山大物理学院，第一次见到我的导师戴瑛教授。来到知新楼C座10楼，戴老师办公室的门是半掩着的。戴老师当时正在忙，我两次轻声敲门居然都无法打断她的思路。“戴老师您好，我是今年报考您硕士研究生的……”戴老师摘掉眼镜，让我坐在她旁边，并给我介绍课题组的具体研究方向。当得知我有意想利用暑假先熟悉相关知识时，戴老师给我精选了2008年以来课题组内的文章让我研读。此时，我随口问了一句山大宿舍是否可以提前入住，戴老师立刻明白了我的想法，起身带着我径直来到7楼物理学院办公室找张老师询问学校的政策。此刻，我感受到戴老师并不是一位严肃的导师，像是一位亲近的长辈。

随后的六年里，课题组像一个大家庭一样，大家没有私心，课题组的知识得到了很好的传承。俞琳、尹娜、魏巍等诸位老师更是对组内学生的学习、生活提供了无私的帮助。遥想当年那个步履蹒跚的自己，到如今满载收获即将踏上下一段旅程，戴老师的课题组不仅传授给我专业知识，更教给我们成人和成才的道理。随后我将纸箱再次推进办公桌下面，脑海中再次闪过那句：“学无止境，气有浩然！”

往事浓淡，色如清，已轻。

经年悲喜，净如镜，已静。

作者：物理学院2014级博士研究生　孙启龙

6月25日　星期日　晴

海洋研究院直属党支部副书记·张振山

这是一个宁静的周末，我的心情却不能平静。几日来的画面不断在眼前闪现，几日来的交响不断在耳畔激荡，几日来的工作不断在心中筹划。收拾好心情坐下来，让思绪化作文字，借以平复近日被深深触动的心灵。

这几日，使我颇受触动的是2017届学生毕业典礼和学位授予仪式。起初，仅仅是为目睹女儿顺利完成大学学业、不断健康成长，为看到我四年前迎接进来的一届学生圆满完成大学学业即将远航，心中满溢着激动和自豪。渐渐地，我更被现场浓浓的惜别气氛所感染，被毕业盛典里那份山大人的深情所触动。一句句温馨感人的祝福，一双双激动湿润的眼睛，偌大的体育馆里，心与心交汇激荡，师生间情深意长。虽然我已经历了24次学生毕业典礼，但在那一刻，我心中的母校情怀依然被深深地触动了。

23日下午，我先后参加了学校党委理论学习中心组（扩大）的集中学习和中央巡视整改工作动员部署两个重要活动。前者是学习贯彻山东省第十一次党代会精神，后者是安排落实中央巡视整改工作反馈意见。虽然这是性质不同、内容不同的两个会，但通过学习相关文件，特别是听了李守信书记和张荣校长发自肺腑的讲话，我深深地感受到，两个会议的精神是那么的一致，并都统一在山东大学“双一流”建设的重要实践之中。“山东大学作为高等教育第一梯队，扎根山东、立足山东，是山东高等教育的代表，有义务、有责任匹配山东省走在前列的目标定位，要切实增强为山东经济社会发展作贡献的自觉性和责任担当。”而实现这份责任担当的关键就是能否充分发挥巡视整改的强大动力，提高政治站位，强化政治担当，切实深入推进“两学一做”学习教育常态化制度化，认真落实好全国高校思想政治工作会议精神，推进学校综合改革，加快学校“双一流”建设步伐，推动学校事业发展跃上新台阶。

会议结束时，已过了下班时间。回到办公室，同事们还在工作。由于一天开会，再加上到了周末，几个同事又一起研究处理了两个事项，才离开办公室。海洋研究院是一个尚未完全被人所知的新单位，人员还不算多，工作头绪却不少。自成立以来，对于海研院的人这样早来晚走，我们已经习以为常了。从院士到新晋教师，还有行政人员乃至研究院的学生们，都一直自觉地以实际行动踏实肯干、主动作为，任劳任怨地创造着山大海洋的未来！

昨天，我又从网上读了张荣校长在毕业典礼上的讲话稿《做有担当的山大人》，比在现场更多了一分体会和感悟。张校长讲道：“‘士不可以不弘毅，任重而道远！’‘担当’是山大的历史传统和精神内核，至诚报国是一种担当，勇于创新是一种担当，恪尽职守也是一种担当。”读至此处，结合几天来的所思所想，内心更受触动！在百舸争流、千帆竞发的创新时代，山大面临着前所未有的机遇和挑战，“双一流”建设的正式开启、“山大模式”的规划探索都是学校实现跨越性发展的重大机遇。面对如此形势，山大人只有团结合作、创新进取、只争朝夕、苦干实干一途，容不得半点迟疑懈怠、人浮于事，否则我们的事业就有可能功败垂成！

在这日新月异的伟大时代，“担当”是非常重要的事！只有全校师生戮力同心，携手并肩，凝聚、创新、弘扬山大精神，以主人翁责任感在各自的岗位上勇于担当、主动作为、自觉奉献、踏实肯干，才能创造母校山大更美好的明天！

这是每一个山大人的使命和责任！

作者：海洋研究院直属党支部副书记　张振山

6月26日　星期一　晴

山东精品高招会志愿者·覃佳俊

6月底，结束了考试的我报名成为“2017山东精品高招会”志愿者。在此之前，我就对以往的高招会略有耳闻，据说每年都有80余所985和211大学来校摆展台，参会的家长和考生非常多，主办方却不收取费用，真是一件惠民的好事。

星期天早上7点，我踏着清风来到安管会的办公室门口，领完餐券并解决完早餐后，就跟着活动负责同学来到了中心校区的体育馆F口集合，在那里等候的公安处老师给志愿者们分配了任务。我和两个女生一组，任务是维持内场秩序。戴上工作证，套上会服，我们小组开始向内场进发。此时，已经有一条见不到头的家长考生队伍了。

8点整，体育馆开放，大批人涌进体育馆，向各自心仪的展台前进。我们小组在内场巡逻，并不断为询问方向和展台的家长考生解答疑惑。此时的体育馆内场，就像以前我参加的就业双选会一样，宛如一个“菜市场”。家长考生在详细地考量和询问，以求去一个最合适的大学。走在展台之间，从熙熙攘攘的人群中，我们听到最多的大概就是：“我孩子考了×××分可以上吗？”相比家长们的侃侃而谈，孩子们多显得胆怯和害羞，仿佛马上要在大学里度过四年一千多天的不是自己。

10点左右，我们小组从体育馆内场转移到了中心校区北门，负责指引家长考生进场。来来往往的人，来自于社会各个阶层，然而他们此时都有一个共同的想法，就是不浪费一分。以前自己高考出分后，在老师和家长的商量下就报了山大，参考依据少之又少，对山大甚至完全不了解，仅仅是觉得分数可以。好在自己一个南方人对济南适应得还可以，也认识了来自五湖四海的同学，度过了难忘的三年，这也许是一种缘分吧。

吃完午饭后，我们小组被合并到内场中，走在展台之间，突然发现了上午没注意到的一个展台——贵州大学展台。我前往展台和工作人员交谈后，才发现贵大并没有来本校的人。但怀着对家乡的热爱，我和活动负责人沟通后就请假临时客串了贵大展台的讲解员，凭着以前自己去过贵大的记忆以及现场百度，已经对贵大招生情况及校园情况有个大体了解。虽然极力想夸夸家乡唯一的一所211大学，但为了不误人子弟，最后还是以客观理性的态度向每位前来询问的家长考生讲解。

高招会帮助了成千上万名家长在一定程度上解决了“择校难”的问题。我在活动中帮助了不少家长考生，也发现了自己内心深处的怀乡之情，以至于在家乡大学的展台帮忙时竟忘记了时间。“独在异乡为异客，每逢佳节倍思亲。”我也只有不断勤勉努力，以求为家乡未来建设添砖加瓦。

作者：经济学院2014级本科生　覃佳俊

6月27日　星期二　晴

省委书记座谈会参与者·赵秋实

今天，山东省委书记刘家义同志来我们山大进行座谈，我早早地来到了会场，看着手中的发言稿，心里不由得非常紧张。这是我从小到大第一次作为学生代表参加如此正式、规模如此之大的座谈。忐忑不安地坐在会议桌前，看着印着自己名字的桌牌，激动和紧张混杂在一起，将我的心拧成了一股麻花。

随着座谈会的正式开始，我的心更是悬到了嗓子眼。马克思主义学院的方雷老师厚积而薄发，从容不迫，侃侃而谈。一系列有见解、有深度的观点让我倍感压力。然而这一切都在家义书记慈祥的微笑中化解了，我心中时刻激烈敲打的小鼓突然哑了声，对着手边的麦克风也不再紧张，看着他专注而亲切的目光，我也能沉着冷静地讲述自己作为一名普通本科生对党的十八大以来的所见、所闻、所感。“两学一做”学习教育，让我发现我们的党建工作越来越规范，组织生活越来越丰富，学生党员的先锋模范作用也越发充分地凸显了出来。

在整个座谈会上，每个发言人都充分地表达了自己的观点，时间飞快流逝。在学生提问的环节，刘老师（刘家义同志说“别叫我书记”“党内称同志”，我们便用“老师”来表达我们的敬意）鼓励大家积极提问，不必刻意控制时间。我心头蓦地一暖，感受到了他倾听同学们心声的诚意，感受到了他与同学们沟通的热情。整场座谈会上，他的回答妙趣横生、深入浅出，现场气氛热烈，掌声和笑声不时响起。刘老师谈到了当下许多非常现实的问题，诸如南水北调、济南雾霾，尤其是胶东半岛的干旱问题，这直击我的心房。我是个青岛人，连年来的干旱是我们一直担心的问题。

我佩服刘老师精妙的比喻，喜欢他在应对资本主义国家对中国的偏见时的一针见血。而更令我印象深刻的是，刘老师在讲座过程中旁征博引，从齐鲁文化到诸子百家，从可燃冰到动能结构转换，我看到了省委书记高屋建瓴的视野和丰富的人生阅历。

座谈会后，我的心里久久不能平静。从前我只看到了一个在党旗下庄严讲话的省委书记，今天我却看到了一个生活中待人亲切和善、观点犀利深刻、胸有丘壑心系民生的家义同志、家义老师。他说，要时刻铭记自己从哪里来，要到哪里去。我们党员，从群众中来，就要回到群众中去。我作为一名学生党员，也要在大学最后一年，力所能及地为身边的人多做一些事，希望我身边的人、我的学校、我们的国家都能因为我的努力而变得更好一点。

作者：经济学院2014级本科生　赵秋实

6月28日　星期三　晴

环境学院党委副书记兼2013级本科生辅导员·王　斌

今天，办公室里安静了，唯有一摞摞已经装好等待转寄的档案无声地诉说着一幕幕难忘的大学生活。四年就这样过去了，时间过得真快！2013年8月和2015年12月，我曾经写过山大日记，为了我从事的这份工作，为了更好地履行一名辅导员的职责，也为了表达自己作为一名辅导员的期待与自豪。今天，在我的学生们离开学校后，写第三篇，不过，此时的心情是复杂的。

首先是高兴。110名同学，除了一名同学正在紧张备考之外，其他全部顺利毕业并获得学士学位，包括三名藏族同学。也许，毕业并不是一个很难的事情，但对藏族的同学来说，需要付出更多，尤其是还获得了学士学位。110名同学，有61人获得了去清华大学、北京大学、中科院、中科大、上海交大、浙江大学、同济大学、山东大学等国内名校深造的机会，包括这个年级的23名中共党员；有11人取得了东京大学、伯克利大学、墨尔本大学、曼彻斯特大学、哥伦比亚大学师范学院等国外名校的offer。110名同学，有12人已经签约到企业发展，有14人正在求职的路上，还有12人在准备“二战”。四年，在同学们的努力下，在学校、学院、老师的帮助下，110名同学，都实现了“意气风发”的“小”目标。作为辅导员，我为你们感到高兴。

其次是感谢。四年，作为辅导员，我听到了太多的“谢谢”。群里的家长，参加毕业典礼的家长，当然更多的是同学。当我听到这两个字，看到家长们在群里发的表示感谢的话语时，对学生，我经常说的是“不客气”；对家长，我经常说三句话：这是我应该做的；这是全院师生共同努力的结果；我觉得作为辅导员有很强的“获得感”。因为同学们的成功，我高兴，我自豪。我喜欢说，110名同学，你们每一位都是优秀的，都做了最好的自己。虽然，大家正在走的路各不相同，但你们都有一股“意气风发”的精气神。这份精气神，是我最为你们感到骄傲和自豪的，我的获得感很大程度上来源于此。“学霸宿舍”、圆满完成学业的藏族同学、发挥了模范带头作用的党员同学、通过司法考试并跨专业考入清华大学的同学、跨专业考入中国财科院的同学……让我的自豪感又增加了几分。特别值得一提的是参加毕业补考的同学，你们太不容易，但你们有不服输的精气神，你们赢了，你们带给我很多的感动。所以，我想说，同学们，感谢你们！

最后是祝福。从大家一入学，我就建议同学们要养成运动的习惯。今天，我还是想说，要注意锻炼，为了有一个健康的身体，为了“健康工作五十年，幸福生活一辈子”。另外，安全特别重要，平安是福。希望大家牢记嘱托，同学少年，意气风发。为我们国家的“绿水青山”贡献自己的力量，在实现伟大中国梦的历史进程中展现我们“环境人”的风采！“聚是一团火，散是满天星”，相信明天必是满天灿烂的星斗！祝福环境学院2013级同学和全校所有2017届毕业生健康平安。

“自古多情伤离别。”但是，在这个伟大的时代，今天的别离是为了明天更好的相遇。收起眼泪，整好行装。仰天大笑出门去，意气风发向未来！

亲爱的同学们，未来，我会在美丽的鳌山湾畔等着你们归来，相信那时，你们依然是少年！

作者：环境学院党委副书记兼2013级本科生辅导员　王　斌

6月29日　星期四　多云转阵雨

贝淡宁教授学生 · 王迎欣

这是一个宁静的夏日午后，我和三位同学如约来到学人大厦。在这里，我们将拜访一位著名的教授。这位教授对政管学院的学生来说并不陌生，因为他就是我们学院的院长贝淡宁（Daniel A. Bell）先生。第一次知道贝教授是上大学的时候读他的《社群主义及其批评者》，当时只是感觉这位来自加拿大的教授的思想“怪怪的”，似乎不太入西方的主流。进入研究生阶段以后，发现许多老师都会在课堂上讨论贝教授的“贤能政治”理论，或褒或贬，这令我更加好奇。这次，终于有机会能和贝教授讨论关于“贤能政治”的问题，内心有一些小小的紧张，但更多的还是激动。

对贝教授的拜访源于山东大学“政治心态数据库”项目的开展。山东大学“政治心态数据库”项目是楚成亚教授主持的，楚老师把完善“贤能政治取向”的测题任务交给了我和另外三位同学，并建议我们直接找贝教授讨论。接下来，通过邮件的交流，贝教授和我们约定了讨论的时间和地点。看到贝教授回复的邮件，我们还是难以置信他能够在百忙之中抽出时间来和我们专门探讨问题。见到贝教授，我内心无比激动，他那双大大的眼睛给我留下了深刻的印象，从他深邃的眼眸中好像就可以感受到他渊博的学识。我们四位同学兴奋地向贝教授介绍了自己，贝教授亲切地问我们要不要喝水。我们笑着回答道：“老师，我们不渴，谢谢老师。”这时，我看到同学们脸上都带有惊讶的表情。是啊！我们惊讶于这样一位著名的教授竟是这般的平易近人。

贝教授认真听取了现有测题设计和预调查的结果。贝教授认为，“政治心态数据库”这个项目很有意义，是政治科学研究的基础工程。他认为在政治心态调查中加入“贤能政治取向”测题的想法很好，并肯定了测量设计的基本思路。在探讨工程中，他提出了课题组原本没有想到的一些测量维度，让我们真正感受到了什么是“大师”，什么是高屋建瓴！

不知不觉中，将近一个小时过去了。我们起身与贝教授道别，贝教授说：“青岛校区见！”是呀，下学期就要搬到青岛校区了。我还没有去过那个地方，只听说就在海边，学生宿舍都是“海景房”，真是向往啊。想到很快就能坐在沙滩上与“大师”聊天，纵论天下，心里美美的。

作者：政管学院2016级硕士研究生　王迎欣

6月30日　星期五　晴转雷阵雨

本科招生电话咨询员·宋　冉

今天是我来山东大学本科招生办公室参加本科招生电话咨询工作的第四天，与前三天一样，20部咨询热线电话依旧响个不停。咨询员们从早到晚，每天8个小时守在电话前，接听来自全国各地的咨询电话，耐心地解决由学子及家长提出的各种问题。

6月27日早上，我参加了2017年高考热线服务工作的培训会，自此我的高考咨询热线服务工作正式开始。培训会上，招办老师对我们进行了细致的培训，大到国家政策小到咨询技巧，让我们对高考录取工作有了全面的了解。咨询工作在招办老师的指导下开展，随时解答各类疑难问题。最开始的时候我非常紧张、担心，每次咨询都会确认再三，以保证回答的专业性、系统性。随着工作的进一步开展、经验的不断积累，我对山东大学本科招生工作的各种细则已烂熟于心，并且掌握了一些常规的回答问题的技巧，已经能够自信流畅地解答考生提出的问题。

咨询员的工作量很大，每个咨询员每天都要接几十个电话。电话刚挂上，新的电话就会打进来，几天下来，嗓子也越来越沙哑。家长们的问题也是纷繁复杂：分数能不能被提档，录取到专业会不会调剂，转专业政策，艺术、体育、高校专项、国家专项、自主招生等特殊类型特殊批次的招生规则。令我印象最深刻的是今天有位家长打了近一个小时的电话，问了十几个问题，问题范围涵盖专业、校区、转专业、考试、读研、就业、交通以及生活质量和娱乐等。放下电话的那一刻，我不禁感慨：父母的爱真是世界上最伟大的爱。很明显能听出来这位家长为孩子考虑得如此细致，而此时还有成千上万的家长也是同样的心情，想为孩子多问一些问题，希望孩子以后的校园生活可以更精彩。想到这些，想到他们还在焦急地拨打山东大学的招生热线，我顿时又精神百倍地投入高考热线服务工作中。

作为今年毕业留校读研的学生，我不禁回想起四年前的今天。那时的我对自己未来的大学生活充满了希望也充满了迷惘，是招生咨询老师的耐心解答让我更加清晰地了解了招生政策，也让我更加了解山东大学。而今天的我怀着一颗感恩母校、报答母校的心参加了2017年山东大学本科招生工作，帮助每个心怀"山大梦"的学子实现他们的梦想，也让他们的家长放心。

不仅是我们，这几天全校有400多位老师奔赴全国各地进行现场咨询，各个学院也有学科咨询员在线解答各学院、学科的问题，大家都在为考生的报考保驾护航。我们经常讲薪火相传，在这个毕业季，我的经验与感情传递给了2017级的新生们，也为我的毕业回忆添上了浓墨重彩的一笔。希望学弟学妹们可以进入山大、感受山大、爱山大，而你们的到来也会为山大再次注入新的血液与活力。未来几年，无论是在巍峨的兴隆山下还是古老的洪楼教堂边，无论是在湛蓝的鳌山湾畔还是葱茏的小树林中，有山大学子在的地方便是山大，希望你们在山大继续努力。青春正好，莫负锦色韶华。

作者：信息学院2013级本科生　宋　冉

7月1日　星期六　晴

青岛校区红色先锋营营长·李梦洁

为了迎接党的96岁生日，青岛校区红色先锋营在前几天授旗成立。在党的96岁生日的今天，我不禁回想起那天我代表青岛校区全体红色先锋营的营员们在

"青岛校区党工委纪念建党九十六周年"主题党日活动中发表感想的经历。

红色先锋营是山大青岛校区学生入党积极分子和党员组成的先进青年组织，它的主要任务就是带领身边大学生共同成长，成为中国特色社会主义事业合格建设者和可靠接班人。作为开营后的第一任营长，我感到十分荣幸；但同时，能否带领着红色先锋营迈出成功的第一步，能否为它今后的发展打好基础……这些我将要面对的问题也让我意识到自己肩上的担子重了很多。

在被授予营旗的那一刻，我的内心久久不能平静。尽管之前指导老师李娟带我排演过一次，但真正到了那一刻，心中激动的感情还是难以抑制。大概是受心情的影响，在接下来的发言里我停顿了好几次。不过看到讲台下老师和同学们鼓励的眼神，紧张感自然就消失了不少。

之后，张永兵副校长为我们上了一节意义深远又轻松幽默的党课，配合着他讲述的不少老一代关于革命的记忆，更使得大家认真听讲，现场气氛严肃庄重又不失轻松。讲座结束之时，现场的掌声久久不断。张永兵副校长的讲话也让我感触颇多，当提及青年人要有担当意识这个问题时，我产生了很强烈的共鸣。历朝历代，文人们都以"兼济天下苍生"为己任。今时今日，作为一名国家重点大学的学生，我们更应该多去为这个社会的发展考虑，多去勇敢地发出自己的声音；去改变一些不曾改变的，去创造一切还未创造的。相信这也是红色先锋营在接下来的日子里奋斗的目标。这一天我过得很充实，和老师、同学们的交流产生的一次次的思想碰撞，让我的视野和思维变得更加开阔。

是缘分让我们31位青年聚集在了一起，红色先锋营就像山大青岛校区一样，刚刚踏出它稚嫩的步伐。今后的日子里也许我们会遇到困难或是挫折，但我相信，我会和我的营员们用心走好之后的每一步。我们一定会抓住机遇，迎接挑战，做一名能担得起"先锋"这两个字的优秀学生。在接下来的一年里，我们会主动加强理论学习，积极投身社会实践和志愿者活动，争做一名合格的青年先锋营营员。我坚信我们的红色先锋营会一届又一届地发展下去。最后，预祝青岛校区红色先锋营在指导老师和优秀学生的共同努力下不断发展、壮大！

作者：生命学院2016级本科生　李梦洁

7月2日　星期日　晴

泰山学堂毕业生·赵海为

这次真的要走了，尽管在学校多赖了一天又一天：

去逛遍了中心校区的每一座楼，发现竟然还有好几个地方没去过，都给它们拍了美美的照片。

去知新楼B座108，看看谁在我最常自习的地方学习，发现他竟然在玩手机，甚是心痛。

去邵逸夫馆报告厅，想起大二那年以体育委员的身份历尽艰辛拼下了省优干。

去击剑馆，回忆起大一大二篮球课，于承波老师每次不辞辛劳地为我们做裁判。

去篮球场，“滚蛋杯”篮球赛打了80分钟还意犹未尽。

去4号宿舍楼206室，不再是那个曲径通幽的拥挤的宿舍，而是空空荡荡。想使劲骂两句那几个傻舍友，真带不动你们，想赢真难。

去操场，除了体测都没跑过几次步，散个步吧。

去化老楼，实验课都结束了，胡妈再骂我一次呗。

去理综楼，都在考试，好想蹭个试考考，一定坚持到最后一刻，不提前交卷。

去知新楼D736、D738看看各位老师，还有“锅”要背吗？似乎没机会了。

去知新楼D748，看学弟们在复习准备考试和夏令营，或打游戏。

去小树林，前三年每年必被鸟拉一次屎砸到头上，今年还没拉呢，鸟呢？

去吃食堂二层的重庆小面，大爷总是知道我要吃蛋加肠的面，还多送了我一个牛丸、一张豆皮和一块肉，祝我毕业快乐，下次回来必吃。

去吃食堂负一的油泼面，“少放辣椒！”然后又辣得嘴唇上火。

去地超，不知买什么好，就想再刷一次校园卡，买瓶普利思吧。

去食堂一层服务台和食堂北门，原来都是在那儿集合吃饭。

去西门的肯德基，哪个座位我都坐过，哪个座位都有我自习的记忆。

去北门，假装这里还有夜市小吃，想吃烤冷面、热干面、肠粉……

去学校周围的比格、杨国福、晋老抠、彤德莱……再看一眼，我还是都爱吃。

去天天向上，在那里放声高唱。

去校医院，同学，你怎么考试周感冒了呢?

去吉满杯，再喝一杯金橘柠檬。“吉满杯的好味道，台湾美味喝得到，我们都爱吉满杯！”

去地下停车场旁边的长椅上坐一坐，暖暖屁股。

去洪家楼校区的12号楼，我在这里住过一个月。

去洪家楼校区的操场，军训的时候从飞虎队飞升到方阵排头兵!

去千佛山校区的体育学院阳光体育办公室，真数不清来过多少次。

去泉城广场，再看一次音乐喷泉。

去芙蓉街，再吃一次国足臭豆腐。

去恒隆的进口商品超市，我的醋盐薯片呢?！看来是要赶我走了。

唉，终归变成校友了，去纪念品店买个纪念品，该走了。

再见了，我的山大我的家我的大学时代。凡我在处，便是山大。有你在时，那便是家。

作者：泰山学堂2013级本科生　赵海为

7月3日　星期一　晴

人文社科研究院职工·胡玉翠

天波易谢，寸暑难留，新故相推，日生不滞。毕业季已过尾声，毕业离校工作基本结束。看着同学们顺利毕业，安全离校，我这颗久悬的心也终于可以放下了。一个半月前岗位调整，虽然工作已交接，我的心却一直牵挂着大家，一直陪伴着大家，从未离开!

看着大家刷着朋友圈，更新着状态，晒着毕业照，回顾着大学四年生活的点点滴滴；回忆起同学们离校前跟我的声声告别以及那依依不舍、难舍难分的毕业感言，我心中感慨万千。每天晚上睡觉前，我总是再看一遍同学们发的照片，每天早上很早醒来，也总是先翻一遍朋友圈——这已经成了我这段时间的常态。总害怕错过哪位同学留下的印记，总想着再给大家点个赞、留个言，再嘱咐一下，再叮咛一句。四年的相处，共同的经历与成长，与你们感情不谈深浅，却早已融入这四年大学生活的点点滴滴之中。若是时光不记得，我也会用心去记得，跟你们在一起的那些美好、那些笑容、那些感伤……

罗素在自传《我为何而生》前言中说："对爱情的渴望，对知识的追求，对人类苦难不可遏制的同情，是支配我一生的单纯而强烈的三种感情。"希望你们也能找到知冷知热、甜蜜幸福的知心爱人，永远保持对真理和知识的学习、追求与敬仰，同时内心充满道德、信仰、良知，始终保有一颗对世界弱小的同情和怜悯之心，怀着感恩生活的心态砥砺前行！

跟你们拍毕业照，和你们录毕业视频，五音不全还和其他辅导员在毕业晚会上给你们唱歌，工作再繁忙也抽空跑去参加你们的毕业典礼，但我，唯一不喜欢的就是参加你们的散伙饭，不喜欢看着你们离开。我最见不得离别，最不忍离别，更期望和等待着相聚。但是，人总是要学着长大，总是要学着成熟，总是要学着告别，似乎没有这个庄重的仪式，感情的纠葛总是跨越不过去。就像现在，你们跟我告别，我也要跟你们告别一样，总想再写点什么，总感觉文字的东西最能保持得久远。

请背上四年山大的磨炼与成长的行囊，愿你们的人生之路越走越好；请记住你们说过的荣耀与承诺，期待你们的捷报频传，但我更愿你们健康、幸福与快乐！些许年后，愿我们再回到山大记忆最开始的地方，还能如此亲切地相聚与共话！

机械学院是我工作最开始的地方，八年的辅导员生涯是我工作最年轻的青葱岁月。在机械学院深厚的沃土中成长与磨砺，是我此生之幸。感恩一路走来，学院所有的领导、老师和同事对我的指导、帮助、提携与厚爱，包容我的任性与不成熟，见证我的蜕变与成长！感恩两届721名学生对我工作最大的理解、支持、包容与配合。四年的经历、共同的成长，我早与你们结下了深厚的友谊，青春不散场，我们不诉离殇。即便大家各在天涯海角，我们的心永远在一起，我们是相亲相爱的一家人，山大永远是你们的家！

万语千言，千言万语，道不尽的依依离别情，话不完的相思相念意。因为来过，便不曾离开；因为爱过，便不会走远；凡我在处，便是山大；有你在时，那便是家。

依依离别情，只愿不相负。愿你，愿他，愿我们一起创造更加美好的未来！多年之后再相聚再回首，愿你们依然是我泛着泪光的骄傲；而我，还是你们心目中想象的模样！

珍重，再见！

作者：人文社科研究院职工　胡玉翠

7月4日　星期二　阵雨

山东省委党校来山大交流生·李声晨

看罢樱花，淋过春雨，听完布谷，迎来蝉鸣。伴随着和山大的小伙伴们撸完的最后一支串、喝完的最后一杯爽口的扎啤，我这个党校人在山大的交流时光也要告一段落了。美好的时光总是短暂和令人留恋的，临别之际，非要说在这里得到了什么、收获了什么，很难简单地说清楚。或许正如那句诗“随风潜入夜，润物细无声”，一些东西就在不知不觉中融入了你的骨子和血液里，潜移默化地改变着你的思维方式和行为方式吧。

回想起刚来山大的当天是下着小雨的，湿漉漉的天气让人心里也是冷冷的，然而首先让我倍感温暖的是热情的马克思主义学院的同学们，他们帮我们来山大交流的一行六人搞定校园卡、搬行李、打扫宿舍、请我们吃饭、逛校园，是他们的真诚与热情让我快速融入了山大的学习与生活中，让我重新找到了大家庭般的温暖。接下来的日子便是一起听老师讲课、吃饭、打球、参加活动……借用佛家常讲的一句话，应是“前世五百次的回眸，才能换来今生的一次擦肩而过”，而我们做了一学期的同学，今后也是朋友。这，应该也是莫大的缘分吧！

山大一学期，除了马克思主义学院的老师同学们，令我印象最深刻的当属知新楼和小树林了。知新楼及校内多种多样且兼顾深度与广度的讲座、报告，总是能够激发自己的好奇心与求知欲，去探寻更多的未知领域和学习新的知识。讲课的老师或温文尔雅，或幽默风趣，或言辞犀利，或妙语连珠，常常在不经意间给人以启迪，让人受益匪浅。蒋震图书馆里浓厚的学习氛围更是给人不断前进与向上的动力。也是在这里，我读完了多本之前一直没能够读完的书。更不必说那片郁郁葱葱的小树林了，虽然在小树林会有被鸟儿的排泄物“幸运选中”的风险，但是这片休闲放松的好去处，又有谁不喜欢呢？“苔痕上阶绿，草色入帘青。谈笑有鸿儒，往来无白丁。”我想，这也正是一所大学真正应该有的模样吧。

“年年岁岁花相似，岁岁年年人不同。”一年一度的毕业季已经接近尾声了，千言万语道不尽感谢，一字一句难话分别。可是，山大，我真的要走了，该怎么和你说再见呢？嗯……那就以当初和你说“你好”时的样子说再见吧。

作者：马克思主义学院2016级硕士研究生　李声晨

7月5日　星期三　雷阵雨

“食用菌队”暑期社会实践队长·彭君璇

刚刚结束考试，因为心中的那一份热爱和执着，我们又积极地投身于社会实践中去。

29号下午2点，作为队长的我带领同学们找到指导老师，再一次确认和熟悉实践方案。在老师的带领下，我们参观了进行检测分析的实验室。初次接触如此精密的实验仪器，我们眼界大开，纷纷感慨，对科学与严谨有了更丰富的认识。大家一边仔细倾听老师对每个仪器的介绍，一边认真做笔记，不放过每一个能让自己长知识的小细节。经过老师详细地讲解，成员们也都总体了解了微波消解仪的使用、原子吸收光谱仪开关顺序等基本实验操作技能及一些基本的仪器洗刷清洁工作。大家也积极地提出了自己的疑惑，老师一一耐心解答，那些醍醐灌顶般的话语也为我们接下来的实验提供了极大的帮助。

当然，实验室操作中最重要的事情就是安全问题了。老师也不止一次地向我们强调实验室安全的重要性，比如，在本实验中烘箱的使用方面，切记在发现着火时不能打开箱门；腐蚀性试剂使用安全；在一些仪器工作时不要触碰有关开关及不要随意转动未知器械阀门……我们一一牢记于心。无规矩不成方圆，这些安全规则就是实验室的规矩，只有遵守这些规矩才能促进我们一步步向前探索。

老师的言语与我们所看到的实验数据也让我们更深切地感受到实验的魅力。科学无止境，作为大学生的我们，更要努力将理论与实践相结合，本着严谨求实的精神，不断探索新知，不断提高自身素质。

趁热打铁，在培训结束后，我们在9号楼2楼召开动员大会并正式启动暑期社会实践项目。参加培训的同学们积极整理老师强调的要点，以便再次学习记忆；我也向大家具体安排了接下来几天的实验任务及购买食用菌的分组情况，成员们认真倾听，纷纷表示会以最好的状态完成自己的任务。这让我更感到了肩上的责任，暗下决心，一定要带领好大家出色地完成本次实践，让大家收获知识，收获友谊，收获一份更精彩的实践活动。同时，作为队长的我也牢记老师的嘱托，再一次向大家强调了实验过程中的安全问题，让同学们时时刻刻将安全铭记在心。伴随着满满的收获及信心，大家以一张合影结束了当天的实践，我期待着团队成员第二天的表现。

路在脚下，相信我们会用一步一个脚印的积累，换来实践的果实。每一次的积淀，终会使你我绽放。

作者：公卫学院2016级本科生　彭君璇

7月6日　星期四　雨

资产部职工 · 任朝霞

6月23日至29日，按照民建山东省委的学习安排计划，我有幸和山东省直及各地市民建的领导同赴黑龙江社会主义学院及黑龙江大庆干部管理学院参加本次专题培训班，收获良多，感慨万千！

这次参观学习活动内容涵盖丰富。我们参观了保存有近千年历史遗存的金上京历史博物馆、展示20世纪六七十年代北大荒拓硕果的北大荒博物馆、弘扬大庆精神的“铁人纪念馆”“中四队纪念馆”等，充分感受到悠悠历史的绵亘无常和革命群众改天换地的智慧和勤奋。参观侵华日军731部队罪证陈列馆和东北烈士纪念馆、抗联纪念馆则对我们的心灵产生了强烈冲击。国力贫弱时代，老百姓只能用血来为自己换取少得可怜的生存资源，用生命来为其他人换取一线生机！那些英勇牺牲的革命志士，这些真正的民族精英、民族脊梁，他们牺牲时有的只有三四十岁，甚至十几二十几岁，但无论是身受残酷刑讯，还是面对黑洞洞的枪口和带血大刀，他们都能为了心中那份执着信念而毫不动摇。我们今日所享受的富裕繁华、悠然从容的生活可都是建构在这些仁人志士用鲜血和生命浇筑的基石上啊！如果他们有幸活到今天，又能为建设新中国和发展今日之中国奉献多少聪明才智和汗水心血呢？可惜生命没有假如！唯一值得欣慰的是，他们的鲜血没有白流，他们的精神信念长存天地间，永刻丹青上！

在北大荒博物馆和大庆博物馆，我们同样看到奋勇投身于开创新天地大潮中的时代女性，她们和男性一样承担繁重的工作任务，忍受艰苦的生活条件，但同样毫无怨言并满怀激情地奋斗着。在图片展中，我还看到后来成为中央电视台著名主播的敬一丹、著名作家张抗抗等笑容灿烂的照片，艰苦条件的磨砺不仅没有摧毁她们的意志，反而为她们日后的成功奠定了坚实基础。

我们在享受时代赐予的美好时，也要牢记自己的职责，把追求更美好生活的初心汇入助力祖国复兴大业的宏图，与祖国的振兴同步前行！

作者：资产部职工　任朝霞

7月7日　星期五　晴

新入职辅导员·张柏寒

据说，我们六位今年新入职的辅导员成了山大的“话题人物”，或许是时隔六年再次招聘专职岗位的原因，抑或是山大对辅导员队伍的特别重视，使得大家都想一探究竟——“究竟何人能被选中？！”其实，我们都是普普通通、简简单单的人，也只不过是正准备迎接希望与挑战并存的明天的新一代。

其实直至前日，我还沉浸在学生的身份中不能自醒。我们六位辅导员来自不同的地区，有着不同的求学经历，却一见如故，因为我们都有着共同的目标——成为一名大学辅导员，成为一名人民教师。但大学七年的印记毕竟是深刻的，从北京到济南，从母校到工作单位，我一直提醒着自己要进行身份的转换。而直至今日，我们与十四位保资辅导员一同完成了“2017年新聘辅导员岗前培训”课程后，我才真正感受到了这一即将到来的“教师”身份是多么令我紧张、令我期待，而又令我能够为之奋斗一生。

在迷茫而又充满希望的心境下，7月5日至7日，党委学生工作部组织我们二十位辅导员参加了为期三天的辅导员岗前培训课程。

7月5日上午，学工部副部长傅艺娜首先从宏观的角度对我们辅导员的角色定位和工作总要求进行了解说。她结合个人的经历与体会，通过不同的案例，告诉我们怎样认识并做好辅导员的工作。作为教师和学生之间的桥梁，我们既要树立教师的威严，同时也要能够融入学生的思想、生活中，把握好辅导员应有的定位与尺度；在工作中，要清醒认识、主动学习、自觉行动，做到有准备、有素质、有底线、有创新。紧接着，团委书记马晓琳就所从事的山大共青团工作为我们进行了讲解，从实施意见、拓展培养计划到具体的共青团活动，有点有面，为今后团支部班级活动和发展团员工作的开展都进行了重要的指导。下午，公安处中心校区公共安全管理科科长董太华就校园常见安全事件进行了具体的案例分析；心理中心主任吴少怡更是采用了面对面互动的方式与我们就切身感受进行了交流与探讨，告诉我们心理咨询的重要方式就是进行角色转换，体会学生所想与所思，并发挥自身能动性来影响学生。

7月6日，直属单位党委副书记赵希波以诚恳务实的话语为我们讲述了他作为一名资深辅导员的经验，具体到如何迎新、如何军训、如何保障学生安全等。学工部崔杨老师也就新闻宣传稿的撰写、采编和网络新媒体工作进行了详细指导。印象深刻的是，历史文化学院党委副书记朱伟以幽默的方式为我们呈现了山大的校史，以山大人特有的忠诚、博大胸怀、首贵崇实精神贯穿起了山大116年的风雨历程。更有2015年全国高校辅导员年度人物高弟副书记为我们分享了她成功的育人经历，“六个二”、共情、表白、示弱的精辟总结，提纲挈领而又血肉丰满。

7月7日最后一天是几位优秀辅导员和学工部老师的交流会，各位老师真诚地分享了他们多年的工作经验和情感体验，同时还涉及奖学金的评定、违纪事项的处理办法、学生资助工作等，也有中央核心文件的学习，使我们对辅导员的了解有了形而下至形而上的全方位提升与体悟。

或许是因为来自外校、来自一个不同的生活环境，我起初对济南的文化、山大的校风感到陌生，但这几天课下来，我全面了解了山大，了解了辅导员的工作和职责。从这个角度来说，也许作为一个“外来者”会有某种更直观的感悟，这个培训也带给了我莫大的安慰感和融入感。

有人问我为什么会来山大做辅导员，我说，这可能是某种命运的指引、某种归属感的呼唤。这句话听起来滑稽，却是我最真诚的回答。我认为山东人的血肉中自带有一种文化基因，那是一种淳朴、务实和归属感，而这种基因同样存在于山大的血肉中，让我很快产生了共鸣。这几天的课程设置和培训内容同样带有这种特性，老师们真实坦诚、求真务实，辅导员们学习得认真仔细，课程内容有指导思想也很实事求是，使得我们能够很快地理解并融入辅导员的角色中，如今的山大在我眼中变得亲切而柔和。

我理解的辅导员职业，可能微不足道却至关重要，它无需聚光灯将其照射得光彩夺目，因为低调平淡才是它应有的色调；它也无需华丽的辞藻将其描写得感天动地，因为真情流露就是它自备的语言。其实平凡就是伟大，我愿意从事这样一种低调的育人工作，而身为一名受教多年的大学生，我也应该为国家的教育事业作出应有的贡献！

作者：2017年新入职辅导员　张柏寒

7月8日　星期六　晴

医学院留学生・穆罕默德・沙巴兹

每个人都希望在生活中做一些与众不同的事。几天前，在从北京飞往巴黎的航班上，我做了一件特别的事：救了一名中国乘客。

当我正在休息时，我听到飞机广播里在广播寻求医务人员的帮助。我一听到就清醒了，很快走到机组人员旁边。一位年轻的中国女乘客正在浑身发抖，很痛苦的样子。当我表明自己是个医生，并把我的证件交给总乘务长Demon Virginie时，他们告诉了我那个女乘客的情况。因为我会说汉语，我就开始和她交流。感谢我在山大的老师们，他们说过学习语言总会有用。这个女乘客有严重的呕吐、血压和体温过低症状，这很有挑战性，因为飞机上的资源是有限的。我对她实行急救，放了一个氧气面罩帮助她呼吸，给她盖上毯子，然后定期监测她的体温、血压和脉搏。

我用毯子包着装上热水的瓶子帮助这位乘客保持正常体温，让手掌和额头温度升上来，每十分钟和她交谈一次来了解情况。这位乘客一开始感到眩晕乏力，但是经过救护，她在三个小时后开始感觉良好，在飞行的最后两个小时里状态仍良好。

当我救护这位乘客时，地面上安排了紧急迫降，以防出现并发症——在整个飞行过程中，地面救护车和医护人员都与机组人员保持着沟通。飞机降落时，医务人员进一步给她做了检查，我也随后到了医务室，她当时已经没有大碍了。

为感谢我做的努力，机组人员给我鼓掌，乘务长向我表达了感谢，还奖励我10000法国航空里程数。这是我一生中最美好的一天。我曾在电影中看到这种情况，但它在现实中发生了。作为飞机上唯一的医生，我为能拯救一个人的生命而感到自豪。这次经历使我认识到，医生是一种崇高的职业。这是地球上最好的职业，我为成为一名医生而感到骄傲。

这个故事被*China Daily*等中国媒体和巴联社等多家巴基斯坦主流媒体报道，报道中我的名字前还有山东大学和巴基斯坦等字样，我感到很自豪。第二天，我知道了这位女乘客的名字叫李璇，她说："有一句中国谚语叫'救人一命胜造七级浮屠'，谢谢穆罕默德医生在我危难时帮助我。"我为成为一名医生感到骄傲，为自己是巴基斯坦人感到骄傲。

作者：基础医学院2015级博士研究生　穆罕默德·沙巴兹（巴基斯坦）

7月9日　星期日　晴

艺术学院红色调研团成员·史　策

7月9日，艺术学院党委组织我们赴德州冀鲁边红色教育基地，进行红色教育主题社会实践，践行核心价值观，传递青春正能量。实践团由13名同学组成，学院党委副书记姜楠担任团长。在实践活动开展过程中，我团走访了冀鲁边革命烈士纪念园、崔杨抗日战争纪念馆、宁津艺术馆及乐陵枣林美术馆等。

早晨，伴着朝阳，我们踏上了新的征程。我们先到宁津县崔杨（"大刀记"发源地）抗日战争纪念馆参观学习。在讲解员一段段细致的讲解中，团队成员们了解了每一个文献、实物、图片和辅助展品背后那感人肺腑的革命故事，也深刻体会到了抗战艰难斗争岁月里革命战士理想信仰坚定不移、战斗意志坚韧不屈的风采，也让实践团全员从绘画、雕塑作品的生动形象中感受到了革命历程的艰辛。

在冀鲁边革命烈士纪念园中，面对着一座座雕像和一幅幅图片，团员们庄重而肃穆。南有沂蒙山，北有冀鲁边。冀鲁边区是我国著名的抗日根据地，是抗战初期形成的山东六大战略区之一。在建党初期，这里就有了党的组织和革命活动，1925年组建的农民自卫军是津南建立的第一支革命武装。抗战期间，冀鲁边区军民对日伪作战近千次，歼灭日伪军数万人，转移出部队15000人开辟鲁西、鲁南根据地，对开创华北敌后抗战新局面和山东抗日根据地的建立起到了积极的作用。但同时，也有90多名县团级干部、10多万名战士和民众牺牲，谱写了可歌可泣的壮烈史诗。革命先烈永垂不朽，丰功伟绩万古长青。

通过今天的参观学习，我们真切地碰触到历史，体会到勿忘国耻、坚定信念的革命精神。队员们纷纷表示，我们必将努力学习，把握机遇，增长本领，成为一个有才、有识、有担当的青年，弘扬正确的核心价值观，散发大学生青春正能量，为党、为祖国、为人民作出新的贡献！

作者：艺术学院2013级本科生　史　策

7月10日　星期一　晴

合作发展部职工·曹　锐

这几日，时而降临的大雨为七月的济南带来了丝丝凉意。在这难得的凉爽时节，我们迎来了潍柴的客人。山大和潍柴刚刚签署了第四期的合作协议，意味着双方将又一次携手并肩，向着成为世界一流大学和世界一流企业的目标昂首迈进。

潍柴和山大的缘分始于2003年，也恰好是我进入山大学习的年份。彼时的潍柴正刚刚完成内部革新，踏上发展的快车道。十四年来，潍柴的发展经历过辉煌，也不可避免地经历过低谷，然而潍柴与山大的情谊始终未变，岁月的砥砺反而使这份情谊历久弥坚，历久弥深，历久弥新。

服务社会是大学的重要职能，而科学家们深入企业，解决企业生产、研发中的难题则是最重要的表现形式。能动学院的李国祥教授，就是山大科学家服务企业的典型代表。十余年来，李教授经常带领学生深入工作一线，解决企业技术难题，为潍柴带来了巨大的经济效益；同时也给学生进行了意义匪浅的实践教学，李教授也成了一名真正的“潍柴人”。他在工作上总是冲锋在前，但在面对奖励、荣誉的时候，往往藏在别人身后。这正是山大科学家们高贵品格的缩影，令人敬佩。科学家们所起的纽带作用，使得山大和潍柴在科研项目、人才培养等方面都获益良多。而潍柴也用它的实际行动，惠教泽学，支持了山大的发展。十余年来，潍柴累计为山大提供奖学金、科研经费、人才培养经费等近三千万元，因奖学金受益的学生已有一千多人，联合申报的各类国家级项目也层出不穷。如果说山大行驶在发展的快车道上，那么潍柴就是助力器。

当然，潍柴也是山大众多合作伙伴中的代表之一。当今社会越来越注重协同创新、协同发展，学校也越来越重视社会力量对自身发展的推动作用。从我近期亲身经历的几项工作——“国际创新转化学院”“海检研究院”“特殊群体社会治理大数据联合实验室”的建设中，我深深体会到“合作共赢”这四个字的重要内涵。“众人拾柴火焰高”，我想，只有汇集社会各界的力量和资源，山大才能在“双一流”建设的快车道上加速行驶，实现“弯道超车”。

衷心祝愿山大的事业蒸蒸日上！我想这是与我一样学习在山大、工作在山大、生活在山大的所有山大人共同的心声。

作者：合作发展部职工　曹　锐

7月11日　星期二　晴

“齐鲁遗风”调研团成员·郎　月

7月11日，我和山东大学“齐鲁遗风”调研团的其他5名同学一起采访了济南“泉城兔子王”的传承人杨峰老师，并参观了杨老师的工作室，体验到了许多济南的传统文化。

在采访过程中，杨峰老师表示，济南兔子王是许多老济南人儿时的回忆，而现在人们对它的形象已经不再熟悉，它或被称为“兔爷”甚至“兔八哥”，体现出近些年来兔子王在人们心中形象的缺失，这也是支持他坚持这项传承的动力之一。

济南兔子王的形象来源于一个古老的神话。传说有一年中秋，济南的老百姓遭受了一种瘟疫，人们苦不堪言，只能乞求上天保佑。在月宫中司职捣长生药的玉兔知道了这件事，就衔着仙药做成的药饼下凡来到泉城济南。但是受灾的人很多，它想尽快把药发给大家，但苦于没有什么良策。正当这个时候，它听到淙淙的流水声，因为济南是泉城，老百姓多是饮泉水生活。于是玉兔将药饼捣碎，塞到了济南的72个泉眼里。仙药随着泉水流遍了泉城的大街小巷，老百姓喝了泉水，自然把当时患的病治好了。人们知道是玉兔下凡解救了老百姓后，每到中秋月圆的时候，人们都会请一个泥塑兔子神回家，供在案桌上，女人和孩子还要给它行礼、祭拜。这就是济南兔子王的由来。

杨老师告诉我们，他年轻的时候就对泥塑感兴趣，后来学习了美术，做了室内装饰的工作。在偶然的机会下开始创作兔子王并得到肯定后，内心的兴趣和理想驱使他辞掉了原来的工作并开始全力创作兔子王。对于兔子王技艺的传承，杨老师表示现在跟随他学习并愿意将这份传统作为未来工作的人还很缺乏，但他会用更多样的形式将济南兔子王向外传播。

杨老师还邀请我们参观了他的工作室，我们发现除了兔子王的作品以外，还有许多老师创作的描绘济南老城风貌的瓷盘作品。杨老师表示，他是土生土长的济南人，对济南老城的景观有着很深厚的感情，看着这些景观逐渐地改变甚至消失，他感到十分心痛，就希望用这种形式把儿时的记忆保留下来。

这趟探访“泉城兔子王”之旅让我们更为深入地了解了济南兔子王的文化，也感受到了非物质文化遗产传承人对于传统文化的坚守与执着。

作者：国际教育学院2015级本科生　郎　月

7月12日　星期三　晴

印度尼西亚留学生·蔡丽思

2015年9月，来自印度尼西亚、吉尔吉斯斯坦、老挝、加纳、乌兹别克斯坦和塔吉克斯坦6个发展中国家的13名青年才俊，来到山东大学国际教育学院，开始两年的汉语和开发性金融培训。我们都是接受中国国家开发银行的资助来中国学习的，所以我们班有一个光荣的名字“2015级开行班”。已经在塔吉克国家储蓄银行当信息技术部经理的吴玛、在老挝中央银行当国际金融部长的杨光鹏等，都是再次来到山大，成为一名学生。

对我们来说，汉语是一门难学的“外星人”语言，刚来山大的时候，除了我，其他同学连“你好”也不会说。刚开始上课时，作为唯一一名略懂汉语的学生，看着其他同学就像小学生一样开始学习拼音，心里不免暗自偷笑。但是，两年之后当我们结业的时候，完全不懂汉语的同学们的努力实在是打动了我。

我还记得第一个学期，连在课间休息的15分钟内，同学们也都很努力地做笔记，积极地问问题。每次听写得到一百分的同学脸上都会露出自豪的笑容，得不到满分的同学会认真地检查自己错了哪个字，然后继续背词，这番情景永远镌刻在我的心中。来中国之前我们已经是工作人员，有着和一般学生不同的责任，有的同学已经有三个孩子，有的同学刚结婚两个月，但是我们还是跟年轻的学生一样努力和认真。

某天，一位同学说：“我为什么要来学习汉语啊？我在自己的国家不是已经过得很好了嘛，有了很好的职业和幸福的家庭，再说，汉语那么难学！”过了两年的时间，我们现在都明白了汉语为什么这么重要，我们为什么愿意离开已经很好的生活来中国。努力学会汉语，就是为了帮助自己国家的发展。中国经济蓬勃发展，经济总量世界第二，“一带一路”沿线国家都受到了极大影响。所以，将来要跟中国更好地合作，就得掌握中国话、了解中国文化。

两年学习结束后，有的同学打算继续留在中国读研究生，有的选择回国。回国的同学，包括我，并不是觉得学的知识已经够了，就像汉语里的一句话：“活到老，学到老。”只是我们暂时要先回家，把已得到的知识应用于实践。现在中国有创业潮，我也打算回国创业，在印度尼西亚开设一间中文培训机构，趁中国国家主席习近平提出的给“一带一路”沿线国家更多的奖学金计划，让更多的印尼人有机会来山大读书，因为只有来中国学习才能真正地了解中国。

分别总是在七月，带不走的是这两年的记忆，用这篇日记作为我在山大学习的纪念，谢谢老师和同学们，我爱你们！感谢中国国家开发银行，感谢国家留学基金管理委员会，感谢山东大学！

作者：国际教育学院2015级中国政府奖学金学生　蔡丽思（印度尼西亚）

7月13日　星期四　晴

书店调研者·孙圣杰

在联系好书店之后，我们就驱车去了位于宽厚里附近的素见水西书屋，开始了第一天的调研活动。

素见水西，在找寻调研书店的时候，这个名字第一时间就吸引了我们，觉得这一定是一个有故事、有情调的书屋。到了之后，首先被门口的典雅古建筑吸引，在宽厚里旧居附近的它，本身就具有一种恬静祥和的氛围。装修建筑全都是在古典的基础上加入了现代的便利风格，舒适淡雅。进门之后看到的是一堆茶具和一些装花茶的瓶瓶罐罐。虽然不懂茶，但是看上去就觉得很舒服。一楼分茶区、服装区、咖啡区，还有一个T台用来在办文化活动的时候进行T台秀。踱步到二楼，迈步在木质楼梯上，感受着脚下木板与木板之间咯吱咯吱的摩擦声，一切都那么的自然和谐。整个二楼呈现一种安静的氛围。无论是墙上的旧报纸、书柜上的油画、纯木质的桌椅、放置茶具茶叶的柜子、古典的真丝汉服，还是现代的电影放映机，都给人一种舒适、高雅的直观感受。特别是再有几位穿着特别设计的店服的小哥哥小姐姐用温柔的声音为你服务的时候，你会深深地被这里吸引。

老板很热心，跟我们也聊了很多，从素见水西公司到整个现代书店行业的现状，从经营理念到经营模式的发展，从素见水西书屋的文化到整个公司的文化。谦逊、舒适，这是老板给我的第一印象。

生活不总是尽如人意的。老板也跟我们聊到了很多困难，比如假期客流量少、来自其他书店的冲击、书店知名度小等问题。但是，素见水西始终坚持用“风尚慢生活，美学素空间”的理念吸引顾客，定位于高端消费人群。在当前阶段，素见水西主要是通过陶艺、手工、周五电影放映、品茶会、服装T台秀等文化活动来吸引顾客，在成本价的基础上吸引人气，将其作为宣传手段去拓展自己的知名度。做好客户交互和问题反馈的同时，也利用制作网上商城、美团、微信公众号等方法去更好地拓展店面知名度和人气，逐步完善自己的经营模式。

我相信一句很简单的话：有志者事竟成。素见水西是一家有文化内涵的书店，这是毋庸置疑的。我相信只要坚持这种理念做下去，素见水西一定会吸引更多的人。

作者：经济学院2016级本科生　孙圣杰

7月14日　星期五　晴

深圳创新创业暑期学校参与者·马宝林

7月12日，由来自山东大学机械、控制、计算机等学院的8名本科生、6名硕士生以及1名博士生组成的团队踏上了前往深圳的旅途。很荣幸我也是其中的一员，去参加为期两周的山大深圳创新创业暑期学校。经历了12小时的漫漫旅途后，我们终于到达了这个天蓝水清的创业之都——深圳。

今天上午，我们在山东大学深圳研究院参加了开营仪式，之后聆听了由创新创业学院陈言俊教授带来的“大学生创新平台的建设”讲座。陈老师平易近人，从宏观层面将国家的创新创业政策、山大的创新创业平台搭建的历程，到山大获得的创新创业荣誉，一一向我们作了介绍。每每谈及学校创新创业工作获得国家的认可时，陈老师脸上总是洋溢着自豪，因为那其中包含着老师的辛苦工作。之后聆听了控制学院周风余教授带来的“服务机器人发展趋势及产业化背景”讲座，老师讲课风趣幽默，从学科前沿的角度向我们介绍了相关知识。他鼓励我们要学好基础知识，积极参加科技创新活动，来到深圳多学习多感悟，在心中种下一颗创新创业的种子。我从两场讲座中学到了很多，也深刻感受到了学校对于创新创业的鼓励和强力支持。

午休时间，从研究院教室向窗外望去，外面蓝天白云，中兴通讯、创维、TCL、联想等企业的总部大厦尽收眼底，不得不惊叹于此处高科技企业的密集。据研究院的老师说，全球500强企业中有200多家企业都在深圳高新区有总部或者分部。

下午，我们就去了这次暑期学校的主要地点——深圳越疆科技。相信很多同学都对这个名字不陌生吧。这就是在今年本科生毕业典礼上发言、曾两次接受总理接见的越疆科技创始人——刘培超学长。我们参观了越疆科技的研发部，见到了dobot机械臂“真身”以及一些其他的产品，真是大开眼界。之后，刘培超学长亲自和我们进行了交流，还给我们分享了一些创新创业经验。我们分组参加到了具体的项目中，借项目来提高能力，锻炼自己。接下来的大部分时间都要在这里度过，和项目一起共同成长。

晚上和好友骑车去深圳湾附近，发现一路上大部分都是年轻人，他们或三五成群在河边散步，或骑车锻炼身体，或听着歌跑步等，是他们让这座城市充满活力和青春的气息，都说他们是为了梦想而奋斗的人。

“来了就是深圳人”，这是我第一天听到得最多的一句话。这座城市的现代化和包容性是我来之前难以想象到的。高楼林立，交通发达，环境优美，周围的每个人都乐于助人。今天一直照顾我们的研究院老师还有越疆科技的哥哥姐姐们，都全力帮助我们。

为期两周的暑期学校才刚刚开始，却觉得自己已收获良多。感谢学校的支持重视和提供的平台，让我有机会来到创业之都——深圳参观学习。我也将虚心学习，细心观察，为自己未来能够像刘培超学长那样反哺山大而努力。

作者：控制学院2015级本科生　马宝林

7月15日　星期六　雨

交通规划设计研究中心主任·张汝华

一早醒来，尚余点小兴奋。前天为济南市交通委关于北园高架西延工程的一个会议写了点建议，对这个工程提出了一些观点，受到主要领导的肯定和重视。

与两名研究生约好9点钟在千佛山校区北院南门集合打车去省交通规划设计院开会，于是急忙骑上电动车前往集合点。接近25分钟的路程，很靠谱的交通方式。事实上自己还没有拿到驾照，三年前学车缴的费，怕是要打水漂了。

上午的会议内容是研讨省旅发委和交通厅共同委托的项目“山东省交通运输与旅游业融合发展规划”。随着社会经济的发展，旅游业正在成为支柱产业并成为新旧动能转换的主力军之一。山东省是旅游大省，国内旅游收入位居全国前五，目前正积极推进全域旅游示范。交通不仅要为旅游业发展提供支撑，其本身也要成为旅游体系的有机构成，形成网络化的风景道、绿道、旅游公路，借助“互联网+”，提供全方位服务，让人们更好地体验魅力城市、美丽乡村。有机会参与这样一个规划，想想心里就觉得很美。

同学们更是倍加珍惜这次的机会。李霜和戈悦淳两位研究生为了准备当天的PPT汇报，前一天晚上便睡在了办公室，到了汇报时间依然精神十足。对发展现状、发展理念、旅游与交通的关系、国内外案例等的阐述得到与会者的肯定和赞赏，做老师的自然倍有面子。也正是通过这样一些高水平的实战历练以及众多国内外交流合作的机会，研究生毕业后很快便可以独当一面。

午后返回，正是“东边日出西边雨”，走着走着便是风雨交加。刮雨器拼命摇摆，还是有些看不清前方的道路，幸亏开出租车的大都是老司机。这些天高温炙烤，这场雨兴许会带来片刻的清凉，但不敢奢望，夏练三伏才开始，接下来的一个月，我们又要奔赴全省各地参与由省交通厅委托的农村公路安全生命防护工程技术评估现场调研工作。本周一至周三的莒县试调查恰逢高温，往年一到夏天便惧怕中暑而“深居简出”的郭蓉蓉、潘隽两位新研一女生，也莫名地强大起来。我山大真是人才的摇篮！

作者：土建学院职工　张汝华

7月16日　星期日　晴

芝加哥大学暑期交流生·Katherine Yang

绿水青山，婀娜多姿，洋洋大观，如登春台。山东大学青岛校区风景秀丽，而高质量的交流项目也让我惊喜连连。作为芝加哥大学大二的学生，暑期来到山大的公共治理研究院学习中国的公共政策和公共治理问题，让我感触颇深。从高楼林立的芝加哥回到风光旖旎的上海，再乘坐高铁来到正在建设的青岛校区，一路上真真切切地感受到了中国的发展和变化。仿佛铁轨是一条跳动的脉搏，其中流淌着中国的热血。作为一个专注于理论研究的学生，此次来到山大后，我终于有机会把平时从书本上、课题中、新闻里看到的对中国发展的简单描述与立体的现实结合了起来。俗话说，从书本里来，却又不能简单地回到书本里去。实践出真知，只有反复从理论走向实践，又在实践中提出新的理论，才能离真理越来越近。而本周在山大举办的公共治理国际研讨会暨研修班，让我深刻地体会到，对于学者来说，行万里路与读万卷书一样重要。学问是学出来的，是问出来的，更是走出来的。

乘着公共治理研究院揭牌仪式的东风，本次国际研讨会暨研修班于7月13日正式开始，到场的不仅有来自芝加哥大学、宾夕法尼亚大学、日内瓦大学、加州大学、伊利诺伊大学等高校师生，还有来自北京大学、清华大学、复旦大学、香港中文大学、澳门科技大学等全国高校、社科院、政府政策研究部门的教授、老师、研究员。三天的议程内容很丰富，涵盖了“形形色色”的治理，共有“国家与企业”“贸易与投资的政治经济学”“监管、信息与城市暨环境治理”“中国发展轨迹”“比较城市治理”“国家和国家—社会关系”“教育政策与教育投入”“中国与全球治理”以及“社会调查与公共治理、信任与幸福”九个专题。

其中，我对中国本土方面的研究，特别是山大教师们的研究课题最感兴趣。比如，山东大学侯麟科老师从农民抗争现象切入，详细分析了其与基层考核压力和乡村腐败问题的关联。黄晴老师谈到了中国旧城改造问题，并以青岛旧城改造为例，形象地勾勒出了旧城改造治理中的机遇与挑战。刘琳老师围绕“非直接利益冲突”问题展开讨论，诠释了中国社会在转型期间出现的结构性冲突，并在此基础上就冲突的根源、模式以及影响作了细致的归纳与总结。他们所做的不是简单的由文本到文本的定性研究，而是在掌握了大量、多元的一手数据，经过反复比较、筛选，并运用现代社会科学的定量工具进行反复演算、建模后，最终得出结论的科学研究。除了山大老师外，外来嘉宾们的发言也让人印象深刻。南开大学的朱光磊教授谈到了政府职能的转变，特别是对政府基本职能和职责的转变、划分、发展和变化提出了新的见解。北京大学的徐湘林教授讲到了地方治理中的政治动员，他对实地调研中发现的自上而下单一的动员和压力分配方式提出了适用性和有效性的疑问。这些都是我在国外从未接触过的领域。两位教授讲话不过几十分钟，却字字珠玑，让我对中国社会、政治和公共治理产生了浓厚的兴趣。

本次研修班时间紧凑，但内容丰富。山大提供的舞台让近三十位专家教授同台演绎，展示了中国社会科学界的活力、包容和上进。不仅仅在课堂上，在茶歇时、餐桌上、校园中，我们都讨论着形形色色的课题，交流着自己的理解，和来自祖国大江南北的研修班学员们一道畅游在学术探求的海洋之中。在接下来的时间里，我期待山大给我们带来更多的机遇与惊喜。

作者：芝加哥大学2016级本科生　Katherine Yang

7月17日　星期一　晴

赴南澳大学交流生·唐婧怡

为期半年的赴南澳大学交流落下尾声。当飞机降落在广东白云机场，走出舱门的那一刻，我激动得不能自已。

在澳大利亚南澳大学学习，最大的感受就是课程学习形式的多样化。每门课每周都有讲课（Lecture）和习题辅导课（Tutorial）。讲课一般在大教室里进行，由教授（Lecturer）来讲新的知识。习题辅导课的内容是给同学们解读讲课的重点内容，并由此延伸出相应的习题练习或案例分析。这样的制度设计让我这个初来乍到的留学生感到新鲜，但实际上学生需要有更多自主学习的时间。同时，每门课都需要写论文，论文有严格的格式要求。由于初到国外，确保参考文献的格式规范与否对我来说是一项巨大的挑战。同时，每篇论文都会用软件检测文章中是否有抄袭或者引用不注现象，即便是有一处疏漏，文章也有很大的可能性被判零分。这种学术的严谨性，我认为是很值得我们学习的。

我们修了一门专业课叫会展管理，课程要求我们参加当地举办的各种节事庆典，既让我们能够将理论与实践相结合，又能让我们这些外国留学生感受到澳大利亚当地特有的风土人情。教这门课的是个风趣幽默、充满耐心的韩国老师。每次上课，她都会非常亲切地和大家打招呼，并感谢大家过来听课。让我们感觉，师生是完全平等的，彼此是相互需要的。

让我感受最深也是我最用心的一门课是创业与创新。老师名叫Peter，幽默和蔼。他每节课都会讲一个商业案例，有时候也会邀请创业公司的CEO来作讲座，每节课开始都会有个小测试，测试你对理论的理解，最后的期末考评是小组成员共同完成一个关于这家创业公司的报告。他的教学方法独树一帜，我也很用心地完成他布置的课后作业，最终拿到了HD（最高档）的好成绩。

在这半年里，我们不仅参加了学校组织的很多活动，而且参加了实习和志愿服务活动，有孔院举办的志愿者活动、2016阿德莱德母亲节经典徒步活动颁奖志愿服务活动，去阿德莱德酒庄做游客问卷调查，去希尔顿酒店的行政楼层做实习生，等等。同时和外国友人们过了几个重要的节日，3月的赛马节和复活节、4月的澳新军团日、5月的维多利亚广场美食节、6月的英国女王生日……在这些活动中，我不仅认识了许多外国友人，也了解了澳大利亚文化的方方面面。

这个学期的假期很多，趁着四月两个周的秋假，我们前往悉尼、墨尔本、塔斯马尼亚岛游玩，一路上住青旅，坐大巴，走过墨尔本的州立图书馆，领略著名的悉尼歌剧院，体验过塔斯马尼亚岛的清新澄澈，也感受过霍巴特亚瑟港监狱的阴森萧瑟。在旅行过程中，我不仅领略了壮观的澳大利亚风光，更结识了许多热爱旅行的外国友人。

五个月的交流学习，既让我提高了独立生活能力，又让我感受了澳大利亚不一样的文化氛围。通过交流，在充实的学习之外，我真切地感觉到自己的成长。

作者：管理学院2014级本科生　唐婧怡

7月18日　星期二　晴

生命彩虹支教团成员·王忠玮

生命彩虹支教团支教第二天，只有两个词：感动、心疼。

上午，开班仪式如期举行，在这个过程中播放了一段在外务工的家长为孩子们拍摄的视频。家长们在说话的过程中几度哽咽，我感受到了他们为了给孩子更好的生活而被迫离家的无奈，也感受到了他们对孩子浓浓的思念。就这样，听着他们对孩子说的话，我红了眼眶，亲情就是有这种感染人心的力量。

这个班里有个孩子让我印象深刻。记得第一天学生报到的时候，这个孩子就引起了我的关注。他主动要求坐在最后一排，只有他一个人的一排。在其他孩子互相打闹的时候，他也是在静静地看书。一开始我觉得这孩子有一股高冷范儿，可现在却觉得他有着这个年纪不该有的坚强与成熟。他是班上唯一一个自告奋勇要当班长的人。现在想来，他把我吩咐的每一件事都认真做好，我不在班上的时候帮我管理班级，带着其他同学搞好卫生。最让我感动的是，我教的是舞蹈课，好多男生对跳舞是有抵触情绪的，他们吵着要回班，而他却说："跳舞挺好的，老师接着教吧。"他的肢体协调性不是很好，但他尽力地学每一个动作，带动着其他男生，缓解了我这个新人老师的尴尬。他很乖，很懂事，却让我有些心疼，让我想用自己的关怀去弥补他父母不在身边的遗憾，想让他变得像其他孩子一样爱说爱笑，想让他变得有一点"不懂事"。其实，他只是留守儿童中的一个。他身上的问题，在留守儿童身上普遍存在；他需要的关爱，其他留守儿童也同样需要。所以，如果我们的爱能为他们带来欢乐，何乐而不为呢？

我在开班仪式中听到了这样一句话："我们每个人手中最初都有一把烂牌，身边有很多爱你的人去帮你换掉几张牌，或告诉你一种新的打法；但是最后，牌还是需要你自己去打。"我希望孩子们拥有足够多的爱，同时，也希望他们自己可以把手里的牌打出精彩。

作者：环境学院2016级本科生　王忠玮

7月19日　星期三　晴

山大前任党委书记·李守信　前任校长·张　荣

山东大学前任党委书记　李守信

2011年10月18日，我来到山东大学接任党委书记。此时此刻，蓦然回首，已经和大家共同度过、并肩奋斗了将近六年的时光。这2100多天的经历，在岁月长河中仅是一瞬间，却成为我职业生涯中最大的亮点，也是我人生中最重要的财富。在我离任之际，感慨万千，为自己能够在山东大学度过这样一段值得永远铭记的时光感到荣幸和骄傲！

我首先要衷心感谢上级组织的信任和支持。6年前，受组织的重托，我有幸来到山东大学这所历史悠久、底蕴深厚的著名学府，光荣地成为一名山大人。从那一刻起，我怀着融入山大、奉献山大的情感，按照中央的要求，努力履职尽责，认真贯彻落实上级决策部署，贯彻执行党的教育方针，把握正确方向，倾力推动学校事业健康持续发展。看到学校今天形成的充满生机的办学局面，我能在其中尽一份心，出一份力，做了一些应做的工作，永远感到欣慰和喜悦。从主观上讲，我对做过的工作，虽然尽了一己之力，但做得不完美，有的甚至还存在着不足，也留下了一些遗憾，只能求得大家的谅解了。我特别想说的是，我在这里取得的每一点进步，应首先归功于中组部、教育部党组、山东省委省政府等上级部门和领导的热情关怀和大力支持。

我还要表达对山大全体同仁的深深谢意。山大的事业是靠全体师生员工干出来的，个人的努力只有与集体力量融合在一起才能有所作为。在这里工作期间，我很庆幸学校有着一个坚强有力的党政班子，大家发挥“关键少数”作用，分兵把守、各尽其责、凝心聚力、开拓进取，每一位班子成员都为山大发展作出了积极贡献。我也由衷感激各职能部门、学院、直属单位的干部们，大家忠于职守、敢于担当、真抓实干、务求实效，推动各项工作顺利有效进展。我永远感激全体教职员工，忘不了潜心教学、诲人不倦的教师们，忘不了兢兢业业、默默奉献的职工们。正是这些山大人的辛勤耕耘，成就了山东大学今天的事业。最使我感到幸运的是，我在学校工作的大部分时间里有着一位难得的工作搭档张荣校长，他博学多才、眼光长远，谦虚谨慎、求真务实，精于管理、善于合作。我们之间倾力支持，结下了深厚友谊。他的付出将为山大事业抹上浓墨重彩的一笔。

现在，中央把党委书记和校长的接力棒交到了新立和丽明同志手上。我和新立同志相识多年，曾携手并肩为国家高等教育211工程和985工程建设献策出力。他党性坚定、素质过硬、视野宽广、务实沉稳，熟悉高等教育规律和高校办学规律，政策理论水平高，驾驭全局能力强，领导经验丰富，相信他一定能履行好党委书记的职责。丽明同志是我们山大自己培养出来的优秀干部和杰出学者，对学校有着深厚的感情，她思路清晰、作风干练、工作扎实、治学严谨，组织领导能力和大局观念强，具有丰富的办学治校经验。衷心希望全校党员干部和师生员工像支持我和张荣校长一样，全力支持郭新立书记和樊丽明校长的工作。

还有，我最想表达的是，我们山东大学正在进入一个关键的发展时期，全校师生员工正以高涨的热情和干劲，奋斗在实现世界一流大学建设目标的征程上。我们已经以实现这个目标为主线，描绘出了未来三十年的发展蓝图。如果，我们能够坚持“一张蓝图干到底”的决心和魄力，把实施学科建设规划、落实综合改革方案、推进“双一流”建设、完成青岛校区二期工程、如期建成济南主校区等几个事关全局和长远的事情做好；如果，我们能坚持问题导向，面对现实，把人才队伍建设特别是青年人才后备队伍建设、“一校三地八校园”体制机制、医学教育改革发展、教育教学质量提升等几个制约和影响学校发展的重大问题解决好；我相信，我们紧密团结在以习近平总书记为核心的党中央周围，坚持党的领导、加强党的建设、推进全面从严治党，营造风清气正的校园政治生态，为落实立德树人根本任务提供坚强政治保证，我们山东大学一定能够早日建成世界一流大学，一定能够为实现中华民族伟大复兴的中国梦作出新的更大的贡献！

最后，我发自内心想说，在山大的六年给我留下弥足珍贵的人生记忆。从今天起，我尽管从党委书记岗位上退了下来，但我会继续尽我所能，热爱山大，守护山大，奉献山大！我真诚祝福每一位山大人健康快乐！祝福山大的明天更加美好！

（**编者注**：7月19日，在山东大学教师干部大会上，中共中央组织部宣布了中共中央、国务院的任免决定，李守信不再担任山东大学党委书记职务。离任之际，李守信发表感言，表达对山大的深情厚谊。）

山东大学前任校长　张　荣

2013年10月22日，我受命担任山东大学校长。四年来，在党中央和国务院的亲切关怀下，在中组部、教育部、山东省委省政府的坚强领导下，在学校党委的直接领导下，我与学校领导班子成员一道，团结和带领全校师生员工，为山东大学的事业发展投入了感情、倾注了心血、付出了努力。在这离别的时刻，我的心情很不平静，千言万语浓缩为三个词来表达：

首先想说的是“感谢”。来这里工作以前，我与山东大学并无直接的学缘关系。令我感动的是，上任伊始，山大的各位领导、同事、老师、同学和校友就给我以充分的信任和支持。在这四年里，我有幸和大家一起做了一些对学校有意义的事：从青岛校区的建设启用到济南主校区的统筹谋划，从综合改革方案的编制到“学科高峰计划”的实施再到顺利进入一流大学建设高校行列，从加拿大籍国际知名政治哲学家贝淡宁、德国籍生物学家艾德铭等一大批学术领军人物的引进到杰出人才体系的构建，从国际历史科学大会的举办到“人文社科振兴计划”的出台，从“全球汉籍合璧”工程的推进到成为世界儒学大会的主承办单位，从SCIE收录论文数量跃居全国第五到进入ESI前1%的学科总数比2013年增加七个跃居全国第六，从“2025创新创业联盟”的发起到山东工业技术研究院的创建再到国际创新转化学院的成立，从《创新创业教育行动方案》的推出到“中美大学国际科技创新园”的筹建再到国家“双创”示范基地的获批，从与弗吉尼亚理工大学实质性联合办学到与耶鲁大学、芝加哥大学、剑桥大学等一批世界一流大学开展系列项目合作……大家在这个过程中所体现的包容胸怀和给予的真诚帮助让我永远感恩于心。在这里，我要郑重地跟大家说一声“谢谢”，谢谢你们！同时也借此机会感谢中组部、教育部、山东省、济南市、青岛市、威海市的各级领导和山东社会各界对我政治上的指导、工作上的支持和生活上的关心！我还要特别感谢我的家人，是他们一直无私地关心支持着我，让我能集中精力做好山大的工作。四年来，我从山大学习到的、感悟到的、收获到的，实在是太多太多，山大的精神将永远伴随着我、影响着我、激励着我。四年山大缘，一世山大情，无论走到哪里，我将永远为一个山大人的身份感到自豪！

其次想说的是“遗憾”。尽管过去这几年，在大家的共同努力下，学校在提升学科水平、延揽高端人才、构筑学术高地、改善育人生态、拓展办学空间、深化对外合作等方面都取得了一些标志性成果，山大的综合实力进一步增强。但是，与党和国家对高等教育事业的要求相比，与创建世界一流大学的远大目标相比，与广大学生以及家长的期望相比，与国内外先进高校相比，我们的工作还存在许多问题和不足。我深知，自己的能力有限、经验不足，离一名优秀的社会主义政治家、教育家的标准还有很大差距，虽然主观上一直努力，但还是留下了一些遗憾，有些工作本应做得更好，有些工作还在推进当中，有些工作还没有来得及去做，有些工作还有待于时间去检验。而且，在这些工作当中，或存在因为自己对情况不够了解而使一些同志受委屈、由于自己繁忙疏忽对一些同志关心不够的问题。对此，我心中感到愧疚，在这里向大家表示歉意，恳请大家多多包涵！我自己有决心将心中的这份愧疚转化为今后关心山大、支持山大、报答山大的一种愿力和行动。让我倍感欣慰的是，前来接棒的两位校领导都来自于国际大都市上海，眼界格局非比寻常。而且，郭新立同志曾长期在教育部工作，对高等教育有系统认识和深刻把握，又有在上海交通大学建设一流大学的实践经验；樊丽明同志本身是从山大培养成长起来的，熟知山大校情，富有开拓精神，又有长期担任大学校长的经历。相信他们两位的到来，一定会给山大带来新的活力、新的气象、新的精彩！希望大家像支持守信同志和我一样支持他们的工作。

最后想说的是“祝福”。自1901年创办以来，山东大学始终扎根于齐鲁大地，沐浴着儒风墨雨，融汇了山魂海韵，弦歌不绝，历久弥新。四年的朝夕相伴，让我真切地体会到，这是一所有历史底蕴的大学，也是一所有动人故事的大学，更是一所有文化积淀的大学。她的博大、厚重、深邃，孕育着无穷无尽的能量，这是一代又一代山大人担承使命、果敢前行、勇攀高峰的基础所在、动力所在、信心所在。再过几个月，山大就要迎来她的116岁生日。100多岁对我们每一个人来说几乎快要临近生命的极限，但对于一所大学来说，还只是处于朝气蓬勃的青年阶段。我相信，只要我们全体山大人同心同德、锐意进取，就一定能攻坚克难、众志成城，就一定会在不久的将来创造出新的辉煌。

（**编者注：**7月19日，在山东大学教师干部大会上，中共中央组织部宣布了中共中央、国务院的任免决定，张荣不再担任山东大学校长职务。临别之际，张荣发表感言，深情告别山大。）

作者：山大前任党委书记　李守信　前任校长　张　荣

7月20日　星期四　晴

奇迹风帆爱心服务团队队员 · 邓萌萌

7月11日，我们16个人从济南出发来到了德州市乐陵市西段乡中学，今天是来到这里的第10天。身为队伍里的宣传组组长，比起老师，我觉得自己更经常扮演的角色是一个记录者。我主要负责新闻稿、微信推文这两个方面的审核，同时负责西段支队在西段这两个星期的所有摄影工作。一开始我会抱怨，在西段待了这么久，我却几乎没有和孩子们一起玩的照片。而如今看着U盘里存着的几百张为孩子们、队友们拍的照片，我想我是爱上了当一个记录者的感觉。

今天，除了与往常别无二致的上课，下午我们带着孩子们一起去参观了西段乡乡村记忆馆。走在乡间并不宽阔的马路上，我捧着相机跑到队伍的最前方，班旗、队伍、笑脸……我舍不得放过每一个他们最开怀的瞬间。孩子们瞅到我在拍照，有的羞涩地向我比“V”，有的加深了脸上的笑容，还有的调皮地朝我眨眼。我觉得自己着了迷，迷上了被孩子们的笑脸包围的感觉。

到达乡村记忆馆以后，孩子们迫不及待地涌入馆内，我也跟着走了进去。我们班的孩子调皮地带着我一直向记忆馆深处走去，我看到了很多过去的老物件，老式鼓风机、爆米花机、花轿，等等。这个乡村记忆馆就像过去的西段乡的一个精简化模型，包含的内容囊括了日常生活的方方面面。孩子们对所看到的器物都十分感兴趣，他们时不时拉我过去拍照，问我问题，或者是和其他同学一起研究器物的用处。而我，则拿起相机，拍下他们对各种器物探究时的神色、惊奇的眼神、似懂非懂的神态。那种源自内心的情绪表达，是最真实的，也是最吸引人的。即使他们已经是面临中考的16岁的少年了，但是在我的眼里，他们都还是孩子，天马行空，青春张扬。我会回答他们有时会让人觉得哭笑不得的问题，也会坏笑着和他们开玩笑，但我更喜欢的是，拍下他们每一个咧开嘴笑的瞬间。

翻翻相机里的相册，我今天拍了二百多张照片，每一张照片都将成为记录他们的成长的中介，而我，又完成了一天记录者的工作。我很满足。我喜欢每一个孩子，尤其是喜欢对着我的镜头笑的孩子。如果当他们很久以后翻出这些我为他们拍的照片时，他们能够笑着回忆起那个当时为他们拍照的老师，我就心满意足了。

作者：新闻传播学院2015级本科生　邓萌萌

7月21日　星期五　晴

HC社会实践队队长·李宁宁

7月21日上午10点，我和实践队成员一起来到了齐鲁医院东院。有过之前数十天深入舒缓医疗病房的经历，我们对舒缓医疗的基本状况有了初步的认识，所以就实践的疑惑和主任进行了交流。

主任就与患者沟通的技巧、帮助家属走出伤痛的方法、病危病人心理状态及护理的特殊性、医疗资源的合理配比问题等着重作出了解释。他以现场“游戏”、列举实例等方式加深了我们对“临终关怀”整个体系的认识。

令我感触最深的是主任讲的一个故事和一个“游戏”。在一次医院举办的培训中，五个人分别扮演病人、家属、死神、疾病、医生的角色。病人腰上缠着绳子，其余四个角色用力拉绳子。在疾病不放手的条件下，家属和医生越用力，病人反而越痛苦。在治疗的过程中，医生和家属是最希望病人康复的，但过度治疗有时会加大痛苦，缩短生命长度。家属适时放手，尊重患者的选择，或许能让他们以最好的状态离开。

当场，主任让我们想象，当自己时日不多时心中最挂念的五件事，再逐次丢掉一件，只留最放不下的一件。越往后越难抉择，因为最后留下的都直击内心的柔软——我们最爱的人。谈起他们，我们滔滔不绝，眼睛里闪烁着星星。“我们在了解病人的基础上，会和患者做这个小游戏，抓住他们最敏感的地方，他们会愿意敞开心扉和你交谈。当他们想不开情绪低落时，从这些事情入手，会使他们精气神提高，同时赢得他们的信任。“与患者交流是一件长期的事，需要全面了解，感同身受。”主任讲解道。

我国临终关怀体系尚不完善，需要更多的人参与进来，推动其发展。长路漫漫，但很多人在努力帮助患者，使他们能没有遗憾、没有痛苦地与这个世界告别。

作者：基础医学院2015级本科生　李宁宁

7月22日　星期六　晴

“互联网+”省赛参加者·李雨浓

今天，是第三届山东省“互联网+”创新创业大赛省赛答辩的日子。我们一行坐着学校安排的班车既兴奋又紧张地来到了山东商业职业技术学院，与全省其他300多支队伍角逐，争夺最后的30个晋级名额。

承办方给所有的参赛队伍安排了几间大教室候场。我们队伍做的项目是增强交互穿戴式解决方案，被安排到10点以后答辩。这样，我就有充分的时间准备。我是主答辩手，在候场室一遍遍检查与记忆稿子和PPT内容。整个教室虽然没有空调有些闷热，大家却安心地、充满期待地为自己即将奔赴的战场做着最后的准备。

紧张的时刻终于到来了，当一分钟视频放完后，我充满自信地一步一步走上今天重要的"舞台"，开始精彩的"独舞"。我挑选了整个项目的亮点，对优美的头盔设计、独具匠心的AR设计、大胆的营销策划和优秀的团队成员进行了简单的介绍，还联系了当前最热的绿色环保话题来分析我们可穿戴AR头盔的市场。整个过程中，我面带微笑，直视前方，语调节奏时快时慢，声音洪亮，且整个人充满了对我们项目的自信和对前景的憧憬。我明白，虽然我们的项目目前还处在创意阶段，但是每一场重要的答辩都要将评委和观众看成最终的投资人，既要让他们看到项目的创新性，也要让他们看到真正可以操作的可能性。台下的评委对我们进行了认真的点评。与平时上课老师那种鼓励多于批判的点评不同，这是一种直击问题本质，犀利又独特的点评。我们理解，毕竟有那么多队伍参加比赛，时间又有限。评委对我们的项目很感兴趣，在计时员不断提醒时间后才意犹未尽地结束话题。

我认为和评委的交流是我此行最大的收获。我们从来就不是象牙塔里的学生，我们每天接受着学校和社会上大量的信息，我们最终也将走上社会务实地工作。一个好的创新创业项目必将面临发展过程中的各种各样的问题，不断发现问题，不断解决问题，才能走得越来越远。

作者：管理学院2014级本科生　李雨浓

7月23日　星期日　晴

新心沙雅调研团成员・卡勒布努尔

静静地看着窗外消逝的风景，从繁华城市看到遥遥大漠，从人来人往看到天宽地阔，从热辣的大太阳看到满天星辰。充满期待地看着每个日出日落，内心的激动没有被四十七个小时的火车路程消磨，也没有因为疲惫而有所冲淡，反而因为距离的拉近，有说不出的情绪要溢出我的身体。我想这就是乡愁吧，越近反而越浓、越烈，难以言喻，也难以压抑。

在晨辉里，乌鲁木齐的轮廓越来越清晰。我们的火车终于停在了新疆乌鲁木齐的火车站，代表着一个不一样的暑假即将拉开序幕。一个由来自六个不同地区的八个人组成的小小调研团将要在新疆沙雅度过我们为期三周的调研生活。其中三个新疆小伙伴不仅肩负调研的任务，更肩负着让其他五个来自内地的小伙伴重新认识新疆、真正了解新疆的重要责任。

今天有大半天的时间在乌鲁木齐，显然，眼前这和想象中不一样的一切让他们感到惊喜和诧异。繁华、安逸、异域风情，美景都藏在各处，充满特色的立交桥柱、时尚美丽的着装、精致端庄的妆容，甚至餐厅里五颜六色的灯、彬彬有礼浓眉大眼的帅哥服务员，都让他们觉得美丽极了，充满不一样的魅力。作为一个土生土长的新疆维吾尔姑娘，此时，心中的骄傲与满足溢于言表。在我以往的五年求学生涯中，经历过的最大的尴尬和无助就是面对对新疆存在误解的人们，我难以完全解释清楚新疆是什么样子的。而此时同伴的赞叹告诉我，有机会就带更多的人过来，做一个有能力吸引和号召更多人来这里的人。新疆的美不仅是没有被污染过的天然景色，更是风土人情的美丽，是维吾尔族文化的美丽，而这些真的是只可意会不可言传的。只有置身其中，亲身体验，才能体会到新疆的魅力。

几乎每个同伴都说一定要带家里人再来一次新疆，一定让家里人看看这里有多不一样。听到这些赞美，我只觉得，风都是甜的。

作者：新闻传播学院2016级本科生　卡勒布努尔

7月24日　星期一　晴

深圳创新创业暑期学校参与者·胡瑞泽

到今天为止，为期15天的山东大学创新创业暑期学校已经接近尾声，这些天我们过得十分充实。

在此之前，深圳市不过是印象里过去一位老人画的一个圈。9天之后，深圳的形象变得真实而清晰起来。没有北京的匆忙，没有上海的魔幻，深圳给人的印象是脚踏实地。我们实践所在的越疆科技就是这样一家脚踏实地的公司，创始人刘培超师兄在大二时就已经开展了项目的研究，研究生毕业后创办公司。人们只看到2015年成立的公司现在估值7亿，只看到创始人两次接受总理接见，只看到他二十多岁就在山大毕业典礼上演讲，并没有看到多年前那个大二学生在工程训练中心的日日夜夜。

但是深圳又欢迎仰望星空，市政府一系列的扶持政策和遍地开花的孵化基地给了梦想青年无限的可能。这其中，山东大学深圳研究院就是最为有力的证明；王明星老师告诉我们这里没有官僚机构，研究院是给大家服务的；傅杰老师给我们提供了很多生活学习上的帮助，帮助我们联系了很多知名企业；林老师和张老师更是亲自带队，照顾到了我们衣食住行的方方面面。

在这样的环境下，我们的实践活动开展得卓有成效。实践开始的时候，刘培超师兄对我们说："这一次我们不做样机，每个实验室有太多的样机，我要你们完成样机到产品的整个过程。"正是这样对我们来说稍显苛刻的要求，让我们在实践过程中冥思苦想、集思广益、团结协作，每个人都为团队贡献出了自己的力量。目前我们的实践还在进行，但是每一位成员都已经感觉到收获满满。

衷心感谢山东大学深圳研究院、越疆科技和山大深圳校友会对我们的帮助，我们一定不辱使命，圆满完成这次实践活动。

作者：机械学院2015级硕士研究生　胡瑞泽

7月25日　星期二　晴

赴台湾暑期交流项目学员 · 秦梦真

16岁的时候，读台湾作家吴念真先生的《这些年，那些事》，台湾成为我心中一颗梦想的种子，深深埋藏在心底。

21岁的我，有幸通过添翼工程海外交流项目的选拔，获得此次前往台湾中国文化大学交流的机会，梦想的种子生根发芽。今天是我踏上台湾这片土地的第一天，跨过海峡，漂洋过海，终于可以来感受宝岛的美丽、热情与独特的亚热带气息。

飞机一落地，我们就感受到台湾同胞的热情与真情。刚出出站口，台湾中国文化大学的志愿者们已经高举写有“山东大学”的接机牌在等待我们。在他们的引导下，我们乘车驶向历史悠久的大学校区。抵达后，我们同来自大陆19所高校的84位同学和老师相聚一堂。志愿者们亲切地同我们问好，耐心地为我们分发生活必需品，并细致叮嘱我们在此生活的一些信息。

之后，就是对方准备的开营典礼。在典礼上，台湾中国文化大学校长李天任向我们表示欢迎，并说“今日我们相聚于华冈，便是一生华冈人”，在座的师生被深深感动，会场上响起了热烈的掌声。之后，山大数学学院的徐晓霞老师作为教师代表发言，追溯了山大为海峡两岸的发展作出的卓越贡献。

开营典礼后，志愿者带我们游览了古色古香的大学校园，碧瓦青墙、楼台亭榭，这里的建筑极具中华民族特色，让我们感受到中华文化在建筑身上的传承。晚上，校方还为我们举办了极具台湾“偶像气息”的欢迎晚会，来自台湾的流行音乐歌手载歌载舞，用亚热带气候般的热情表示欢迎。晚会结束后，我和队友们在校园的情人坡眺望台北市的夜景，灯光璀璨，令人心醉。

短短一天，我就感受到了台湾同胞的热情与温暖，就如台北街头吹过的丝丝清爽的风，吹走了整个夏日的炎热，吹走了我对夏日生活的倦怠。短短一天，我就已经爱上了这片可爱的土地，爱上了这里可爱的同胞们。感谢他们对我们的照顾与热情，同时也感谢山大为我们提供本次学习的机会。

还有十八天，这片土地上还将发生许多关于山大人的故事。我将认真聆听、观察、记载这里的点点滴滴，这将是我一生的宝贵财富。同时，在徐老师的带领下，我们也将不断努力，为增进山大与各高校的情谊、推动两岸关系的和平发展作出微小的努力。

（**注**：台湾中国文化大学又名“华冈”。台湾中国文化大学在阳明山后的校地原为一片橘园。当时未有名称，迨至校舍落成，创办人张其昀取“美哉中华，凤鸣高冈”之意，撷“华冈”以为地名。今日校园中的大贤馆顶楼、晓园碑刻、大义馆西面入口均可见此字样。学生社团也多冠以“华冈”二字，以表示是属于台湾中国文化大学的社团，而在学校就学或服务的人都可称为“华冈人”。）

作者：政管学院2014级本科生　秦梦真

7月26日　星期三　晴转雨

国际公务员项目参加者·谢一波

当知道学校就业创业指导中心要从全校选拔五名学生参加第七期国际公务员项目时，我立马报了名。怀着无限的向往，我认真填完了活动的报名表，准备好面试。结果出人意料得顺利，我与其他四位伙伴共同获得了去重庆的资格。

讲座的嘉宾们为我们带来了一场又一场的思维风暴。何昌垂老师用生动活泼的语言为我们讲述了在联合国的工作经历，使我们对联合国的工作有了感性的认识。徐亚男大使作为翻译界的泰斗，带领我们领略了联合国翻译工作的风采，她将联合国的工作讲述得如此有趣以至于我们都心生向往。王之佳老师，一位怀着赤子之心在联合国工作的人，我十分欣赏他的真性情，他将联合国比作一个大舞台，我们都是台上的舞者，正值青春年少的我们将是联合国舞台上最重要的新生力量。最后，陈健大使，作为联合国原副秘书长，为我们揭开了联合国秘书处的面纱，他一直都对我们重复这样一种理念：联合国不是一个高不可攀的地方，它也是一个机构，因而也就有一切机构的普遍性，在这种意义上，成为国际公务员便不再是空中楼阁，而是看得见摸得着的目标。从与他们的对话中，我们收获良多。

除了风度翩翩的外交家们带来的讲座，舞会的经历也让我印象深刻。这是我第一次学习交谊舞，所有的闲暇时间，舞蹈队的小伙伴们将自己完全投入排练当中。饭后的空隙、午间的休息、夜晚散场以后孜孜不倦地练习，一遍一遍地踩着步伐，一遍遍地配合。从最初的生疏，到慢慢地能跟上音乐的节奏，到最后与舞伴一起在地毯上舞动，那种感觉的确无比奇妙。短短十天，我学了两套舞步，也算是小有所成。

丰富的讲座与活动过后，我对联合国的工作有了进一步的了解。作为一名金融工程专业的学生，我希望能够将我所学到的经济学知识运用于实践，而联合国无疑为我提供了一个宽广的平台——我可以去经济与社会理事会参与经济趋势的预测，也可以向成员国家提供一些政策建议。实践是检验真理的唯一标准，而联合国就是一片实践的沃土，在这片沃土上，我能充分享受运用理论的快乐，这是一种发自内心的坦荡和愉悦。

明日，我们即将踏上归途，而外交官们的铮铮话语、同学之间的认真讨论、舞会上的翩翩裙摆，以及自由自在的放声歌唱，将久久地印刻在我的脑海里，多年以后，清晰如昨。

作者：经济学院2015级本科生　谢一波

7月27日　星期四　雨

公卫学院本科生·王　娣

一个星期以前，我来到了德州乐陵，作为山东大学奇迹风帆爱心服务团的一名新成员，开启了半个月的夏令营活动。当时的我心里有些忐忑，因为我要作为一名老师，要带给西段中学同学们一段有知识有欢乐的夏令营时光。而那时的我也同样不知道，这是一段多么难忘又美好的日子。

所有的遇见，都是一种缘分；所有的相识，都是美好的巧合。这是一个不一样的夏天，有满园蝉鸣的、可以汗流浃背的、远离城市的、充满知识与欢乐的、一个以不一样身份出现的夏天。

到现在，我们的夏令营时间已经过了一半，听着外面的雨声，围着熟悉的队友们，静静地想着过去的这一个星期里发生的点滴，我突然有点感慨。时间过得好快，还有好多想和孩子们分享的东西。尽管我们只相差四五岁，但是我想把我能给的知识、欢乐和爱，都留给他们。这样美好的经历不会再有第二次了，我要多拍点照片，我要让他们永远留在我的世界里。不论是批评还是赞扬，在一个小老师这里，他们全都是我可爱的孩子们。没有任何偏见，老师只是希望你们好，希望你们有一个美好的前程。思绪很乱，不知道说到了哪里，想到每一张微笑的脸庞，每一只积极举起的小手，每一对期盼的眼神。“老师，听写都对了，有没有奖励啊？”我多么喜欢你们，上课第二天就把半个月的奖品全都发出去了，现在正在焦头烂额地准备，再送给你们什么好呢?

印象最深的一个场景，就是第一个活动。在心理运动会中，两人三足接力赛，同学们为了协调一致，把胶带紧紧地系在了腿上。烈日炎炎，大汗淋漓。比赛即将开始的时候，我在接力点给四个参加比赛的同学拍了一张照片，现在细看起来，有一点感动、一点心疼、一点欣慰。我有时候会思考，不知道你们以后会变成什么样子，会是高高大大的男子汉吗？会依旧记得在青涩的年纪里，有这样一群老师，有我这样一个平凡的老师来到你们的生活里吗？……而我会永远记得，这样一群可爱的你们，和这个不一样的夏天。

多幸运，在最美的年纪，一切不期而遇，都是刚刚好的安排，刚刚好的相识。我会好好享受这段时光，享受这个夏天，然后将这些美好的记忆永远地珍藏。

作者：公卫学院2016级本科生　王　娣

7月28日　星期五　雨

“农耀”调研团队队员·黎桂妤

炎热的暑假过去三分之一了，最近由于多雨，天气似乎没有那么热，今天山东大学经济学院“农耀”团队来到了社会实践目的地——甘肃省临洮县南屏镇。在这里，调研活动将紧紧围绕当今社会经济迅速发展，城市化建设不断加快，农民大量涌入城镇、外出打工这一背景展开。

提前到达南屏镇的我们只步行半小时就来到了南屏镇政府。接待我们的是镇政府办公室主任，一身简朴的打扮，体现着这里朴实淳朴的民风。主任也是农村人，我们就跟主任简单谈了一些农民工、留守儿童和空巢老人的情况。了解之后我们才知道，镇子上有不少外出打工的中年男女，家里留下年迈的父母以及年幼的小孩相互照应着，当然家里的农活也是由留在家里的人来做。不过，外出打工的农民工确实也为自己家里带来了一定的经济收入，同时也为镇子的GDP增长带来了较为可观的影响。

在了解了基本情况之后，我们来到了一家有外出打工的农民家里。我们到的时候，家里只有奶奶在，孙子和爷爷都去地里干农活了。家里以及门外都比较简单、干净、整洁，这是他们自己盖的房子，是外出打工的家人回家之后和村里的人一起盖的。

在这里，我们受到了奶奶热情的招待。这期间，我们了解了老人具体的家庭状况。大儿子和儿媳两个人常年在外打拼，每年也就过年的时候回趟家；小儿子独自在外面打工补贴家用，儿媳和孙子留在家里做农活；还有一个已经嫁人的女儿，没有跟随丈夫外出打工，而是留在婆婆家里照顾老人和孩子，偶尔会回娘家。自己的孙子孙女也都很懂事地主动帮忙分担家里的农活，从来都不会哭嚷着要爸爸、要妈妈，多年未亲密接触爸妈的他们，已经习惯了爸妈不在身边的生活。外出打工确实给家庭的经济收入带来了较为可观的改变，这也是为什么大家都忍住对彼此的思念而选择分离的原因吧。

最后要离开了，心中带着一丝惆怅，为他们，也为远在他乡读书的我们。

作者：管理学院2015级本科生　黎桂妤

7月29日　星期六　晴

哲社学院本科生·朱　晨

社会实践的进程已经过半。第一次做社会实践，本以为大体的框架理好了之后，就算不至于一帆风顺，起码也不会太过磕磕绊绊。但就现在来看，的确出现了许多未曾想到的问题，但庆幸的是，总归是认真地想了法子，认真地去一一解决。

尤其是这几天，从26日到28日，基本完成了访谈，队员纷纷将访谈稿发了过来，忽然发现有很多问题，细节上的、大局上的都有。之前没有强调说明，以致访谈资料实在是不尽如人意。那时候满满都是自责，每个人对一项任务的理解不可能一模一样，那时候才明白，资料的汇总从来不是"详细""真实"这样的绝对正确却又十分空泛的形容词可以加以说明的。今天又认真修改，确定了第一部分是基本信息，第二部分是资料主体，第三部分是对相关方的访谈整理，第四部分是心得体会这样的形式，以及主体部分采用什么样的具体格式。我又做了一份模板发在群里作参照。

再说说访谈，调查的是中年空巢母亲，拿着最基本的访谈稿，先去试访，把出现的新问题补充到访谈稿里。那天拜托了一个同学与我同去，帮忙拍照。因为是傍晚，刚刚是夕阳斜洒，拍出来的背影恰好一身金光。也许因为访谈对象是自己的亲人，倒不觉得紧张。到了父母中年的时候，子女和父母的依赖关系已经对调，母亲开始依赖孩子。我的访谈对象是一位中年母亲，今年五十多岁，那时因为孩子上学，又恰恰赶上了国家内退的政策，早早在家里照看孩子，也正因此，在这批母亲中，她们大多都已经不再上班，她们的生活中心更加倾向于看管孩子。现在孩子离家，日日总是念着，又想着要再找工作，只觉得闲着在家难受，而她的丈夫又不大愿意她出去做事。她不大爱广场舞，找不到事做，只得天天在家里，继续想着孩子。有些母亲不会这样，也许因为有工作，也许因为有爱好，但在比较偏远的镇子里，依靠孩子的母亲似乎比依靠工作的母亲更多些。

社会调查从不是为了完成一篇报告，而是要有一个经世济国的梦想，以至于当时听见“哲思飞扬，社稷担当”的时候才会怦然心动，甚至热泪盈眶，当时选社会学的情怀总是不会变的，也幸好没有变。

作者：哲社学院2016级本科生　朱　晨

7月30日　星期日　晴

中广核暑期夏令营营员·王　季

前几天，山东大学的9名学子在能动学院党委副书记滕玉军的带领下，有幸来到防城港这座美丽的海滨城市，走进神秘的核电基地。

我并不是第一次接触核电，但以前只是在书本上认识“铀矿石”“压水堆”等专业名词，这次却是真真正正地走进核电站，去真切体会那些烂熟于心的专业术语。所以，还在高铁上的时候，我就抑制不住内心的激动与期待。同行的学弟都是马上升入大三的“小鲜肉”，他们有的对核电流露出浓厚的兴趣，有的则从刚入学时就坚定了加入核电的决心。大家都对这次防城港之行充满了期待。

到达防城港的第一天，我就被核电人的严谨深深震撼了。为了迎接我们的到来，朱经理和陈工前期做了非常充分的准备工作，方方面面的安排都非常细致、周到，这让我们深受感动。

参观从防城港核电公众信息中心开始，从理论上对核电的发展与应用进行初步的了解之后，大家在观影厅通过影像资料深入了解了防城港核电站的发展历程。由于核电站正在进行检查，我们并未进入华龙一号施工现场近距离参观，留下些许遗憾。下午，我们参加了中广核安排的山大校友座谈会，大家与周经理、刘经理等中广核的前辈以及山大曹广玉师兄进行了深入的探讨与交流，让大家从工作、生活等各个方面，深入真实地认识中广核。

第二天，我们参观了防城港核电的培训基地，我再一次被震撼到了。看到中广核的工程师们一丝不苟地在模拟核电站事故运行工况，并严肃认真地作出相应的处理，并没有因为这只是模拟培训而有一丝一毫的懈怠。他们用亲身实践告诉我们，什么是中广核“一次把事情做好”的理念，这种理念并不是停留于表面，而是融入生活和工作中的每一个细节。朱经理不止一次地跟我说：“安全是核电的生命线，也是核电的底线。”防城港核电人用实际行动践行着他们的理念。而这种理念，正是我们所或缺的，无论将来我们是否能够有幸进入中广核，中广核的企业理念都将对我们这一行人的生活与工作产生深远的影响。

中广核的参观之旅短暂而充实，对我而言，那些生硬拗口的专业术语不再是书本上的几个名词，而是真实的物件，是不变的信念，是奋斗的目标，是改变的开始。这次夏令营让我深切地认识到，正如我最后留在防城港基地的留言一样：“纸上得来终觉浅，绝知此事要躬行。”

作者：能动学院2015级硕士研究生　王　季

7月31日　星期一　晴

高校马克思主义夏令营营员·封建帅

今天，我刚刚坐上了从长春回济南的火车，车窗外拔地而起的高楼和广袤无垠的田地好像在告诉我，东北老工业基地的振兴之路正在越走越顺畅。

7天前，作为山东省代表之一，我来到吉林大学参加全国高校学生马克思主义理论学习夏令营。此次夏令营由教育部社科司和吉林大学主办，行程安排丰富多彩，既有专家学者的马克思主义理论学习报告，又有精彩的优秀思政课体验，还有分组研讨、重走抗联路的实践教学、红色电影欣赏、素质拓展等一系列有趣又有意义的活动。丰富而又紧张的夏令营行程让我们7天的学习生活充实而又快乐。在这里，我遇到了来自31个省份53所高校的53名优秀代表，忘不了我们在班会上对自己的学校和家乡侃侃而谈，忘不了我们彼此分享各自的生活习俗、旅游景点和特色美食，更忘不了我们对马克思主义理论理解的交流和探讨。

开营仪式上，徐艳国副司长强调了提高高校思政课质量和水平的重要性，表示要打赢这场提高高校思政课质量和水平的攻坚战。他建议我们大学生在思政课的学习中要做到“听、说、读、写、看、思、行”，还嘱托我们：聚在这里是一团火，回校之后就要散作“满天繁星”，起到模范引领作用。在马克思主义理论学习课上，李忠军教授告诫青年人应该抓住机会“读万卷书，行万里路”，此次长春之行既是读书，也是行路；韩喜平教授教导我们学习思政课要有问题意识，要积极提问，老师要负责回答学生们的各种问题；陈松友教授带领我们回顾了中国共产党率领人民进行的新民主主义革命、社会主义革命和改革开放的历史；陈秉公教授则为我们解读了中华民族精神的基本价值观——“和合之道”。

在关于优秀思政课的分组研讨会上，我把山大思政课马明冲老师的授课形式与特点介绍给了来自全国的同学们。大家纷纷表示对马老师的授课模式充满兴趣，如果他们也有这样的老师，思政课一定会更受同学们喜爱。主持研讨会的吉大马院教研室主任付秀荣教授也点头表示认可。在学习黄大年先进事迹的研讨会上，我积极发言，充分表达了对全国优秀共产党员黄大年同志的敬佩之情以及要学习他勇于争先、竭力奋斗的可贵品质的必要性。在此之前，我们经济学院2014级本科学生党支部集体学习过黄大年同志的先进事迹，当时给我的触动就很深。这次更加深入地学习，让我真正体会到了黄大年同志那种淡泊名利的家国情怀。

夏令营里，我们在观看《血战湘江》后，自发全体起立齐唱国歌，那时那景，深深地震撼了在场的每一个人；我们站在人民英雄杨靖宇将军的墓前，重温入党誓词；我们重走抗联路，体会到了当年东北抗联军艰苦卓绝的抗日斗争精神；我们在吉林省团校分组协作，出色地完成了各项素质拓展项目……

最后，在优秀营员和闭营发言人不可兼得的情况下，我主动放弃了已经获得的优秀营员称号，成为闭营仪式上的第一位发言人。因为优秀营员是一项个人荣誉，而发言人代表的则是自己的大学和家乡。之后的多位领导在讲话中引用了我的发言，我感觉这是对我的充分肯定。

经过这次夏令营的学习，我对马克思主义理论有了更深的认识和理解，我也更加坚信马克思主义中国化的必然规律；同时，在与全国高校同学们的交流学习中，我也看到了自己理论知识相对不足的缺点，这也是我以后进一步学习的方向和动力。

火车一路南下，很少离开家乡的我，此时已归心似箭。

作者：经济学院2014级本科生　封建帅

8月1日　星期二　雷阵雨

陆军学院集训国防生·李晓轩

伴着响亮的起床哨声，紧张而充实的一天又开始了。我睁开朦胧的双眼，动作迅速地起身、整理床铺，并换上一身迷彩绿。不到十分钟的时间，队伍已经在楼下集合完毕，准备开始一天的训练。

连着几天的阵雨虽然带来了一丝慰藉，但是夏日的闷热依旧没有散去。迎着清晨的阳光，队伍沿着小路向山顶整齐地跑步前进。山路又陡又长，我喘着粗气，忍受着胸部的沉闷和腿部肌肉的酸痛。即便如此，大家还是继续保持着整齐有序的队形，一步步朝着山顶跑去。终于到了山顶，能够稍作休整，在带队老班长的带领下，我们开始进行口号练习。面对着群山，呼吸着山间清新的空气，我顿时感觉心胸都开阔了许多，虽还不及“一览众山小”的壮阔景象，却也足以让人感受到蓬勃的朝气与盎然的生机。

回到宿舍，我们开始整理内务。这个时候，地上、桌子上都是铺开的被子。为了能够叠出方正无褶的“豆腐块”，我们都会提前压被子、掏被角。刚跑完步回来的我们都是满头大汗，叠被子的时候，汗从脸颊滴到地上，我也无暇擦拭，因为时间很紧迫，必须要在饭前收拾好内务并打扫干净卫生。

早上8点，队列训练正式开始。无论是怎样的天气，汗流浃背是每个人的真实写照。今天的训练项目是正步的行进与立定，本着由分练到合练、由易到难循序渐进的原则，依次进行了原地摆臂、原地踢腿、一令一动、一令两动的练习。每次动作，教员都严格要求，确保每位学员的动作准确规范。我每次都咬牙坚持保持动作规范，受到老班长的表扬并对动作有了自己的领悟就是最令我开心的事了。

下午四五点钟，我们开始了体能训练。在那长长的跑道上，每位学员都斗志昂扬，意气风发，响亮的口号彰显出高昂的气势和饱满的精神。尽管经过多天的训练，我的体能已经有了很大提升，但是在长途奔跑中也渐渐筋疲力尽，可是我仍然拿出了最好的精神面貌，用自己的荣誉感以及意志力顽强地完成了整个训练。

结束了一天的训练，傍晚班长给大家开了班务会，讲评了白天的训练和学习情况，并对各个学员的不足提出了针对性的建议。会议结束以后，我们聚在一起聊天，讲讲自己有趣的经历，听老班长说说部队里的故事，整体氛围轻松愉悦。今天是八一建军节，各班还准备了节目进行登台表演。在改革强军的时代背景下，我们班进行了《强军战歌》的合唱，每个人都曾趁着训练间隙加紧练习，集体凝聚力得到很大的提高。“听党指挥、能打胜仗、作风优良”，我们带着建军90周年的无限荣耀感，带着向祖国母亲奉献青春的使命感，成功完成了合唱，热血沸腾是我们共同的感受。

我为成为一名国防生而感到光荣，并更加坚定了携笔从戎、献身国防的决心！

作者：土建学院2015级本科生　李晓轩

8月2日　星期三　阵雨

北控水务集团实习生・滕云飞

最近，我有幸参加了中国500强企业中唯一的水务综合服务商——北控水务集团西部区2017年中期运营管理大会。作为一个北控水务西部事业部的实习生，我在这次参会的过程中学习到了很多在书本上和日常工作中所接触不到的知识。

首先，来自集团公司的马文谨女士介绍了集团公司对于西部事业部运营团队的期望和工作安排，再次强调了运营团队在企业中发挥的作用的重要性。同时，她也提出，运营管理作为水务项目的最后一个环节，能够暴露前期投资、设计、建设等环节中出现的纰漏，因此需要运营管理团队在整个项目工程中发挥作用。

另外，马文谨女士也强调了行业的发展前景是智慧水务，这并不是一个新观点，而是需要迫切实现的目标。在之后的会议中，智慧水务的观点也被反复提及，来自中控加成的工程师提到智慧水务是对水务日常运营管理的历史性革新，不但可以降低运营成本，对于日常的排污风险也有很好的管控作用。

今天，我们参观了位于燕山石化的威立雅燕山项目园区。其中，位于西区车间的中水回用设备，其COD值可以控制到30以下，是中国乃至世界上顶尖的污水处理和回收系统，其处理过的水也达到了北京市的排放标准。燕山石化威立雅所采用的智慧水务系统，不仅给操作工人带来便捷，而且方便了监管人员的日常工作，其提升泵房也做到了无人值守，降低了高水量时期的操作风险。最后，我们参观了湿地公园。湿地公园作为污水生物治理的一个标杆工程，不仅成了燕山石化生态化建设、环境友好型改造的展示窗口，而且也能完成日常的生产任务。

通过这两天的实习经历，我有了深刻感受，在企业中参加工作时不仅需要一丝不苟，也需要与时俱进；不仅需要明白做水务工作要对得起大自然，对得起老百姓，而且要明白自来水业务要服务老百姓，处处为其着想。这也是来自北控水务集团的杨小全先生所强调的责任感和使命感。在这两天宝贵的实习经历中，我感受到了北控水务集团严谨的工作作风和敢为人先的企业文化。我希望通过自己日后的学习和努力，可以在北控水务集团中为国家的水务事业作出自己的贡献。

作者：化学院2014级本科生　滕云飞

8月3日　星期四　晴

“薪火筑梦”调研队队长·王　昊

有人说，哪有什么岁月静好，是因为有人在为你负重前行。我想，军人必然属于这一类人。

恰逢建军90周年之际，山东大学法学院组建了“薪火筑梦”党员专项社会实践团队，到延安开展第一阶段的社会实践。今天，我们来到延安市八一敬老院看望抗战老兵，并和敬老院负责人进行了交流。

延安市八一敬老院是全国唯一一所以“八一”冠名的敬老院，主要负责承担在乡退伍红军老战士、在乡老复员军人等重点优抚对象的集中护理工作。在和负责人顺利对接后，我们一行来到同景飞爷爷的房间。自1939年参加革命起，同爷爷在延安分区工作了近六年。他从这六年的经历讲起，为我们描绘了一个艰难困苦的年代和一群奋起抗争的人。老一辈的吃苦精神让人钦佩不已。说到当今社会的年轻人，同爷爷告诫我们，无论是打仗还是读书，都要不怕苦不怕累，一定要勤奋刻苦。和同爷爷告别后，我们接着来到白应谦爷爷的房间。今年已经96岁的白爷爷，1940年加入革命队伍后，曾参加过蟠龙战役、青化砭战役等。因为在警备三旅七团直属炮兵连担任班长，长期处于轰炸声中，他的耳朵基本失聪。由于沟通不便，我们便以倾听为主，白爷爷慷慨激昂地向我们讲述他的作战故事，话语里满是对敌人的愤慨、对革命的热情与对党和国家的热爱。

中午简单休整后，我们如约来到党员会议室，和敬老院办公室主任高晓东进行交谈。高主任首先向我们介绍了敬老院的情况，接着我们双方就关心抗战老兵、传承革命精神的必要性、意义、现状和未来等进行交流。八一敬老院周边青山环绕，院内静谧清幽，所有的房间都按宾馆里的标准间布置，家具一应俱全，老兵们在此可以得到细致的关怀和照料。在未来举措上，高主任说传承红色精神应该抓好当代青年的教育工作，比如组织参观红色教育基地。其实，八一敬老院不仅是老红军、老复员军人颐养天年的温馨家园，也是弘扬延安精神和革命传统教育的重要基地，利用老人们自身独特的“政治活教材”优势，可以开展大量红色教育。最后，我们将话题引到老区发展上，作为革命老区，这里的社会风气纯朴向上，在党中央的政策关怀下，在当地政府的积极倡导下，全市人民齐心协力，延安老区相较以往得到飞跃式发展。高主任同时也提到，因为地处山区，地理因素在一定程度上限制了老区的发展。虽然如此，当地人民采取有效措施，突破发展瓶颈，如通过削山平地创建了延安新区。

交谈结束后，工作人员引导我们参观了敬老院。参观过程中，五六位老兵和我们聚在一起，大家在凉亭下攀谈起来。老人们纷纷赞叹国家政策对老兵的照顾，开心地说快板给我们听，掏出小本子给我们看自己抄写的红歌歌词，用颤巍巍的手指着一行行认真的笔迹读给我们听。听着老兵讲述艰苦奋斗的往事，我心中感慨万千，也为他们现在良好的生活环境而欣慰，并暗暗下定决心定不负老人们的期望与希冀。忘不了临别时，冯九善爷爷握着我的手说：“毛主席说过，世界是我们的，也是你们的，但终究是你们的。你们是国家的希望啊！”

傍晚时分，我们团队结束了此次敬老院之行。这也意味着赴延安调研学习活动暂时告一段落。在延安的三天时间，我们还先后赴杨家岭革命旧址、延安市委党校、延安革命纪念馆参观学习，并在陕甘宁边区高等法院旧址开展调研，探索革命时期司法精神的传承与弘扬。接下来，我们团队将进行实践材料的整合工作，并于9月初在青岛市有关学校举办宣讲会，真正把红色基因带出来、传下去。

作者：法学院2015级本科生　王　昊

8月4日 星期五 晴

We do社会实践队员·毛 威

看着公交车上西安交大的同学们渐渐远去的身影，不禁感慨，三天充实又美好的时光如梭而去……

三天前，七名来自西安交大应急医疗队的同学来到了济南，我们We do社会实践队的四名队员迎接了他们。他们此番远道而来，可不仅仅是来吃喝玩乐体验泉城生活的，而是将奔赴省立医院、齐鲁医院、社区以及移动公司等，与我们We do实践队的队员一起进行联合宣讲，向广大人民群众普及CPR（心肺复苏术）的理论知识与实际操作。

第一天，我们选定在“城南往事”这家富有济南特色的餐馆与西安交大的同学们见面。席间，西安交大的七名同学对我们泉城赞不绝口，对济南特色美食也是由衷称赞。让我印象最深刻的，是他们幽默诙谐的谈吐和打趣以及开朗直率的性格。饭桌上的笑点几乎全是由他们引爆的，尤其是一位2016级的胖胖的、超级可爱的学妹和两位2015级的男生。虽说是第一次和西安的同学见面，但饭局结束后，我们十一个人已经熟络得成为朋友了。

这几天最难忘的，是与他们一起去省立医院、移动公司和银座家居宣讲的画面。他们的团队从队长到队员都对CPR的宣讲充满热情。在移动工程公司宣讲时，台下许多叔叔阿姨都争先恐后地想要对假人进行胸外按压，热情高涨。去省立医院时，急救科的护士们对我们进行指导训练，西安的同学们学得也特别快，并与省立的老师们交流学习理论知识，我们都收获满满。

在济南的最后一天，西安的同学们去了齐鲁医院急诊科。张敏护士长带领我们参观了齐鲁医院急诊科室以及ICU，并介绍了发展历史。我们也参观了急诊外科急诊内科的病房，护士长细致地讲解，并与西安的同学们交流西安交大一附院和二附院的不同。

学习是一个相互取长补短交流沟通的过程。在这几天与西安交大医学院同学们的相处中，我学到了很多，不仅仅是关于CPR的相互交流学习，更多的是他们的人格魅力带给我的欢笑与感动。愿我们在医学的道路上不忘初心，坚定努力地奔赴我们悬壶济世这一共同的理想！

作者：基础医学院2015级本科生　毛　威

8月5日　星期六　晴

精准扶贫调研队员·魏　玮

“他今年都31岁了，啥活儿也不能干，生病的这十年，每三天就要做一次血液透析，一次就一百多块，就他爹一个人在外头挣钱，生活太难了！”

这是我们在入户调查的过程中听到的最无奈的一句话。31岁的韩某，由于十年前在外地打工时长期生活在恶劣的环境中，不幸患上了尿毒症，从此，他不仅丧失了劳动能力，三天一次的血液透析更是让这个原本就不宽裕的家庭雪上加霜。在接下来的调查走访中，我们接触了很多像韩某这样的贫困户，他们或身体残疾，或由于患有重大疾病丧失劳动能力，或因家庭原因依然处于贫困人口之列。这些贫困家庭的生活，引发了我们团队对国家“精准扶贫”政策极大的关注和思考。

通过查阅资料，我们发现早在2013年11月，习近平总书记到湖南湘西考察时就作出了“实事求是、因地制宜、分类指导、精准扶贫”的重要指示。2015年，习近平总书记再次强调，要确保农村贫困人口到2020年如期脱贫。作为大学生，我们很少有机会能接触到底层的贫困人口。其实，帮助贫困人口脱贫并非易事。通过走访当地扶贫办，我们了解到，韩某所在的县总人口为30万人，省级建档立卡贫困户2611户，贫困人口4774人，占总人数的1.6%，其中残疾人1129人，占全部贫困人口的23.6%。根据我们的调查，该县贫困人口的经济来源主要有以下几个方面：低保救助、社会救助、政府补贴、亲戚朋友支援。并且，该县的贫困人口90%以上都没有工作。如上述的韩某，患病的十年中一直在家养病，没有任何工作收入。

团队成员经过讨论分析，得出结论：这些贫困人口中，老年人和残疾人占有很大一部分比例，这些人基本没有正常的劳动能力，如果没有外界的支持，他们自己很难脱贫；另一方面就是这些长期处在贫困中的人口，一直拿着政府的补贴，习惯接受帮助，习惯每月靠补助金生活，不愿意从头开始学习技术、靠自己的劳动工作。因而，我们认为“授之以鱼，不如授之以渔”，让贫困人口自己站起来，才是解决问题的关键。

虽然这次实践活动已经接近尾声，但团队中大家共同的付出让我们一点点熟悉彼此，大家一起顶着烈日入户走访，为了同一个目标从不抱怨，在这个过程中，我们收获了无价的情谊。

一直以来，帮助贫困人口脱贫就是我们国家的工作重点之一。现如今，政府的扶贫政策愈加完善，脱贫致富的路径更是有千条万条。谋事在人，成事也在人，只要想做，总会有一扇大门为你而敞开。“精准扶贫”，我们一直在路上。

作者：土建学院2016级本科生　魏　玮

8月6日　星期日　晴

政管学院本科生 · 蔡　伦

近来洪家楼校区的宿舍在装修，叮叮当当的金属碰撞声和早上8点轰隆隆的电钻声成为这几日生活的标配。庆幸自己的作息时间和工人们差不多一致，躲过了施工的叨扰！一般来说，自习后吃完饭回去的时候施工也就结束了，和施工人员只是简单地打个照面。

今天莫名不想学习，于是随便给自己找了个理由提前收拾书包回寝室。而我们楼层正在施工，电线三三两两躺在一起，从楼道的一端被拉到另一端。于是我轻脚“跳过”黄蓝红三色电线，让我想起了很早以前和姐姐跳绳的情景。拉线的工人朝我笑了笑，反倒让我不好意思了，毕竟是一个大男生！走到寝室门口，抬眼望去，发现了很温暖的一幕：一位小男孩正在帮母亲捋直刚解开的电线。之所以觉得温暖，是因为曾经我也帮母亲这样做过，她也是普通的工人，上学期间我留守在家，暑假她就想带着我一起。可她又不放心我一个人待在她住的地方，所以最后我就被带去了她所在的工地，那时的我还经常会被叔叔阿姨逗着玩。

我在寝室门口远远地看着，小男孩穿着普普通通的衣服，短裤下的小腿晒成了和脸颊一样的颜色，黝黑黝黑的。如果说有发型的话，那肯定是寸头，只是没有那么干净利落，这样的打扮也曾伴随我很长时间呢，虽然不觉得有个性，但是给人一种踏实本分的感觉。似乎他还没学会怎么去爱惜自己的体力，埋头认真地在那里“工作”。不知道对他来说帮母亲工作会不会很累，可至少他看起来很开心，仿佛自己做了很了不起的事情。而当我是小孩的时候，即使帮劳作的母亲端一杯水，也能成为“我是家里顶梁柱”自豪感的来源。

他的母亲大概30多岁，岁月在她的脸上留下了比较明显的印记——瘦削的脸庞，灰蒙蒙的短发和比古铜色稍浅的肤色。我想他的母亲会经常对着小男孩微笑，给予他真诚的鼓励和夸赞；会把水壶里的温水留给男孩，笑着说自己还不渴；会把饭碗里的肉片夹给他，不管男孩是否已经明白什么叫作爱……无凭无据的我就这么开始想象，是想象还是回忆呢？似乎我心中的母亲就应该是这样。

午休后，当我提着包走到院楼罗荣桓元帅雕塑前时，小男孩正牵着妈妈的手朝我这边走来，应该是去寝室那儿开始他们下午的工作吧。那时候我突然有一种想把手中的梨递给他的冲动，但这样冒昧的打扰怕是会让他觉得我是一个怪叔叔吧！如果真的能从小看大的话，他一定会是个懂事孝顺的孩子，长大了会让母亲有一个温暖的晚年！

作者：政管学院2014级本科生　蔡　伦

8月7日　星期一　晴

《战狼Ⅱ》观影者·刘淑娟

近几天《战狼Ⅱ》在国内观众中的口碑颇好，票房的情况也是非常可观，一直都在跟室友讨论等哪一天稍微闲下来之后我们就去贡献票房，今天晚上终于去看了。很不错的片子，主旨很明确，场景布置恰当，动作戏也很有代入感。

吴京一直以来都被我们看作硬汉，他也确实是一直以硬汉的形象活跃于荧幕。有人说，无论是《战狼》系列还是《杀破狼》等，吴京都太具有个人英雄主义。可是我并不这样认为，大家不认为现在中国荧幕正是缺少这种个人英雄吗？正像吴京在采访中所说的那样："任何一部美国商业大片，都有它自己的美国精神、美国意识存在，这是主旋律。一个美国人，一个人干了一个师，身上还没中枪，他就是牛？他就是美国英雄？我是中国人，我打十几个雇佣兵，我没死，我就不行？"

其实不谈英雄主义，吴京拍电影的初衷是想点燃每个中国人的爱国情怀。我不知道别人看了这部电影是什么体会，最起码有好几幕流泪了。从影片刚开始到结尾，我们都可以感受到主演作为中国军人的强烈责任感和荣誉感，还有中国对自己的公民孩子般的保护。正如影片最后出现的那句话："无论你在海外遇到了怎样的危险，请你记住，你的背后有一个强大的祖国。"看完整个电影，或许是我太容易被感动，被震撼到一句话都说不出来。

文化对于一个国家来说十分重要，而在今天，影视文化已经成为文化的重要部分，高质量的影视作品让我们不至于迷茫。当然，除了《战狼》，我们还有很多优秀作品，祝福我们的文化产业越来越好，百花齐放！

作者：公卫学院2013级本科生　刘淑娟

8月8日　星期二　晴

“博导讲坛”参加者·樊家俐

下午，我们参加了济南市中心医院的“博导讲坛”，主讲人是心内科博导、中心医院副院长苏国海教授。苏教授给我们讲过内科学的动脉粥样硬化，他为人和蔼，言语中透着严谨认真。

讲座中，苏教授说：“当今社会，心血管疾病的发病率和死亡率都在上升，致力于心血管疾病方面的同学任重而道远。”我们正处于一个信息通畅、科技发达的时代，一定要追求卓越，争做这个领域的专家。现代的生活方式使心血管疾病的发病率逐年升高，就像同学们，懒得出门时一个电话外卖就来了，还有很多人喜欢快餐，这些都会使血脂渐渐升高。当到了中年，我们的身体就会报警，出现明显的症状或异常。

苏教授给我们讲了几个事例，比如曾经的美国总统小布什，他在30多岁时就发生心梗，开始做心血管的介入，后来在心脏里放支架，以后多次复发并最终导致终末期心衰。而正因为当今医疗科技的发展，他接受了心脏移植，现在他还活着，生活质量非常高。这个事例告诉大家，心血管方面的发展非常迅速，大家大有施展才能的机会和空间。作为一名心内科医生，我们的责任就是要避免悲剧的发生，让更多心脏健康跳动。

“选择心血管疾病这个专业绝对不会失业，你们需要做的就是努力追求卓越，积极推进心血管疾病的研究进展，为疾病找到更好的预防和治疗措施。”苏教授的演讲获得了大家的热烈掌声，也让我们继续思考自己的医者使命和责任。

作者：临床医学院2013级本科生　樊家俐

8月9日　星期三　晴

第十八届国际硅化学会议志愿者 · 张坤鹏

我一直认为，国际学术大会的氛围应该是庄重严肃的，至少是不苟言笑的。但是，直到有幸作为志愿者参加第十八届国际硅化学会议，我才发现学术研究别样的魅力。特别是大会上的Silicon Slam环节，为大会吹来了一阵青春之风。

Silicon Slam环节是特意为青年学者准备的，每人有时长三分钟的展示。大会上，来自世界20多个国家和地区的青年才俊向与会者展示自己的科研成果，为大会抹上了一缕青春之光。当帅气的Drozdov展示自己科研成果的时候，台下有一个声音与他互动着，两个人一唱一和，上演了一场学术版“二人转”；一位来自俄罗斯的漂亮小姐姐将自己的展示融入视频，用一种全新的方式向专家学者展示自己的研究历程，幽默风趣的介绍赢得了阵阵掌声和欢笑声……每个登台的年轻学者都用烙有自己个性的方式展示自己的科研历程和研究成果，让人感受到他们在研究中的激情与欢乐。正是因为这种全身心的投入，才会赢得感情深处的共鸣。而这种对科学研究的专注与坚持，是值得我们每个学子学习的。

本次国际硅化学会议是53年来首次在中国举办，吸引了来自德国、美国、日本、加拿大、法国、俄罗斯、英国、澳大利亚和以色列等20多个国家和地区的专家学者参会，大会人数超过600人。8月7日至10日这四天的时间里，共有125场报告，报告人包括俄罗斯院士1名、波兰院士1名、中国科学院院士2名、中组部千人计划学者1名，以及获得硅化学界“诺贝尔奖”kipping奖的获奖人7名。

学校为我们提供了一个与业内顶尖专家近距离接触、切身感受学术盛宴的机会，细细想来，我们不禁心怀感激。

作者：化学院2016级本科生　张坤鹏

8月10日　星期四　晴

舜歌合唱团成员·马莉娅

伴随朝霞的倩影，车轮渐渐驶转，别离了这座城。望着窗外的郁郁葱葱，蔚蓝的天空绣上洁白的云朵，仿佛还沉浸在那轻纱似的梦中。此时此刻，相信大家都有些许的不舍与留恋。烟台，一座干净利落的小城，散落了多少青春印记。

在昨天刚刚结束的首届中国沿海城市合唱艺术节闭幕式上，得知我们获得了金奖与优秀组织奖，再次为母校争得了荣誉，这一刻，我们都欢呼沸腾起来！等待结果的这几日期待又煎熬，这一刻，一切的努力都得到了回报，再多的付出也是值得的。

能够在此次合唱节收获到掌声和荣誉，是全体队员和指导老师共同努力的结果。和蔼可亲的指挥老师朱云龙，一路上带领我们披荆斩棘，攻克了种种专业性难题，让整个团队凝聚成一股强大的力量，时刻督促着大家前进。排练时，他是我们的好老师，平时又像是兄长一般无微不至地照顾大家，大家都亲切地称他为"龙哥"。虽然排练时间很紧张，但朱老师仍将各项工作安排得井然有序，将电钢琴从济南带到烟台、带进候场室组织排练，丝毫不敢懈怠，甚至在火车上也不忘练习指挥手势。作为合唱队成员的我们，看到指挥老师这般努力，不禁觉得惭愧，不由得扪心自问：是不是每次练习都尽了全力？是不是对得起一个暑假的艰辛与坚持？一个团队离不开每个成员的努力，任何一个人的懈怠都可能让大家这么久的辛苦付诸东流。

此外，还要感谢一直陪伴我们的钢伴老师和指导大家完善比赛细节的吴老师，更要感谢每一位队员的认真付出。为了迎接本次合唱艺术节，同学们进行了为期一个多月的集训。在此期间，大家克服了重重困难，在考试周仍坚持排练，在高温和暴雨袭来的暑期也丝毫没有懈怠，有的同学带着病来排练，有的同学放弃了回家与家人团聚的机会，坚持每天近三小时的排练。排练过程中，我们遇到了不少的难题，甚至有一阶段感觉处处碰壁，但在朱老师的打气鼓劲和悉心指导下，我们终于走出了困境，如期准备好了三首风格不同的作品。作品在使用钢琴配乐的同时，还加入了丰富的表情与肢体动作，极大地丰富了音乐的表现形式，增强了音乐的感染力与张力。

回想起准备比赛的历程，有欢声笑语，也有倦怠与烦恼。在同学们的互相帮助和老师的悉心教导下，我们最终打败一个个“拦路虎”，披荆斩棘，唱响凯歌。一路走来，42名队员从陌生拘谨到亲密无间，团队凝聚力也不断增强。队员们互相帮助、相互扶持，在准备上台时不忘相互捶肩捏背，整理衣饰；在休息时，三五成群地玩起“狼人杀”；在晚霞的余晖中，一起去海边乘凉；在大巴车上，一路欢歌笑语……这一切都将成为我们毕生难忘的回忆。比赛结束后，我们还跟随组委会参加了合唱快闪活动，游览了金沙滩公园、天马栈桥、张裕酒文化博物馆等著名旅游风景区，在享受美妙音乐的同时，欣赏到了别致的美景。

作为一名舜歌合唱团的老成员，看着合唱团一步步成长，着实感慨万千。从最初的学员班到跟随舜歌队伍参加一场场的比赛、演出，舜歌不断注入新的活力，不断提升专业能力，我看到的不只是整个团队的日益强大，更感受到了自我的成长与历练。在这期间，我也曾有过迷茫与彷徨，也曾想过放弃，但当我转身回看自己随着舜歌走过的每一个脚印，发现它是那么的坚实与沉着。我知道，我已经无法离开，这是我深爱着的，是我魂牵梦绕的家啊。想到明年就要毕业了，又有一段离愁别绪在心头萦绕。这也许是我最后一次跟随舜歌大家庭参加比赛，希望大家珍惜在这个家庭中的分分秒秒，铭记舜歌坚持不懈、永不气馁的团队精神。

“多少挫折与失败，我们学会了担当；多少失意与无奈，我们练就了坚强。”闭幕式在我们的团歌《起航》中圆满落下帷幕。每当这首歌在耳边回响时，舜歌的点点滴滴都历历在目。每一个结束意味着新的开始，每一场胜利都意味着更高的起点，我们将为着梦想而扬帆起航，看朝阳绚烂，自由翱翔！

作者：文学院2013级本科生　马莉娅

8月11日　星期五　晴

赴台湾暑期交流项目学员·刘亚男

19天，过得是如此快。从第一天的初印象，到最后一天的难分离，我抓住时间的尾巴再次仔细地品味台湾中国文化大学，想要用心记下这里的每一栋建筑、每一张笑脸，是它们，为我记忆的长河增添了新的浪花。

一场活动让我拥有了灿烂充实的美好回忆，收获了与台湾师生、其他高校同学之间珍贵的友谊，经历了一次华丽的成长。这一切，都要感谢台湾中国文化大学的热情接待、温暖陪伴，感谢山东大学让我有幸参与到这个活动中来，让我在这个夏天与大家一起成长。

难忘的是，精心设计，课程与活动丰富多彩。在这19天中，我们分为三个大课程班学习，分别是台湾在地（在地，在台湾指本地的意思）习俗文化班、创业及商业模式分析班、台湾媒体现况分析班，而每个课程班又根据专业内容分为专业课知识传授和实地考察两种形式，中间穿插两场专题讲座。整个课程真可谓一场文化盛宴。我与山大的5位小伙伴都选了台湾在地民俗文化的课程，一起从工艺之美、文化古迹、书法艺术、饮食文化、击打狮鼓、八家将与三太子中体会台湾的文化，每一节课都令我心驰神往。要我怎样忘记我们分享彼此笔记探讨时的热闹？怎样忘记一起到保安宫文化采风、一起彩绘脸谱体验八家将的经历？

难忘的是，点滴温暖，风景美人更美的陪伴。除专业课程外，学校还为我们安排了两天一夜和四天三夜的旅游活动，走到室外，走向自然，近距离接触台湾。文大的老师与学伴关注每个细节，按照日程安排，用心、用情、用力做好各项工作，让我们在紧凑的安排中有了更多的欢声笑语。从方案的设计，到旅游路线的确定，再到住宿就餐地点的落实、车辆的调度，都体现了文大师生的热情周到、耐心细致。班主任毕老师在活动期间的每一个地点都贴心陪伴，提醒我们日常生活中的各种小问题，推荐当地美食，也总会给我们露几手他的摄影技术。尤其要感谢我们的摄影师火哥，每天都要扛着沉重的摄像机记录我们的精彩时光，不论何时见到他，他的脸上都洋溢着热情的笑容。再说我的学伴林采蓉，简直化身成了“百度”。我刚来时手忙脚乱，她总是耐心帮助我，没有一句抱怨，也是我在这里结交的第一个朋友。在欢送会上吵着要和我一起唱《爱情买卖》的她，是那么可爱。还有敬凯，在四天三夜的第一天，我的脸就由于高温和强辐射起了大大小小的痘痘，他立马送来了清凉的芦荟胶……种种细节都让我难以忘怀。要我怎样忘记台湾的山与海？怎样忘记最最可爱的他们？

难忘的是，畅叙亲情，共促两岸亲融。在欢送会上，我们难得能够有一大段时间可以坐在一起面对面地交流，心与情的交融，品位文化，心灵契合；体验亲情，心手相牵，像一家人一样说天话地。他们是我的老师，是我的学伴，是我的同学，现在是我最难以割舍的人，让我们尽情相拥在一起，举杯酣饮！让我怎样忘记彼此吐露心声、难舍分别的场景？

短暂19天，“海内存知己，天涯若比邻”，我们在文大相聚，在交流中唱响青春的旋律，在碰撞中绽放思想的火花。尽管是匆匆地相逢，匆匆地离别，但短促的生命历程中我们拥有永恒，相信今日的友情是明日最好的回忆。我为山大人，也为华冈人！欢迎各大高校师生到山大做客，我，在山大等你！

作者：机械学院2015级本科生　刘亚男

8月12日　星期六　晴

“人工智能与机器人”暑期学校参加者·王炜光

辗转回到家中，回想这一个月的暑期学校生活，感慨良多。

暑假也上课？满怀着对一种全新假期生活的期许，我报名参加了工训中心“人工智能与机器人”暑期学校。就这样，来自青岛校区生命学院的我来到了山大工科生集中地——兴隆山校区。头一天，大家作自我介绍，我才发现好多校区的同学都来上这门课。中心校区、千佛山校区的同学每天坐着校车往返，甚是辛苦。相较之下，我这个真正远道而来的，由于住在兴隆山校区反倒成了往返最便捷的。

课程开始，刘甜甜老师给我们讲述了机器人的历史、现状及发展方向等基础知识，还推荐了一些科普性书籍，介绍了慧鱼机器人、水中机器人等各类竞赛。那时我才知道，原来我们的大学生活可以接触到这么多有趣的机器人。刘老师还邀请了在千佛山校区备战水中机器人竞赛的两位大三学长和我们交流。学长们说，参与机器人活动贵在坚持，要不畏困难。听着学长们讲述他们熬夜调试和比赛的趣事，敬佩之情油然而生。

接下来的三个星期，我们开始学习拼装慧鱼创意机器人。第一步，就是要将去年学长学姐的参赛作品拆成零件。看着学长学姐用小小零件拼装的“庞然大物”，亲手把它们拆掉确实有些不舍，不过没办法，不拆掉就不够我们拼装用的了，正所谓不破不立。在拆的过程中，我们细心观察各个小零件之间精妙的机械结构，不时赞叹学长学姐的脑洞。而后我们按照教程开始拼装模型，在动手中体会机械结构，学习软件编程。这中间我们经历了连接不牢、程序出错等诸多困难，打击一个接着一个，但是我们按师兄所说“不畏困难”，在一次次的状况中，不断积累成长。

课程最后，我们开始自己设计全新模型。我们组拼装了一个实现转头功能的避障车、一个分拣机和一个多层停车装置，并在结课环节进行了展示。在我看来，慧鱼机器人就是对这大千世界的微缩与简化，是将想法实现之前的小实验、小模拟，意义重大。在工训中心里，我还常常碰到来这里学习电子设计的青岛校区计算机学院和信息学院的同学。炎炎暑假里，工训中心反而人来人往，热闹非凡。

兴隆山校区的夜，山风习习，湖光粼粼。思绪回转，才发现已身处家中。回首这段时日，于我不仅是知识上的收获、新朋友的结识，更重要的是心路的历练。“不畏困难”定将伴随我今后的人生旅程。

作者：生命学院2016级本科生　王炜光

8月13日　星期日　晴

学生党支部负责人培训示范班学员 · 张　晓

头戴红军帽，身着红军装，怀着满心憧憬和希望，我们开始了井冈山第一天的培训活动——“三湾改编”“朱毛会师”“革命后代讲家风”系列培训。一整天，在我耳边回荡的都是“初心”“信念”“理想”“军魂”这些铿锵有力、震撼人心的词语。作为培训示范班的一员，我再一次深深地感到自豪与骄傲。井冈山，必将是我青春中无悔的选择和永恒的记忆！

“三湾改编”学习中，我们重温了历史，领悟了红色精神，了解到“三湾改编”对于政治建军的重要性。作为学员的我们，也进行了改编，我们小组成立了“星火班”，确立班级委员、班歌与班训。当我们用嘹亮的声音唱起我们的班歌《强军战歌》的时候，仿佛那一刻我就是一名真正的军人，承继着红军精神，愿为祖国建设奔赴疆场，心中满是自豪与责任！

在“朱毛会师”情景教学环节中，我有幸饰演了伟大的革命领袖朱德总司令，亲身体验了朱毛会师时的历史情景，感受到了红军胜利会师时那无比喜悦的心情。红军的胜利会师，是无数革命先烈抛头颅、洒热血的革命成果，为革命的胜利奠定了基础。作为大学生党员的我们，应该珍惜今天来之不易的生活，更应该积极发挥党员的先锋模范作用，去发光发热！

“革命后代讲家风”让我第一次近距离地接触革命英雄的后代——朱新春和王延两位老师。朱新春是革命将领朱良才之子，王延是革命将领王政柱之子。两位老师通过讲述他们父辈的革命故事，给我们上了生动形象、意义特殊的一课。两位老师虽已年逾花甲，却有着年轻人的朝气和激情，举手投足之间都在向我们传达着他们心中的坚定信念和优秀的革命家风。每每讲到精彩处，两位老师都是高亢激昂，而我们更是心血澎湃，倍受感染。朱良才将军那“只要不砍头，我就要入党”“翻越祁连雪山、踏过荒漠草地、智斗戈壁马匪、千里寻找党”的故事，让我真正理解了什么才是“心中有理想，脚下有力量”。那是一名共产党员对党的绝对信任与支持。“授上将军衔仅两年便主动退休”“写著名文章《朱德的扁担》不署名、不收稿费”更是让我们体会到朱良才将军的英雄气节和他“淡泊名利、执着人生”的优良家风。“金身将军”王政柱不畏艰难，千里送黄金，72天走完2130公里，这是多么伟大的民族气节，更是可歌可颂的英雄史诗。王延老师通过讲述他与父亲的人生经历，告诫我们要不忘初心，继续前进。王老师铿锵有力地说：“平安是福，健康是福，为人民服务更是最大的幸福。”这让我们更加理解党的宗旨——全心全意为人民服务。两位老先生用他们父辈与自身的真实故事，向我们展示了他们优良的革命家风，也鼓舞了培训示范班的每一位同学，给予了我们信心和力量！

一天的培训活动在王延老师一个标准有力的军礼中结束，会场的掌声在持续，我的内心也澎湃着，久久不能平静。

窗外蟋蟀的叫声仿佛消减了许多，我的内心却依旧难以平静。“不忘初心，继续前进”，作为此次培训示范班的临时党支部书记，我坚信，接下来的培训会更加精彩而有意义，也会让我们每个人更加坚定信念、奋勇向前！

作者：机械学院2014级本科生　张　晓

8月14日　星期一　晴

倍半硅氧烷基功能材料国际学术会议志愿者·闫泽泉

昨天，为期两天的倍半硅氧烷基功能材料国际学术研讨会落幕了。回想起过去几天和师兄师姐们忙碌的准备工作，领略国内外专家的学术风采，以及和同龄人一起交流学习的愉快时光，真是不想离开SFM的怀抱。

快放暑假时，了解到学院将召开倍半硅氧烷基功能材料国际学术会议，我满怀期待地和师姐报名并成为大会的志愿者。

本届倍半硅氧烷基功能材料国际学术研讨会吸引了来自国内外的百余名专家

学者参加。这一领域的20多名顶级专家参加这一学术盛会，其中院士3人、ACS fellow 1人、RSC fellow 2人、“国家千人计划”教授5人、中国“国家外国高端专家”1人。他们齐聚山东大学，共同探讨这一领域的过去、现在和未来。

在此之前，我一直认为学术大牛应该是很严肃的，直到真正接触这些令人轻松愉悦的教授。8月10日，我去接一位印度专家，他是一个又高又瘦却不失幽默的“男神”。我有些听不懂他的英语，情急之下他轻敲了我的肚子。第二天，我负责接一位台湾专家，我们之间没有任何语言障碍，聊了很多。他告诉我他是郭子仪的后代，我开玩笑说：“咱们算是半个老乡呢！因为我是山西人。”这位老师很喜欢音乐，尤其喜欢罗大佑和胡德夫。我们聊了很多关于音乐和科研的看法。下午的一队泰国学生中有位华裔，中文说得很好，我们甚至互加了微信。

之后几天，我负责为各位学术大牛拍照，但拍照任务并不像我想象的那般清闲。因为不想错过任何一个精彩瞬间，同时为了挑选最好的照片，报告期间，我在会场基本没有停下过脚步。

每位登台的学者都有着对科学与众不同的看法和执着追求，这让我感受到，只有把热情深植到科研工作中，才有可能迸发出灵感。大会中，我印象最深的是密执安大学的Laine教授，在为青年报告人颁奖合影时情不自禁唱起了John Denver的《乡村路带我回家》(*Take Me Home, Country Road*)，那份青春气息甚至盖过了场上比他小30岁的学生。

8月13日下午会议正式闭幕之后，我找到了仰慕已久的程正迪教授请求合影，程教授欣然应允。

我想，这次大会也是学校和学院为我们提供的一个很好的学术交流平台。回想过去几天的经历，我写下了心中的千头万绪。

作者：化学院2014级本科生　闫泽泉

8月15日　星期二　晴

艺术学院红色主题教育活动参加者·颜子靖

今天，由艺术学院党委副书记姜楠带领、20余名本科生同学组成的社会实践团赴泰安进行暑期社会实践活动。实践团先后来到徂徕山、徂徕山林场、北集坡街道办事处、圣元村等地开展红色主题教育活动。

本次实践活动的第一站是徂徕山。位于泰山东南的徂徕山因“徂徕山起义”而闻名遐迩。我们参观了山东省爱国主义红色文化教育基地“徂徕山革命纪念碑”，并向纪念碑敬献花篮。认真聆听着讲解员的讲解，大家对革命烈士的崇敬与缅怀之情油然而生，体会到了抗日战争时期革命先烈们坚定不移的理想信念，以及背后那种“不畏强暴、敢于担当、矢志为民、英勇奋斗”的革命英雄主义精神。

随后，在徂徕山林场，我们参观了场史馆、抗日展览，并观看了抗日视频。我们仔细观看每一件展品、每一幅图片，认真阅读每一段介绍，用心聆听每一个故事。抗日视频更是形象而真实地还原了抗日战争中的每一幕场景、每一幅画面。讲解员的每一句讲解和每一件展品都仿佛是历史的再现，其中蕴含着的坚定信念、必胜的决心和顽强的革命精神让我们为之震撼和动容。

下午，老师和我们在北集坡街道办事处参加座谈会，邀请了曾两次参加对越自卫反击战的战斗英雄魏丕强团长讲述那个年代的故事。魏团长时而平和的语气里充满了回忆，时而激动的语气中充满了时间无法磨灭的坚韧，跌宕起伏的故事情节紧扣我们的心弦，使我们更加感受到和平安定生活的来之不易。

晚上，我们在圣元东方大舞台把自己精心准备的节目献给革命老区人民。演出曲目多为大家耳熟能详的红色经典，如激励无数英雄儿女奋勇向前的歌曲《红梅赞》、表达人民群众对红军无限拥戴的歌曲《映山红》和萨克斯独奏《红色经典联奏》，等等。最后，演出在一曲创作于20世纪70年代，描写守卫在祖国边疆草原的骑兵战士为了保卫祖国而苦练杀敌本领情景的二胡独奏《战马奔腾》中落下帷幕。曲目所体现的英勇顽强、一往无前的战斗精神感染着在场的每一名观众。

我们在此次社会实践活动中受益匪浅，感慨良多，尤其是在8月15日这个值得亿万中国人民永远铭记的特殊日子。红色主题教育使我们更加坚定了自己的理想和信念。大家纷纷表示：要不忘初心，奋勇向前，在今后的学习和生活中为党、为国家、为社会作出更大的贡献。缅怀先烈，追寻历史，勿忘国耻，吾辈自强！

作者：艺术学院2015级本科生　颜子靖

8月16日　星期三　晴

添翼工程之台湾清华大学暑期交流项目参加者 · 陈琳琳

转眼间，2017年赴台湾清华大学暑期两岸交流活动就结束了。时间在滴滴答答地流逝着，可我的思绪还停留在每个人的欢笑声中。

今天下午，所有小伙伴齐聚台湾清华大学168教室，聆听了一场精彩的学术报告。同行的山大小伙伴李英杰同学作了题为“to investigate the neuroprotective function of berberine in drosophila model”（以果蝇为模式生物研究小檗碱的神经保护作用）的报告。他的报告幽默风趣，时不时逗得大家哈哈大笑。虽然作为外行人的我听得似懂非懂，但是听了英杰同学要致力于科研事业，为解决人类的疾病痛苦而奉献一生的理想，我为山大学子展现的无私奉献精神和踌躇满志的状态而自豪。

接下来，就是我们在惜别会上的节目表演了。从一开始确定是刘芊学长、强乐学姐和我表演节目时，我就很紧张，这是我继幼儿园之后再一次登台表演。为了能够尽最大努力给大家奉上一场像模像样的表演，我们排练了很多次，一次不行就再来一次，坐着唱不好就站着再来，紧张就抓紧时间在开场前再来一次，虽然很仓促，但是我们努力带给大家最好的表演。

晚会之后，所有人都在“抢占”台子，兴奋地拍照留念。看到这些，我突然十分难过、不舍，又感觉自己十分幸运，能够在山东大学添翼工程项目的资助之下漂游过海来到美丽的台湾，与这样一群美丽、可爱、可亲的人相识，一起度过这样美好的时光。回想近四十天的点点滴滴，与山大小伙伴之间的一路关爱，一路呵护，一路陪伴；与大学的淑珍姐及各位热心辅导员的温暖相识，感受着在异乡里独特的温暖；与实验室的小伙伴一起出游，在做实验的间隙畅聊天南海北，兴奋地为他们介绍大陆各种神奇的流行语，也被朋友般的导师和轻松的科研氛围吸引着，好想让时光再慢一些；与注定会有很多故事产生的中科大龙见玮同学相识于台湾，感动于每一天的陪伴与温情，想到离别，恨时光匆匆；还有与我的接待家庭以及其他同学的接待家庭一起度过的美好时光，让我感受到台湾人的淳朴与热情。最后，想对自己说，感谢自己在这个夏天收获的一点一滴，所有这里已经发生的、正在发生的、未来将要发生的，都将成为我人生中最珍贵的一笔财富，幸运与感激是这次旅行的最大主题！

未来，我扬起脸，望着天空中的白云飘过，想起你们便会会心一笑，因为我们曾拥有那样幸运的时光。希望未来再次相遇，相遇一时，朋友一世！

作者：化学院2015级本科生　陈琳琳

8月17日　星期四　晴

“康齿之心”调研团成员·邢　璐

今天，“康齿之心”赴英国曼城调研小分队正式开展对英国当地居民口腔健康护理意识的调研。原计划调研分为两个部分：问卷和采访。问卷主要是针对在University Dental Hospital of Manchester的病人，针对他们所接受的口腔健康教育问题提出一些可以初步反映英国人的口腔健康教育状况的问题；而采访则是面向当地的牙科医生，在了解该国口腔健康教育的基础上，进一步研究牙科医生对患者是否进行过一系列的口腔健康教育，以及教育的程度如何，这种形式的口腔健康教育对患者是否有所帮助。

然而，计划的实行困难重重。虽然队里的任务是要求对牙科医生进行一个面对面的采访，然而由于英国有一套完整的医疗保险体系，非患者是很难见到牙科医生的。在寻求了前台工作人员的建议后，我们决定打电话给医院的HR，看她是否能帮我们安排一个简短的采访。然而事与愿违，HR表示医生工作繁忙，虽然面对面采访是不可能的，但是她可以安排医生通过电子邮箱回答我的疑问。于是我们更改战略，将第一步的面对面采访改为线上采访。

问卷调查也是比较困难，因为此时学校口腔医院正值暑假，人流稀少，而愿意做问卷调查的更是寥寥，但在我们的努力下，还是收集到了22份问卷结果，并在与病人的交谈中，获悉了许多关于英国医疗体系的情况。

一位患者向我抱怨说，因为英国的看病治疗都是免费的，所以一般的小病小灾医生轻易不给看，而且往往还需要排很长的队伍，牙痛之类的发作起来，也得强忍着痛去排队。交谈中我得知，虽然拥有免费的医疗体系，然而排队以及部分医生对不太严重的问题不够重视等缘故，导致一些人去医院看病的积极性并不算太高，但英国人仍然有牙齿矫正以及定期去看牙医的习惯，他们认为口腔健康不光是个人的问题，也涉及礼貌问题，拥有一口洁白整齐的好牙，在他们眼里也是对他人的一种尊重。

通过这一系列的调查，我们得知，英国在口腔健康教育方面做得还是比较完善的，大部分受访者都表示曾经在学校接触过一系列的口腔健康教育，并且他们也相当重视口腔健康教育。而来自牙科医生的反馈则显示，在与病人的接触过程中，医生们能够注意到对病人的一些教育，并且这些口腔健康教育也取得了一些成果，不少病人在医生的劝说下，能够注意到自身的口腔卫生问题并加以改善，像是注意饮用清洁的饮用水，注意防龋，适当使用含氟牙膏，等等。

近年来，中国在口腔健康教育方面也取得了长足进步，要想进一步有所突破，也可以学习英国这方面的有益经验，取长补短，进一步改善我国国民的口腔健康状况。

作者：口腔医学院2015级本科生　邢　璐

8月18日　星期五　晴

环保局实习者·戴立前

今天，我在环保局的实习顺利结束，在学习到各种工作技能的同时，对一些问题的看法也有了巨大的改观。在此之前，我简单地以为环境治理很简单，科学规划企业生产、污染物排放等举措都可以大幅减少污染。但经过这一段时间的实习，原先幼稚的想法荡然无存，哪怕小到一个乡镇的环境问题都是复杂的，远不止一道发展和环保二选一的选择题那样简单。

实习的岗位在办公室，接触更多的是书面通知的工作，以及资料的整理收录。环保局的职务工作划分细致，生态科、污控科针对问题严格把控，监测站和监管大队则对污染进行实时监控，同时各乡镇环保所从基层出发管理片区，办公室在其中扮演着关联、辅助、监督的角色。正是办公室工作的统筹性，让我看到了环保局工作的方方面面，看到了县域环境治理的难点、重点。

2005年8月15日，时任浙江省委书记的习近平到浙江安吉县余村考察时，首次提出“绿水青山就是金山银山”的科学论断。作为一个工业弱县，安吉县特有的就是丰富的自然资源，每一寸山“青”、每一滴水“净”都成为安吉县进一步发展的重要保障。在整理材料的过程中，我看到政府从“四边三化”到“五水共治”，从剿灭劣五类水到“山青水净”三年计划，环境治理方案与时俱进，技术也在不断发展：和互联网接轨，实行数字化监控，将“河道监控”等系统连接到“爱安吉”APP。让每个人参与到河道管理中，既发挥科技的功能，也提高人民的监管意识。

8月的工作重点是迎接环保部的督查工作，伴随其在天津、山东、河南等地的工作开展，发现了数以千计的问题，问责、拘留涉事人员，并施以罚款的处罚措施，巨大的监察力度下曝光的是企业、政府的行动力不足，带来的是人民生活环境的不断改善。安吉县的环保工作做在平时，在迎检方面需要做的就是资料的整理汇总，我帮忙将重金属污染、水质监测以及处理的相关案例等文件归纳编纂，以方便督导组的审阅。同时，监察人员也加大了查处力度，防止出现企业、个人的违法乱纪行为。

环境治理，难在监管不及时，人力资源的限制使得总有污染源处于政府视野之外；难在相关企业隐瞒不报，在承诺和实际生产上表面一套背后一套……但随着安吉县的环保工作不断推进，以绿色产业成就县区经济发展，在人民与政府的协作下，山青水净的美丽画卷必将成为每个安吉人的骄傲！

作者：环境学院2015级本科生　戴立前

8月19日　星期六　晴

山东省综合社会调查调查员 · 张劲松

山东省综合社会调查（Shandong General Social Survey，SGSS）是由山东大学公共治理研究院院长杨大利教授牵头，由研究院联合政管学院、校团委、哲社院等共同开展的一项综合性、连续性的大型社会调查项目。7月初，我在学校官网上看到这则消息的时候，心里也曾预料到这次调查的艰辛与困苦，但还是抱着锻炼自己、提高自己的想法报了名。

15日、16日是培训的时间。我们在中心校区的思源报告厅听取了人大一位美女老师细致精密的讲解。17日、18日是试调研。毫无疑问，试调研非常艰苦、麻烦，被访问者很不配合。两天下来，我们累瘫在学校闷热的宿舍里。

由于今天我们组绘图员的工作还没有完成，我们访问员不能开展访问，所以可以休息一下。在这简短的休息时间里，我想简单地梳理一下自己的感想。

一是社会调查真的非常累，非常麻烦，非常令人哭笑不得或者歇斯底里。我们真正进入社区做问卷才仅仅两天。但在这两天里，我们真正感受到了什么叫“烈火的历练”。进入小区以后，需要做的最重要的事情就是“厚脸皮”，就是厚着脸皮去到处找人做问卷。济南社区的居民戒备心都非常重，这让我们的调查工作很难进行。我们来到目的地济南洪苑小区之后，便开始四处爬楼，走进一个一个的单元，一家一户地敲门。“砰砰砰”，心里忐忑不安，不知道开门迎接自己的将是什么，大多数情况下门内的人都不会开门。这种事情，往往是看运气，有运气极差的同学，一上午敲了七八十户人家都找不到一个愿意做问卷的人。

二是一个良好的团队是社会调研能否顺利进行的保证。我们的小团队由7个人组成，3个绘图员、4个访问员。我有幸和其他三位学姐一起，共同组成了一个简单的访问员队伍。虽然到目前为止还没有和所有的绘图员见过面，但也从字里行间感受到了他们的温暖。而且，我们小小的访问员队伍也是一个温暖的小集体。和我搭档的研究生学姐很热情、很可爱，也很漂亮，我有信心将这一社会调查活动认真地开展下去。

三是任何一件艰苦但有意义的事情最终都会带给你丰厚的回报。任何一件事情都不是没有意义的。当你历经重重磨难克服困难之后，你终会得到最美好的回报。这次社会调查也是这样，不经磨难做不成一次良好有效的调查，不经历练收获不了美好的结果。经历了这一次社会调查活动，我深入了解了社会，知道了社会的艰辛，同时也增强了自己的人际交流沟通能力，最重要的是，认识了一批善良热情的学弟学妹、学长学姐，和他们结下了深厚的情谊。

作者：政管学院2015级本科生　张劲松

8月20日　星期日　晴

《二十二》观影者·袁文秀

许久未放晴的济南，今天难得蓝天白云。学习了一天有些疲惫，翻着朋友圈，忽而看到一个动态，那个朋友什么也没说，仅仅发了一张海报，“二十二”醒目又安静，数字下面，一个扎俩小辫的女孩孤单地画着自画像。我好奇地去看了这部关于中国幸存慰安妇生活现状的纪录片。

在去电影院的路上，碰见一个朋友，她说："纪录片太沉重了，受不了，不愿意去看。"我到了观影厅，静静地等待纪录片开始。

伊始，没有任何预兆，没有任何声响，只是雪盖村庄，色彩非黑即白。片子以一个逝去老人简单的追悼会猝不及防地开始了。虽有嘈杂吵闹声，但我的心里空落落的。随着记录人的视角，镜头转向这些曾经受过苦难的老人们的生活。在影片2014年开拍时，中国内地仅剩下22位慰安妇幸存者，如今，其中很多老人已经逝世了。当影片中记录人问及那段辛酸的回忆时，老人们不愿讲诉、哽咽不停的样子，湿了我的眼眶。

在记录到毛银梅老人时，出现一束花。老人说，在记忆最深处还记得韩语，她原名朴车顺，是韩国人，逃难中被骗到中国，成了一名慰安妇，后趁乱逃出，留在中国，一待70年，再也没有回到过故乡，童年时的儿歌依旧深刻，故乡却只得留在记忆中。当老人哼唱着童谣时，眼里闪闪的泪光，让我一次次动容。

片子中老人们如今的生活，简单、平静。可谁又明白，她们心中那道最深的伤疤。也许时间可以假意覆盖伤疤，但伤痛依旧存在。当屏幕上出现这22位老人的名字时，回想着她们沧桑的脸庞、眼里似有似无的哀伤，我久久难以释怀。在这个世界上，虽然老人们陆续离世了，但有一批人，欠老人们一声道歉。片子的最后响起主题曲《九重山》："日头出来点点红，照进妹房米海空……出门人笑我也笑，回家人笑我忧愁。人进大门呵呵笑，我进大门眼泪流。你讲你难我没信，我讲我难才是真。你难你有平屋住，我难住在苦瓜棚。"全场寂静无声，我听见了自己心里的叹息声。

回宿舍的路上，没有同以往一样热烈谈论剧情，大家都默默地逃离了这个纪录片，但我们都明白，也许因为太过沉重，所以不再愿意谈及，只在心底不平着、祈祷着。

作者：口腔医学院2012级本科生　袁文秀

8月21日　星期一　晴

“丝路探索者”调研队员·刘健健

读万卷书，行万里路。山东大学经济学院“丝路探索者”调研团队在队长王昊宁的带领下，赴甘肃省武威市古浪县西靖镇参观学习“下山入川”生态移民工程。

中午时分，我们到达了西靖镇人民政府，受到了西靖镇镇长郭天政的热情欢迎。郭镇长首先对我们的到来表示欢迎，并对我们的调研活动给予了殷切希望——走出校园，下到基层，贴近民情，有所思考，有所收获。

团队到达时临近午饭时间，郭镇长建议我们在镇政府吃午饭。在这段时间内，郭镇长热情地向团队成员介绍了武威这座历史文化名城的名称由来和历史渊源。交谈中，郭镇长对我们能够深入西北贫困县参观学习表示肯定，“正因为来自象牙塔，才更要走出象牙塔，到真实的群众生活里，到最基层了解最真实的政策实施。群众路线不仅仅是我们共产党人的行动路线，也是你们当代大学生从‘纸上读来终觉浅’到‘绝知此事要躬行’的行动指南”。

谈及武威的历史文化，联系到我们团队的调研主题，郭镇长不失幽默地跟我们说道：“同学们来得有点晚，如果你们在汉唐时候来到我们武威，你们会看见古丝绸之路上的武威有着可与长安、洛阳比肩的繁荣经济和康乐生活。”

在接下来的一段时间里，团队成员就当下“一带一路”的实施与郭镇长进行了讨论。郭镇长用历史唯物主义和辩证唯物主义的原理向我们讲解了他作为一个基本党员干部的理解。“矛盾是推动事物发展的动力，在‘一带一路’贯彻落实过程中，不管是当下还是未来，我们都不能否认矛盾的存在。发现矛盾，解决矛盾，从而更好地推动‘一带一路’的建设。同时，事物的发展是一个波浪式前进和螺旋式上升的过程，‘一带一路’正处在发展阶段。”

饭罢，我们一行人在郭镇长的带领下，参观了新建成的移民新区以及相应的配套设施。位于金色大道两旁的移民新区整齐划一，道路条条硬化，社区卫生院和学校都已经投入使用。郭镇长向我们介绍，正是我们眼前的普通住宅，新华社和《新闻联播》都对其作过专题报道。武威市对“下山入川”生态移民工程投入了大量的财政资金，同时出台多项政策助力工程建设，国家相关部门对工程给予了充分肯定。

随着参观的结束，郭镇长匆匆与我们告别便赶回镇政府办公，我们今天的行程也告一段落。从闲谈到参观，我们看见的不仅仅是“一带一路”下党和国家对于沿线地区经济民生的大力扶持，还有像郭镇长一样常年奋战在基层的党员干部，他们想群众所想，急群众所急，切实履行自己作为一名共产党员的职责和义务。感谢郭镇长给我们上的一堂生动党课，我们也为国家“一带一路”点赞！

作者：经济学院2016级本科生　刘健健

8月22日　星期二　晴

实习教师体验者·邢　岩

作为一名大三学生，我即将面临严峻的就业压力。为了认识社会、了解社会、适应社会，提高自己的环境适应能力和沟通合作能力，积累社会阅历与社会经验，通过努力，我在家乡一家教育机构找到了一份实习教师的工作，开始了实习生活。

真正开始工作之前有点紧张和忐忑，按照要求，我负责的是三年级的英语课，每天两节课，每节一小时。听起来工作量并不大，但我还是有些担心，毕竟之前没有管理小学生的经验。

上第一次英语课前，我提前在家看了看要用到的教材，第一节课主要是学习26个字母以及一些很简单的日常用语。虽然不难，但由于没有教学经验，又不认识他们，对于第一次登上讲台的我，无疑是一大挑战。站到讲台上，看到孩子们一双双天真可爱的眼睛和好奇的表情，听到我说完“上课”后底下整齐响亮的“老师好”时，我心中的紧张感在慢慢消失。我对自己说：“就把他们当作你的朋友吧，放开些，他们会喜欢你的。”

首先作了自我介绍，接下来我又拿着花名册点名，一共不到20个孩子，马上就认清了。经过一番交流后，孩子们果然和我亲近了不少。在接下来背诵26个英文字母时，我发现他们中有很多人已经会背了，而且还会唱歌。于是我鼓励他们勇敢、大声地唱出来。有一个小女孩特别活泼，很积极地举手发言，唱歌的时候落落大方，我拿出早就准备好的贴纸奖励给她。她特别开心，其他同学也很羡慕。学习完字母表后，我开始教他们简单的日常用语，如“你好”“我的名字是”“谢谢”“再见”等，他们都很聪明，学得很认真，很快就学得差不多了。课间，我留在教室和孩子们交流，发现他们虽然有些淘气，但都可爱而充满童趣。第二节课，我让他们复习了一下上节课的内容，要求他们用英文作自我介绍。虽说三年级时英语才起步，可是我了解到他们平时就多多少少学过这些基本的内容了，有的在幼儿园时已经开始接触简单的英语，所以我并不担心他们说不出来，反而考虑下次上课要增加点难度，让他们尽可能地多学点儿。

一天的教学工作结束后，我觉得腿也酸了，胳膊也麻了，嗓子又疼，回到家一动都不想动，这时我才深切体会到老师的不易。人们常说：“教师无小节，处处是楷模。”教师要端正为人师表、教书育人的思想，对学生进行思想品德教育是每一位教师的责任，要把言教与身教结合起来，只有以身作则，才能使教师的言教发挥更大的作用。

作者：外语学院2014级本科生　邢　岩

8月23日　星期三　阵雨

电子设计竞赛培训暑期学校参加者·何梦晴

忙碌而紧张的一个月过去了，电子设计大赛初赛已经落下帷幕。此刻，我坐在空荡荡的教室里，听着窗外淅淅沥沥的雨声，感慨颇多。

回想一个月以来，来自不同校区不同年级的伙伴们怀揣着同样的热情，在这几间小屋里施展才华。除了和队员们的合作交流，我想起最多的便是秦峰老师忙碌的身影。电设之路上他是我们的指路人，也是辛勤的劳作者。

一个月前来到工程训练中心，对电子设计竞赛一无所知的我充满了紧张和担忧，这时候秦老师给我们上课，明确了我们的方向。不同于学习书本知识，他所教授的知识贴近生活，在我们平时电路的搭建中更是得到了应用。老师的诙谐幽默拉近了我们之间的距离，也减轻了大家的压力。从一开始，我们便深深喜欢上了这位老师。

为了抓住七月份的尾巴，许多伙伴都起早贪黑地干活，夜里的教室灯火通明。我感慨梦想的力量，感慨它能够改变一个人，激发一个人的潜力。但是追逐梦想的旅途充满艰辛，看似微小的障碍都能让人停滞不前。这些日子里，老师的陪伴与鼓励是我们坚持不懈、奋勇直前的动力之一。作为一名良师，秦老师几乎把他所有的时间都用在了实验室里，清早赶到工程训练中心查看大家的进度，帮忙解决各种问题，往往深夜一两点才回家；作为一名益友，他照顾着学生们的情绪，用积极的态度感染着我们。我从未见过这样的老师，如此热爱自己的工作，热爱学生和学校。他每天按时送学生去吃饭，关心教室里的纯净水够不够喝，学生宿舍有没有蚊虫……他付出了许多时间和精力关心学生，好让我们全身心投入比赛。

时光如同握在手里的沙，匆匆流去不见踪迹。最难熬的四天三夜正式开始，一种紧张的气氛弥漫着整个实验室。老师们大都恪守岗位，秦老师更是忙到凌晨才回家。回想过去的那几天，自己也不知道怎么熬下去的。过去听学长学姐们诉说比赛的辛苦时充满了担忧，自己经历过后却觉得没有那么艰难。在梦想面前，一切的辛苦与付出都是理所当然。我们认真分析赛题，听取老师的指导选取自己最擅长的题目，然后购买器件，搭建电路，编写程序……小组队员之间分工协作，做好各自的本分。这次比赛让原本素不相识的我们聚到了一起，建立了深厚的友谊。队内的成员互相扶持，队与队之间相互帮助，形成了良好的风尚。陪伴与支持有时候真的会让人充满力量。四天三夜里，我们组经历了很多困难，每次觉得被绊住、做不下去的时候，一想起秦老师的期许，大家都会咬牙坚持，积极寻找解决的办法。

一个月，在漫漫时间长河中不过一瞬，却足以改变一个人。这些天我收获了成长，能够更加正确地审视自己。在这个难忘的暑假，有那么优秀的一群人，激励我不断向前。

作者：信息学院2015级本科生　何梦晴

8月24日　星期四　晴

添翼工程赴日研修项目成员・刘文强

研修活动已经进行到了第四天，怎么说呢？来之前也作了许多准备和计划，但来了之后才发现，还有许多是需要准备的，而且很多东西还是得真正亲自见过、听过才行。

今天的日程可以说非常紧，当然也就很累啦。6点半，我们便出发前往佐川急便股份有限公司（SGW）去参观他们的早会，之后在公司参观了自动分拣机线和冷冻库。我们也是第一次进入冷藏室和冷冻室去参观体验，冷冻室零下18摄氏度，虽然很兴奋，但再也不愿意穿着短袖就进去了。之后，在日方人员的讲解下了解了佐川急便在快递服务中的“快递结构”和“快递对策”，以及冷链物流相关的知识和“绿色”物流的理念。吃完午饭后，我们便迅速前往位于晴空塔和东京站的佐川急便服务中心，这些服务点不仅负责整栋楼或整个车站区域物流，还兼具存包和免税等相关配套服务。参观完后，我们又迅速前往会场，参加SGH控股集团和五十铃汽车公司的联欢会，很荣幸SGH财团的会长栗和田荣一先生也到场了，当轮到我进行自我介绍时还真有点小紧张。

其实，今天我们除了学习物流知识之外，印象最深的就是联欢会了。来之前听说日本的“论资排辈”现象很严重，日本似乎称之为“年功序列制”。平时在日本的影视作品中有所了解，看起来他们对这方面很看重。而几天的参观学习和联欢会看到的却是不一样的情况。这次的联欢会两个大公司从高层到底层都有人参加，不管是部长还是社长，就连会长也能和我们愉快地交流，丝毫感觉不到压力。和我们一桌的五十铃部长真的很亲切，虽然是个老头，但笑起来就像个孩子，还时不时做些搞笑的动作或者讲笑话。

不仅如此，联欢会上的东西真的很好吃，基本上是日本料理，虽然有些同学可能吃不惯，但我们这种来者不拒的，吃得差点都走不动了，说来还怪不好意思。食物吃了还不用担心长肉，完全没有“负罪感”。

今天真的很累，回到酒店一点都不想动了，但今天真的十分愉快，不仅学习了理论知识，也扩展了视野。

最后，很多东西还是得自己亲身体会，别人说的始终是经过了修饰。我们学习的目的就是拓展视野和解决问题，所以，永远不要停止学习。

作者：控制学院2014级本科生　刘文强

8月25日　星期五　晴

德国访学夏令营参与者·兰妙苗

“If you miss the train I am on. You will know that I am gone.” 我坐在开往柏林的铁皮火车上，耳机里回响的是《离家五百里》(*Five Hundred Miles*)悠扬的旋律，窗外掠过的是广阔的原野，湖蓝色的天空，还有像棉花糖一样的云朵。

在德国的最后一天，对家的思念、对夏令营生活的怀念、与团队成员割舍不下的情谊混杂在一起，在心中掀起波澜。在德国与其他伙伴一起学习生活玩耍的经历，让这个在异乡的暑假变得别样精彩。

此次夏令营，我们跟随带队老师来到德累斯顿工业大学进行交流学习。我们住在大学的留学生宿舍，上午在大学的国际语言中心学习德语，下午参加大学组织的各种拓展活动。不论是上课还是拓展活动，我们都与来自全世界各地的大学生一起参加，大家从陌生羞涩到熟识嬉笑，在交流过程中我们互相了解到对方国家的文化、风土人情，结下了深厚的友谊。在来自捷克同学的热情邀请下，我们还一起去了童话般的布拉格进行了“友好访问一日游”。与各国同龄人的交往，不仅仅提高了我的语言水平，还极大地开阔了我的眼界，拓展了我的思维。同为大学生，他们更加积极主动的学习态度、更加明确的人生规划，以及独到的生活见解都是值得我学习的地方。

在德累斯顿工业大学学习的这段时间，我也被德国大学独特的学习氛围和人文环境深深地吸引。德国大学的课堂氛围严肃与活泼相结合，上课时，老师会严格考勤，严格遵守上课时间，在规定的上课时间内保质保量地完成当日的授课内容。授课方式除了老师单方讲解之外，还有其他丰富有趣的形式，比如看电影、做课堂游戏、情景模拟等，在这种课堂上我们会带着愉悦的心情，高效率地完成当日的学习内容。在课余时间，有的同学会去体育馆运动，有的会在学校的公园散步谈心，有的则会继续前往图书馆自习。图书馆的藏书十分丰富，休闲区、阅读区和自习区的合理划分，使得图书馆的整体设计更加人性化。课余时间，图书馆少不了借阅图书和自习的同学，实验室也往往一整天都有学生和教授进进出出，整个大学的学习氛围给人一种有条不紊、张弛有度的感觉。漫步在学校的菩提树路上，柔和的风吹动着树叶沙沙作响，受大学里这种学术氛围的感染，感觉自己也有了不懈努力的动力。

我会把这些天收获的友谊、增长的知识、得到的感悟深埋于心。即使回国之后，这段时间的学习生活，也会化作我追梦的动力。

作者：政管学院2015级本科生　兰妙苗

8月26日　星期六　多云

留学生学伴项目成员 · 王佳丽

“Dear，Lina，I am Jiali Wang，a student from Shandong University……”不知道以这样的开场白开始是不是有点缺少创意，但当在刚申请的谷歌邮箱写信页面一句句敲出英文邮件内容的时候，我的内心竟是如此紧张，再也想不到更华丽的辞藻，只能一遍遍检查着会不会有写错的单词或者不通顺的句子，在终于对邮件正文、附件内容和邮箱、微信号等确认无误后，深吸一口气，点击发送，收到提示——邮件成功送达对方邮箱！

这是山东大学自2010年开设的针对国际留学生的中国学生志愿服务项目——留学生学伴项目，主要是协助来山大交流的交换生能够适应在山大的生活，融入山大。在今年来山大交流的72名各国交换生中，我的学伴是一个来自韩国的小姐姐，将就读于国际教育学院，在山大交换半年。

“我是里娜，你是佳丽吗？”在邮件发出后的几个小时后，手机通知栏突然出现了这样的一句微信好友添加通知。“我是佳丽，很高兴认识你，Nice to meet you！”本以为我们的聊天会在英文下进行，但是没想到，这句“Nice to meet you”竟然是英文唯一派上用场的地方。熟练而地道的汉语，加之头像中本人优雅而甜美的气质，都让我对这位新朋友充满了好奇和佩服。在作完自我介绍和询问完必要的航班等接机信息后，我不禁感叹道：“你的汉语真的太棒啦！”另加了一个咧嘴笑的表情。也正是此时我才得知，里娜去年已经在北大留过学，做过北大的交换生，今年选择第二次来中国，来山大交流，虽然她希望假期永远都能够持续，但是来中国给了她安慰，同样的，她的这一番话也给了我深深的感动和亲切感。

微信那头，远在韩国的里娜应该与我一样期待接下来半年在中国、在山大的生活吧，从飞机着陆、报到注册、入住选课、开始上课到日常生活中参加活动、就餐出行、交到新的中国朋友、留下独特的与山大的故事等，都将会是人生之中无比难忘的记忆！而我也很开心能从头就参与到这个过程中，用我力所能及的力量帮助里娜以及更多的朋友融入新的学期，感受山大、体味济南！想到这里，我不禁翻出了日历，数了数开学的日子，还有两周，期待中……

作者：管理学院2014级本科生　王佳丽

8月27日　星期日　阴

“助力一带一路”实践队员·陈尔亮

今天，山东大学计算机学院“助力一带一路”社会实践团队完成了调研后问卷的数据整理分析工作。问卷的结果让大家很惊喜，“一带一路”现况良好，前景更好。

首先，国家对“一带一路”的建设投入巨大。问卷调查中，几乎所有人都对“一带一路”政策有所了解，而人们了解“一带一路”的途径主要是新闻、报纸、政府知识普及。从中，我们看出政府对于“一带一路”的宣传力度之大。在问卷调查中，人们普遍指出近年来政府为了更好地建设“一带一路”政策，对内蒙古的小微企业转型提供了许多帮助，而大企业的转型改革则更是突出和明显，由此可见政府的扶持力度之大。另外，国家为了支持“一带一路”的快速发展，更是与多国签署了合作协议，并承诺为多国基础设施建设提供便利与帮助。

其次，人们对于“一带一路”的认可度颇高。在此次问卷调查中，支持“一带一路”的人数几乎是压倒性的。大部分人都认为“一带一路”有利于中国经济的发展。超过半成人认为“一带一路”政策对内蒙古传统支柱产业有积极影响，所有参与问卷调查的人员均支持“中俄蒙经济走廊”的建设，多数人对于“一带一路”政策会对小微企业带来的有利影响持乐观态度，人们认为“一带一路”背景下身边企业转型改革较为明显。

最后，“一带一路”的前景十分光明。在“一带一路”背景下，国内，政府大力扶持小微企业，帮助其转型升级，对大企业更是进行了较大的改革，取得较大的成果；国外，政府密切与多国在基础设施上进行合作，获得了多国的认可与高度评价。相信在不久的将来，“一带一路”上的人们一定可以创造出更加美好的未来。

作者：计算机学院2015级本科生　陈尔亮

8月28日　星期一　阴

共享单车调研员·杨　喆

随着调研报告基本撰写完毕，我们为期约两周的调研进入了尾声。

交通堵塞问题一直困扰着泉城的健康发展，而人们也一直在为此努力着。近期，泉城出现了一种新潮、快捷而又绿色的交通出行方式，它们犹如美丽泉城的最新名片，以多种色彩穿梭于大街小巷，给济南的人们带来便利，为这座古老的泉城注入新的活力。它们就是我们调研的主角——共享单车。

共享单车作为共享经济的最新形式，是“互联网+交通”的产物。它凭借方便低廉的租赁方式、小巧时尚的外形、取放灵活自由等优点受到了人们，尤其是年轻人的喜爱，在2017年风靡全国。在其他城市，共享单车在切实解决了人们“最后一公里”出行问题、缓解城市交通堵塞的同时，也出现了恶性竞争、胡乱停放、占用车道等许多问题，这些问题无疑让城市交通问题雪上加霜。

反观济南市，共享单车摆放井然有序，各处都可以看见共享单车的专用停车位，这些问题似乎已经得到了有效解决，这就要归功于济南市政府做出的努力了。

在调研的两个星期里，我们穿梭于济南的大街小巷，记录下人们使用共享单车的过程，对济南市共享单车的使用现状作出评估，并找寻其中存在的问题；我们访问了维护共享单车的管理人员，在共享单车带给人们方便快捷的背后是他们的辛勤付出。我们还对共享单车的监督管理部门——济南市停车办进行了访谈，他们在仔细分析了其他城市共享单车发展存在的问题后，结合济南市的特点，制定出了一套适合济南市的共享单车管理运行方案，通过严格的“制定标准—实地调研—招标—运营—监管”，才让济南市的共享单车发展如此健康，如此井井有条。

作为新事物，共享单车的路还很长，出现问题也是在所难免的，要让共享单车在各个城市中健康发展，政府的鼓励、引导、监管必不可少。只有企业、政府、社会各方共同努力，才能让共享单车这一充满活力和前景的新事物得到健康发展。

现在，共享单车似乎已经成为济南市民生活中的一部分，成为市民工作、娱乐不可或缺的工具。有了各方的共同努力，共享单车一定可以成为解决泉城交通问题的新助力！

作者：政管学院2015级本科生　杨　喆

8月29日　星期二　晴

老兵探访者·张　晗

“我们一家三代当兵，这是我们全家的光荣！”走在回家的路上，我的耳边依旧回响着老兵王发永说过的这句话，回想起今天探访老兵的经历，感慨颇多。

今天下午，我和管理学院“重温红色记忆，向老兵致敬”实践团的队员们一起去荣军医院探访老兵。到达医院后，我们见到了事先联系好的负责人，在她的引领下，我们来到了老兵接待室。首先，我向老兵们介绍了我们的来历以及此行的目的，并赠送了我们带来的水果。在得知我们是山东大学的学生时，老兵们显得很热情，也很激动。短暂的寒暄后，访谈活动正式开始。

我采访的第一位老兵叫王发永，他于1984年主动参军并成为一名共产党员，是这些老兵当中最“年轻”的一位，曾立下一次一等功和一次三等功。当兵的第二年，王发永爷爷就奔赴越南参加对越自卫反击战。据王爷爷回忆，在这场战役里他是一名侦察兵，主要负责深入敌后、侦察敌军位置的工作。讲起他在中越边境上侦察敌军的时候，王爷爷神动色飞，双目炯炯，似乎脸上的每一条皱纹都在诉说当年的豪勇。不过这场战役也让王爷爷失去了一条腿。在和战友刘凡泉执行任务的时候，一颗炸弹在刘凡泉同志身边爆炸，为了救自己的战友，王爷爷冲了上去，不幸负伤，最后因为伤势过重不得不进行右腿截肢。在那之后，王爷爷光荣退役，回到自己的家乡成为一名村支书。采访时，我问王爷爷后不后悔打这场仗，他低头看着自己空瘪的右裤腿，摇了摇头，说出了日记开头那句话。都说当兵后悔两年，不当兵后悔一辈子，我想这或许就是对老兵们最真实的写照吧。

所有队员采访结束后，我们参观了老兵们生活的地方。荣军医院虽然地方不太大，但设施齐全，室内有专门供老兵们休闲娱乐的棋牌室、聊天室、休息室，室外还有供他们锻炼的健身器材和散步的小花园。我一边参观，一边想着：在战火纷飞的年代里，他们用汩汩鲜血守住我们脚下的绿水青山，如今，他们也应该好好歇一歇了。

今天的探访让我看到的不只是老兵们曾经的坚毅与忠勇，还有我们脚下这片土地的来之不易。现在的我们虽然身处和平之中，但周边的不安全因素时时威胁着国家的安全。身为山大学子，更要时刻居安思危！

一寸山河一寸血，十万青年十万军！

作者：管理学院2014级本科生　张　晗

8月30日　星期三　小雨

“H·O·N”社会实践队长·杨宇昂

从宁夏结束调研回到家中已经三天了，今天，我们团队完成了在宁夏回族自治区吴忠市针对银西高铁建设沿线居民和郭家桥乡乡长的问卷调查及采访的整理工作。

此次社会实践的主要对象就是目前宁夏境内所要开通的第一条高铁——银西高铁。在宁夏银川市和吴忠市调研的十余天时间里，我们通过进驻中国中铁项目部、参观施工现场、走访当地老乡以及采访当地政府对于修建高铁的看法等形式，对国家“一带一路”引领下银西高铁的建设对西部居民生活及经济发展的影响有了初步认识。

在整理当地村民们的调查问卷以及采访稿的过程中，我们发现，银西高铁在银川至吴忠段穿过了不少的落后地区，并且在那里也开设了不少的站点，这对于当地不少连火车都没有搭乘过的居民来说意义是不言而喻的。其次在和乡长的交谈之中，我们也了解到，吴忠市、银川市乃至整个自治区真的可以说是一块宝地，塞上江南的独特风景以及丰富的特产本可以为当地带来很好的发展机遇，但受限于不够便利的交通条件，宁夏的很多“宝贝”，外地人并不能很好地了解，外地的资源也没办法进来，导致当地发展较为缓慢。银西高铁建成之后，这样的情况就会得到很好的改善。将银川和全国八大铁路枢纽之一的西安相连，对于当地居民的出行以及自治区的发展都有着无法估量的促进作用。

对于生活在西安这个丝绸之路起点以及“一带一路”枢纽城市的我来说，开展这次社会实践所获得的感受更是非比寻常。西北作为我国经济欠发达的地区，新形势下将展现出前所未有的全新活力，借助银西高铁的建设，宁夏未来的发展前景也将更上一个台阶。

在和乡长以及中铁一局项目部的工程师进行交流的过程中，他们也不断强调银西高铁的建设与“一带一路”的相互促进作用。作为山大“调研中国”系列实践团队当中的一支，我们也在这次实践当中收获了许多，感受到了宁夏居民最真切的想法，更感受到了回族与汉族人民互帮互助的友谊。相信在不久的将来，“一带一路”建设以及银西高铁的开通定会给自治区带来更光明的未来。

作者：能动学院2016级本科生　杨宇昂

8月31日　星期四　晴

临床医学院本科生·向　婷

今天早早地结束了实习，看到窗外明媚的阳光，无心埋头于生理生化，只想好好出去玩一场，释放一下最近考研复习的压力。于是叫上舍友，回宿舍拿了包，便一同出去了。

我们先逛了几个商场，然后就一起去看电影。进了电影院，电影快开始了，我想掏出手机拍照，却发现手机找不到了。翻遍了我和舍友的背包，都没找到，没办法，只能舍弃电影，去今天逛过的地方找找，看看能不能找回来。

我和舍友出了电影院，分头去不同的商场找，找了快一个小时还没找到，我几乎已经快要放弃了。这时候，舍友气喘吁吁地跑过来告诉我：“你的手机找到了，刚才有个人给我打电话，说你的手机落在电影院的大厅里边了，她们还在那边等你，咱们快回去吧。”我飞快地跑回电影院。捡到我手机的人是一位中年阿姨，带着两个小孩来看电影。她把手机归还给我，我当时很激动，不停地说着“谢谢”。这时，一个小女孩开口说：“姐姐，下次要小心哦，不要再那么粗心了。”我摸了摸她的头，说：“谢谢小妹妹，下次不会了，真是太感谢了。”我和舍友拿到手机，给工作人员说明了情况，得以进影厅继续看电影，不过，那时候电影已经到了尾声……

很心累的一天，却是很幸运的一天，让我遇到了那么善良友好的人，才能找回手机。以前，我总是抱怨济南的气候太干燥，雾霾太大，总是嚷嚷着考研要考回南方去。但我不得不说，这里的人是我见过最善良、最热情的人，他们不管称呼谁都喊“老师”，他们会在出租车上和你聊天，会在看你找不到路的时候主动上来帮助你，他们会为了还你手机，默默地等你半个小时……

作者：临床医学院2013级本科生　向　婷

9月1日　星期五　晴

“精医求径”社会实践队成员·邓建群

正如我们社会实践队伍的名称一样——“精医求径”，工作精细，但历程又像小径一样曲折。如今我们的工作接近尾声，回首，一路曲折又布满崎岖，而我们又不断创新与开拓。

一开始入手这个课题，我们是比较迷茫的。家庭医生是什么？家庭医生能做什么？家庭医生模式做成什么样子了？最初我们都一无所知。但队长傅相蕾对于活动的开展一直保持着清醒的头脑。她在广泛征求了各方意见后，缩减了原来的调研对象，将范围确定为济南市的三个区，着重考察各个区卫生服务中心的家庭医生签约现状，并研究与当地实际发展情况的关系，重新制定了新的行动方针与研究方案。我们瞬间耳目一新，行动目标明确起来。

我们第一步进行了文献调研，整合各类文献，展开对我国家庭医生签约模式的深入了解。然后我们在校医院采访就医患者对家庭医生的看法和见解，可谓众说纷纭。接下来的两天里，我和靖阿姨前往天桥区对三家卫生服务中心和一家卫生服务点进行访谈，受益颇多。其中，北村街道办事处的霍老师和我们畅聊了所在卫生服务中心的目前情况，分析了当前国家政策大力支持下基层单位却无法具体落实的问题。

几天的实践下来，我们经历过别人的冷漠，也经历了济南的酷暑，用整天的时间在外奔波。但是，我们也增强了人际交往能力，得到了更多的锻炼，对自己有了更深的体会：哪怕前方荆棘丛生，我们都会持之以恒，完成任务。

的确，过去可能不曾想过，这种流行于欧美等发达国家和地区的家庭医生医疗服务模式，正逐渐走进中国的寻常百姓家。人才力量配置不足，职位待遇方面也跟不上，我们需要的家庭医生现在并未达到理想水平。责任制服务的医疗形式、全面健康管理的目标、全面有效连续可及的公共卫生和基本医疗服务，不可否认，我们与这些依然还有一定的距离。

但正是因为这些距离，我们才要更努力地去闯，去促进家庭医疗服务的发展。希望我们的调研，能够为中国的家庭医生医疗服务的发展贡献一小份力量，即使是仅仅能改变一小部分人对家庭医疗服务的看法，那我们所有的付出也是值得的。

作者：药学院2015级本科生　邓建群

9月2日　星期六　阴

学生会军营体验者·苏　山

今天是我们离开军营的第一天，这几天训练留下的伤痛依然存在，膝盖上的瘀血还没有消退，似乎仍在督促着什么。早上6点，刺耳的闹铃响了起来，朦胧中我熟练地关掉了闹铃，准备再次入睡。可是，脑海里突然回忆起昨天离开军营时部队教官给我们的寄语，耳畔似乎再次传来军队里集合的哨声，意识便突然清醒，带着疼痛翻身起床，开始了新一天的生活。

从小自己便和诸多孩童一样有个军人梦，后来由于各种原因，我的人生轨迹与军人之路越来越远。今年正逢中国人民解放军建军90周年，共青团中央发出“百所高校进军营”的号召，鼓励当代大学生走入军营进行体验感悟。在学校团委和中国人民解放军空军某部的安排下，我有幸与学生会的同学一道参加了这次活动，真真切切地体验了军旅生活。

在这几天里，我们参观了空军雷达基站，感悟到未来信息化战争的高技术性；在教官的指导下，我们独立拆卸组装自动步枪并进行瞄靶训练；我们10个人一起在烈日下进行队列训练，在草地上努力练习低姿匍匐前进，在操场上打军体拳，与部队官兵进行交流，在后厨刷碗、值日……军营里的日子的确是劳累的，但同样也是充实的，这不仅仅体现在日程安排上，更表现在每个人内心的日益强大上。对我自身而言，也收获颇多。作为学生会学术部的部长，一个月之后，我将和20余名干事一道为山东大学学术氛围的营造贡献力量，而军队超乎寻常的凝聚力，以连为家、以部队为家的文化氛围，战士们超强的执行力都是学术部部门建设可以借鉴的宝贵经验。

政治科陶干事在离别之前讲道，希望这几天的军营体验能让我们更加清楚地认识自己，明白自己的优缺点，拥有强大的内心，作好各种准备以应对瞬息万变的时代环境。更为重要的是，要增强个人的团队意识。也许，当我昨日走出军营，这一辈子再也没有机会深入部队去体验军营生活了。这次的军旅体验，在我看来，不仅仅是一次经历，更是一次精神与肉体的双重洗礼。身体上的疼痛会随着时间的流逝而逐渐褪去，但军营体验的记忆将永远被我珍藏，成为人生中最为宝贵的财富。

作者：数学学院2016级本科生　苏　山

9月3日　星期日　阴有小雨

“淮水安澜”社会实践队成员·杨　露

自8月7日离校算起，回家已有近一个月时间。这个暑假的时间不长，回家的日子又是一年中最热的时候，我把最热的时间都“奉献”给了社会实践。今日微雨，整理社会实践材料时，突然有感而发，谨此一记。

家乡地处苏北水乡，我召集了几位化学院的老乡，准备就淮河水质进行调研。选题时曾有人质疑，水质调研对一个化学院的学生来说已非新鲜话题，我们不可能做出太大创新。的确，老生常谈固然不会有何新意，但常言道：“熟悉的地方也有风景。”当我站在南水北调淮河入江水道大坝上俯视江面时，自豪感油然而生，沉寂了多年的一条水道终于为民生大计作出了贡献。然而当江面上漂浮的垃圾打破这一片美景时，又让人不禁感慨：水质调研年年有人做，污染问题却仍然得不到解决。大学生走进社会去做社会实践，若不能发现社会问题并助其得到解决，再精巧的选题和漂亮的报告都不能实现社会实践的真正目的。

社会实践之所以被称为“社会实践”，正是因为这不是我们自己的实践，我们需要走进社会，与各色人等打交道。然而十几年寒窗苦读，我们接触到的人不过是家人老师同学，与人打交道的确不是我们所长。果然，我们遇到不少挫折：农人渔民不能理解环保的重要性，不少市民拒绝参与问卷调研，政府对我们的建议不予采纳。也许是因为我们的讲解不够通俗易懂，我们的宣传不够到位，我们的专业知识不够以致建议不成熟，但这些都不能用“我们只是大学生”来作为借口。作为化学专业的学生，也许我们将来会成为不问世事的科研工作者，但若科研事业不能宣扬于普罗大众，而知识困于科学的象牙塔不能被世人理解接受，科学研究的意义又何在？同理，我们利用专业知识进行社会实践，却不能发挥专业知识的作用让人们理解我们的用心，那么就是失败的。好在，我们的团队齐心协力，虽有困难但从不放弃，最终齐心协力完成了调研任务。

哲学上讲，人的基本属性是社会性，离开了社会，人的存在就没有意义。无论从事什么职业，我们的首要定位是“人”，作为大学生，更应该跳出象牙塔，关注社会，学以致用。

窗外微雨已停，思绪飞回纸上，停笔之间，会心一笑。

作者：化学院2015级本科生　杨　露

9月4日　星期一　晴

第三幼儿园学生家长·王小岩

开学前日，秋高气爽，山东大学第三幼儿园大一班组织小朋友及其父母一起去山东省博物馆参观了“御窑·皇家——明代官窑瓷器展”。

小朋友们排好队，手牵手开开心心地进入省博物馆金碧辉煌的大堂。迎面走来了一位和蔼可亲的穿着红马甲的志愿者奶奶，她大大表扬了我们家长在百忙之中还能抽时间带孩子们走进博物馆，来了解人类宝贵灿烂的文化历史。她表示，这一举动看似很简单，但是意义深远，将来会惠及三代人。一席话让我们感觉此行很有意义，于是大家兴致勃勃地开始了参观。

进入展厅，来了另一位志愿者杨奶奶，她是我们的讲解员。馆内展品有几百件，都是供明代皇帝及其家人使用的。大部分是景德镇的青花瓷器。杨奶奶带我们看了举世闻名的明代“成化斗彩鸡缸杯”。鸡缸杯制作非常精美，晶莹剔透，杯上画的是一只蓝色的母鸡带着一群小鸡嬉戏玩耍的欢快场景，蕴含了家庭祥和、子孙绵绵的心愿。

我们还参观了明永乐年间的“青花花卉纹八方烛台”、明宣德年间的“青花束莲大盘”、明成化年间的“青花海水异兽图碗”等各种各样的青花瓷器，有梅瓶、酒壶、盏托、大盘、碟、罐和各式碗，等等。这些瓷器上的青花图案也是形态各异、丰富多彩，有人物、虫鸟、龙凤、缠枝花卉、折枝花卉、花果，等等。其中让我们印象深刻的是一个青花鹦鹉寿桃纹的大盘。盘子很大，大概有1米宽的直径。盘子外圈画着八种花，盘面上是两只传神的鹦鹉落在桃树的枝头，枝头上结着四只大桃子。鹦鹉谐音是英武，寿桃意味着长寿百岁，旁边是花开富贵。整个大盘寓意美好，图案也是丰富多彩，看上去好像一幅赏心悦目的水彩画。

欣赏了各种精美的青花瓷展品后，受艺术的熏陶和感染，小朋友们还亲手绘画了自己喜爱的青花瓷器。有画梅瓶的、画酒壶的、画大盘子的，还有画烛台的。青花瓷上的图案更是充满童真，有大高楼、机器人、外星人、小狗小猫什么的，画风相当具有冲击力。看来小朋友们是从展品中得到了灵感和启发，同时加进了自己的生活感悟。

活动结束了，小朋友们抱着自己的青花瓷作品开心地合影留念。我想他们虽然年龄小，有些文物的历史未必了解，但是这一堂非常生动的艺术文化启蒙课程，也许就是一颗种子，会让美的东西深深扎根在他们幼小的心灵里，并一直传承下去……

作者：山大第三幼儿园学生家长　王小岩

9月5日　星期二　小雨

校园文化考察团成员·苏雅瑄

暑期社会实践，我们的团队以“考察海内外高校优秀校园文化建设，交流校园文化建设经验及成果”为主题，开启了考察之旅，希望为济南主校区建设提供借鉴。调查过程中，我们参观了南京大学鼓楼校区和仙林校区，采访了在校本科学生，也通过南京大学官方网站等提供的资料对其文化建设的内容和影响进行了研究。赴南京大学小分队今日完成了考察的分析与总结，我们将此次考察总结为四个字：“合”“细”“深”“新”。

南京大学有多个校区，校区与校区之间的配合与分工是十分关键的问题。“合”字正是要说明南京大学新老校区之间分工明确、配合默契。在参观鼓楼校区和仙林校区时，第一个令我们感叹的是两校区之间便捷的交通，使两个校区之间的交流更为密切。令人印象深刻的是新老校区的分工明确：新校区因为刚刚修建，承担着学校科技教学设备更新、使同学们生活学习条件更为宽敞的任务，而老校区承载着时间的印记，用点点历史的痕迹记忆着南大一步步走来的历程。

不论新老校区，处处可见的名人雕像是南大“细”字重要的体现。在仙林校区，每一棵树都有它的名字，卡片上还有二维码，扫描二维码可以了解更多关于这一类树的知识，这正是通过细节而体现知识无处不在。仙林校区的图书馆门前，有一个专门设立的2017届毕业生合影留念处。上面印刻着南京大学的校歌，让南大学子即使身不在南大，心中也有母校。

立在鼓楼校区的那座革命英雄纪念碑让我们对“历史永远值得被铭记”这句话深有感触，这是南京大学校园建设“深”字最令人印象深刻的地方。仙林校区的校史馆里，每一个为南大为国家有过杰出奉献的人，都被记录下来，他们的名字和事迹在每个南大学子心中都留下了深刻的印象。

关于“新”字的总结，并不是要总结仙林校区建设的新，而是体现在南大学生的创新和南大给予学生的充分自主的空间。路边，学生们为了装点校园留下的作品随处可见。每个学院都拥有学生自主创业的咖啡厅，每逢重大节日和校庆时，学校也为学生提供大片场地进行自主活动。此外，科研项目也硕果累累。

南大与山大皆为百年老校，探究南大校园文化时，我们也更为自己是山大一员而骄傲。

作者：文学院2016级本科生　苏雅瑄

9月6日　星期三　阴

青岛校区后勤保障部・张晓敏

接到去青岛校区工作通知的那天，我正半靠在书店的藤椅上，不知第几次地温习着曹公的《红楼梦》，陪二进荣国府的刘姥姥研究着那道“倒得多少只鸡配他”的茄鲞，心里盘算着晚上回家给爸妈煮银耳百合莲子羹还是炖个西红柿牛腩汤……作为一名应届毕业生，未到青岛校区前，吃与美食与工作，就是这般简单而美好地沉于内心：没有压力，只有享受；没有责任，只有放纵的喜欢。

8月23日，青岛还挣扎在一年内那段最湿热的时期，沿着滨海大道一路向北，路过母校，穿过隧道，宛若乘上了哆啦A梦的时光机。当我还是海大教育经济与管理专业高等教育管理方向的研究生时，曾把青岛校区作为笔下的研究对象，如今从后勤管理着手，才真正把研究付诸实践。曦园餐厅作为山大青岛校区最红的建筑，在盛日下耀眼夺目。这是我学生时代除图书馆外最喜欢的地方，从那一天起，我就可以作为一名工作人员走进它的“内心”。工作的开始，铺垫在心底的是厚厚的感动，分中心主任，各部门、各食堂主任的万般关怀呵护，办公室前辈们的悉心照顾，从老师们的“掌中爱珠”到工作岗位的专技“青椒”，稳稳地过渡，不曾有丝毫落差。

接下来的日子，第一次写温馨提示，第一次给餐厅布置提建议，第一次参会，第一次跟着食安员例行食品安全检查，乃至第一次餐厅结束营业与员工们一起排队吃饭，在初期铺满感动的基底上，责任感的钢筋架构已默默搭起。餐厅里美食的意义不再仅是消遣和享受，而是关乎全校师生安全健康的达摩克利斯之剑，与倾注爱并重的，是法律下食品安全的底线。

能够在正式报到前工作，十几天内的些许经历可能今后都难得再见，所以心中翻腾四起的小确幸重重压倒了忙碌与加班的不适。感受最深的，莫过29日、30日两天的厨王争霸赛。初来乍到，对于筹备良久的赛事，甚至没办法搭手帮忙，唯一能做的就是默默地观看，默默地感叹。从刀工到烹调，从个人到团体协作，动作之纯熟，合作之默契，摆盘之精妙，两只眼睛已是应接不暇，责任感之后意识到的是喜欢与现实间横亘的那条银河。对于厨师职业养成，连一知半解都不能谈得上有，想从厨王们身上掘一点金的美梦，瞬间变成了浇醒自己一直以来生活在不懂不知、空谈喜爱童话中的冷水。理智至极，生发出的是对厨师职业、餐饮行业的敬畏。当然，认识到的还有对高校餐饮区别于其他餐饮业的高度。再卓越的厨师、再优秀的菜品，不能因地制宜、满足大学庞大需求，也不能算作成功。为师生提供最好的餐饮服务，是高校餐饮最重要的职能。

9月1日，耀眼的小红楼，用爱表达味道的曦园餐厅正式开业，作为一个新入职员工，十几天内就有幸见证了一座食堂的起步，经历了由感动到责任再到敬畏的心路历程。凡此种种，都俨然成为我今后工作奋斗的动力，希望今后的自己能够与小红楼一同进取，实现进山大之初为师生饮食搭建宝塔的心愿，让小红楼作为高等教育的一部分，茁壮成长！

作者：青岛校区后勤保障部教职工　张晓敏

9月7日　星期四　晴

学校发展感悟者·杨巧韵

今天，我像往常一样漫步在花草如茵的趵突泉校区，静静观察这座校园的点滴变化。无意间经过了学生浴室，没有了昔日来来往往的同学，似乎冷清了许多，却勾起了我对之前它那段繁华岁月的回忆……

这是我来山大的第三个年头，虽然仅是短短的三年，却见证了山大的巨大发展。我是南方人，习惯了每天洗澡，然而第一次进宿舍的时候就惊呆了，偌大的宿舍连一个淋浴喷头都没有，浴室在学校的另一头，而且晚上9点半就早早地关门了。军训那段时间可以说是我人生中最难熬的岁月，每天军训完常常是晚上9点，回宿舍拿换洗的衣物，到达浴室时已经关门了，结果只能在水房里拿脸盆打冷水洗澡。

以前我住在西村，澡堂在东村，洗澡的时候总是要拎着大包小包，来回走一公里，到了冬天，更是顶着严寒，裹着厚厚的衣服哆嗦前行；雨天打着小伞艰难迈步，往往洗完澡后换上的裤子回来又被雨水打湿了……

但是，自从大一下学期澡堂改为晚上11点关门，便再也不用担心自习完没法儿洗澡了。到了大二上学期，每层楼都装上了淋浴室，更是大大地方便了我们的生活。足不出户就可以洗到热水澡，再也不用担心严寒与暴雨，再也不用带着大包小包去澡堂，节约了奔波于路上的过程，就有了更多复习迎考的时间，无形间，我的成绩也提高了一些。或许澡堂到淋浴间的变化只是山大发展的一小步，但我相信我们伟大的母校将为学生创造更好的生活环境，朝世界一流大学的目标迈进！

作者：口腔医学院2015级本科生　杨巧韵

9月8日　星期五　晴

基础医学院新生·余睿萱

初入山大的校友门，带着大包小包的行李，风尘仆仆，略显疲惫。从远方来到济南这座深沉内敛、颇具文化底蕴的城市，尽管旅途劳累，但迎面是山大建筑古朴的黛墙绿瓦、校园参天古树的丝丝清凉，终抑不住满心欢喜。与爸爸妈妈在学校对面酒店安顿好后，便回寝室拿需要的东西，迎面的仍是热情的学长学姐，他们竟还在忙碌！不禁庆幸自己白天把行李搬到教室，给他们减轻了一份负担。

刚得知录取结果时，便好奇心爆棚，迫不及待地搜索山大的图片，浏览各种新生指南、校园简介。山大各校区的建筑，尤其是趵突泉校区的老房子牢牢吸睛，我抑制不住记录下它们的冲动。现山东大学的趵突泉校区所在地为先前的山东医科大学校址，也是清末、民国时期的齐鲁大学所在地，曾有诸位名家在此执教，老舍、钱穆、顾颉刚、马彦祥等大家皆曾驻足此地。嗅闻此方寸田园的古色古香，人们曾说事物经过时间的发酵，总会产生魔力十足的变化，或是在时光年轮的动摇中岿然不动，暗自散发着独特的香味魄力。趵突泉校区的古建筑群，青石小楼，砖瓦洋房，伊藤长廊，闹中取静，闹在邻近市中心的繁华，静在学子孜孜以求的年华。

趵突泉校区的风味是挡不住的，市区的繁华，学子的年华，学校的芳华，着实好一番魅力，沁人心脾。这般独特的人文地区，使得校区仿佛大山一般沉静稳重。总说自己是山大新生，我总算是要进“大山”了，不是金山，也非银山，而是实实在在的“大山”。人生总在和过去告别，总在与未来道好，望着眼前的这片林地，希充实多彩，望遗憾不留，愿岁月善待山大每一位学子，孜孜以求，前程似锦。

作者：基础医学院2017级本科生　余睿萱

9月9日　星期六　晴

教师节受表彰教师·张承慧

不知不觉中，第33个教师节依约来临，内心总是洋溢着喜悦之情。就像在座的每位老师一样，我为自己能够从事太阳底下最光辉的职业而倍感神圣和自豪。作为师者，每逢教师佳节必先念及恩师，我自然追忆起久违的求学成长历程。不忘初心，心怀旧恩，不仅是做人之道，更是为师之道。正是因为有诲人不倦的恩师，才使得我能学有所成，业有所获。此时此刻，我最想说的当然是：谢谢老师！无论我的恩师是在地上还是在天上，他们一定能听到学生的心声。

我于1981年9月考入原山东工学院电机工程系学习，1988年获得硕士学位并留校任教，又于2001年在数学学院获得博士学位。迄今为止，已在山东大学学习工作了整整三十六个年头，是个“土生土长、从未挪窝”的山大“土特产”。

弹指一挥间，三十六年已过去。人生无人不周折，风物长宜放眼量。曾有不少外校引才人士问我：“你在山大待了三十多年还没待够？”我说：“待不够！”山东大学虽有不少困难，或许也不够完美，有时很不尽人意，但是，她能包容一切，宽容个性，她崇尚民主、学术至上，她朴实无华而有浩然大气，她接地气无官气，她是一所真正意义上的大学。挚爱山大、忠于山大、报效山大是我一生无悔和不二的选择。我时常篡改美国总统肯尼迪的一句名言，来教育学生并勉励自己：“不要问山大能为你做什么，而要问你能为山大做什么。”

我拼搏多年的感悟就是，只有做好自己、大有作为，才能跃居应有地位；只有贡献到位，支持才不会缺位。这是一名杰出学者、一名优秀教师应该具备的担当和情怀。没有母校沃土的栽培和支持，我也会一事无成。所以，我在此由衷感恩母校，感谢山大！感谢历届校领导对学校的苦心经营，正是他们的精心呵护和不懈坚守，才使得山东大学这所百年名校的大学精神依然熠熠发光，永不泯灭，才使得此地成为我国教书育人的重镇，成为干事创业的沃土，成为人才集聚的家园。

每到教师节，当一届届学生送来鲜花和贺信时，我常常问自己：我作为师者称职吗？鲜花虽好，受之是否有愧？我问候过自己的恩师吗？怎样才能做一名合格的老师呢？多年来，我从我的大学老师、山东省模范党员林家恒教授身上学到了怎样才能做一名大爱无边、无私奉献的教书匠；我从控制学院前党委书记李玲老师身上学到了什么是爱岗敬业，什么是实事求是，什么是群众路线；我从研究生导师常春馨、李希霖先生身上学到了怎样潜心做学问，怎样宽以待人；我从博士生导师数学学院程兆林教授身上学到了怎样做爱徒如子、严谨治学的好导师；我从控制学院前身的自动化系主任林连序先生身上学到了如何谋划全局、干事创业；我从我任山东大学学科办主任时的分管校长和学校机关领导同事身上学会了怎样做行政管理，同时也真正理解了“舍得”二字中蕴含的哲理和奉献内涵。今天，我由衷地感谢各位恩师的悉心培养，并将永远铭记教诲，对照“有理想信念、有道德情操、有扎实知识、有仁爱之心”四有教师标准，寻找差距，不断学习，以德修身，以德施教。

每到教师节，我也常想起并感激我的学生。是你们支撑我的事业发展，是你们的朝气给我带来欢乐，使得年过五旬的我童心未泯；是你们整日与我斗智斗勇使我没变呆板，是你们催我初具长者风范和领军才能。感谢你，同学们！感谢你，孩子们！

近十年来，我在学术方面取得了一些成果，如获聘教育部长江学者特聘教授、山东省泰山学者特聘教授，成功申报国家基金委重点项目和重大国际合作项目、教育部创新团队，当选“国家863项目”首席，获国家教学成果二等奖、国家科技进步二等奖，这些成绩不仅是个人荣誉，更是学科亮点，对支撑学科发展有重要的支撑作用。

今年教师节，学校表彰我，其实是在表彰控制学院，因为我的代表性优秀成果都是学院同事共同努力的结果，这份荣誉应该属于控制学院的每一位老师，他们是没有站到领奖台上的优秀教师。我必须感谢我的同事战友们。

谢谢大家并祝老师们教师节快乐！

作者：控制学院院长　张承慧

9月10日　星期日　晴

赞比亚留学生·肯　力

一年前，我作为预科生来到了山东大学，和235名来自世界各地的同学一起，在国际教育学院进行了为期一年的汉语强化学习。今天是我来到山东大学整整一年的日子，也是我作为山东大学一名本科生正式报到注册的日子。作为一名来自赞比亚的留学生，我要在美丽的趵突泉校区正式开始我的本科阶段，我真的非常激动、非常兴奋，这将是我人生中最重要的时刻之一。

对我们来说，山东大学是我们的第二个家，现在回忆起来，这种感觉更加深刻，老师们像父母一样关爱我们，容忍我们的错误，耐心地教导我们。在这里，我们不仅学习了汉语，更了解了中国的文化，还结识了很多中国朋友。

这一年，我参加了国际教育学院组织的很多社会实践活动，让我印象最深刻的是“感知中国”体验活动和留学生志愿服务活动。在“感知中国”活动中，我们参观了浪潮集团、韩都衣舍和中国重汽等，还体验了中国新农村社区的现状，我们深深地感受到了当代中国发展的生机和活力。在志愿活动中，结合济南的创城活动，我们组成了山东大学留学生小分队，我和我的同学们在社区宣传公共卫生和健康知识，在旅游景点推广文明旅游倡议，在公交车站引导大家有序乘车，我们感觉，我们已经和这个城市融为一体，我们都很高兴能为建设一个更好的济南献出自己的力量。

在我们来中国短短的时间里，是老师们的谆谆教导和山东人的热情好客让我们对中国产生了无比的热爱。山东大学给了我无限的动力，我感觉自己收获了很多，收获了知识，收获了经验，还收获了更多的友谊。

在这里，我感觉很幸福。

作者：临床医学院2016级本科生　肯　力（赞比亚）

9月11日　星期一　晴

华岗校长故里探访者·樊树娟

最近一直在参与青岛校区校史馆建设的事情，整理了各个时期关于校史的一些资料，20世纪30年代与50年代山东大学的两次辉煌已深深地印在了脑海里。其中，50年代的校史中不得不提的一个重要人物便是华岗。1951年，山东大学与华东大学合并，迎来了一个新的发展时期，华岗首任校长，肩负重担。他曾亲自给全校师生上政治大课，首创学术期刊《文史哲》。他既是一位卓越的无产阶级革命家、理论家、历史学家、哲学家、教育家，也是山大校史上一位卓越且超前的校长。

因为华岗，认识龙游。9月初，有幸来到了华岗校长的故乡——浙江龙游，探寻他成长的足迹，收集一些档案史料。在向阳编写的《华岗传》一书中写道，龙游是江南的故国名县，春秋时曾是越国西部一个小诸侯国——姑蔑国的国都，地处金衢盆地中心，地形起伏如游龙之姿。初到龙游，瞬间便被那蓝天白云下的青山绿水所吸引，漫山毛竹，遍地稻田，美得像一幅画。据龙游县史志办黄国平主任介绍，龙游在秦朝时已正式设县，是浙江省最早建立的13个县之一，自古以来地处交通要塞，兵家必争，具有“万年文明，千年商帮，百年习俗”等美誉。在这个自然风光秀丽、文化底蕴深厚的地方成长起来的各界名人被誉为“人中之龙”，华岗是其中之一。

在庙下乡庙下村，见到了华岗出生与成长的两处故居与他最初上学时的一处私塾。房屋都是木质结构，典型的前厅后院式南方院落布局。有着一百多年历史的老建筑承载着岁月的沧桑，古旧的房屋与家具展现着那时华岗与家人的生活方式以及读书时的诸多场景。庙下村村头有华岗曾经读过书的小学，现在已更名为华岗小学。学校远处是青山，近处有溪流，学生们的琅琅读书声回响在耳畔。创办学校是对华岗的一种纪念，更是对华岗精神最好的传承。

在华岗祖辈曾经生活过的另一个村庄严村，坐落着刚建成不久的华岗纪念馆，馆内展陈了大量与华岗有关的种种图片、视频、实物等珍贵档案材料，是华岗一生复杂经历的全面写照。细细观看，深入了解了华岗的成长轨迹和他对中国革命、教育等作出的贡献，更感受到了华岗身上那种坚定的共产主义信仰与学者精神。随后，在龙游县博物馆见到了华岗校长的大量手稿、著作、用过的办公物品等，包括他翻译的《共产党宣言》以及在狱中所写著作的手稿，甚是珍贵。

龙游是华岗出生与成长的地方，山东大学是华岗工作过的地方，因为华岗，龙游与山东大学紧密相连。2016年，龙游县新创建的华岗中学与山东大学附属中学签署了结对共建协议，龙游中学也是山东大学优秀生源基地之一。此次龙游之行，收获颇丰，学校档案馆、校史办与龙游县以及保存有华岗档案资料的各单位达成了合作意向，推进资料共享，共同研究。将来会有更多关于华岗校长的珍贵档案资料在校史展览中呈现，山大学子可以更多地了解这位卓越的校长，并将华岗精神与山大精神永远传承下去。

作者：档案馆工作人员　樊树娟

9月12日　星期二　晴

开学第一课感悟者 · 刘博慧

今年山大的开学第一课似乎有些迟了，无论是电视上中央一套的《开学第一课》节目，还是微信公众号里流传的清华、北大、哈佛等各大高校的开学演讲，最近一周充满了各式各样的"开学第一课"。但这些好像都因没身临其境而显得不那么深入人心，我也总是没有完全过渡到"开学模式"。

今天我终于迎来了我的开学第一课，这不仅是开学第一课，也是我作为口腔医学生在口腔医学院的第一课。之前三年的学习更多的是与其他专业的同学们一起在公共教室上课，主要学习一些公共基础、临床课程，这也一度让我们这些口腔医学生没有什么真实感，更多的是对于"医学生"的理解。而从今天起，我们将在口腔医学院度过接下来一年的学习生活，正式开始口腔医学专业课的学习。正如修复科蓝菁老师所说，"学习如何吃好口腔医生'这碗饭'"。

刚一上课，蓝菁老师并没有直接进入对口腔修复学的讲解，而是问了我们一个问题：你将来想做什么？很多同学说是口腔医生，也有同学想经营口腔诊所。接着老师又开始发问：你了解这个职业吗？你知道如何实现你的目标吗？几个问题引发了同学们的思考，教室变得安静了。随后蓝老师为我们描述了她心中的口腔医学，并从职业特点、社会发展、个人价值三方面阐述了终身学习的重要性和必要性，教导我们，青年人不要总抱怨，要反思自己做了什么，付出了什么，要明确目标，放眼未来，珍惜现在的学习时间，努力用知识武装大脑，用技术武装手脚，为走入临床作好充分的准备。老师反复强调，希望我们能珍惜时光，不要枉费青春，我们未来的工作是治病救人，救死扶伤，这样的工作性质不允许我们出错，不允许我们学术不精，所以一定要严格要求自己，为成为一名优秀的口腔医生而努力。对于口腔修复学的学习，老师强调这门课程有其特殊性，是"合法的造假"，这不仅是一种科学，也是一门技术，更是一门艺术，要求我们不仅要有广博的知识、精湛的技术，还要有一定的艺术熏陶，这也让我对这门课程充满了好奇与憧憬。

今天的这节开学第一课让我印象深刻，受益匪浅。我对口腔医生这个职业有了更深入的认识，也坚定了这份责任与信念。珍惜时光，做好身为学生的本职工作，努力提高自我，立志成为一名优秀的口腔医生。

作者：口腔医学院2014级本科生　刘博慧

9月13日　星期三　晴

“孔子新汉学计划”首届博士毕业生·金洙京

暑气消散，秋风让人神清气爽，又到了一年开学季。校园里又一次迎来了充满朝气的新面孔，这让我不禁感慨，曾经的我也是这样，带着希望在山大继续我的“中国梦”。

2005年，我在山东大学读完硕士课程，便先后在一家贸易公司和韩国一家教育机构工作。因为一次偶然的机会，听朋友说孔子学院有一个“孔子新汉学计划”博士生项目，在思索许久之后，我决定尝试一下，最终我幸运地成为山东大学“孔子新汉学计划”首届博士生。正是这勇敢的一步，39岁的我再次踏上山东大学博士学习的征程。在我之后，陆续有许多优秀的留学生申请“孔子新汉学计划”的博士生项目。在这里，我也想借这篇日记，来表达我对孔子学院新汉学计划项目的诚挚感谢，感谢给了我一次受益终生的宝贵机会。

当我满怀兴奋地再次回到山东大学，映入眼帘的景象让我感到似曾相识又让我惊讶不已：宏伟的体育馆、宽广的运动场、鳞次栉比的高大教学楼、优雅的餐厅，尤其是一多餐厅各式各样的美食，让我们这些外国学生成功地摆脱了不得不自己动手解决饮食问题的困境。正是校园环境的改善和提升，让我舒适地度过了四年博士生时光，顺利毕业。

四年学习生涯，不仅让我的汉语水平有所提高，也让作为中国古代文学史

“门外汉”的我对中国古代文学有了一个初步的了解。特别是《剪灯新话》和《剪灯余话》这两部中国文学作品及其对韩国古典小说的影响，让我受益匪浅。

2013年10月，我参加了“孔子新汉学计划”第一届奖学生研讨会，并参观了孔子学院总部/国家汉办。通过这一次的会议，我对孔子学院产生了更多的期待，也相信孔子学院会继续给予包括我在内的所有学生们更大的支持。

2014年的夏天，孔子学院总部安排我和我的博士生导师孙之梅教授一起去参加德国的学术会议。一直到现在，这次经历对我而言都是一次梦幻般的美好回忆。2014年7月4日至5日，在德国法兰克福歌德大学举办的学术会议期间，我发表了一篇名为《论黄遵宪诗歌的“诗史”品质》的论文，这是我第一次面向各个国家的教授和学者发表，对我而言，这并不是一件简单的事情。正是得益于这次经历，我后来又参加了当年冬天在北京举办的“中华南社学坛苏州南社研究会”的学术会议，并作了主题发言。

博士毕业论文的写作阶段，我的导师建议我写关于《剪灯新话》对韩国小说的影响。我仔细查阅了对韩国古典文学产生重大影响的《剪灯新话》的一些相关资料，发现通过这一主题，能够进一步了解中韩两国在古典文学方面的相互影响，探索中国文学作品在韩国文学发展史上的痕迹。通过对两国文学作品的比较，可以看到中韩两国历史的相互影响，甚至可以说，当代韩国文化产业来源于中国的文学作品。我写的论文是从比较文学的角度，来探究中国文学作品对韩国文学作品的影响，我认为这对来自马来西亚、韩国、泰国的学弟学妹们的论文研究方向提供了一个很好的借鉴。

正是因为孔子学院总部、山东大学和我导师的大力支持和帮助，我才可以顺利完成学业。因此在这里，请允许我再次向各方，尤其是四年期间给我无尽的关心、呵护、鼓励，给我指明方向的孙之梅教授致以最真诚的感谢！

新的学期，新的开始，走出山大的我，回首看着走进山大的新生，看着教室里师生之间知识的交流碰撞，心中充满感恩与感动。愿新的你们一切都好。

作者：文学院2013级博士研究生　金洙京（韩国）

9月14日　星期四　晴

材料学院军训新生·史元策

清早出门，寒风萧瑟，恍如深秋。此时，天空初晴，仍有一些朦胧的灰色。

思绪飘回数天前的暑假，那时的我也许才刚入睡不久，通宵的狂欢换来的只有第二天的呆滞懒散与莫名的空虚。放松了太久，忽然有些怀念那些在学校的日子，可以清醒地于无休止的忙碌中明白自己的充实与价值，而非似这般虚度光阴，碌碌无为。开学的日子如期而至，我提着大包小包来到了山东大学兴隆山校区，望着一张张陌生的面孔，紧张、憧憬与兴奋溢满心间，五味杂陈。

因为膝盖受伤，我错过了高中军训，导致我与同学最早有些格格不入，同时也总感觉自己的人生经历中缺少了很重要的一部分。我知道，自己肯定无法将完整的军训撑下来，毕竟身体情况不允许，但我想坚持一下，好好抓紧时间，体验军训，磨砺自己。

立秋已过，天气炎热依旧，但灼灼烈日也阻止不了我的兴奋与决心。站军姿、练转体……整个上午便在不断的新奇中度过，当然，印象最深刻的还是看上去不怒自威的教官，感觉很严厉，甚至可以用恐怖形容。每当教官的眼神瞟过，我甚至不自觉地战栗。也许是开始的新奇激起了我心中的好胜，我也跟着教官的指令一板一眼地完成了上午的训练，完全没有感觉到膝盖有何异样。

然而好景不长，当下午不断训练右转身时，因为转体时全身的重量都在右腿上，我逐渐感觉到了膝盖处传来的阵阵疼痛，但我不想过早放弃，便咬牙坚持，下蹲、转体……一个个训练项目都熬了过来，右膝处传来的痛感越来越尖锐。当又一次站军姿时，我终于忍耐不了那种疼痛，右腿摇摇晃晃，于满心的不甘与对自己的无奈中向教官申请报告。当校医检查过后，得出我不适合军训的结论，我仍不死心，让校医为我简单做了些止痛处理后又参加了晚训，却又不得不于中途再次向右膝的疼痛屈服。

我满心认为，这种疼痛只是暂时的，但当我今早醒来时，痛感依旧，我便知道，我的大学军训已经基本终结了，我的膝盖真的已经支持不住了。于是我便于校医处申得假条，不甘地坐在一旁，望着尚不熟悉的同学们如一个整体共同训练，我却只能像一个废人般坐在一旁，屈辱与愤懑充斥心胸。

不过，在我膝盖伤势复发的这段时间，原来在我看来很恐怖的教官却表现出了兄长般的关怀，不断过来询问我伤势的情况，甚至建议我不要硬撑，注意身体。原来教官那看似恐怖的严厉，只是为了把我们锻炼成更好的自己，让我们从暑期的懒散中惊醒，为未来大学学习的紧张时光提前作好准备。可惜我却在起点摔倒了……

就在我黯然不已时，指导员给了我一次新的机会，从明天起，我会用新闻稿描摹同学与教官们的飒爽英姿与顽强坚持，做好我能做的，给予大家一些帮助，同时证明，即使无法参与训练，我仍是军训的一分子，仍是九连一排的一分子！我与你们同在！

虽然已无法再参与训练，但在这两天中，我真的明白了为什么大学要军训。因为只有军训，才能步步紧逼，让我们从懒散中转到正轨；因为只有军训，才能重拳出击，抹去我们心中多余的傲气；因为只有军训，才能强身健体，让我们重新找回健康的体魄，所以，军训是我们人生经历中相当重要的一环，万望珍惜！

作者：材料学院2017级本科生　史元策

9月15日　星期五　晴

公卫学院军训新生 · 刘梦荃

军训的第四天，慢慢地习惯，习惯了早起时的腰酸背痛，习惯了训练时的汗流浃背，习惯了走路时脚疼的撕心裂肺，习惯了早起，习惯了紧张的生活。可慢慢地，我也在军训中找到了些许乐趣。慢慢地，我发现在我们看起来很严肃的教官也十分可爱，我发现站军姿时心中不再只是痛苦与煎熬；慢慢地，有一种豪情壮志充斥心中；慢慢地，我变得越来越认真，我越来越渴望了解中国军人——这群时刻保护着我们的人的生活是什么样子；慢慢地，我的脸上少了不满与愤懑，多了愉悦与自豪。

我们的军训时间是二十天，而我之前的高中同学，他们的军训时间比我们短，强度比我们小，说真的，最初我是羡慕的。而现在，虽然军训才过了短短四天，但我对之后的军训生活充满了期待。

在这短短四天中，我获得了从未有过的满足感。当我们的正步踢得整齐划一的时候，我心中涌起了强烈的集体荣誉感；当我们把宿舍收拾得窗明几净的时候，我心中充满了满足感。

军训，它不只是锻炼我们意志的手段，更是我们难得的生活经历，也是我们近距离了解中国军人和向军人学习的难得机会。我将十分珍惜接下来的军训时光，也将更加努力，为我的军训交出一份满意的答卷。

作者：公卫学院2017级本科生　刘梦荃

9月16日　星期六　晴

青岛校区迎新志愿者·郑　涵

蓝天碧海，清风花开，星辰万里，只待你来。

这是我为我们政管学院迎新编写的标语，还记得去年的这个时候，我们作为青岛校区第一批入住者开学报到，那份自豪与荣耀至今记忆犹新。如今，一年的时光转瞬而逝，曾经的小萌新也混成了“学长学姐”。17级新生就在今天正式开始入学报到，想想这座美丽的校区即将迎来又一批朝气勃发的青年，作为16级的学长，我由衷地感到激动与开心。同时我也感受到了自己承担的责任，务必要让这些新成员尽快融入校区生活，爱上这片美丽的土地。

昨日下午，青岛校区的校园格外热闹，因为迎新会场在紧张忙碌的布置当中。鲜艳的横幅，飘扬的气球，还有穿梭往来不辞辛苦的志愿者们，都在透露着“小鲜肉”们即将到来的消息。一切整装待发，一切充满期待。

今天起了个大早，来到迎新点，十几个志愿者刚刚布置完场地，就已经有学弟学妹前来报到了。他们捧着山大的录取通知书，或自豪或羞涩地来到迎新点问一句：“学长你好，这里是政管学院报到处吗？”然后，每一个志愿者都会一步步耐心引导着同学完成新生登记。领到校园卡之后，每个同学都显得格外开心，可以看出，他们对未来的大学生活充满着期待，又或许有些疑惑，可能还有些小担心。短短一上午，一多书院和从文书院的签名墙上都密密麻麻写满了新生的名字，看着他们调皮地勾勒和涂鸦，我们仿佛都回到了那个刚刚来大学报到的日子。

有一个来自南方的学妹，自己一个人千里迢迢来报到，她看起来很紧张，也有点不知所措。在我们耐心引导她完成登记后，我带她来到了一多书院，完成了入住手续，帮她买好了被褥和行李。告诉她哪里是食堂，哪里是教学楼，哪里能充值，哪里能收快递。没有多久，我们就成了很好的朋友，互相留了联系方式。我对她说，有什么问题随时找我，每个学长学姐都会尽全力帮助你的。那个姑娘非常感激地叫了我一声“前辈”。其实，比起学长和前辈，我更喜欢成为他们的朋友。

上午，有两位大三的学姐采访我，问到为什么要参加此次青岛校区的迎新活动。我说，为什么要有理由呢？去年的今天，上届学长学姐在这个地方为我们迎新，那么，今年我们就应当以更饱满的热情和十足的努力去迎接新的山大人。这是一种精神，一种传承的精神。

今天，最令我难忘的，一是每个新生的笑脸，二是回响在迎新场地上《我的山大我的家》的旋律。

已备琴书情与意，携卷伴风盼君来。

作者：政管学院2016级本科生　郑　涵

9月17日　星期日　晴

“一带一路”与MTI教育高峰论坛参与者·熊声悦

在北京参加完“一带一路”与MTI教育高峰论坛后，也正式结束了两天短暂的北大生活，今晚我终于又回到了洪家楼校区。细数这两天参加论坛的经历，有惊喜，有兴奋，有感动。

由博雅翻译文化沙龙主办，北京大学MTI教育中心承办，中译出版社、对外经济贸易大学等机构合力协办的“一带一路”与MTI教育高峰论坛16号在北京大学举行。从暑假就报名的我，最近终于接到了邀请通知，所以，携着期待者的愿，怀着朝圣者的心，我来到了北京，参加了论坛。

这次的论坛邀请了国际和国内多所知名院校的学者和领导作为嘉宾，但其中最震撼我的，不是论坛的阵容有多么强大，而是一位位资历深厚的老专家对翻译硕士教育作出的科学合理又切合实际的分析。在这次论坛的影响下，作为一名外国语学院的学生，我对“翻译”二字又有了更为深刻的认识。

翻译可以成事，也可以败事。像“Black Tie”因领会失误而闹出的外交笑话并不在少数，因此，没有丰富的学识和宽广的见识是不可能成为一名真正优秀的翻译的。作为翻译，就要先认认真真学习专业语言，踏踏实实了解历史文化。正所谓“底层的深度决定了上层的高度”，翻译，也是如此。

翻译既是“基础性工作”又是“灵魂性工程”。许多人把翻译的性质定义为辅助和服务，是的，翻译就是打破语言的界限，让人们能够正常地交流，进而有更深层次的合作，所以我们称之为“基础”。但翻译的最高境界不仅是传达语言，而是在懂得了双方的心意之后进行一方对另一方的领悟转化，架起一道沟通的桥梁，增进双方的理解，促进双方的合作。翻译，实现着人类心灵的沟通，因此又是“灵魂性工程”。

翻译没有语言、国界和方式的界限。因此，学习翻译实际上是培养一种开放包容的心态。一提翻译，大家第一反应就是中英互译，但翻译不止于此，小语种的内容同样需要翻译；在“一带一路”的背景下，藏语、蒙语、新疆语等少数民族语言同样需要大量的翻译人才；手语、盲文，这些帮助残疾人接触完整世界的一切，也是翻译；我们每天把脑中所想转化成行动，同样还是翻译。因此，翻译没有限制，学习翻译，视野会不断扩大，思维会更加灵活，思想不断变深，这也是翻译对人无形的润泽作用……虽然只是短短两天的论坛之旅，但是我的收获不能仅仅用“受益匪浅”来形容。收获不是来源于见到的人有多么厉害，而是厉害的人对我生活影响的宽度和深度。毕竟光环是别人的，只有在我心中蓄下的光才是最真实的。

曾经的我，对自己平静安稳的生活也比较知足，但是参加论坛之后，我才知道自己有多么微不足道，对母校变得更好的愿望是如此强烈。

作者：外语学院2016级本科生　熊声悦

9月18日　星期一　晴

基础医学院教授 · 刘树伟

在今年暑期的一个中午，我在趵突泉校区中心花园见到了齐鲁医院普外科82岁高龄的王占民教授。相互问候之后，他不无自豪地微笑着说：“树伟啊，我经常来这里坐坐。你看，古色古香的教学楼，满目苍翠的花木，这炙热的阳光和凉爽的夏风，到哪里去找？我坐在这里有神仙般的感觉。”的确，这样优美的校园在国内实为翘楚，她是原齐鲁大学的校园。校园设计精巧，办公楼（原为麦柯密楼）坐北朝南，居中轴线北端，与南端的教学八楼（原为康穆堂）遥相呼应。花园中心为喷泉绕山，四块长方形草坪终年常绿。花园两侧由北向南依次有柏根楼与考文楼相望，葛罗神楼与教学七楼（原为奥古斯丁图书馆）对视。校园风光应四季而变：春风来袭，二月兰氤氲梦幻，丁香花如云似烟；夏日烈炎，绿色连天，静坐听蝉；秋枝萧瑟，青檐与红藤共舞，黄叶与白云齐飞；冬雪飘洒，银装素裹，笑语声声，宛入童话。

28年前，我第一次来到这个校园，首先映入眼帘的是悬挂着“山东医科大学”校名的大门。这座建于1924年的飞檐式牌楼，远看颇像繁体的“齐”字，是原齐鲁大学的标志性建筑。后来才知道，它是众多校友捐资所建，其南面的“校友门”题字古朴厚重，为清末状元王寿彭先生的手笔。多少年来，我一直埋头于学习与工作，没有去深究每一座建筑的来龙去脉，实在愧对齐鲁医学的百年历史。后来有一次机会，改变了我的认识。那是1995年秋天，我迎来了我的恩师、著名解剖学家、华西医科大学王永贵教授。原来，王老师1940年就毕业于齐鲁大学医学院，当时被齐鲁大学和多伦多大学分别授予医学学士与医学博士学位。老人家回到阔别经年的母校自然是感慨万千，首先来到齐鲁医院新兴楼与共和楼，在楼周围，他绕了几圈，举起相机拍了又拍，然后对我说：“新兴楼是齐鲁大学最早的大楼，建于1911年，我的解剖课就是在这里完成的。”我又陪着他参观了广智院、求真楼和景蓝斋等，还在四百号院他当年住过的宿舍前留了影。但给我印象最为深刻的是，当他老人家仰望校友门时，久久凝视，两行热泪滚滚而下。我此时默默地站在他的身后，不知道眼前这位年逾八旬依然风度翩翩的齐鲁学子，面对母校的大门，在想些什么。从此以后，我便开始关注和收集齐鲁大学的历史，越来越感到她博大精深，深不可测。

我想两位王先生深爱母校校园，并不仅仅是睹物思人，定是被某种精神所吸引，所激励。那一定是“博施济众，广智求真”的齐鲁医学精神，这才是齐鲁大学最大的遗产。

前几天，我又见到了坐在中心花园里的王占民先生。他举目环顾，一片黄叶落到了头上而浑然不知。也许他在想，这金秋之后，又要踏雪寻梅了。是的，葛罗神楼前的蜡梅又快开放了。拂去历史的尘埃和冰雪，齐鲁医学精神就像那梅花一样，依然散发出阵阵幽香，永远给人以无穷的魅力和前进的勇气。有词为证：“梅花放蕊，嫣然欢送严冬。面朝大地悄无声。飞雪遮不住，暗香透长空。万丈梅香枝叶炼，凝集雨绿阳红。根深何惧彤云冷？冰雪融化日，依旧笑春风。”（《临江仙·咏梅》）

作者：基础医学院教授　刘树伟

9月19日　星期二　晴

第八届世界儒学大会参会学者 · 姜源远

“我们向往大海，只有大海能纳百川；我们敬仰高山，登高望远才知地阔天宽……”母校的歌声情不自禁地流涌于心间，泛起层层追忆，振奋铮铮鹄志。

2017年的世界儒学大会由母校承办，在孔子故里曲阜召开。作为身在南方的游子，我有幸参会，又一次牵动起当年步入母校时笃学向上的学子热忱，“学无止境，气有浩然”的母校训言再次铿锵垂响于耳边，激励鞭策我不负儒学大会召开之引领与契机，在精研与弘扬中国优秀传统文化的征程上，踵继不息，朋志信结，亦如儒学大会所宣冀“有朋自远方来不亦乐乎”之道和心声，偕时共进，振古传新，源源不断地流响出悠远敦淳的汉字音符，浸灌提引着华夏子孙缵继旷邈祖绪，楷立民族文化自信，志趣昂然，抽绥新苗，蜿蜒翘首，盘龙鼓起中华文明亘古常新的春声。

习近平总书记指出，构建中国特色哲学社会科学，要体现继承性、民族性。要善于融通马克思主义的资源、中华优秀传统文化的资源、国外哲学社会科学的资源，坚持不忘本来、吸收外来、面向未来。坚定中国特色社会主义道路自信、理论自信、制度自信，说到底是要坚定文化自信，文化自信是更基本、更深沉、更持久的力量。从本次世界儒学大会研讨的主题来看，“一带一路与儒学”“儒家思想与人类命运”“儒家思想与德化教育”“儒家伦理与人类共同价值”“传统文化传承发展的现代路径”等命题，皆是为践行习近平总书记提出“坚定文化自信”重要思想的具体体现。

作为本次儒学大会的参会学者，有幸亲临会议，与资深教授学者探讨儒学命题，浸润文明理蕴，陶冶传统文化神韵，尤感欣慰。在通过儒学视野观照人文的真蕴、印迹、志趣与意义的学术探研中，我逐渐领悟到中国优秀传统文化所承奉之“天地万物本吾一体”之浃洽泰和宇宙观，所宣敷之健进达仁之弘道人生观，所传教之反己修格之笃行方法论，从而践履“仁”学所传“正心诚意、格物至知”之公德教义，修身立己，自强不息，皆诚以天下事为己分内之正责而决无一毫苟偷之私，格物而不为物系，辅相曲成万物以造福社会，己立立人，己达达人，泛爱众亲于仁，庶几实现儒学仁教“做人与做学问为一，智慧与道德为一”之大学教育鹄志，使培育之莘莘学子接踵同继中国优秀传统文化所以涵载不息之“仁”道康衢，铸旅征印中国五千多年文明传承基础上的文化自信。“千年潮未落，扬帆再启程。”期冀借大会之东风，为人类社会的和平与进步、和谐与发展贡献绵薄之力。

作者：吉林大学珠海学院助理研究员、山大艺术学院2002级校友　姜源远

9月20日　星期三　晴

第八届世界儒学大会参会学者·谭奇纹

2017年的世界儒学大会在孔子故里曲阜召开。作为一名中医临床医生，我非常荣幸地参加了这次盛会，聆听儒学大家、资深学者从多个维度、多个层面跨越时空的儒家文化解读，探讨儒家文化对中华文明乃至世界文明产生的深远影响。

从医三十余年，在这样高水平论坛中“话养生”，对我而言，有种走进儒学经典，与经典对话的感觉，似乎不是在自己讲读，而是倾听儒家大医跃动的经典旋律，倾听远古高妙的声音，“天地人和”应天时、顺地利、享人和，中华养生之精髓！仿佛给听者一个带着春天温度的心灵感受和养生指导。

令我感触颇深的是，本次会议首次设立了“儒家思想与中医药学”专题论坛。其实，中医学作为一门具有明显民族人文特色的传统医学，根植于儒家丰厚文化土壤之上，其历史渊源、学科范式与临床实践深受儒家思想影响。历史上医出于儒，医儒相通，“医乃仁术”与“仁者爱人”如出一辙，说明中医学与儒学有着共同的伦理道德观念和人文精神传统。治病、救人、济世是古代医生为医的

理念和追求境界。

儒家思想已汇集成一种反映中华民族特质和风貌的民族思想之一，儒学不断吸收融合、与时俱进的思想体系，仁学思想作为中华民族恢宏历史中的宝贵精神积累和储存，对于中医学的影响是深远而广大的。

心怀仁爱，博施济众，仁德养生，是我从医道路上永恒的追求。

作者：山东中医药大学附属医院医生　谭奇纹

9月21日　星期四　晴

第八届世界儒学大会参会学者 · Lisa Kuitert

今天是第八届世界儒学大会的第二天，也是最后一天。这的确是一场国际盛会：从非洲到俄罗斯，从印度到伊朗，我见到了来自世界各地的人。

对我来说，这是我第二次来到中国，也是第一次来到曲阜。我想表达自己对这座城市的喜爱，尤其是它的历史古迹。在我原本的想象中，中国城市的整体面貌一定还和三十年前差不多，来到后才发现已经发生了巨大的变化。但我的注意力一刻都很难从大会离开——因为所有的论文和论坛主题都那么有趣。这次大会让人印象深刻。每一篇论文都收录在提前打印好的论文集里，给参会者提供了很大的方便。分论坛的主题也很有开放性，论文的题目和内容都丰富多彩。

这是一次组织有序的会议，在这方面给我留下深刻印象的是会场提供的同声传译。译员工作非常认真，在每篇论文宣读的同时准确无误地翻译了出来。除此之外，大会的食宿安排也很棒。

这次受邀参会，我感到很荣幸。会议结束了，我将带着难忘的记忆离开。

作者：荷兰阿姆斯特丹大学学者　Lisa Kuitert　翻译：谢婷婷

9月22日　星期五　晴

第八届世界儒学大会参会学者・李相均

我简单回想了这两天的经历。9月19日早上8点，为了前往即将举办第八届世界儒学大会的曲阜，我从韩国忠清南道公州市出发，11点到达仁川国际机场，坐上了13点10分飞往济南的航班，到达曲阜的时候已经是下午5点。曲阜，孔子的故里。对于对儒学感兴趣的人而言，曲阜绝对是圣地。曲阜香格里拉酒店既是此次大会的举办地，也是我此行的住所。一进入酒店，就看到一位身着古装的工作人员正在迎接远道而来的客人，我们明显感觉到自己已经到了孔子的故乡。在酒店大厅见到了来自世界各国的儒学专家们，感受到了此次世界儒学大会的威望，也对第二天正式开始的儒学大会充满了期待。另外，我在本次大会的“一带一路和儒学”论坛上作了题为“韩国忠清儒教文化传承的现代化路径”的演讲。纵观中国学界关于韩国儒教的研究论文成果，可以发现大都集中于李滉人物的研究，对于同为韩国儒学两大学派之一的畿湖儒学却没能给予同样的关注。所以，我想通过此次世界儒学大会，告诉大家忠清的畿湖儒学，以及向大家展现现代韩国社会上正在传承的忠清儒教文化传统。问题是发表语言限定了中文或是英文，虽然我更熟悉英文，但我想挑战用中文去演讲，所以在到达当日，我为了准备好中文的演讲，一直练习发音到凌晨3点钟。世界儒学大会是世界儒学的交流平台，一想到在这个舞台上介绍忠清畿湖儒学的使命感，我就更加紧张了。就这样，我在紧张感中迎来了在曲阜的第一个清晨。

终于到了20日世界儒学大会开始的日子。没睡够3小时，5点30分就起床开始准备着忙碌的一天。与忠清南道历史文化研究院院长李钟秀一行人吃过早饭后，在7点30分左右坐上了前往此次大会开幕式所在地孔子研究院的汽车。虽然在前一天还没有实感，但是在和各国专家们一起参加盛大开幕式的过程中，我感受到了山东大学儒学高等研究院的热诚。因为在7月份有过负责忠清儒教国际论坛的总体策划经验，我能充分感受到其中的辛苦。此次开幕式令我印象最深的是给毕生奉献给儒学研究的两位高龄学者颁发世界儒学研究杰出人物纪念碑的瞬间。正是因为有为了传承儒学脉络努力的他们，像今天这样世界各国人士能够聚集在一起才成为可能。于是我便自问，当三十年后回首一生的时候，我又会怎样去思考自己的人生影像呢？在9月曲阜和畅的阳光下举行的开幕式，给我留下了很美好的回忆。

第八届世界儒学大会的主题为“儒家思想和人类命运共同体”。这个主题越过了东亚共同文明的界限，对儒学作为人类普遍性的价值进行了讨论。对于专攻人类学的我来说，儒学蕴意着东亚文化的总体方面，是人类文明珍贵的文化遗产。特别是通过中国儒学在东亚各地区的传播和在本土化过程中创造出的文化可以看出，同一思想作为反映各个地区历史文化特性的新的文化被广泛接受的过程很有意思。此次我所谈及的韩国忠清儒教，也很有必要将之作为儒学的地域化事例来看待。在基础演讲中，令我印象十分深刻的是杜维明教授所发表的演讲，在“多元现代性”“多种全球化”的世界浪潮中，标榜精神人文主义价值的儒学更加应该前进。对于正在现代韩国社会中摸索忠清儒教发展方向的我来讲，这次大会是能够在多重视角下思考儒学的重要契机。

特别是在我参加的“一带一路与儒学”论坛上，来自俄罗斯、日本、印度、荷兰以及美国等的学者们提出的各国认识儒学方式的多样性十分有趣。在东亚，关于儒学本土化过程的研究小有成就，但是在西欧社会，在历史上对于儒学的认识和态度，以及影响关系方面还需要进行更深的研究，因为在历史方面揭露东西方思想的交流关系可以成为近代时期在“东方文明和西方文明的碰撞”大框架下思考文明间和解的重要基础。

在参加此次世界儒学大会的同时，我看到了儒学在今天所能遇见的各种可能性。思想与哲学、政治、社会、伦理、历史、艺术、医疗以及乡村建设等多方面联系了起来。此次大会在拓宽儒学的局面上作出了巨大贡献。儒学和世界、和现代社会沟通的方法是什么呢？最近我一直在思考这个问题。我所属的忠清南道历史文化研究院，现在正在进行忠清儒教文化圈开发项目和忠清儒教文化院设立等与发掘和活用地域儒教文化资源的大规模事业有关的研究活动，我在其中负责了一些业务，也经历了很多痛苦思考的过程。在这些方面，此次举办的第八届世界儒学大会给出了很多答案。我认为在今天我们需要更多的“儒学性想象力”，需要通过无限的“儒学性想象力”来构筑可以一起交流的平台或是分界面。在曲阜遇见的儒学世界，就给参加者们提供了这样的“儒学性想象力”。

作者：韩国忠清南道历史文化研究院学者　李相均

9月23日　星期六　晴

开学典礼本科新生代表·韩庆泽

山东大学2017年的开学典礼就这样结束了，离开中心校区，我的耳畔仍久久萦绕着体育馆的乐声。

很荣幸能作为新生代表在开学典礼上发言，站在数千人面前讲话的经历，是从不曾有过的，那份真实的激动与兴奋是刻骨铭心的。山东大学是许多人梦寐以求的地方，对我来说，能够站在万众瞩目的主席台上，在山大的校史上留下一抹痕迹，这份回忆必定是终生难忘的。聚光灯，摄像头，西装，发胶，当一切都就位，台中央的人就要开始自己的发言。人生又何尝不是一样，就像是一场戏剧，匆匆上妆，匆匆退场，这台上生旦净末丑个个唱得痴迷，不管观众是否鼓掌，都各有各的精彩。

走过了人来人往，不喜欢也得欣赏，拒绝成长到成长，才能变成想要的模样；未来多漫长，再漫长还有期待，只有自己能陪伴自己，直到把这故事说完。在山大的路还很漫长，也许这次发言只是一个开端，我希望能够走得远一些，看看更大的世界是什么样子。从一个闭塞的小镇，来到济南，来到山大这个多样化、国际化的平台，我想，我迈入社会的第一步，也算是对自己一个满意的交代。

塞缪尔·厄尔曼说过：“青春不是年华，而是心态；青春不是粉面、红唇、柔膝，而是坚强的意志、恢宏的想象、炙热的恋情；青春是生命深泉的自在奔流。”我们读过太多励志的心灵鸡汤，却因为那些故事堆积得太久，早已没了触动人心的力量，与其以此自勉，不如风里雨里，真真切切地走过，大胆地去登一座山，爱一个人，追一个梦。

《一个忧伤者的求救》中说道："为何而生，为何而逝，为何而喜，为何而泣。确信触到另一世界的讯息，源自我从未触碰安逸的心底，或许更显美好无比；让我俯瞰，像孩子一样，安然睡去。"我们与山大，相约，相守，来到山大，自然不甘平庸。山大的学子们，请在激情燃烧中，一路走下去，永不回头；在宇宙浩瀚中，不怕黑暗，用自由点亮夜空。

作者：机械学院2017级本科生　韩庆泽

9月24日　星期日　晴

机关作风建设座谈会参加者·王莎莎

在学校"双一流"建设的背景下，加强机关作风建设是新学期学校党委研究决定推进的重点工作。9月22日，郭新立书记走到机关青年干部中间，倾听我们的心声，听取对加强机关作风建设的意见和建议。期间，他不时做着记录，亲切地询问我们的工作情况，了解师生办事的相关流程和方式，并对每个人的发言进行点评。在与我们交谈时，他不乏幽默风趣，向我们讲述他的机关工作经历，以及与学生打交道时的趣事。在肯定机关干部过硬素质的同时，对我们提出了殷切的期望，给了我们莫大的鼓舞。

座谈会上，来自14个机关职能部门的年轻干部代表齐聚一堂，大家纷纷表达了初心未泯、立志为学校燃烧青春的拳拳之心，并结合自身情况和部门工作，从不同角度对机关作风建设提出了各自的见解。通过座谈交流，各职能部门之间有了更全面的了解，我也对作风建设的重要性和必要性，以及如何加强作风建设有了更深刻的认识。

作风，不仅体现在积极向上、充满正气的精神风貌上，在“双一流”建设吹响号角的今天，更需要能打仗、打硬仗的凝聚力和战斗力。作为为教职工服务的重要部门，加强作风建设对做好人事管理和服务工作起着关键性的作用。在学校和机关党委部署下，人事部结合“两学一做”学习教育，为推进作风建设组织了系列活动，我作为年轻干部也得以参与其中并受益匪浅。从光荣退休仪式上对人事工作优良传统的传承、挂牌上岗对服务口号的时刻践行，到利用假期深入研讨未雨绸缪主动作为，再到“一门心思为教职工服务”大讨论，人事部团结一心，力求通过打造公平、公正、公开的制度环境，更好地激励每位教职工干事创业，让大家获得更多的成就感。通过人事制度改革，发挥人事制度的激励作用，将对加强机关作风建设起到重要作用。

这次座谈会的参会人员将以机关青年干部的名义起草制定《关于加强机关作风建设一流团队的建议方案》并向学校提交，为学校发展贡献我们年轻干部的一份才智。我们要转变思想认识和观念；转变职能，以服务师生作为出发点和落脚点进行工作流程再造；通过信息化建设，提高服务水平和效率；从加强培训、完善晋升通道、关心青年职工生活等方面关注机关干部成长。

作为一名党员干部，我志愿成为一颗火种，从自身做起，不忘初心，砥砺奋进，助力形成风清气正、和谐奋进的机关作风。

作者：人事部工作人员　王莎莎

9月25日　星期一　晴

礼仪规范教育感受者·张钰婕

我猜，老师一定注意到了今天教室里的气氛不同寻常。她进门的时候，大家已经到齐，齐刷刷地低头看着书。然而空气中明显多了一丝莫名的紧张。

老师在讲台上站定后，正打算说什么，这时班长喊了一声："全体起立！"

行课礼，这对小学初中乃至高中老师来说都再平常不过的课前仪式，对于大学老师来说，可能是不多见乃至闻所未闻的阵仗。我们的老师一时间竟不知如何应对。

其实一句"同学们好，请坐"足矣，但是老师沉默了许久，说了声"谢谢"。

这一声"谢谢"，让我们久久挂怀。

习惯了，学生对老师远远地绕道而行。

习惯了，在课堂上捧一个鸡蛋饼，刷着手机。

行课礼，少年时的平常事，大学里的稀罕事。

我的父亲也是大学教师，我见过他备课的样子，也见过他上课的样子。躲在角落里远远看着他在讲台上一个人卖力地讲课，台下学生一个个低着头沉默着，我感到气愤，随即感到悲哀。气愤的是一个辛苦的老师得不到应有的尊重，悲哀台下无礼无知的学生浪费着生命，践踏着知识。我对自己许了诺：我的大学，一定不可以放纵自己成为这样的学生。

所以，在某一节课、某一个瞬间，我发现自己也变成了那个"无礼无知"的学生，我发现身边的人都变成了不修边幅的模样，不禁感到惶恐，感到愧疚。我、我们都轻贱了对自己郑重的诺言，怠慢了一个山大人、一个医学生应有的素养。

新学期刚开始，辅导员召集大家开会。会上，学院党委书记说：我们要加强医学生礼仪规范教育。是的，我们该重拾失落的礼仪了。

课堂里响起了久违的"老师好"，我很感动，被学生"冷落"那么久的老师们，在热情被一次又一次地打击之后，他们竟然这么容易感到幸福和快乐，再次充满期望，充满激情。

真的要改变了吗？沉寂已久的心里，似乎有一阵清风吹过，有一小片的空落渐渐充实。我喜欢这样的自己，喜欢这样的学校。想着想着，身上似乎更有干劲了。

巍巍齐鲁，百年医学迎新风。

作者：基础医学院2016级本科生　张钰婕

9月26日　星期二　雨

青岛校区开学典礼本科新生代表·韩金泥

今天下午，当带着一身雨水冲不走的忙乱坐上车时，我没有想到迎接我的会是这样一个舞台、这样一个夜晚。直到现在，当一切归于寂静之后我坐在桌旁写下这篇日记时，还怀着满心感慨与欣喜。

机缘巧合加上一番努力，我担起了“新生代表”这个称号——一个说轻也轻、说重亦重的称号。从写稿子到练稿子，从字字句句的斟酌到抑扬顿挫的琢磨，我不敢也不能敷衍了事。这是来到山大后我接受的第一项任务，不管有没有“代表”二字，它都有种特别的意义——而如今真的加上了这两个字，使命感瞬间便随着文字从喉咙里涌了出来。

但我没有想到，这项任务背后的挑战远比想象的要多——我所代表的是几百名新生，所面对的是几千名观众。短短几分钟的过程，便有许多琐事流程亟待确认。这是我第一次在礼堂如此隆重地发言，既然要将这第一枚足迹留在山大，我想，那就得留得完完整整，臻于至美。山大给了我这个平台，我便应如村上春树于《舞！舞！舞！》中所写的那样，把自己的舞步跳到最好。

所以，从登台到下场，我并未感觉到紧张——我只是倍感自己的幸运。我想，成长即是在任何时间任何地方，倏忽一次触动带来的微笑或眼泪，和你所有的思考。能有这样一个机会在山大感受到成长的愉悦，何其幸哉。

大学，是个追梦的地方。如今我便伫立在梦的起点，在聚光灯下畅想着未来的一切。但我也知道，追梦的路上能发挥能动性作用的只有自己。就像我为了不辜负这个称号所付出的汗水，从今以后我便需要自己锻造宝剑来披荆斩棘——为了不辜负爱你的人，和你心中所爱。

待我一觉醒来，我还是山大里最普通的一分子，我还是世界上最独特的一个我。唯有做得更好，才能问心无愧地与每一份荣幸相配。我想，我已作好了拥抱明天的准备。

作者：法学院2017级本科生　韩金泥

9月27日　星期三　晴

山大后勤服务公司职工·刘　慧

我于2006年10月进入山大后勤服务公司工作，在这里学习工作了11年，这条上班的路也走了11年。

从事接待中心服务管理工作，简单、重复、枯燥，尽管忙碌，我却乐在其中。早上不到7点，我就坐车到了接待中心附近，夏季的济南从早晨开始就热烘烘的，出了有冷气的公交车，走几步便出了一头的汗。单位规定的上班时间是8点钟，但我每天都会早到30分钟，用这30分钟理清一天的工作思路，11年如一日。

服务，似乎是个永恒的话题！周而复始，循序渐进，精益求精，这是我所理解的服务。当你把一天美好的服务全部归类在一起，你会发现这一天凝聚着很神奇的力量，这种力量很伟大，而这种伟大，需要每位一线人员共同传承……对我来说，接待中心就像我的家一样，我在这里工作了11年，和大家一起工作，一起谈天说地，从平凡的工作中享受和大家一起奋斗的幸福……我工作多年的感悟就是：只有做好自己大有作为，才能跃居应有地位；只有贡献到位，支持才不会缺位。这是一名优秀年轻管理者应具备的担当和情怀！如果梦想是有颜色的，那一定是绿色的！多年来，感谢公司各位领导的悉心栽培和同事们对我的支持、帮助，与团队小伙伴们的共同努力，才有了今天的成绩。为此，我由衷感恩后勤服务公司，感谢山大！

我认为，作为一线接待服务管理者、执行者，首先要明确目标，绘制执行方案，了解师生需求；在服务管理上，更要事无巨细，每项工作有始有终，以终为始，不断地循环精耕以达最好。接待服务作为后勤公司核心业务之一，我们需要立足校园创新服务，需要立足行业规范服务，更需要满怀激情投身服务。

我所在的接待中心成立于2006年9月，是后勤服务公司分支机构。在后勤服务公司，有着许许多多平凡、简单而又执着的一线服务工作者，他们默默坚守在自己的岗位上，为学校的建设和公司的发展奉献着自己的力量，为千千万万的师生营造家的温暖，他们的岗位虽然平凡，但是追求极致，这又何尝不是一种伟大呢！

作者：山大后勤服务公司职工　刘　慧

9月28日　星期四　晴

法学院国际法专业博士生·Mehran Idris Khan

今年，我从巴基斯坦获得法学学士和硕士学位后，接下来打算在国际法领域继续攻读博士学位。去哪里深造呢？基于中国出色的研究设备、国际标准的教育和研究水平，中国和巴基斯坦的友好关系，中国人民的关爱与热情好客，包容的文化规范和价值观，我决定到中国深造。我搜索了中国排名前列且拥有知名教授的大学，并且学习了申请中国政府奖学金的整个程序。了解了山东大学所拥有的强大的师资力量和优秀的科研成果后，我将山东大学列入了选择名单。

受山东大学张晏瑲教授多样化研究能力的启发，我向他发送了邮件申请，他给我发来了宝贵的接收函。然后经过历时三个月的申请，我终于收到邮件，得知自己成功申请到了中国政府奖学金。收到通知的那一刻，我长舒一口气，这是我人生中最值得珍惜也最具有决定性意义的一天。从此，我从一名普通学生变成了山大的博士研究生。

进入山大（青岛校区）后，随之而来的就是要适应这里的人和周围的环境。我分到了一间宿舍，里面有卧室、浴室等必要的生活设施，附近还有餐厅和一些商店。我还发现了这里的穆斯林餐厅，但我还不太习惯中国的口味。留学生在安顿下来后通常要做的事包括到当地派出所登记、办SIM卡、开银行账户、进行外籍人员体检以及申请居留许可。我还准备了一些干粮、袋装食品和人民币，以便在最初的日子里顺利生活。

全球许多国家的学生来到中国，开始他们的学术生涯。得到国家留学基金委的资助，我来到中国读法律博士，这可以称为我人生的转折点。另外，中国"十三五"规划提出2020年要实现的经济目标和成就，使得中国和所有与之相关的人更有兴趣、更有雄心走上成功的道路。对于商人来说，中国是最大的市场，设备齐全，工业发达；对于游客来说，这里和平安全、环境优美；对于学生来说，这里有最先进的学习环境、浓厚的学习氛围和光明的未来……

来到学校之后所经历的一切都在我心中留下了印记：中国人热情友好、真诚合作、充满智慧、天性好客。我曾担心来到中国后因为语言障碍或者其他困难会很无助，但到这里后发现这些顾虑都是多余的，之前那些想法都是误解。和世界上最善良友爱的人们一起生活，我感到很安心。在山大除了学习国际法之外，我还希望自己可以学习中国人的善良、好客和道德思想，在更健康的环境里，成为一个更好的自己。

作者：法学院2017级博士研究生　Mehran Idris Khan　翻译：郑　红　丁　璇

9月29日　星期五　晴

宿舍楼垃圾袋装化体验者 · 毕冠群

如往常一般下了课，回到宿舍，不由自主地被学生公寓新张贴出来的通知吸引了注意力：为了生活环境的卫生与洁净，也为了体恤保洁阿姨的辛苦，从10月起，宿舍楼正式施行"垃圾袋装化"，即撤掉原来宿舍楼里的垃圾桶，改由学生自行丢弃到宿舍楼下。

虽然是10月开始"正式施行"，实际上，这个新方案已经开始试点两周了：每个宿舍都分配到了足够的垃圾袋，而垃圾桶暂时不撤，让大家逐渐习惯适应。在过去的两周中，宿舍楼面貌的确大有改观：原来垃圾桶附近常常是气味刺鼻，垃圾堆积如山，而最近情况明显改善，环境也清洁了许多。刚开始实行时，的确有部分同学感到不适应，但现在看来，在推行完善之后，这个方案给我们的生活带来了非常积极的改变。

在我看来，垃圾袋装化的意义不只在于宿舍环境的改善与生活习惯的改变，更在于从中体现出的山大的人文情怀。不禁联想到另一件事，开学之初，我所在的软件园校区处处都有崭新的无障碍通道，这些设施对于我们健全人来说可有可无，但对真正有需要的同学们而言，该是多么大的帮助呀！或许他们数量并不庞大，但每个人都有被尊重的权利。在无障碍通道上，山大做到了对残疾同学的尊重，而垃圾袋装化对同学们人格的培养和对保洁人员的关怀，又何尝不令人动容呢？过去，总是看到保洁阿姨用单薄的身躯吃力地扛着一袋袋体积庞大的垃圾，艰难地上下楼，更遑论有时垃圾中有同学们扔掉的外卖汤水、腐烂的水果，甚至是打碎的玻璃碴呢！阿姨们的难处，如今可以切实地解决，学生们的责任感也得到了提升，这正是垃圾袋装化带来的喜人改变呀！

为这座校园的脉脉温情点赞！

作者：软件学院2015级本科生　毕冠群

9月30日　星期六　晴

第八届世界儒学大会参会学者·孟巍隆

转眼间，世界儒学大会已经过去一周了，发生的一切仿佛还历历在目。第一次参加世界儒学大会，不愧为国际性的大会。给我留下印象最深的有两个：一是规模之大，一是学科之多样。

从第一天上午开幕式大典礼便能看出此次会议的宏大与隆重。开幕式在曲阜的孔子研究院辟雍广场上举行，庭院宽敞古朴，有喷水，有令人仰首的雕塑。那一天蓝莹莹的天空，少许的白云，是福又是祸。那般美的天空真是难得，好像专门为大典礼赐福；但坐在那里参观仪式，在炎热的阳光下暴晒了两个小时，有点难耐！

舞台上演奏了两曲余音缭绕的雅乐，非同凡响。乐毕后，一位位领导上台致辞。校领导、市领导、省领导、学界泰斗——此时我就体会到，本会深受官方的高度重视。眼看与会者来自世界各地，90多位海外学家，国内外近300位，一般研讨会做不到如此之大的规模和气派。开幕式后，室内举办了大会主题演讲。有中国人用中文发言（刘梦溪），有英国人用英文发言（大卫·普里斯特兰）；有中国人用英文发言（杜维明），有加拿大人用中文发言（贝淡宁）……真是名副其实的“世界”大会。

我发现的第二点是，本次会议从学术重点上看，面比较宽，甚至说有点“杂”。一方面来讲，主题多、话题多，治学方法也多，显现五彩缤纷的学林景色。不过同时，这也可以算是一个小小的不足，因为每一讨论小组中有5到10位演讲者，彼此之间不一定有共同话题，难以针对某一个专门课题展开深入的讨论。这个现象或许不可避免，说白了就是因为人太多。可是从学者的角度来说，在刊物上发表论文与在会议上发表论文有着本质上的不同：会议上可以跟同行互动。拿出自己的一个草稿，与志同道合而又和而不同的二三君子有“活”的交流甚至论争。通过会场上一番切磋琢磨，演讲者吸收和消化同仁们的学术意见，取长补短，对自己研究的发展和深化裨益颇大。就此问题，我跟若干个与会者谈过，我们认为，这是此次会议的一个小小的尚待改进之处。但是总体来说，这样的大会为我们在国内工作的学者们提供了聆听全球汉学界专家的研究成果以及新鲜的说法的机会，还可以当面结识，亲自交流，建立关系。持续三天的会议，令我们受益匪浅。

作者：儒学院副教授　孟巍隆

10月1日　星期日　晴

文学院教务老师·张洪刚

9月30日，我的拙著《梁实秋在山大》终于出版了，手捧新书，心情既激动又兴奋。

2013年4月，山大外国语学院筹备编写院史，我有幸成了编写组的一员。在搜集资料的过程中，梁实秋——这位中国著名的散文家、学者、文学批评家、翻译家，渐渐地走进了我的视野。

1930年8月，梁实秋先生应杨振声邀请加盟山大，一直待到1934年8月应胡适邀请执教北京大学。他在山大任职四年，任教授兼外国文学系主任和图书馆馆长，是跨青大、山大两个历史时期的重要人物。梁先生是山大外文系首任系主任，他是山大外国文学研究的开拓者，为山大外文系的初创与发展作出了重要贡献。

带着对先生的敬仰，我于2013年4月开始搜集梳理梁先生在山大的人文史料。利用节假日，我多次赴山东、上海、北京等地档案馆、图书馆查找搜集资料。在初步积累了一定的素材后，我于2014年1月开始发表有关梁实秋在山大的文章。至今，我先后在《山东大学报》《齐鲁晚报》《大众日报》等报纸上发表有关梁实秋先生的文章30余篇。

值得庆幸的是，2014年11月，我联系上了蔡文显先生的次子蔡宗周先生，并与其进行了书信联系。蔡文显是国立青岛大学外文系首届学生，梁先生是其业师。他受梁先生学术思想和人格魅力的影响，成长为著名学者、翻译家。2015年7月，我又赴北京采访了蔡文显先生的长子蔡宗夏先生，他通过梁实秋先生晚年送给其父的一幅手迹和一本书，讲述了师生之间真挚的往事。

10月28日，《山东大学报》用一整版刊发了我编写的《梁实秋与蔡文显的一段师生交往》一文，全文1万余字，这更加坚定了我创作的信心。

为了走近梁实秋，真实反映梁实秋在山大的基本工作与生活，我购买了大量有关梁实秋先生的书籍，并不惜高价购买了梁先生在山大创作和翻译的著作，这些书籍为我研究梁实秋先生在山大提供了极有价值的历史资料。我还先后六次到青岛寻访梁先生在山大的历史足迹。来到梁先生曾经工作的山东大学旧址（今中国海洋大学），走进了他曾任职的文学馆（现为中国海洋大学海洋馆）、图书馆和他经常找闻一多聊天的“一多楼”，还去了小鱼山、梁实秋故居和名人故居一条街……

通过研究的深入，我深深感受到梁实秋先生对于山大、青岛的学术贡献和人文价值，可以说梁先生在青岛留下了抹不掉的人文记忆。四年中，梁实秋与杨振声、赵太侔、闻一多、陈逵、郭斌龢、赵少侯等共襄盛举，在教学和学术上卓有建树，为山大外国文学创造了一个高水平的起点，为后人铸就了特色鲜明的办学模式和优秀的治学传统。

《梁实秋在山大》历经四年多的时间写成，共分四章。第一章“梁实秋在山大”，详细介绍了梁实秋任教山大期间的基本工作与活动。第二章“山大友人”，着重介绍了梁实秋与杨振声、赵太侔、闻一多等“酒中八仙”意气风发的往事，以及与老舍、沈从文、袁振英等友人的交往和当时山大人文生活至为感人的精神气象。第三章“难忘恩师梁实秋”，介绍了梁实秋与蔡文显、臧克家等学生在校园里相遇相识的亦师亦友的情缘。第四章“忆念山大”，节选了梁实秋《槐园梦忆》《谈闻一多》两书中关于回忆山东大学的部分，并将梁实秋经典之作《忆青岛》《忆青大　念一多》《酒中八仙》等文收入其中。

山大浓郁的历史人文深深感染着我，作为山大人，我也想实实在在为山大做点事。今年正值山东大学成立116周年，谨将此书作为献给山东大学116岁的生日礼物。

作者：文学院研究生教务秘书　张洪刚

10月2日　星期一　晴

政管学院本科生·王　帅

国庆的法定假日过去了四分之一，而计划中给自己外出游历的两天时间已经不知不觉间结束了。从周日早上冒着斜风细雨出门，到今天下午披着落日余晖回校，走了一路，见了旧友，了却了心愿，像是一次新的发现之旅。

这是搬到青岛校区之后第一次走出校门，学弟学妹们求来的雨在军训结束后的第一天洒下来，把我浇成了落汤鸡，好不容易等到617路公交，膝盖以下的裤子和鞋子已经完全湿透了。辗转几趟公交到了青岛市内，雨停了，为我的行程让路。

去看神秘园的巡演是大半个月前就已经安排好的计划，从中学时期第一次听到他们的曲子时，就深深记下了这个名字，得知他们要来青岛巡演的消息之后，我的心里激动了良久。当天的青岛大剧院上座率特别高，神秘园的演出也没有辜负大家的期待，精心挑选的曲目一一上演，每一个音符都叩响了心门，我的鸡皮疙瘩也一阵一阵的。以往听神秘园的曲子都是在内心十分安静的时候，偏爱舒缓的音乐带来的那种松弛的感觉，但现场热烈的演奏同样让我澎湃，全场观众会不自觉地为他们打拍子，Sherry也用极具感染力的表演引领气氛，音乐与人之间的互动，在那一刻显得格外和谐。

第二天去见了初中的故友，当时因为身体原因，他早早转学回到老家读书，没有和我们一起完成初中三年的同窗生活。后来听说他也在青岛，便重新联系起来，约定找机会聚聚。大家都变了很多，但好在无话不说的状态没有改变，从过去的回忆到今后的打算，我们聊了很多很多，也发现每个人的人生轨迹都会通向不同的方向，此刻的相逢无法保证以后的相遇，他乡再次聚首时，庆幸比喜悦来得更多。

每次出去走走，都像是一次新的和自己和解的过程，让自己放松心态，了却心愿，见见友人，让自己暂时忘了手中的任务，让自己从焦虑和顾忌中走出来。这种舒适的感觉，可能不会一直存在，但是它必须到来。

作者：政管学院2015级本科生　王　帅

10月3日　星期二　晴

药学院本科生 · 张　蕊

今天，我第一次独自去实验室，并且在师兄的指导下完成了他交给我的任务，算不上出色，但没有失误，也没有给他带来麻烦。

抓住学校为大学生提供的科学技术创新的机会，我和两位同学组成一队踏上了漫长的科创之路。我们的科创历程始于今年的5月份，为期一年，而真正进入实验室是在今年暑期。由于爷爷离世，期末考完最后一科，我就匆匆赶回了家，未能和队友一起去做实验。开学以来和她们去过三次实验室，让我感到自己和队友之间已经有了很大的差距，因此我下定决心——国庆期间要多去熟悉实验室。

早晨7点半起床，吃过早饭就匆匆赶到实验室，和师兄打过招呼，我看到水龙头下有要洗的瓶子，在确定是师兄用过的后便主动申请清洗。我没有完全实际操作过其他实验仪器，所以还是要从最简单的做起。由于实验中药化有机溶剂居多，所以洗瓶子的时候一定要戴橡胶手套。还记得我第一次洗的时候不适应手套的厚度和光滑的瓶身，洗得很慢，而且不干净，结果必须要一个个重洗。大概洗过三次，今天洗起来就很顺手了，洗完后就按师兄之前的嘱咐分类放置在了烘箱里。接着，师兄让我做柱层析，这个操作不难，但要顾及各个方面，第一次独自做还是有点紧张。过程中加流动相、换锥形瓶、跑板子、观察有无产物等比较烦琐，但我最怕自己点的板子跑得不好被师兄批评，不过结果还好。之后将接到的产物用旋干仪旋干、转移、旋干、回收溶剂，由于不熟练，我小心翼翼地认真按照步骤操作，幸好没有出现差错。最后把成果交给师兄，我去洗了柱层析用的锥形瓶，归置完已经12点多了，师兄让我去吃饭。

下午，我把旋干的反应剩余原料转移旋干，然后加料，充了氮气球做保护，师兄把它放到油浴中让其反应8个小时，交代我明天来的时候像今天这样处理出产物。我洗好师兄用过的仪器瓶后就离开了实验室。

平时三个人都在实验室，每个人能做的不多。今天我自己操作，收获真的特别大，各种仪器的使用都慢慢变得得心应手。这些操作在平时的实验课上做得很少，科创真的给我带来了很多丰富的历练，感谢学校和老师，也感谢耐心指导我们的师兄。

作者：药学院2015级本科生　张　蕊

10月4日　星期三　晴

临床医学院留学生・Effat Un Nesa

相比于其他专业的医生，肿瘤科医生的生活是特别的，而作为一名女医生，这种情况就更加独特，治疗癌症病人相当具有挑战性。我是放射肿瘤科医生，也是一个孩子的母亲，有一个可爱的儿子Taihan Ferdous。在我获得临床医学的学士学位之后，为了进行专业的进修，我选择到中国来。对我来说，这个选择是一项挑战。实习期间我常常看到癌症患者的痛苦，于是我决定成为一名肿瘤学家，去治疗患有癌症的病人。一说到癌症，人们就会畏惧。因此一旦被诊断出癌症，他/她在心理上受到的影响是更甚于身体上受到的。癌症的治疗很复杂，安排治疗的所有不同方面都可能是压力，有不同的医生要咨询，有很多检验要安排，还有与护理有关的介绍要去理解。

在我选择专业后，我非常高兴能有机会在程玉峰教授的指导下工作和学习，不仅在齐鲁医院，在中国和亚洲，他都是顶级放射肿瘤科医生之一。程教授指导我如何治疗癌症患者，如何应对病人以及他们家人的痛苦，此外，他还教会我照顾病人时，一定要从病人的心理、身体和社会经历的背景考虑。

肿瘤科医生的生活看起来是很好的，但肿瘤科医生生活的秘密在于每天都在见证生命中最痛苦和最亲密的时刻。对我们大多数患者来说，在另一个病房癌症就已经确诊，所以当他们来到我们身边时，即使我们不能治愈他们的疾病，他们仍然很高兴有机会可以延长生命。在放射肿瘤病房，我们接受手术后转到我们病房的病人，也有些癌症患者在他们还在进行化疗的时候就来找我们。化疗和放疗的结合可以杀死更多的癌细胞，但也可能有更多的副作用。我的导师还告诉我，肿瘤学注重团队，每个人都在一起合作。

我已经见证了许多癌症患者的故事，他们有些是在癌症早期，有些来到我们的病房时已经是癌症晚期。治疗他们并给予他们希望，是一项荣誉和崇高的事业。我永远不会忘记一个12岁女孩来到我们病房接受放射治疗的故事，她是一名学生，被诊断出患有脑瘤（星形细胞瘤），必须住院接受放射治疗。她来自济南郊区，在她的生命中还没见过外国人。当清晨我们的例行查房开始时，她总是非常兴奋地和我见面，她问我的名字，和我握手，在教了她一些简单的英语之后，她开始叫我“姐姐”。每次在治疗期间，她都很高兴见到我，我也微笑着握着她的手。大约3个星期后，在她出院的那天，我去了病房，她躲了起来，让我闭上眼睛，我闭上眼之后，她往我手上放了一样东西，然后让我睁开眼睛。我看到她在一张纸上画了一幅画，上面有两个人。画上有些东西是用中文写的，她用中文告诉我：“这个是我，这个是你。”我的眼里充满了幸福的泪水。她的治疗结束了，可以出院了。我拥抱了她，给了她一个温暖的告别。

在工作之余，我也照顾着我3岁的儿子，他去了当地的一家幼儿园。照顾他总是一件苦差事，但是每次离开他9个小时，到幼儿园接他的时候，我总是很高兴看到他。我不会讲中文，但我的儿子会用纯正的普通话说汉语，并且他的汉语比他的母语（孟加拉语）好，这都让我所有的疲惫消失了。今年，我的丈夫Misbahul Ferdous获得了山东大学的博士学位，我的儿子和我的丈夫是我的灵感来源。我很高兴我的儿子能够学习中文，并且能够实现我们的梦想，不仅仅是说中文，而且还能写出来。我希望，有一天Taihan能更好地领悟孟加拉国的文化，我们一家人将回到孟加拉国，成为中国和孟加拉国永远的友好使者。

作者：临床医学院2016级博士研究生　Effat Un Nesa（孟加拉国）　翻译：高子涵

10月5日　星期四　晴

ABO志愿服务站志愿者·王文君

今天是10月5日，国庆小长假已接近尾声，几天以来难得全天晴朗的好天气为泉城公园增添了几分活泼的气息，献血的游人也比往日多了一些。

献血车前有一个供献血者称量体重的体重秤，虽是平常一物，却吸引了许多来往的游人。他们中的一些仅仅是称一下体重，有些也会随口问一下有关献血的事宜。为了鼓励游人献血，我们志愿者往往会抓住这个机会向人们普及献血的知识以及对身体的益处。一个看起来很年轻的大姐在简单了解之后几乎没有迟疑就决定献血，填表的时候才知道“大姐”的年纪与父辈相仿，而且已不是第一次献血了。惊讶之余，我们不免对“大姐”的献血意识发出敬佩之情，感叹道：“您看起来这么年轻，真看不出来已经40多岁了！距离您上次献血也只刚过半年，能够再次奉献，非常感谢您的支持！”“大姐”抬起头，露出济南人特有的真诚朴实的笑容：“反正血在我自个儿身体里那么多我也用不完，不如献出来帮助帮助别人，也算是为社会做点好事。我看起来年轻，说不定是因为我经常献血的原因，多献几次血说不定还可以永葆青春呢！”我们都被她乐观幽默的话语逗笑了，在她的眼中，献血不是一件多么神圣伟大的事情，“己有余力则助人”，就像是和吃饭睡觉一样平常的事情。

有时候，也许我们太过于为一些“奉献”的事业贴上道德的标签。但是，如果有一天，当“奉献”与“无私”不再成为鼓励民众参与其中的美誉，当每个人都将友爱互助看作生活中最简单、最平常的小事，当“己有余力则助人”的观念可以真正被普通民众广泛接受，我想，我们的社会也将变得更加美好。

作者：基础医学院2016级本科生　王文君

10月6日　星期五　晴

“一纸流年”文化活动体验者 · 甘心露

悠闲的秋日下午，我们一行人兴致勃勃地踏上了揭秘中国造纸术的旅程。尽管路途有些遥远，中外学生仍然兴高采烈地交流着，颠簸的公交车阻挡不了我们的热情。怀着对未知而有趣的古法花草造纸的期待，我们走进了古色古香的时光印记活字印刷体验馆。

步入馆内，映入眼帘的是雕版印刷的模型以及花草树皮，在如此清新自然的环境中，我们开始了意义非凡的造纸之旅。首先，我们了解了中国造纸术的演变过程。店长姐姐用PPT为我们讲解中国纸的文化，从中国书写载体的演变到造纸术的发明，从中国纸的文化内涵到中外纸的对比分析再到纸的制作工艺，轻声细语娓娓道来。作为中国人，虽然了解这段历史，但是店长生动的展示让我情不自禁地想去了解更多的细节知识。因为汉语水平有限，外国友人们有的地方不理解，但他们静心倾听并且举手提问，感受着中国造纸术的渊源，时光印记里充满了新奇与求知的心情。

在了解了一些知识后，我们开始了最为激动人心的环节——亲手制作花草纸。店长亲自示范灌浆抄纸，将木框以一定倾斜度放入水缸中，让纸浆均匀覆盖在木框上，得到完整的薄膜。虽然人比较多，但大家都认真倾听并很有秩序地排队进行灌浆。完成这一步之后，我们开动自己的想象将花草小心摆放在薄膜上，摆出各种美丽的图案，做出属于我们的独一无二的纸张。有人将缤纷的花瓣均匀铺撒，有人将细长的绿叶摆列成边框，有人心灵手巧摆出蝴蝶等各种图案，真是难得的一次童心爆发。最后我们需要在花草上覆上第二层纸浆，使花瓣自然嵌入纸张。我们小心翼翼地，唯恐将第一层纸浆戳出个大洞来，一点一点展平花瓣，全神贯注地牢固树叶，终于大功告成，剩下的最后一步就是等这些纸自然晒干了！尽管长时间维持一个动作有些腰酸腿麻，但是每个人都用心投入这有意义的活动。看着晒在阳光下的纸，我的心中不禁升起一种成就感，同时也为我们中国的造纸术而自豪。

欢愉的时光总是很短暂，所有人都还意犹未尽，活动却已经接近尾声，店长送了我们小礼品，是中国风的镂空书签。大家也一起欢快地合影留念，告别店长后，我们在灿烂夕阳下坐上了返程的车。美好的造纸之旅，让我们的心灵更加贴近，让中华文化在欢乐中传播继承。

作者：国际教育学院2016级本科生　甘心露

10月7日　星期六　雨

临床医学院本科生·王　萌

今天，班级志愿服务队答辩需要帮忙写材料，在写完一份材料后，我伸了个懒腰靠在椅背上，思绪又悠悠地飘回三年前，我第一次参加志愿服务的那个时候。

每次回忆，绕来绕去都绕不开把现在的自己和以前的自己作比较，似乎只有通过比较，才能让我有“啊，确实是成熟了一点”的感觉。大一时的我，一个人坐了半个小时的公交车去省美术馆参加志愿服务，为了这人生中第一次的志愿服务，我放弃了一位我很尊敬的学长的经验交流会，可以说是满怀一腔热血而且相当耿直了。没有什么目的性，纯粹是觉得以前只在大城市的高中生优秀范文里看到的志愿服务，我终于有机会亲自参加了，绝对不能放弃。

还能回想起那时面对陌生人害羞到不敢说话的心情，也记得自己一个人和不认识的同学在省美术馆待了一天那种无处归属的孤独感。转眼到了现在，大四的我已参加过大大小小数不清的志愿服务，在某全国大会的后台干过给矿泉水瓶贴广告的杂活，也在另一个大会上接触了从全国各地赶过来的医学大牛，教过居委会大妈们用电脑，也陪着自闭症孩子们做手工，有过被病人当撒气筒出气的委屈，也有被护士姐姐夸奖“靠谱”“你做事我放心”的时候。

还记得，有一次我刚完成了一个志愿服务，困到睁不开眼，灌了一杯咖啡，又继续去参加下一个志愿活动。现在想想，也很惊讶有点自傲有点任性的自己怎么参加了那么多辛苦的志愿服务。但是，这些志愿服务让我接触了更多的人，也让我更加清楚、更加现实地见到了社会的样子，更让我日渐清晰地认识到“责任”二字是什么。不管多累，不管是不是受了委屈，我都想认真地、尽善尽美地完成这一份志愿服务，即使它与我今后的职业生涯毫无关系，我也坚定地认为，认真完成无偿的志愿服务是我自身的态度。而这种态度，也逐渐延伸到我日常的为人处世之中。这大概是我这几年参加志愿服务最大的认识与收获了。

现在的自己看过去的自己，就像是隔着一扇单向玻璃，我看得见她，她却看不见我。可是，我还是很想告诉过去的自己，好好学习，也要多多参加志愿服务，你得到的将是与人交往的经验和融入社会的方法，志愿服务的“无偿”远胜过所谓的“有偿”。

作者：临床医学院2014级本科生　王　萌

10月8日　星期日　晴

观升旗仪式者·陈　浩

为了错开国庆长假高峰期，我选择了昨晚才从济南出发赶往北京，连夜赶到北京只为能一睹升旗。硬座车厢里挤满了北上的人，不知为何，独自赶往北京的我突然有了一种北漂之感。

凌晨4点，夜色正浓，我走出北京西站，阵阵寒风扑面而来。花了半小时也没有候到公交车的我，一急之下找了一辆摩拜。赶到天安门时，尽管今天已经进入国庆尾声，但是天安门前依旧是人山人海，还有很多的游客正陆陆续续通过安检进入天安门广场。

今年十一的北京格外寒冷，但站在距离国旗不到二十米处的我感觉不到丝毫寒意，只能感觉到周围人彼此传出的腾腾热气，只能感觉到周围人怦怦直跳的中国心。寒冷的天气不能冻住大家观看升旗的热血，也不能阻挡大家对祖国真挚的热爱。

等待，继续等待，天边已经泛起鱼肚白。

6点07分，隐隐听到了天安门处军乐开始奏响，我踮起双脚，隐隐看到国旗护卫队的官兵迈着矫健的步伐走出天安门，越过金水桥，径直走向天安门广场。瞬间，大家开始托起自己的孩子，高举自己的手机，静候国歌的响起。

6点11分，当第一缕阳光从东方射出之时，国歌响起，在众目注视之下，五星红旗伴随护旗手的踏乐一甩，开始缓缓上升。此刻大家都变得神色庄严，低声唱起了国歌，不知为何，我感觉眼睛一热，喉咙一干，热泪开始充满整个眼眶。中华民族生生不息，如同这面徐徐上升的五星红旗，在党的带领下，屹立在地球的东方之巅！

国歌声停止的那一刹那，国旗刚好升到杆顶，没有一分一秒之差。与此同时，在场的所有人都开始仰天欢呼。祖国，已经68岁啦！

短短十分钟，升旗仪式就结束了，意犹未尽的人群也开始缓缓散开，四处拍照留念。我却逆着人流而行，继续向前走到国旗脚下，仰望着迎风飘扬的五星红旗，再看看挂在天安门前的毛爷爷画像，只见他面带笑容，祥和地看着这里的一切，我不由得内心感慨万千。我们这个繁荣富强的新中国来之不易，也需要更多的人去守护和努力建设。

祖国，你好；祖国，我为你骄傲；祖国，我会更加努力地学习，为了更好的明天而奋斗！

作者：口腔医学院2016级本科生　陈　浩

10月9日　星期一　雨

开学第一课感悟者·傅王雪萌

不知不觉中，漫长的军训早已结束。十一长假归来，我终于迎来了文学院真正的开学第一课——中国现代文学。

上课的是叶诚生老师，之前我特意百度了一下他的资料，心中油然升起一股敬意。怀着对老师的敬仰以及期待，我走进了课堂。

因为是第一节课，大家还不熟悉，叶老师带我们总览了现代文学的概况。叶老师知识渊博，从鲁迅讲到朱光潜，从胡适讲到唐德刚。五十分钟的课堂，一点都不似高中时期的漫长，而是像唐代诗人程长文所言“绮陌香飘柳如线，时光瞬息如流电”，不知不觉中响起的下课铃让我“忽魂悸以魄动，怳惊起而长嗟”。

叶老师提出，身为中文系学生的我们，不仅仅要有人生自觉意识，有健全之身体、不屈不挠之精神、博大高深之学问，还要有文学自觉意识。“文学是为了揭示、批评自己的局限性而存在的一种艺术机制”，我对此深信不疑。细细品味此句，我深刻反省自己，在日常学习生活中，是否也做到了“吾日三省吾身”？不仅仅文学需要自我批判，人类更需要自我批判。只有如此，文学历史才能不断完善，人类历史才能如滚滚长江般奔流，不断向前。

这开学的第一堂课，教给我的不仅仅是知识，更是对未来四年大学生涯的一种态度，即“学问对人们要求最大的紧张和最大的热情”。当初怀着对写作的热爱，我选择了中文系，但有人说“中文系不培养作家”。我知道，在今后的学习中，可能陪伴我更多的是枯燥乏味的学术理论研究，但我希望自己能够永远怀揣着最初的赤诚之心，投身于文学的洪流中，以紧张敬畏的心严谨地对待学术，以热情饱满的心积极地进行创作。纵使文学像杂草一样，没有固定的范围与明晰的含义，我也定会在这杂草中，不懈探索，期待某一天可以拨开云雾见青天。

这仅仅是第一课，未来的路，任重而道远。我已做好准备。

作者：文学院2017级本科生　傅王雪萌

10月10日　星期二　雨

临床医学院硕士研究生·兰川金

今天我走在校园里，真像是徘徊在电影场景中一样，模模糊糊，几分冷清，几分凄凉，几分寂静里又透出几分庄严之势。这样的日子，最适合躺在床上赖上一天，或者是找把椅子，数着雨滴回忆过去。

但是，我并未享受到这样的人生，虽是下夜班，却也在医院忙碌到中午，吃过午饭，又在实验室干到下午。下午5点，迎着霏霏细雨，走进食堂。看着来来往往的年轻面容，感觉自己真的老了。那个戴黑框眼镜的小男孩应该是大一的，刚刚军训完，黝黑的皮肤无情地暴露了他的身份；那个穿蓝色衣服的小姑娘应该是大二或者大三的吧，对于食堂环境十分熟悉，与小伙伴说笑打闹着，透出一股青春气息。看看自己，嗯，研一的，被实验搞得焦头烂额，好似丧失了朝气。

最近，我总是感觉青春不再，爬五楼会喘，熬夜过不了12点，一有点气温波动就不舒服，一有任务就头疼。对于学业，对于实验，对于轮转，我好像都失去了热情，感觉所有的一切都在摧残着自己，感觉自己总是状态不对。犹记得大学时光里，我不是这样的。难道，真的老了吗？

碰到老同学喊我：“走，打羽毛球去。”“好，不过现在应该不会打了。”大学期间，我特别喜欢打羽毛球，选修了羽毛球课，参加了羽毛球社团，自己还找些视频琢磨。那个时候，总是精力满满，火力全开，一连打三四个小时都可以。现在？

万万没想到，竟然还可以。刚开始的时候，很多球我接不到，有的是跑不到位，有的是伸手挥拍打不到球，有的是蹭到球却过不了网。但是渐渐地，我的状态越来越好，网前，网后，打一个高远球。感觉所有的不开心都随着汗水滴落，青春的元气也在奔跑中重新凝聚于身。跟一个高水平学弟打了一会儿，感觉水平又有所提高，甚是开心。打完球，一看时间，呵，三个小时了，感觉青春回来了。

仔细想想，今年24岁，也算是青春年少，不是年龄大了，是心态老了；不是免疫差了，是锻炼少了；不是活力不够了，是激情少了。青春正当时，不可辜负光阴。从今天起，实验、轮转、上自习，过自己应该过的生活。只要心中有目标，总会面朝大海，春暖花开。

作者：临床医学院2017级硕士研究生　兰川金

10月11日　星期三　晴

口腔医学院本科生·宋雨桐

口腔外科实习第二天，不同于第一天的清闲，上午9点，我便跟随老师、师姐们进了手术室。

登记、换刷手服、进入手术室，一道道流程越来越严苛，对于我们这些手术室新手而言也越来越陌生。多亏师姐耐心教导，将术前的每一个细节讲解给我们。

换上刷手服的“小绿人”怯生生地进了手术室，老师们已经开始了第一台手术——1岁小朋友血管瘤的口内注射。他安安静静地躺在手术床上，肉嘟嘟的脚上插着点滴，平静地睡着。一切顺利，手术几分钟便结束了。他被抱上婴儿床，推出手术室，便迎来了焦急等待他的爸爸妈妈。妈妈眼里噙着泪水，摸摸头掖掖被角，又拉拉手看看点滴，看到一切正常后才慢慢放心下来；爸爸很少说话，却认真地听医生的每一条嘱咐，跟在后面默默地推着病床。

安顿好小患者之后，我又跟着师姐急匆匆地回到手术室继续观摩第二台手术——恶性黑色素瘤切除术。第二台手术要比打针困难得多。给我印象最深刻的是跟家属谈话的过程。当老师将病理结果告诉患者儿子时，他从开始满脸的担心，眉毛要皱到一起似的听着似懂非懂的病理结果，到后来得知恶性程度比预期好时放松地一笑，一个40岁左右的男人对隔着玻璃的医生连连道谢。

第二台手术做完时已经接近下午2点。患者刚被推出手术室，第三台多生牙的小男孩就被推了进来……经过近一天的观摩，我终于得到了第四台手术的上台资格。给病人做好麻醉之后，刷手、消毒、铺巾、换服装、戴手套，看着简单有条理的一系列基本功，我做起来却频频出错。在老师和师姐的耐心指导纠正下，我才顺利站上手术台。1小时23分钟，我的任务是拉钩暴露手术野。一个多小时，用“腰酸背痛手抽筋”来形容毫不过分。拉钩是个简单的差事，我却是战战兢兢不敢松懈。虽然只是最简单的拉钩，但也让我离一个口腔医生更近了一步。

第二次跟手术，第一次上台，今后我实习生涯中的第一次会越来越多，希望自己在日常的实习工作中逐渐积累经验，努力成长为一名合格的医生。实习加油！

作者：口腔医学院2013级本科生　宋雨桐

10月12日　星期四　晴

“校长有约”活动参与者·宋晓璇

咖啡飘香，笑语满堂，第一期以“我看山大，共谋发展”为主题的“校长有约”活动在叶子咖啡圆满举行。我很幸运，一篇“我看山大”获奖征文将我带到这里，带到樊校长的面前，与校长面对面交流，畅谈山大的历史与发展，抒发山大人的殷切情怀。

写到这儿，或许有人会问我：“校长有约”是什么？如何才能参加“校长有约”？“校长有约”是我们学校团委和山东大学学生会、研究生会牵头发起的活动，通过学生与校长面对面沟通交流的方式，共同探讨涉及时政热点、学校发展、学生权益、学生成长成才、校园文化风尚等师生关注问题，通过搭建面对面的交流平台，充分发挥同学们的主观性，增强学生对母校发展的关注与责任感，并为建设和谐校园添砖加瓦。听工作人员说，他们不仅举办“校长有约”，还会定期开展“书记有约”，引导同学们思考人生价值，探索时代目标，担起社会重任。

下午2点，一间温馨的咖啡厅里，座椅团团相簇，同学们满怀期待，我们不知道接下来的这场“约会”会以怎样的形式开始、怎样的情绪结束，但我们依旧期盼着。会议开始了，或许是因为紧张，同学们首先选择静静地聆听，聆听那些优秀的征文作品。慢慢地，樊校长的和蔼与挂在脸上的笑容打消了学生的顾虑，大家开始争先恐后地发言。

在3个多小时的交流中，同学们畅所欲言，从冷门专业的就业问题、双一流大学的建设规划到多校区班车不便、奖学金、学分绩点、住宿等“大问题”与“小纠结”，接连抛出了10余个问题。樊校长全程注视着每一位发言的学生，并时不时以微笑和点头给予回应。学生在用心讲，您在用心听，这样的氛围真好！我现在仍然记得站起来发言时我的紧张和指尖的微微颤抖，但轻松的氛围和樊校长殷切的笑容使我找到了作为山大人的归属感和参加此次活动的责任感。

樊校长对同学们的建言献策表达了感谢，并表示被学生的责任感、使命感深深感动。她说：“以后还有很多机会，今天我主要就几个大问题进行回答。”樊校长语重心长地说道：“一个学校的历史是一堂很生动的德育课，我特别期待同学们在校园里走一走、看一看，在课堂上学习体会，去图书馆里借几本有关山大的书。我希望大家好好地去体会我们是一所什么样的学校，提供给了我们怎样的资源。”没错，风风雨雨百年路，从最初的登州文会馆，到后来的山东大学堂，一直演变成如今知名的山东大学，她始终践行着“为天下储人才，为国家图富强”的办学宗旨，培养了无数优秀人才，“八马同槽”诉说着士林传奇，“杏林得意”记载着悠久起源，这份仅属于山大的历史需要我们牢牢铭记在心！

作为临床医学院的大五学子，我与山大相伴已四年有余，自豪、感恩、难忘、奉献，对于山大的情怀溢于言表，对于山大的未来记挂在心。如今，教室、宿舍和食堂的条件在逐步改善，各校区的图书馆也实现了资源共享，网络教学和远程课程也在努力推广，学生的声音得到倾听。一点一滴，我们看到山大的变化，我们感受到山大的温暖与关怀。我们生活在山大，成长在山大，每分每秒都是在实践和前进，我们也期待并关注着她的成长与绽放。如今，满怀希望、前景壮丽的山大航母已经起航，我们期盼着母校成为“综合性、创新性、国际性、引领性”的世界一流大学，也期待着在新的百年，看她披荆斩棘再创辉煌！

再过3天，就是“我山”的116岁生日了，朋友圈里早已被对山大的祝福刷屏。我亲爱的山大，愿你经典与传统常在，活力与创新涌现，永远年轻，永远热泪盈眶！我们与你同在！Happy birthday！

作者：临床医学院2013级本科生　宋晓璇

10月13日　星期五　晴

研工部工作人员·逄元魁

刚从接待学生收取材料、接听电话回答咨询、不断解释说明的忙碌中抽出身来，抬头看看窗外，校园已是初秋风景。处窗口，观风气，参会的诸多感受涌上心头。昨天，研究生院、研工部召开加强作风建设会议，传达学校会议精神，提高思想认识，安排布置任务。校长助理兼研究生院常务副院长贾磊在会上强调，研究生院是窗口单位，更要注重作风建设，努力实现立德树人，服务育人。研工部部长鲁统超强调要转变理念，加强服务意识，开展工作要围绕学生、服务学生、关照学生。我感觉责任很重，需要做的有很多。

昨晚看《焦点访谈》，节目正是回顾“八项规定”以来的五年作风建设的成就。我看到，“八项规定”的制定和执行，使党风政风民风发生深刻改变，成为我们党作风建设发展的新高度。党中央以上率下，实抓严抓常抓，使我们党得到了人民群众更加衷心的拥护，进一步厚植了党的执政根基。同时，广大党员不断改进作风，取得突出成效。

现在学校进一步加强机关作风建设，努力为建设世界一流大学打造一流的管理服务队伍，正逢其时，必要紧迫。作为机关的一名工作人员，我深有感触。我觉得窗口之所以重要，就在于沟通内外，联结各方。研究生院、研工部是为研究生服务的重要窗口，我今后要努力维护好其中的一角，用党员标准严格要求自己：做到窗口明净，借金秋飒爽之风吹涤自身尘埃，不断提升自己；热情服务师生，让大家感受和煦之风；多听风声心声，做好上传下达，增进交流沟通。

金风澄玉宇，窗明映室净。身处窗口，一方面能接收到丰富多样的外来讯息，另一方面也易于让外部感知自身风气。我决心从自身不足改起，从点滴小事做起，踏踏实实改作风，认认真真做服务。

马上就是母校山东大学的116周年生日，很快就是党的十九大召开的大日子。作为普通的党员，作为平凡的山大人，我愿意好好努力，改进自己的作风并扎实做好本职工作，谨以此奉献自己的心意。

作者：研工部工作人员　逄元魁

10月14日　星期六　多云

成仿吾英才班学员·丁嘉琪

当大学思政课在印象中还被贴上“古董”“红专”“刻板”的标签时，在马院的一场场学术报告却颠覆了我的看法。今天下午，作为成仿吾英才班的学员，我有幸来到马院接受了第三次专题授课。这里既没有教条主义的讲授，更没有昏昏欲睡的同学。我看到的，是学者在哲学的浸润下闪烁出的睿智眼神，还有小青马们在春风般的教益中焕发出的抖擞精神。

本次为我们授课的是来自哲社学院的刘森林教授。刘教授不仅有着丰硕的学术研究成果，还有足以让我们感到亲切的身份——山大人。以“历史唯物主义对虚无主义的批判克服”为主题的报告，原本令我感到晦涩难懂，但刘教授以马克思和屠格涅夫两位哲学家的思想为例娓娓道来，让我这个非哲学专业的学生也有了新的收获。

唯物对虚无的批判，是顺应历史的呼唤。我们的价值观不是一成不变的，而是随着历史长河的流淌悄然发展的。比如，它经历着从自然到功利、从道德再到天人合一的蜕变。而这一切，往往是建立在物质条件逐渐丰富但是精神逐渐焦虑和道德逐渐滑坡的基础上的。不知道从什么时候，我们习惯了对崇高进行冷嘲热讽，习惯了从社会中攫取私利又不敢承认，习惯了对物质疯狂而对信念失落……正是这样一个哲学问题的提出，才让我们有了一个正视自我、跳出怪圈的机会。

唯物对虚无的批判，是哲学进步的表现。我们所说的批判，其实是一个“扬弃”的过程。正如唯心主义是人类认识之树上开出的美丽但不结果的花一样，虚无主义也是人们思维开出的花朵，它从侧面推动了唯物主义的发展。例如，在新文化运动中，知识分子们在全面否定中国传统文化中确实有它激进的一面，但如果没有虚无主义的扫清道路，人们的民主觉悟怎能被空前大唤醒？近代科学又怎能空前大发展呢？因此，虚无主义也在客观上推动着文明的进步，在反思与重构中使唯物主义日臻完善、社会哲学日益发展。

唯物对虚无的批判，是时代发展的信念。这一批判，其实也是历史发展中新潮与传统在磨合中阵痛的表现。而且，逻辑的思辨，最终是为了落地生根、开花结果。在学校的层面上，“仿吾求知社”已经在紧锣密鼓地筹建中，小青马们因求知而感动、因感动而团结、因真知灼见而相聚一堂，我们踏踏实实搞学问，真真切切做实践。求知社希望给广大有志学子一个正确认识马克思的机会、一方自由探讨前行路的净土；从国家层面上，“文化自信”的提出无疑为我们克服历史虚无、坚定决胜信念提供了强有力的保障，“一带一路”倡议和中国特色社会主义理论不仅是现代化的探索，更肩负有创建超越资本主义文明的历史重任……这一切，都是在哲学的批判中，都是我们需要解决的问题。

刘教授短短两个小时的讲授在我心中留下了弥久的感动，更是让我坚信“只有马列信仰坚，人生道路才能明”的真理。值党的十九大即将召开之际，又适逢山东大学校庆，我想，我们祝福母校、迎接盛会最好的方式就是继续以青年马克思主义的姿态引领信仰与回馈社会!

成仿吾英才班全体学员谨此祝贺母校建校116周年。

作者：外语学院2016级本科生　丁嘉琪

10月15日　星期日　阴

物理学院新聘教师·杨　驰

在山东大学116岁生日这一天，我领到了一份特殊的礼物——2017年度新聘教职工入职培训结业证。对我而言，这有着非同寻常的意义。连续两天参加新聘教职工培训，我有着非常多的感受和触动。

我感觉这是一次精心准备、质量很高的培训会，报告内容丰富充实，干货多。学校领导、校内外知名专家、各职能部门负责人作的主题演讲及座谈等活动让我进一步了解了山大。丰富的培训方式充分调动了我们受训教职工的积极性，变被动的学习培训为主动的学习交流。我已经充分感受到，自己是一个山大人了。

第一天，樊丽明校长给我们作了两个小时的报告，让我们觉得特别温暖。报告内容不仅涵盖了山大的概况、学校的建设，更着重描绘了高校教师这一职业。她不仅作为校领导对我们提出了勉励和期望，还作为一位资深高校教师为我们传授了她的经验以及对职业的理解。从校史校情到理想信念，从职业素养到学校发展战略和相关政策，报告中的信息量很大。我努力学习，感触很深。在今后的工作中，我还需要进一步学习和体会。

第二天，郭新立书记在结业典礼上的讲话，让我们觉得很是振奋。他站在国家发展的高度，告诉我们应该把自己的职业发展融入山东大学发展的大趋势里，在集体的发展进步中实现自我的人生价值。把个人梦融入山大梦、中国梦之中，把握时代赋予我们的使命、给予我们的机遇，在实现中国梦的伟大事业中实现自己的个人梦。

在为期两天的培训中，与教学科研有关的职能部门的老师们为我们作的报告提供了丰富的信息。我第一次全面系统地了解到各部门的职责以及日常运作的一些基本理念。我对大学的理解也从最简单的“大学生上课，老师教课科研”上升到了对大学承担的责任以及大学教师素养的思考。通过此次培训，我进一步坚定了理想信念，提高了职业素养，了解了学校发展战略和相关政策，熟悉了校史校情并且适应了环境。在此基础上，我相信我可以尽快适应岗位角色，较好承担工作任务。

这些报告除了丰富的信息量，报告人的课件编写、演讲技巧、思维组织也给了我很大启发。我要虚心向老教师学习教学业务，严格要求自己，更加主动地钻研教材、研究教法。结合自身特点，学以致用，多探索、多积累，力求在前辈们的指导下，尽快形成符合自身特色的教学思路和教学方式。

我们的大学承担着教学科研、服务社会、文化传承创新等职责。“立德树人”，为了这个目标，各个岗位的教职工需要密切配合，相互关心支持帮助。此次培训让我深切体会到了山东大学的集体性、组织性以及学校对我们新教师的关心和期望。我不是一个人在战斗！

包括我在内的很多青年教职工与学生的年龄相差不远，在工作中要大量地接触学生，对学生的思想行为会产生直接的影响。本次培训让我们知道“师德为先”，郭书记要求我们严守教育教学纪律和学术规范，坚持学术研究无禁区、课堂讲授有纪律，杜绝有损国家利益和不利于学生健康成长的言行。同时，要继承和发扬老教师爱岗敬业的精神，学习他们教书育人的品质，学习他们严谨治学的态度，以“真心、耐心、爱心”来培养学生。我相信我一定能做到。对于我们青年教师来讲，正确的发展道路只有以正确的思想为指导，付出实际行动，才能更好地提升自我。一方面，要在培养优良的学风上下功夫，勇于钻研，掌握扎实的业务知识与工作本领。另一方面，要对自己有客观、科学的评价与认识，正确地处理好教学和科研的关系、眼前的工作和长远发展的关系、个人利益和团队合作的关系。

我相信，新入职的我们，一定能顺利完成从“被培养”到“一边被培养，一边培养人”的转变，完成从“山大的人”到“山大人”的转变。

最后，祝山大116岁生日快乐。凡我在处，便是山大。

作者：物理学院新聘教师　杨　驰

10月16日　星期一　阴

迎接审核评估工作者·翟　明

新一天的工作开始了。8点钟，我准时来到办公室，打扫过卫生后，打开办公信息了解新一天的工作通知。本科教学审核评估工作的开展使我对学校的每项政策、每条通知都拿出高度的注意力去了解研读。

随后我便开始了迎接本科教学审核评估的准备工作，与学院其他几位辅导员老师一起对校园文化活动、社团活动、课外活动及讲座、创新创业教育以及高校实践育人创新创业基地进行了记录，同时对近三年分专业毕业综合训练情况、本科生学习成效、学生获省级及以上各类竞赛奖励情况、学生发表学术论文情况、学生专利（著作权）授权情况等方面进行了全面统计，力争实现全员、全方位、全过程育人的目标。

不知不觉，已经度过了一上午的时间。下午1点半，我回到办公室，开始准备下午的工作。我们与电气学院相互了解了对方学院下午的上课班级，前往教室看课查课，认真记录上课质量与到课情况，并及时互相了解检查结果。稍作整理后，我到学生宿舍检查卫生，还在餐厅、图书馆、文体场馆等校园各处督促学生的文明礼仪，力争实现全面督导的目标。

本科教学审核评估作为院校评估的一种形式，不同于合格评估和水平评估，具有“四不”特点，即“不对学校分类、不设统一标准、不做横向比较，不做评估结论”。主要根据学校自己设定的目标和标准进行评估，不做总体绪论，而是给出写实性的审核。因此在进行审核评估工作时，具有极高的适应度、达成度、满意度、保障度以及有效度。

而审核评估的重点则是引导学校明确办学定位和人才培养目标，落实本科教学中心地位，构建质量监控和持续改进机制，不断提升办学水平和教育质量。对于这一点，山东大学坚持以支撑创新驱动发展战略，服务经济社会发展为导向，秉承“科学发展、内涵发展、特色发展、创新发展”的理念，建设具有中国特色的“综合性、创新性、国际性、引领性”世界一流大学和传承创新中华优秀传统文化最具代表性的大学。

除此之外，学校还将第二课堂建设纳入人才培养建设体系，鼓励学生在主题教育、文化艺术、体育健康、科技创新、社会实践、志愿服务、社会工作、社团经历、就业创业、学术讲座十个模块中锻炼提升、成长成才，这一点作为学校的特色，极大地丰富了学生的学习与生活。当然，所有的这些都离不开学校的支持与培养，可以说，没有山大，就没有今天的我们。

作为一名辅导员，最重要的任务就是为山大学子提供思想道德及日常生活的疏导与帮助，因此在日常生活中应当谨记山东大学“为天下储人才，为国家图富强”的办学宗旨，积极引导学生提高自身素质水平，紧跟崇实求新的校风，为山大培养更多的有用之才。

作者：材料学院辅导员　翟　明

10月17日　星期二　阴

生命学院教授·霍刘杰

还记得2016年的深秋，一年前的今天，身在遥远的大洋彼岸的我，收到了一封来自山东大学第一届齐鲁青年科技论坛的邀请邮件，一下敲开了一颗在外游学近十年，辗转世界各地之后，尘封许久的回归之心。虽然仅有短短一天时间，但我从中切切实实地感受到了山东大学对人才渴望的热情和邀请人才回国效力的真诚。在我看来，首届齐鲁青年科技论坛举办得非常成功。我记得，那天之后在回美国的航班上，我就决定争取早日回到山东大学工作。随后，在山大人才办各位领导老师以及生命科学学院领导和老师的支持、帮助下，我开始了各项青年人才项目的申请，并最终荣幸地获得了山东大学齐鲁青年学者特聘教授的称号。

2017年的10月17日，整整一年后，第二届齐鲁青年科技论坛再次举行，而就在同一天，我刚刚在山大青岛校区人事处办理完入职手续，正式成为山东大学生命科学学院的一名老师。一年的时间，从我当时作出回国的决定，期间各种人才项目的申请到最后的尘埃落定，过程中经历的点点滴滴仿佛在眼前浮现，感慨自己从一个被山东大学邀请的海外学子到真正成为山大的一分子，从内心感到由衷的感慨和荣幸。

自2008年在天津大学获得学士学位后，和众多渴望知识和开阔眼界的同学一样，我选择了留学之路。我的第一站是德国，一待就是六年，带着获得的硕士、博士学位和自己的人生伴侣，我再次决定来到半个地球以外的美国。又三年过去了，我在收获知识的同时，又和妻子收获了我们人生中的第一个爱情结晶。将近十年的海外留学生活让我在积累丰富的科学文化知识之外，内心也逐渐累积起回归祖国工作的深切渴望。最终，是山东大学身上拥有的作为中国儒家文化起源地的那一份特殊的文化底蕴和人文气息打动了我，让我有了回家的归属感。

在此，我衷心祝愿山大在116周年校庆之际，在国家科技快速发展和“双一流”建设的大背景下，早日建设成为国际一流的重点高校！

作者：生命学院教授　霍刘杰

10月18日　星期三　晴

思政课教师·刘　佳

每个人的生命中都有很多不平凡的日子，对我来说，2017年10月18日就是这样一个日子——全球瞩目、全国人民热切期盼的中国共产党第十九次全国代表大会在北京召开。今天也是我的生日。作为一名党员，我很想好好记录下我生命中这不平凡的一天。

上午，学院组织我们集体收看党的十九大直播，大家普遍到得很早。9点大会开幕，师生们在庄重严肃的气氛中一边认真聆听习近平总书记的报告，一边思考和做笔记，在第一时间学习和领会党的十九大精神。通过倾听习近平总书记的报告，我们得知：中国特色社会主义已经进入了新时代，我国的社会主要矛盾发生了转变，我国将开启全面建设社会主义现代化国家的新征程。总书记的报告使全院师生热情洋溢，倍受鼓舞。我在观看直播的过程中不停地记录着十九大报告中的新提法和高频词。作为一名思想政治理论课教师，我觉得我有责任在第一时间学习党的最新理论成果并将其带到我的课堂上。报告用时3小时20分钟，报告结束的时候已经到了午饭时间。中午我在中心校区用餐时，也切身体会到今天的不平凡，师生们一边吃饭一边看电视里关于党的十九大的央视午间新闻，大家聊天的话题也都是关于党的十九大的。

午饭后，我把党的十九大的新提法加以整理后，就来到了兴隆山校区，下午和晚上要在这里给两个班的大一本科生上思想道德修养与法律基础课。这门课是培养学生思想道德和法律素质的课程，我在上课伊始，就向学生介绍了这些新提法，以帮助他们了解国家和时代，树立为中华民族伟大复兴的中国梦不懈奋斗的坚定的理想信念。通过课堂互动，我得知，不少学生已经对党的十九大有了深入的学习，这让我感到惊喜。

四节课结束，今天的工作告一段落，此时夜幕已经降临。从学校回家的路上，灯火辉煌，回顾这一天，我感到既高兴，又觉得有了更高的使命感。党的十九大的胜利召开，中国特色社会主义新时代的提出，让我作为一名中国人有了更强烈的民族自信心和自豪感。同时，新时代中国特色社会主义思想更是全党全国人民为实现中华民族伟大复兴而奋斗的行动指南，对我们提出了更高的要求。中国特色社会主义新时代要求每一个人都有强烈的使命感和责任感，做好本职工作，为中国特色社会主义新征程贡献力量。

作为马克思主义学院的一名青年教师，作为高校思想政治教育者的一分子，我深感目标远大、责任重大、使命光荣。高校思想政治理论课教师肩负着对大学生进行科学世界观、人生观、价值观教育的使命。为了较好地完成这个使命，我想我们至少要做到以下三点：第一，深入研究中国特色社会主义的最新理论成果，当好党的理论的宣讲者。第二，守好思想政治理论课堂的主阵地，提高教育质量和教学水平，发挥思想政治理论教育者应有的教育作用。第三，加强自身的师德师风建设，传播正能量，为学生树立榜样。“不忘初心、不辱使命、不负新时代”是我对明天的自己提出的新要求。

作者：马克思主义学院讲师　刘　佳

10月19日　星期四　晴

政管学院教授 · 孔新峰

备受关注的中国共产党第十九次全国代表大会在北京人民大会堂隆重开幕。习近平总书记代表第十八届中央委员会向大会作了报告。通过网络直播，我在山东大学青岛校区认真听取了总书记的报告；开幕会后，我又逐字逐句地进行了仔细研读。报告气象宏阔，体大思精，胜义络绎，亮彩纷呈。作为一名有着十九年党龄的共产党员，作为一名长期奋斗在干部教育培训及高等教育战线的党的理论工作者，我深受鼓舞，倍感振奋。

党的十九大是在全面建成小康社会决胜阶段、中国特色社会主义进入新时代的关键时期召开的一次十分重要的大会。报告明确指出，大会的主题是“不忘初心，牢记使命，高举中国特色社会主义伟大旗帜，决胜全面建成小康社会，夺取新时代中国特色社会主义伟大胜利，为实现中华民族伟大复兴的中国梦不懈奋斗”。报告将中国共产党人的初心和使命，准确地概括为“为中国人民谋幸福，为中华民族谋复兴”；将“中国特色社会主义进入了新时代”，明确为我国发展新的历史方位；将“人民日益增长的美好生活需要和不平衡不充分的发展之间的矛盾”，界定为当前我国社会的主要矛盾。值得我们高度重视的是，报告以高度的政治担当、深邃的历史视野、厚重的理论底蕴，从理论和实践结合上系统回答了国内外各界高度关注的重大时代课题——“新时代坚持和发展什么样的中国特色社会主义、怎样坚持和发展中国特色社会主义”，系统阐述了新时代中国特色社会主义思想，为全党全国人民为实现中华民族伟大复兴而奋斗提供了行动指南，进而全面深刻地阐述了新时代坚持和发展中国特色社会主义的十四条基本方略，并高瞻远瞩地擘划出“从全面建成小康社会到基本实现现代化，再到全面建成社会主义现代化强国”的新时代中国特色社会主义发展的战略安排。

报告将教育事业置于优先发展的战略地位，将建设教育强国作为中华民族伟大复兴的基础工程，要求必须把教育事业放在优先位置，加快教育现代化，办好人民满意的教育；特别是指出，要求“加快一流大学和一流学科建设，实现高等教育内涵式发展”，要求“加强师德师风建设，培养高素质教师队伍”。同时，报告还要求“建设知识型、技能型、创新型劳动者大军，弘扬劳模精神和工匠精神，营造劳动光荣的社会风尚和精益求精的敬业风气”，要求“培养造就一大批具有国际水平的战略科技人才、科技领军人才、青年科技人才和高水平创新团队”，要求“深化马克思主义理论研究和建设，加快构建中国特色哲学社会科学，加强中国特色新型智库建设”。

五年之前，当时的我作为中组部和原单位国家行政学院选派的一名中央国家机关援疆干部，和我挂职单位新疆行政学院（中共新疆自治区委党校）的同事们一起收看党的十八大的直播。我深切感受到，从十八大到十九大的五年，确实是极不平凡的五年，是取得了全方位、开创性成就的五年，是发生了深层次、根本性变革的五年，是我们党团结带领全国人民以巨大的政治勇气和强烈的责任担当，“解决了许多长期想解决而没有解决的难题，办成了许多过去想办而没有办成的大事”的五年。这五年，于家国天下如此，于个体生命亦然。

而今，在山海之间、气象万千的山东大学青岛校区，在我的新单位、予我以厚望的山东大学政管学院，我和祖国各地的学术圈好伙伴——微信公众号“天熹策论”的同仁们一边倾听报告，一边在微信群组里积极互动，分享观感。晚上，我们已经拿出了对党的十九大报告所涉若干重大专题进行分类梳理和深度研究的分工方案，务期使我们的相关心得尽早转化为政治学术研究、高等教育教学、干部教育培训、公众政策解读的鲜活成果，以绵薄之力助推党的十九大精神走上讲坛、深植民间。

物有本末，事有终始。知所先后，则近道矣。十九大报告中前述种种关于宏观历史方位、思想指南、基本方略以及中观层面教育工作者与理论工作者担负使命的重要论述，都为包括我们山东大学教师在内的高校教师队伍指明了努力前行的方向。去年的5月17日，习近平总书记曾在哲学社会科学工作座谈会上的重要讲话中，要求广大哲学社会科学工作者“立时代之潮头、通古今之变化、发思想之先声，积极为党和人民述学立论、建言献策，担负起历史赋予的光荣使命”。当此中国特色社会主义进入新时代的历史性时刻，我的个人体会与自我期许便是“淑世”（哲学社会科学研究与教学应当跟得上社会实践的发展）、“济世”（哲学社会科学研究与教学应当对得住人民群众的期盼）与“传世”（哲学社会科学研究与教学应当经得起历史演进的检验）。无论过去在党和国家的干部教育培训事业中，抑或现在与未来在党和国家的高等教育战线上，我都将永葆初心、矢志不渝。正如钱穆先生在《新时代与新学术》一文中所展望的那样——“中国学者急当廓开心胸，放宽眼界，一面是自己五千年深厚博大之民族文化历史世界，一面是日新月异惊心动魄的欧、亚、美、非、澳全球新环境。向内莫忽了自己诚实的痛痒的真血性，向外莫忽了民族国家生死存亡的真问题。在此浇灌互织下，自有莫大前程。”

作者：政管学院教授　孔新峰

10月20日　星期五　晴

研究生支教团确山队成员・李　瑞

进入10月份后，淅淅沥沥的秋雨送走了空气中的最后一丝余热。不知不觉，我们来到确山县老臧庄社区支教已经一月有余。我们在完成一上午的教学工作后刚舒了一口气，回到办公室就收到了村委的紧急通知：帮助贫困户计算2017年度第三季度的收入情况。我们立刻从学校出发，到村委领取相关材料后，便前往贫困户家中。

在此之前，精准扶贫对我们来说只是书面的政策或是几组数据，真正深入到脱贫攻坚的第一线，才深感扶贫工作的不易。初接触到扶贫工作，山大驻老臧庄第一书记马勇便教导我们："扶贫工作很辛苦，你们一定要做好充分的思想准备，要不怕苦，不怕累，对工作负责任。"

作为国家的重大战略任务，扶贫工作压力大、要求严、责任重。马勇书记和老臧庄脱贫攻坚责任组常常加班到深夜，第二天又早早起床，以饱满的热情继续投入工作。在为贫困户建档立卡时，他们一遍遍地到贫困户家调查走访，核实情况；为了解决老臧庄社区的贫困现状，他们充分利用身边的资源发展产业扶持、提高教育水平、完善基础设施教育；对待村中的贫困人口，他们竭尽全力帮扶脱贫，确保精准扶贫政策落实到位。

虽然辛苦，但他们觉得一切努力都是有意义的。正如他们所说，国家的精准扶贫政策是好政策，真的能帮助很多贫困人口摆脱贫困，所以他们更要努力将好政策落实到位。从他们身上，我们切实地感受到扶贫工作人员的努力与坚韧。

我们从学校的象牙塔走向艰苦的基层，物质或许匮乏，但是生活是充实的。

我们在教学之余为贫困户整理档卡、帮助村委准备扶贫材料，周末到农户家调查走访、核实情况，帮助贫困户做农活、打扫屋子，为贫困孩子义务辅导功课。

参与扶贫工作，我们放弃了周末的娱乐和充足的睡眠，承担着巨大的压力，但是我们真切感受到了精准扶贫政策和扶贫工作对贫困人口的巨大意义。我们真实地看到，一个家庭经济困难学生拿到5000元的高等教育救助基金、知道自己能上得起大学时湿润的双眼，一对家住危房的老夫妇在房屋被改造后露出的踏实笑容，一个被纳入低保户的老爷爷接过低保金时颤抖的双手……我们看到贫困户得到改善的生活条件和孩子们纯真幸福的笑脸。老臧庄扶贫工作有了进步，一切都是值得的。

精准扶贫是国家的重大战略任务，有无数的工作者为国家脱贫这个目标默默奉献着。在这里，我们向全国的扶贫工作者道一声："你们辛苦了！"

（**编者注：**作者是已获得保送资格的2017届本科毕业生，2017到2018学年在外支教一年，2018年研究生入学，是第十九届研究生支教团成员。）

作者：政管学院2018级硕士研究生　李　瑞

10月21日　星期六　晴

经济学院四十年院庆学生发言代表·于立雪

2017年10月21日是个特别的日子，四十年前的今天，一个年轻、崭新的学院在齐鲁大地扎根。作为2014级的本科生，能够在大学的最后一年里迎来学院四十周岁的生日，我们都感到无比幸运和自豪。所以我们筹备了很久，期盼了很久，终于等到你——我的经院，祝您四十周岁生日快乐！

六点钟的闹铃准时响起，穿好正装，化好妆容，拿着稿子，穿过熙熙攘攘的食堂，远远地望见知新楼门口早已准备就绪的院庆志愿者和老师们，他们同样身着整齐的正装，脸上洋溢着激动兴奋的笑容，丝毫不见清晨的困倦。院庆展板前留下的一张张合影和一个个着正装的身影吹响了院庆活动的前奏。

弦歌不辍承四秩，盛世相约谱华章。"经济学教育回顾与展望论坛暨山东大学经济学院四十周年"庆祝大会于今日在知新楼隆重举行。海内外嘉宾与校友、兄弟院校代表、经济学院师生齐聚山东大学中心校区，共同见证历史，畅叙情谊，追忆往昔，寄望未来。我们难忘校长樊丽明对未来的经院和经院人的激勉和期望，院长李长英对学院“学术立院、学科兴院和人才强院”战略的一贯坚持，海外校友代表对母校的深深感恩与挂念，以及老教师、青年教师对学院“立德树人”的切实贯彻和对广大学生的殷切勉励。作为学生代表，我非常荣幸能代表学院在校生向学院表达最衷心的祝福。是学院优良的学风和自由的环境给予我们无限的发展空间，让我们每个人都能找到自己的闪光点。此外，我还要向学院的所有老师们致以最真诚的感恩，他们严谨治学，言传身教，用精湛的教艺培养了一批又一批时代的精英，用丰富学识和阅历浇灌着我们的人生理想。

经济学院走过的四十年，是攻坚克难的四十年，是凝心聚力的四十年，更是开拓进取的四十年。在党的十九大召开之际，山东大学经济学院用四十年来的非凡成绩为党和人民交上了一份满意的答卷。我们有理由相信，四十年是一个成长成熟的阶段，经济学院一定会在不远的将来取得更加傲人的成绩，一定会在山东大学“双一流”建设中发挥不可替代的作用！

光阴荏苒，似水年华，岁月在小树林流走，闪耀的，是山大经院精彩纷呈的四十年；斗转星移，沧海桑田，时间在文理馆激荡，跃动的，是山大经院光辉灿烂的四十年。山高水长，母校情深。一代代的经院校友从五湖四海回到母校，像羁旅他乡的游子，投入家乡的怀抱，虽隔万水千山，剪不断的是那份深深的情谊。

不忘初心，牢记使命。让我们每一名经院人、山大人铭记“为天下储人才，为国家图富强”的办学宗旨，高举中国特色社会主义伟大旗帜，为实现中华民族伟大复兴的中国梦不懈奋斗！祝福经院和山大的明天更加美好！

作者：经济学院2014级本科生　于立雪

10月22日　星期日　晴

才艺新星大赛冠军·蔡芊芊

今天是才艺新星决赛的日子，从中午开始彩排一直到晚上表演，一刻都没有停歇。现在，我终于能窝在床上写日记啦。

抱了冠军的奖杯回来，受之有愧，我还是觉得一切美得有点不真实。脑海里还是不自觉浮现出舞台上闪烁的灯光，回响起伴奏的音乐。也忽然见到了好多优秀的人，看到了不同形式的努力，感触颇深。

这是我第一次站在音乐厅的舞台上。

我从没想过有一天能站在这里，没想过能和这么多优秀的同学一起呈现这样精彩的晚会。

所以，彩排一开始，我其实是很紧张的。看着其他同学的表演——无论是舞蹈的曼妙张力，还是声乐的直击人心，抑或是乐器的悠扬动人、小品的风趣、朗诵的震撼，都让人有些紧张，担心自己的水平不够与这些优秀的人儿同台。

找了个椅子坐下来，想到我小时候，那时我是个非常不自信的小朋友，遇到事情永远缩在大人身后，只敢在台下羡慕台上唱童声的同学，跟着轻轻哼唱。后来逐渐有了一些机会唱歌，我才开始慢慢发现自己不是只能躲起来或者羡慕别人。相比于那时，现在的自己虽然不是最好的，但起码是更好的。

这样想想，这次的比赛，其实也只是一次绝佳的练习机会，又有什么可紧张的呢？更何况已经有机会进决赛，认识这么多优秀的小伙伴，哪怕只是停留在这里，也已经足够了。

后来一切都很顺利。站在台上的时候，我的眼前是灯光，是挥舞的荧光棒。我的耳边有伴奏响起，仿佛是很自然的，第一句唱出来了，接下来就是第二句、第三句、一整首歌。我的脑海中没有想法，只不过是随着音乐流动。慢慢地呼吸，居然也不觉得紧张了。

很意外地，我拿到了第一，非常感谢。是参赛同学都拿出了最好的状态，是文艺部同学的辛苦工作，是所有观众的热情和鼓励，才得以呈现这个美妙的夜晚，荣誉属于所有人。

这是我四年大学生活美好的开始。得以遇见这个比赛，遇见一群可爱的人，我之幸也。就像我在参赛宣言里写的一样，艺术本是轻灵自由的，我愿亦觞亦咏，且行且歌，带着这美好的回忆，和今天认识的可爱的人们，继续去更远的地方。

期待与你再次相遇。

作者：国际教育学院2017级本科生　蔡芊芊

10月23日　星期一　晴

审核评估专家联络员·张艳强

今天是教育部审核评估专家组现场评估的日子，从昨天开始进驻会务组一直到今天审核安排结束，现在我终于能有一点时间在办公室写写日记啦。

此次审核评估不同于之前的合格评估和水平评估，是一种全新的评估方式，它坚持“不对学校分类、不设统一标准、不做横向比较、不做评估结论”的评估原则，秉承“以学生为中心、以产出为导向、建立质量持续改进机制”的核心理念。评估过程中，专家组将围绕学校本科培养工作，通过多方面的访谈、走访、听课、审阅材料、座谈等形式，对人才培养的适应度、保障度、有效度、达成度、满意度五个维度进行评估。按照学校分工，本人有幸作为评估专家的联络员参与到审核评估的准备工作中来，深知此次评估对于学校本科人才培养的重要意义，也期待各位专家通过深入了解对山大的人才培养提出建设性的意见和建议，以促进学校人才培养质量的进一步提升和专业建设的进一步改善。

联络员主要负责引导、带领专家到达指定地点，提前与专家拟考察单位的联系人进行对接等事宜。今天是审核评估的第一天，浙江大学刘向东教授的日程安排十分紧凑，除学校总体情况集体参观考察之外，还安排了兴隆山校区“线性代数”“面向对象程序设计”“画法几何与计算机绘图”“电工与电子学”四门课程的听课活动。作为他的联络员，我一方面协助刘教授做好日程的精细安排和精准对接，另一方面通过自己的方式向专家传递一些学校人才培养的基本情况，充实而有意义，繁忙而有条不紊，最终达到了理想的效果。

随后几天的审核评估将重点对学院和相关职能部门进行走访和座谈，与学生进行沟通和交流，对课堂进行考察和评价，我也将继续协助刘向东教授按照他的考察意愿完成为期五天的审核评估工作。当前，全校上下正在为建设具有山东大学特色的“综合性、创新性、国际性、引领性”的世界一流大学而奋发图强，前进的道路绝不是轻轻松松、敲锣打鼓就能实现的，需要每一个山大人同舟共济、撸起袖子加油干，用实际行动做山大事业的推动者和践行者！

作者：本科招生办公室工作人员　张艳强

10月24日　星期二　晴

政管学院预备党员 · 富大亨

怀着紧张又激动的心情，我终于实现了长久以来的心愿——光荣地加入了中国共产党，离自己的目标更近了一步。

我很感激党带给我的一切。我很幸运能够出生在中国，没有漫天纷飞的战火，没有肆意横行的疾病，没有朝不保夕的忧虑。同时，我能够接受良好的教育，享受高水平的医疗与住房，搭乘便捷的交通。今天有很多在我们看来理所当然的事物，其实背后都是党在为我们负重前行。

前段时间铸就票房奇迹的《战狼2》确实好看，给我印象最深的一个片段是：吴京饰演的角色带着一群死里逃生的中国侨民，以手臂作为旗杆架起五星红旗，交战双方看到是中国国旗时立马停火予以通过。此时背景响起的国歌让我泪目，无论在何种危险的处境，想起我们的背后有强大的祖国给我们做后盾，就是一件特别值得自豪的事情。都说电影是以叙利亚撤侨事件为原型的，我还记得在一档综艺节目中，一个亲身经历过这场内乱的中国人说，他们在枪林弹雨的恐惧中浑浑噩噩存活下来，拨通中国大使馆电话求助，中国是唯一派出军舰保护侨民的国家，他们在其他国家人民的羡慕中安全离开。有个当地人对他说："现在经历战乱的是我的国家，你们可以离开，那我应该怎么办？"给人留下无限心酸。

记得当初写入党申请书的时候，我还担心优秀的同学太多，这样的机会不会降临在我的身上。然而我还是坚决写了入党申请书。今天，我距离梦想更近了一步，很感谢我们班同学对我的支持和信任，让我能够全票通过。我想，既然承载着这份期待，那么我一定会在这条路上勇往直前。

我们还学习了最近召开的党的十九大的有关内容。经过长期努力，中国特色社会主义进入了新时代，"一带一路"等政策的实施让我们越来越感受到中国未来发展的巨大潜力。在自由讨论环节，我说，也许我们个人的力量都很渺小，起不到扭转乾坤的力量，但是滴水可以汇聚成汪洋大海，我一定要努力提高自身各方面的素质，为中国未来发展倾尽绵薄之力。

作者：政管学院2015级本科生　富大亨

10月25日　星期三　晴

校园卡系统技术人员·于磊磊

我是学校校园卡系统的技术人员，具体工作内容是系统的运行维护、持续优化和体验提升。

2004年，当我大学毕业第一次走入职场时，一位研发前辈告诉我，如果在你的程序第一次完美运行的那刻，你获得的是一种无法自拔的成就感，那你就适合这个行业。十多年过去了，这句话一直刻在我的职业词典里的扉页上，熠熠生辉，即便我已不再从事具体的程序编码工作。

像每一个平凡的一天一样，上午8:00—8:30，我用编程的逻辑计划我的一天。

首先梳理今日任务：

A：进行支付宝充值系统和蚂蚁金服系统第二次生产环境联合调试，目标为上线；

B：进行微信服务号平台和财付通系统首次联合调试，目标为争取上线；

C：进行现场研发会议，讨论教师自助餐系统刷脸、扫码、刷卡联合支付的技术方案，目标为形成面向研发人员的技术实现方案。

然后制定任务执行逻辑：

步骤一：执行任务A；如果研发资源就位，则开一个多线程，执行任务B；

步骤二：如果时间到11点，则将未结束任务托管，执行任务C；

步骤三：如果任务C结束且到午饭时间，则休眠30分钟；

步骤四：接管已托管任务，跟踪计划目标进度，确保目标完成；

步骤五：总结本日工作。

计划任务逻辑的运行结果是：

（一）支付宝向校园卡充值业务成功上线，自今日起，师生可通过支付宝的“校园工作”模块，选择“一卡通充值”，即可实现使用支付宝向山东大学校园卡充值。

（二）微信服务号业务平台初步上线，为师生提供微信向校园卡充值、卡片挂失、账单查询、修改密码等功能，师生可通过关注“山东大学校园卡”微信服务号办理上述业务。

（三）初步形成多介质教师餐券技术实现方案，推进项目进入研发阶段。

作为一名信息化工作者，我的工作本质就是学校信息化规划和信息化工作的执行。信息化的执行是一个技术为业务服务的过程，也是一个持续优化的过程，其目标为业务效率提升、业务体验优化，并兼顾信息安全。近年来，信息技术迅猛发展，云计算、大数据、人工智能逐渐成熟落地，“互联网+”经济模式汹涌而至，给每一个信息化工作者都带来了前所未有的挑战。我深知，信息化的执行是一种专业化、创新化的执行，不断地学习才能保证不落伍，不断地创新才能取得新进步，唯有与先进技术同频，通过应用创新牵引使之为学校业务所用。

在学校建设“双一流”的征程中，一流的信息化服务能力和保障能力是重要的驱动力。信息化在教育教学资源共享、科研合作支撑、校务流程再造和智慧服务建设中起着至关重要的基础作用。在信息化服务于“双一流”大学建设的过程中，信息化的执行是事关信息化成效的关键环节，尤其是在学校信息化顶层设计和战略规划业已确立、信息化规划的实施号角已吹响的今天。切实践行改进机关工作作风，做好有效、高效、实效的信息化执行，才能保证学校的信息化规划无偏差落地，使信息化能够为“双一流”建设提供不竭动力。

这一天和其他每一个平凡的工作日一样，流程机械而过程烧脑，像一个被植入人工智能程序的计算机一样。而这一天又和其他的工作日不一样，那种内心的激荡、澎湃的热情、充溢的满足让我找回了久违的感觉。

作者：信息办工作人员　于磊磊

10月26日　星期四　晴

百团大战留学生专场工作人员·张　雪

10月26日，对我来说是个普通又不普通的日子。百团大战留学生专场在小树林开始了，这还是入学以来我第一次参加留学生的百团大战呢，想想就激动不已。

上午第二节课的下课铃响起，我不顾饿瘪的肚子，抓起书包冲向了小树林，看到来来往往的留学生，紧张羞涩之余不由得又想起了几天前周末的百团大战。当时学校的冯教授用英文来向我询问，然而我对于日常简单对话也只听得懂却讲不出，实在是尴尬不已，交谈不一会儿便败下阵来，只得向朋友求助。后来见到一个来自法国的帅气的小哥哥，原本还在想该如何交流，但是他一开口我就被打败了，一口流利的中文，交流毫无障碍！晚饭时我们了解到，他学习中文已经两年了。我听到这个消息后不禁目瞪口呆！惊讶之情溢于言表，想了想自己从三年级便开始学习英文，到今天……我不禁默默低下了脑袋，和这位留学生朋友相比实在是汗颜不已呀。

有了前几天的经验，到今天心态上似乎好了不少，站在路边主动和外国朋友们打招呼，虽然只是简单的一句“Hello”，却收到了留学生朋友们热情的回应。他们并不介意我蹩脚的英文，再加上手势动作，大家交流得愉快而顺利。

因为英文水平不足，之前见到外国人总是羞涩紧张不已，直到这次百团大战真正接触下来才发现，留学生朋友们是如此的可爱和亲善，交流障碍根本不足挂齿。或许更重要的是享受其中的乐趣，与更多不同国家、不同文化的人交朋友。

很荣幸参与这次活动，我获益匪浅。

作者：管理学院2016级本科生　张　雪

10月27日　星期五　晴

生命学院本科生·张梓萱

今天，一大早我便起床，去足球场参加活动。这是我们2016级生物基地班举办的首次班级集体活动，大家都很积极，很早就已经有同学到了。

上午9点，全体同学都已到齐，在草地上围成圆圈坐好，我们的活动也正式开始了。籍天宇和董冬阳同学是这次活动的主持人。经过他们的介绍，我知道本次活动一共有三个环节：名字接龙、别样击鼓传花、你画我猜。

第一个环节开始了，同学们依次进行自我介绍，后面的同学复述前面同学的名字，并跟大家分享自己最喜欢的书。第一个环节就让现场气氛很快活跃起来。每个同学介绍的时间很短暂，我认真地听着、记着。通过复述其他同学的名字，我很快记住了班上的所有同学。对于不爱交流的我，这真的是一个很好的了解同学们的机会。大家分享的书的种类十分丰富，从历史哲学到科幻悬疑，各种题材都有涉及。我最感兴趣的是李敬泽所写的《咏而归》一书，通过同学的介绍，我知道这本书不同于用专业却较为枯燥的语言所写的其他书籍，它以轻快活泼的语言风格讲述从春秋到如今的中国文化瑰宝，十分有趣。除此之外，我对《偷影子的人》和《摆渡人》也很感兴趣，我今后一定要读读这些书。

在名字接龙结束后，第二个环节别样击鼓传花开始了。大家围坐成圆圈，根据猜拳的输赢来决定物品的传递与否以及方向，在音乐持续的时间里大家都显得手忙脚乱，生怕一不小心就会输。现场气氛很热烈，大家也都很开心。第三个环节是你画我猜，全班同学分为四组，小组之间竞相回答有关职业、明星的题目，不时会有同学回答错误，五花八门的答案让大家笑成一团。当游戏结束后，输的人就迎来了惩罚，两个环节的惩罚措施分别是真心话大冒险和画脸。尽管输了的同学都一脸苦相，但大家丝毫没有手下留情的意思。有的同学被要求说出最想和谁做同桌，有的同学被要求看着同学的眼睛认真严肃地读出《小酒窝》歌词……惩罚内容花样百出，但都很有趣。虽然我也在游戏中输了，而且在画脸时被画成了大花猫，但我还是很开心，和同学们之间的嬉戏打闹让我更深地体会到了班集体的温暖。

班长告诉我们，这次2016级生物基地班的集体活动是为了促进同学之间相互认识、交流、了解。但我认为，除此之外，这次活动让我们大家因为紧张的学习而紧绷的心情也放松了下来，这对我们更高效地投入学习也是十分重要的。

今天的游戏让我们加深了对彼此的了解，在小组合作中大家也逐渐默契起来。我深刻地感受到了大家的友善和团结，我相信在今后的日子里，我们一定可以团结一心，更好地建设我们的班集体！

作者：生命学院2016级本科生　张梓萱

10月28日　星期六　晴

健身体能技能巡回赛裁判 · 罗金荣

山东大学首届健身体能技能巡回赛兴隆山校区赛已经结束。此次比赛由体育学院承办，作为2015级体育学院的学生，我非常荣幸可以参加裁判员的工作，这是我们从来没有过的学习和体验方式，此次的学习可谓受益匪浅。

12点半，我们所有裁判便集合分配任务和领取物资，1点正式进入场地上的工作岗位，每个裁判都严格地遵守我们的裁判规则。由于大部分同学没有参加过此类活动，我们在赛前就请了体育学院2014级的同学做示范。无论是团体赛还是个人赛，裁判尽量保证每个环节都可以让没参加过这类运动的同学看明白。除了严格执行计时和判罚外，我们还时刻提醒着参赛的同学注意安全。有许多同学尤其是一些女同学翻不过去70公斤的轮胎器，裁判都会在旁边用手托着轮胎器，避免砸伤他们；当他们骑着动感单车坚持不了的时候，裁判又会给他们加油，时刻提醒他们按刹车按钮；当他们推雪橇时还告诉他们着力点在哪儿，如何能更加快速地推动雪橇，我想这些也都是裁判应该做的。

体育赛事策划是我们的一门专业课，此次活动让我们参与这个重要的环节，更好地让我们学会怎样从一个体育赛事管理者的角度去思考赛事顺利举行的方法，确保不会出现令整个赛事叫停的局面。当我们在中心校区赛区执裁的时候，发现单项赛的划船机项目有一大波人在等着排队，于是我们在兴隆山校区赛区进行的时候增加了一些划船机，这样我们这次就没有因为单项赛而耽误了最后的颁奖仪式。还有一个值得我们反思的地方就是，尽管我们这个活动宣传了很久，但是还有好多同学反映不知道这个活动。我想我们在举办赛事时应该多想一些办法，把我们的赛事宣传到位。这毕竟是一个全校性的赛事，参赛报名的运动员人数没有达到我们的预期目标，我们的工作还有很多地方需要改进，希望这些问题可以在青岛校区赛区和威海校区赛区得到解决，把我们的健身意识传递给更多的同学。

作者：体育学院2015级本科生　罗金荣

10月29日　星期日　晴

山东省大学生创业计划大赛参与者·黄怡萍

记得有人跟我说过，济南是一座只有冬夏没有春秋的城市，热情的时候骄阳似火，冰冷的时候寒风凛冽。的确是不错的，早起冷风刺骨，这个秋天仿佛还没有在济南站得住脚便要匆匆地离开了。踩着点赶上了开往中心校区的校车，满怀期待地奔赴我今天的目的地——第九届山东省大学生创业计划大赛的颁奖现场。阳光可真美。

小时候，对创新总是怀着那么一丝丝的期待，却也终是觉得自己在创新一事上没有什么天赋，从来不敢参加这样的比赛。于是我便总是扮演着那个躲在角落里，默默地为别人鼓掌的角色。那是一种什么样的体验呢？有点羡慕，有点难过，有点懊悔，又有点高兴，五味杂陈，最是难受。一边对别人的成功羡慕不已，一边又对自己的懦弱悔恨万千。

我参加这一次的比赛，纯属偶然。我自认是团队中贡献最少的一个，在我们的团队中，有来自各个学院的“大神”，数学、管理、软件、土建、哲社，等等。和他们一起准备比赛的每一个日子，每一次唇枪舌剑的争锋讨论，恨不得倾尽所有来将我们的商业计划书进一步完善。队长精心的统筹安排，软件学院“大神”熬夜写的程序，管院“大佬”精益求精的对市场前景的分析，还有三位小姐姐不厌其烦地一遍遍修改计划书……

在这些备战的日子里，团队各成员之间从各持分歧到磨合，到每一个细节的深挖讨论，再到坚持不下去的时候的相互鼓励，即使是在深秋的济南也倍觉温暖。作品上交的那一天，我们都觉得，最终的成绩好像不是那么重要了。

我们聚集起来去做一件有意义的、挑战自我的事情，便是缘分，刚好在这个节点上，我遇见你，你看到我，然后，大家便奋斗在了一起。你了解我，我熟悉你，这段痛并快乐着的回忆恐怕会终生难忘。

所幸努力总是有那么些回报，虽然没有拿到最好的那个奖项，但是我们的作品还是得到了评委老师的认可。参与这个颁奖仪式，我更加明白了创业创新的意义，真正想要做好这件事的人，总是要经过长期的努力和准备，不断地去磨合，去完善，才能拿出一个真正有水平的作品。

当接触比自己优秀的人越多的时候，就越能发现自己的不足，今天的颁奖仪式"大神"云集，真的是让我大开眼界。子曰：三人行，必有我师焉！今日一省，愿与大家分享。

作者：外语学院2016级本科生　黄怡萍

10月30日　星期一　晴

国际太极拳大赛观摩者·代丽娅

10月28日晚上，在国际事务部留学生办公室老师的带领下，我和其他29名山东大学留学生代表来到山东省日照市大青山参加"2017年大青山国际太极拳大赛"开幕典礼，作为我们中国文化体验的一课。我的同伴们分别来自韩国、墨西哥、秘鲁、阿尔巴尼亚、泰国、南非、乌干达、也门、阿富汗斯坦、圭亚那、俄罗斯、塞拉利昂、尼日利亚、坦桑尼亚、巴基斯坦、尼泊尔、孟加拉国和牙买加。

刚一到达，我就发现大青山充满生机活力，摄影师、记者和令人仰慕的太极大师们都已等候在大青山，热情地欢迎我们的到来。尽管是晚上，但是群山环绕间，风景秀丽，我和其他人都对壮美的山峰赞叹不已。

根据统一安排，清晨5点30分，我们留学生离开温暖舒适的酒店，怀着好奇之心，来到了太极晨练场，和诸位太极大师和学子一起进行太极晨练。我强压住激动的心情，聚精会神地听人讲解，跟着做太极拳的基本动作。柔和轻缓的音乐在身后响起，我惊讶地看着太极大师与长者们在后面镇定、优雅、清晰地展示太极技巧。我敬佩极了，呆站着看他们表演，不禁回想起我儿时看过的功夫电影。

长者们也加入了训练当中，他们给我们示范了基本动作。比如，站姿，要倾斜45度，手放在臀部，左手收肘，向内防挡、出拳、踢腿再重复动作，左右侧分别练习多次。对我来说，这些动作简短而精准，就像一支优美的慢舞，但也要付出努力、有耐力才能做到。我坚定意志，全身心投入动作中，努力跟上并模仿指导老师。尽管晨练一个小时左右就结束了，但我在短暂的时间里学到了珍贵的一课：打太极需要专注、投入、镇定和努力。

早上最精彩的部分是开幕典礼，气势恢宏，确实是最令人惊叹的“中华文化体验”。中国的演出者们，无论男女老少，都身着各种各样色彩鲜艳的中国传统服饰，在台上纵情表演。那一刻犹如梦幻，但更为梦幻的事还在后面。我们留学生分别代表自己的国家受邀到台上和观众们挥手致意，并在舞台边上的电子屏上签下我们的名字。我就像做了一个名人梦。

我们还有幸观看了其他文娱节目。其中有一组小朋友穿着中国传统的黄色服饰，非常优雅地表演了一段太极拳法。另外一支由中国人和外国人组成的太极拳展示队伍给我留下了深刻的印象。他们穿着一袭蓝底白衣，整齐划一而不失风采，缓慢而慎重地表演一个太极招式，叫人啧啧称奇。开幕式结束时，陈中华等太极大师以及山东省领导发表了讲话。

下午比赛正式开始，世界各国的选手们在不同的项目里展开较量，有太极推手、太极拳、太极剑，等等。我和其他国际学生兴致高昂地观摩比赛，为所有选手加油喝彩。本学期留学生“太极拳”课程的六名学员也为大家做了“十三式”展演。

参加太极文化体验让我度过了一段难忘的时光。我了解了太极的历史起源和一些实操方法，这些都是非常宝贵的经验。

作者：政管学院2014级博士研究生　代丽娅·帕特里夏·斯特林（牙买加）

10月31日　星期二　晴

转专业学生 · 赵　荔

今天，高红姬老师在综合韩国语课上再一次问及："这个在日语里面也是这样表达的吧？"让我不禁又一次想到在原专业的生活和学习。

在我转专业来到韩语系的将近两个月的时间里，日常的课堂学习、师生交流会、师哥师姐见面会等事情都使我受益良多，倍感温馨。而且，韩语系的一些老师也学过日语，所以我和老师们的日常交流也多了许多趣味。

在韩语系，老师们十分关注每个同学的学习和生活，还给予我们在学习方法、就业规划方面的意见、建议，激励我们在为人方面充盈自己、提升格局，学术方面自由探索、砥砺前行，在个人生活方面有自己的兴趣爱好。

回望过去的一年，更多的是感谢。感谢遇到的那些负责可敬的老师们、一起学习生活的同学们；感谢志同道合的队友与我一起调研，并取得过一些不错的成绩；感谢学到了很多文化知识、语言学习方法；感谢在外语学院感受到的文化包容的气氛，这更利于我进行换位思考，从而更能体谅他人，学着做一个更有温度和情怀的人。我无比珍惜在这里的这份归属感和幸福感，同时也珍惜对于调查研究类任务的探索心和好奇心。

令我印象最深刻的是，在师哥师姐见面会上，高老师曾说，我希望你们先学会做人，并且不是要成为别人，而是成为更好的自己。成，当扬鞭策马，登高望远；败，当穷且益坚，不坠青云；荣，当睥睨浮华，处之淡然；辱，当卧薪尝胆，浴火重生。百味人生，我还是个学徒。

作者：外语学院2017级本科生　赵　荔

11月1日　星期三　晴

校园体验日参加者·萧博文

非常有幸能参与到“齐鲁风，两岸情”山东大学体验日活动中来。山东大学历史悠久，实力雄厚，一直以来也被我列为内心目标大学的榜首，所以这次能到山大来，我下定决心要好好感受一下这所大学的深厚底蕴。

来到山东大学，我参加了讲习以及参观山东大学的设施等活动。一进入山东大学，首先进入视野的是大片的梧桐树林与整齐、干净的街道，让我对这里有了很好的第一印象。接下来的讲习中主要探讨了中国儒家思想的特色，而讲师居然是来自美国的孟巍隆副教授。或许是因为熟知东、西方文化的关系，他总是能很具体地指出儒家思想的内容与中国当时的历史背景密不可分的关系。通过问答与讨论的方式，我对儒家文化有了新的认识与理解，了解到每个思想都会有其糟粕跟精华，唯有去其糟粕取其精华，不断地思考与批判自己现在的固有思想，才能让自己不落后于时代且不断进步。之后我们来到食堂就餐，进入食堂的第一个感想就是：哇！食堂环境好棒哦！整齐的木质桌椅，舒适的沙发区，还有阳光明媚的下午茶区，我周围的同学都兴奋地议论起来。我拿着餐票点了一份口水鸡、一块乳酪包和冻芝士，味道很棒。午饭后来到校园闲逛，几个大姐姐带我们在两个广场上玩，在小树林里休憩谈天。

下午的行程是参观图书馆及博物馆，也让我受益匪浅。尤其是看到那些本来只存在于历史课本的文物及档案出现在面前的时候，我深切地感受到了中国五千年历史的博大精深。总的来说，山东大学带给了我非常好的印象，不愧是985、211大学，硬件设备完善，校园宽广干净且整齐划一，并且有成为世界一流大学的雄心壮志，是一所历史悠久且“为天下储人才，为国家图富强”的一流大学。

作者：台湾成功中学学生　萧博文

11月2日　星期四　晴

环境学院本科生·陈玉龙

今天青岛的阳光很暖，在秋日的最后，青岛，依旧以自己最美的光华眷恋着我们。从济南来青岛校区已经有两个月了，从陌生到熟悉，由客为主，我想我们每个经历搬迁的同学都和青岛校区的新生们一样，是这个年轻而充满活力的地方的新鲜血液。想来从刚入校的骄阳似火到如今秋意正浓，不仅是季节的流转，我们每个人也都在时刻改变，改变着自己，也梦想着改变世界。也许，这个地方，真的是梦开始的地方。

想起刚踏入这里时，对这里的种种都或多或少有些不满，这里远离城市、出行不便，诸如此类。然而，渐渐地，我才发现这个地方的魅力、美丽。

我们的旁边是汪洋大海，它足够宽广，足以容纳我们的每一点心心念念。校园中的芒草，风来时的飘摇，曼妙婀娜，绰约脱尘。花园里，有那么多的果树，现在都已经硕果累累，只是同学们不舍得去采摘。这里每一天的天空都是一碧如洗，湛蓝的底色配上几朵白云，不需要多余的点缀，美到窒息。每天傍晚，看着夕阳西斜，西边的天空被晚霞印染得绚丽多彩，心旷神怡，仿佛置身梦境。也许我粗浅的文字不足以展示，但是，我喜欢这里，就像迷失的孩子重新找到了家园。在这里的每一天，忙碌充实，乐在其中，在学习、吃饭、运动之间来回转换，隔三岔五还可以去村儿里赶个集，我们乐此不疲。简单的生活也过出了韵味。

我想，青岛校区作为我们每个身在这里的山大学子的新寄托，提供给我们的不仅仅是一个学习的场所，更是一个生活与成长的地方。更多的内涵，需要我们去发掘去探索。这里一定会是熔铸着我们最深沉记忆的地方，我们也一定会给这个地方新的诠释、新的主张。

作者：环境学院2015级本科生　陈玉龙

11月3日　星期五　晴

后勤服务公司工作人员·孙　颖

萧瑟的秋风用遍地落叶向我们展示着它的成果。已经进入11月份了，今天骤降的温度让我们嗅到了冬天的气息。傍晚，我来到了校园文化纪念品店开始我的工作。

今天当值的时候，遇到一个留学生小哥哥，高高瘦瘦的，还有点羞涩。当我试图用汉语与他对话时，发现他只会讲英语，而且语速有点快。我尽力捕捉他话中的信息，原来他想买一件尺码为L的卫衣，我向他推荐了几种，最终他选择了一件印有“Shandong University”字样和山大校徽的卫衣。他满心欢喜地说要穿着这件带有山大标识的衣服跟朋友出去玩。听到其他国家的人说着对山大的喜爱，真的很令人自豪。最后他用翻译软件搜出“感谢你”的中文读音，蹩脚地对我说“感谢你”，当时真的很开心，很有成就感。

回顾我在店里工作的这两个月，收获颇多。之前我觉得它跟普通的商店没什么不同，在店里工作一段时间后，我才慢慢发现它的独特。纪念品，顾名思义就是可以承载纪念意义的物品，而校园文化纪念品就是可以体现校园文化底蕴和风土人情的物品。对我们的山大而言，一百多年的历史留下了太多有纪念意义的东西，印有山大校史的笔筒、印有各校区风景的明信片、印有山大神猫的冰箱贴、带有山大logo的衣服等都可以成为对其纪念的载体。我接待过的顾客不仅有在校师生，还有来自五湖四海的山大学子，山大纪念品给他们提供了感情寄托和内心的凝聚力，一件小小的纪念品让山大学子们将对母校的感情时刻铭记于心。除此之外，这个店的灵魂在于它是向外界展示山大的一个窗口，秉承着“传播山大”的理念。在我当值时，有的顾客是其他高校来我校交流的老师，也有来山大参观的高中生或其他年龄段的游客，还有外国友人。他们可以通过店里彰显着山大文化与特色的纪念品来了解山大，进而喜欢山大，将山大的文化传播到全国各地甚至世界各地。

在店里的这一段时间，我除了顾客还认识了店里的另一群可爱的人，那就是店里的老师。他们对待工作认真负责，将“服务山大”践行到日常工作中去，给我树立了榜样。作为山大人，我会谨记山大三年多的培养之情，将“服务山大”这一理念铭记在心，认真对待每一位顾客，因为我们都是同一类人：对山大抱有深厚感情、喜欢山大的人。

时间过得飞快，半年后我也要离开山大了。在这最后的时间里，我会尽我所能为她做一点事，做到服务山大。

作者：化学院2014级本科生　孙　颖

11月4日　星期六　晴

洪家楼校区第七食堂工作人员·宫　萍

新的一天如约而至，骑着单车来到学校食堂，不禁感叹：“充满干劲的一天又来了！”

清早4点半起床，迷迷糊糊爬起，又不敢太大声，生怕惊醒了女儿和爱人，刻意放慢脚步，匆匆忙忙地赶去食堂。

到了食堂，喘口气，开始工作。调馅和揉饼，仔仔细细，以免吃的东西不对味。准备工作虽辛苦，但当每一道工序都妥当完成后，不禁会有一丝小小的成就感，很是开心。由于天气比较冷，近来同学们起得比较晚，在给他们做饼时，我动作尽量快些，怕耽误他们上课。

早餐结束后，校园恢复了平静，孩子们开始了新一天的学习，我打扫完卫生，午餐的准备工作又开始了。午饭是最紧张的时候，山大附中的孩子们也会过来，人更多了，我的速度也更快了，毕竟孩子们的时间宝贵。作为一位妈妈和一位工作人员，我知道下课时间并不多，而且还要有休息的时间，所以我不断提醒自己，速度一定得快些。天气凉，把米饭热上，把肉烤上，尽量让午餐都热乎乎的，以免孩子们吃到凉的午饭。每当看着他们拿着饼说“谢谢阿姨”时，我的内心是高兴的。很高兴给他们好的服务，也很高兴自己的工作得到认可。

一日三餐，我的工作就是不断重复这些工作，我们食堂工作人员每天都这样忙碌着。也许有的人说不断重复这些工序多无聊啊，但是每天面对的是一张张有活力的脸，每天都可以收获到工作给自己带来的成就感，所以我并不会觉得这些工作单调乏味。

很多孩子都说我爱笑，说叔叔阿姨们都很好。心情是会传递的，我希望把好的心情带给每一个孩子，我也希望自己每天都带着好的心情生活，这正是微笑的价值和意义所在，不是吗？

女儿也会问：“这样真的值得吗？”我说：“干一行爱一行，我给大学的哥哥姐姐们做饼，而他们也让我感受到了大学生才会营造出的氛围，有这些就足够了。”

我不是啥读书人，但我不讨厌学习，我也想读大学，期待能有一份更好的工作。但梦想终究是梦想，虽然我的工作是烤饼，但我在你们身上看到了一个成熟稳重的大学生应有的样子，仿佛我又年轻了一回。

伴着余晖，我骑着单车，骑行在回家的路上……

作者：洪家楼校区第七食堂工作人员　宫　萍

11月5日　星期日　晴

外语学院本科生・吴双思

作为一名朝鲜语系的学生，我是非常幸福的。

我们专业不仅是国家级特色专业，有着全班出国交流的机会，还有着优秀的教师团队，这其中还有两位外教。今天想说的是像我们哥哥一样的崔钟敏老师。

崔钟敏老师来自韩国的大田市，很年轻，个子非常高，长得也非常养眼，平时和我们相处非常融洽。

崔老师来中国只有两三年的时光，汉语还不是很好，课堂上的交流有时不太流畅。而我们的韩语水平也没有达到能自由交流的程度，所以有时我们无法准确地理解他的意思，尤其是在讲语法的时候。但他总是很耐心地用简单的单词和句子来解释，再不行，就动用英语，顺便还夹上几个汉字。他的英语和汉语都带着韩国的口音，每当这个时候，大家都会先是一脸茫然、反应不过来，然后你看看我、我看看你，一起发挥脑洞猜猜猜，好不容易对上了，就像发现了新大陆一样开心，到最后就一起哄堂大笑，纠正崔老师的发音。每次当他改不过来发音的时候，我们总有一种“风水轮流转”的欢乐，因为平时都是崔老师一遍一遍地纠正我们的口音。上外教的课是十分有趣和快乐的。

崔老师平时非常忙，带着四个年级的口语课。但这个学期，他在百忙之中还抽时间组织起了读书会。我们班十有八九都加入了读书会，还有大四的学长学姐们。在每个周五的下午，我们一起读上几篇韩国随笔，听老师讲解一下，再一起用韩语谈谈自己的感想。这不仅让我们接触了韩国的文学作品，扩展了知识面，也锻炼了我们的韩语口语。虽然还是磕磕绊绊、结结巴巴，但总归可以表达出自己的所思所想。更让我们惊喜的是，崔老师每次都会在读书会上贴心地分发小零食。和同学们一起读韩语文章、吃零食，这样的午后真的非常美好。

有这样的老师，谁还会不好好学习呢？

作者：外语学院2016级本科生　吴双思

11月6日　星期一　晴

“三下乡”省级优秀团队队长·李时畅

今天是一个值得庆祝的日子，我所在的“装至成澄”社会实践团队在成员们的共同努力下被评选为省级优秀团队。在校优秀团队答辩时，因为实践主题“青岛校区室内甲醛TVOC含量的测定”立足于校区建设情况，与校区广大师生的生活和身体健康息息相关，为校区室内环境建设提供了依据，获得了院里老师们的支持，被推荐参与省级优秀团队的答辩。在省优答辩过程中，我们详细介绍了社会实践的测定方案，用手持式甲醛检测仪测定青岛校区某些公共场所十日内不同时间段的甲醛和TVOC含量，同时在中心校区进行一日的比对测定，最后通过对比国标、查阅文献，提出了相应的建议。尽管充分地准备了答辩内容，但答辩过程还是颇有遗憾。济南中心校区与青岛校区通过视频会议的方式现场连线进行答辩，但由于设备出了问题，青岛校区的声音无法同步到中心校区，最后我们只好向老师展示制作的幻灯片，没能向老师们亲自介绍、解释我们的实践。不过，最终我们还是在几十支队伍中脱颖而出，成为27支“三下乡”省级优秀团队之一，实在是倍感荣幸。

“努力虽然不一定能够成功，但是如果不付出努力就一定不能成功。”现在我深深地体会到了这句话的含义。在整个假期，我一直在为这个社会实践忙碌着，每天都在计划着社会实践的进程，思考着怎样才能丰富社会实践的内容。和队员们沟通工作的内容，确认工作完成情况，不断改进以完善不足，制作宣传册、定制团队横幅、撰写团队报告……在准备阶段无论计划得多详尽，在进行过程中总是会有一些意外和细节让人手忙脚乱。但也正是在一次次的手忙脚乱中，我得以不断总结经验，在面对困难时总是首先想到如何去解决它而不是逃避。

每次挑战也是机遇。人们在面对不如意的现在时总是倾向于缅怀过去的美好，明明过去也有那么多烦恼，为什么在现在看来，那些烦恼都被无限缩小，甚至变成了值得珍视的小幸福呢？因为那些困难已经过去了，变成了值得自豪的经历。所以直视当下的困难，就等于为未来期许下一段小美好。带着这样的想法，继续面对平时对生活的厌倦和困难时，就会重拾充满乐观的态度，然后元气满满地开启新的明天。

作者：环境学院2015级本科生　李时畅

11月7日　星期二　晴

青年学习会会长 · 韩文彬

今天，我很荣幸参加了山东大学习近平新时代中国特色社会主义思想青年学习会的成立大会，并以会长的身份进行了发言。我感到既激动又忐忑。激动的是，崇实求新的山大学府即将迎来一个崭新的学生理论社团——习近平新时代中国特色社会主义思想青年学习会；忐忑的是，我们能否将这个社团做大做强，使它成为山东大学有吸引力、有影响力、有生命力的青年理论学习阵地和思想交流舞台？能否实现山大青年学子对习近平新时代中国特色社会主义思想的真懂真信、真学真用？能否帮助山大青年学子在学习理论、践行理论、传播理论的过程中成长为学习、领会、宣传、贯彻习近平新时代中国特色社会主义思想的排头兵？

学习会的成立，源于习近平总书记在党的十九大上所作的报告。学习会的目标是要更好地学习和宣传习近平新时代中国特色社会主义思想。立足学习，我们提出要努力实现五个结合，即集体学习与个体学习相结合、系统学习与重点学习相结合、引导学习与讨论学习相结合、理论学习与实践学习相结合、线上学习与线下学习相结合。着眼宣传，我们将力争做到五个统一，即形式与内容的统一、在线与离线的统一、学习与践行的统一、普及化与专业化的统一、阶段性与长期性的统一。

从设想成立学习会到成立大会的顺利召开，不仅得益于校团委的倾力指导和马克思主义学院老师们的亲切关怀，更离不开马克思主义学院和成仿吾英才班青年学子的大力支持。正是有了这样一群有梦想、有担当的新青年，经过多次协商和讨论，我们的学习会才能够实现从无到有的转变。而学习会的从小到大，不仅需要他们的辛勤付出，更需要山大青年学子的共同努力。我们衷心希望能够以此为契机，积极打造新时代新思想的学习共同体与传播共同体。习近平总书记强调，青年兴则国家兴，青年强则国家强。相信在学校、学院领导老师的关怀和指导下，在各位青年的共同努力下，我们的社团一定能够不辱使命，为山大青年学子的理论学习开辟新天地，搭建新舞台，实现山大学子的新出彩。

作者：马克思主义学院2017级博士研究生　韩文彬

11月8日　星期三　晴

图书馆志愿者·张振宇

今天晚上，我十分荣幸地参与了引导留学生参观山大图书馆的活动。

其实我刚开始接到这个任务的时候，并没有想太多，毕竟不是第一次参加志愿活动了。这次抱着锻炼口语的想法来参加这个活动，可是当我真正去做的时候，我承认，它的难度实在大大超过了我的预期。

活动是6点半开始，但是还不到6点，就已经有不少留学生朋友陆续入场。按照分工，我们很快各司其职地忙碌起来。摄影组的同学扛着单反捕捉着精彩的瞬间，负责登记的同学一丝不苟地握着笔等待着记录信息，我怀着忐忑不安的心情站在门口迎宾。真正看到留学生的那一刻，我原来的泰然自若都不见了，一向自诩口语好的我竟然有些结巴。我深吸一口气，平复了一下心情，引导留学生去登记，尽量保持微笑。虽然大家还是大一大二的学生，英语不算那么流利，但是会心的微笑和周到的关怀是化解语言障碍与文化差异的利器。随着引导工作的进行，我们与留学生的交流也慢慢顺畅起来，我原本紧张的心情也慢慢放松了下来。

在全英文的幻灯片讲解后，我和另外两名同学带着一队留学生去参观蒋震图书馆，教他们使用图书馆的设备。虽然我的词汇量不够大，但在老师的帮助下，我还是顺利地完成了讲解任务。看着外国小哥哥小姐姐们满足的神情，我的成就感溢于言表。如果能让更多的外国友人了解我们山大的图书馆，了解我们中国文化的博大精深，我觉得即便再累也是值得的。

这次活动让我有很深的感悟。图书馆是知识的宝库，不论是留学生还是我们都应该极力去发掘，不要让它白白浪费。如果我的工作可以让更多人了解图书馆，走进图书馆，哪怕做再多我也心甘情愿。有几个国际项目管理专业的巴基斯坦小哥哥给我留下了很深的印象，他们一直在翻阅有关书籍，对知识的孜孜不倦让我既钦佩又羞愧，真心为他们点赞。

最后说一句，图书馆的老师真的好辛苦，工作并不容易。我希望我们的努力能减轻一点他们的工作量。

这就是志愿活动文化交汇的力量，我会永远记得这一天，也希望我们山大的图书馆越来越好。

作者：外语学院2017级本科生　张振宇

11月9日　星期四　晴

校园安全消防宣传活动参与者·毛晨雨

今天中午，我十分荣幸地参与了公安处在中心校区齐园食堂门口举办的“关注消防　珍爱生命　共建平安和谐校园”的119校园安全消防宣传活动。在此次活动中，我学会了如何正确使用灭火器，这对我来说很有意义。

活动在中午11点30分开始，当公安处的老师把消防器材和火灾模拟器都摆放好的时候，就有很多人上前围观。不仅有我们的同学，还有外国友人，很多老师也跃跃欲试。刚开始，我还不好意思，只是在旁边围观，看公安处老师细心地指导同学们使用灭火器。在老师的耐心指导下，同学们很快就学会了，机器发出了“灭火成功”的提示声。公安处的老师看我在旁边站着看了很久，鼓励我也参与一下。当我真正参与到其中时，我才发现，消防这件事看着简单，实际上是有难度的，在此由衷向消防员致敬。一开始我站的位置离火灾模拟器有点近，老师提醒我说，要往后站，要是真的发生火灾，实际上是近不了身的。由此我看到了公安处老师严谨的态度：虽然只是一次模拟体验活动，他们也十分认真地注意各种细节，提醒我们在真的火灾中如何操作。然后就是将灭火器对准火焰根部，要来回移动，这样才能灭火成功。当听到“灭火成功”的提示声时，自己还是很自豪的。

这次活动让我感受颇深。首先，灭火器大家都常常看到，但它很可能成了我们身边的摆设。在119消防宣传日的今天，公安处的老师为了加强校园消防安全宣传、提升校园消防安全意识，特意转变宣传形式，将灭火器带到了室外，让同学们亲自去体验、去感悟，提高了校园师生的参与度。这比放视频、开讲座要高效、有意义得多。其次，在亲身体验灭火器操作的过程中，我还了解到公安处平时举办的其他活动，都是致力于学生的安全保护工作，有这样的组织，感觉特别心安。最后，为公安处各位老师点赞。公安处老师认真严谨的态度十分值得我们学习，正是有了这种认真负责的态度，才能担当起学生的保卫工作、校园的安全工作！

通过这次活动，我意识到安全保卫工作十分辛苦，同学们要时刻提高警惕，火灾不留情，预防要先行，为校园安全贡献自己的一份力量。公安处的各位老师辛苦了，希望多多举办这种有意义的活动，让校园师生共同参与，共建和谐山大校园！

作者：哲社学院2017级硕士研究生　毛晨雨

11月10日　星期五　晴

南华大学访问学者·陈伟莲

周五又到了，约上同伴，赶紧跑到图书馆，这劲头好比年轻人追“星”。山东大学图书馆周三周五的秋季大学堂讲座，在我们这群访问学者的眼中，远比明星演唱会有价值。

今天下午的讲座是王勋鸿老师主讲的“文献管理和论文写作的利器——NoteExpress”，讲座安排在蒋震图书馆706。离讲座开始还有20分钟，教室里已经找不到空位了，很多同学从隔壁教室搬来凳子挤坐在后排。后面还有同学源源不断地进来，过道里站满了人，连门口也挤满了。看到这场景，我十分庆幸自己明智地提前抢占一席位置。教室里的气氛不断升温，大家都根据王老师的指示在电脑上操作练习。

来图书馆听的前几次讲座分别介绍的是：如何又快又准地检索高质量的书籍；如何高效获取各个领域的前沿文献、高被引文献以及Top 10的学术大家情况；如何全面搜集、准确搜索做好文献调研工作；如何利用谷歌学术等学术搜索引擎搜索到理想中的材料。今天要学习的是一款文献管理软件——NoteExpress。文献管理，对我们这些没有博士学历的访学者来说，是一个空白的概念。我们在做课题、写论文的时候比较踏实的做法就是手写阅读笔记，把文献一条条记载下来，或者一条条录入电脑。今天的讲座让我们眼界大开，原来，到了信息化的时代，已经有了那么多工具可以简化我们机械、重复、简单的工作，学术研究原来可以这样事半功倍啊！真的很庆幸有机会来到山东大学进行访学，也很感激图书馆的各位老师为学子们举办的精彩讲座。

今天课堂上因为图书馆的网速比较慢，现场演示受限，我们的操作也未能赶上节奏。下课后我们又缠着王老师问问题，王老师一直有条不紊地给我们解释，指出重点和关键，并叮嘱我们课后要多多动手操练，这都是极其实用的技巧。于是我们带着手提电脑，一边吃饭一边实践NoteExpress的各种小技能。每当完成一项操作，我都有一种成就感！我们相信结束为期一年的访学后，我们将会收获累累，满载而归。在此，对图书馆的主讲老师们表示衷心感谢。

作者：南华大学副教授　陈伟莲

11月11日 星期六 晴

“模拟市长”大赛工作人员 · 王雅雯

今晨我起了个大早，因为我们工作人员要提前进入“模拟市长”大赛的会场进行准备工作。从今年6月份开始的比赛宣传，到今天大赛的正式举办，期间有太多的前期准备事宜。好在这一天顺利到来，而且是在一个天气特别晴朗的日子里。

布置好图书馆报告厅后，我们引导着专家老师们、各参赛队伍以及前来观看的同学们进入现场。9点整，我院的马奔教授宣布此次活动开幕，来自中央财经大学、中国人民大学和山东大学的专家老师们分别致辞。上午的活动主要是关于城市治理的专家论坛讲座。来自清华大学和中国人民大学的两位老师分别就三圈视角下的城市规划治理与中国镇制的发展思考向现场的每一位观众作了阐释。在旁听中，我也感悟到随着社会的发展变迁，城市的地位愈加凸显，城市的问题愈加复杂。面对城市治理，我们必须迎合时代背景，采用新型富有时代特色的治理手段来发展城市。此次活动举办的初衷就是让学生站在决策者的角度思考处理公共问题。

引导着其他高校参赛队伍和专家老师们用完午餐后，转眼间就到了下午，最紧张激动的比赛开始了。我负责整场比赛的计时工作，需要把控好比赛的时间节奏。各参赛队伍事先都有过精心的准备，展示的时间把握得也比较精准，使得活动的每一项环节能够顺利进行。他们的风采也给我留下了深刻印象。每一支队伍都会有团队展示、情景模拟和评委点评环节。他们的自我介绍让我看到了他们的意气风发，他们的情景模拟使我忍俊不禁，他们的研究展示引导我思考现存问题。如青岛大学的研究队伍就青岛市暴走团问题举行了探讨展示，他们的PPT做得十分具有吸引力，引人注目。还有我们学院的两支队伍，分别就失地农民再就业问题和流动摊贩治理问题进行了展示，他们的情景模拟生动有趣，同时反映的问题也引人深思。

之后还有市长PK、大众评委提问及抽奖等环节，最终经评委评审，选出了本次“模拟市长”山东总赛区的优胜队伍。活动结尾，即墨区区长吕涛在总结致辞中给我们提了很多有益的建议，提出让我们站在市长的角度看问题，多关注政府的网络工作平台与政府发放的文件，因为这里凝聚着政府问题解决思路的精华。我虽然没有参加比赛，但也在聆听与观看中收获很多。

一天就这样结束，我过得忙碌又充实。

作者：政管学院2016级本科生　王雅雯

11月12日　星期日　晴

中学生校园体验月参加者·张化纪

2017年11月12日早晨6点半
金乡一中晨曦文学社便踏上山大采风之旅
初冬的泉城用金黄的落叶迎接我们的到来
我们用整齐有序还给它们一份厚礼
山东大学的志愿者们用微笑和周到把我们温馨陪伴
美丽如画的校园处处彰显和谐包容的情怀
图书馆博物馆校史馆
百年山大的深厚底蕴在历史时空里弥漫
实验室阅览室生化室
为国育贤的宏愿让我们心潮澎湃
小树林小广场小喷泉
让山大的生态之美尽情展现在我们眼前
忘不掉图书馆里那成群结队的求知大军
忘不掉校园路上走过的皮肤各异的留学生

忘不掉餐厅服务员那温暖的话语
忘不掉我们的队伍规范有序的优雅表现
这次采风活动虽然只有大半天
这次大学寻梦虽然遭遇了堵车的小麻烦
虽然我们的午饭吃得有点晚
但山大的精神教给了我们坚定和乐观
每一个同学都用实际行动交了一份满意的答卷
当我们恋恋不舍作别山大的时候
一份感动和踏实跳上我的笔端
我于是拿出纸笔快速记下每一个精彩瞬间
让文字铭记我们这个周日收获满满

作者：山东省济宁市金乡县第一中学学生　张化纪

11月13日　星期一　晴

海洋生物资源与环境课学生·赵皓若

晚上，从教室里走出来，我还想着课上学到的精彩内容。没错，这门海洋生物资源与环境课就是我最喜欢的选修课。每节课都从点名开始，这个本枯燥无聊的过程，却因为张熙颖老师增添了不少乐趣。在点到每个名字之后，张老师都会问我们名字的寓意，或者问我们所学专业的内容，于是整个点名过程成了我们的故事会，大家都饶有兴趣地倾听彼此学习的内容，上课前的气氛也快速活跃了。

今天的学习内容是海洋浮游生物和哺乳动物。张老师讲课从不照本宣科，他总在用幻灯片讲解之后为我们播放英文视频，这样既提高了我们的英语水平，又让我们看到了国外的先进成果。

上了这节课，我才知道浮游生物的世界如此精彩。张老师先给我们介绍浮游生物的纲目科属种，这繁多的种类让我们惊叹不已。老师选取的视频以一条鱼作为主角，以拟人的口吻讲述了鱼幼年作为浮游生物见识到的大千世界。在显微镜下，浮游生物就像夜空中的繁星一样密集，并发出五颜六色的荧光。更美妙的是，它们的身体结构几乎都是透明的，同学们可以清晰地看到它们在鞭毛的推动下游泳。小虾用前肢迅速捕获猎物，贝类在海水中优雅地旋转，偶尔还有幼鱼闪电般掠过。最神奇的是，不同的浮游生物发出不同的声音，叮叮咚咚、滴滴答答、铿铿锵锵的声音，像是浮游生物的合唱音乐会，我们如同置身于万花筒中，陶醉于这生命的盛宴。

为了用鲜明的对比加深我们的印象，老师接下来介绍了以鲸为代表的海洋哺乳动物。幻灯片上的哺乳动物图也给我们极大的震撼。刚刚从一毫米大的浮游生物世界走出的我们，接着面对的是十几米的“海洋巨人”。最让我印象深刻的是老师对海豹、海狮的讲解。平时我很难分清这两种动物的区别，但是上了课后我豁然开朗。一个区别是雄性海狮的长牙，二是它们潜水深度的差异。最生动的还是老师在北极游历时亲自拍摄的视频，视频中成群的海豹、海狮在懒洋洋地晒太阳，雄性海狮用前肢支撑起身子，威风凛凛地与老师的镜头对视着；而海豹相当笨拙，只能像毛毛虫一样蠕动爬行。老师拍摄的视频以及生动的游记让我也对北极这个冰雪世界充满向往。

其实，我们从孩提时代就有对海洋的好奇，却在成长中迷失了这份探索的渴望。张老师用他生动的讲述、亲身的经历唤醒了我童年的梦，带我们重温大自然的美好与魅力。上学期我选修的趣味生物实验课已经被《济南日报》报道，希望海洋生物资源与环境课这门优秀的课程也能走出山大，给更多学子带来知识和启发。

作者：外语学院2016级本科生　赵皓若

11月14日　星期二　晴

蒋震图书馆工作人员・谭海燕

周末，厂商派了一名技术员来蒋震图书馆安装防盗仪。结束之后，他收拾工具准备离开。我问："盛放防盗仪的木头箱子怎么处理？"两只木头箱子长两米，宽一米，高半米左右，往走廊上一堆，足足占了小半个走廊，同学们经过时都需要绕道而行。

技术员露出为难的神情，说："我只负责安装，箱子回收需要委托当地物流，得等到周一才行。"这让我犯了难，木箱子堆放在走廊上实在碍事，尤其是不安全，如果哪位同学没注意绊倒了怎么办？可是这两只箱子又大又笨重，单靠我一个人根本搬不动。

这时恰巧有一名男生经过，他叫任志帅，自从考进山大以来，几乎每天都来图书馆学习，现在已经是大四的学生了。他曾经参加过图书馆举办的"图片讲述大赛"，讲述在山东大学的学习生活，他说图书馆就像他的家一样，他也像爱护家一样地爱护图书馆。

我急忙叫住他。

他停住脚步，问："老师，有什么事吗？"

"你看这个箱子不能放在走廊上，咱们暂时把它抬到风机房里。"

他很爽快地答应下来，还叫来了他的同学，同样正在图书馆里为考研备战的刘云照。

"老师，你不用担心，我和同学一起抬。"

我赶紧跑在前面打开风机房的门，前后不到十分钟的时间，任志帅和刘云照就把箱子抬进了风机房，并且稳妥地垒在墙角，既不碍事，又方便再抬出来。

之前让我犯难的事情就这样轻而易举地被解决了。我满心感激地向他俩道谢，他俩不在意地笑着，一路谈论着学习中的趣事去了阅览室。也许对于他们来说这只是举手之劳，一再感谢反而让他俩觉得羞涩。

山大学子身上有一个共同的品质就是"淳朴"，这只是他们众多美好品质中的一点，却像煦暖的阳光一样温暖人心。这也是山大人一代代传承下来的优良品质，“崇实求新”作为山大的校风，体现了山大人淳朴、务实的品格，他们可能不够圆滑，却足够踏实，这让他们成了能够让别人信任的人，值得让别人托付的人。当他们结束大学生涯，进入社会，这些美好的品质会帮助他们在社会上立足，并且获得他人的尊重，成为对国家社会有贡献的人。

作者：蒋震图书馆工作人员　谭海燕

11月15日　星期三　晴

政管学院本科生·梁艳艳

不知不觉中，来到青岛校区已经六个星期了，我也似乎已经从初来乍到时的那股新鲜劲和陌生感中抽离出来，变得更加适应这里，渐渐地定下了心。

临近正午，从振声苑东座大门自习出来，在门口看到了一位独自坐着的保安叔叔。虽然是周末，又是饭点，几乎没有什么学生经过，但是他的着装和仪态依然一丝不苟，合体的制服修饰着他挺拔的身躯，亮洁如新。我看着他，他也看向了我，我便自然而然地向他点头示意，他也以微笑回应我，目送着我走出门。那时阳光正好，洒在身上，暖暖的。

这种暖暖的感觉，自从到了这里就一直伴随着我，因为我好像总是能在不经意间获得各种人提供的各种援助。

9月10日，我抵达青岛校区，初来乍到，人生地不熟。因为校车只在7日和8日运行，再加上时间紧促没有联系同学，我就只能独自一人摸索。屋漏偏逢连夜雨，那天真的还恰逢雨天，我拖着大箱小包，也没有打伞，好不容易坐上公交车抵达校门口。看到新校区的那一刻，我只有一脸茫然。对校区内部情况一无所知的地图软件也帮不了我了，我只能向两位在大门口值班的保安大叔求助。当他们知道我只身一人时，立马决定要用车载我一程。车轮驶过泥泞的道路（那时大门道路还没有完全铺好），雨水透过窗户的缝隙泼进来。大叔关上了窗户，车窗玻璃上渐渐氤氲开了雾气。隔绝了嘈杂雨声后，车里相当安静，我们开始聊起这个校区。车开了蛮久，宿舍比我想象的要远得多，那时我才意识到，幸好有这位大叔好心载我，不然不知道要走到何年何月。

过了一个星期，我因为建行卡出了点问题，需要去学校外的建行网点办理业务。我提前都查好了，地图上显示有公交车可以到达，我只需要走到南门，下车后再走一段路就到了，对我来说唯一的问题就是如何去南门。走在校园内，我刚好看到建设银行摆着迎新生的帐篷，就顺便过去问了一声，让我没有想到的是他们愿意让我搭他们的便车，和他们一起过去。于是我就这样又一次获得了突如其来的帮助。

对于我的请求，他们本可以不予理会，或者只是完成解答就足矣，但他们想得更多，站在一个急需摆脱困境者的角度，来考虑怎样最好地帮到我。我相信自己不是唯一一个他们如此悉心帮助的学生。

看来老师们一直以来的形容都是真的，这里的人都很善良淳朴，愿意在你需要的时候施以援手（虽然可能也是因为实在是挺远的吧）。总之，我感受到了这里温暖亲切、欣欣向荣的氛围，这里渐渐成为我口中的“我们校区”。

作者：政管学院2015级本科生　梁艳艳

11月16日　星期四　晴

形势政策课学生·段凌云

今天下午，学院2017级的辅导员曲仪老师给我们主讲形势政策与社会实践课。这不是我第一次见曲仪老师，由于我本学期开学时担任过迎接法学院2017级新生活动的志愿者，所以以前跟曲老师有过一些接触。这次再见到她，依然能感觉她身上的那种作为一名年轻老师的朝气与活力，以及她浑身散发出的让人感到温暖的感觉。

在课上，曲仪老师向我们说明了这次课程的八字主题：初心、变化、骄傲、梦想。围绕主题，她向我们抛出了几个相关的问题让我们课后思考。接着她跟我们分享了她自己的故事：她凭借着大学期间的优异表现，在山东大学经济学院完成了本硕连读。这期间她曾在新疆支教了一年，也在云南助残过一段时间。她硕士毕业以后拿到了10家知名企业的offer，同时也得到了经济学院学生所梦寐以求的在四大会计师事务所实习的机会。在别人看来，她的大学简历堪称完美，她的前途无可限量。

但是最后，她放弃了这些别人求之而不得的机会，选择回到山大，做一名平凡的大学生辅导员。她说：或许这在别人看来是很不理智的。但是，我觉得如果拿着百万的年薪，自己却过得不开心的话，那么我宁愿放弃。在她内心深处一直有着一个投身于教育的梦想，做一名辅导员可能在薪资上完全没法跟在“四大”相比，但是在这个岗位上，她能用自己的人生经历、人生智慧、人生哲学来鼓舞和激励她的学生，让学生们体会到为梦想而坚持的喜悦和为梦想而奋斗的力量，继而去努力实现自己的人生目标。在这一过程中，她能感觉到自己的价值，她也能收获到快乐，这样就足够了。

课后，我被曲仪老师的分享所感动，心里久久无法平静。结合课上的主题，我得出了自己的一些思考：对于我们这群新时代的大学生而言，就业是我们不得不面临的现实且严峻的问题。在为就业而追逐的过程中，我们中的大部分人都难以像曲仪老师那样，为自己最初的梦想而坚持。在现实的压力面前，我们不得不放下骄傲，成为社会洪流中忙碌的一分子。我不想也不愿变成那样。正如三毛所写的：“在这个日渐快速的时代里，我张望街头，每每看见一张张冷漠麻木、没有表情的面容匆匆行过。我总是警惕自己，不要因为长时间生活在这般的大环境里，不知不觉也变成了那其中的一个，他们使我黯然到不太敢照镜子。”

同时结合我自身的学习阶段，我觉得自己更应坚持初心，不要忘了自己当初为什么而来。最后几句话写给未来的自己：大学这几年是人生中最美好的几年，你可以选择每天浑浑噩噩却依然心安理得地度过，你也可以选择每天坚持梦想而去完善自己地度过。选择的主动权在你自身，关键是看你自己怎样选择。在大学阶段结束的时候，你让别人看到的变化，不应该是尴尬的体重增长，而应该是自己内在的升华。那个时候，你会成为身边人的骄傲。加油吧！期待每天都能看到为梦想坚持而变得更好的你！

作者：法学院2016级本科生　段凌云

11月17日　星期五　晴

“书记有约”活动参与者·张　鑫

今天我有幸参加了山东大学“书记有约”思政课，学校党委书记郭新立老师以“学习贯彻党的十九大精神，推进世界一流大学建设”为主题为我们上了一堂生动深刻的团课，让我受益匪浅。

郭老师在课上讲到，党的十九大的核心主线、灵魂和总纲就是习近平新时代中国特色社会主义思想。他围绕“初心、方位、使命、矛盾、思想、征程、部署、青年”这八个词，带领我们学习了解党的十九大精神，引导我们不仅要读原文、悟原文，还要结合实际，将党的十九大精神与思考山大的发展、思考自身的发展结合起来，坚定理想信念，志存高远，脚踏实地，在实践中国梦的生动实践中放飞青春梦想，在为人民利益的不懈奋斗中书写人生华章。

在讲到“初心”一词的时候，郭老师说，中共一大会址处的时局图时时提醒着我们党要不忘初心，牢记使命，为中国人民谋幸福，为中华民族谋复兴；而在山大校史纪念馆门前的那句“为国育贤”也在提醒着我们山大人要不忘初心，砥砺前行，为天下储人才，为国家图富强。而在讲到“使命”一词时，他提到世界一流大学变迁的背后是世界强国的变迁，大学与社会的联系越来越紧密，世界一流大学建设最重要的条件是国强。这句话让我产生了深深的共鸣。作为第一批90

后，我还记得在我幼年时期身边一些人对诸如英国、德国、韩国、日本等国文化与事物的盲目崇拜。而现在再接触到这些国家的人与事，我却能以一种平等甚至是优越的心态去看待，这让我深刻地感受到了什么是“国弱民辱，国强民安”。郭老师提到康有为晚年在故居中仍挂有一幅时局图，这让我不禁想起了范文正公的“先天下之忧而忧，后天下之乐而乐”，想起了文天祥的“天地有正气，杂然赋流形。……于人曰浩然，沛乎塞苍冥”，想起了于少保的“但愿苍生俱饱暖，不辞辛苦出山林”，想起了林则徐的“苟利国家生死以，岂因祸福避趋之”……正是因为有着这样一批批的先贤，忧国忧民，一生奔走，撑起了中华民族的脊梁，才有了我泱泱华夏五千年传承不息的民族之魂！

一直以来，作为一名山大人，如果让我说出山大最使我自豪的地方，便是我山大的校训。每次轻吟，胸中便荡起一股慷慨激昂之气，百年老校，千年文脉的底蕴尽显于此。

想当年，岳阳楼上，范相公一声长叹，“噫，微斯人，吾谁与归？”

看今朝，山大校园，众学子砺识修身，“学无止境，气有浩然”！

今我山大学子，生盛世，知盛史，历盛事，思盛实，正当志存高远，坚定信念，脚踏实地，砺识修身，为我中华民族伟大复兴之中国梦而不懈奋斗！

作者：能动学院2016级硕士研究生　张　鑫

11月18日　星期六　晴

能动学院本科生 · 曾焕诗

和王阿姨最近的一条微信聊天记录，是立冬那天她发来的“最美的祝福”，是那种点进去五彩缤纷，画面会闪会动的节日祝福贺卡。端午、中秋等各大节日，二十四节气，她一个都不落，将那份最真挚的祝福送来，或是贺卡，或是经过精心编辑的图形拼摆的祝福短信，我每次都会认真地一字一句读完这些祝福的话语。

“到家了吗？家里冷吗？”“替我向家里人问好噢。”“快开学了吧？”“最近还好吗？到新校区还适应吗？”“你好小曾，好久没有聊天了。”……这些简短的话语都是王阿姨主动发给我的，每次收到短信我都很惊喜，因为被别人牵挂和关心的感觉真的很暖很温馨，这对在外求学的我来说更是满满的一份爱。

王阿姨是我在点点工作时采访的一位悦园食堂工作者，我还深刻记得我们第一次见面的场景，记得我们那次刻骨铭心的对话，在餐桌上面对面的真心吐露。很喜欢她那红扑扑的面庞和烂漫的笑容，天真得像个小孩。犹记得采访时阿姨笑着说道：“小曾，我嗓门大，有点吵吧。”其实，在我看来，这只是阿姨谈及生活和工作时难以抑制心中的兴奋，也是她完全放开地和我敞开心扉的表现。和她聊天很舒服，可以毫不顾虑地说出自己的烦恼和分享自己的故事，当然，我也喜欢倾听王阿姨的故事，她年轻时的梦想、现在的工作和家庭生活……

上学期期末考试前，我去悦二（注：悦园食堂二楼）王阿姨所在的窗口打饭，阿姨知道我要考试了，叮嘱我要好好吃饭和休息，还幽默地对我说了句：“吃饱了才有力气减肥呀。”可爱的人，可爱的话，顿时给了我欢乐。由于阿姨工作很忙，所以每次对话都是几句问候，但是我们都聊得很开心。其实在我看来，见个面就是最好的问候了——我知道她好，她看到我来了，也许这就是越简单越幸福吧。是缘分，让王阿姨走入我的大学生活，她给了我家人般的关心和照顾，她的热情和态度是出乎我意料的。我认为，很难遇上一个人，一个记挂你、信任你的人，一个从陌生人的角色渐渐转变为那个毕生难忘的熟悉的人，很庆幸我收获了这份珍贵的情感。现在，王阿姨换岗位了，我搬校区了，但是我们一直都保持联系，谈话间她时不时会说：“还是喜欢以前的岗位，喜欢见到学生的面孔，想你了孩子。”

“王阿姨，我要毕业了，可以和你合张影吗？”想着即将到来的这一天，将这句话和这份心情传达到她那里去，把这份感情定格在大学毕业美好的时刻，我想当看到合影时，所有的回忆必将涌现于脑海中，拿起手机给阿姨发一句：“王阿姨，我想你了。”

作者：能动学院2014级本科生　曾焕诗

11月19日　星期日　晴

新生家长·杜丽珍

忆起送儿子到山东大学报到那天，晨光熹微，清风习习。车轮飞驰，先生一边开车一边不时与儿子轻声交谈，我则思绪飞扬。

手机微信上是山大公众号的推文："泉水依旧静静流淌，泉城会期盼新一天的朝阳，而你们来过的痕迹，济南会永远珍藏。"这段文字不仅让曾经的山大学子感怀眷恋，也深深触动了我内心深处的山大情结。山大，这是一个多么厚重的名字！这个坐落于齐鲁大地、孔孟之乡的高等学府是我们山东人最好的大学啊，承载百年风雨，继往开来，令无数学子心生向往。早在高中时期，我便将山大作为自己的奋斗目标，但是因为当年分数不理想，与山大失之交臂。忘不了儿子拿到录取通知书时我在那一刻的百感心绪，感谢儿子终于替我梦圆山大，以这样的方式让我和山大相遇。

山大青岛校区，这个在鳌山湾畔崛起的国际化、高端化的山大新校区又有着怎样的风采魅力？郁葱环碧海，高下尽红楼。山大，我们来了！

镜头一：迎新

远远看见校门口"山东大学"四个大字熠熠生辉，校园里旌飘带舞，缤纷一片。在几位学生志愿者的引领下，儿子去办入学手续。干净整洁的迎新大道，热情的学长学姐，别致的一多书院迎新墙，虽是初次相识，一切却让人感觉是那么亲切。一位淳朴可爱的小姐姐帮我们拖着行李箱，把我们送到了宿舍门口。一路上的迎新标语充分展现了山大人的热情和才情，让我印象深刻。

晚上待儿子回到宿舍，我和先生在校园里闲逛，不觉又来到了迎新区。此时灯火阑珊已近深夜，但是志愿者们依然热情不减。早晨6点，我和先生又到了这里，只见信息学院几位男生披着大衣，一夜未眠。好心疼这些迎新的孩子们，时间已近两天，虽然他们一身疲惫，满脸倦容，但脸上依然是明亮灿烂的笑容，等候着随时会前来报到的新生。早晨校园的海风有些清冷，但我们的心头暖暖的。

学生宿舍楼凤凰居北边的操场上已有人在跑步、打拳、练剑。早晨6点的山大静谧美好，又涌动着勃勃生机。新的一天开始了。

镜头二：就餐

早就听闻过“舌尖上的山大”，“2015年中国大学情怀排行榜”山东大学“饮食情怀”名列全国高校第四，作为妈妈的我更是对山大饮食这一块充满了关注和期待。近两万平方米的学生餐厅共分三层，宽敞舒适，明亮整洁，各种主食、副食、菜品、甜点、风味小吃花式繁多，琳琅满目。当我们把各自喜欢的菜式热腾腾地端上餐桌时，我开玩笑地对儿子说：“儿子谢谢你哈，终于让妈妈吃上了山大的饭。”

镜头三：家长会

根据时间安排，下午2点半在汇文楼召开信息学院家长会。初闻很是惊讶，大学的家长会是什么样子的呢？我们来到了宽敞明亮的报告厅，信息学院的领导和老师向家长们详细介绍了山东大学及信息学院的概况，提出了对学生的培养目标和要求，耐心细致地解答了家长们的各种问题，这个家长会竟然开了两个多小时。我们感受到了山大人的严谨务实、奋发勤勉以及为学生高度负责的使命感。山大，我们来对了！

送儿子入学，短短两天，匆匆一掠，我们感动着，收获着，欣喜着，温暖着。“凡我在处，便是山大；有你在时，那便是家。”这就是我心目中的山大，有厚度有温度的山大，让我们亲近和依恋的山大啊。

祝福儿子，梦想已起航。

祝福山大，明天更辉煌！

作者：山东省东营市胜利实验小学教师、信息学院新生家长　杜丽珍

11月20日　星期一　晴

“挑战杯”国际专项赛获奖者 · 张　萌

11月14日至18日，第十五届“挑战杯”全国大学生课外学术科技作品竞赛在上海大学成功举办。大赛组委会积极响应习近平总书记关于“一带一路”的倡议，并以此为主题开辟“一带一路”国际专项赛，邀请境内外上百所高校参赛，最终经过终审答辩，我们荣获二等奖。在19日返程的路途上，回忆起大赛通知下达以来的点点滴滴，思绪万千，百感交集，故借《山大日记》一吐心中所思所想。

2017年4月，“一带一路”国际专项赛通知在“挑战杯”官网下达，奈何大多数同学因比赛要求中的全英文答辩望而却步。然而，我认为“一带一路”倡议对土木工程专业是一个新的发展机遇和挑战，同时考虑到自己的英文水平，我便抱着尝试的态度寻找到两位英文和技术水平过硬的同年级同学作为队友，一同依托以往参与过的山东大学岩土中心的课题，编撰并修改材料进行比赛。幸运的是，经过校赛两轮选拔，我带领团队成功作为山大唯一一支代表队入围全国初赛。6月，在紧张的期末备考中，我挤出课余时间修改作品材料，完成了国赛系统报备。8月30日，“挑战杯”官网公布了入围全国总决赛的名单，山大代表队榜上有名，我开始着手最终的材料准备。

10月，有关决赛评审的通知发布，我们花费了两天时间将原有的5000字作品报告精准翻译成英文，又在若干次修改过后完成了全英文展板和答辩PPT的制作。11月16日，我和队友一同完成了终审答辩并顺利完成了现场评委的英文问题；11月17日下午，我和队友在上海大学钱伟长图书馆内参加“一带一路”青年沙龙，听取了来自上海大学、台湾大学、阿拉木图对外经贸大学的三位代表发言，现场使用英文进行了关于“一带一路”背景下的共享经济和教育创新举措的讨论；11月18日晚，大赛闭幕，闭幕式上我得知团队作品获二等奖。

国赛二等奖是最好的报答，虽说仍有许多遗憾，但是这是一个难得的学习过程。我结识了来自各国的同学，明白了“山外青山楼外楼，强中自有强中手”，也看到了闪耀着年轻和青春的光芒。正如习近平总书记所说："青年兴则国家兴，青年强则国家强，青年一代有理想，有担当，国家就有前途，民族就有希望。"我们终将要"以天下为己任"，"为国家图富强"，方不愧为山大人！

作者：土建学院2015级本科生　张　萌

11月21日　星期二　晴

儒学院硕士研究生·张其秀

我们学院正在进行"儒林"论文报告会的活动，要求每人提交一篇论文并作展示汇报。虽然我的论文早已完成，也跟导师和同门讨论过几次，但仍然不满意。眼看报告会时间将近，心里很焦躁。昨天晚上有一个问题让我百思不得其解，犹豫之下在微信上把稿子发给了我的导师綦维老师，道出了心中的疑惑。綦老师正在合肥开杜甫研究会，而且已经是晚上10点半了，就在我为自己的鲁莽而深感自责的时候，綦老师把稿子反馈了过来。

打开文档，红色的批语以及修改意见随处可见。綦老师把所有的问题都随文标红，细微之处包括标点符号。我在几个并列的书名号之间用了顿号，老师在批语中写道："根据最新标点法，书名号之间可不用标点符号。"有一处，我用"低级错误"这个词批驳一位先生的观点，老师写道："陈尚君先生说过，文章中对别人的批评不能用语太刻。"看到这句话，我的脸一阵阵发红，感慨于老师宽容、平和的心态和谨言慎行的学术作风。

对于我提出的问题，老师提示我到《曲洧旧闻》里寻找答案，并在文后写道："问题提得相当有价值，希望你们能养成提出问题并独立解决问题的能力。学术本没有定见，但要言之成理，持之有据。"老师给我们的教育是启发式的而非填鸭式的，虽然语气温和，但极有说服力。

对于我深夜叨扰的歉意，綦老师说："晚上12点之前都可以联系我，你们能有所收获，是我作为老师应尽的责任。"看着那些诚挚的批语，綦老师点点滴滴的教诲浮现在脑海中。

綦老师对学生的关心是方方面面的。一次我发了一条夜跑的朋友圈，老师评论道："据有关调查表明，夜跑不益于身体健康，可以把运动时间调整到下午。当然这也是一家之言。"看到这条评论，我瞬间被老师的亲切所打动，綦老师不仅关心我们的学业，更关心我们的健康。

綦老师经常在师门群里分享有深度的学术文章。一次，老师转发了一篇有关韩愈的文章，并写道："'无望其速成，无诱于势利，养其根而俟其实，加其膏而希其光。根之茂者其实遂，膏之沃者其光晔。'韩愈的这段话的确说得极好，与同学们共勉！"这段话也正代表了綦老师春风化雨般的教育理念和对我们的期望。

我的导师綦维老师就是这么一位真实、平和、亲切的好老师。

作者：儒学院2016级硕士研究生　张其秀

11月22日　星期三　晴

马克思主义学院硕士研究生·丁　玲

"老骥思千里，飞鸿阅九洲"——题记

提起背影，我们的脑海中总会浮现出朱自清笔下的父亲，父亲佝偻的背影承载的不仅是家庭变故之后的苍凉落寞，更多的是对即将远行的儿子那般朴素而又执拗的爱意。而我今天要讲述的却是一位陌生老人的背影，我不曾得知他的名姓，但他的背影就似那座石拱桥，架在知识的河流中，这头连着热忱，那头连着执着。

某一天的黄昏，我抱着一摞笨重的书，踢拖着脚下散落满地的叶子，走在回寝室的路上。在路过水房门口的报栏时，我被一位老人吸引住了。我老远地望着他，却不敢走近，生怕我的蹑手蹑脚打乱老人此刻的宁静。他戴着一顶鸭舌帽，鼻梁上架着一副老花镜，弯着腰驼着背，在报栏前面仔细而又认真地读着橱窗里的报纸。在他的身旁安静地停歇着一辆自行车，就像一个老朋友，又像一个小伙计……应该是老人蹬着它来这里驻足看报的。

已经是11月的济南，黄昏的冷风吹着来来往往的学生，行人的脚步都是那么匆匆地来去，用大衣上的帽子把自己捂得严严实实，似乎对这冬天的来临毫无领情之意，于我也成为这匆匆当中的一个了。但这个时候我的脚步再也抬不动了，偷偷地躲在老人的后面，内心沉淀着这让人平心静气的感动。

想象一下，寒冷的夜色里，一个瘦骨嶙峋的老人蹬着一辆叮叮当当的自行车，在风中哼着小曲儿，十分惬意又十分抖擞。到了报栏前收起些许颤颤巍巍的双脚，弯下拱起的背，时而捋一下胡子，时而扶一下眼镜，早已经沉浸在知识与学术的港湾里，殊不知自己已经成了路人眼中的风景……

“老骥思千里，飞鸿阅九洲”，我想这是对这位老人最好的诠释。发白如雪，那是岁月行走的沧桑；背弯如弓，那是光阴积蓄的能量。这背影就如同为我的心灵打开了一扇窗户，让它能够飞向自由的天空去寻找灵魂的故乡，让终日恍恍惚惚、摇摇晃晃的心有处安放。

在这座氤氲着书香气息的校园里，我突然发现了那个曾经被我丢失了，又不愿意重新找回的格局。而这背影就如同一股暖流，涌遍了我的周身，一直渗透到骨髓当中，流淌于我的血液，扎根于我的灵魂。活到老学到老，学海无涯，要以决心为伴、以执着为桨、以热忱为舟，畅游于知识的山河湖海之中，或中流击水，或遥遥轻飏。

收回游离于老人和我之间的思绪，抬脚的片刻间，手中的这一摞书突然变得厚重起来，脚步却出奇地轻快。

作者：马克思主义学院2017级硕士研究生　丁　玲

11月23日　星期四　晴

历史文化学院硕士研究生·高静静

看到《山大日记》的征稿，我找到了倾诉的平台，并燃起了写文章的冲动，想要记录下我的一次难忘经历。

几天前我从知新楼A座走出，去取一部分会议论文集。到后，打印部老师惊讶地问我："你自己来的吗？材料有点多，你自己应该没法拿走。"我走近定睛一看，三摞厚厚的论文集在向我挥手，我若能一次性搬走，那我便是有三头六臂了！打印部老师很是贴心，帮我将论文集用包装纸和绳子捆装好，方便我提拿。这三摞沉甸甸的论文集让我很是惆怅，我走到门口张望，并没有摩拜单车可以借用，打印部的三轮车也不在，我只好决定先取走一部分。

我提着两摞论文集自信地走了出来——事实证明，我高估了自己的力量。这些论文集提在手里实在是重，而且捆绑的绳子还特别勒手，我也尝试直接抱在怀里，但根本抱不起来。打印部位于南门附近，与知新楼还有一段不算短的距离，于是我便走几步，放下，甩甩手，再提起走几步，放下，换只手……虽是大冷天，身上已开始冒汗。此时此刻我多渴望帮助，或者哪怕附近有一辆摩拜单车，我想我都能开心到飞起，可恰逢下课时间，单车基本上都被骑走了。我一路走走停停，在董明珠楼附近终于看到了一缕橙黄色，可把我高兴坏了。我急忙放下手中的论文集，扫码打开那辆倚靠在树上的摩拜单车，尽管此时我已发现它的撑柱断了，而且没有车筐。我试图将两摞论文集悬挂在车的把手上，但根本行不通，因为实在太重，而且论文集包装易散。就在我眼前的希望之光快要熄灭之时，一位中年男子从楼里出来，走到我身旁问我："需要帮忙吗？"我快速地抬起头打量了一下他，从他的年龄、气质以及着装判断这是一位老师。我满怀感激地看着他，激动地说："太好了老师，谢谢您能帮我，否则我都不知道何时才能把这堆论文集运到知新楼。"老师和蔼地说："我给你支个招儿，咱们把这两摞书放在车座上，你来控制车把手，我在后面给你扶着书。"我连忙说："好好好，这样能轻松许多。"此时，我的心里既激动，又感恩，又开心，在路上也不由得与老师多聊几句。就这样，在这位“雷锋老师”的帮助下，我们“一前一后”，将两摞厚重的材料运到了知新楼附近。老师临走时，我一边努力将这没有撑柱的单车倚在墙上，一边再次对老师表达了我真诚的感谢。

当我提着两摞厚重的材料无助地走在校园里时，是我们山大的老师热情地帮助了我，让我心里涌入了一股暖流，也让我这一初入校门的研究生对学校的好感倍增。我不知道这位老师的姓名，也没有修过老师的课程，但老师今天教授给我的内容远比课堂内容更受用。

车子停稳后，老师也快步离开了。我提着两摞正能量大踏步走向知新楼，手中已不再沉重，反而给予了我力量。

作者：历史文化学院2017级硕士研究生　高静静

11月24日　星期五　晴

管理学院本科生·叶奕钦

这天风和日丽，阳光正好。我有幸作为山东大学的学生代表，和其他高校的学生及媒体记者一起受邀参加山东首个全民城市定向赛事——“丈量中国”山东区首站。虽然这天的气温跌破了零度，但依然挡不住参赛群众的热情。据统计，此次“丈量中国”济南站，共有2851名参赛者、721支队伍报名参赛，是济南有史以来规模最大、参与人数最多的全民城市定向赛事！

这一次“丈量中国”全民城市定向赛山东赛区济南站的比赛，是根据济南人文历史底蕴和城市特色而设立的，参赛队伍需要完成所在线路最多9项任务，在丈量济南不同主题城市文化的同时，争夺线路冠军。我也十分幸运，能跟着参赛选手们在参与任务的同时，一同领略济南的特色。我跟随的队伍选择的路线是贯穿济南地标性建筑和知名人文历史景点的“城市之光”路线。这条路线将文化和现代元素完美地融合在了游戏任务之中，济南老城区的斑驳树影和繁华商业街的喧闹欢快，将济南这座浓缩了古典和现代的城市展现得一览无余。这是在城区内举办的定向赛，自然少不了“吃喝玩乐”的休闲要求，在走过完整路线的同时，我还发现它将体育、美食、旅游、娱乐，通过创意十足的点标任务有机串联在了一起，无论是强调动手乐趣的“摩利厨房”，还是古代“六艺”中的“射”箭任务，或是我们喜爱的“笼式足球、篮球”，泉城济南的古今风趣在此完美地融合在一起。

在这次定向赛中，我们发现除了济南本地的市民外，还有从济宁等省内多个城市远道而来的亲子团参赛，以及来自波兰、阿根廷、西班牙等国的海外留学生组队参赛。他们告诉我，城市定向赛在欧美十分风靡，他们也曾经多次在自己的国家参加过比赛。这次能够在中国体验到既正宗又富有中国和山东特色的城市定向赛，让他们对“体育无国界”的理念，以及山东、济南的历史文化，有了更深层次的理解。

一天的活动结束，令我感触最深的是，我来到这里一年多了，却从来没有好好了解过这里的风土人情、这里的历史文化。这是我的遗憾。这次的定向赛让我对山东济南这座城市有了更深的理解，同时也明白了“用双脚去丈量中国”的意义所在。

作者：管理学院2016级本科生　叶奕钦

11月25日　星期六　晴

毕业生秋季就业双选会志愿者 · 周志华

今天是山东大学的秋季就业双选会，我有幸以志愿者的身份全程参与了这一盛况。

济南的清晨，6点10分，窗外还是一片漆黑，我以最快的速度洗漱完后，就急忙从洪家楼校区赶往中心校区。我知道，自己千万不能迟到。因为这是一个对毕业生们很重要的日子，就业创业指导中心的老师们反复强调了时间，我作为志愿者，就要全力帮助大家。就这样，昨天同一时间还在床上睡懒觉的我，现在已经骑着小橘车，穿行在花园路上，背后的天空泛着浅浅的鱼肚白。

6点40分，到达中心校区综合服务楼，和保安大叔们一起吃了学校提供的早餐，味道很不错。自己今天一定要好好工作，才能对得起这份早餐吧。

7点30分，我们在体育馆F门前集合，老师给我们发了志愿者工作证以及用来帮一些企业布置展台的小刀、胶带等工具，并强调了一些注意事项。之后，我们分小组前往各自负责的展区。这次秋招会来的企业很多，学校一共给他们分了三个展区，我所在的小组负责的是体育馆一层展区，这里集中了本次就业双选会的一半企业。在一开始的时候遇到了一些小障碍，因为之前很少来过体育馆，感觉体育馆内部像个迷宫，转了好一会儿才走到展区。那这样更不用提给企业代表们指路了。还好一开始企业并不是很多，我花了一点时间熟悉了体育馆内部和各个展区之间的情况，然后就积极投身于展区内部布置了。展区的确不小，我在摆放矿泉水的时候就发现了。这时候也有不少企业进驻了，所以我们加紧了步伐。

9点，基本上所有的企业都已进驻，也有不少应届毕业生来咨询应聘了。这时候我们的主要工作就是给他们指路和解答其他的一些小问题。我们的工作群里热闹了起来，我们在里面问这问那，把指导中心的老师忙得团团转。不过老师还是十分耐心地给我们解答，而我也会把一些有把握的问题帮忙回复给其他志愿者。

10点半，我们这边已经没什么事情了。老师告诉我们可以到处看看，为自己的将来做些准备。大一时我觉得，就业对我来说是种遥不可及的东西，但现在不再是了。大概是因为大学的时光过得太快，一不小心就要毕业了，不久之后，手拿简历穿梭于各个展位前的也有我吧。

11点40分，我们所有的学生志愿者集合起来，分配工作午餐，今天的志愿工作就画上句号了。经过这次志愿工作，我又成长了些。虽然我现在还没有自己特别喜欢的工作，但好像有了一点方向吧。祝愿我们都可以找到自己的路。

作者：外语学院2016级本科生　周志华

11月26日　星期日　晴

法学院硕士研究生·王晓东

今天青岛的阳光虽然很明媚，但是外面的空气寒冷刺骨，到了晚上就更冷了。

几个同学来找我玩，我晚上接近8点时才回到学校。我在西门小黄车的集中放置地点用手机扫码打开一辆小黄车的车锁之后，就把拎的东西挂到了一边的车把上。由于东西多且重，我刚骑了没多久，就失去平衡，当场摔倒在地。我被压在了车子底下，试了三次都没能站起来。

这时，两位小黄车的工作人员马上跑到了我的面前，把车子从我的身上挪走，并把我从地上扶了起来，连忙问我摔伤了没有，还让我坐他们公司的车送我回宿舍。

我在车里的灯光照射下，隐约地看到了那两位小黄车工作人员的相貌。他们两个人差不多都有50岁，面容黝黑。在昏暗的灯光下看不出他们此时到底是什么样的表情，但是我从他们的眼睛里看到了慈爱的眼神。他们的年龄和我父亲的年龄是差不多的。小的时候每当我摔倒或者是受伤，我从我父亲的眼睛里看到的就是这种眼神，我记得非常清楚。在路上，我了解到他们每天坚守在自己的岗位上长达十几个小时，不论严寒酷暑。很快他们就把我送到了宿舍楼下，一直等到我的舍友下来，他们才放心地离去。

我的心情久久不能平静，心中既充满了对那两位小黄车工作人员的感激之情，又有一种敬佩之情。他们虽然是校园中的平凡人，但是正是因为他们勤恳的工作，才让我们的出行变得更加方便和环保。他们对工作的态度就像他们所穿的工作制服的颜色——橘黄色所代表的意义一样，都是令人感到温暖和热情的。他们每天都会把我们停放凌乱的小黄车重新摆放得整整齐齐；每天都会检查小黄车是否能够正常骑行，发现有问题的小黄车他们会立即去修理；每天都会站在学校小黄车的集中放置地点等待着为大家服务。也许你会说这是他们的本职工作，如果他们不这样做他们就会被开除，所以我们无需感激他们。但是我想说的是每个人的每一份正当工作都会为社会带来一定的社会价值，小黄车的工作人员为我们的出行带来了方便、环保与安全，并且我亲身感受到了他们对自己工作的热情和对我们骑行人员的关怀。

我倡议大家尽量对小黄车的工作人员多一份尊重与理解，骑完小黄车之后尽量把它们停放整齐。另外，大家在骑小黄车的时候要懂得爱惜，尽量减少对它们的损坏。我希望大家能够将心比心、以心换心，共同建设我们温馨、和谐的校园，把更多的感动和正能量传播到我们每个人的身边。

作者：法学院2016级硕士研究生　王晓东

11月27日　星期一　晴

公卫学院本科生·陈志娴

2017年可能是最不平凡的一年，而这一年又带给了我重生与希望。

说起来是3月份的事儿了。我一如既往早起晚睡地生活，忽然发现脖子上起了一个肿块。刚开始只是以为长期感冒未愈，加上小时候得过淋巴结炎所致，但是学医的好奇心驱使我去了医院，开始了一系列检查，从内分泌科到活检科再到外科，从简单抽血化验到穿刺活检再到超声检查。本能意识告诉我并不简单，但是又能怎样，在一切都没有定论之前我又不敢告诉谁。作为一个独生子女，我知道自己对于父母有多重要，我很谨慎，不敢声张，于是就在他（男朋友）、电话中的闺密和身边朋友的陪伴下穿梭于校园和齐鲁医院之间，完成了最煎熬和漫长的检查。

我想我大概永远也忘不了那段时间，我很想一觉醒来发现是个梦，我很想我真的有能力独挡，我更想身边没有他，最好不要他和我一起承担，我真的很想大哭一场，长到这么大都没有过的、关于生命重要的体会，在这一次全都尝遍。不过事实证明一个人想太多真的很没用，半夜不能入睡第二天早上肿块也没小，哭一场到精疲力竭，却仍旧要面对病痛，努力想推开所有人，但爱你的人总会靠得更近。最后结果不出所料——甲状腺乳头癌。还记得那天是他先去医院取了结果，我在系解课考完期中考试后就去了医院，那可能是我们之间最沉重的一通电话：“结果怎么样？”“医生写的我怎么看得懂？你来了我们找医生再说吧。”然而当那六个大字出现在我的眼前时，一刹那间竟没有难过，仿佛早已预料到，懵了一阵，泪水开始在眼眶里打转。接下来换家人跟我一起承担了，尽管很不忍心，但我知道这是对自己也是对他们负责。

父母千里迢迢从青海赶了过来，开始联系医院床位，要知道齐鲁医院真的是一床难求，好不容易等来了床位，真正的考验才刚刚开始。安排好了手术时间，手术那天我发了一条定时说说，大概潜意识促使我做好了完全准备，尽管绝望但还是平静地等待着一切暴风雨。被推上手术车时，旁边围满了家人和朋友，我努力让自己不要怂，却还是手脚冰凉。进入手术室之后真的只剩我一个人扛了，从静脉埋针到吸麻药，这短短几分钟，我是多么不想睡过去。尽管之前被告知手术风险不大，但天有不测风云，手术台上的事儿谁又能说得准呢？……很庆幸，三个多小时之后，“我胡汉三又回来了”。在重症监护室休养的那几天看到定时说说下的点赞，我才知道原来我真的不是一个人。之后听同学们讲起当时爸妈在手术门关上那一瞬间的无助场景，我真的很揪心。同学们也说，经历了这一次，以后真的不想再送身边的人进手术室了——太难受了，那滋味真是绝了。

在术后的日子里，我不知道看了多少遍《滚蛋吧肿瘤君》，心疼又喜欢着熊顿，她的那份乐观想必将来也会支持我走下去。谢谢滚蛋的肿瘤君，让我体会了这不一样的人生，这真的是一次重生，好在醒来之后他们都还在，他也还在。但就是那不可思议的矛盾心理，总觉得少了一个甲状腺就差人一等，我努力想逼他抛下我，不想以后更不舍得放手。尽管周围的人都劝我没这个必要，但执拗就是不停地作祟。好在他比我还执拗，直到现在仍旧喜欢走路走在我左边，这份感情真的就像当初所说亲人的感觉。可能这也算是我大学生涯的一种成功，我觉得很幸运。

人食五谷杂粮，生病在所难免。这一劫过去了，我们相安无事，现世安稳，愿将来岁月也能静好！

作者：公卫学院2016级本科生　陈志娴

11月28日　星期二　晴

兴隆山校区图书馆工作人员·王晓宇

“画，管够。”脑海中又浮现出了这三个字，每次想到这里，我的内心就像有一抹暖暖的阳光照进来。

围绕学校“双一流”建设发展目标，为让更多的青年读者亲近传统文化、了解传统文化，兴隆山校区图书馆全力打造文化育人基地，决定多渠道筹集作品，来丰富馆内文化建设。为此我联系了校书协的负责人，看是否能找到合适的学生油画作品来进行展览。但因书协的学生们平时大多以书法为主，并没有足够的油画作品来进行展览，会长便说他联系一下机械学院产品设计专业的同学，看可不可以帮忙。

经过联系了解，产品设计专业的学生并未涉及油画，却有些许水粉作品，可以搜集一些高质量的水粉作品交予图书馆使用。但因水粉画作需用画架进行展览，而学生们的画架全部用在大一新生的绘画专业课教室，没有展架便无法进行展览，眼看水粉画展就要化作泡影。一位学生说：“很抱歉没有帮到老师，下一步我们会准备些作品备用，有什么事老师随时找我就行。”他还向我推荐了校刀笔油画协会发布的推送内容，看是否能帮到我。

经过一天的时间，我们最终确定了展览用的展板。下午4点30分，我再一次与这名学生联系，他说他马上联系同学们尽快搜集作品。因兴隆山校区图书馆地处偏僻，为尽快将作品送到，当晚9点钟，学生带着70多幅水粉画作品，冒着瑟瑟寒风打车来到兴隆山校区图书馆，将作品交给了图书馆，并说：“老师，画送到了，挑好点的用吧。画，管够。”

是的，仅仅这三个字，却让我感动到哽咽。

我简直无法表达我的谢意，感动于学生对图书馆的态度如此之暖。学生却说：“很开心能帮到老师，去年我们办活动也是在图书馆，还得多感谢图书馆的老师们。我们要多多支持图书馆建设，再有任何需要帮忙的地方，老师随时找我就行。”为此，图书馆领导特别感谢学生们为图书馆的文化建设提供的水粉画作，在作者自愿的前提下，特找专业人士从中挑选30幅作品进行装裱，并为选中的作品作者颁发收藏证书，将其作品挂在图书馆文化墙上进行永久展览。

秋欲尽而冬欲来的时候，天气越来越冷了，图书馆却是温暖的，暖得如春天般充实、美好。因为有那么多爱我们的读者，有那么多爱凝聚在图书馆。图书馆离不开读者，图书馆的文化建设更离不开读者。图书馆对学生的教育和引导绝不仅限于文献和资源的提供，还要让学生在馆内享受多种体验、贴心服务的同时，如春雨滋润万物般享受到文化的浸润。

博尔赫斯说过："我心里一直都在暗暗设想，天堂应该是图书馆的模样。"我们要让这座天堂，一直在读者的心里。

如莎士比亚所说："生活里没有书籍，就好像没有阳光。"嘿，欢迎来到图书馆，你会如沐春风，就像一步迈进了春天的门槛。

作者：兴隆山校区图书馆工作人员　王晓宇

11月29日　星期三　晴

管理学院本科生·梁羽与

长大以后，情感变得淡薄了，交朋友时也不会像儿时那样无所顾忌了。仿佛长大了，就失去了很多原本的快乐，将喜欢和讨厌通通塞在心里。然后，一个人走着的路变得艰难，一个人看到的天空也变得灰白。但慢慢地，加入山大创行后，这条路上，越来越多的人和我并肩。

每年的4月和5月，我们都会用这一年运行得最好的项目参加创行的社会创新大赛。在某一个深夜，走在北京不知几环外的街头，车很少，人也很少，突然感叹，从我的十八岁到二十岁，我同这群人一起走过来，度过了看起来很疯狂的青春，创造了许多的回忆。

在与我们住的家庭式公寓相邻的马路对面，有一家家乐福。一群熬了几天夜的人，饥肠辘辘地从火锅底料挑到冒菜底料，从小白菜、小油菜、金针菇挑到拉面，再带上几瓶护肤油和一大瓶葡萄汁，扫荡了一番之后便回到了备赛房。当晚，晨哥给我们做了三顿冒菜。每次当那扇小厨房的门打开的时候，坐在餐桌前修改幻灯片和年报的，躺在沙发上背稿子的，站在飘窗旁练陈述的，还有在里间补觉的，通通都会欢呼着起身，准备迎接一大锅色香味俱全的冒菜。

然后在吃饱喝足之后，大家再一起交流一下英语，修改年报和幻灯片上的语法错误，互相嘲笑彼此是英语文盲，或围在电视机前吐槽："这一页幻灯片又是谁做的啊？太丑了，重做！"浩宇把电脑连上电视机，给大家直播做核桃拆分的动画。还有在没有思路又想睡觉的崩溃状态中互相鼓励。

我一直对《太阳的后裔》里面的一个情节印象很深刻。乔妹饰演的姜暮烟医生专业素质过硬，工作刻苦，却因缺少后台而被顶替本应得的教授职称，并在得知消息的当天被要求第二天去电视节目上做医疗设备的介绍。那个晚上，她一个人坐在空荡荡的医院走廊上，一边痛哭着一边背着第二天上节目时要使用的台词。但第二天，她完美地完成了节目，并赢得了赞誉。

我们和她相似却又不同。我们在背后辛苦地准备比赛，相互鼓励着、打闹着，熬过一个又一个的夜，走过一条条熟悉或陌生的街道。满脸油光还长着痘痘，非常疲倦，一次次地返工，一次次地修改。埋怨也有，泪水也有，但当站在赛场上时，我们就是最自信的、最容光散发的、最青春无敌的。那时的我们，就是最好的我们。

在国赛十九强宣布的现场，很遗憾我没在场，乐乐和胡玲儿打电话给我说，听到山东大学的名字出来的时候，她们俩抱头痛哭，突然就想和我打电话。我在电话的这头，纵然旁边是车声喧杂的大马路，突然泪水就满眶。有人说泪水是弱者的，也许有人不理解，但是我们，只有我们，才能够体味到这一路走来的艰辛和心酸。我们是能够把后背放心交给彼此的人。我们在承受苦难的时候还有追求幸福的渴望。

这些经过，平凡而又深刻，终会成为我心中温暖的颜色。我们，从山大创行开始，但不会止步于此。我相信，这是最好的我们，在最好年纪的最好的我们。

作者：管理学院2015级本科生　梁羽与

11月30日　星期四　晴

山东人民出版社编辑·王　菲

桌子上的日历不知不觉间已经翻到了11月的最后一天，再有31天，2017年即将离我们远去。日复一日，年复一年，岁月的年轮悠悠地向周围扩散，然而它并不像水中的涟漪，一层泛起又眨眼归于虚无、沉寂，而是把所有的点滴镌刻在年轮之间，默默铭记。对我来说，这一年新的印记，便是与《山大日记》的再次相遇与相知。谨将这雪泥鸿爪暂记于此，算作在忙碌而又寒冷的初冬之中一次温暖的拾忆。

去年7月如愿进入出版社，做起自己喜欢的文字工作。今年3月底，编辑室王海涛主任递给我一份厚厚的书稿，嘱托我来编辑。扉页上“山大日记”4个黑体字映入眼帘，当下激动得差点儿把书稿散落在地。“能以这种方式再次和母校相遇，是何等的幸运。”这样想着，我便一口应允。

第一次听说《山大日记》这本书，是在2015年的秋天。蕙质兰心的好友何淼，在参加《山大日记》座谈会时，发现2014年的《山大日记》收录了我的一篇文章，原来是2月22日的日记头条。那一篇是在研一寒假刚结束，返校百无聊赖之际，以试试看的心态发给日记邮箱的，没想到竟然被发布，更没想到成为头条并变成铅字出版。遗憾的是，当时我并没有留心出版单位。

直到接过书稿，我才反应过来，原来《山大日记》就是由我社出版的，心中顿时激起阵阵感慨与温暖。《山大日记》从2013年开始出版，2016年的是第4册。书稿已经按既定排版样式排好，我所做的就是图文编辑校对工作。由于定下的付印时间比较急迫，只有一个月的时间。当时手头还有其他几份稿子，要看完这500多页厚厚的一摞书稿，时间其实很紧张。在编辑过程中，我联系上了母校宣传部新闻中心的张丹丹老师，一聊才知道我俩是同一级毕业的，沟通起来没有什么拘束。遇到外国人名等需核实及图片替换等问题时，丹丹总是很热心地答复我。负责书稿的领导和老师们一起加班熬夜，把清样看完并及时发回了出版社。非常感谢母校每一位参与《山大日记》编辑工作的老师，如果不是大家的配合，估计出版时间又要延迟了。

在付印前几天的一个晚上，为了确保没有差错，我又用校对软件花了整整三个小时校对并复核完毕。等到肚子开始抗议的时候，看了一眼时间，已经晚上9点多了，办公室其他同事都早已下班。想着赶上了付印时间，一直绷着的神经顿时松弛了下来。5月24日，《山大日记》印刷完毕。拿到印厂送来的样书，心一下子紧张了起来，战战兢兢，不敢打开塑封，唯恐看到某些如“漏网之鱼”的差错。但最终还是抵不过迫切和激动的心情，在主任的鼓励下，我打开了仍散发着油墨香的新书。当翻到后勒口看到“助理编辑”后面印着自己的名字时，心中涌起的先是忐忑，忐忑的是不知道山大的老师是否会认可这本书的编校质量；再者是感激，这是跟着主任做的第一本书，而主任放心地把书稿交给我来编辑并提醒应注意哪些问题，还慷慨地署上了我的名字；最后是开心，开心自己的名字和好友淼淼的文章被印在了同一本书中。第一时间把照片发给淼淼，她更为我感慨缘分的奇妙。谁说不是呢？因为她，我知道了《山大日记》这本书，现在我又编辑着她的文章，再度和正在山大政管院读博的她多了一份共同的美好回忆。

编辑的过程是幸福的。日记的作者有山大师生，也有海外学者；有图书馆管理员，也有宿管阿姨；有食堂小哥，也有保安叔叔……读《山大日记》栏目组的编辑、展板设计者等写的日记时，我才知道，在这一小小的栏目背后，有那么多可爱而又负责的人默默地、心甘情愿地付出着。正是他们的努力，让每个人普通而又不简单的某一天，如涓涓细流，注入了《山大日记》这片浩瀚之海，为山大人的每一天增光添彩。“记录山大每一天，见证学校发展每一步。”刘梦冬、万广远老师的《山大日记是怎样成为网红的》一文让我了解了这一栏目的创办缘起，原来是那么温情的一个故事。好友笔下描写的座谈会参与人员为《山大日记》建言献策的温馨场景，更让我为这个栏目感到自豪与感动。

转眼又是年底，《山大日记》栏目组推出了“2017温暖拾忆”活动，包括朋友圈宣传征稿及集赞赠送印有“山大日记”水印的帆布包等。我也积极转发宣传，很多人在了解这个栏目后毫不犹豫地就点了赞，可是因临时有事没能回校领取。淼淼让我把截图发给她，没想到很顺利就领到了，也许是栏目组特别贴心和热情吧，不舍得让参与的人儿失望。这件礼物我必当用心珍藏，因为它是《山大日记》经好友之手留给自己的又一份温馨记忆。

又是一年寒假时，又快到《山大日记》栏目组老师们忙碌的时间了。从纷繁多元的稿件中选出能够代表山大人精神面貌的头条委实不易，有时甚至很难取舍。但我相信，老师们的心里必然是欣慰和甜蜜交织的。2017年是一个丰硕之年，2017年的《山大日记》肯定会有更加崭新的内容来展现山大人砥砺奋进的风采。作为出版社的一名编辑，我也诚挚期待2017年的《山大日记》能够在学校和出版社的携手努力下，以更美好的姿态和大家见面！愿它成为一朵永远盛开在山大人心中的精神之花！

2017，挥手说再见，把点滴记忆珍藏在心底。日记里的日记，你中有我，我中有你。

作者：儒学院2013级硕士研究生　王　菲

12月1日　星期五　晴

政管学院博士研究生·何　淼

岁末，回顾往昔，经历了成长、风雨和温暖。今冬看到《山大日记》栏目关于“温暖拾忆”的征文通知时，先是会心一笑，继而变得胆怯。会心是由于对《山大日记》的关注和喜爱由来已久，脑海里浮现许多温暖。胆怯是因为太过喜爱，就像面对心仪的人，明明情溢心间却变得笨拙讷言。事实上，令我感到温暖的人、事、情不胜枚举，却惯于珍藏心底，甚至不知该捡拾哪一抹温情写于纸上。也许在旁人看来，那些细碎的温暖微不足道，但我自己偏是那样易于知足和感动，将那些纯粹美好的回忆串联成永恒的纪念。

昨晚，与朋友相约观看了网评颇高的电影《寻梦环游记》，影片讲述了一段温暖深刻的关乎亲情、梦想、生命的故事。当我听到《记住我》(*Remember Me*)的旋律时，不禁潸然泪下。只要尘世有爱与牵挂，生活便是幸福，生命便是永恒。归途中，又读到了好友王菲为《山大日记》写的真情满满的文章，遂想起我们的友情，以及我们与《山大日记》的故事。当内心盛满温情时，便有了情溢笔尖的勇气。

《山大日记》于我而言，既是缘分所至，又是深情所寄。她的诞辰，既是我的生日，也是我获悉被山大录取的日子；她的历史，既是山大人的岁月与故事，也是我与山大彼此成长和陪伴的时光。2014年冬天，与当时在儒学院读研的菲菲一起聆听了莫言在山大的讲座，两个女孩为了文学梦，经历了周折、执着与笑泪，那天写的诗偶然间被《山大日记》选登，可以算作彼此产生关联的起点。2015年冬天，写了一篇《冬天的温暖》，被刊发到“山大视点”的公众号，继而才与《山大日记》有了更多交集。2016年冬天，有幸应邀参加了《山大日记》的发展座谈会，获赠了近年出版的《山大日记》，见到了慕名许久的万老师和刘老师，满满的惊讶和欢喜。在此之前，我们从未谋面，却一眼认出了彼此。不禁想起与其他擅长文艺的纪红老师、校报老师以及文友相遇的场景，在茫茫人海中，凭借着文学的感应与灵犀认识对方。当我认真捧读历年的《山大日记》时，内心被每一天、每一篇、每个人的故事打动着，正是这些大大小小的故事、真切诚挚的感悟，让山大史册增添了温情与厚度，而每晚校园广播选读的《山大日记》也是一个亮点。后来，欣然得知好友菲菲入职山东人民出版社，又恰好负责《山大日记》的相关编辑、校稿工作，更添默契和祝福。文字只有交付到真爱文学的人手里，才是最温暖的情愫和归宿。

不仅是《山大日记》，所有与文学相关的事物总能带给我珍贵的美好和缘分。就像一朵朵纯美的花，开满生命的每一方田野。记得今年秋天，在随学院搬迁去青岛校区之前，心中牵念的除了济南校区的历历风景，便是山大视点和校报的几位老师。尽管我们的相遇很浅很淡，但内心都有着对文学的真挚与赤诚。他们清晰地记得我曾写过的文字、拍过的风景，也关心着我的学业和生活，令我心里涌动着亲切和温暖。而我在山大收获的友情，很多时候也是因为文学而缘起和情重的，一直笃信：“所有热爱文学的人都是善良的。”而我何其有幸，结识了一些才华、性情、人品、能力俱佳的老师、朋友，跨越了年龄、地域、院系。

不仅是纯文学，哪怕聊起学术，文字的力量也是动人的。令我感到温暖的，更有山大的恩师。他们不仅是传道授业的智者，更是爱生如子的长辈。尤其是我的导师王韶兴教授，不仅在学术上颇有造诣，对待学生更是如父亲般温暖、大气，给我许多学识和人格的熏陶。今冬，在博士论文开题前夕，我收到了导师在凌晨3点发来的邮件。年逾花甲、工作繁忙的他竟然在深夜煞费苦心地为我写信，指点我的论文和学业，给我以学术素养、学术思维、学术表达的教导和叮咛。他知晓我的学术弱点，总是充满智慧地给予批评、建议和鼓励，令我感激、折服、受益。继而想起山大终身教授赵明义老先生，现年85岁的他竟然有着67年的党龄。记得2013年冬天，我曾在他的课堂上触景生情，一时兴起为他作诗，并有幸发表在校报上。他后来得知此事，看似嗔怪却满脸慈祥，竟因此认识和记住了我。有时放学后，我们一些学生会搀扶、陪伴他回家，那样的傍晚总是弥漫着温情，闲聊间也充满了智慧的哲思。数天前，我又有幸聆听了赵明义老师给统一战线学专业研究生的授课，他在讲述党的十九大报告时的振奋与激情，诵读入党誓词时的虔诚与郑重，深深地刻在我的脑海，令人钦佩老一辈共产党员的豪情与温暖。

不知不觉间，文字竟在深夜蔓延开来。大学以来，便习惯在静夜笔耕、思索。向来不喜刻意写作，只在内心涌动着灵感和情愫时，才任由文字从笔端自然流淌。总是觉得，文字是安放记忆的最好方式。流逝的岁月、温暖的记忆，唯有化作凝固的文字，才是永恒的定格。然而，岁月并非化作历史，才有回味的价值。生活的美好，就在于珍惜平凡的日子，知足当下的拥有。当一朵花开、一抹阳光、一个微笑、一次遇见，都能带给你芬芳与喜悦，又何尝读不懂时光的深情与温暖！

作者：政管学院2016级博士研究生　何　淼

12月2日　星期六　晴

威海校区翻译学院硕士研究生·张嘉琪

忙完了本科毕业答辩，和蓉蓉狠了狠心一起去考驾照。和我们一车学科三的本校研究生小姐姐小迪，顶着教练的谩骂，贴心地给我们讲解开车技巧，不断鼓励安慰我们。在看不见硝烟的考驾照战场上，每天顶雷的三人结下了深厚的友谊。

还好两个多月的集训后，我们都通过了考试，顺利拿到了驾照。只不过我和蓉蓉已经不知不觉间沦为了校园“黑户”。虽然依旧有租金低廉的宿舍住，可是室友们渐渐搬离，食堂窗口接连关闭，我们的一卡通也注销了。最惨的事是无法刷卡洗澡了，还好我们认识小迪。下午小迪爽快地借给我们卡后，夜里我们就去还卡了。

从西南门浴池旁的宿舍出发，我和蓉蓉很久没在夜色下漫步校园了。宿舍楼下的自行车少了好多。文都考研的灯箱暗了一个字，和旁边的蛋糕店灯箱连在一起，变成了“甜蜜时光都考研”，特别励志。七八点钟的宝骏超市依旧热闹，只不过不是周一，听不见“水果特价了”的吆喝声，大鸡排的灯箱旋转着在地上投影，黄色的灯光看起来很温暖。

往前走是书香苑，一家三口都胖胖的老板，人很好。书香苑对面就是新建的学生自助服务中心，我曾经去过一次，想打印成绩单的，结果却忘记了密码，捣鼓了半天后还是失落地离开了。

再往前就是五食堂舌尖上的美食了：一度迷恋的香香美食，他们家的盒饭能让排队的学生排出小花园；鸡蛋灌饼家的包子和小米粥不知道还卖不卖；四食堂改名叫泰园餐厅，却被好多人认成了泰国餐厅，还以为威海妖风变成了东南亚风。

广场的一侧，男孩女孩们依旧在打着羽毛球，滑着轮滑或者滑板。背景音乐一般很带感，让人感受到青春的律动。我又一次贪恋地看了看摆放整齐的展板。学校的社团多，学院的展板更多，可是自己大学四年没有参加很多活动，实在是可惜。

就这么一路走一路回忆。灯光下树影婆娑，微微浮动，流年似水。一路上不开口的我们都在细细品味大学最后的时光。

夜晚的“大鸡翅”(威海校区“航”标志)暗红的颜色让人心安，北面图书馆透出的光应该能照到校训石那里，商学院里自习的同学践行着“学无止境，气有浩然”。东门的校医院，记忆里只在大一开学的时候和大四毕业的时候去过。矮矮的，就两层楼。

而小迪呢，她就在东门校医院后面的楼里。我大二选修机械工程制造的时候来过这里，我知道转过右手边一排平房后是艺术学院的教室，还有机电学院的工厂。我在那里体验过电焊，带着护具看见了灿烂花火，新奇而开心。

小迪一身长裙靠在实验楼门口，那楼门狭长，显得她更高了。道别后，我们也慢慢回寝室去了。路上，走过艺术学院，那里咿咿呀呀吊嗓子的练习不再，只是偶尔有几个音符传出。我们在艺术厅里欣赏过从古至今都悠扬婉转的民乐，大一时我作为校合唱团一员，还曾在这里彩排学习。徐老师儒雅睿智，张老师幽默不拘小节，曹老师则和大家打成一片。

左手边的绿茵场，我曾在那儿踢出过高球，连续单脚颠了十多个球，体验过一把足球的乐趣。在带球过人时，我自信自己也曾是追风少年!

思绪被手机铃声打断，是丫丫，说她回来看我们，可是宿舍里没人，只好把毕业礼物放在阿姨那里了。

心里一暖，我们回程的脚步加快了，那个叫宿舍的地方也曾是我们的家。

作者：威海校区翻译学院2017级硕士研究生　张嘉琪

12月3日　星期日　阴

外语学院青年教师·张　聪

前些日子，搭着桂月末的凉意，一阵儿又一阵儿的北风吹落了黄叶。外院前的花园里，木叶满地，金黄的银杏叶引得过路人驻足观赏，情不自禁多拍了些相片。想来时间走得很快，不懂得白驹过隙的我，眼里满是十几年前那位青涩的姑娘第一次站在洪家楼校区的样子。

2004年，我顺利考取山东大学。尔后，本着对山大的热爱，我选择留在山大继续读研。2011年硕士毕业后，赴美在普渡大学继续留学深造。走的那天，我相信将来某刻，我还是会站在洪家楼校区，看着公教楼前春花开、秋叶败，数着山大的春夏秋冬，算着母校的暑往寒来。

赴美留学的几年，海外生活让我更加怀念在山大七年的日子。去年夏天，我顺利博士毕业。“回去吧，是时候回去了。”

离开，是为求索知识装备自己；归来，则是为建设母校添砖加瓦。如果说十三年前我随身带来的是空白的稿纸和对知识求索的热情，那么这一次，稿纸上写满了对母校的怀恋热爱和渴望为母校建设出力之热忱。以往的老师们还是在呕心沥血地教书育人，再次看到他们自然格外亲切。一日为师，终身为师。过去一年多，还是那些曾经教给我知识的老师们教我如何更好地去上课、搞科研。从备课、教学乃至学术研究每个环节，他们无一不给我以指点、引领。我对他们全然的付出肃然起敬，也对“师德”两字有了更加深刻的理解。我要将山大人的爱传承下去。

留学期间，我曾承担普渡大学本科生英语写作课程的教学工作。课堂上，活跃的课堂氛围、自由的讨论环境、敢于挑战权威的批判性思维都让我记忆尤为深刻，一些经典时刻也时时浮现眼前，恍如昨日。过去一年里，我也遇到了一群让我铭记的学生们。公教楼自习室里总是有他们的身影，课间休息时间还不忘继续讨论甚至争论得面红耳赤，小花园里的早晨也总是鸟叫声伴着琅琅的读书声。我觉得我从未离开，更仿佛看到十多年前，我放在树下石凳上的英语书上，飘下的落叶还带着秋天的味道。

“落红不是无情物，化作春泥更护花。”校规石上印刻的“为天下储人才，为国家图富强”，让我看到了老一辈山大人为泰山之北这座百年学府奉献年华的可爱模样。母亲河阴，百泉之畔，新一代山大人业已出发，始终在路上。

不知古稀之年我身于何处，但知耄耋之时山大于我心。

作者：外语学院助理研究员　张　聪

12月4日　星期一　晴

山东大学青年志愿者联合会主席 · 范清涵

夜晚的兴隆山，寒风已经有些刺骨。就在刚才，我从中心赶回兴隆山时已经过了门禁时间，一个人在宿舍楼门口等待室友去找阿姨开门，冻得瑟瑟发抖。回到宿舍整理票据时，发现这已经是自11月以来第十次晚归。12月5日是国际志愿者日，也是我来到山大之后第三个国际志愿者日，在团委老师的指导下，经过一个多月忙碌准备的12.5系列活动——知新楼A座展厅“美丽中国，最美青年”山东大学青年志愿者行动主题展终于要呈现在大家面前了。

六个月前，随小树林支教团赴云南支教前的最后一晚，铺完高校科学营最后一张床，我也开始了在青年志愿者联合会的第三年。9月末，各学院本科生综合素质测评，为了给由于系统更新尚未录入志愿服务时长的同学提供证明，两天开出了500多份志愿服务证明；10月，为了整合发起“星愿行动”和服务社区行动，我与部长们收集近百份材料，然后一遍遍地核查、提交、反馈再修改；11月，山东大学学生支教联盟成立，这背后是几十支支教队图片、简介的整理，联盟章程和发展规划等文件的一次次反复修改；期间，山东论坛、中日韩校长论坛、CERNET学术年会、秋季双选会、新青年之夜等各类大型活动，中学生进校园等常规志愿服务工作顺利开展，微信公众平台“益行山大”改版推广……

“奉献、友爱、互助、进步”——每年有几万人次的志愿者通过山东大学青年志愿者联合会，通过我们发起的“星愿行动”系列基地、服务社区等各种方式参与校内外志愿服务活动。我们是志愿者，但更是服务志愿者的志愿者！

当大一加入青年志愿者联合会时，我没有想到两年后还会继续留在这里，我的大学生活会与这个组织如此密不可分。作为志愿服务的组织者和服务者，除了在服务点做志愿外，我们的工作更多的是组织大型志愿服务活动的招募与培训，收集整理各类铺天盖地的志愿服务活动的材料，对接校内外各志愿服务点和校内各学院青志联，组织一场又一场的各类志愿服务相关的校内讨论交流会……中心校区大学生活动中心里的办公室渐渐成了我们除宿舍以外的第二个家。

尽管忙碌是常态，尽管在刚刚过去的11月，中心校区的部长和干事，已数不清在办公室加班工作了几晚，但怀着对志愿服务、对公益的热忱，怀着加入青年志愿者联合会的初心，我与我的部长干事们，仍旧会用热衷奉献的情怀，与你共叙温暖一生的故事，和你们一起，我们未来可期。

作者：土建学院2015级本科生　范清涵

12月5日　星期二　晴

外语学院本科生·徐　雪

如往常一样，我又在寝室楼前见到了这只橘猫。

它的毛柔顺鲜亮，长短恰到好处，圆溜溜的大眼睛能让所有与它对视的人心都软成棉花糖。相比其他几只猫，它显得胖乎乎的，蜷成一团就像一个大毛球，我在心中想象抚摸它的手感时，都会不由自主地微笑起来。

我想靠近橘猫，却又有些踯躅，只能恋恋不舍地拍了几张照片后离去。晴天的梧桐树，枝上浮漾着湿湿的流光，浅而温柔。

晚上的课结束后，我和室友决定去学校超市买东西。路过食堂时，一个黑影吸引了我的目光。他拖着一辆小车，上面扎着鼓鼓囊囊的几个塑料袋，走向了食堂门口的猫咪聚集地。我正担心他想做什么坏事，却发现他将塑料袋向盒子中倾斜，猫咪们都争先恐后地开始进食。他拖着车又向前走，透过路灯我才看清他的脸，猜测这大概是一位住在学校附近的老人，我便追上他和他攀谈了起来。

“您怎么会想到来喂猫呢？”

“当时啊，我发现几只小猫都很瘦弱，特别可怜，它们也是鲜活的生命。于是我就把大半退休金拿出来买猫粮，每天都喂，看现在，是不是都已经养得胖胖的了？”老人絮絮地说着，目光温柔。

我感到一股暖流涌进心里，漫上眼眶。一个与猫咪毫无关联的老人，用赤忱的心坚持做着这看似微小的善举，这给了我莫大的触动。

第二天，我向同学讨了一些猫粮来到楼下，那只橘猫其实特别聪明，它敏锐地发现我带来了食物，就冲到我跟前撒娇地叫着。它绕着我的腿打转，柔软的小身体不停地蹭着我，甩着长长的尾巴，让我有些不知所措。

虽是冬日，却阳光正好。金黄的光线照在橘猫身上，它细软的绒毛仿佛化作了鸟喙，在我心田的稻场安静地啄食，像贪吃谷粒一般啄食我心里的阴影，最后化为一页金色的书签，扁扁的，夹在心扉。

在与一个如此可爱的生物的相处中，我似乎了悟到一些世间生灵的奥秘。有时无需言语，眼神相对时，神经末梢便能触到对方心里的曼妙世界，像树根扎进泥土般踏实、欢喜。

那位老爷爷大概也在其中获得了某种珍贵的东西，这其实不是简单的“爱心”或者“善良”二字能概括的，而且一种凝视灵魂深处的壮举。人以认识生命和自然来映照自己，看透世相后必然能得到心灵的抚慰。

宁愿我渺小而宇宙伟大，一切的江河山川不朽，所有生灵仰望同一片星空，看世界在历史洪流裹挟中向前发展，生生不息。

作者：外语学院2016级本科生　徐　雪

12月6日　星期三　晴

添翼工程培训参加者·陈中午

在上大学以前，我知道大学里有很多课程，可以自由选择。但是我之前从未听说过还有“添翼工程”这种为全体大学生提供各方面培养的平台。添翼工程可谓大学校园里一条亮丽的风景线，它使同学们再也不怕找不到自己的兴趣点了。从游泳课程到礼仪培训，从英语四六级到吉他入门，从会计资格证培训班到管理人才培训班，这里可谓应有尽有，我们总可以找到适合自己的，为自己未来的发展做好铺垫。

我参加过许多培训项目，是添翼工程的老学员了。今年我报名参加了计算机技能培训，今天学习的是PPT的页面设计，主要学习如何做出一份精美、吸引人的幻灯片。记得我在大一的时候参加学院的答辩活动，自己做过一些幻灯片，当时由于没有经验，又不懂得如何美化背景、如何编排文字，做出来的幻灯片效果很不好，直接影响了答辩的结果。今天在勤工助学的课程中，我第一次系统地学习了幻灯片的美化方法与技巧，感觉收获颇多。在教学过程中，老师细致地讲解了幻灯片的使用注意事项、各板块的功能、页面分布特点等我以前从来没有学过的知识。随后，老师又展示了几个美化幻灯片的例子，我看完之后简直不敢相信自己的眼睛：原来一张很普通的背景，经过老师的调色后变得吸引眼球；原来凌乱的文字布局，在老师的手里安排得错落有致，一目了然；原来平淡无奇的切换效果，老师修改得毫不突兀，过渡自然。课程结束之后，我按照老师的方法修改了自己以前的幻灯片作品，真的是感觉进步明显，和原来的一比简直是天壤之别。

今天的学习让我意识到，三大主要工作软件WORD、PPT和Excel的使用方法是现代社会人人必须掌握的知识，也是在工作和生活中时刻用得到的技能。看着屏幕上老师的一次次操作、鼠标的一次次点击、页面的一次次变化，我感受到了熟练掌握计算机的操作技巧是多么重要。同时我也清楚地认识到互联网所涵盖的内容远不止这些，种类繁多的程序设计语言，不断完善的操作系统，成千上万的网络技术都是网络知识。作为面向未来的大学生，我们应该积极学习互联网知识，自觉提高互联网技能，这样才能不被社会所淘汰，进而对社会作出自己的贡献。

众所周知，现在是网络的时代，网络遍布现代社会的每个角落，比如，移动支付已经改变了许多人的支付方式，网购方便了大量上班族，同时也为人们带来了更多选择，互联网正在逐渐改变这个世界。这次培训活动让我意识到了学习互联网知识的重要性，我会以添翼工程的这次培训为起点，不断提高网络技术水平，更好地服务学校和社会。

作者：数学学院2016级本科生　陈中午

12月7日　星期四　晴

《共产党宣言》纪念馆参观者 · 王　琨

今天，我十分有幸能够与山东大学习近平新时代中国特色社会主义思想青年学习会的小伙伴们一道乘车前往广饶县大王镇《共产党宣言》纪念馆进行参观学习。秉持对《共产党宣言》的崇高敬仰，怀揣对马克思主义的学习热情，尽管一路颠簸，但丝毫不能掩盖我们内心对《共产党宣言》纪念馆的好奇与企盼。

到达纪念馆，马克思、恩格斯的雕像让我驻足沉思，而纪念馆讲解员热情周到的解读更使我内心追问：新时代，我们的责任与使命是什么？当年，马克思和恩格斯，一个30岁，一个28岁，秉持对时代负责的态度，他们合作完成了这份致力于解放全人类并在马克思主义发展史上具有里程碑意义的标志性文件——《共产党宣言》。在参观纪念馆中，透过一张张照片和一页页泛黄的手稿，我们切身体验到了马克思和恩格斯在写作时面临的重重困难与障碍。然而，这些并不能使他们停止对人类解放事业的思考与奋斗。更使我震惊的是，马克思17岁时便在中学毕业论文《青年在选择职业时的考虑》中抒发了自己的责任担当："如果我们选择了最能为人类而工作的职业，那么，重担就不能把我们压倒，因为这是为大家作出的牺牲；那时我们所享受的就不是可怜的、有限的、自私的乐趣，我们的幸福将属于千百万人，我们的事业将悄然无声地存在下去，但是它会永远发挥作用，而面对我们的骨灰，高尚的人们将洒下热泪。"

随后，我们学习了大王镇优秀共产党员的先进事迹，给予我印象最深刻的是中国共产党党员李耘生。《共产党宣言》发出的召唤，使李耘生热血沸腾并在众多思潮中坚定地选择了马克思主义，明确了救亡图存的社会责任。即使在被捕并被敌人以年仅两岁的儿子为对象进行威胁时，他也只能眼含泪水不能相认。他忠于革命的责任和担当值得我们每一个青年学习和践行。

参观到这里，我的脑海中闪现了两个词，一个是忠诚，一个是担当，我想这应该是新时代我们青年人承担责任必须具备的品格。而拥有这种品格之后，我们要做什么呢？我想到了党的十九大报告中习近平总书记的号召，青年要志存高远，脚踏实地，在实现中国梦的生动实践中放飞青春梦想，在为人民利益的不懈奋斗中书写人生华章！我想这就是接下来我们要做的，是我们青年人所必须承担的责任。想到这里，我更加坚定了接下来要走的路。

作者：马克思主义学院2017级硕士研究生　王　琨

12月8日　星期五　晴

国家公派留学宣讲会参加者·欧阳枫琳

今天在和朋友聊天时得知她参加了一个海外交流的学习项目，这让我想到前两天参加的一个关于公派留学的宣讲会。12月6日，2018年国家公派留学生项目宣讲会在中心校区举办，我有幸旁听了这次宣讲会。事实上，在这之前，我对留学并没有过多关注，因此对公派留学的相关政策规定也不甚了解，但经过此次宣讲会，收获颇多。

会议定于晚上6：30开始，我提前15分钟到达报告厅，这时会场已经接近满座，三三两两结伴而来的同学还在陆续走进来，一眼望过去还看到了一些学生家长。本来只是机缘巧合下参加这个会，但看到大家如此重视，很多学生都在为自己未来的科研之路尽早规划蓝图，我一方面深感不足，另一方面钦佩之情油然而生。研究生院的刘院长致开场辞，他鼓励同学们要勇于把握机会，实现个人留学梦，同时希冀同学们主动承担起对家庭、母校、民族以及国家的责任，学成归来，回报社会和国家。我想，责任与义务从来都是不可分的，公派留学是国家对青年学子的资助和培养，对学子而言，报效国家自然也是责无旁贷。培养办的老师耐心详细地解读了相关规定和具体申请流程，条理清晰，即便像我这样之前对此毫无了解的人也一目了然。另外，2014级数学学院的庄翼分享了自己在申请和留学牛津大学时的相关经验，这种直接的经验分享让我对项目有了更进一步的了解和把握。在外留学本身十分考验个人独立生活的能力，但这之前，从核实申请条件到准备各种需要提交的材料，再到办理相关手续，这些虽然都需要亲力亲为，但都不可能凭借一己之力完成。通过听取这种有效经验，大家对项目政策不再陌生，对种种规定也不再畏惧。会上还设有现场答疑环节，我因事先并无准备，因此没有提问，但大家根据自身情况纷纷提出自己的问题，十分踊跃，老师们也耐心地一一作出了解答。

参加这次宣讲会让我更加充分地了解到学校在研究生培养方式方面的相关政策，例如，公派留学项目已在山大实行多年，培养了大批国际型优秀人才。这也提醒自己平时应积极主动地了解和关注相关交流活动，丰富自己的研究生生活，提高专业素养，拓宽学术视野。

作者：文学院2016级硕士研究生　欧阳枫琳

12月9日　星期六　晴

文学院本科生·米娟娟

昨天，我收到了人生中最温暖的一套衣服，也是我人生中最珍贵的一份礼物。在别人眼里，也许它只是一件普通的羽绒服，一套日常保暖内衣。但对我来说，它不仅仅是一套冬日棉衣，更是让我一直引以为傲的母校和老师们给我的一份关爱、一份鼓励、一份温暖、一份感动。

在实现梦想、改变命运的路上，纵使我再努力、再勤奋，但我必须面对和承认，走过现实才是梦想。在人群的喧嚣里，在时间的洪流里，我始终知道我来自偏远农村，我是农民的孩子，我的生活很拮据。但这些，在我大一开始踏进山大校园之后，山大给我的爱和给我的所有资助，照亮和温暖了我因为贫穷而产生的所有焦虑和不安。这一次，山大老师们如此温暖体贴的关爱让我又一次感动和温暖。记忆里只有家人才会给我买衣服，但这次，是我的山大，是山大的老师们给我们买衣服。我忽然觉得自己被如此地爱着，好幸福。

领取完棉衣抱在怀里，感觉自己抱着一份极其珍贵的礼物。小心翼翼地拆开，合身的衣服尺码，自己喜欢的颜色，老师们前期做了多少准备工作，才让我们拿到如此满意的衣服。这套冬日棉衣，承载着学校对我们的期望，承载着老师们对我们的关爱。穿在我们身上的，不仅是一件羽绒服、一套保暖内衣，而是山大老师们沉甸甸的爱和关怀，是学校对我们的鼓励和期望。这样的一套衣服，不仅在寒冷的冬日温暖着我们的身体，更在人生的每一时刻温暖着我们的内心。

我会永远记得，2017年12月8日，我收到了一件特别的礼物。这件礼物，不仅让我温暖一冬，更让我永远铭记。寒冬送暖，恩情永驻，在我最需要的时刻，感谢山大的老师们亲手将温暖送到我的心中，这份感动，难以忘怀。感谢我的山大，感谢资助中心的老师们，今年的冬日不再寒冷，你们的爱，足够温暖我的余生。

作者：文学院2014级本科生　米娟娟

12月10日　星期日　晴

山东省演讲比赛一等奖获得者·任晓萌

当我站在圣昆仑的舞台上谢幕的时候，这段时间的忙碌终于算是告一段落了。我换上平底鞋穿上外套，坐在回洪家楼校区的公交车上，很累很累，但也想了很多很多。

从确定我代表山大去参加演讲比赛到现在，我已经数不清我背了多少遍稿子，录了多少又删了多少个手机录音。每天晚上下了晚课就接一杯滚烫的水，自己站在校园的小河边上，隔着小河朝着前面一片漆黑的小树林，无数次模拟自己站在比赛舞台上的场景。晚上很冷，当我练完的时候，水已经凉了。小河边很少有人来往，有人低头玩手机经过时忽然看见我站在那里，总会被吓一大跳，一次甚至有一个女孩子突然大叫一声，我都差点把手机扔出去。

坐在预备会议现场，我发现这个比赛根本没有我想象的那么简单。从主办方到协办方到承办方都高度重视，每一选手配备专门的志愿者，忽然就感觉一种莫名的紧张。因为我坐在那里，不是代表我自己，而是代表整个山大。路程太远，早上5点多爬起来化妆准备，60进20的复赛分了两组，还是紧张了些。当我知道自己以第一名的成绩进入决赛时，长舒了一口气。在我以为万事顺利的时候，点评老师说有的同学稿件主题还不够鲜明，比如14号，如果在原稿基础上再完善一点会更好。说的就是我咯。

在去省博物馆决赛彩排的路上，我就一直在纠结改稿子的事情。演讲比赛，脱稿，8分钟，将近2000字，只要一个字出错就有可能影响比赛效果。第二天决赛，前一天临时改稿，心里真的没有底。还好，我的指导老师“薛老大”在知道这个情况后就一直帮我想办法。那天，不知道我们打了多少次电话，晚上，老师在电话里帮我从头到尾一字一字地纠正发音。

老师很忙，但还是推掉了所有的事情，第二天陪我到了决赛的现场。现场有很多家媒体直播，省博的礼堂里没有一个座位是空的，当我站在候场区的时候，“薛老大”一直用手势给我加油。可能是练的次数太多了，也可能是台下坐着全程举着手机给我录像的老师给了我力量，走上舞台的那一刻，我真的，好像不那么紧张了。演讲很顺利，全程没有出错，鞠躬的时候，我就在想，不管最后是什么结果，我都坦然接受，因为我尽力了，这可能是我最好的状态了。所以，当我以全省第一的身份站在领奖台上的时候，我好像并不是特别激动，让我真心高兴的应该是这个成绩对得起我代表的山大。

晚上，回到圣昆仑，站在山大故事专场演出的舞台上时，真的有一种回到家的感觉。当我自己站在舞台中间把山大原副校长徐迅老先生的故事讲给台下的观众时，真的不觉得自己是在演出，而是在讲述，并且，是一种特别有归属感的讲述。

杨澜在《超级演说家》节目中说，在众人面前说话，如果你紧张了，那只能说明，你很正常。演讲，需要的可能不是口才，而是一个人的真心和真情，当你在向别人讲述什么，你可能就能直面内心的恐惧。这也是薛老师一直告诉我的，而且是我在这次比赛中学到的最重要的东西：不管结果好坏，每次体验必有收获。我们都一直在成长，演讲和生活一样，更需要讲，而不是演。

作者：外语学院2016级本科生　任晓萌

12月11日　星期一　晴

研工部研究生奖助工作人员·高　正

今天的工作接近尾声，走出明德楼，果然又是夕霞落尽，墨色浮沉，不同于来时白日里的喧腾，夜幕里灯光照射下的校园更多了一份宁静与安详。

学校是一个双线的故事。最耳熟能详的是学生“三点一线”间的行色匆匆，是老师三尺讲堂上的言传身教。而另一条并不显眼、若隐若现的线，则是依靠所有教职医务员工的分工合作、各部门间的细密分工配合，保障整个学校能够有条不紊地运转。我就是这条线上的平凡一员——负责全校博士、硕士研究生奖助学金的评定与发放。

研究生的奖助工作贯穿于一个学年的始终，准确及时地发放，既是对研究生潜心科研、勇于创新的奖励，也是对学生学习生活的保障。因此，工作流程环环相扣，需要在明确的时间节点上层层推荐，不能有一丝马虎。如研究生奖学金需要按照时间要求先后评选国家奖学金、学业奖学金、优秀干部奖学金、各类社会奖学金、校长奖学金，而研究生助学金则要求根据学籍变化每月及时调整、按时发放。2017年，学校共发放了2.5亿元研究生奖助学金，惠及1.8万余名研究生。其中，研究生奖学金获奖人数15000余名，金额约8000万元；研究生助学金发放人数有18400余名，金额近1.7亿元。

在同学们看来，奖助工作无外乎提交材料、参与答辩，然后就是获得荣誉、收到奖金。然而在这些工作的背后，大到通知的发布、材料的汇总、资格的审查，小到答辩环节中选票的制作、评审表彰现场的布置，都是在领导的悉心指导下，由我们两名奖助工作人员一丝不苟、加班加点干出来的结果。工作量之大、内容之琐碎，让我这名奋战在研究生奖助一线近十年的研究生奖助人总结出了研究生奖助工作“三多二少一点”的工作认识与态度：发放人数“多”，制作表格“多”，迎接检查校对数据“多”；工作人员“少”，准备时间“少”；一“点”也不能出错。只有这样才能保证各项奖助学金准时无误发放到位，以鼓励每一位认真学习、扎实科研的研究生继续前行。而我们的研究生奖助工作，也在前不久的教育部实地检查高校学生资助工作中获得了肯定。

奖助工作很大，关乎每个同学的切身利益；奖助工作也很小，只是学校工作中一个很小的环节。走在校园安静的小路上，静谧的氛围让我突然想到了一句话——“隐秘而伟大”：百年的历史和积淀让山东大学成为我们心中“伟大”的存在，甚至成为我们的信仰，但这份“伟大”无疑也离不开任何一位师生员工在并不显眼甚至有些“隐秘”的工作中保持一丝不苟、严谨踏实的作风。

抬头仰望满天灿烂的星空，低头看看脚下自己走过的路，抛却烦恼与疲惫，轻装上阵！明天将是新的一天，明媚灿烂一如往常，默默对自己说句，加油！

作者：研工部工作人员　高　正

12月12日　星期二　晴

赴英研修教师·刘洪东

时光飞逝，来英国已经两个多月了。本次出国研修跟之前参加的几次培训有很大不同，一是地点从法语国家换到英语国家，语言背景和环境有很大变化；二是内容并非传统的外语教学法，而是倾向于科研培训，涉及众多主题和学科。这次研修是国家语委和国家留基委共同组织实施的首届“语言文字应用研究优秀中青年学者研修班”，来自国内近三十所高校的学术骨干汇集谢菲尔德大学，在三个月的时间里有机会与剑桥大学、牛津大学、伦敦大学学院、约克大学、谢菲尔德大学等英国语言学界的大师和专家近距离接触，而且承办方还安排有多次实地考察，让我们近距离了解英国语言生活的真实状况。驻英使领馆对本次研修非常重视，曼彻斯特领事馆教育组王盈参赞专程出席开班仪式，伦敦使馆王永利公参邀请全体学员到教育处座谈交流。

研修机会来之不易，所以希望能够利用这次宝贵机会多走走，多看看。除了结合个人研究兴趣，对几位教授就当今语言学研究的一些热点问题进行专题访谈外，周末时我还背着书包行走英伦，感知不同地区的语言景观和语言生活。此外，我还对谢菲尔德大学孔子学院、利兹大学商务孔子学院、诺丁汉大学孔子学院、利物浦大学孔子学院、曼彻斯特大学孔子学院等进行实地调研，深入了解孔子学院在英国的发展以及汉语在英国的传播情况，为下一步的相关研究积累一手资料和素材。访学期间，研修班的学员也利用各种机会和形式进行内部交流，互相学习，为以后的跨校和跨学科团队合作奠定了基础。

昨天，谢菲尔德中国学联组织了一次海外归国人才高校就业座谈会，邀请了南京大学、山东大学、华东师范大学、暨南大学等在谢菲尔德大学访学的几位老师及学科负责人，向该校在读博士介绍国内高校海外人才引进的相关情况。接到如此艰巨的任务，自己既兴奋又有点忐忑。这是一次宣传学校、提升学校影响力的好机会，自己对外语学院的情况还算了解，但对全校的海外人才政策并不是非常熟悉。于是我第一时间就跟学校人事处联系请求支援，李岩、王旭峰两位老师及时发给我关于学校人才政策的最新材料，并热情解答了我的疑问。有了学校的大力支持，加上自己的认真准备，我信心大增。当天，来自谢菲尔德大学不同学科的四十余位博士生参加了座谈。我向大家简单介绍了山东大学的总体情况，对我校人才政策进行了重点讲解，并结合个人工作实践回答了同学们的问题。座谈会现场气氛十分热烈，取得良好效果，部分博士生也表达了回国加盟山东大学的意向。师资队伍国际化是建设双一流大学的重要保障，希望学校可以吸引更多海外优秀人才参与山大“双一流”建设。

研修班还有不到三周就结业了，我希望可以抓住时间的尾巴，充分利用国外优质资源，积蓄力量，回国后为学校和法语系的发展继续贡献自己的力量。

作者：外语学院副教授　刘洪东

12月13日　星期三　晴

专家讲习系列活动参加者·王瑞芳

习近平新时代中国特色社会主义思想青年学习会最近举办了专家讲习系列活动，作为社团成员，我有幸参加了这个活动。今天上午，我们社团邀请到习近平新时代中国特色社会主义思想宣讲专家、山东大学马克思主义学院徐艳玲教授为学习会成员就党的十九大报告内容作专题讲座。

徐老师已经作过多次党的十九大宣讲，讲座总是风趣幽默，贯穿问题导向，注重思维意识，能够引发兴趣激发探讨。每次听完徐老师的讲座，我都受益良多。我想着重从讲座内容、讲座体会谈谈自己的一些想法，希望对正在学习党的十九大报告的同学有所启示。同时，这也是我学习党的十九大报告的一个节点的小小总结。

徐老师的讲座迸发着思想的闪光点，每次听讲座都感觉自己特别“小白”。

对于党的十九大报告解读的内容很多，我摘出几点以供分享。徐老师从中国共产党人的初心使命讲起，对中国共产党的初心使命进行科学理性的解读，从工具合理性和价值合理性、经验世界和理念世界、人的尺度与物的尺度以及合目的性和合规律性等多重范畴的解读，既让我们眼界大开，又让我们深感知识结构的欠缺。在对新时代我国社会主要矛盾转化的解读中，徐老师提出学术研究的严谨性问题，对于主要矛盾转化与社会基本矛盾的关系，变与三个不变之间如何看待，徐老师提出要坚持运用马克思主义唯物辩证法看待问题与分析问题。对于习近平中国特色社会主义思想的理论地位与实践定位，徐老师强调分析思想理论的方法论问题，强调要坚持马克思主义思想的指导，在中国优秀传统文化中寻求文化根脉，在人类优秀文明成果中汲取有效镜鉴。

在整个讲座中，徐老师用问题的形式串联起每个知识点，既有学术的严谨解读，也有生活化的话语阐述，强调对学术问题的深耕，要在不间断的研究中体验学术乐趣，提出学者要追求“博古通今，贯穿中西”的学术境界。对于学习会成员来说，这不仅是一次关于党的十九大报告的解读，也是一场关于掌握正确的学术研究方法，树立正确的学术态度的学术启蒙。对于我来说，想要成为一名青年教师的初心依旧不变，也深知学术之路深耕不易。路漫漫其修远兮，吾将上下而求索。

这是我作为学习会成员第二次参加党的十九大报告的讲座。我很荣幸加入习近平新时代中国特色社会主义思想青年学习会，我们社团虽然成立时间不长，但是已经举办过诸多活动，让我们在活动中真切体会自己的成长。希望学习会以后有更多这样的专家讲习活动，我为学习会的成长“打call”！

作者：马克思主义学院2017级博士研究生　王瑞芳

12月14日　星期四　小雪

服务山东学者、机械学院教授 · 万　熠

终于，济南下了2017年冬天的第一场雪，雪花飘飘洒洒，落在房顶上、树上，落在地上马上就化成了水，滋润一下干燥的初冬。这一阵感冒的人特别多，我的两个儿子也先后发烧或咳嗽，希望这场雪能把细菌病毒都带走。

早晨来到办公室，忙碌的一天开始了。

临近年关，我分管的实验室、研究生、学科建设等工作需要交一些材料，准备材料之余，还签了师生需要报销的一些票据。

期间，山东省特种设备检验研究院宋主任打来电话，对我们研制成功的磁探仪表示满意，同时想让我们再研制一台超声和涡流无损检测专用设备，检测汽轮机锻压轴的缺陷。他发来几张照片，约了明天下午具体谈谈。随后，我召集研究生孙菲菲、王从宏讨论了方案，搜集相关资料，为明天交流做准备。

照例，我每天到研究生工作室走走，看看同学们的研究进展，还有什么问题需要讨论。中车青岛四方机车车辆股份有限公司的工业网络项目研究，下周就要结题汇报了，我让学生把汇报用的PPT再好好理解和整理一下。黄鑫这一年没少跑青岛，边上研一的课程边做企业项目，很高兴看到他的进步。他说，能为高铁制造事业添砖加瓦也是令他很兴奋的事情，坐高铁时感觉不一样了：不只是一名普通乘客，而且知道了它的制造过程。

我跟硕士生陈涛就山东奥来机械科技有限公司排爆机器人的参数和编程问题进行了讨论。现在我们交叉学科项目的机械臂控制已经做了部分工作，为奥来项目的较高要求奠定了一定的基础，企业为了市场推广追求的参数比较高、特色要突出，需要我们具创新性地研究工作。

此外，我还跟博士生夏岩讨论了威伯科公司的空压机噪声和振动问题。刚从企业拿回来的旧空压机，要好好研究它的结构，对照数字模型进行分析，找到噪声源并采取相应的振动控制、消音措施，数值仿真是一个手段，但需要紧密结合产品和实际。

2018年的省重大基础研究项目申报书交上去了，估计近期就要评审了。上一次很可惜，差一点就上了，这次和学生们就申报书讨论了多次，感觉更充分了。任冰、王宏卫做了大量文字工作，刘文强搭建了一台比较精密的3D打印机，用陶土试着打印了骨支架的结构，下一步再用氧化铝粉末试一下，成功以后直接用羟基磷灰石，希望我们的努力能够成功。

侯嘉瑞、梁西昌要参加2018“创青春”全国大学生创业计划竞赛，我修改了一下推荐信草稿，并打印签字。这两年双创活动学生拿了不少奖项，对大家是一个鼓舞。

马上就要搬创新大厦了，实验室隔断搬走了，比较乱。我再三叮嘱学生搬迁过程中不要遗失物品，到新的房间里需保持清洁。

下午是例行的政治理论学习，深入学习党的十九大精神。这几年，国家的发展和人民精神面貌的改变是有目共睹的，我时常想，我们作为机械工程学科的老师应该做哪些事情。“顶天立地”是对高校教师的一个很高的要求，同时做到这两方面，确实很难。樊校长在工研院启用仪式上的讲话给我留下了深刻印象：首先得扎根齐鲁，服务地方经济发展，得站起来，打造智造山东。这几年，我跟企业打交道比较多，技术转移中心也做了大量联系工作。亲身参与工程项目，提高了我和学生们解决实际问题的能力，也积累了开发经验及与企业打交道的经验。此外，研究生们有了另一种选择，他们可以选择基金类偏理论研究的课题，也可以选择企业项目，提高动手实践能力。令我感到欣慰的是，虽然行政工作占据了我很多的精力，但同学们能解决的问题都自行解决，每个人都能独当一面，独立进行科研的能力就这样让我“舍”出来了。

瑞雪兆丰年。2018年即将来临，在新的一年中，我们将继续扎根齐鲁、服务山东，相信在大家的共同努力下，山东大学将为山东经济强省建设作出新的更大贡献。

作者：机械学院教授　万　熠

12月15日　星期五　阴

机关青年干部培训班学员 · 张佳琦

今天，第一期机关青年干部骨干培训班开学了。作为培训班学员，我荣幸又兴奋地参加了开班仪式，聆听了校党委副书记、纪委书记陈向阳作的《适应全面从严治党新要求，做新时期合格共产党员》的报告。

报告对我们而言是解读，也是解惑。从如何看待“新时代”的起点和标志，到为什么“八项规定”能改变中国，再到“螺丝再拧紧一些”的精神；从党“勇于自我革命，从严管党治党”的鲜明品格到新时代如何落实“从严治党”，陈向阳副书记结合学校事业发展给出了清晰易懂实用的答案。

印象最深刻的是他提到的“高标准、严要求应成为学校事业发展的底色”。作为一名外事干部，我对这句话更是深有感触。记得10年前参加工作时，我的老领导佟处长就告诉我们，自己拿出手的工作代表自己的水平；“外事无小事”的纪律要求我们有“走钢丝”的精神。任何一处小的不到位，任何一处偷工减料都可能带来不可预估的影响。如果我们自己都不能对自己严一点、狠一点，又将如何接住民族交给我们的接力棒？

报告中的另一段话“作为青年，要主动把自己的命运与中国梦、山大梦联系在一起”，也让我深受启发。仔细品读中国共产党“为中国人民谋幸福，为中华民族谋复兴”的初心，对比110多年来中国发生的翻天覆地的变化，我深感取得成功的力量源泉和落脚点就是“人民”和“民族”。远到国家危难时期想尽办法归来的学者教授，近到黄大年教授，无一不是在用自己的力量为国家和人民做一点工作。作为机关工作人员，我们自己的价值也许不像教授显现度高，但如果我们能让教授少分神、学生少跑腿，如果我们能有顺应新时代要求的行政能力，那正是我们的价值所在。我想只有积极将“小我”与“大我”融为一体，才能真正实现一名机关干部的价值，实现“初心”。

也曾自诩在支部中学习了党的十九大报告，但听完报告后，我对党和国家以及山大都有了更客观真实的理解，更明确了自己的职责。感谢学校举办这次活动，给我们学习的机会。正如党校专职副校长罗建军提到的，我们要不忘培训班设立的“初心”，继续全身心学习领会，将所学融会贯通到自己的思想和工作中。

“忠诚，干净，担当”，是党对我们的要求，也应是我们对党的承诺。报告中，陈向阳副书记还分享了习近平总书记的一句话，与大家共勉：面对生活之树，我们既要像小鸟一样在每个枝丫上跳跃鸣叫，也要像雄鹰一样从高空翱翔俯视！

作者：国际事务部工作人员　张佳琦

12月16日　星期六　晴

《国家宝藏》观看者·宋晓炜

午间时分，一如往常，同好友吃过午饭后回到寝室，忽然想起前几日谈论的弘扬传统文化的文博节目《国家宝藏》。前几日虽还没有开始收看，但是单看节目的宣传海报和简介，便知其意义深刻。两人便兴致勃勃地开启了观看文博探索之旅。

之前了解到正值故宫落成六百年之际，故宫博物院联合八大国家级重点博物馆以“国家宝藏”为题举办了这样一个盛大的特展节目。节目每集以一家博物馆为主题，每个博物馆推荐三件镇馆之宝，每件宝藏都拥有自己的明星“国宝守护人”，他们将会倾情讲述“大国重器”们的前世今生，解读中华文化的基因密码。

第一集讲述的是故宫博物院三件国宝，分别是《千里江山图》、釉彩大瓶和石鼓。印象最深的是作为釉彩大瓶的守护人王凯守护国宝的过程。王凯扮演乾隆皇帝，回到清代，立志要集历代之所长，超越以往的素雅风格，意烧制出集合十七种颜色的釉彩大瓶。因瓷器与传统风格不符，再加上制作过程些许超出当时的工艺技术，反对声也不可忽视。乾隆皇帝力排众议，相信清朝正处于国力强盛之时，瓷器工艺实力非凡，坚持烧制釉彩大瓶。经过清朝匠人的精雕细琢，釉彩大瓶从此诞生，流传至今，并将会继续传承下去。

当然，每位国宝守护人都用自己塑造的角色演绎历史人物与历史文物的传奇故事，讲述国宝的前世今生。通过节目的这些核心文化元素，可以看出《国家宝藏》尝试在文物和人之间建立联系，拉近当代人与历史文物的距离。的确如此，当今现代文化通过各种传播媒介的发展以及中西文化的交流，围绕在现代人周围的都是源源不断的新信息，传统文化随着时间的流逝渐行渐远。当传统文化以综艺的外壳、记录的气质、文化的内核呈现出来时，大家的注意力也会转至此，让国宝文物“活起来”，不仅是观赏陈列品，而是让观众感受到“生命”的文化传承。

博物馆是保护和传承中华民族优秀文明成果的殿堂，是连接过去、现在、未来的桥梁。每一件文物，都是一个记载着民族血脉的基因密码；每一座博物馆，都是一座守护中华文明的基因宝库。中华文化需要薪火相传、代代守护，更需要与时俱进、推陈出新。让我们一起穿越时空，感悟传统文化的深厚与自豪。

作者：马克思主义学院2016级硕士研究生　宋晓炜

12月17日　星期日　晴

新闻传播学院晚会表演者·汪　涵

“1、2、3、4，转——”听着身后的提示，我们华丽丽地转身，欢呼声响起，聚光灯暗下，我们合唱团的主打节目，就以这样一个帅气的姿势结束了。

是的，这是2017年12月17日晚，圣昆仑音乐厅，山东大学新闻传播学院

2017年迎新晚会。

2017，既见新传。

上午9点，合唱团的演员不需要去得很早，但是听说最早去的文体部的同志们7点之前就到了。因为合唱的排练比较靠后，所以我到了之后就在后台与舞台之间转悠，看着前面节目的排练。我一向认为排练不过是走个过场，但是当我看到学长学姐们对这些节目的要求后，这种认知很快就被颠覆了。从上下场到站位，从灯光到音乐，甚至表情、眼神，他们总能找出每个地方的不足，并尽力让每一个细节做到完美。这样的责任心让人忐忑也让人欣喜：一群好的领导者，会让每个普通瞬间都变成惊喜。

11点，合唱团集合。我仍然记得10月的那天我们第一次相聚，是在知新楼的地下车库，十几个人围成一个圈，开始我们磕磕巴巴的第一次合唱，又是跑调，又是慢拍。一个人的表演不难，一群人的表演不易，那时的我们毫无默契可言；后来歌声统一了，动作又成了难题；两个月的时间里，我都记不清改过多少次动作才敲定最终版本；再后来又是状态表情……一个稚嫩的团体最终也跌跌撞撞地成长为一个晚会的合唱团。

快到12点的时候，终于轮到了合唱团。果然，大大小小的bug出现：话筒的摆放、动作的修改、舞台效果等，在学长学姐们的帮助调整下，我们也总算完整地进行了一次排练。下午的第二次排练就顺畅得多，也逐渐能适应来自前方强烈的聚光灯照射以及在舞台上的感觉了。

晚8点半，随着主持人报幕的声音结束，灯光暗下，伴奏响起，我们按顺序缓缓登上舞台。其实在候场的时候，我心里一直有点小紧张，因为知道舞台上的灯光让人无处遁形，一举一动全部暴露给台下的观众。但是当灯光洒在身上，看着台下晃动的荧光棒时，就会有一种奇妙的勇气，化解你想象中的尴尬，自然而然地想把快乐传达给他们。

舞台上的时间真的很快，当欢呼声响起的时候才恍然，原来这么容易就过去了。最后还有一个为整个晚会结尾的合唱，然后是所有演职人员的合影留念。合影的时候有人哭了，不知道是欣喜于晚会的成功，还是失落于一起努力了这么久的这些人终于要说再见了。

快到10点的时候，我终于走出了一天都没离开的音乐厅，迎面的凉风带着冬天的寒意，却吹不去成功的温暖。一路走来，感谢我们的努力，你们的不离。

新闻传播学院独立建院后的第一次迎新晚会结束了，然而年轻的我们和年轻的新传的旅途，才刚刚开始。

辞去已无少年日，归来犹结少年心。

未来的日子，还请多指教。

作者：新闻传播学院2017级本科生　汪　涵

12月18日　星期一　晴

服务山东学者、机械学院教授·张承瑞

昨天在沈阳参加完由国家机床质量监督检验中心牵头制定的“面向智能制造的数控装备互联互通及互操作标准及试验验证”的标准审查会，回到济南时已是深夜。今天睡个懒觉，正好躲过“首堵”济南周一的上班高峰。早上8点起床，按照惯例与远在外地的孙子和夫人视频，小孙子虽然只有五个月，但已学会翻身了，孩子的每一点进步都是爷爷的骄傲，每一个逗人的表情和笨拙的动作仿佛是一部极具动感的乐章。

蓦然回首，自己已经是耳顺之年，本来可以含饴弄孙颐养天年了，但出于对专业的热爱，还得在岗位上坚持几年。外人眼中的高校教师，平常课时少，一年两个假期，是一份清闲的工作。而实际上，指导研究生，申报项目，科学研究，企业合作，报告与文案，论文、项目评审几乎占据了所有的休息时间。作为教师不仅可以传道授业、教书育人，还能选择自己喜欢的方向做研究，所以也是累得其所。

上午9点，召集3D打印课题组讨论研究进展。作为国内较早开展DLP光固化

3D打印工艺和设备研究的高校之一，我们实验室获得了学校交叉学科专项和山东省自主创新及成果转化专项的支持，研发的打印设备的精度和效率处于国内领先水平，并在模型、牙科和首饰制造方面获得应用。为了提高DLP工艺的成型速度和扩大成型面积，目前有两个学生正在开展连续液面制造以及像素偏移扩大成型面积的工艺和设备研究，已取得初步成果。

上午10点，与智能制造课题组讨论国家智能制造专项的实施问题。今年由山东大学牵头，联合国内8家单位承担了2017国家智能制造综合标准化项目“数控装备故障信息数据字典标准研制及试验验证”，项目将建立具有自主知识产权的数控装备的故障信息数据字典标准体系，解决数控装备间故障信息数据的互操作问题，为数控机床、智能工厂、远程智能运行维护等智能服务提供保障。项目总额2000万元，其中国拨资金1600万元。这是山东大学首次作为牵头单位获得国家智能制造专项的资助。针对上周项目启动会上各承担单位、咨询专家和省市主管部门领导的建议和意见，课题组对研究方案、进度、实验验证以及实验平台的建设等问题进行讨论落实，会议进行到12点。

下午1点，与机器人课题组讨论控制器平台组件化开发规范问题。机器人课题组是实验室人数最多的团队，有3个博士生和12个硕士生，主要从事基于集成视觉与运动控制的软件化控制器研发，对多种机器人构型（包括关节型、AGV）的运动学、动力学以及焊接、搬运、分拣、视觉伺服等多种工艺开展研究。下午的会议集中讨论如何将现有的软件资源参照IEC61131-3的规范重新组织，以满足控制器产品的标准化、组件化开发，保证软件的可重用。最后大家形成了统一的意见，明确了分工和进度。

下午4点，温岭市宇海机电有限公司的王经理来访。这家公司主要研发生产伺服电机，产品有较高的性价比，在山东制造装备市场有较好的占有率。王经理这次来访主要探讨在运动控制器方面与我们合作的可能性。双方就我们自主研发的EtherMAC实时以太网总线运动控制器如何与宇海伺服配合为山东客户服务达成初步合作意向。

晚上7点是实验室研究生的例会。例会制度是实验室在研究生培养过程中形成的，每周一次，由研究生组织主讲，内容包含研究进展、科研体会、技术发展趋势、读书心得乃至生活感悟，是培养研究生学术交流、幻灯片制作、口头表达、科研协作能力的平台。机器人组博士生陈超带来了以“机器人动力学控制——从PID到自抗扰控制”为主题的报告，介绍了机器人动力学控制的定义、意义和传统PID控制存在的问题，引出ADRC自抗扰控制的设计思想、设计流程以及机器人控制应用中多入多出耦合系统的解耦控制，报告之后，同学们提出问题并进行了讨论。

晚上9点，整理邮件，回顾一天的工作，重新规划这一周的日程，不知不觉间已接近12点。写下上面的文字之后，一天的工作也基本宣告结束。

作者：机械学院教授　张承瑞

12月19日　星期二　晴

齐鲁医学百年庆典活动志愿者·章钟允

今天是12月19日，也是齐鲁医学100周年的庆典日。能在短短五年本科学习生涯中遇到这么喜庆且隆重的日子，毫无疑问，我是幸运的。

虽然我并不是这场晚会的主角，但是我有幸成为参与筹备这场晚会的志愿者之一。在得知自己被录取为晚会志愿者的时候，我兴奋不已。我一直想要为学校、为学院做点事情。很荣幸被选中做小组长，这对我来说也是一种锻炼吧。在晚会的彩排过程中，我结交了很多能力强且热心为院庆服务的志愿者们。从负责人的合理分工，到志愿者们的相互配合，我更是体会到一个团队的力量，同时我也看到了很多师生为这场晚会的辛勤付出。此时我深刻地体会到，舞台上的完美，离不开所有参与者的努力。

本次庆典演出十分精彩，令我深深震撼。虽然我没有机会坐在观众席上好好观看庆典，但是在后台做志愿服务的过程中，我看到了大家为成功举办一场晚会的努力付出，我也看到了平时奋斗在一线的医务工作者们在舞台上多才多艺的一面。最让我印象深刻的节目是《最美的约定》，它以朗诵的形式向卢美源和张慧生两位医务工作者表达了最崇高的敬意。卢美源医生和张慧生医生是一对夫妻，作为医务工作者，他们把毕生都献给了医学，还共同做出死后捐献遗体的伟大决定："捐给需要的人，是我们两人共同的心愿，死后捐出遗体，以另一种方式'救人'。"这是我听过的最美的约定。还有一个很有创意的节目《光影对话侯宝璋》，主要讲述了侯宝璋教授在齐鲁大学努力学习、专心科研并发表我国第一部《病理学解剖图谱》的人生经历，同时与我们大学生现在的学习生活状态形成对比。这个节目令我感触良多，作为大学生，与侯老的学习态度相比，我自愧不如。侯老精益求精的学习态度和不惧困难、潜心钻研的科研精神令我钦佩，我要以侯老为榜样，为祖国医药卫生事业发展和人类身心健康奋斗终生。

通过参与这次百年庆典，作为一名志愿者，我收获了奉献的快乐和珍贵的友谊；作为一名医学生，我了解了齐鲁医学一百年来点点滴滴的变化，更为自己是齐鲁医学院的一名学生而感到骄傲和自豪。

齐鲁百年，薪火相传，祝您生日快乐！愿您桃李满天下，再创辉煌！

作者：基础医学院2015级本科生　章钟允

12月20日　星期三　晴

全国大学生生物医学工程竞赛一等奖获得者·杜霞萍

下午2点坐上高铁，就要从苏州回济南了，这也就意味着三天的苏州之行结束了。拿到全国大学生生物医学工程竞赛的全国一等奖后，现在我们的内心竟然都十分平静。回想这一个星期以来的生活，除了上课，就是调试作品、修改并完善项目报告书，以及反复修改幻灯片，每天熬夜到凌晨两三点是常有的事。

高铁在轨道上飞驰，不由得想起来之前的一幕又一幕。大二期末时收到了比赛通知，和生物医学工程专业的同学一起组了队，选了题。在指导老师的帮助下，我们一步步深入了解赛题，从只有一个整体的框架到硬件、软件端的一步步细化。还记得初赛作品提交截止日期前一个星期，我们还不能在上位机端显示出正常的心音波形，那个时候的自己和队友，每时每刻都在分析后台程序，查找到底是哪个地方出了问题，对各个模块进行测试。大概是踏实的努力和幸运女神的帮助吧，让我们在离初赛还有两天的时候发现了上位机的问题所在，然后顺利拍摄了视频闯进了决赛。

这一路的比赛历程并没有想象中那么顺利和轻松，与时间轴齐头并进的是各种层出不穷的问题，小到PCB板的绘制、下载程序接口的选择，大到符合题目要求的新型滤波和去噪电路的设计等。而我们更是越挫越勇，一个问题出现了便积极查找资料，期间到老师的实验室及相关公司跑了多次，因为带着对问题的探索欲望，竟然一点也不觉得辛苦。

随着一个个问题的解决，决赛也要来了。大概一辈子都不会忘记在苏州答辩的那天吧。在指导老师的建议下，我们开始修改幻灯片，与此同时软件端也出现了一点小故障，我们一直调试到了凌晨4点，才做好了比较满意的幻灯片和包容性更强的上位机端。上午8点起床赶班车听工程化报告，中午回来睡了两个小时后向老师演示了一遍我们的答辩方案，听取了几条建议后就走进中科院苏州医工所，等待进场答辩。刚进入答辩现场那一刻，内心十分紧张，大概是基于之前的多次模拟，慢慢地我们就调整好了心态，发挥出了较为不错的水平。随后我们认真回答评委们提出的问题，在传感器的频响范围方面与段老师进行了深入讨论，从中学到了很多，遗憾的是一个心音正异常分类的功能没有很好地展示出来。不知不觉，答辩的15分钟就这样过去了，走出710的那一刻，我感到了史无前例的坦然，得知自己的队伍获得全国一等奖的时候，突然觉得之前所有的努力都是有价值的。想到了一直互相鼓励互相帮助的队友，想起了新沛老师对我们的认真指导，心里暖暖的，为我们自己骄傲，为自己是一名生医人骄傲。

在大赛期间，我们也看到了一些更为优秀的作品，同时也被他们认真努力的态度所感染。何其有幸和这么认真负责的队友一起做事，何其有幸有这么优秀的指导老师，晚上7点回到了济南，愿将这份认真和努力实践到日后的学习和工作中，不负韶华！

作者：控制学院2015级本科生　杜霞萍

12月21日　星期四　晴

政管学院本科生·秦水莲

明天是冬至，按照北方的习俗，冬至这一天该吃饺子。昨天和妈妈通电话的时候，妈妈还说又要到冬至了记得吃饺子啊，我答应说好。刚和妈妈打完电话不久，就看到班长在班级群里说，因为冬至那天晚上有课，明天在一楼自助厨房给大家煮饺子吃，大家听到这一消息后都很兴奋。

今天下午，我的一个当班委的室友很早就出门，去学校超市买了很多饺子回来，还照顾南方同学们冬至吃汤圆的习俗买了汤圆。其他班委们早早就去自助厨房准备了。晚饭时刻，可爱的班委们煮好了饺子和汤圆，呼唤我们去品尝。我和室友从图书馆回来，在一多书院门口透过窗户就能看到厨房里热热闹闹的，像是一大家子在吃团圆饭。走进厨房，一股热气带着食物的香味扑面而来，三拨饺子正在锅里沸腾，同学们说说笑笑，好不热闹。我们边吃饺子边闲聊，分享着这段时间的逸闻趣事，释放着近期被各种论文支配的压抑，不由得感觉时光静好，在欢声笑语中忘却了烦恼。

已经和国英班的同学们一起学习生活快两年半了，每个人都在国英班大家庭里感受着爱与温暖，在彼此相互的帮助下不断成长。和大家相聚在国英班一同度过五年的大学时光，是一种特别的缘分。在这个大家庭里，大家真诚相待，有欢笑也有争执，但我体会到的是最真实的生活情感。

最近因为高英课舞台剧排练，我有了更多的机会和大家交流沟通。当初老师征导演的时候我主动报名了，因为除了和大家一起在班里上课以外，自己平时和很多同学的接触并不多，作为导演组织大家排练会是一个增进了解的好机会。真的非常感谢同学们的积极配合，到了期末大家的事情都很多，但同学们能够在我安排排练的时候及时赶来并积极发挥作用，对我来说是一种莫大的鼓励。我不是一个自信的人，总是担心自己做得不够好给别人带来困扰，也害怕被质疑。虽然这只是我们课程的一个小舞台剧，但我真的想把它做好，也只有在真正做的时候才意识到想做好一件事有多么不易。我之前没有做导演的经验，导致在和编剧及演员们的沟通中出现了种种问题，严重影响了排练效率，期间也和同学产生过争执，甚至发了脾气。内心的压力和愧疚曾让我后悔主动提出做这个导演，也想过放弃进行到一半的工作，让更有能力的同学来做。同学们的安慰和鼓励让我重拾信心，我要快速调整状态，更好地组织大家把这场剧演好。我相信最后一定会开出灿烂的花，不辜负大家的支持、理解、信任与期待。

庆幸在青春时遇到这样一群美好的人儿，一起努力，一起欢笑，偶有烦恼也会柳暗花明。

作者：政管学院2015级本科生　秦水莲

12月22日　星期五　晴

冬至包饺子活动组织者·刘天煜

北方人大多爱吃饺子，冬至吃饺子更是成为地方风俗，有一句俗语叫作“冬至不端饺子碗，冻掉耳朵没人管”。在这样一个中国传统节日里，艺术学院举办此次活动的初衷是让远离家乡的同学们在学校感受和“家人”围在一起吃水饺、过冬至的温暖，感受中华民族传统节日所折射出的浓郁文化气息，燃起大家过传统节日的热情。

为使活动顺利进行，艺术学院学生会提前一周联系学校食堂，预定好活动地点以及需要的食材、厨具。感谢学校食堂的支持，让我们有了充足的准备。活动宣传发出后，也受到许多老师的关注。今天有120多位同学及老师前来参与“冬至包饺子”活动，原本在这个时间冷清的食堂，充满了大家欢乐热闹的说笑声。

冬至是中国“二十四节气”之一。去年11月，中国的“二十四节气”被列入联合国非物质文化遗产，我感到十分自豪，因为这是中国人通过观察太阳周年运动而形成的时间知识体系及其实践，在国际气象界，这一时间认知体系被誉为“中国的第五大发明”。

在获得这种自豪感的同时，国外节日对我国传统节日的冲击也引发了我的思考。不管是西方的情人节、复活节、愚人节还是万圣节，抑或是马上要到来的圣诞节，都在成为当下年轻人所追捧的时尚。但在过西方节日的同时，有很多人淡忘了本民族的传统节日。西方的重要节日大多起源于宗教或有着深厚的宗教情结，我国的传统节日则大多源于节气，与天象、气候、物候、农事密切相关，为人们的生活创造了广袤的文化表达空间，负载着深厚的民俗情感，传承着人文精神和内涵。

习近平总书记在党的十九大报告中指出，深入挖掘中华优秀传统文化蕴含的思想观念、人文精神、道德规范，结合时代要求继承创新，让中华文化展现出永久魅力和时代风采。传统节日是中华优秀传统文化的重要载体，也是传统文化的集中体现，振兴传统节日是弘扬传统文化的具体途径和有效举措之一。树立民族自信心，应当对我国优秀传统文化有充分的信心。我们希望通过我们对优秀传统文化的传承、发扬，使社会主义文化日益繁荣昌盛。

中华民族伟大复兴，必须大力弘扬优秀传统文化。我坚信，随着社会文明的进步，我们的传统节日凭借其自身的文化价值一定会在新时代焕发更强大的生命力。相信我们的传统文化在与时俱进中会保持本色，在创新发展中会守住精神内核，不断适应新时代的变化，从而扎根更多新时代中华儿女的内心深处。在中华民族伟大复兴的历史时刻，让我们的传统文化展现出根深叶茂、勃勃生机的风采。

作者：艺术学院2015级本科生　刘天煜

12月23日　星期六　晴

口腔临床技能大赛参加者 · 张佳佳

马上就要开始比赛了，2017年口腔临床技能大赛真的来了。这次共有4个大学10个小组参赛，经过了艰苦的训练，是时候检验自己了。昨天下午，我们经过4个小时的高铁和1个小时的地铁奔波后，终于来到了这次的比赛场地——上海交通大学口腔医学院，提前到比赛场地适应机器。我们山大口腔医学院共派出了两个队伍，我和另一名同学负责根管预备的比赛项目。由于这次所用的3D打印牙以及评分器械属于专利产品，所以我们没有办法提前适应。负责心肺复苏比赛项目的同学发现这次比赛所用的假人按压时需要很大的气力才能按压成功，显然和他们平时所用的假人不一样。而负责预备前牙全瓷冠比赛项目的同学同样遇到了巨大的困难。这次比赛的主办方采用了新设备，但我们学院并没有此类的机器，所以我们对评分具体细则一无所知，在试用机器时的得分并不高。但我们也会好好加油的。

上午进行口腔临床技能的比赛，抽签分好顺序，不占优势的是我们组抽到了第一组，一定要沉着冷静下来应对比赛。在主持人宣布完这次大赛的规则后，紧张的比赛就开始了。我跟随着比赛队伍冷静地进入自己的比赛场地，就位后开始准备自己所用的东西。时间是足够的，所以我一定要稳住。比赛开始后，我先准确量好工作长度，再将根管锉预弯，蘸上EDTA，便先开始了疏通根管。接下来进行X-Gold根管锉的预备，稳固的支点异常重要，一不小心就会破坏根管口，前功尽弃，所以我丝毫不敢放松。勤冲洗也是非常重要的，也决定了比赛成绩。眼看时间马上就要结束了，我便放了吸潮纸尖于根管内进行吸水，再拿出根管预备就完成了。30分钟到，比赛结束。因为要用不熟悉的CBCT机器进行评分，评分标准我们也都不知道，所以对于比赛成绩还是未知的。

下午进行知识竞赛——“一站到底”，拼的是知识的储备量和掌握能力。一开始我们队顺利答对前两道题，第三道题是口腔组织病理课本里的知识，关于釉质龋坏的相关内容，我们开始犹豫不决，在纠结了一会儿后还是答错了，非常懊恼。要是好好看书一定还能答对好多题目，可是没办法，事情已成定局。

我们组最后获得了二等奖，对于结果，我们大家都挺失落的。但是经过三周的训练，我们也提高了自己的临床技能，收获颇丰。同时也感谢这么多天老师的辛苦指导和陪伴，在教学设备上对方学校也值得我们学习和借鉴。

作者：口腔医学院2013级本科生　张佳佳

12月24日　星期日　晴

即墨马拉松比赛参赛者·王香卉

今天早上6点起床，我却丝毫没有困意。因为今天是即墨温泉小镇马拉松开赛的日子，我期待了一个学期的马拉松比赛终于到来了。这是我人生第一个正式的半马，有几分激动，也有几分紧张。虽然自己以前也在学校的操场上跑过21公里，但这毕竟是真正的马拉松赛场，有成千的人一起跑，气氛和心境都大不一样。而且在跑马前几天我又不幸得了流感，身体并不处于最佳状态，心里更是多了几分忐忑。换上运动服，我和山大青岛校区马拉松协会的小伙伴们一起赶赴赛场。天气很冷，风也很大，但所有这些不利因素都在开跑的那一刻烟消云散，因为没有什么能阻挡爱跑的人前进的步伐。

我第一次亲身体验马拉松赛场，看到这么多人穿着同样的赛服一起跑步，感受到了一种前所未有的兴奋和快乐。伴随着耳机里节奏强烈的说唱以及运动分泌的多巴胺带给我的快感，我充满激情和活力地跑完了前6公里。当时真的有一种只要跑起来就能拥有整个世界的感觉。志愿者们在道路两旁不停地给运动员加油，即使是素不相识的人，也会向你投来钦佩的眼神和善意的微笑。一路上很多跑友都对我摆出加油的手势，让我感到了巨大的温暖和力量。虽然天气很冷，但跑到10公里的时候我就已经大汗淋漓，体力也有些不足。在补给点稍作休整，我就继续后半段的赛程。虽然体力有所恢复，但已经没有之前跑起来那么轻松了，到15公里的时候，我已经能感觉到脚掌发烫，腿也开始酸痛。我试着把自己沉浸在音乐里忘记身体的不适，机械地去摆腿。因为是在公路上跑，所以有很多上坡的路段跑起来就格外艰难，在最后的几公里还是忍不住停下来走了几次。最后1公里的时候，知道胜利在即，我浑身又充满了力量，开始加速跑，我努力用自己最快的速度冲过了终点，很多人都在为我鼓掌。当时心底涌起了一股巨大的成就感，我做到了，21公里，我成功跑完了人生中第一个半程马拉松！

运动真的会让人感到快乐，也能磨炼人的意志。我很享受在运动中不断挑战自我，超越自我。不管春夏秋冬，只要没有特殊天气，我每天都会坚持长跑。有很多人问过我是什么让我坚持下来的，其实长跑对我来说已经成为一种习惯，是生命中不可或缺的一部分。从5公里到10公里再到现在能完成半马，改变的不仅是体态，更是心态。有朋友和家人的鼓励，我也有继续坚持下去的动力。运动就在于不断超越，这次的半马只是开始，以后我还会踏上更多半马的赛道，并完成自己全程马拉松的目标。

作者：政管学院2015级本科生　王香卉

12月25日　星期一　晴

音乐选修课学生·舒尚雯

今天是圣诞节，然而对我来说更重要的是，这也是我最喜欢的一门通识课——“音乐基础理论与应用”结课的日子。在骑着单车去洪家楼校区的路上，我的心中弥漫起阵阵不舍。从最开始因为距离的抱怨到后来每一次的期待，正是那样一份期待，从夏末到深冬，让我习惯于每周一傍晚往返于两个校区之间。

但，今天居然是最后一次了啊！心中这样感叹道。

不知道从什么时候起，音乐已经成为我生命中不可缺少的一部分。也许是因为妈妈的培养，从小我就对音乐有着独特的灵感与热爱。还记得小时候练习弹琴，脑海中舞动着的音符从指尖蹦出流淌成一首首美妙的旋律时，心中的雀跃与满足。虽然后来因为种种原因，在很短时间后我就放弃了学琴，但音符、旋律和歌声似乎总有一种将我吸引的魔力，让我深深沉醉其中。

我虽告别乐器许多年，却仍珍惜一切和音乐有关的机会，因此，我一直期待着一门与音乐有关的课。还记得开学初当同学告诉没抽中的我，这门艺术课有了空缺，我飞奔到电脑前终于选中，内心充满了狂喜与期待。退补选周，本来和我一样选了这门课的舍友第一节课就被所谓的“打节奏”吓跑了，我却在看到熟悉的五线谱和音符之后感到无比兴奋。于是，周一去洪家楼校区上选修课成了每星期我最期待的事情之一。

在这短短十几次的课堂上，我们跟着这位从俄罗斯留学归来的钢琴老师感受不同节奏的韵律美，了解各个国家著名音乐家的生平并欣赏他们的代表作品，体会不同音乐风格的魅力。最让我印象深刻的是参加的几场在圣昆仑音乐厅举办的音乐会，身临其境而感受到的音乐魅力果然是不一样的。台上倾泻而出的音符将我包围，让我仿佛置身于不同的幻境之中：时而气势磅礴如波涛汹涌，时而慷慨激昂如暴雨滂沱，时而清脆含蓄如清泉怡人……那聚光灯下琴键上飞舞着的灵巧手指，更是让我充满羡慕与敬佩。这为众人带来如此美好感受的流畅旋律背后，是多少次辛勤的练习啊！有时，我也会想起自己很久之前就夭折了的那个音乐梦。

和其他选修课一样，最后一节课进行考试，分为打节奏和视唱两部分。老师宣布全勤的同学可以免考，而我也是其中之一，充分准备的节奏和旋律没有机会展示，心中有一些小遗憾。终于，最后一个同学的考试完成，在老师感谢的话语和同学们的掌声中，这门选修课画上了圆满的句号。从来没有这样的一门选修课让我如此喜爱和享受，以至于充满不舍。正是那样一份喜爱，从夏末到深冬，不论是等公交时的急切，步行赶路后的汗水，还是骑车时灌进衣领的凛冽寒风，都比不上沉浸在音乐世界里的快乐与幸福。这段难忘的时光啊，我会好好珍藏。

天下没有不散的筵席，唯一不变的是我们对音乐的热爱。愿音乐将更多人紧密相连，成为更多人快乐与力量的源泉。

作者：管理学院2016级本科生　舒尚雯

12月26日　星期二　晴

基础医学院本科生·朱凌慧

回忆起最后一次预见习活动，心中不免生出些许伤感，这个学期的预见习真的要结束了！这次开展的第三次预见习活动地点在千佛山医院儿童保健科和文东社区，主要是对相关内容进行讲解。

我们到达千佛山医院儿童保健科后，在指导医生的讲解下，了解到儿童保健科的主要工作为针对孩子日常饮食、睡眠、营养等方面对孩子进行监测预防。接下来，指导医生带领我们前往各个诊室，并进行详细讲解。我们依次到达生长发育门诊与系统保健门诊、高危儿门诊、心理行为门诊等诊室以及亲子区和接种区。从它们的名称以及医生的介绍，我们可以了解到它们的主要功能分别是：检查监测儿童的生长发育；对已经发生疾病的儿童特别护理；对心理异常的儿童，如自闭症患者进行治疗；进行亲子互动；接种疫苗。待医生全部讲解完毕后，同学们便分队参观各个地方，之后，集合准备前往下一个地点。

文东社区，给人感觉像是小区，但是了解之后，我们才知道它也相当于一个小医院，属于全科诊室，即一人多职，主要涉及高血压检查、头皮缝合、换药、孕期保健、筛查、体格检查等方面。它的治疗对象主要是老人和孕妇，职责是把健康信息录入档案，观察对象有无异常并进行干预，等等。其中，指导医生不仅向我们介绍了它的主要功能，还给我们讲述了社区目标：把健康提到首位。在此次讲解下，同学们对文东社区有了全新的了解，受益匪浅。

此次参观的地方，大家都不是很熟悉。每个人在了解后也都有了自己的感悟。

从身体健康到心理健康，从出生到成长，医院都以最大的爱意来照顾这些小生命。孩子是我们的希望与财富，是让我们不自觉变得温柔的小生物。老师讲解时特意告诉我们不要打扰到家长，这是作为医务人员的体贴，很期待能在未来成为这样的一分子。

最初我对社区并没有什么概念，觉得它在生活中的存在感不是很强，但在老师讲解后，我明白社区医院起到了很大作用。它不仅是对社区居民的关心与照顾，更是对社区居民健康的提前维护。我们作为未来的医生，需要全面发展，才能更好地处理复杂的疾病。

给我们讲课的老师在说话时充满了对医学的热爱。这是我们作为一名医学生真正需要的，也是一名真正的医者应该做到的。期末考就要来临，我们虽然感受到了压力，但是不要忘了我们的初心，不是面对应试的压力，而是对医学怀有忠贞之志。

预见习的尾声伴随着期末的紧张复习，之后天涯海角，无论我们身在何方，这份经历永难忘。在此，向每一位医生致敬！向每一位医务工作者致敬！向每一位指导我们的老师致以最诚恳的感谢！

作者：基础医学院2017级本科生　朱凌慧

12月27日　星期三

校长奖学金获得者·胡平舸

今天，“榜样的力量”山东大学优秀学生颁奖典礼在中心校区圣昆仑音乐厅举行。在晚会中，我们为自强之星的事迹感动落泪，也为各位优秀获奖者鼓掌喝彩。十分幸运的是，我被选中代表本科校长奖学金的获奖者上台演讲，讲述我和校长奖学金的故事。

两年前，山大官微向我推送了当年校长奖学金的获奖者以及他们的简介，我发现曾经和我一同在巴斯大学学习的綦郑潇学姐，穿着红色的毛衣站在台上，神采飞扬。

那是我第一次知道校长奖学金，从那时起，我便有了一个小小的梦想。

那时候我大二，刚刚拿了数学建模国赛一等奖，第一次综合测评专业第一名，我渴望能站在台上，成为像郑潇学姐一样优秀的人。

本科前三年，我参加了时间允许的几乎所有的大型科创竞赛，为了建模牺牲了几乎所有假期，也曾为了科创项目在烈日下和寒冬里焦灼地等待。但是当我拿回一个又一个分量越来越重的奖状时，我知道，我离校长奖学金答辩台又近了一步。

今年我是信息学院唯一一个保研到清华的学生，因此学院力推我申请校长奖学金。在看到答辩名单的那一刻，我知道，我一直以来的愿望就要实现了，这也是我在答辩展示时的最后一句话："今天我能站在这里，即是梦想成真。"

获奖名单公布的时候，我收到了来自同学朋友们铺天盖地的祝贺，最让我印象深刻的是我们学院上一届申请校长奖学金失败的学长，他夸赞我"很厉害"。我向他致谢后，他接着和我讲，读了研究生之后，你就要做好准备，重新开始。

当时我尚沉浸在成功的喜悦之中，这句话无疑将我从天上扯到了地面上。

是啊，拿到校长奖学金只是本科期间众多梦想的终点，并不能代表已经成功。在未来，我们会进入新的环境，遇见更优秀的人，在这样的时候，我们所要做的就是将校奖的终点当作未来的起点，无论我们走到哪里，都要成为具有炽热梦想的人，抛下虚荣，脚踏实地，放低自己，敬畏未来。

在颁奖典礼上，当主持人宣布颁奖典礼圆满结束，便是给我们的答辩画了一个句号，而句号就是一个缩小的"0"，每一个终点都意味着一个新的起点。我想，领导和老师们不辞辛苦地为我们准备这场颁奖典礼，不仅仅是为了表彰我们的过去，也是在鼓励我们重新出发。

在颁奖典礼上讲完校奖故事后的现在，我独自一人坐在桌前，回想准备答辩时为了做幻灯片熬了几个夜的自己、被选中上台演讲时惊喜万分的自己、最近几日边复习考试边背演讲稿的自己……我想谢谢这个姑娘，感谢她一直顶住压力，在带动自己前进的同时，也给听众传递了正能量。

我会永远记住今晚，带着这份荣誉和感动，在新的一年继续砥砺前行。

作者：信息学院2014级本科生　胡平舸

12月28日　星期四　晴

首期机关青年干部骨干培训班学员·董　斌

为提高机关青年干部的综合素质和工作能力，在校党委的关心支持下，由学校党校具体组织开办了第一期机关青年干部培训班。培训班采用课堂讲授、交流研讨、实地考察等形式，让我们从日常紧张有序的工作中暂时脱离出来，集中学习充电，为更好地投入工作积蓄了知识和力量。今天，培训班的课堂走进了地处济南高新区，国内综合实力强大的大型IT企业——浪潮集团。

浪潮集团党校执行校长冷严凌为我们作了热情的开场致辞，热烈欢迎学员们的到来。在学习参观过程中，她首先引导大家参观了浪潮集团展览馆，介绍了浪潮集团的构成、发展和取得的重大成就等。在讲到山东大学与浪潮集团的亲密关系时，作为山大人的她声情并茂，眼神和言语中始终流露出对母校的真挚情感和依恋情结。随后，工作人员带领学员参观了由集团“本土”院士王恩东带队研发的，具有国际领先水平的新一代关键应用主机天梭M13，并介绍了浪潮集团在云计算和大数据等方面的发展，以及为政府和企业提供信息服务等方面取得的成果。当我们登上浪潮大厦顶层停机坪时，整个济南高新区尽收眼底，大家都被眼前的景观所震撼，无不感慨城市发展之快、自然景色之美。在学习参观的最后一站，我们来到了浪潮集团的“人力资源共享服务中心”，中心设置明亮简洁温馨，工作人员为我们介绍了中心的工作流程和服务方式，并邀请部分学员亲自体验入职手续办理流程，让我们体会到了“一站式”服务的便捷和“人性化”服务的温情。

学习时间总是短暂却极为珍贵，在参观完后的回程路上，我的心情久久不能平静，参观学习带给我视觉和情感的冲击深刻而又深远。

我为科技的发展和时代的进步感到无比激动。联想到我们大学时代使用软盘存储数据，用386电脑处理文字的时间才刚刚过去不足20年，科技已经将我们带到了云计算和大数据的时代，让我们无时无刻不体会到科技的力量为我们的工作生活带来的高效和便利，更让我们在现实生活中切身感受到在党的领导下国家的发展和成就，特别是党的十九大胜利召开后，我们胸怀“中国梦”夺取新时代中国特色社会主义伟大胜利的坚定信心和十足底气。

我为自己是一名山大人、一名山东人而自豪。我们山东大学与浪潮集团的关系源远流长，浪潮集团作为国际知名的大型企业，其前身由我们的校办工厂发展而来，一直与我们保持紧密的产学合作关系，并且有9%的员工都是山大毕业生。直到现在，我们每年仍为浪潮集团输送大量的毕业生，充实到集团的发展建设力量中。我为山东能有如此强大的企业而感到自豪，更为我们山大能够培养如此多优秀的学生投入浪潮建设而欣喜，特别是为我们山大能够在与浪潮的产学结合、双创合作中为扎根齐鲁、服务山东作出的努力和贡献而感到无比骄傲。

我作为一名人事工作人员，特别是在参观了浪潮集团“人力资源共享服务中心”后，更是倍感震撼和鼓舞。我热爱学校，更热爱我的工作，我想我定会在寻找差距、扬长避短中，砥砺奋进、铿锵前行，满怀激情和热血，在我平凡的岗位上为学校“双一流”建设、为助力人事制度改革、为形成良好人才生态倾尽全力。

作者：人事部工作人员　董　斌

12月29日　星期五　大雾

校自强之星称号获得者·朱艳妮

我始终相信，不管遇到什么，只要面带微笑，就可以迎来属于自己的人间四月天。

与其说这是一场答辩，我更愿意把它当作一场分享会。站在答辩台上，没有紧张，更多的是坦然，就想简简单单地把我的故事说给你们听。

这个故事关于幸运，关于感恩。还清晰地记得9月份刚收到浙大预录取通知的时候，内心突然强烈地意识到可以待在济南、待在山大的日子越来越少了，开始变得异常不舍，内心满是失落。身边的每一棵树都变得可爱起来，每一条小路都变得不可替代。

时常会感觉自己能来到山大真的很幸福。可能和绝大部分的同学不一样，我并没有引以为傲的入学成绩。2014年，我的高考成绩只有500来分，想来山东大学这样的名牌985高校根本不可能。但是何其幸运，国家第一次面向农村贫困地区单独招生，于是我来到了山东大学。感谢山大给了我一个从不敢奢望的梦想，给教育落后地区学子一个站在更高平台上的机会。同时我深深地明白，纵然有再大的压力，我也要奋力前行，我要用努力给这份幸运一个答复。

我来到了自动化这个特别有意思的专业，心怀感恩，不曾甚至不敢停止追求的脚步。时间一晃，三年半过去，时间也给了这个平凡而努力的女孩一个答案。学业上，三年综合绩点位列专业第一，获得了国家奖学金2次、国家励志奖学金1次。为了更好地迎接智能化社会，我不断提高专业技能，在科技创新方面获得了26项奖项；在社会实践方面也获得了国家级、省级、校院级9项奖项。

我深知，这些荣誉的背后是山大对我的培养。于是我觉得自己也应该去为社会、为身边的人做些什么。我带领团队去支教，加入中国扶贫基金会呼吁社会人士募捐，去敬老院，去做交通协管……同时也担任班级学习委员、学生会部长、年级分会部长，以服务更多的人。虽然这些事情都很微小，但让我足够幸福，因为这让我体会到了自己的价值。我也会继续努力，将这份初心一直保持下去。

走在山大的校园里，看着脚下的路，望着身边的风景，心里腾起一阵一阵的幸福感，在这里真好。这里有着完善的奖助贷政策、温情的校友基金，有爱的添翼工程——为梦想添上一双翅膀，真好。我在添翼工程参加了演讲与口才培训、新媒体应用培训、体能训练、美食课堂、游泳培训。这里有嘴角一直挂着微笑、耐心给你指导的学院书记，有时常打电话送关心的辅导员老师，有认真而幽默的专业课老师。我在山大收获了那么多。

写这篇日记的时候，窗外的阳光明媚而温暖，就像我此时此刻的内心。我在山大自立自强着，我在山大幸福着。希望有一天当我归来时，我也可以为山大做点什么。

作者：控制学院2014级本科生　朱艳妮

12月30日　星期六　雾

管理学院本科生·朱海军

现在是12月30日的晚上，虽说还不是跨年的时候，跨年的味道却已渐渐浓烈。浙江卫视的跨年演唱会热闹不已，异彩纷呈，林俊杰、Twins组合、李宇春等歌星大咖登台演唱。他们的歌声藏满了我们青春的记忆，当那熟悉的容颜再在眼前出现，那熟悉的歌声再在耳畔响起，青春的回忆就这么在脑海中浮现，青春的情怀就这么在心中荡漾。他们的样子跟以前差不多，岁月并没有在他们的脸上留下明显的痕迹，而我们就不能如此幸运了。我们每天都忙碌着各自的生活，光阴就这么不经意地在脸上留下了影子。我们身上褪去了儿时的稚嫩，显露了更多的成熟。

今天，你在朋友圈晒自己18岁时的靓照了吗？今天的微信朋友圈刮起了晒18岁照片的龙卷风。据说这是一个梗，因为2017年的结束意味着所有90后都满

18岁了，00后开始闪亮登场了。现在流传着这样一种说法，00后都称90后甚至95后为叔叔阿姨。我想大家都发自己18岁时的照片，一方面是怀念青春，另一方面是不服老吧。我也动起了发自己18岁时照片的想法。翻了翻QQ相册，竟然没有发现那时的照片。细想一下，18岁那年，自己没有照相手机，也没有自拍的习惯，所以也就没有留下照片。心中不免觉得失落，回忆这个东西也得需要照片这样的载体才显得更有质感。想到这儿，我便用手机给现在的自己拍了一张照片，不给未来某个时候的自己留下遗憾。

今年，你还要一个人跨年吗？没上大学之前，基本上是和爸爸妈妈在家里以看跨年演唱会的形式跨年。而今年，看完了浙江卫视的跨年演唱会，已是深夜时分。明天的跨年夜，看来是我一个人跨了，不知道你是不是也是一个人啊。

跨年，对时间而言，是过去一年的结束，新的一年的开启；对自己而言，是一种成长，是对过去一年的总结，是对未来一年的盼望。不论你在哪里跨年，不论你身旁是否有人陪你，请记住，这世界总有人偷偷地爱着你。新的一年，愿我们都成为更好的自己。不忘初心，牢记使命，永远奋斗。

作者：管理学院2016级本科生　朱海军

12月31日　星期日　晴

外语学院本科生·李清华

今天是2017年12月31日，2017年的最后一天，我在洪家楼校区图书馆。

新的一年到来，临近期末，我想说说我与山大这一学期再平常简单不过的故事，既是总结，也是展望。

刚来洪家楼校区，我的心是有点失落的，觉得这不是我想象中的大学。

军训完，算是要开始真正的大学生活了，此时的我是充满憧憬的，又或是志气满满的。我渐渐习惯了这里的生活，甚至开始寻找这里的美，比如物理楼旁那片绿得很美的泛着光的草地，带着历史气息的教学楼、图书馆，还有那片有着琅琅读书声的小树林。她古朴安静，不喧闹、不张扬，这或许是另一种令人向往的大学环境。

满怀着憧憬，我想要尽情去尝遍大学的美好。于是我参加了一些学生组织、社团，去竞选班干部，去参加辩论赛、演讲比赛……我想摆脱以前的束缚，我想摆脱以前那个略显胆怯的我，我想尝试各种不同的新的东西，我想挑战自己，去找到不一样的自己。于是，我会为自己迈出的步伐感到开心，不管结果如何，只为自己的勇气感到开心，只为经历了一些从未经历过的事物而感到开心。

好些以前的同学跟我说，刚进大学，特别想家，感到孤独，感觉没什么朋友，或许很多人都曾有过这样的经历、感受，我也不例外。可是，我也很幸运，遇到的老师平易近人，食堂里的叔叔阿姨很热情，遇到的学长学姐真诚友好，会给我答疑解惑，遇到的同学也好相处。在与他们接触的过程中，我渐渐地找到了在这个大学的归属感，我清楚地知道，对于一个离家在外的人来说，归属感是有多么重要。

我也沮丧过很多次，有时甚至是绝望，感觉与身边的同学没有相处好，由于自己的粗心犯了错，不及身边人这么优秀。感觉到迷茫，不知道自己怎么去学习，不知道怎么处理好学习与活动的关系，不知道自己未来的方向在哪儿……迷茫，惶恐，不自信……

整个过程，一路都在寻找，有得有失，有很多人都值得我去感谢。

新的一年，又是一个不断寻找的旅程，我只想我还能有勇气去不断尝试，能够用心对待每一件事和一些人，我想找到方向，我想不再迷茫，我想能够对再次遇到的沮丧一笑而过……

2018，你好！

作者：外语学院2017级本科生　李清华

后 记

在无边无际的浩瀚宇宙中，有一颗宝石般蔚蓝的星球，2017年，我们一起在这里。

于是我们共同了解，这是十月革命胜利100周年，八一南昌起义80周年……

在光怪陆离的广袤大陆上，有一片古老而神奇的土地，2017年，我们一起在这里。

于是我们共同见证，中国特色社会主义进入新时代，为世界许诺一个更好的未来……

在人杰地灵的齐鲁大地上，有一座历史悠久的学府，2017年，我们一起在这里。

于是我们共同奋斗，贯彻落实党的十九大精神，努力创建世界一流大学……

2017年注定不平凡。这一年，山大发生了许多大事，我们或许没有机会一一经历，却能够通过阅读亲历者的日记抵达现场。

在生机盎然的阳春，李克强总理的到来给百年山大注入蓬勃朝气。机械学院硕士研究生陈时光记下当天激动的心情："虽然和总理面对面只有短短的几秒钟，但依然让我终生难忘……我们非常强烈地感受到了国家对创新创业的支持和鼓励，对百年山大的鼓舞和信任。"创客空间虚拟现实联合实验室ING VR团队在日记中记录了向总理作的汇报展示："总理表现出了浓厚的兴趣，认为我们的想法十分具有意义，希望我们进一步完善项目，以普惠更多的学生。"

在硕果累累的金秋，来自世界各地的儒学研究者齐聚曲阜，弦歌雅乐千年不绝。韩国学者李相均高度赞扬大会在拓展儒学的局面上作出的贡献："在参加此次世界儒学大会的同时，我看到了儒学在今天所能遇见的各种可能性。"山大的组织工作得到了与会学者的广泛认可，荷兰学者Lisa Kuitert在日记中写道："每一篇论文都收录在提前打印好的论文集里，给参会者提供了很大的方便。分论坛的主题也很有开放性。"来自山大儒学高等研究院的学者孟巍隆通过日记对论坛进行了反思："本次会议从学术重点上来看，面比较宽。"

10月18日，党的十九大胜利召开。当天上午，马克思主义学院组织老师们观看直播，思政课教师刘佳把自己对党的十九大精神的理解和感受带到下午讲授的思想道德修养与法律基础课上，并通过《山大日记》与全体山大人分享。11月7日，山东大学习近平新时代中国特色社会主义思想青年学习会成立，会长韩文彬在日记中记录了他的激动与忐忑："激动的是，崇实求新的山大学府即将迎来一个崭新的学生理论社团……忐忑的是……能否帮助山大青年学子在学习理论、践行理论、传播理论的过程中成长为学习、领会、宣传、贯彻习近平新时代中国特色社会主义思想的排头兵。"11月17日，山东大学举行"书记有约"活动，校党委书记郭新立为青年师生讲党课，能源与动力工程学院研究生张鑫通过《山大日记》分享他的思考："我深刻地感受到了什么是'国弱民辱，国强民安'。"

在"大事"之间，充斥着无数平常的时刻：从日升至日落，从冬去至春来，从开学至假期，从入学至毕业。时光如一条盘旋而上的阶梯，我们拾级而上，铆足劲儿把每一步走出踏实，认真地把每一天活出精彩。

在寒冷静穆的隆冬，《山大日记》组织"温暖拾忆"征文活动，让大家分享一年内最感动、最有力、最具正能量的山大故事。一段段经历如同一缕缕阳光，照耀着校园的每一个角落。一个背影，用热爱感染了我们："他戴着一顶鸭舌帽，鼻梁上架着一副老花镜，弯着腰驼着背，在报栏前面仔细而又认真地读着橱窗里的报纸。"一句话，用奉献感动了我们："画送到了，挑好点的用吧。画，管够。"一份寄托，用圆梦激励了我们："感谢儿子终于替我圆梦山大，以这样的方式让我和山大相遇。"

四季轮转，又是一年匆匆翻过。这一年，又有一万余名新生怀着激动与喜悦、憧憬与希望，涌入山大的怀抱，也有一万余名毕业生带着山大的熏陶和洗礼、责任和梦想，驶出良港逐梦远航。不知不觉间，《山大日记》完整地陪伴2017届毕业生度过了最好的大学时光。《山大日记》五岁了。五年来，阅读《山大日记》、书写《山大日记》已经成为许多人的习惯。每天一早，编辑们迫不及待地打开邮箱、登录后台，认真阅读昨晚收获的故事。几人、十几人记录同一天的山大，却各不相同，读来别有一番趣味。经仔细斟酌与综合考量，编辑们从中选出一篇最有代表性的故事作为头条发布，365篇头条形成了这一本《山大日记》。

2017，我们和《山大日记》在一起。一起阅读，用热心关注浇灌成长之花，用赤诚热爱凝聚精神家园；一起书写，用纪实之墨铭刻山大历史，用奋进之笔绘就山大蓝图！

图书在版编目（CIP）数据

山大日记．2017/李欣，孙宜山主编．--济南:山东人民出版社，2018.6

ISBN 978-7-209-10609-2

Ⅰ．①山… Ⅱ．①李… ②孙… Ⅲ．①新闻－作品集－中国－当代 Ⅳ．①I253

中国版本图书馆CIP数据核字(2018)第101746号

山大日记.2017

李　欣　孙宜山　主编

主管部门　山东出版传媒股份有限公司
出版发行　山东人民出版社
出 版 人　胡长青
社　　址　济南市英雄山路165号
邮　　编　250002
电　　话　总编室（0531）82098914
　　　　　市场部（0531）82098027
网　　址　http://www.sd-book.com.cn
印　　装　山东省东营市新华印刷厂
经　　销　新华书店

规　　格　16开（169mm×239mm）
印　　张　32.5
字　　数　440千字
版　　次　2018年6月第1版
印　　次　2018年6月第1次
印　　数　1-3000
ISBN 978-7-209-10609-2
定　　价　59.00元